신록
지연

신록지연

초판 1쇄 찍은 날 | 2016년 3월 23일
초판 1쇄 펴낸 날 | 2016년 3월 31일

지은이 | 이서정
펴낸이 | 서경석

편 집 책 임 | 조윤희
편　　　집 | 이은주
주은영
디　자　인 | 신현아

펴 낸 곳 | 도서출판 청어람
등록번호 | 제387-1999-000006호
등록일자 | 1999. 5. 31
어람번호 | 제5-439호

주소 | 경기도 부천시 원미구 부일로 483번길 40 서경B/D 3F
(우) 14640
전화 | 032-656-4452 팩스 | 032-656-4453
http://www.chungeoram.com
E—mail | chungeorambook@daum.net

ISBN 979-11-04-90690-9　03810

Chungeoram romance novel

神鹿之戀

신록지연

이서정

장편소설

도서출판 청어람

목차

※ 본문 중 「 」은 한진의 말, “ ”은 열예의 말입니다.

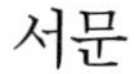

서문

산자락을 타고 내려온 안개가 온 땅을 희부옇게 뒤덮을 적이면, 그 나무는 마치 공중에 두둥실 뜬 숲처럼 보이곤 했다. 끝이 하늘에 닿도록 키가 큰 나무였다. 그 나무가 언제부터 그곳에 서 있었는지 아는 사람은 없었다. 신령스러운 나무는 하늘과 땅을 잇는 다리였으며, 성도(聖都)의 안과 밖을 가르는 경계였다. 나무의 거대한 둥치에는 북과 놋방울이 따기 좋은 과실 모양으로 매달려 있었다.

누구든 그 북과 방울을 울리는 자는 하늘의 노비가 되었다. 아무도 그를 해칠 수 없었다. 그가 도둑질을 했거나 간음을 했거나 혹은 살인을 했을지라도, 북과 방울을 울린 순간부터 그의 목숨은 오롯이 하늘의 것이었다.

하늘의 노비가 되어 이곳 성도에 발을 들인 자들은 두 번 다시는 밖으로 나갈 수 없다. 그는 이미 사람이 아닌, 하늘의 소유물이다. 그러므로 마음대로 돌아다닐 수도 없고, 함부로 몸을 더럽혀서도 아니 된다. 때문에 그들에게는 아이가 생기지 않는다. 우리 어머니 역시 마찬가지였다.

우리의 어머니는 본디 귀한 사람이었다는데, 그 말이 사실인지는 알 수 없다. 어머니는 뱃속에 우리를 품은 채로 이곳에 와서, 뱃속에 우리를 품은 채로 숨을 거두었다. 이 성도를 다스리는 천군(天君)이 손수 어머니의 배를 갈라 우리를 꺼내주었다. 우리는 그를 아버지라 부르며 자라났다.

나는 열 살이 되어서야 그 사실을 알았다. 단은 영특했기에 일찌감치 그 사실을 알고 있었다. 단이 내게 그 비밀을 알려줬던 날, 저녁 하늘의 노을빛이 유달리 붉어 보였던 게 기억난다.

그날 나는 화가 잔뜩 나 있었다. 내가 발을 쿵쿵 구르며 집에 돌아왔을 때, 단은 마당 한편에서 나뭇가지를 목검 삼아 제법 진지하게 휘두르고 있었다. 어렸던 나는 그를 보자마자 철없이 투덜거렸더랬다.

「옥 할머니 있잖아, 되게 못됐다. 글쎄, 나더러 방울이를 찌르라지 뭐야.」

그날은 내가 살아 움직이는 것에 문신을 새긴 첫날이었다.

방울이는 태어날 때부터 한쪽 다리를 저는 송아지였다. 그런 송아지는 부정하여 천제(天祭)에 생뢰로 쓰이지 못하며, 이다음에 새끼를 볼 일도 없다. 그래도 그 나름의 쓸모는 있었다. 옥 할머니는 방울이의 옆구리 털을 박박 밀어 놓고 내게 문신을 시켰다.

「내가 찌를 때마다 방울이가 막 울었어. 진짜로 눈물을 뚝뚝 흘렸다니까. 그런데도 옥 할머니는 나한테 제대로 안 한다고 화만 내는 거 있지. 난 방울이를 아프게 하기 싫었단 말이야.」

그 말을 들은 단이 나를 어린애 취급하리라는 건, 말을 하면서부터도 이미 알고 있었다. 사실 나는 불평할 상대를 잘못 고른 참이었다. 단은 예전에 나보다 더 끔찍한 경험을 하고 돌아와서도 '소의 목을 따고 머릿속을 파내서 씻었을 뿐이야'라며 아무렇지도 않은 듯 굴었던 것이다.

아니나 다를까, 그는 대꾸할 필요도 없다는 양 심드렁하게 목검만 휘둘렀다. 가뜩이나 우울했던 내 기분은 점점 더 엉망이 되었다. 나는 급기야 바늘통을 내팽개쳐 버렸다.

「이제 이런 거 안 해! 허구한 날 똑같은 무늬만 새기는 것도 지겨워 죽겠어. 옥 할머니는 나한테 새로운 무늬를 가르쳐 줄 마음이 없는 거야. 나더러 평생 똑같은 무늬만 새기고 또 새기고, 그러다가 심심하면 방울이나 괴롭히라는 거지. 난 그러기 싫어! 절대로 안 해! 아버지한테 말씀 드려서 당장 그만둬야지.」

그제야 단이 목검을 내려놓고 나지막이 으름장을 놓았다.

「아니, 넌 그런 말 못 해. 내가 가만히 안 둘 테니까.」

「때릴 테면 때려봐. 아버지한테 이른다.」

그는 흙바닥에 떨어진 바늘통을 주웠다. 소맷자락으로 흙먼지를 닦아 내게 건네면서, 그는 한숨처럼 말했다.

「너는 정말 아무것도 모르는구나.」

나를 내려다보는 그 눈빛이 그토록 심각하지 않았다면, 나는 무슨 말이든 쏘아붙였을 터였다.

나는 일순 말문이 막혀 버렸다. 단은 그대로 내 곁에 앉아, 내

귀에 입술을 바짝 대고 속삭였다.

그건 비밀이었다. 모두들 알면서도 우리에게만 쉬쉬하는 비밀이었다. 내게 문신을 가르쳐 준 옥 할머니가 끝끝내 알려주지 않은 그 무늬의 비밀을, 나는 그날에야 비로소 알게 되었다. 한 번도 넘어가 본 적이 없는 성도 한복판의 금줄 너머에, 어떤 자들이 살고 있는지도 알게 되었다. 내가 그동안 아버지라 여겨왔던 사람이 우리의 친아버지가 아니라는 사실도 알게 되었다.

우리의 어머니는 금줄 너머에 있던 하늘의 노비였다. 우리도 원래는 그곳에 있어야 마땅했다. 다만 천군께서 우리를 거두셨기에, 우리는 그분의 품에 안겨 금줄을 넘어온 터였다.

그렇다고 해서 우리가 이곳에 속한 사람은 아니었다. 우리는 이도 저도 아닌 반쪽짜리, 금줄에 걸쳐 있는 애매한 존재였다. 사람으로서의 특출한 쓸모가 없으면 사람으로 인정받지도 못할 존재였다. 우리는 어른이 되기 전에, 어떤 식으로든 그 쓸모를 입증해 보여야만 했다.

세 살 때부터 신동이라 불리던 단에게는 쉬운 일이었다. 그는 한번 보고 들은 것은 절대로 잊지 않았으며, 모든 면에 있어서 다재다능했다. 하지만 나는 그렇지 못하였다. 내게 특별한 재주가 있다면 오로지 그 무늬를 새기는 것뿐이었고, 그나마도 지루한 연습의 결과였다.

단은 양손으로 내 얼굴을 감싸곤, 내 이마에 자신의 이마를 맞대며 속삭였다.

「그 무늬는 하늘의 문양이야. 너는 곧 사람의 이마에 그 문신을 새기게 될 거야. 싫어도 하게 되겠지. 너와 나의 이마에 그런 문신이 생기는 것보다는, 남한테 새기는 편이 더 나을 테니까.」

노비의 이마에 영원히 지워지지 않을 주인의 표식을 새긴다. 내가 유일하게 잘할 수 있고, 또한 반드시 잘해야만 하는 일이 바로 그것이었다.

나는 열세 살이 되던 해에 처음으로 사람의 이마에 문신을 새겼다. 나보다도 더 작은 어린아이였다. 부모를 따라 성도에 흘러든 그 아이는, 내가 새긴 문신으로 인해 영영 하늘의 노비가 되었다. 그리고 나는 그 문신으로 인해 사람임을 인정받았다.

그날 나는 몹시 울었고, 단은 조용히 손을 잡는 것으로 위로를 대신했다.

우리는 둘이면서도 하나였다. 내가 사람이 아니라면, 단 역시 사람일 수 없었다. 손끝으로 느낀 그 사실이 조금은 기뻤더랬다. 그 작은 기쁨에 취하여, 나는 그 어린아이와 나의 차이가 무엇인지에 대해 더는 생각하지 않게 되었다.

그러나 나는 잊지 말았어야 했다. 우리는 그 어린아이와 다를 바 없는 존재라는 사실을.

「연아, 일어나. 연아!」

동도 안 튼 새벽부터 단이 소리 죽여 나를 깨웠다. 여태 사방이 컴컴한데, 그는 등불조차 켜지 않고 내 손에 옷가지를 쥐어주었다.

나는 얼떨결에 옷을 받으면서 잠긴 목소리로 물었다.

「왜 그래? 한밤중에 무슨 일…….」

그는 대뜸 내 입을 틀어막고 빠르게 속삭였다.

「나는 네 이마에 문신이 생기는 꼴은 못 봐. 그러니 떠난다. 서둘러.」

잠이 확 달아났다. 그 비밀을 알게 된 날부터 줄곧 내 마음 한 구석에 꺼림칙하게 자리하고 있었던 공포가 한순간에 깨어나 나를 휘어잡았다.

나는 떨리는 손으로 옷을 걸쳐 입었다. 그사이 단은 어둠 속에서 덜그럭거리며 내 문갑을 뒤적이고 있었다. 몇 가지 안 되는 내 패물들을 챙기고 있는 중이었다. 평소에는 거의 쓰지도 않고 문갑 속에 아껴두기만 했던 물건들이지만, 성도 밖으로 나가면 그런 값진 것들이 필요하게 될지 모른다.

그제야 실감이 났다. 우리는 정녕 이곳을 떠난다.

방을 나가기 직전, 나는 주저하며 단에게 속삭여 물었다.

「아버지께 인사라도 드려야 하는 게 아닐까?」

「그럴 여유가 없어. 곧 교대 시각이다.」

단은 나를 끌고 잰걸음으로 아버지의 방 앞을 지나쳤다.

그는 성도를 호위하는 병사다. 간밤에는 그가 성도 입구에서 번을 서고 있었나 보다. 그래서인지 성도 앞은 따로 지키는 병사도 없이 텅 비어 있었다. 덕분에 우리는 누구의 방해도 받지 않고 무사히 성도 밖으로 빠져나왔다. 그런데도 성도 어귀의 큰 나무 밑을 지나칠 적에, 나는 괜스레 마음을 졸였다. 그 나무 둥치에 매달린 북과 놋방울이 스스로 울려, 노비들의 도주를 하늘에 고하지는 않을까 하고.

성도 앞에는 길이 세 갈래로 나 있었다. 그 길을 보자 그저 막막해졌다. 어디로 가야 할지 알 수가 없었다. 성도 밖에서 사는 사람들은 죄를 지으면 성도로 도망친다지만, 성도 안에서만 살던 우리에게는 달리 도망칠 곳도 없었다.

단은 잠시 주위를 둘러보더니 무턱대고 오른쪽 길로 향했다. 어딘지도 모를 곳으로 가는 길에, 그는 줄곧 길 주변을 빠르게 훑어보고 있었다. 우리가 가는 길의 모습을 그대로 외우고 있는 중이었다. 그는 그것을 잊어버리지 않는다. 잊는 방법을 모를 뿐더러 아무도 그에게 그 방법을 알려주지 않기에, 잊어버리고 싶어도 못 잊는다고 했다. 그러니 우리는 마음만 먹으면 언제든지 성도로 돌아갈 수 있다. 그 사실이 내겐 적잖은 위안이 되었다. 집을 떠나 도망치는 주제에 집으로 돌아갈 수 있다며 안도하다니, 이 얼마나 어이없는 노릇인지.

동이 붉게 터올 무렵, 우리는 길을 벗어나 근처의 산으로 들어갔다. 산 중턱에 이르렀을 즈음에는 벌써 날이 밝아 완연한 아침이었다.

단이 문득 걸음을 멈추고 뒤를 돌아보았다. 나도 따라 멈추어 뒤를 돌아보았다.

저 멀리에 내 새끼손톱만 한 나무가 보였다. 그 곁으로 깨알같이 작은 집들이 옹기종기 모여 있었다. 그곳이 성도였다. 우리가 태어나 열여섯 해를 살아온 우리의 고향이다.

믿을 수 없을 만큼 작았다. 고작해야 내 손바닥 크기였다. 저 비좁은 곳에서 장장 열여섯 해씩이나 살았으면서도, 그동안 갑갑함을 느낀 적이 없다는 게 놀라울 지경이었다.

그때 단이 발길을 돌려 산 옆구리로 향했다. 벌거벗은 나무들이 초라한 몰골로 낙엽을 밟고 서 있는 이 계절에도, 산 옆구리의 솔숲은 여태 무성한 초록빛이었다.

우리는 솔숲 맨 위의 소나무에 이르러 걸음을 멈추었다.

「해가 질 때까지 여기에 있자. 네 옷이 눈에 띄어 위험하겠다.」

내 옷은 새하얀 명주옷이었다. 성도 사람들은 대개 흰 옷을 입는다. 검은 옷을 입는 사람은 단과 같은 성도의 병사들뿐이다.

우리는 나무에 기대어 앉았다. 나는 그새 지쳐 숨을 헐떡이고 있었다. 그만 집으로 돌아가고 싶은 기분이었다. 우리가 왜 갑자기 집을 떠나 도망쳐야만 하는지, 생각할수록 혼란스럽고 의문이 들었다.

나는 그예 운을 떼었다.

「어제 아버지의 안색이 영 어두워서, 무슨 일이 있나 걱정이 되긴 했어. 설마하니 이런 일일 줄은……. 언제부터 정해져 있었던 거야? 넌 이미 알고 있었지?」

「나도 아까 전에야 알았어. 설마 아버지가…….」

단은 잠시 말을 끊고 지그시 아랫입술을 깨물었다. 내가 그를 다그치려 할 때, 그가 도로 입을 열었다.

「간밤에 내가 보초를 설 차례가 아니었는데, 아버지가 일부러 내 번을 바꿔놓으셨다.」

「우리, 도망치라고?」

「아버지로서는 그게 최선이었나 보지. 오늘 천군이 바뀔 예정이거든.」

나는 눈을 휘둥그레 떴다. 이제껏 천군이 바뀔 수도 있다는 얘기를 들어본 적이 없었다. 나는 안이하게도 우리 아버지가 평생 천군일 거라고만 생각해 왔다.

「원래 그렇게 바뀌기도 하는 거였니? 난 아버지께서 돌아가시기 전까지는 안 바뀌는 줄로만 알았어. 그럼 우리 아버지는? 아버지는 어떻게 되는 거야?」

「아버지는 아마도 편히 쉬시겠지.」

단이 한숨처럼 말하곤 자리에서 일어섰다.

「해가 지면 이 산을 넘자. 그 전에 먼저 가서 살펴보고 올게.」

나는 다급히 그의 손을 붙들며 따라 일어섰다.

「같이 가.」

「연아, 네 옷.」

그러고 보니 내 옷이 눈에 띄어서 위험하다고 솔숲으로 들어온 참이었다. 나는 금세 풀죽어 어깨를 떨어뜨렸다. 단은 끝내 혼자 갈 요량으로 내게 말했다.

「해 지기 전엔 돌아올 테니까, 걱정 말고 여기서 기다려.」

「꼭 가야 해? 그냥 같이 있자. 혹시 네가 길을 잃어서 못 돌아오면 나 혼자서 어쩌라고.」

「내가 너냐? 길을 잃게.」

하긴 단이라면 길을 잃을 리 없었다. 그런데도 나는 괜스레 불안하여 좀처럼 그의 손을 놓지 못했다.

단은 난감한 기색으로 나를 내려다보더니, 마치 우는 어린애한테 곶감이라도 주듯이 품속에서 작은 주머니를 꺼내어 내 손에 쥐어주었다. 집을 떠나기 전 내가 옷을 갈아입는 사이, 단이 어둠 속에서 닥치는 대로 챙긴 패물 주머니였다.

「네가 어디 있는지는 눈 감고도 찾을 수 있다. 금방 돌아올게. 절대 이 솔숲을 벗어나면 안 돼. 알았지?」

「응.」

그제야 나는 내키지 않는 기색으로 그의 손을 놓았다. 그러고도 눈길로나마 그를 좇았으나, 단은 원체 민첩하여 금세 내 시야로부터 벗어났다.

홀로 남겨진 나는 다시금 소나무 아래에 오도카니 주저앉았다. 단이 주고 간 주머니를 물끄러미 들여다보다가, 이윽고 그 속에 든 것들을 치마폭에 쏟아놓았다.

두 줄짜리 새파란 구슬 목걸이가 제일 먼저 눈에 띄었다. 열세 살의 어느 날, 아버지로부터 받은 선물이었다. 그해에 비로소 사람이 된 내게 '이다음에 혼인할 때 쓸 만하겠지'라며 주신 선물이었다. 나는 정녕 혼인할 때까지 그것을 아껴둘 작정으로, 그동안 문갑 속 깊숙이 모셔두고만 있었더랬다. 단이 어찌 알고 용케도 찾아내어 챙겼는지 모른다. 그 외에도 단이 챙겨 넣은 물건들은 하나같이 내가 소중히 여기던 보물들이었다.

나는 그것들을 찬찬히 들여다보면서 부질없이 추억을 곱씹다가, 살그머니 대모 빗을 집어 들었다. 새벽에 도망치느라 바빠서 미처 머리를 빗을 겨를도 없었다. 한 번쯤 머리를 빗는다고 해서 빗이 금방 닳아 없어지지는 않을 터였다. 내 빗으로 내 머리를 빗으면서도, 나는 마치 남의 빗을 빌려 쓰는 사람처럼 궁색한 변명을 떠올렸다.

이 빗으로 쌀 몇 줌을 얻을 수 있을까. 이 가락지로 며칠이나 연명할 수 있을까. 한데 뭉쳐 팔면 집 한 칸은 마련할 수 있을까.

그러고 보니 우리에겐 이제 아무것도 없다. 갈 곳도 없고, 할 일도 없다. 아는 사람도 없다. 그런 것들은 전부 성도에 놔두고

왔다. 태어나서 지금까지 단 한 번도 벗어나 본 적이 없었던 우리의 고향에.

너무나도 많은 것들을 한꺼번에 잃어버리고 말았다. 얼마 안 가 이 보물들도 어디론가 없어져 버릴 터였다. 이것들을 보며 꿈꾸었던 나의 소박하고 행복한 미래도 함께 사라져 버릴 것이다.

하도 오래 빗질을 했더니 머릿속이 다 따가웠다. 나는 대모 빗을 잘 닦아 주머니에 도로 집어넣었다. 다른 물건들도 하나씩 천천히 집어넣다가, 마지막으로 두 줄짜리 새파란 목걸이를 꽉 움켜쥔 채 한동안 망설였다.

「미안하지만 이것만은 남겨줘.」

나는 나직하게 속삭이며 재빨리 목걸이를 걸쳤다. 그것마저 팔고 나면, 내게는 정녕 아무것도 남지 않을 것만 같았다.

주머니 입구를 단단히 졸라맨 다음, 나는 우울해져서 하릴없이 주머니를 만지작거렸다. 왜 내가 가진 것을 모두 잃고, 열여섯 해씩이나 살던 고향에서 쫓기듯 도망쳐야만 하는지 알 수가 없었다. 본 적도 없는 어머니가 미워졌다. 만일 어머니가 죄를 짓고 성도로 도망치지 않았다면, 어머니가 떳떳하게 죗값을 치렀다면…….

만일 그랬다면, 우리는 태어나 보지도 못한 채 어머니의 뱃속에서 죽었을지도 모른다.

어머니를 원망하려야 원망할 수도 없다. 누구를 탓할 수도 없다. 우리가 태어나길 그렇게 태어났을 뿐이다. 단지 의붓아버지를 잘 만나서, 그동안 분에 넘치는 복록을 누리며 살았을 따름이다. 그래놓고도 우리는 끝내 어머니를 닮아, 잘못 태어난 죗값을 피하고자 어디론가 도망치는 중이다.

나는 맥없이 나무에 머리를 기댔다. 삐죽삐죽한 솔잎 사이로 하늘이 여전히 말간 얼굴을 들이밀고 있었다.

불현듯 이마 한복판이 못 견디게 따끔거렸다. 내가 내 것이라 생각해 왔던 모든 것들은, 어쩌면 원래부터 내 것이 아니었을지도 모른다.

나는 차마 그 하늘을 보지 못하고 눈을 감아버렸다.

그러고는 아마도 깜빡 잠이 들었나 보다. 어쩌면 꿈을 꾸고 있는 듯도 했다.

눈을 떴을 때, 나는 하늘의 현신을 보았다.

온몸이 은빛으로 찬란하게 반짝거리는 사내의 형상이었다. 그 은빛 옷은 희한하고 교묘하여, 도무지 이 세상에 속한 물건 같지 않았다.

그는 훤칠한 키로 나를 고요히 굽어보고 있었다. 살갗은 솜구름처럼 보얗고, 이목구비는 흠 잡을 데 없이 반듯한 귀인이었다. 그의 길고 깊은 눈에는 만물을 긍휼히 여기는 연민과 필연적인 슬픔이 깃들어 있었다. 그 눈에 눈을 맞춘 순간, 나는 경악과 공포에 사로잡혀 얼어붙었다.

단이 아니라면, 아무도 나를 찾아올 이가 없을 거라고만 생각했었다. 내가 이 솔숲에 꼭꼭 숨어 있다는 사실을 어느 누가 알겠는가. 오직 하늘만이 나를 지켜보고 있었다. 오로지 저 하늘만이.

그가 알아들을 수 없는 하늘의 말로 무어라 나지막이 속삭였을 때, 나는 확신했다.

그는 하늘의 현신이다. 나를 잡으러 온 게 틀림없다.

나는 전전긍긍 주저하며 가까스로 잠긴 목소리를 긁어냈다.

「여기엔 저밖에 없어요. 태어날 때부터 저 혼자뿐이었어요. 그러니까 저만…….」

무슨 용기가 나서 그에게 거짓말을 했는지 모른다. 그는 이미 모든 것을 훤히 알고 있을 터였다.

아니나 다를까, 그는 내게 거짓말을 하지 말라는 듯 쉿 소리를 냈다. 이어서 부드러운 음성으로 무어라 나를 타이르며, 내 이마를 향해 손을 뻗었다.

「그 무늬는 하늘의 문양이야. 너는 곧 사람의 이마에 그 문신을 새기게 될 거야.」

하늘이다. 하늘이 자신의 것을 찾으러 왔다. 도망친 노비에게 끝끝내 주인의 표식을 새기려나 보다.

겁에 질려 비명조차 나오지 않았다. 나는 질끈 눈을 감았다.

제1화. 신록(神鹿)

대륙 중앙을 가로지르는 두 장찬 물줄기가 대륙을 남북으로 양분하였다. 북방은 열예(烈濊), 남방은 한진(翰辰)이었다. 열예의 경계는 대체로 열수(烈水)였으며, 한진의 경계는 대체로 한수(翰水)였다. 그들은 서로 언어도 다르고 풍속도 사뭇 달랐기에 여간해서는 남의 물줄기를 건너지 않았다. 다만 열수와 한수 사이, 그 경계가 애매모호한 지역은 허구한 날 난장판이었다.

열예의 여섯 나라 중에 낭열(浪烈)과 맥열(貊烈), 두 나라가 그 난장판에 발을 딛고 있었다. 그들은 먹고살기 위해 한진을 약탈하고, 취미 삼아 한진을 침략했으며, 일상이 무료하고 따분할 때 한진을 노략질했다.

한진은 번번이 속수무책으로 당하기만 했다. 열예는 여섯 나라로 나뉘어 있는 반면, 한진은 무려 일흔일곱 나라로 쪼개져 각

나라의 규모가 턱없이 작았기 때문이다. 그나마 그 일흔일곱 나라가 전부 합쳐서 마루한(瑪婁翰) 제국을 형성하고 있었기에, 낭열과 맥열도 감히 그 땅을 점령할 엄두는 못 내었다. 그저 그 땅에서 난 작물을 해마다 자기 것인 양 회수해 갈 따름이었다.

한진의 일흔일곱 나라 중에 예닐곱 나라가 한수 이북이었다. 낭열이나 맥열의 노략질에 당할 수밖에 없는 위치였다. 특히나 한중간에 끼어 있는 원양국은 피해가 막심했다. 낭열도 쳐들어오고 맥열도 쳐들어오는 탓에 바람 잘 날이 없었다. 원양국 왕은 수시로 마루한 제국의 진제(辰帝)에게 고충을 토로했으나, 하등 도움이 되지 않았다. 매번 '국경을 잘 방비하시오'라는 빤한 대답만 돌아올 따름이었다.

그러던 차에 낭열이 대대적으로 침공해 왔다. 원양국 동부의 여러 마을들이 전란에 휘말려, 죽거나 다친 자가 헤아릴 수 없이 많았다. 원양국 왕과 평소 호형호제할 정도로 막역한 지기였던 장수 하나도 그 전쟁에서 목숨을 잃고 말았다. 이에 큰 충격을 받은 원양국 왕은 동부 지역을 아예 폐하고 민가를 전부 옮겨 사람이 살지 않는 땅으로 만들어 버렸다. 그래봤자 별 효과는 없었다. 낭열은 버려진 동부 지역을 기세 좋게 가로질러 쳐들어오곤 했다.

원양국 왕의 정책이 결실을 맺은 건, 그 왕이 죽고 아들 해루가 즉위한 다음이었다. 틈만 나면 쳐들어오던 낭열이 별안간 발길을 뚝 끊었다. 어인 영문인지 알아보니, 그 버려진 땅에 그새 새로운 나라가 들어서 있었다.

어차피 버려둔 땅이었기에, 이제 와서 그 나라 사람들에게 '왜 남의 땅에 멋대로 나라를 세웠소?'라며 따질 생각은 없었다. 그 나라가 생긴 덕분에 낭열의 노략질로부터 해방되었으니, 원양국 왕인 해루로서는 오히려 고마운 노릇이기도 했다.

해루는 다만 그 나라 사람들이 적절히 예를 갖추어 사신을 보내고 방문하기를 기다렸다.

한 해를 기다리고, 두 해를 기다렸다. 아무리 기다려도 사신은 오지 않았다. 서너 해가 지나서는 아예 체념했다. 이웃지간에 인사조차 할 줄 모르는, 심지어 남의 땅을 꿀꺽하고도 사례조차 할 줄 모르는 놈들과의 교류는 이쪽에서 사양한다.

해루가 괘씸하다는 생각조차 까맣게 잊었을 무렵, 마침내 그 나라로부터 한 사람이 찾아왔다.

「전하, 섭제국(涉濟國)의 성도로부터 전령이 왔사옵니다. 하온데 기밀한 전갈이라며 독대를 청하고 있사옵니다.」

「성도의 전령?」

해루는 대뜸 눈살을 찌푸렸다. 지금 사신을 보내도 만나줄까 말까 한 판국에, 기껏해야 전령이라니? 하물며 섭제국 왕이 보낸 전령도 아니다. 섭제국의 '성도'에서 보낸 전령이다.

성도는 천군의 주관 하에 하늘을 섬기며 천제를 지내는 곳이었다. 왕과는 아무런 관계가 없는 곳이었다. 얼마나 철저하게 관계가 없는지, 설령 죄인이 도망쳐서 성도로 들어가도 왕이 병사를 보내어 잡아낼 수 없었다. 병사는커녕 왕의 출입도 불허하는, 절대불가침의 신성한 곳이 성도였다.

어쨌거나 한진의 일흔일곱 나라 중에 성도가 없는 나라는 단 한 군데도 없었다. 그 일흔일곱 나라가 한마음 한뜻으로 하나의 마루한을 이루는 까닭은, 그들 모두가 하나의 하늘을 섬기고 있기 때문이다. 그들은 행여나 하늘이 무너지기라도 할세라 지극정성으로 떠받들었으며, 것도 모자라 성도까지 하늘처럼 떠받들고 천군 앞에서는 왕도 극진히 예를 다하였다.

그러나 해루는 원양국의 왕이면서도, 원양국의 성도와 천군을 증오했다. 깊고도 오랜 원한은 그로 하여금 하늘마저도 불신하게 만들었다.

본디 해루에게는 배다른 누이가 한 명 있었다. 일찍이 선왕이 밖에서 낳았다며 왕궁으로 데려온 아이였다.

당시 강보에 싸인 계집아이를 보고 졸도하기 직전이었던 왕비에게 선왕은 '원래는 아이의 어미도 함께 궐로 불러들이려 했으나, 어미가 이번 낭열과의 대대적인 전쟁으로 인해 죽었으므로 부득불 아이만 데려왔노라'고 해명 아닌 해명을 하였다. 거기까지만 해도 충분히 뻔뻔스러웠는데 선왕은 한술 더 떠 '어쨌거나 이 아이는 왕녀임에 틀림없으니 그에 걸맞은 예우를 다하도록 하고, 왕녀를 보살피는 일에 한 치의 소홀함도 없어야 할지어다'라며 엄포도 놓았다.

그 바람에 왕궁이 발칵 뒤집혔지만, 그건 어른들의 문제일 뿐이었다. 아직 어렸던 해루는 자신에게도 누이가 생겼다고 마냥 좋아했다. 강보에 싸여 있던 어린아이는 선왕의 배려 덕분에 아무것도 모른 채 해루를 동복 오라비로 여기며 자라났다. 그 오누이가 서로를 아끼고 위하는 정은 친남매 못지않게 지극하여, 왕실의 풍파마저도 쉬 잠재워 버렸을 정도였다.

그런데 지금으로부터 열여섯 해 전, 그 누이가 갑자기 온데간데없이 사라졌다.

해루는 당시 선왕과 함께 사방팔방으로 누이의 행방을 수소문했다. 원양국 북쪽의 달선벌에 이르러, 그들은 마침내 누이의 종적을 찾아내었다. 그 마을 사람들이 이구동성으로 말하기를 '그날 새벽녘에 웬 귀해 보이는 처자 한 명이 뒷산 너머로 바삐 가더이다'라고 했다. 그 뒷산 너머에는 다른 마을이 없었다. 오직 성도뿐이었다.

선왕은 천군 앞에서 무릎을 꿇고 딸을 돌려 달라고 사정했다. 죽었는지 살았는지 생사 여부라도 알려 달라고 호소했다. 만일 죽었다면 그 시신이라도 내어달라고 애원했다.

그러나 천군은 원칙적으로 불가한 일이라며 일언지하에 거절했다. 그로 인해 선왕은 한이 맺혀 끝내 눈을 감지 못하였다.

그게 벌써 열여섯 해 전의 일이었다. 그토록 오랜 세월이 흘렀는데도 해루의 원한은 가시지 않았다. 가시기는커녕 해가 갈수록 더욱 깊어지기만 했다. 오죽했으면 해루가 즉위하여 진제에게 인사를 올리러 간 자리에서, 해루는 인사도 뒷전으로 하고 진제에게 비밀리에 청했더랬다. 천군을 자유로이 징벌할 권한을 달라고.

물론 진제는 그 청을 들어주지 않았다. 진제에게도 그런 권한은 없었기 때문이다.

원양국의 성도든, 섭제국의 성도든, 해루에게는 다 똑같이 밉상이었다. 하지만 성도에서 온 전령을 문전박대하면 아랫사람들이 천벌을 받는다며 시답잖은 잔소리를 할 게 빤했다.

해루는 부득불 전령과 독대하였다.

「소생, 섭제국의 성도로부터 온 조방이라 하옵니다.」

조방은 성도 사람답게 새하얀 명주 도포 차림으로 사뿐사뿐 들어와 절을 올렸다. 사내인데도 걸음걸이나 자태가 꼭 계집 같았다. 왜소하고 날씬한 체구에 이목구비는 가늘고, 곱게 기른 머리카락을 등허리까지 늘어뜨려 뒷모습은 영락없는 처녀였다.

그는 단정히 무릎을 꿇고 앉아 해루를 우러러보았다.

「부디 소생을 받아주시옵소서.」

느닷없는 소리에 해루는 황당해서 할 말을 잃고 인상만 썼다. 그러자 조방이 살포시 미소를 띠며 말했다.

「소생이 일찍이 마루한의 성도에 있었던 터라, 대왕께서 진제께 청하신 바를 알고 있사옵니다.」

해루는 진제에게 천군을 징벌할 권한을 달라 청하였다.

원양국 사람들은 그 사실을 알지 못했다. 성도로 도망쳐 들어간 죄인조차 잡아내어 징벌할 수 없는 마당에, 하물며 천군을 징벌하겠다니? 뭇 사람들의 귀에는 그저 천벌을 받을 소리로밖에 들리지 않을 터였다.

그제야 해루가 심각한 표정으로 입을 열었다.

「그게 대체 언제 적 일인데, 이제 와서 구태여 나를 찾아와 협박하는 까닭이 무엇인가?」

「소생이 갈 곳을 잃었기 때문이옵니다.」

「섭제국의 성도에서 쫓겨났다면 다른 나라의 성도를 찾아갈 일이지, 어찌하여 나를 찾아왔느냔 말일세.」

「만일 소생이 쫓겨났다면 그리했겠지요. 아실지 모르오나, 섭제국은 한진의 나라가 아니옵니다. 비록 마루한 제국에 복속하긴 하였사옵니다만, 그 나라 사람들은 본래 열수를 건너온 열예

인들이옵니다. 하여 우리와는 말도 통하지 않고, 풍습에도 여러모로 차이가 많다 보니…….」

조방이 말을 끊고 몇 차례 심호흡을 한 끝에 겨우 말을 이었다.

「……감히 그 왕이 하늘 무서운 줄도 모르고 죄인을 추포한답시고 병사들을 보내어 성도를 불살라 없앴사옵니다. 또한 천군은 살인자를 숨겨줬다는 죄목으로, 그 살인자와 똑같이 치부되어 참수를 면치 못할 처지라 하옵니다.」

해루가 눈을 휘둥그레 떴다. 그도 어쩔 수 없는 한진 태생인지라, 일순 그 왕이 천벌을 받겠다는 생각부터 먼저 들었다. 그러나 다음 순간, 해루의 입가에 우물쭈물 미소가 맺혔다.

성도를 불살라 없애고 천군의 모가지를 뎅겅 잘라 버리다니, 그보다 더 통쾌한 일이 또 있으랴!

해루는 터져 나오려는 웃음을 참느라 얼굴을 괴이하게 일그러뜨린 채 조방에게 말했다.

「거참, 그 나라 왕의 성격이 불같이 화통한가 보이.」

「그 왕은 아직 어린 풋내기에 불과하옵니다. 실제로 그와 같은 결정을 내린 자는, 수렴청정을 하는 국대부인(國大夫人)일 것이옵니다. 소생은 때마침 다른 곳에 전령으로 갔던 터라 천행으로 목숨을 부지하였사옵니다만, 이렇듯 졸지에 오갈 데 없는 신세가 되고 말았사옵니다. 이대로 그냥저냥 연명하기에는 이 마음에 한이 맺혀, 살아도 사는 것이 아니옵니다. 소생은 기필코 섭제국이 멸망하는 모습을 보고자 하옵고, 대왕께서는 원양국의 천군을 벌하고자 하시옵니다. 한꺼번에 두 마리 토끼를 잡을 수 있는 계책이 있사온데, 대왕께서 써주시겠사옵니까?」

해루는 그 계책을 들어보곤 군말 없이 조방을 받아들여 책사로 삼았다.

만일 해루가 병사들을 보내어 성도를 없애려 하면 대번에 그 병사들부터 반발하여 천벌 받을 왕을 죽이자고 덤빌 게 빤했다. 그러나 만일 섭제국의 병사들이 제멋대로 침범하여 성도를 없앴다고 하면 아무도 해루를 탓하지 않을 터였다. 단지 섭제국과 전쟁을 벌이게 될 따름이다.

조방의 말에 의하면, 섭제국은 건국 초기부터 이미 진제의 노여움을 산 나라였다. 그들은 제멋대로 마루한의 국경을 침범하여 나라를 세웠으며, 마루한 제국 내의 다른 나라를 침략하기도 했다. 뒤늦게 진제의 대군을 맞닥뜨려 부랴부랴 마루한에 복속하긴 했지만, 진제는 여전히 그들을 눈엣가시로 여기고 있었다. 그러니 원양국과 섭제국이 전쟁을 벌이게 된다면 진제는 당연히 원양국의 편에 서서 섭제국을 무너뜨릴 터였다.

해루는 조방의 계책대로 은밀히 섭제국의 병사를 빌려 성도를 없애기로 했다.

하지만 섭제국은 그다지 호락호락하지 않았다. 섭제국에 밀사로 다녀온 조방이 난감한 기색으로 보고를 올렸다.

「국대부인은 전쟁의 위험이 있으니 불가하다고 일축하였사옵니다. 하옵고 그 왕은 농담인지 진담인지, 병사 삼천 명만 내주면 그깟 마을 하나쯤은 거뜬히 박살 내어 주리라 하였사옵니다. 원양국의 민가가 오천여 호에 불과하거늘, 어찌 병사를 삼천 명씩이나 내줄 수 있겠사옵니까? 아무래도 다른 방책을 강구해야 할 듯하옵니다.」

「성도를 없앨 수만 있다면 병사 삼천이 무에 대수인가. 아마 내 나라를 송두리째 내줘도 아깝지 않을 걸세. 문제는 그 방법이지. 내가 그 왕을 직접 만나 상의해 봄세.」

그리하여 해루는 비밀리에 섭제국의 왕 하녹(夏祿)과 대면하였다.

하녹은 갓 스무 살의 새파란 청년이었다. 훤칠한 키에 방금 막 목욕을 하고 나온 사람처럼 살갗이 보얗고 이목구비가 수려한 귀인의 상이었다. 그는 나른하리만치 온화하고 부드러운 인상의 소유자로, 어찌 봐도 병사 삼천을 운운하며 마을을 박살 내겠다고 말할 사람처럼 보이지 않았다.

하녹의 곁을 장년의 사내가 보좌하고 있었는데, 얼핏 보곤 곰 한 마리가 따라온 줄 알았다. 그 곰은 우보(右輔)의 직책에 있는 을음이라고 자신을 소개했다. 피부는 시커멓고 장대한 몸뚱이는 온통 근육으로 우락부락했다. 특히나 쭉 찢어진 눈초리가 제법 매서워, 그라면 눈 하나 깜짝 않고 마을을 박살 낼 성싶었다.

당초 조방이 이 밀회를 주선할 적에 왕과 보필할 사람 한 명으로 인원을 제한했으나, 섭제국에서는 한 사람이 더 따라왔다. 그들의 밀담을 통역해 줄 중년 사내, 첨운이었다. 첨운은 한진 사람이었다. 소싯적에 낭열에 밀거래를 하러 갔다가 그곳 여인과 눈이 맞아 한동안 사이좋게 지냈는데, 열예의 말은 그때 배웠다고 했다.

해루는 인사를 나누고 좌정하자마자 곧장 용건으로 들어갔다.

「내 누이가 장장 열여섯 해 동안 억울하게 성도에 갇혀 있소. 솔직히 지금으로서는 그 생사 여부조차 알 수 없는 형편이오. 내 누이를 되찾을 수만 있다면, 나는 병사 삼천뿐만 아니라 내 나라를 다 주어도 아깝지 않은 사람이오. 다만 병사는 내가 주머니에서 몰래 꺼내줄 만한 물건이 아닐진대, 병사를 삼천씩이나 징발코자 하면 온 나라가 이 일을 알게 될 터. 그리 되면 병사는 고사하고 나는 내 목숨조차 보전하기 어렵소. 이러한 사정을 참작하여 달리 대가를 요구해 보시오. 내가 줄 수 있는 것이라면 무엇이든지 다 드리리다.」

하녹은 집에서 애지중지 잘 자란 도련님처럼 바른 자세로 얌전히 앉아 그 말을 듣고 있더니, 이윽고 대답하는 대신 을음을 쳐다보았다. 그러자 을음이 입을 열었다.

"귀국의 사정에 대해서는, 실례지만 은연중에 조사하여 아는 바가 있습니다. 귀국에서 최대한 뽑아낼 수 있는 병력이 삼천 정도였기에 그만큼을 요구한 것입니다. 우리가 진정으로 원하는 것은 귀국의 병권입니다. 우리에게 넘겨주시지요."

「병권을 넘겨 달라니, 그건 내가 어찌 주면 되는 거요?」

"말 그대로 병사를 징발하고 운용할 권한을 달라는 뜻입니다. 대왕을 호위할 시위병 일백 명만 남기고 나머지 병력은 전부 우리가 통합 운용하여 귀국의 국경까지 튼튼히 지켜 드리겠습니다."

해루는 답답한 양 을음의 말을 끊고 손사래를 쳤다.

「한마디로 병사 삼천을 달라는 말과 똑같잖소. 내가 마음대로 줄 수 있는 것이었다면, 왜 굳이 이런 자리를 마련했겠소? 나는 그런 문제로 내 신료와 각 고을의 읍장들을 설득할 자신이 없소. 진정으로 우리 원양국의 병권을 원한다면, 알아서 그들을 설득하여 직접 가져가시구려. 내가 다른 건 못 해도 그들과 만나게 해줄 수는 있소.」

그 말에 을음이 하녹을 돌아보았다. 그러자 하녹은 마치 봄날의 햇살처럼 따사로운 미소를 지으면서 고개를 끄덕였다. 아무리 봐도 그는 마을을 박살 낼 위인이 아니었다. 마을은커녕 개미집조차 밟아 뭉개지 못할 애송이 같았다.

해루는 오직 을음에게만 기대를 걸고 단도직입적으로 물었다.

「어찌하시겠소? 할 거요, 말 거요?」

을음은 시커먼 얼굴로 흰 치아를 드러내며 씩 웃었다.

"당연히 해야지요. 귀국의 성도를 초토화하는 날, 천군의 목을 들고 대왕을 찾아뵙겠습니다. 가능하면 그날에 맞추어 귀국의 신료들을 한자리에 불러 모아주십시오."

그러자 해루가 대뜸 고개를 가로저었다.

「아니, 그건 곤란하오. 천군은 생포해 주시오. 그자의 피를 내 손에 바르고 싶소.」

"원하신다면 그리하겠습니다. 혹시 또 다른 조건이 있습니까?"

「내 누이가 열여덟 살에 성도에 갇혀, 올해로 서른네 살이 되었소. 그 연배의 부녀자들도 반드시 생포하셔야 할 것이오. 그들은 절대로 죽이면 아니 되오.」

"명심하겠습니다. 나머지는 어찌 처리하길 원하십니까?"

「나머지는…….」

잠시 말을 끊고 생각에 잠겼던 해루가 이윽고 눈빛을 번들거렸다.

「……섬멸! 내가 원하는 것은 바로 그것이오. 그들 모두가 합심하여 내 누이를 빼돌리고, 다시 오지 않을 열여섯 해의 세월을 강탈해 갔소. 그러니 그 모두를 죽이고 성도를 깡그리 불살라 흔적조차 찾을 수 없는 폐허로 만들어주시오.」

나라의 근간이라고 해도 과언이 아닐 병권을 내주게 생긴 마당에, 해루가 들먹이는 조건이란 사소하기 그지없었다. 섭제국 측에서는 흔쾌히 그 조건을 받아들였다.

그들은 머리를 맞대고 구체적인 계획을 세운 후, 시월 상순으로 날을 잡고 헤어졌다.

원양성으로 돌아오는 길에 조방의 표정은 썩 밝지 않았다. 조방이 원했던 전쟁은 일어나지 않을 터였다. 원양국 신료와 읍장들이 한데 모인 자리에 섭제국 왕이 끼어 있으면, 해루는 행여나 이 밀담의 내용이 탄로 날세라 전전긍긍하면서 어떻게든 섭제국에 병권을 내주려 들 것이다. 하지만 조방은 감히 해루에게 무어라 토를 달지는 못하였다.

그날부터 해루는 반쯤 미친 사람처럼 들떠 있었다. 그는 일없이 홀로 실실거리거나, 기분 나쁜 소리로 음흉하게 킥킥거리곤 했다.

약조한 날이 다가올수록 궁둥이를 들썩거리면서 안절부절못하던 그는, 급기야 바로 전날 변복을 하고 커다란 삿갓으로 얼굴을 가린 후 몰래 성도로 잠행하였다.

외부인의 출입이 허가된 곳은 성도 어귀에 서 있는 큰 나무 근처의 오두막까지였다. 그 너머로는 설령 왕이라 할지라도 들어갈 수가 없었다. 해루는 그 오두막에 자리하여 천군을 불러냈다.

천군은 그새 백발이 성성한 노인이 되어 있었다. 해루는 천군을 보자마자 밑도 끝도 없이 으름장을 놓았다.

「마지막 기회를 주겠소. 내 누이를 내놓으시오.」

「원칙적으로 불가한 일이외다.」

천군은 끝까지 무시로 일관할 참이었다. 그러나 해루는 이제 천군에게 애걸복걸할 이유가 없었다. 그는 냅다 자리를 박차고 일어나, 삿갓을 눌러쓰며 오두막을 나왔다. 그러고는 천군에게 나지막이 으르렁거리며 언질을 주었다.

「허언이 아니오. 내 분명히 마지막이라 일렀소. 혹여 생각이 바뀌거든 금일 중으로 답을 주시구려. 내일이면 이곳은 폐허가 될 터이니.」

천군은 대답 없이 깊은 한숨만 쉬었다.

천군의 양아들이자 성도병(聖都兵)인 단이 오두막 밖에서 그 모습을 지켜보다가, 황당하다는 투로 말했다.

「별 미친놈이 다 있군요. 누굽니까?」

「알 것 없다. 이 일을 아무에게도 발설하지 마라.」

천군은 그날 온종일 칭병하며 처소 밖으로 나오지 않았다. 그리고 그날 밤, 목을 매어 자결하였다.

바야흐로 시월상달이었다. 온 산천을 알록달록 곱게 물들이던

단풍은 무상하게 떨어지고, 벌거벗은 나무들이 찬바람에 몸을 떨며 쉬, 쉬 푸념을 늘어놓았다. 발길 닿는 곳마다 낙엽이 소란스레 부스러졌다.

단은 아랑곳없이 걸음을 옮겼다. 간간이 뒤를 돌아볼 때마다 점점 더 날이 밝아졌다. 이윽고 완연한 아침이 되어, 잠에서 깬 성도 사람들이 흰 점으로 움직이며 돌아다니기 시작했다.

단이 문득 걸음을 멈추었다. 연도 따라 멈추었다. 발그레하게 달아오른 뺨 때문에 그녀의 새하얀 명주옷이 더욱 희어 보였다. 성도 사람들이 흰 점으로 보인다면, 성도에서도 연이 흰 점으로 보일 터였다. 단은 급히 산 옆구리의 무성한 솔숲을 향해 발길을 돌렸다.

이날 중으로는 성도 사람들의 눈에 띄지 않게 잘 숨기만 하면 된다. 천군이 죽었으니, 성도 사람들은 초상을 치르고 새로운 천군을 세우느라 분주할 터였다. 그들의 눈에 띄지만 않는다면, 어디에 있는지도 모를 단과 연을 잡으러 다닐 여유는 없을 것이다.

단은 솔숲 맨 위의 소나무 아래에 자리를 잡았다.

「해가 질 때까지 여기에 있자. 네 옷이 눈에 띄어 위험하겠다.」

연이 가쁜 숨을 몰아쉬며 그의 곁에 앉았다. 그녀는 혼란스러운 기색이 역력했다.

혼란스럽기는 단 역시 마찬가지였다. 왜 천군이 자결했는지, 아무리 생각해 봐도 연유를 알 수가 없었다. 전날 다녀간 삿갓 때문인 것만은 분명했다.

하지만 이 마루한 제국 내에서, 어느 누가 감히 성도를 폐허로 만들겠는가? 웬 미친놈이 천군 한 사람을 죽인다면야 그러려니 하겠지만, 성도를 폐허로 만들려면 수많은 미친놈이 필요하다. 상식적으로 불가능한 일이었다. 한데 다른 사람도 아닌 천군이, 그 터무니없는 협박에 못 이겨 스스로 목숨을 끊었다.

그때 연이 입을 열었다.

「어제 아버지의 안색이 영 어두워서 무슨 일이 있나 걱정이 되긴 했어. 설마하니 이런 일일 줄은……. 언제부터 정해져 있었던 거야? 넌 이미 알고 있었지?」

「나도 아까 전에야 알았어. 설마 아버지가…….」

단은 차마 말을 잇지 못하고 입을 다물었다.

천군이 방 한가운데에 목매달려 있더라고 연에게 어찌 말하겠는가. 단은 그 사람을 자신의 주군으로 여겼으나, 연은 그 사람을 아버지로 여겼다. 천군이 그들을 그렇게 대했기 때문이다.

「너 같은 놈만 둘이었다면 절대로 거두지 않았을 것이다. 안 거둬도 악착같이 살아남을 놈을 내가 뭣하러. 내가 지금 당장 죽는대도, 너는 아마 네놈 살길만 궁리할 테지. 나는 그래서 네놈이 싫다. 한데……. 그래서 믿을 놈은 너 하나뿐이로구나. 연이를 부디……. 오늘 밤엔 네가 보초를 서도록 해라. 동 트기 전에 와서 나를 좀 깨워다오.」

전날 저녁 천군의 두서없는 이야기를 들으면서, 단은 이미 그의 죽음을 예감하고 있었다. 그렇지만 미친놈의 헛소리에 가까운 협박 때문에 천군이 자결한다는 것은 당최 이해가 안 되는 일이었다. 천군에게 혹시 죽을 결심이냐고 물을 수도 없었다. 단은 그저 천군이 시킨 대로 동 트기 전에 천군의 침소에 들어갔다.

천군의 말은 옳았다. 그 시신을 본 순간, 단은 자기 자신이 혐오스러워질 만큼 재빨리 상황을 계산하고 자신의 살길을 궁리했다.

천군이 자진했을 정도면 성도는 정녕 폐허가 될지도 모른다. 설령 폐허가 되지 않는다손 쳐도, 천군이 바뀐다면 그와 연은 성도에서 사람답게 살기 어려울 터였다.

하여 단은 즉각 연을 데리고 성도를 빠져나온 참이었다. 지금 연에게 천군이 죽었다고 말해봤자 그녀의 불안과 슬픔만 가중시킬 뿐이다.

그는 모든 진실을 삼키고 연에게 두루뭉술하게 둘러댔다.

「간밤에 내가 보초를 설 차례가 아니었는데, 아버지가 일부러 내 번을 바꿔놓으셨다.」

「우리, 도망치라고?」

「아버지로서는 그게 최선이었나 보지. 오늘 천군이 바뀔 예정이거든.」

「원래 그렇게 바뀌기도 하는 거였니? 난 아버지께서 돌아가시기 전까지는 안 바뀌는 줄로만 알았어. 그럼 우리 아버지는? 아버지는 어떻게 되는 거야?」

연은 제대로 알고 있었다. 그 아버지가 돌아가셨기에 바뀌는 것이다.

「아버지는 아마도 편히 쉬시겠지.」

단은 차마 그녀에게 더는 거짓말을 할 수가 없어, 얼른 자리에서 일어섰다.

「해가 지면 이 산을 넘자. 그 전에 먼저 가서 살펴보고 올게.」

실제로도 성도 밖의 상황이 어찌 돌아가고 있는지 알아볼 필요가 있었다.

삿갓을 쓴 미친놈 하나가 성도를 폐허로 만들지는 못할 테니, 분명히 그 패거리가 있을 터였다. 어쩌면 이 원양국 전체가 성도를 없애자고 합심했을지도 모른다. 만일 온 나라가 미쳐 돌아가고 있다면, 그는 연과 함께 이 나라를 빠져나갈 결심이었다.

도망치고, 도망치고, 끝까지 도망친다. 목적은 오직 하나뿐이다. 살아남는 것.

단은 그토록 경멸했던 어머니를 어느 틈엔가 닮아버리고 말았다. 그러나 씁쓸한 감상을 곱씹을 겨를은 없었다. 그는 잰걸음으로 산을 넘었다.

그날 달선별 사람들은 이른 아침부터 밭에 나와 일을 하고 있었다.

한동안 일을 하고 있는데, 달선별의 읍장이 부리나케 어디론가 달려가는 모습이 보였다. 사람들이 고개를 갸웃거리며 수군거렸다.

「읍장 나리께서 이 시각에 어딜 저리 바삐 가시누?」

「아까 병사 하나가 저 길로 오락가락하더니만, 읍장 나리를 부르러 왔었나 보지.」

「어휴, 병사가 새벽부터 먼 길 오갔구먼. 아침밥은 먹고 다니나 몰라.」

잠시 또 일을 하고 있는데, 이번에는 읍장의 장남과 차남이 뒷산 쪽으로 헐레벌떡 달려가는 모습이 보였다. 사람들은 다시금 고개를 갸웃거리며 수군거렸다.

「읍장 댁 도련님들이 아닌가? 보아하니 성도로 가는 모양인걸.」

「아이고, 저러다 넘어질라. 하늘이 무너질 것도 아니거늘, 무에 급하다고 저리 뛰어다닐꼬.」

한동안 또 일을 하고 있는데, 이번에는 읍장의 셋째아들 진회가 밭으로 달려 나왔다. 그는 차라리 굴러오는 게 더 빠를 듯한 통통한 몸집으로 뒤뚱뒤뚱 달려와, 마을 사람들에게 말 그대로 하늘이 무너진다는 소식을 전하였다.

「예끼! 병사들이 성도로 쳐들어간다니, 아무리 농이라도 그런 소리를 하면 천벌 받소.」

「참말이에요. 그것 때문에 지금 아버지는 원양성으로 가시고, 형님들은 성도에 알리러 갔는걸요.」

그러고 보니 아침부터 낌새가 영 심상찮았더랬다. 달선벌 사람들은 뒤늦게 사색이 되어 수선을 피웠다.

「어허! 이놈의 왕이 돌아도 아주 단단히 돌았네그려. 성도가 어디라고 감히 병사들을 보낸단 말인가?」

「보아하니 병사들도 제정신이 아니구먼. 왕이 미쳐서 헛소리를 지껄이면 정신이 번쩍 나게 뒤통수나 갈겨줄 일이지, 쳐들어가란다고 냅다 쳐들어가면 쓰나?」

듣고 있던 진회가 갑갑한 양 손사래를 치며 끼어들었다.

「아유! 그게 아니라요, 남의 나라 병사들이 쳐들어오는 거래요. 근데 그 나라 병사들이 엄청나게 강해서 낭열도 막 발라 버리는 수준이기 때문에 우리 병사들로서는 도저히 막을 수가 없다나 봐요.」

「거 허풍을 쳐도 정도껏 쳐야지. 낭열 놈들이 얼마나 센데 그 놈들을 바른단 말이오? 그 나라 병사들을 팔다리가 대여섯 개씩 달렸답디까?」

「아니, 그보다도 우리 병사들은 왜 여태 코빼기도 안 보이누? 왕이라는 사람이 도대체 뭘 하고 있는 건가? 성도가 남의 나라 병사들한테 짓밟히게 생겼는데도 손가락 빨고 구경만 할 참인가?」

「천벌이 무섭네그려. 우리 병사들이 안 움직이면 나라도 성도를 지키러 가야지.」

「옳지. 그래야겠구먼. 지금 보리밭이 대수인가? 이대로 성도에 그놈들이 쳐들어가면, 여기까지 깡그리 부정 타서 보리 한 알도 제대로 못 열릴걸. 이러고 있을 때가 아니네. 다들 몽둥이든 뭐든 챙겨서 성도를 지키러 가세!」

「갑시다, 가요!」

마을 사람들이 호미와 괭이를 휘두르며 대차게 뭉쳐 결의를 다졌다.

그때 진회가 저만치 밭둑길을 가리키며 소리쳤다.

「엇! 저기!」

마을 사람들의 시선이 일제히 그리로 쏠렸다.

누런 흙먼지가 일고 있었다. 곧 지진이라도 난 듯이 땅이 우르

릉우르릉 흔들렸다. 그 흙먼지는 번개처럼 빠른 속도로 다가왔다.

얼빠진 눈길로 보고 있던 아낙 하나가 멍하니 입을 열었다.

「저게 도대체 무슨 짐승이래요? 암만 봐도 소는 아닌 것 같은데…….」

한 노인이 눈을 끔뻑이면서 대꾸했다.

「저런 짐승이 있다네. 내가 소싯적에 어디선가 본 적이 있는데, 저게 이름이 뭐라더라?」

「그나저나 저 사람들은 참 재주도 용하네요. 저리 날랜데, 어찌 떨어지지도 않고 저 위에 딱 붙어 앉아 있을까요?」

「그러게 말일세. 아! 생각났다. 저 짐승이 말이네, 말.」

「말…….」

구경하기도 힘들고 잡기도 힘든 말 위에 올라탄 사람들이 일정한 간격으로 열을 딱딱 맞추어 달리고 있었다. 저마다 갑주와 창으로 무장하여 흙먼지 속에서 섬광이 번쩍번쩍 일었다. 누런 깃발까지 높이 들고 펄럭이며 기세 좋게 달리는 행렬은 꽤 한참 이어졌다. 달선벌 사람들 모두에게는 난생처음 보는 진풍경이었다.

이윽고 그 신기한 행렬이 저만치 멀어졌을 무렵, 손가락을 꼽고 있던 진회가 단언했다.

「저런 병사들이 백여든셋씩이나 가면, 성도는 가망이 없겠습니다.」

그제야 마을 사람들이 경악한 눈초리로 다시금 그 행렬을 돌아보았다. 그러나 그 신통방통한 병사들은 그새 흙먼지조차 보이지 않을 만큼 멀어져 버렸다.

「저게 사람인가, 귀신인가. 우리 같은 것들은 쫓아가 봐야 어림도 없겠네그려.」

「아무렴. 쫓아갈 수나 있겠는감. 저리 날래면 눈 깜짝할 새에 다 가겠구먼.」

「으흠, 벌써 해가 중천에 떴네. 어서 일을 마쳐야 될 텐데…….」

호미라도 들고 성도를 지키러 가겠다던 사람들은 금세 체념하고 어깨를 떨어뜨렸다. 멀찍이 떨어져 잠시 구경만 해놓고도, 그 병사들의 위용에 기가 질린 탓이었다.

그 와중에 오직 진회만이 눈을 초롱초롱 빛내고 있었다.

「저 정도면 참말로 낭열을 발라 버리고도 남겠네요.」

사람들은 맥없이 한숨만 짓곤 뿔뿔이 흩어졌다.

당장 중요한 건 눈앞의 보리였다. 파릇파릇 연약한 보리 싹들이 겨울을 무사히 나게 키우려면 할 일이 많았다. 나라를 지키는 것도 좋고 성도를 지키는 것도 좋으나, 지킬 수 없는 것이 하늘의 뜻이니 어찌하랴. 내년 봄여름을 굶지 않고 지내도록 그저 보리 싹이나마 힘껏 지켜볼 따름이다.

섭제국의 정예 기병대가 마침내 원양국의 성도에 당도하였다. 선두는 섭제국의 왕 하녹이었다. 그는 휘황찬란하게 광택을 낸 순은의 갑주로 온몸을 감싸고 있었다. 그 곁을 을음이 보필하였다. 통역을 위해 따라온 첨운도 을음의 뒤에 딱 붙어 있었다.

그들이 성도에 이르렀을 때, 성도 곳곳에서는 이미 불길이 치솟고 있었다. 지금은 사라진 섭제국의 성도가 그러했듯이, 원양국의 성도 사람들도 스스로 모든 것을 불사르고 떠나갔다. 마치 그곳에 신묘한 하늘의 기밀이라도 숨겨두고 있었던 것처럼.

그 와중에도 성도에는 남겨진 사람들이 있었다. 옥사를 방불케 하는 두 채의 건물에 남녀로 나뉜 채 갇혀 있었다.

섭제국의 병사들은 부녀자들만 필사적으로 구출해 냈다. 그래 놓고 한 명씩 차근차근 죽였다. 이마에 기이한 표식이 있는 자들은 어차피 다 죽어 마땅한 죄인들이라고 했다. 다만 그 죄인들 가운데, 해루의 누이일지도 모를 서른 중반의 아낙들 아홉 명만이 따로 추려져서 간신히 목숨을 부지하였다.

"아직 멀리 가지 못했을 것이다. 근방을 샅샅이 뒤져라. 천군과 장년의 부녀자는 반드시 생포하고, 나머지는 파묻어 흔적을 없애어라!"

을음의 명에 따라 병사들이 분연히 흩어졌다. 매캐한 연기 속에 서 있던 하녹도 곧 말에 올랐다. 을음이 서둘러 그의 곁으로 따라붙었다.

"소신이 보필하겠나이다."

하녹은 주위를 찬찬히 훑어보며 길을 따라가다가, 두 개의 봉우리가 야트막한 능선을 그린 산을 향해 말머리를 돌렸다. 그쪽으로는 병사들이 가지 않은 터라 을음은 군말 없이 그 뒤를 따랐다.

이윽고 산기슭에 이르렀을 때, 하녹이 입을 열었다.

"이곳으로 도주했다면 필시 이 골짜기 사이를 지날 것입니다. 우보께서 수색하십시오."

"예? 하오면 전하께서는……."

"사람 쫓는 일은 피곤해서요. 여기서 잠시 사냥이나 하고 있겠습니다."

"아니, 이 와중에 웬 사냥……. 분부 받들겠나이다."

하녹이 사냥을 하겠다면 사냥을 하는 거다. 을음은 우물쭈물 하녹과 네 명의 병사들을 남기고 수색을 계속했다.

어쨌거나 하녹의 예상은 적중하였다. 골짜기를 따라 재를 넘었을 때, 을음은 보따리를 이고 진 한 무리의 사람들을 발견했다.

그 가운데 검은 옷을 맞춰 입은 스무 명 남짓의 장정들이 앞장서서 섭제군에 대적해 왔다. 제 딴에는 병사들인 모양이었다. 그래도 몸놀림은 제법 민첩한 편이었다. 그래봤자 기병에게는 상대가 안 되었다. 섭제군은 금세 성도의 병사들을 처리하고 사람들을 한데 모아 무릎을 꿇렸다.

속전속결에는 역시 기병이었다. 하지만 기병은 오직 말 위에서만 본연의 실력을 발휘한다. 그들이 삽질하는 모습을 보다 못한 을음이 버럭 화를 냈다.

"지금 이걸 구덩이라고 파놓은 것이냐? 말 뒷발질로 파도 이것보다는 잘 파겠다. 됐다. 그만 파고 저 계집들이나 끌어내어라."

병사들이 무리 중에서 서른 중반으로 보이는 아낙들을 골라냈다. 일곱 명의 아낙들이 끌려 나오는 사이, 을음은 첨운에게 물었다.

"이자가 천군임에 틀림없는가?"

을음이 앞서 끌려 나왔던 노인을 지목하자, 첨운은 성긴 콧수염을 긁적이며 대꾸했다.

"글쎄요. 다들 이자가 천군이라고 하긴 하는데, 어째 눈치가 영 시원찮습니다."

"그래?"

을음이 한쪽 눈썹을 치켜세우며 노인을 위아래로 훑어보았다. 그러다가 병사들을 향해 소리쳤다.

"뭣들 하느냐? 젊은 것들부터 묻어라!"

외딴 골짜기는 삽시간에 아비규환이 되었다. 살아 있는 이들만 겁에 질려 비명을 지를 뿐, 죽는 이는 앗 소리를 낼 틈조차 없었다. 그 와중에도 사람들은 다급히 무리 중의 한 노인을 지목했다.

첨운이 냉큼 말했다.

"저자가 진짜 천군이랍니다요."

그 노인은 자신이 언제 두려워 떨었냐는 양 허리를 곧추세우고 끌려나왔다. 그러고는 을음에게 무어라 꼬장꼬장 떠들어댔다.

잠시 인상을 찡그리고 있던 을음이 이내 또 병사들을 닦달했다.

"무슨 구경이라도 났더냐? 어서 묻어라!"

사람들의 절규가 다시금 골짜기를 구석구석 메웠다. 천군은 참담한 눈길로 그 광경을 보며 입을 다물어 버렸다. 을음이 비식 조소했다.

"내가 겉보기엔 풋내기 같아도, 군량을 축낸 지 어언 이십 년이라오. 걸음마 떼자마자 말 타고 종군했거든. 노인장 같은 사람들도 여럿 보았지. 나한테 길게 사설을 풀어봤자, 다른 사람들이 오래오래 살 것도 아니거늘. 한데 노인장은 말이지……."

을음이 허리춤에서 검을 뽑았다. 그는 앞서 천군 대신 끌려나와 있던 노인을 단칼에 베며 기합처럼 외쳤다.

"……대신 죽을 사람까지 내놨잖소!"

크게 검을 휘둘러 피를 턴 후, 을음은 검을 도로 꽂고 어깨를 으쓱했다.

"순 위선이구려."

첨운은 흘깃 을음의 눈치를 본 후, 천군에게 간단히 그 말을 통역해 주었다. 천군은 비통한 표정으로 말없이 고개만 푹 숙였다.

못다 묻은 무덤에서 핏물이 진하게 흘러 하늘가마저 사뭇 붉게 물들이고 있었다.

을음은 포로들을 이끌고 서둘러 성도 쪽으로 돌아왔다. 해가 지기 전에 원양성에 당도하려면 서둘러야 했다. 병사들을 다그쳐 출발할 채비를 하면서 을음은 바삐 하녹을 찾았다.

하녹은 성도와 뚝 떨어진 곳에서 태평스럽게 노닥거리고 있었다. 그 모습을 본 순간, 을음은 뒷골이 확 당겼다. 을음은 행여나 병사들이 그 모습을 볼세라 다급히 하녹에게 뛰어갔다.

"전하, 이 처자는……."

하녹이 냉큼 을음의 말을 끊곤 자랑하듯이 말했다.

"아하! 신록입니다. 아까 사냥을 하다가 잡았습니다."

"신록……."

"무릇 흰 사슴은 상서로운 동물이라 하기에, 죽이지 않고 생포하였습니다."

을음은 할 말을 잃고 멍하니 그 '흰 사슴'을 내려다보았다. 간혹 엉뚱한 소리를 늘어놓는 이 젊은 군왕에게 어디까지 장단을 맞춰줘야 할지는 늘 미지수였다.

어쨌거나 그 '흰 사슴'이 확실히 희긴 희었다. 동그랗고 까만 눈동자나 가녀린 목덜미, 처연함이 이슬 맺혀 흐르는 앳된 얼굴도 사슴에 비유할 만……. 아니, 그런 게 무에 대수인가. 하녹이 사슴이라 칭했으면 사슴인 거다.

하녹은 아랑곳없이 진지한 투로 을음에게 물었다.

“어찌 되었습니까? 천군은요?”

“전하의 예상이 적중하여 별 어려움 없이 생포하였사옵니다. 해가 지고 있사오니 속히 원양성으로 출발해야 하옵니다만…….”

을음은 다시금 그 ‘흰 사슴’을 흘끔거리면서 머뭇머뭇 말을 이었다.

“……아뢰옵기 황공하오나 일단은 이, 이 사슴도 자루에 넣도록 하겠사옵니다. 가는 길에 사람들의 눈에 띄면 낭패이옵니다.”

그 말에 하녹이 병사들 쪽을 돌아보았다. 병사들은 이미 열을 정비하여 출발할 채비를 마친 참이었다. 개중 후미의 병사들은 저마다 말 뒤에 사람 크기의 허연 자루 하나씩을 짐짝처럼 실어 매달고 있었다. 생포한 천군과 부녀자들이었다.

하녹이 도로 을음을 돌아보았다.

“싫습니다.”

평소처럼 온화하기 그지없는 음성이었다. 하녹은 이내 말에 올라 그 ‘흰 사슴’을 자신의 앞에 태웠다. 그러고는 을음이 말릴 여유도 주지 않고 곧장 박차를 가했다.

“출발합시다.”

을음은 허둥지둥 말에 올라 하녹의 뒤로 따라붙었다. 원양성으로 가는 내내 그는 거듭 한숨만 쉬었다.

예감이 좋지 않았다. 누구나 어처구니없어 하겠지만, 특히나 국대부인 양소선은 절대로 저 '흰 사슴'을 용납지 않을 터였다. 사사건건 트집만 잡는 늙다리 대신들은 신바람이 나서 이참에 그를 아예 잡아먹으려 들 게 빤했다.

"쯧쯧, 시끄러워지겠군."

중얼거린 을음은 또 하릴없이 한숨만 쉬었다.

피 보는 일은 질색이었다. 그게 사람의 피라면 더더욱 사양하고 싶었다. 하녹이 사냥이라는 말도 안 되는 구실로 을음을 따돌린 까닭은 그 때문이었다. 그런 그가 사냥을 하고 싶을 리 만무했다.

슬슬 경치 구경이나 하면서 시간을 때우다가 돌아갈 요량이었는데, 한번 피를 본 병사들이 눈치 없이 흥분해서 야단이었다. 방금 저리로 토끼가 지나갔거나 말았거나, 하녹에게는 관심 밖의 일이었다. 하녹은 병사들을 부추겨 토끼를 뒤쫓으라고 해놓고는 결국 그 병사들마저 따돌려 버렸다.

날씨는 화창하고 박자 맞추듯 낙엽 부스러지는 산길은 제법 운치가 있었다. 이처럼 좋은 날, 사람 목 뎅겅뎅겅 자르는 광경을 의무감으로 지켜봐야만 한다니.

하긴 언제는 그의 뜻대로 되는 일이 있었던가.

하녹은 본디 북열(北烈)의 왕자였다. 그 모후인 양소선은 강단있고 영리한 여인으로, 사내로 태어났다면 능히 패권을 장악할 그릇이라 칭송이 자자했다. 그의 형인 위려 태자는 모후를 쏙 빼

닮아, 양친과 북열 신료들의 기대를 한 몸에 독차지하는 군왕의 재목이었다.

하녹은 늦둥이 막내 왕자였다. 태어날 때부터 왕위와는 거리가 멀었다. 아무도 그에게 뭔가를 기대하지 않았다. 양친이 그에게 기대하는 바가 있다면 '이 귀염둥이가 오늘은 또 무슨 재롱으로 우리를 즐겁게 해주려나' 하는 정도였다. 형이 그에게 기대하는 바가 있다면 '이 모자란 녀석이 오늘은 또 무슨 바보 같은 짓으로 나를 즐겁게 해주려나' 하는 정도였다.

하녹은 그런 현실에 별달리 불만이 없었다. 불만을 품을 만한 나이도 아니었을 뿐더러, 형과 터울이 크게 져서 감히 형을 이겨먹겠다는 생각을 해본 적도 없었다. 그 철부지 어린 시절에 하녹이 꿈꾸었던 미래는 '왕위에 오른 형 밑에서 적당히 녹을 먹고, 아내는 딱 형수만큼만 아름다운 여인으로 고른 다음, 심심한 날이 하루도 없도록 애들을 잔뜩 낳아서, 애들하고 매일같이 신나게 물장구치고 뛰노는 삶'이었다. 그러나 그 태평스러운 미래는 한순간에 산산조각 났다.

북열의 서쪽은 광활한 사막이었는데, 그 척박한 땅에 채나(寨那)라는 오랑캐가 있어 자못 북열의 근심거리가 되곤 했다. 그 무렵 채나에 걸출한 용자가 나타나 위세를 떨치더니, 급기야 북열의 왕성을 점거하기에 이르렀다. 그 용자는 북열의 왕에게 신속(臣屬)에 가까운 동맹을 요구하면서 자신의 조카딸을 북열의 왕비로 앉혔다.

그 과정에서 원래 왕비였던 양씨 부인이 나라 밖으로 추방되었다. 위려와 하녹 또한 목숨이 위태로운 형국이었으므로 모후를 따라 궁을 떠났다. 그들이야말로 북열 왕실의 적통이요, 북열의 미래였기에 수많은 신료와 백성들이 자진하여 그들을 따라나섰다.

그들은 북열의 맥을 이을 새로운 도읍지를 찾고자 남쪽으로, 남쪽으로 머나먼 길을 왔다. 굴열(窟烈)을 지나고 맥열에 접어들어 기어이 열수를 건넜다. 한동안 더 남하한 끝에 그들은 텅 빈 변성(邊城) 한 채를 발견했다. 주위에 여러 마을이 있어 민가들이 즐비했으되, 하나같이 버려진 빈집이었다.

오랜 여정에 지친 사람들에게는 가뭄 끝의 단비와도 같은 땅이었다. 더욱이 그 땅은 서북으로 크고 작은 산들이 병풍을 이루고, 남으로는 한수가 흐르는 배산임수의 명당이었다. 다만 동북방이 훤히 트여 낭열과 맥열의 국경에 접하였으니, 그 좋은 땅이 임자 없이 버려져 있는 까닭을 쉬 알 법했다. 하지만 지쳐 있던 사람들은 그런 것까지 따질 여력이 없었다. 그들은 비로소 무거운 짐을 내려놓고 그곳에 도읍하였다. 열예의 말로 물을 건너는 것을 '섭제(涉濟)'라 하기에 국호를 그리 정하였다.

그러나 위려는 그 땅에 만족하지 않았다. 집주인이 도둑을 두려워하여 집을 버리고 떠난 땅일진대, 어느 객이 그 땅에서 세세토록 안녕을 누리겠는가. 위려는 모후와 어린 아우에게 지친 백성들을 맡긴 채, 병사와 장정들을 독려하여 보다 더 안전한 도읍지를 찾아 나섰다.

서쪽으로 한참을 더 가보니 한수가 바다로 흘러드는 곳에 모수국이라는 나라가 있었다. 그 나라의 토양은 비옥하고 병력은 형편없어 능히 취하여 도읍할 만했다. 위려는 망설임 없이 곧바로 전쟁을 벌였다. 그러나 이내 후방에서 마루한 제국의 대군이 들이닥쳤다.

당시 섭제국의 왕성은 이미 마루한 제국의 병사들에 의해 포위되어 있었다. 양씨 부인은 두 아들들의 목숨을 두고 양단간의 선택을 해야만 할 처지에 놓여 있었다.

그녀는 장하고 믿음직스러운 맏아들 대신, 아직 어리기만 한 작은아들을 선택했다. 그와 함께 남겨져 있었던 수많은 북열 난민들의 목숨을 선택했다. 그녀는 맏아들이 죽는 광경을 두 눈 부릅뜨고 지켜보면서, 한편으로는 작은아들의 무릎을 꿇려 마루한 제국의 진제에게 충성을 맹세하도록 했다.

그 결과 모두가 무사히 목숨을 부지하였다. 위려 한 사람의 목숨 값은 그토록 어마어마했다.

향년 스물일곱으로 요절한 위려에게는 정비(正妃)인 공요와 희첩 한 명이 있었다. 그들은 북열의 오랜 관습에 따라 위려의 아우인 하녹의 처첩이 되었다. 그러나 희첩은 이내 자결하여 위려의 뒤를 따라가고 말았다.

하녹은 형을 대신하여 보위에 올랐다. 형이 오면 쓰려고 만들어두었던 옥좌에 그가 대신 앉았다. 형의 아내였던 공요를 그가 대신 품었다. 형의 빈자리는 너무나도 커서, 도무지 그가 감당하지 못할 것이었다.

그래도 얼마나 다행인가. 그에게는 어머니와, 한때 형수였던 아내가 있었다. 낮에는 어머니의 뜻대로 밤에는 아내의 뜻대로, 얌전히 입 닥치고 따르기만 하면 그럭저럭 별 탈 없이 지낼 수 있었다. 하녹이 해야 할 일은 단 한 가지, 자신이 무엇을 원하는지 생각하지 않는 것이었다. 그는 위려를 대신하는 자일 뿐, 하녹이 아니니까.

물론 그도 사람이었다. 무심하게 굴러다니는 돌멩이가 아니다. 하여 가끔은 괴로워하고 진저리를 치기도 했다. 하지만 그것은 남의 옷을 빌려 입은 사람이 마땅히 감내해야 할 불편함이었다. 그는 영영 돌아오지 않을 옷 임자를 그리워하며, 이렇듯 사냥 따위의 터무니없는 구실로 자신이 하기 싫은 일을 필사적으로 피해볼 따름이었다.

피는 정말 질색이다. 그 지독한 빛깔과 역한 냄새는, 잊고 싶은 기억을 한사코 떠올리게 만든다.

하녹은 산 중턱의 무성한 솔숲에 이르러 말을 세웠다. 말에서 내린 그는 묵직한 은 투구를 벗어 들고 깊이 숨을 들이쉬었다. 청량한 솔향기가 몸속 가득 흘러들었다. 어딘가에 배었을 듯한 피비린내가 한꺼번에 씻겨 나가는 기분이었다. 그는 아까부터 이 푸르른 솔숲을 향해 말을 재촉하고 있었다.

하녹은 만족스러운 기분으로 솔숲을 둘러보며 두어 차례 더 심호흡을 했다. 그러다 문득 숨을 헉 들이켰다. 그는 뒤늦게 숨소리를 죽이면서 조용히 왼쪽으로 고개를 기울였다. 점점 더 몸이 왼쪽으로 쏠리다가 기어이 발을 떼었다. 솔숲 맨 위의 소나무 아래에 이르러, 그는 이윽고 걸음을 멈추었다. 한동안 그는 가만히 밑을 내려다보았다.

「섬멸! 내가 원하는 것은 바로 그것이오.」

원양국의 왕은 피를 원한다. 원양국의 병권을 받아내는 조건은 그 성도의 섬멸이다. 천군과 장년의 부녀자를 제외한 모두를 도륙한다. 남김없이, 가차 없이.

그러나 칼자루로 선뜻 손이 가지 않았다. 피는 볼 만큼 봐서 더 보고 싶지 않기 때문인지, 아니면 굳이 자신의 손에까지 피를 묻히고 싶지 않기 때문인지 알 수 없었다.

그는 다만 혼란스러웠다. 보면 볼수록 더욱 혼란스러워졌다. 하도 혼란스러워져서, 급기야 자신이 보고 있는 것이 무엇인지 생각해 낼 수 없는 지경에 이르렀다.

그것은 군데군데 검고 푸르렀으나, 전체적으로 희었다. 그렇다고 해서 그것을 백옥이라고 우기기에는 적잖은 무리가 따랐다. 그것은 분명히 살아 숨 쉬고 있었고, 손등에 스친 그것의 뺨은 미미하게나마 온기를 품고 있었다.

별안간 그것이 눈을 반짝 떴다. 그것의 눈동자는 몹시도 맑고 투명하여, 그 속에 든 공포를 여과 없이 드러내고 있었다. 그 까맣고 동그란 눈동자는 마치 사냥꾼을 보는…….

"사슴이로군."

그렇다. 하녹은 사냥을 하러 산에 올라왔다가 사슴 한 마리를 보았다. 무려 흰 사슴이다. 흰 사슴처럼 신령스러운 동물을 함부로 죽이면 향후 무슨 재앙이 닥칠지 모른다. 그러니까 죽이지 않는 것이 좋겠다.

명쾌한 결론을 내리고 기분이 좋아지려 할 때, 흰 사슴이 여싯여싯 입을 열었다. 하녹은 사슴의 말을 알아들을 수 없었고, 알아들을 필요도 없었다. 그는 사슴의 눈을 도로 감겨주고자 손을 뻗으며 말했다.

"쉿, 다시 자도 좋다."

그 손이 미처 닿기도 전에, 사슴은 겁에 질린 얼굴로 눈을 질끈 감아버렸다. 그의 손은 머쓱하게 허공만 움켜쥐고 돌아왔다.

가볍게 한숨을 쉰 하녹은 어깨를 으쓱하며 뒤돌아섰다. 저 밑에 매어둔 말을 향해 두어 걸음 내딛다가, 이내 도로 그 자리에 되돌아왔다.

사슴은 그때 막 자리에서 일어나 산 위쪽으로 도망치려던 참이었다. 그는 재빨리 사슴의 손목을 붙들고 속삭였다.

"아무 말도 하지 마라."

사슴이 과연 그의 말을 알아들을까? 그는 검지를 세워 입술에 대며 쉿 소리를 냈다. 사슴은 아랑곳없이 그에게 잡힌 손목을 빼내려고 안간힘을 썼다. 그러다가 그의 뒤쪽을 흘깃 보곤 경악하여 그대로 얼어붙었다.

하녹이 급히 뒤를 돌아보았다. 병사 하나가 검을 뽑아 든 채 달려오고 있었다. 하녹은 한 손으로 사슴을 끌어 자신의 등 뒤에 숨기면서, 다른 한 손을 들어 병사를 저지했다. 사슴은 자신이 언제 저항한 적이 있었냐는 양 냉큼 그의 등에 달라붙었다. 가련하게도 바들바들 떠는 바람에 묘하게 등이 간지러웠다.

그 병사는 어리둥절한 표정으로도 이내 검을 거두고, 뒤이어 달려온 다른 병사들과 더불어 한쪽 무릎을 꿇으며 절을 올렸다.

"이곳에 계신 줄 모르고 한참 찾았사옵니다. 제대로 보필하지 못한 죄, 부디 용서하시옵소서."

병사들은 푹 숙였던 고개를 들면서 저마다 기웃기웃 하녹의 뒤편을 흘끔거렸다. 개중에 한 병사가 무엄하게도 쿡 웃음을 터뜨리곤, 제풀에 놀라서 괜스레 기침을 해댔다.

하녹은 멋쩍은 기색으로 병사들의 시선을 피해 딴 데를 쳐다보며 물었다.

"토끼는 잡았느냐?"

"원체 빨라 잡지 못하였사옵니다. 송구하옵니다."

"일없다. 어차피 사냥을 하러 온 것도 아니니, 이만 내려가지."

"전하, 그 처자는……."

"참, 나는 운이 좋아서 이 흰 사슴을 잡았느니."

그 말에 일제히 고개를 숙인 병사들이 단체로 고뿔이라도 든 양 기침을 해댔다.

하녹은 성급히 흰 사슴을 이끌고 그 자리를 벗어났다. 그는 서둘러 투구를 쓰고 말에 올라, 사슴을 앞에 태웠다. 사슴은 난생처음 말에 오른 게 틀림없었다. 말 위로 끌어올려 놨더니만, 말 등에 걸터앉은 채로 굳어져서 제대로 탈 생각을 하지 않았다. 다리를 쫙 벌리고 앉느니 차라리 낙마하고 말겠다는 심산 같았다.

양 무릎을 꼭 붙이고 그 위에 양손을 모은 자태가 실로 다소곳했다. 다만 앉은 자리가 말 위인지라 아슬아슬 위태롭기 짝이 없었다. 사슴도 불안하긴 한 눈치로 안절부절못하며 치맛자락만 움켜쥐고 있었다. 보다 못한 하녹이 사슴의 손을 끌어 자신의 허리를 붙들게 했으나, 사슴은 주저하며 붙잡는 시늉만 했다. 그래도 막상 말을 달리기 시작하자, 물에 빠진 사람 지푸라기 잡듯이 와락 그에게 엉겨 붙었다.

그토록 겁에 질려 떠는 와중에도 사슴은 가녀린 목을 쭉 빼어 연거푸 그 솔숲을 돌아보았다. 그 솔숲의 정기가 고스란히 흰 사슴에게 깃들어 있는지, 청량한 향기가 내도록 하녹의 코끝에 감돌았다.

말을 달리는 내내, 하녹은 괴이한 생각이 들어 몇 번인가 고개를 갸웃했다. 그도 그녀가 사슴이 아니라는 사실을 알고는 있었다. 한데 어쩐지 꼭 진짜 사슴인 것만 같았다.

불타 폐허가 된 성도에 당도하여 하염없이 눈물짓는 그녀를 보곤 겨우 그 괴이한 생각을 떨쳐 냈으나, 원양성을 향해 말을 달리기 시작하자 또다시 괴이한 생각이 들기 시작했다.

자신이 태어나고 자란 고향을 떠날 때의 참담한 심정을 하녹은 누구보다도 잘 알고 있었다. 북열의 국경을 넘어설 적에 그는 종내 부질없이 고국을 돌아보았다. 언젠가는 다시 저 땅을 밟을 수 있기를, 모든 것이 원래대로 제자리를 찾아 무사히 고국으로 돌아갈 날이 오기를, 그는 막연히 소망하였다. 심지어 지금까지도 그는 가끔 저 먼 북녘을 바라보곤 했다.

그런데 그녀는 성도를 보고 있지 않았다. 그녀가 애처로울 정도로 작은 몸을 기울여 바라보는 곳은 여전히 그 산 중턱의 솔숲이었다. 지금 만일 그녀를 놓아준다면, 그녀는 주저 없이 곧장 그 솔숲으로 달려갈 성싶었다.

언제고 푸르른 그 소나무 아래로 돌아가면 기분 좋은 솔바람에 그녀의 눈물도 마르리라. 그녀는 그예 모든 시름을 잊고 도로 다소곳이 앉아, 청량한 향기를 솔솔 내뿜으며 또 고요히 잠을 청할 것이다.

마치 사슴처럼 말이다. 산신령이 화한 흰 사슴처럼.

❖

첨운은 하녹을 만나는 일이 언제나 즐겁고 기대되었다. 일국의 왕씩이나 되는 사람을 만나니 당연히 우쭐할 만했지만, 그보다도 하녹 자체가 재미난 젊은이였기 때문이다. 얼핏 보기에는 잘 자란 도련님 같은 인상이었으나, 가끔 내뱉는 얼토당토않은 소리가 실로 일품이었다. 그 소리에 어쩔 줄 몰라 하며 쩔쩔매는 을음을 구경하는 것이야말로 첨운의 가장 큰 낙이었다.

이날도 하녹은 사냥이니 사슴이니 하면서 두 번씩이나 허튼소리를 하여 을음을 난처하게 만들었다.

하지만 압권은 지금부터였다. 이 엉뚱한 젊은이는 어쨌거나 왕이었기에, 원양국의 왕 해루 앞에서도 아랑곳없이 그 허튼소리를 지껄인 참이었다. 첨운은 그 말을 통역하여 전할 당사자였다.

첨운은 은근히 이는 흥분을 감추며 목청을 두어 번 가다듬었다. 하지만 을음이 잡아먹을 기세로 노려보는 바람에, 이내 김이 빠져 버렸다.

「객당에 있는 처녀는 이 일과는 아무런 관련이 없습니다.」

첨운은 '객당에 있는 것은 처녀가 아니라 사슴입니다!'라고 외치고 싶은 충동을 꾹 참고 둘러댔다. 해루는 그의 인내심을 시험하려는 양 되물었다.

「그 처녀가 정녕 성도 사람이 아니란 말씀이오?」

「이 일과는 관련이 없다니까요. 한마디로 성도 사람이 아니라는 뜻입지요.」

첨운은 통역할 것도 없이 냅다 대꾸해 주었다. 해루가 양미간을 좁히면서 집요하게 그 처녀를 들먹였다.

「그냥 척 보기에도 성도 사람 같더구먼. 설령 성도 사람이 아니라 해도, 그 처녀가 우리 원양국의 백성임에는 틀림없잖소.」

「다시 한 번 말씀 드리지만, 객당에 있는 처녀는 이 일과는 아무런 관련이 없습니다. 성도 사람도 아니고, 원양국의 백성도 아니에요.」

「하면 그 처녀가 섭제국의 백성이라도 된단 말이오? 그 말을 지금 나더러 믿으라는 거요? 대왕께서는 병사들을 끌고 오시면서, 대관절 어인 연유로 그런 처녀를 대동하셨단 말이오? 아니, 그리고 자네는 어찌하여 내 말을 대왕께 옮기지 않고, 번번이 자네가 대답하는가?」

「제가 오죽하면 이러겠습니까. 민망해서 말씀을 못 옮기겠습니다요. 거참, 사내가 처녀를 데리고 다니면 이유야 빤하지, 그걸 꼭 확인하셔야 직성이 풀리시겠습니까? 것도 이런 자리에서.」

그 자리는 공식적인 회담의 장이었다. 이날 섭제국의 병사들이 성도로 쳐들어갔다는 소식을 들은 원양국의 신료와 읍장들이 벌떼처럼 몰려와 있었다. 하나같이 살기등등한 눈초리로 섭제국 측을 노려보며 노골적으로 이를 가는 중이었다. 가뜩이나 분위기가 살벌한 판국에 한낱 처녀 얘기로 회담이 지체되어, 사람들의 인상은 점점 더 험악해져 가고 있었다.

첨운은 투덜거리면서 원양국의 책사 조방 쪽으로 흘깃 시선을 주었다. 이내 조방이 해루에게 다가가 귓속말로 무어라 속삭였다. 해루가 내키지 않는 기색으로 고개를 끄덕이자, 조방이 바삐 밖으로 나갔다. 덕분에 회담이 시작되었다.

그제야 첨운은 정신을 바짝 차리고 부지런히 하녹의 말을 통역했다.

“얼마 전 우리 섭제국에서 차마 입에 담지 못할 불미스러운 사건이 벌어졌습니다. 그 죄인들이 귀국의 성도로 피신했으므로 귀국에 협조를 요청했으나, 대왕께서 받아들이지 않으셨기에 부득불 귀국의 성도에 침입하게 되었습니다.”

「대왕께서 언제 내게 협조를 요청하셨소? 병사들을 보내어 성도를 쳐부수겠노라 겁박만 하셨지. 그게 웬 천벌 받을 소리인가 싶어서 내 귀만 깨끗이 닦았더니, 오늘에 와 정녕 우리의 성도가 없어질 줄 누가 알았겠소?」

해루가 눈을 부라리며 딱 잡아뗐다. 모르는 사람이 보면 깜빡 속겠다. 아니나 다를까, 대번에 속아 넘어간 원양국의 신료와 읍장들이 와글와글 아우성치며 소란을 피웠다.

그 사나운 기세에 눌린 첨운은 마른침을 꼴깍 삼키곤 재빨리 통역에 열중했다.

무턱대고 성도를 쳐부수겠다며 겁박한 적은 없다. 만일 협조에 응하지 않으면 병사들로 하여금 성도를 수색케 하여 죄인을 추포할 가능성도 있다고 했을 뿐이다. 한데 이 말이 와전되었던 모양이다. 섭제국의 병사들이 성도에 도착했을 때, 성도는 이미 불타고 있었다. 성도 사람들이 모처로 피난하는 길에 스스로 불을 놓아 흔적을 없앤 듯하다.

“비록 오해로 인하여 일어난 불상사이긴 합니다만, 우리 섭제국 측에서는 깊이 책임을 통감하고 있습니다. 하여 금일 이렇듯 돼지 열일곱 마리로 심심한 사죄의 뜻을 표하는 바입니다.”

첨운은 그 말을 통역하면서 데룽데룽 눈알을 굴렸다.

성도로 죄인을 추포하러 갔을 뿐인데, 성도가 없어질 줄 미리 알았다는 양 돼지 열일곱 마리를 가져왔다고? 더구나 열다섯도 아니고 스물도 아니다. 열일곱이라는 이 지저분한 숫자는 뭐란 말인가. 꼭 오는 길에 세 마리 잡아먹은 것처럼.

계획을 꾸밀 때만 해도 미처 눈치채지 못했다. 막상 거짓말을 하고 보니 구멍이 숭숭 뚫려 있었다. 하물며 상대는 섭제국의 처사를 비난하고자 잔뜩 벼르고 있는 원양국의 신료와 읍장들이었다. 그들이 이처럼 허술한 거짓말을 곧이곧대로 믿어줄 리 없었다.

한데 이게 웬걸. 원양국 사람들이 심각한 얼굴로 하녹의 말을 경청하고 있었다. 몇몇은 이미 속아 넘어가 수긍하는 기색이 역력했다. 그럴 리가 없건만 그러고들 있었다. 하도 순순히 속아 주는 통에 첨운은 도리어 더 긴장했다.

“우리 섭제국 사람들은 대개 열수를 건너와, 이곳의 풍습을 아직 세세히 알지 못합니다. 다만 우리 고국의 법에 사람을 죽인 자는 반드시 목숨으로 그 죗값을 치르게 합니다. 그 법에는 일절의 예외가 없습니다. 죄인이 성도로 피신하면 죄를 불문에 부친다니, 그건 너무 불공평하지 않습니까. 이미 죽은 사람은 되살아날 길이 없거늘, 어찌하여 사람을 죽인 자에게는 살 길을 마련해 준단 말입니까. 그 죄인들의 손에 무고한 인명이 숱하게 희생되었습니다. 아이가 피투성이로 죽어갔습니다. 그 아이의 어미는 눈물조차 흘리지 못했습니다. 하릴없이 죽은 아이의 살점을 끌어

모을 따름이었습니다. 그때 그 어미의 눈빛이…….”

첨운이 말을 멈추었다. 아무리 기다려도 하녹은 그 뒷말을 잇지 않았다. 원양국 사람들도 굳이 재촉할 생각은 없는 듯, 멍하니 하녹을 바라보고 있을 뿐이었다. 의아해진 첨운은 슬그머니 뒤쪽을 돌아보았다.

하녹은 굳어진 얼굴로 서 있었다. 그 길고 깊은 눈에는 눈물이 가득 고여 있었다. 마침내 그 눈물이 떨어진 순간, 그는 눈물을 보이기 싫다는 듯 고개를 번쩍 위로 치켜들었다.

그 모습을 본 사람들의 입에서 감동 어린 탄식이 흘러나왔다. 거짓임을 알고 본다면 가증스러울 터이나, 사람들은 이미 그에게 속아 넘어가 그 눈물이 거짓인지 아닌지 따질 마음조차 없는 듯했다.

졸지에 숙연해진 분위기 속에서 해루가 원양국 사람들을 향해 입을 열었다.

「기실 나는 오늘 아침까지는 섭제국과의 전쟁도 불사하겠다는 입장이었기에, 이렇듯 여러분들을 한자리에 모신 참이오. 한데 저 왕의 말을 듣자하니 그동안 여러모로 오해가 있었나 보오. 또한 근본적으로는 저 왕이 백성을 아끼는 마음에서 비롯된 일이니, 이를 비난하며 병사를 일으키기도 썩 달갑지는 않소. 그리고 솔직히 전쟁을 한들 우리에게는 승산이 없을 것 같구려. 섭제국은 낭열과의 전쟁에서도 승리하여 화친을 받아냈다던데, 내가 아까 그 병사들을 직접 보니 실로 강병인 듯했소. 공연히 전쟁을 일으켜서 패했다가는 우리나라 사람들만 애꿎게 죽지 않겠소? 그럴 바에야 차라리 저들의 사죄를 받아들이는 편이 낫겠다는 생각이오. 여러분들의 의견은 어떠하오?」

「저 나라 병사들이 낭열과 싸워 이겼다는 얘기를 듣고 설마 하였는데, 실제로 보니 이기고도 남겠더군요. 제 생각에도 섭제국과의 전쟁은 피하는 게 상책입니다.」

「저도 전쟁은 반대입니다. 낭열의 병사를 평범한 병사라 치면, 우리나라 병사는 허수아비에 불과하고, 맥열의 병사는 사나운 짐승의 무리라 할 것입니다. 한데 오늘 보니 저 섭제국의 병사들은 가히 신병(神兵)에 비유할 만하더군요. 우리가 싸워서 이길 가망이 없습니다. 저쪽에서 우리를 찾아와 용서를 빌고 있으니, 너그러이 용서해 주는 것이 모양새도 좋습니다.」

해루가 예상했던 것보다도 훨씬 더 많은 사람들이 그의 의견에 수긍해 주었다. 원양성으로 행군하여 들어오던 섭제국 정예 기병의 위세가 얼마나 대단했던지, 원양국 사람들은 단지 그 모습만 봐놓고도 내심 사기가 꺾여 있었다. 더구나 섭제국 왕은 그들과 맞설 생각도 없이 정중히 사죄하며 눈물로 호소하고 있었다. 구태여 그 사죄를 뿌리치고 전쟁을 벌여, 섭제국 정예 기병의 신출귀몰한 실력을 몸소 확인해 볼 필요는 없을 성싶었다.

그래도 그 와중에 몇몇 사람들은 언짢은 기색으로 반발하고 나섰다.

「지금 무슨 한가한 말씀을 하고 계시는 겁니까? 우리의 성도가 없어졌습니다. 설령 오해 때문이라고 해도, 이대로 용서하고 넘어갈 일은 아닙니다.」

「그렇지요. 함부로 남의 나라 성도를 없애다니요? 이게 가당키나 한 일입니까? 만일 우리가 섭제국과 전쟁을 벌이게 되면, 필시 진제께서 마루한 제국의 모든 병력을 동원하여 대군으로써 우리를 도와주실 겁니다. 우리가 이런 식으로 무작정 겁먹고 물러날 일이 아니에요.」

해루는 그 말을 기다렸다는 양 곧바로 응수했다.

「진제께서 대군을 보내어 우리를 도와주신다니, 설마 그럴 리가 있겠소? 낭열과 맥열이 노략질을 한다고 그토록 도움을 요청했는데도, 진제께서는 이제껏 단 한 명의 구원병도 보내주신 적이 없잖소. 오죽했으면 우리가 동부의 여러 마을들을 아예 내버렸겠소? 그 땅에 섭제국이 들어서서 작금의 사태가 빚어진 것이오. 진제께서 구원병을 보내신다는 보장도 없는 마당에, 그분을 어찌 믿고 전쟁을 벌이란 말이오? 어차피 우리가 패할 게 빤한데.」

그리하여 회담은 일찍이 계획해 두었던 대로 흘러갔다. 사람들은 진제에 대한 불만을 토로했다. 허구한 날 쳐들어오는 낭열과 맥열, 어김없이 뚫리는 국경과 허수아비 같은 병사들에 대한 푸념도 늘어놓았다.

섭제국 측에서도 을음이 나서서 은근슬쩍 장단을 맞추었다.

"만일 진제께서 마루한 제국의 병권을 통합하여 국경을 방비하신다면, 낭열과 맥열은 감히 노략질할 엄두도 못 낼 것입니다. 하지만 실상 요원한 희망이지요. 그러니 한수 이북에 있는 나라들만이라도 스스로 단결하고 병권을 통합하여 국경을 보다 더 튼튼히 방비하고자 하는 바람이 있었습니다만……. 오늘 일은 실로 안타깝게 됐습니다."

그 말에 원양국 사람들이 대번에 눈을 번쩍 떴다.

「병권을 통합한다는 말씀은, 귀국의 병사들이 우리 국경을 지키게 된다는 뜻입니까?」

“글쎄요. 병권을 하나로 통합하게 되면, 그런 구분이 무슨 의미가 있겠습니까? 어차피 적군은 병사 개개인의 출신이 어디인지 신경도 안 쓸걸요. 막상 전투가 벌어지면 그런 거 따질 여유도 없지요. 병사들이 훈련은 제대로 되어 있는지, 저 부대에 화살과 군량은 어느 정도나 비축되어 있을 것인지, 며칠을 분기점으로 양군의 사기가 갈릴 것인지, 진을 짤 때 무엇에 우선순위를 둘 것이며 기습이나 화공은 가능한지. 뭐, 여러분들도 익히 아시다시피 실전에서는 그런 것들만 살피기도 바쁘잖습니까.”

을음이 술술 대꾸하자, 원양국 사람들은 멍하니 감탄만 했다. 그러더니만 오히려 더 앞장서서 병권을 통합하자고 야단이었다.

을음이 군명 하달 체계의 일원화라느니 훈련의 효율성 도모라느니 이유를 들어 병사 삼천 명을 징발해 보내라고 하자, 원양국 측에서는 그제야 약간 주춤했다. 하지만 여태까지 낭열과 맥열의 침략으로 인하여 애꿎게 죽은 원양국 병사들의 숫자를 다 합치면 삼천 명이 족히 넘을 터였다. 차라리 이참에 병사 삼천 명을 한꺼번에 징발하고, 앞으로는 발 뻗고 편히 지내는 것도 나쁘지는 않을 듯했다.

그리하여 모든 일이 계획대로 이루어졌다. 섭제국은 기어이 원양국의 병권을 손에 넣었다. 이듬해 봄이 되면, 원양국의 장정 삼천 명이 병사로 차출되어 섭제국으로 보내질 터였다.

양국의 회담은 의외로 모두가 만족스러운 결과를 얻고 끝났다. 그사이에 끼어서 통역했던 첨운만이 별달리 얻은 것도 없이 떨떠름한 표정이었다.

회담을 마친 해루는 들뜬 걸음으로 원양성 구석진 곳의 외딴 곳간으로 향했다.

뜻밖에도 일이 술술 풀렸다. 반란도 없고 궐기도 없었다. 심지어 전쟁도 없었다. 그 와중에 섭제국의 새파란 애송이 왕도 한몫 단단히 했다. 그 자리에서 천연덕스럽게 눈물까지 비칠 줄이야!

「젊은 놈이 참……. 흐흐.」

그 눈물에는 해루도 감동을 받았다. 엄밀히 말하자면 눈물을 자유자재로 활용할 수 있는 그 능력에 감동받았다.

한꺼번에 긴장이 확 풀리자 피로가 몰려들었다. 그러나 해루는 눈빛을 번들거리며 걸음을 재촉했다.

오매불망 기다려 온 순간이었다. 바야흐로 섭제국으로부터 받은 돼지 열일곱 마리를 확인할 때가 되었다. 그는 회담 내내 돼지가 궁금하여 좀이 쑤셨더랬다.

비상시에만 쓰는 외딴 곳간 앞은 텅 비어 있었다. 일부러 보초도 세우지 않은 참이었다. 해루는 조용히 곳간 안으로 들어가 횃불을 켰다. 허연 자루들이 수두룩하게 놓여 꿈틀거리며 신음하고 있었다.

해루는 떨리는 손길로 자루를 하나씩 하나씩 풀었다.

「이년도…… 이년도…… 이년도……!」

그 어느 자루에도 누이는 없었다. 실낱같은 희망이 무너진 순간, 그도 함께 무너졌다. 외딴 곳간은 순식간에 피바다가 되었다.

「돼지만도 못한 것들.」

해루는 검을 내동댕이치면서 입술에 튄 피를 쓱 훔쳤다.

그때 돌연 곳간 문이 열렸다. 조방이 들어왔다. 그와 더불어 천군이 끌려 들어왔다. 행여나 천군의 얼굴을 알아볼 이가 있을세라, 머리에 흰 보를 뒤집어씌운 상태였다.

아까 회담 시에 자리를 비웠던 조방은 객당에 있다는 처녀가 성도 사람인지 확인하고 오는 길이었다. 그는 해루의 앞에 천군을 무릎 꿇리며 보고를 올렸다.

「천군이 그 처녀를 본 뒤로 입을 열지 않사옵니다. 아무래도 그 처녀는 성도 사람인 듯하옵니다.」

해루는 그 보고를 듣는 둥 마는 둥 묵묵히 천군을 내려다보고 있었다.

지난 열여섯 해 동안, 그는 얼마나 이를 갈며 이 순간을 기다려 왔던가. 막상 그 원한을 풀 때가 되자, 통쾌하지도 기쁘지도 않았다. 무수한 의문만이 그의 뇌리를 맴돌았다.

왜 누이는 성도로 가버렸을까? 그 영리한 아이가 어찌하여 제 발로 성도에 갔을까? 이자는 왜 누이를 돌려주지 않았을까? 누이는 과연 죽었을까? 어찌 죽었을까? 이자가 죽인 걸까? 착하고 곱기만 한 그 아이를 왜 죽였을까? 많이 아팠을까? 땅속은 춥지 않을까? 유달리 추위를 많이 타던 아이인데…….

해루는 천천히, 아주 천천히 손을 뻗어 천군의 머리에 씐 보를 벗겼다. 서두르고 싶지 않았다. 다짜고짜 죽이고 끝내기엔, 오랜 원한이 사무치게 깊다.

「천군이 아니지 않은가!」

버럭 외친 해루가 대뜸 노인의 멱살을 잡고 흔들어댔다.

「천군은 어디로 갔느냐! 어찌하여 엉뚱한 늙은이를 잡아왔단 말인가!」

노인은 맥없이 꺼들리면서 시뻘게진 곳간의 참상을 둘러보았다. 마침내 해루가 벌떡 일어나 바닥에 구르고 있는 검을 주워들자, 노인은 그제야 기침을 하며 입을 열었다.

「나를 죽이기 전에, 그 처녀가 누구인지 반드시 알아야만 할 걸세.」

해루가 그를 홱 돌아보았다.

「천군은 어디로 도주하였느냐?」

「죽었다네. 하여 내가 새로운 천군이 되었지.」

「허튼소리 마라. 그놈이 멀쩡히 살아 있는 것을, 내가 어제도 두 눈으로 똑똑히 보았다.」

「그래, 어제까지만 해도 살아 있었지. 아침나절에 가 보니 목을 매달고 죽어 있더군.」

해루가 흠칫했다.

「하면 자결을 했단 말이냐?」

「기막힌 노릇 아닌가. 천군이 스스로 목숨을 끊다니, 원. 그 천군은 당최 하늘의 순리를 따를 줄 몰랐어. 예전에 자네의 누이가 성도에 들어왔을 때에도 그랬었지.」

「설이를, 우리 설이를 보았더냐?」

해루는 검을 팽개치고 한달음에 노인의 앞으로 달려왔다. 노인은 인상을 굳히며 되물었다.

「설마 하였더니, 정녕 그 처자 때문이었던가? 고작 그 처자 하나 때문에 이 수많은 사람들을 죽였단 말인가? 아무런 죄도 없는 사람들을?」

해루는 잠시 피바다가 된 곳간을 둘러보았다.

죄 없는 사람들이 죽었다. 누구도 되살아날 수 없다. 누이처럼.

「너희가 내 누이를 죽였으니 되갚아줬을 뿐이다.」

「적반하장이로군. 우리가 일찍이 입을 열었다면 자네는 결코 왕위에 오르지 못했을 터. 자네 누이가 통사정하는 꼴이 하도 딱하여 우리가 다 눈감아주었거늘, 이제 와서 어찌 은혜를 원수로 갚는단 말인가!」

「너희 따위가 무어라고 은혜 운운, 당찮은 소리!」

「설마 우리가 자네의 죄를 모른다고 생각하는 건가? 자네가 감히 천륜을 어기고 누이를 범하여…….」

「닥쳐라! 어디서 그따위 망발을 지껄이느냐!」

버럭 고함치는 해루를 보다가, 노인이 불현듯 비식 조소했다.

「오호라! 이제 보니 자네는 누이가 왜 성도로 도망쳤는지, 그 까닭을 전혀 모르는 모양이군.」

해루가 멈칫하며 양미간을 좁혔다.

「그 아이가 성도로 도망친 까닭……?」

「자네, 누이가 어쩌다가 죽었는지는 알고 있는가?」

해루는 차마 누이가 어떻게 죽었는지 묻지 못하고 마른침만 삼켰다. 노인이 이죽거리듯 말했다.

「자네 누이는 성도에 들어왔던 바로 그날, 해 질 무렵에 죽었다네.」

해루가 아연한 기색으로 눈을 질끈 감았다. 그러나 이내 눈을 부릅뜨고 노인에게 따져 물었다.

「만일 그 말이 사실이라면, 너희는 어찌하여 내 누이의 시신을 돌려주지 않았더냐?」

「마음 같아서는 돌려주고 싶었지. 죽은 지 오래되었다면, 아마도 내줬을 걸세. 한데 그때는 도무지 시신을 돌려줄 형편이 아니었어. 나도 그때 그 천군이 왜 그랬는지는 의문이네만, 아무튼 그 천군이 자네 누이를 베어버렸거든. 어찌 손써볼 방도도 없이 배 한복판을 쩍 갈라놨더구먼.」

「헉!」

해루는 마치 자기 배가 갈라진 듯 고통스러운 신음을 토하며 배를 움켜쥐었다. 노인이 또 한 차례 비웃음을 지었다.

「남들을 잘만 죽여놓고, 자기 누이 죽었다는 얘기는 못 듣겠나 보지? 암, 그래야지. 그래야 하고말고.」

「이…… 이……!」

해루가 다시금 노인의 멱살을 붙잡았다. 그러자 노인이 태연하게 운을 떼었다.

「그래, 나도 이젠 슬슬 저들의 뒤를 따르려네. 그 처녀 있지?」

「처녀?」

「아까 내가 보고 온 처녀 말일세. 그 처녀가 바로 그 천군의 여식이라네.」

「무어라!」

「자네 누이의 배를 갈라 죽인 그 천군의 딸이라고. 원래는 아들도 하나 있었네만, 보나마나 죽었겠지. 그래도 고년은 상판이 반반하여 목숨을 건졌나 보더군. 본바탕도 제법이지만 자태가 아주 고와. 천군이 아들은 거들떠보지도 않고 그저 딸만 애지중지 키웠거든. 자네도 보면 아마 동할걸세.」

문득 노인의 눈동자가 시푸른 빛으로 번뜩였다. 그 빛은 순수한 광기였다. 기세 좋게 노인의 멱살을 쥐고 있던 해루마저도 그 광기에 소름이 끼쳐 엉거주춤 뒤로 물러났다.

「그래, 그게 좋겠군. 죽이기 전에 맛이라도 한번 보지 그러나? 자네한테 딱 어울리지 않는가! 짐승처럼 같이 뒹구는 걸세! 부모도 형제도 모르는 짐승처럼 말이지! 흐흐흐, 내 그 꼴을 보지 못하고 죽는 것이 한스러울 따름…….」

아연한 기색으로 노인을 내려다보던 해루가 조방을 향해 손짓했다. 노인의 분연한 외침은 목과 함께 잘려 나갔다.

해루는 묵묵히 검을 도로 주워 챙기고는 곳간 문을 향해 걸음을 옮겼다. 그때 조방이 그를 불러 세웠다.

「지금 객당은 섭제군의 경호가 삼엄하옵니다. 우리 측 사람들은 출입을 엄금하여, 아까 그 처녀를 확인할 때에도 애를 먹었사옵니다.」

「섭제국의 그 애송이가 천군의 딸을 살려두었네. 내가 어찌하면 좋겠는가?」

「아마도 순순히 내주지는 않으리라 사료되옵니다.」

「그렇군. 알겠네. 이 곳간을 태우고 나면 자네는 그만 객당으로 돌아가 보게.」

「예? 객당으로 돌아가다니요?」

해루가 느릿느릿 조방을 돌아보았다.

「성도 사람이 다른 성도를 해할 계략을 꾸밀 리 없지. 자네가 섭제국 측의 간자임은 벌써부터 짐작하고 있었네. 하여도 내 자네 덕분에 오랜 원한을 풀었으니 자네를 원망하진 않음세. 자네도 원하던 대로 우리 원양국의 병권과 병사 삼천을 손에 넣었으니, 이젠 내게 더 볼 일이 없지 않은가?」

얼떨떨한 표정으로 서 있던 조방이 즉시 그 앞에 무릎을 꿇고 엎드렸다.

「아니옵니다. 맹세코 아니옵니다! 부디 명철히 판단하여 주시옵소서. 소신이 만일 섭제국의 간자라면 전하께서 성도에 품은 원한을 어찌 알고 찾아왔겠사옵니까? 마루한의 성도에서도 그 사실을 아는 이는 두엇뿐이었사옵니다. 소신은 전령이었기에 운 좋게 알고 있었을 따름이옵니다.」

조방은 바닥에 머리를 쿵쿵 찧으며 호소했다.

「소신이 능력에 비해 과분한 직책에 있다는 것, 스스로도 잘 아옵니다. 한낱 시자(侍者)로 삼으셔도 좋사옵니다. 부디 저를 내치지만은 마시옵소서. 소신에게는 아직 할 일이 남아 있사옵니다. 섭제국을 무너뜨리고 그 처녀도 죽일 수 있는 계책을 세우겠사옵니다. 하오니 한 번만 더, 제발 한 번만 더 소신에게 기회를 주시옵소서!」

해루가 잠시 그를 내려다보다가 문을 향해 돌아섰다. 조방이 뒤에서 애타게 울부짖었다.

「정녕 저를 버리려 하시옵니까!」

해루는 가볍게 한숨을 쉬곤 문을 열었다.

「알았네. 자네의 지혜를 한 번 더 빌려봄세. 뒷정리를 마치거든 시각에 괘념치 말고 내 침소로 오게나. 오늘 밤은 잠을 이루지 못할 터이니.」

해루가 조용히 문을 닫고 나갔다.

조방은 한동안 그대로 꼼짝 않고 엎드려 있었다. 곳간 바닥에 수북이 깔린 깃이 피로 흥건히 젖어 퀴퀴한 냄새가 점점 더 짙어지고 있었다. 그는 이윽고 떨리는 숨을 뱉으며 자리에서 일어섰다. 비좁은 곳간에 열일곱 구의 시체가 즐비하게 널려 있었다.

조방은 어느새 긴장을 풀곤, 흥얼흥얼 콧노래를 부르면서 횃불을 향해 걸어갔다. 시체를 피해 걷는 그의 발걸음은 숫제 춤사위로 사뿐사뿐 경쾌했다. 횃불을 들고 곳간 안쪽으로 들어가는 그 발길에 불현듯 무언가가 툭 걸렸다.

노인의 머리였다.

조방은 허리를 숙여 그 일그러진 얼굴에 횃불을 비추었다. 그는 그에 참지 못하고 킬킬 웃음을 터뜨렸다.

「장하외다. 참으로 장하오.」

그는 나직하게 노인의 머리를 칭찬한 후, 곳간 안쪽부터 불을 붙이기 시작했다.

원양성의 외딴 곳간은 삽시간에 불길에 휩싸였다.

연은 어딘가 방 한구석에 바짝 웅크리고 앉아 있었다. 방 밖에는 창검을 든 병사들이 즐비했다. 그들은 틈틈이 문을 열어 그녀를 훔쳐보곤, 자기들끼리 무어라 수군대며 음흉한 소리로 낄낄거리곤 했다. 연은 그때마다 공포에 질려 흠칫흠칫 떨다가, 한편으로는 폐허가 된 성도의 참상을 떠올리곤 부질없이 빈주먹을 다잡았다.

그 불바다 속에서 아버지가 어찌 되셨을지 모르겠다. 그나마 단은 무사하리라는 사실이 그녀에게는 유일한 위안이었다.

별안간 방문이 열렸다. 덩치가 곰만큼이나 커다란 사내가 뚜벅뚜벅 걸어 들어왔다. 뒤이어 꾀죄죄한 몰골의 중년 사내도 따라 들어왔다. 연은 사색이 되어 더욱 몸을 옹그리며 방구석으로 물러났다.

을음이 첨운의 옆구리를 쿡쿡 찌르면서 다그쳤다.

"일단 이름부터 좀 물어보게. 어디 사는 누구인지, 나이는 몇인지, 대충 그런 거 있잖나."

"에이, 어디 사는지는 왜 물어봅니까요? 물어보나마나 빤하지. 한데 이 아이가 성도에 대해서 물어보면, 제가 뭐라고 대답해야 되는 겁니까? 사실대로 다 말해줘도 될까요?"

"그건 기밀일세. 쓸데없는 소리 말고 어서 이름이나 물어보게. 보아하니 전하께서는 이 아이를 희첩으로 삼으실 눈치 같던데, 하다못해 이름 정도는 알고 계셔야 할 게 아닌가."

"희첩이요?"

"당연하지. 아까 못 봤는가? 전하께서 이 아이를 어마에 태우셨잖은가. 두 사람이 함께 타면 말 다리가 얼마나 상하는데! 잠깐도 아니고 그 먼 길을 태워주셨으니, 이제 비산이는 끝났어. 전하께서 과감하게 명마 한 필을 버리셨단 말일세. 왜? 이 아이 때문에. 그러니 얼른 이름이라도 물어보게."

"예, 예, 알겠습니다요."

첨운이 이윽고 나긋나긋 웃으면서 한진의 말로 연에게 운을 떼었다.

「너 아무 말도 하지 말고, 고개도 끄덕이지 마라. 내 말을 알아듣거들랑 눈만 깜빡여.」

그제야 말이 통하는 사람을 만났다. 연은 반가운 동시에 겁이 나서 눈을 심히 깜빡였다.

「옳지. 네가 오늘 죽었다가 살아난 줄만 알아라. 이제부터는 목숨 부지하려면, 조심 또 조심해야만 한다.」

연이 다시금 눈을 깜빡거렸다.

「이 원양국 옆에 섭제국이라는 나라가 있거든. 이놈들은 다들 그 나라 사람이다. 내일이면 아마도 너를 그곳으로 끌고 갈 텐데, 거기서 네가 믿을 놈은 아무도 없다. 나도 내 한 몸 간수하기 벅차서 너를 돌봐줄 형편이 안 돼. 다만 네가 그 왕성 안으로 들어가게 되면, 삼고라는 사람이 있거든. 그 사람은 우리와 같은 한진 사람…….」

그때 을음이 첨운을 툭 치면서 눈을 부라렸다.

"어허! 지금 무슨 수작을 부리고 있는 건가?"

첨운이 팔짝 뛰며 냉큼 오리발을 내밀었다.

"수작이라니요? 제가 무슨 수작을 부렸다고 그러십니까?"

"그깟 이름 물어보는데, 웬 사설이 그리 기누? 전하께서 관심 보이시는 아이를 자네가 눈독 들여서 어쩌겠다는 건가? 아니, 그리고 사람이 양심이 있어야지. 자네가 남들처럼 혼인하여 애를 낳았으면, 벌써 이만한 딸이 있겠네."

"하이고, 망측해라. 이런 어린애한테 누가 눈독을 들인다고 그러십니까? 저도 그냥 딸 같아서 안쓰러운 마음에 겁먹지 말라고 얘기해 주는 것일 뿐입지요."

"한데 이 아이는 어찌하여 계속 말이 없누?"

"글쎄요. 그야 저도 모르지요. 원래부터 말을 못 하는 아이가 아니겠습니까?"

"하면 이를 어찌한다? 전하께서 모처럼 동하신 듯한데……."

을음이 머리를 벅벅 긁적이더니 마침내 자리에서 일어섰다.

"이 아이를 목간으로 데리고 가서 목욕 시중이라도 들라 이르게."

"뭐, 뭔 시중이요?"

"전하께서 목간에 홀로 계시고 여기엔 시중 들 시녀도 없으니, 이 아이로 하여금 목욕 시중을 들게끔 하란 말일세."

"아니, 그게 웬 민망한 짓이랍니까? 때 밀 사람이 필요하면 제가 밀어드립지요."

"자네가 왜 밀어? 자네가 전하의 침수 수발도 들 참인가? 잔말 말고 어서 목간으로 들여보내게."

첨운은 한숨을 쉬면서 머리를 절레절레 흔들었다. 그는 연을 잠시간 바라보다가 그예 시선을 피하며 말했다.

「아까 너를 발견해서 데려온 사람이 섭제국의 왕이다. 그 왕이 너를 마음에 들어 하는 눈치니, 싫어도 참고 잘 버텨라. 지금 네 목숨 구할 사람은 너뿐이다. 그나마 왕씩이나 되는 놈의 눈에 들었기에, 네가 오늘 구사일생으로 목숨을 건진 거야. 일어나서 따라오너라.」

연은 종내 눈만 깜빡이며 방을 나섰다.

을음과 첨운은 그녀를 목간에 밀어 넣고는 문을 콱 닫았다.

곧 목간 안에서 꺅 하는 새된 비명이 들려왔다.

을음은 어깨를 으쓱하고 중얼거렸다.

"이만하면 나는 할 만큼 했어. 나머지는 전하께서 알아서 하시겠지. 흠흠! 달이 밝구나."

정작 놀란 사람은 하녹이었다. 그는 난데없는 여인의 비명에 화들짝 놀라서 벌떡 일어났다가, 오히려 더 놀라서 첨벙 앉았다. 그러고는 오만상을 찡그리며 탕조 가장자리에 얹었던 왼손을 힘겹게 뽑아들었다.

섭제국의 정예 기병을 마치 용병 부리듯 부려먹은 해루는, 그래도 객당에 진수성찬을 들이고 새 탕조까지 준비하는 성의를 보였다. 다만 탕조가 덜 다듬어진 탓에 군데군데 가시가 있었다. 밑으로 내려가면서 점점 더 넓어진 가시는 하녹의 손바닥을 한 치 정도의 길이로 쫙 찢어 놓았다.

하녹은 필사적으로 신음을 삼키면서 그녀에게 부탁했다.

"거기 수건 좀 다오."

하지만 그녀는 수건을 갖다 줄 생각이 전혀 없어 보였다. 심지어 그가 다친 것도 모르는 눈치였다. 그저 그로부터 등을 돌리고 선 채, 하염없이 덜덜 떨면서 문만 바라볼 따름이었다.

그래, 남의 알몸을 보지 않으려는 그 노력이 가상하다.

그렇게 마냥 좋게만 생각하고 넘기기에는 왼손이 무진장 아팠다. 하물며 지혈도 되지 않아 피를 철철 쏟고 있었다. 그는 피 보는 일이 질색이었다. 남의 피도 싫었지만, 자신의 피는 더 끔찍했다.

하녹은 다시금 그녀에게 수건을 갖다 달라고 부탁했다. 그녀는 들은 척도 하지 않았다. 그는 끙끙거리면서 몇 번이나 앓는 소리를 해야만 했다. 뒤늦게 돌아본 그녀가 피를 보곤 놀라서 눈을 휘둥그레 떴다. 그는 다 죽어가는 얼굴로 짐짓 애절하게 수건을 가리켰다. 그제야 그녀가 재빨리 수건을 들고 그에게 다가갔다. 한참이나 죽는 시늉을 한 끝에 겨우 수건을 손에 넣은 하녹은 진이 다 빠져서 한숨을 쉬었다.

그래도 죽는 시늉을 한 보람이 있긴 했다. 그녀는 시키지도 않았는데 탕조 앞에 붙어 앉아 그의 상처를 살피기 시작했다. 방금 전까지만 해도 문 앞에서 사시나무 떨듯 떨고 있더니, 겁먹은 사람치고는 솜씨가 제법이었다. 왼쪽 손목을 꽉 졸라매어 지혈부터 하는 것을 보고, 하녹은 어느새 느긋해져서 오른팔로 턱을 괸 채 그녀에게 왼손을 맡겨두었다.

“주위에 자주 다치는 사람이라도 있었더냐?”

그녀는 피 보는 일이 아무렇지도 않은 듯, 눈을 동그랗게 뜨고 세심하게 상처를 살피면서 피를 닦아냈다. 그녀의 손길은 간지러울 만큼 부드러웠다. 다만 오른손의 엄지와 검지, 중지 끝이 유달리 딱딱했다. 대체 무엇을 해서 생긴 굳은살인지 하녹으로서는 알 길이 없었다.

그녀의 굳은살에 정신이 팔려 있는 사이에 처치가 끝났다. 그녀는 그의 왼손에 수건을 단단히 동여매곤 그를 바라보았다. 그러더니 대뜸 인상을 팍 찡그렸다. 그는 주춤주춤 뒤로 물러앉으면서 변명처럼 말했다.

“나는 모르는 일이다. 나는 분명히 네게 그 방에서 얌전히 기다리라…….”

그녀는 아랑곳없이 그의 오른손을 덥석 붙들더니, 손에 묻은 피를 물로 씻어냈다. 그의 턱 끝에 묻은 피도 손가락으로 문질러 닦았다. 뒤이어 상처가 더 없는지 확인하면서 그의 몸을 이리저리 훑어보았다. 그러더니만 별안간 저 홀로 놀라서 팔짝 뛰며 뒤로 돌아섰다. 하녹은 의아하여 그녀의 눈길이 닿은 곳을 내려다보곤 자신도 놀라서 푸덕거렸다.

“무, 무엇을 보는 것이냐? 당장 나가거라!”

그녀는 마치 그 말을 알아들은 것처럼 잽싸게 문 쪽으로 다가갔다. 문을 쓱 밀어보고는 문이 열리자마자 곧장 밖으로 나갔다.

하녹은 그제야 한숨 돌리곤 탕조 밖으로 나왔다.

“수건이나 제대로 챙길 일이지, 쯧.”

그는 홀로 민망하여 애먼 수건 탓을 해보았다. 그 수건은 그의 왼손에 묶여 있었다. 이내 그 사실을 깨달은 하녹은 머리를 설설 흔들곤 옷을 주워들었다.

그때 도로 문이 열렸다. 그는 다급히 옷으로 앞을 가렸다.

“나가라는데 왜 자꾸 들어오느냐!”

문 밖에서 첨운의 목소리가 들려왔다.

“우보 장군님께서 목욕 시중을 들라고 들여보내셨사옵니다.”

“아니, 대체……!”

버럭 화를 내려던 하녹은 잔뜩 움츠러든 그녀의 뒷모습을 보곤 신음하듯 한숨을 쉬었다. 그러고도 분노를 다 억누르지는 못하고, 서둘러 옷을 챙겨 입으면서 투덜거렸다.

“하여튼 무슨 생각들을 하는지 알 수가 없군. 그래도 우보만큼은 믿었더니만, 이건 어찌 된 게 한술 더 떠서는. 설마하니 너도……. 그래, 너는 그런 것 같지 않구나."

후다닥 옷을 걸친 하녹은 그녀에게 벽 그만 보고 나가자고 말하려다가, 묵묵히 그녀의 어깨를 톡톡 쳤다.

목간 밖으로 나와 침소로 향하는 길에 하녹이 문득 고개를 갸웃했다. 그는 걸음을 멈추고 그녀를 홱 돌아보았다. 그의 뒤를 졸졸 쫓아오던 그녀가 엉겁결에 따라 멈추고는 눈을 동그랗게 떴다. 그는 이내 앞을 보고 다시 걸었다. 그러다가 또 고개를 갸웃하며 그녀를 홱 돌아보았다. 이번에도 따라 멈춘 그녀가 약간은 불만스러운 기색으로 그를 쳐다보았다.

그새 잠자리가 마련된 침소로 돌아와 앉으면서 하녹은 어깨를 으쓱했다.

"하긴 목욕 시중을 들 수도 있지. 내가 왜 놀랐지?"

괜히 놀라서 다쳤다고 생각하자, 괜히 왼손이 더 욱신거렸다.

그는 다시금 그녀를 홱 돌아보았다. 그녀는 방문에 찰싹 달라붙어서 방바닥만 물끄러미 바라보던 중이었다. 하녹은 그녀의 시선을 따라 이부자리를 내려다보았다. 방 한복판에 덜렁 한 채만 깔린 이부자리 정도는 이제 놀랍지도 않았다. 그는 귀찮다는 양 궁둥이만 겨우 들고 이불을 빼내어 발로 쓱 밀었다.

"오냐, 주마. 주면 될 것 아니냐. 누가 같이 자자더냐?"

사람 목숨 하나 살리는 게 이토록 번거로울 일인 줄 미처 몰랐다. 그가 살린 사람이 하필이면 이팔청춘 꽃다운 나이로 보이는 처자인 탓에, 그는 이날 병사들의 묘한 시선을 다 받아줘야만 했다. 심지어 평소 그를 잘 알고 지내던 을음마저도 목욕 시중이니 뭐니 하면서 그의 손바닥을 찢어놓았다.

"오해하지 마라. 나는 그럴 의도로 너를 곁에 둔 게 아니다. 내일 적당한 곳에 떨어뜨려 주마."

그녀는 그의 눈치를 보면서 슬금슬금 방구석으로 이불을 가져가 꽉 부둥켜안았다.

그는 맨 요 위에 덜렁 드러누워 그녀로부터 몸을 돌렸다.

"그런 건 신물 나게 지겹단 말이다."

잇새로부터 흘러나온 중얼거림을 지우려는 양 그는 크게 헛기침을 하며 말을 돌렸다.

"거기 불이나 꺼라. 자자."

그는 호르르 타오르는 등불의 그림자를 보면서 잠시간 눈을 깜빡였다. 이 방에서 그의 명을 알아듣고 불을 꺼줄 사람은 아무도 없었다. 그는 일어나서 몸소 불을 꺼야 할지, 아니면 그대로 켜두고 자버릴지 고민했다.

그때 홀연히 불이 꺼졌다.

그는 어둠 속에서 싱긋 웃었다. 그러다가 흠칫하며 붕어처럼 입을 뻐끔거렸다. 그녀는 고작해야 불을 껐을 뿐이다. 그게 남몰래 홀로 히죽거릴 정도로 기쁜 일은 아니잖은가.

생각해 보면 이건 다 그녀 탓이다. 얼마나 써먹을 데가 없었으면 그깟 등불 하나 껐다고 이토록 기뻐하랴. 말이 안 통하니 소소한 잔심부름도 시킬 수 없고 심심풀이 말 상대도 되지 않는다. 몸집이 하도 쪼그매서 힘쓰는 일도 못 시킨다. 그나마 상처는 잘 보는 듯하였으나, 그가 다칠 일은 워낙에 없었다. 하물며 방금 다친 것도 그녀 탓이 아니던가.

당최 써먹을 데도 없는 그녀 때문에 그는 지금 이 웃풍 센 방에서 이불도 없이 자야만 하는 신세였다. 이대로 아침이 밝으면 병사들은 또 그를 묘한 시선으로 흘끔거리면서 키득키득 소리 죽여 웃어댈 게 빤했다. 아니, 내일은 아마 더 심해질 것이다. 간밤에 어땠느냐고 물을지도 모른다.

그가 왜 이 모든 것을 다 참아야만 한단 말인가? 그렇다고 해결할 방법이 없는 것도 아니다. 일어나서 문을 열고, 그녀를 방 밖으로 내보내면 된다. 것도 귀찮다면 그냥 큰 소리로 그녀를 끌어내라고 명하면 된다. 그녀가 죽든 말든, 그와는 아무런 관계도 없는 일이다. 며칠 지나면 그는 그런 처녀가 있었는지조차 기억하지 못할 것이다. 틀림없이 까맣게 잊어버릴 것…….

불현듯 그가 고개를 돌렸다. 방구석 이불 속에서 먹먹하게 훌쩍이는 소리가 들려왔다. 그는 슬그머니 인상을 굳히곤 다시금 벽을 향해 돌아누웠다. 억지로 눈을 감고 잠을 청해보았으나 그는 좀처럼 잠을 이룰 수가 없었다. 눈이야 감으면 그만이지만, 귀를 감을 방도는 없는 까닭이었다.

이튿날 새벽, 하녹을 필두로 하여 섭제국의 병사들이 원양성 앞에서 열을 짓고 떠날 채비를 마쳤다.

하녹의 예상대로 병사들은 이날 역시 묘한 시선으로 그와 그녀를 흘끔거리고 있었다. 원양성 앞까지 그들을 배웅 나온 해루마저도 그녀를 묘한 시선으로 뚫어지게 쳐다보는 중이었다. 자못 불쾌하였다. 간밤에 잠자리가 편했냐는 해루의 질문에 하녹은 하마터면 '불편했습니다. 지금 그 시선도 매우 불편합니다'라고 대답할 뻔했다.

원양국으로부터 섭제국으로 귀환하는 길에 하녹은 종내 주위를 둘러보았다. 하지만 아무리 찾아봐도 그녀를 내려놓을 만한 곳이 없었다. 밥을 새 모이처럼 조금만 먹는 그녀가 농사를 짓기란 불가능할 성싶었다. 삼 쪼개는 광경을 눈 동그랗게 뜨고 구경하는 그녀가 길쌈을 할 것 같지도 않았다. 혼인은 인륜대사라는데 길 가다 우연히 마주친 사람과 짝지어줄 수도 없는 노릇이었다.

한동안 가다가 생각해 보니, 굳이 그녀를 내려놓고 가야만 할 이유도 없는 듯했다. 간밤에 그녀에게 적당한 곳에 떨어뜨려 주마고 약조하긴 했지만 적당한 곳이 없는데 어쩌라고. 어차피 그녀는 그 약조를 알아듣지도 못했을 터였다. 또한 그녀가 그러길 원하는지도 의문이었다. 이제 그녀에게는 돌아갈 집도, 기다리는 가솔도 없잖은가.

별안간 가슴이 싸했다. 명치끝으로부터 등줄기가 찌르르 아파왔다. 아까 뭘 잘못 먹었던가?

하녹은 그녀를 내려놓을 만한 곳도, 그래야만 할 이유도 찾지 못한 채 그길로 섭제국의 왕성에 이르렀다. 섭제성 앞에까지 마중 나온 모후의 얼굴을 본 다음에야 그는 생각해 냈다. 그는 어디든 상관없이 그녀를 내버리고 왔어야만 했다.

"원양국의 병권을……."

말에서 내려 보고부터 하려던 을음이 우물쭈물 입을 다물었다. 국대부인 양소선은 한 손을 들어 을음의 입을 막은 채, 잠자코 하녹만 쳐다보고 있었다.

하녹은 어머니의 그런 표정을 일찍이 두 차례 본 적이 있었다. 한 번은 부왕이 새로 국혼을 올리겠답시고 어머니에게 추방령을 내렸을 때, 또 한 번은 형이 만류하는 어머니에게 절연까지 선언하고는 기어이 새 땅을 찾겠다며 바로 이 성문을 나섰을 때.

어머니는 강한 여인이었다. 하여 과감하게 부왕과 형을 버렸다. 그래서 지금은 오직 그만이 어머니의 곁에 남았다. 유일하게 어머니의 곁에 남은 그는, 또한 유일하게 어머니의 슬픔을 지켜보았다.

어머니는 강한 여인이므로 눈물을 흘릴 줄 몰랐다. 때문에 어머니의 슬픔은 조금도 희석되지 못한 채로 고스란히 그 속에 고여 있었다. 그는 어머니가 이 이상 슬프지 않기를 진심으로 바랐다.

"전하, 이 어미가 늙어 망령이라도 들었나 봅니다. 웬 헛것이 다 보이는군요."

그러한 연유로 그는 이제껏 어머니에게 아무것도 요구하지 않았다.

"신록을 잡았습니다."

지금도 마찬가지였다.

"신록이라……. 그렇군요. 사슴치고는 과연 신기하게 생겼습니다. 그래, 이 사슴을 어찌하실 요량입니까?"

그는 그녀가 죽는 것이 피 보는 일만큼이나 싫을 따름이다.

"다만 살려두고자 합니다."

"그야 물론……."

하녹의 말이 떨어지기 무섭게 되받아치던 국대부인이 돌연 눈을 가늘게 뜨고 그를 쳐다보았다. 하녹은 어머니를 잠자코 내려다보았다. 모자는 한동안 말없이 눈을 맞추었다. 이윽고 먼저 시선을 돌린 쪽은 국대부인이었다.

"사슴은 장수하는 동물이랍디다. 이 어미에게 양보하실 의향은 없으신지요?"

"좋으실 대로 하십시오. 단……."

"죽일 일은 없을 터이니 심려치 마세요. 설마하니 내가 오래 살자고 녹혈이라도 마시겠습니까? 그러니 이제 그만 사슴 따위는 잊으시지요. 무릇 군왕은 하늘인 법입니다."

하녹은 순순히, 심지어 희미한 미소까지 띤 채 그녀를 국대부인에게 넘겨주었다. 그러고는 평소처럼 나른하게 고개를 왼쪽으로 기울이곤 성 안으로 들어갔다.

장락전으로 돌아온 국대부인 양소선은 이내 시녀들의 우두머리인 분우모를 불렀다. 양씨 부인은 그 꼼꼼하고 까다로운 성질을 십분 발휘하여 분우모에게 길게 당부했다.

"전하께서 다만 살려두고자 하시는 아이니라. 그러니 이 아이가 장락전에서 죽는 일은 결단코 없어야 한다. 물을 긷거나 세답을 하는 등 우물가에 가는 일 자체를 금할 것이며, 반짇고리의 손칼을 만지지 못하도록 바느질 자체를 금할 것이며, 이부자리와 옷가지는 모두 조각조각 성기게 얽어 행여나 스스로 목을 매는 일이 없도록 해야 할 것이며, 식음은 이미 기미를 보인 내 상을 물려줄 것이며……."

새로 일할 시녀가 들어온 것인지, 또 한 명의 상전이 들어온 것인지 알 수 없었다. 그래도 분우모는 마냥 고분고분하게 '예, 예' 하며 명을 받들었다. 그러고는 장락전을 나가 냉큼 그 처녀의 뒤를 캤다. 그 처녀는 일명 '흰 사슴'으로 병사들 사이에서는 벌써 소문이 파다했다.

한동안 여기저기 알아보다가 내전에까지 들렀던 분우모가 이윽고 장락전의 시녀들을 은밀히 한자리에 불러 모았다.

"이번에 새로 온 시녀는 미개한 한진의 계집아이로, 언감생심 승은을 입었다더구나. 때문에 국대부인께서는 그 아이에게 오직 비질만 시킬 것을 허가하셨단다. 세답을 금하셨으니 우리가 그 아이의 버선도 빨아줘야 할 판국이고, 바느질도 금하셨으니 우리가 그 아이의 속곳까지 기워주게 생겼구나. 심지어 그 아이에게는 따로 끼니도 챙겨주지 말라고 하시더라. 국대부인께서 상을 물리시면 그게 이젠 그 아이의 차지라는 뜻이지."

분우모의 말이 마디마디 끊길 때마다 시녀들이 불만 가득한 한숨을 터뜨렸다. 분우모가 의미심장한 미소를 지으며 말했다.

"하지만 나는 지엄하신 국대부인의 명을 감히 거스를 생각은 없단다. 그렇다고 해서 그 아이를 모시고 살 생각도 없구나. 너희 중에 나와 생각이 맞지 않는 사람이 있다면, 날도 저물었으니 그만 돌아가 자렴."

그 자리를 떠나는 사람은 아무도 없었다. 눈빛을 번들거리는 시녀들에게 분우모가 일렀다.

"국대부인께서는 그 아이가 행여나 목이라도 매달까 염려하시어, 그 아이의 이부자리와 옷가지를 조각조각 성기게 얽어놓으라고 명하셨단다. 그러려면 우선 조각부터 내야 하지 않겠니. 이는 그 아이의 목숨이 달린 시급한 사안이니, 우리 모두가 서둘러 오늘 밤 안으로 일을 마쳐야겠다. 다들 반짇고리를 챙겨 들고 따라오려무나."

분우모는 여남은 명의 시녀들을 거느리고 보무당당하게 장락전 뒤편의 맨 끝 방으로 향했다. 가는 길에 싸리비를 발견한 분우모가 곁에 있던 시녀에게 나직하게 속삭였다.

"가져오너라. 이참에 그 아이에게 비질하는 방법도 가르쳐 주자꾸나."

시녀가 냅다 뛰어가 빗자루를 가져왔다.

분우모와 시녀들은 숫제 쳐들어가다시피 연의 방에 들이닥쳤다. 그들은 다짜고짜 그녀의 입을 틀어막고 재갈을 물렸다. 서로 쉬, 쉬 입단속을 하면서 그녀의 옷을 찢듯이 벗겨냈다. 옷을 잘게 조각내어 도로 꿰매 붙이는 사이, 번갈아 새하얀 알몸에 대고 비질을 하여 그녀를 갈기갈기 만신창이로 만들었다.

연은 실신했다가 새벽녘이 되어서야 눈을 떴다. 끔찍한 악몽은 깰 줄 모르고 지속되었다. 온몸이 소름 끼치게 아팠다.

밤새 알몸으로 널브러져 있던 그녀의 곁에, 그녀만큼이나 넝마가 된 옷가지가 던져져 있었다. 연은 정신없이 옷을 주워 입었다. 조각조각 기워진 솔기마다 생채기가 스쳐, 자잘한 고통에 머리끝이 쭈뼛쭈뼛 곤두섰다. 그래도 옷 밖으로 드러난 그녀의 얼굴이나 손등은 어디가 아프냐는 양 감쪽같이 멀쩡하기만 했다.

앉아도 아프고 누워도 아팠다. 연은 진저리를 치며 방 한복판에 오도카니 섰다. 새벽 어스름 속에서 낯선 방이 그녀를 슬며시 옥죄어왔다. 그 좁은 방에는 문갑도 없고 등불도 없었다. 아무것도 없었다. 하물며 그녀가 걸치고 있던 목걸이조차 없었다. 누가 가져갔는지 알 길도 없었다.

연은 허전한 앞섶을 움켜쥐었다. 이제는 정녕 남은 게 없었다. 다 잃어버렸다. 전부 다. 겨우 하나 남긴 목걸이마저 빼앗기고 그녀가 얻은 것이라곤, 매 순간 온몸을 갈가리 찢는 듯 고통스러운 상처뿐이었다.

「죽을 것 같아. 빨리 와.」

그녀는 울먹이며 속삭였다.

「네가 어디 있는지는 눈 감고도 찾을 수 있다.」

그러나 단이 과연 이곳을 찾을 수 있을지 의문이었다. 어쩐지 못 찾을 것만 같았다. 그도 사람이다. 가끔은 틀린 말을 할 때도 있는 것이다.

부질없는 미련은 그 크기의 절망만을 가져왔다.

연이 소리 죽여 흐느끼고 있을 때, 별안간 문이 벌컥 열리더니 시녀 두 명이 들어섰다. 한 명은 물이 담긴 대야를, 또 한 명은 수건을 들고 있었다. 대야를 내려놓은 시녀가 냅다 연을 붙들었다. 수건을 들고 있던 시녀는 그 수건으로 연의 입을 틀어막았다.

연은 고통 속에서 끙끙 신음하면서도 어떻게든 그들의 억센 손아귀로부터 벗어나고자 몸부림쳤다. 그러나 소용없었다. 그들은 알아듣지 못할 말로 자기들끼리 소곤거리면서, 그녀의 머리를 억지로 눌러 대야에 쑤셔 박았다.

겨우 깨어났던 연은 이내 도로 까무러쳐 정신을 잃었다.

단은 해가 지기 전에 솔숲으로 돌아갈 계획이었다. 생각 같아서는 먹을 것이라도 구해가고 싶었으나 그럴 겨를이 없었다.

마을이 꽤 멀어서 근처까지만 가는 데에도 한참이 걸렸다. 다행히도 마을 어귀에서 뛰노는 아이들이 있어, 마을 분위기를 점치기는 어렵지 않았다.

확인해 보니 별다른 변화는 없는 듯했다. 적어도 그 마을 사람들은 여전히 성도를 하늘처럼 떠받드는 눈치였다.

하긴 원양국 사람들이 하루아침에 일치단결하여 성도를 폐허로 만들 리 있겠는가. 그 허튼 협박에 못 이겨 천군이 자결을 택했다는 게, 생각하면 생각할수록 괴이한 노릇이었다. 어쨌거나 마을의 위치와 분위기를 파악했으니 우선 연에게 돌아가서 찬찬히 앞날을 고민해 볼 일이었다.

단은 바삐 산을 향해 내달렸다. 급한 그의 발길을 더욱 재촉한 것은 고개 너머로 보이는 한 줄기의 연기였다.

연은 가끔 똑똑했다. 또 가끔은 한 배에서 나왔다는 사실을 믿고 싶지 않을 정도로 멍청했다. 멍청할 때의 연이라면 춥다는 이유만으로 아무 생각 없이 불을 피울 만도 했다. 피신하는 와중에 불을 피우는 건 '나 여기 있어요!' 하고 사방팔방에 외치는 것과 같다.

한동안 산을 오르던 단이 문득 고개를 갸웃했다. 연이 불을 피울 줄이나 알던가?

그가 가까워질수록 연기는 점점 더 굵어져 가고 있었다. 모닥불이나 굴뚝에서 피어오르는 연기와는 규모가 달랐다. 마을 하나를 통째로 불사르지 않는 이상, 그토록 엄청난 연기가 나지는 못하리라.

마침내 산꼭대기에 이르렀을 때, 단은 흠칫 숨을 멈추었다. 설마 했던 예감이 현실로 눈에 들어왔다.

성도는 저승으로 가는 구멍처럼 시커멓게 변해 있었다. 여태 불타는 듯이 보이는 건 석양의 붉은빛으로 인한 착각이었다. 그곳에서 움직이는 거라곤 한숨처럼 피어오르는 연기, 그리고 저만치 먼 길로 돌아 나가는 사람들의 행렬이 전부였다. 멀리서 보기엔 그저 한 마리의 지렁이 같았다.

성도는 폐허가 되었다. 단이 예상했던 것보다도 훨씬 더 철저하게 폐허가 되었다. 일순 가슴 한구석이 뭉텅이로 떨어져 나가는 듯 쓰라렸다. 그러나 이내 뭉근한 기쁨이 그 자리를 메웠다. 단은 의붓아버지의 죽음을 접했을 때처럼, 자기 자신이 혐오스러워질 정도로 재빨리 상황을 계산했다.

그들은 이제 자유였다. 성도 사람들의 눈에 띌세라 전전긍긍하면서 숨어 다닐 필요가 없었다. 적어도 아까 그 마을만큼은 이 일과 무관할 테니, 이날 밤중으로 그 마을에 가면 된다. 성도가 없어졌기에 몸을 의탁하러 왔다고 하면, 사람들이 그들을 험하게 내치지는 않을 터였다.

단은 그 기쁜 소식을 연에게 한시바삐 전하기 위해 날듯이 솔숲으로 달려 내려갔다.

그러나 연은 그곳에 없었다. 그곳에서 그를 기다리던 것은, 낙엽 사이로 비죽 머리끝을 내민 패물 주머니뿐이었다.

아! 그 후로 며칠간의 기억을 단은 결코 잊지 못할 것이다.

그는 밤새 폐허 속에서 새까만 머리와 새까만 몸을 뒤졌다. 미친 듯이 그 근방을 헤집고 다녔다. 그러다 어느 골짜기에 이르러서는 욕지기가 나서, 든 것도 없는 속을 싹 게워냈다.

그는 평생, 죽을 때까지 잊지 못할 것이다. 골짜기에 허술하게 파묻힌 그 수많은 시체들도, 그 시체들의 머리를 일일이 파내어 들여다보던 자기 자신도, 그 속에 연이 없음을 확인하고는 안도감에 터뜨린 눈물과 웃음도, 그리고 다음 순간 오열하며 다시금 새까만 머리와 새까만 몸을 뒤지러 갔던 그 다급한 발길도.

성도는 폐허가 되었다. 성도 사람들은 죽었다. 그리고 연도 죽었다.

「내가 너한테 무슨 어려운 부탁을 하던? 그냥 다치지 말라는 것뿐이잖아. 어쩜 그걸 하나 못 들어줘?」

그는 한 번도 연의 부탁을 진지하게 들어준 적이 없었다. 그는 같이 가자던 연의 마지막 부탁마저 들어주지 않았다.

그래서 연은 죽었다. 그의 유일한 혈육이자, 또 하나의 그 자신이었던 존재가 죽었다. 하고많은 몸 중에서 하필이면 사람이 아닌 몸으로부터 태어난 그가 사람이게끔 애쓰게 만들던 유일한 이유가 죽었다.

그 유일한 끈이 끊어진 순간, 단은 몹시도 쉽게 모든 것을 놓아버렸다.

❖

「올곧게 쭉 뻗은 나무로 골라야 한다. 제일 큰 놈으로.」

달선벌의 읍장은 아들딸을 거느리고 산을 오르는 중이었다. 볏가리로 쓸 나무를 베러 나온 길이었다.

달선벌에서는 매년 정월 보름에 볏가리를 세운다. 마을의 큰 행사다. 예전에는 마을 장정들과 함께 나무를 벴으나, 올해는 진회도 제법 어른스러워져서 아들 삼형제를 데려와 봤다. 원래는 아들들만 데려올 작정이었는데, 딸인 율도 빠질 수 없다며 졸래졸래 따라왔다. 아들 삼형제 밑에 겨우 하나 얻은 고명딸이 왜 자꾸만 아들 행세를 하려 드는지 모른다.

「아버지, 저놈이 제일로 커 보이는데요.」

셋째아들 진회가 대뜸 한 나무를 가리키며 뛰어갔다. 율이 질세라 그를 뒤쫓더니만, 먼저 가서 그 나무를 부둥켜안았다.

「아버지, 얘가 제일 커요!」

「저리 비켜! 내가 발견했거든!」

「아니거든! 내가 오라버니보다 훨씬 더 빨랐거든!」

진회의 두 형들이 그 모습을 보면서 머리를 절레절레 흔들었다.

「으이그, 어차피 그 나무는 안 되거든.」

「야, 인마. 넌 머리가 달렸으면 생각을 좀 해라. 딱 보면 모르냐? 그렇게 큰 나무를 베면 마을까지 어떻게 가져가? 볏가리로 세우지도 못하겠다.」

그들의 핀잔을 들은 율이 냉큼 나무 곁을 떠나면서 진회를 약올렸다.

「이 돼지 오라버니가 나무도 돼지 나무만 찾으시네!」

「야, 밤톨! 너 거기 안 서!」

율이 후다닥 읍장에게로 달려와 찰싹 달라붙었다. 진회는 닭 쫓던 개 지붕 쳐다보는 꼴로 하릴없이 씩씩거리기만 했다.

읍장이 한숨을 쉬면서 점잖게 타일렀다.

「이러다 부정 탈라. 가뜩이나 성도도 없어진 판국에 볏가리마저 제대로 못 세우면 내년 한 해 농사가 헛일이다. 얌전히 따라올 게 아니면 내려가거라.」

「걱정 마세요, 아버지. 방금 전엔 제가 일부러 잠깐 뛰어다녀 본 거예요. 원래 제가 너무 얌전해서 탈이잖아요.」

가만히 있으면 중간이라도 간다. 율이 촐싹거리면서 대꾸하는 말에 읍장과 아들 삼형제가 일제히 어처구니없다는 표정을 지었다. 그런데도 율은 아랑곳없이 한마디 덧붙였다.

「아휴, 저도 어느새 시집갈 때가 다 된 거죠.」

누가 저 말괄량이 천방지축을 데려가려는지 의문이었다.

진회는 혀를 끌끌 차곤, 이내 도로 나무를 찾고자 여기저기 두리번거리고 다녔다. 진회의 두 형들과 읍장도 산속을 둘러보면서 종내 마을의 대소사에 관해 이야기했다. 그 바람에 따분해진 율은 결국 또 진회의 곁으로 다가갔다.

「오라버니는 누구 좋아해?」

「너 빼고 다.」

「아니, 그런 거 말고. 혹시 내 동무들 중에 좋아하는 사람 없어?」

「너랑 노는 애를 내가 왜 좋아하냐?」

「참말로 아무도 안 좋아해? 그럼 오라버니는 누구랑 혼인해?」

「그렇게나 혼인을 하고 싶으면 너나 실컷 해라. 난 어차피 내년 봄에 섭제국으로 가야 하니까.」

「오라버니가 거길 어떻게 가? 아버지가 스무 살 넘은 장정들만 보낸다고 하셨는데.」

「하여튼 난 간다. 꼭 간다. 가서 나도 말 타야지. 엇!」

마침 괜찮은 나무를 발견한 진회가 눈을 번뜩였다. 그는 행여나 또 율에게 선수를 뺏길세라 말없이 나무를 향해 뒤뚱뒤뚱 뛰어갔다.

율이 냅다 쫓아가다가 멈칫했다.

「헉! 오라버니!」

새된 비명이 온 산에 메아리쳤다. 그와 동시에 육중한 몸이 굴러 떨어지는 소리가 요란하게 울려 퍼졌다.

읍장과 두 아들이 대경하여 달려왔다. 율은 사색이 된 채, 곧게 뻗은 나무 한 그루를 가리켰다. 그 너머는 절벽을 방불케 하는 가파른 경사였다.

그때 경사 밑에서 엄살떠는 진회의 목소리가 들려왔다.

「아이고, 아버지! 나 죽어요!」

읍장이 허둥지둥 달려가 나무에 몸을 의지하고 아래를 내려다보았다.

「살아 있냐!」

「죽겠어요!」

「기다려라! 아비가 간다!」

두 아들이 어깨에 메고 있던 밧줄을 바삐 풀어 나무에 묶었다. 읍장이 줄을 잡고 내려가려 할 때, 별안간 진회의 비명이 들려왔다.

「으악!」

「왜 그러냐!」

「여, 여기 사람이 있어요! 죽은 것 같은데요!」

「함부로 건드리지 말고 기다려라! 지금 내려간다!」

진회는 부르르 몸서리를 치면서 시체를 들여다보았다. 시체는 피골이 상접한 몰골로 검은 옷을 입고 있었다. 그와 얼추 비슷한 연배로 보였다. 나이 먹은 노인이 죽어 있었다면 그나마 충격이 덜하련만, 하필 자신의 또래가 죽어 있는 것을 보니 더 겁이 났다. 이 시체도 그와 마찬가지로 저 위에서 미끄러졌을 터였다.

손가락 끝으로 시체를 슬쩍 찔러본 진회가 또다시 비명을 질렀다.

「으악!」

「아니, 또 왜!」

「살아 있나 봐요!」

「건드리지 말라고 했지, 이놈아.」

어느새 내려온 읍장이 진회의 머리를 쥐어박으면서 통박을 놓았다. 그러고는 다급히 검은 옷의 소년을 살펴보았다.

「어이쿠, 얼음장이네. 그래도 다행히 아직 숨이 붙어 있구먼. 보아하니 거지 아이 같은데, 어찌 주변머리도 없이 마을에서 밥

언어먹을 생각도 않고 이 겨울에 산속을 헤매고 있누, 쯧쯧.」
읍장은 진회의 도움을 받아 소년을 둘러업고 허리띠로 단단히 붙들어매었다. 간신히 위로 올라온 그들은 그길로 곧장 집을 향해 달렸다.

눈을 떴을 때, 단은 마냥 행복하기만 할 정도로 따뜻하고 아늑한 이불 속에 누워 있었다. 그래서 그는 절망했다.
지난겨울은 추웠다. 살을 에는 칼바람에 늘 삭신이 쑤셔댔다. 몸속의 뼈다귀 하나하나가 어디에 붙어 있는지 훤히 알 지경이었다. 그런데도 그는 쉬 죽지 못하였다. 하여 저주스러우리만치 비상한 머리로 매시 그 끔찍한 기억을 되새기고 또 되새겨야만 했다. 그 고통은 추위 따위에 견줄 바가 아니었다.
단은 굳이 그 고통을 피하려 하지 않았다. 그는 다만 끈질기게 걷고 땅을 파헤쳤다. 그가 여태 발견하지 못한 열일곱 구의 시체와 연을 찾아, 성도 주변의 산천을 샅샅이 뒤지고 다녔다. 온종일 헤매다 지친 몸으로 아무데나 쓰러져 눈을 감을 적이면, 그는 언제나 은근히 소망하였다. 이대로 영원히 눈을 뜨지 않기를, 연을 죽게 한 죄의 윲을 이제는 모두 다 갚았기를, 그리하여 비로소 이 천벌과도 같은 고통으로부터 벗어날 수 있기를, 마지막 순간 그를 데리러 온 연이 부디 웃고 있기를.
그는 죽을 수 있었다. 기회는 많았다. 어느 동굴에 들어갔다가 곰과 맞닥뜨렸을 때나, 지독스레 끈질긴 이리 떼에게 쫓겼을 때나, 죽어 나뒹구는 짐승의 고기를 먹고 밤새 토사에 시달렸을 때나, 며칠을 내리 굶주려 비틀거리다가 발을 헛디뎌 가파른 경사 밑으로 굴러 떨어졌을 때.

그래, 그때만큼은 분명히 죽을 수 있었다. 몽롱하게 떠도는 빛 속에서 어렴풋이 연의 모습을 본 것도 같았다. 연의 눈동자가 유난히 빛나 마치 눈물이 맺힌 듯…….

「……말이 백여든세 마리였다니까. 야, 너 진짜 못 봤냐?」

별안간 옆에서 툭 치면서 말을 거는 바람에, 단은 희미하게 떠오르던 연의 환영을 놓치고 말았다.

이 으리으리한 집에 사는 또래 소년은 참을 수 없을 만큼 말이 많았다. 둥근 보름달처럼 생긴 얼굴로 어찌나 주절주절 잘도 떠드는지. 어디에 붙어 있는지도 모를 섭제국과 어찌 생겼는지도 모를 말이라는 짐승 얘기로 벌써 며칠째 단의 귀를 괴롭히는 중이었다.

단은 가볍게 눈썹을 찡그리며 대꾸했다.

「본 적 없어.」

진회는 그것 참 아쉽다는 양 입맛을 쩝쩝 다셨다.

「이야! 네가 봤어야 한다. 백여든세 마리야. 말이 자그마치 백여든세 마리라고. 난 평생 할 말 구경을 그때 다 했다니까. 두고 봐라. 나는 무슨 일이 있어도 꼭, 꼭, 꼭! 섭제국에 가서 병사가 될 거다.」

진회의 이야기는 이날도 똑같은 다짐으로 끝을 맺었다. 아니, 이날은 한마디가 덧붙었다.

「넌 같이 안 갈래?」

단은 그놈의 말 타령에 현기증이 다 나서 벽에 머리를 기대며 마지못해 되물었다.

「섭제국이 어딘데?」
「우리나라 동쪽에 있다는데, 아마 멀지는 않을걸.」
「안 가봤어?」
「에이, 내가 무슨 재주로 다른 나라에 가보냐?」
「그럼 그 말 탄 병사들은 어디서 봤는데?」
「지난번에 성도 없앤다고 왔었잖아. 그러니 우리 마을 앞길로 깃발을 휘날리면서 줄줄이 달려가지 않았겠냐. 말 백여든세 마리가 말이야.」
일순 멈칫한 단이 이윽고 서서히 고개를 돌려 진회를 보았다.
「성도를 없앤 게, 섭제국이었어?」
「넌 거지였으면 여기저기 많이 돌아다녔을 텐데 의외로 소문에 어둡구나. 그게 말이지, 어떻게 된 일이냐 하면…….」
진회는 또래 거지의 관심을 얻은 게 마냥 기쁘다는 양 주절주절 긴말을 늘어놓았다.
그리하여 단은 마침내 가증스러운 현실을 알게 되었다. 하늘이라면 그저 무서운 줄로만 알고 살아온 이 순박한 마을 사람들은, 성도 사람 모두가 죽었다는 사실조차 모르고 있었다.
「성도 사람들이 스스로 성도에 불을 놓고 피난을 갔다고?」
「그건 확실해. 그날 우리 형들이 성도에 알려주러 갔었거든. 그때 성도 사람들도 그렇게 얘기했대. 성도가 무뢰배한테 짓밟히게 놔두느니, 차라리 불살라 버릴 거라고. 그때만 해도 다들 상황을 잘 몰라서 참말로 성도에 병사들이 쳐들어가는 줄로만 알았지. 그게 다 오해였다는 소리를 들으니 오히려 허무하더라. 하여튼 어린애 죽였다는 그 새끼들이 제일 나쁜 놈들이야. 왜 괜히 남의 나라 성도로 도망쳐서 사달을 벌이냔 말이지.」

단은 눈을 가늘게 뜬 채 당시의 기억을 떠올렸다.

성도 사람들은 피난을 가지 못했다. 그들은 대부분 목 잘린 시체가 되어 성도 인근의 골짜기에 파묻혀 있었다. 그 골짜기는 연이 있던 솔숲으로부터 멀지 않은 곳이었다. 어쩌면 그들은 피난을 가던 중에 연을 발견했을지도 모른다.

개중에 단이 아직까지 찾아내지 못한 시체는 노인 하나와 아낙 일곱 명. 그 노인은 평소 걸핏하면 하늘의 순리를 운운하며 단과 연을 못마땅하게 여기던 사람이었다. 그 노인이라면 피난도 뒷전으로 하고 득달같이 연을 붙잡으러 뛰어갔을 법했다. 혼자서 연을 끌고 오기는 벅찰 테니 힘쓸 만한 장년의 아낙 일곱 명을 데려갔던 모양이다. 이왕 데려가는 김에 아낙 대신 장정 일곱 명을 데려갔다면, 섭제국의 병사들과 마주쳤더라도 살아남았을 가능성이 조금쯤은 있었으련만.

단은 남아 있던 시체들과 사라진 사람들을 견주어, 당시 연에게 무슨 일이 있었을지 이리저리 유추해 보곤 했다. 그때마다 그의 생각이 자꾸 막혀 버리는 까닭은, 그 노인과 아낙 일곱 명 외에도 사라진 사람들이 더 있었기 때문이다.

하늘의 노비 아홉 명이 사라졌다. 성도에서 불탄 시체들이 하나같이 시커멓게 그을고 문드러진 탓에 정확히 누가 사라졌는지 알 길이 없었으나, 그 아홉 명이 전부 여인인 것만은 확실했다. 사내들의 시체는 본래 그 숙사가 있던 자리에 고스란히 한데 갇힌 채로 불타 있었다. 여인들의 시체만 여기저기 흩어져 있었는데 대개 목이 잘려 있었다. 죽은 시체의 목을 굳이 자를 이유는 없으니, 숙사에서 끌려나올 때까지만 해도 틀림없이 살아 있었을 터였다.

장담컨대 성도 사람들이 그들의 목을 벨 리는 없었다. 하늘의 문양이 버젓이 새겨진 그들의 목을 벤다니 상상도 못 할 일이다. 아마 성도와 함께 그들을 불사를 때에도 그 숙사로부터 최대한 거리를 두고 불을 놓았을 것이다. 감히 하늘의 것을 해치고 있다는 죄책감의 크기만큼이나 아주 멀찌감치 거리를 두고.

그랬기에 섭제국의 병사들이 성도에 도착했을 때, 하늘의 노비들은 아직 불타지 않고 살아 있었다. 그냥 놔뒀어도 절로 불타 죽었을 것이다. 그런데도 섭제국의 병사들은 굳이 여인들만 끄집어낸 다음에 목을 베어 죽였다. 왜? 그 여인들 가운데 아홉 명을 골라내기 위해서.

어쩌면 그 아홉 명 모두 연처럼 인물 반반하고 앳된 처녀들이었을지도 모른다. 병사들은 순전히 여인을 취할 목적으로 그 아홉 명을 골라냈을지도 모른다. 그런 병사들이 연을 보았다면…….

단은 새삼 치미는 분노를 억누르며 빈주먹을 꽉 쥐었다. 진회는 순진하게도 성도 사람들이 무사히 피난을 갔으리라 믿고 있지만, 그 골짜기에는 여태 시체들이 즐비하다.

「그렇다면 성도 사람들은 어디로 피난을 간 건데?」

「그걸 모르니 걱정이지. 어느 마을로 갔는지 여태 소식이 없는 걸 보면, 아무래도 길을 잘못 들어서 국경을 넘어버린 것 같아. 어디로 갔든 맥열로만 안 갔으면 다행인데.」

「살아 있는 사람을 아무도 못 봤다면, 전부 죽었을 수도 있지. 섭제국 병사들이 죽였는지 알 게 뭐야.」

「와, 이 자식! 어둡네, 어두워. 너한테서 그늘이 느껴진다, 야. 하긴 네가 그동안 얼마나 팍팍하게 살았겠냐. 내가 이해를 못 하는 건 아니지만, 아무래도 그건 좀 아닌 것 같다. 섭제국 왕이 어린애 하나 죽은 걸로도 눈물을 흘리면서 남의 나라까지 죄인을 추포하러 오는 사람인데, 그런 사람이 죄도 없는 성도 사람들을 마구 죽일 리 없잖아. 그리고 만약에 실제로 그랬으면 벌써 전쟁이 벌어지고도 남았지. 근데 솔직히 우리가 그 병사들하고 맞붙어봤자 개죽음일 뿐이야. 척 봐도 상대가 안 되던걸, 뭐. 천하무적! 두고 봐라. 나는 꼭 간다.」

진회는 눈을 초롱초롱 빛내면서 또 한 차례 다짐을 하다가 잊지 않고 단에게 물었다.

「야, 너 진짜 같이 안 갈래?」

섭제국과 전쟁을 벌여봤자 승산이 없다면 그 골짜기의 시체들은 그대로 묻어두는 편이 낫겠다. 어차피 이 모든 일을 꾸미고 연을 죽게 만든 사람은 오직 한 명뿐이다.

단은 망설임 없이 대답했다.

「가자.」

진회의 보름달 같은 얼굴에 함박웃음이 떠올랐다.

「우와! 참말이지? 너 나중에 빼기 없기다! 실은 우리 아버지가 스무 살 넘은 장정들만 보낸다고 쓸데없이 우기는 중이거든. 그래도 네가 가겠다고 나서면 절대로 안 말릴걸. 그럼 나도 덩달아 가는 거지. 으하하!」

단은 비뚜름히 미소를 지었다. 지난겨울에 끝내 죽지 못하고 살아남은 이유를 이제야 알 성싶었다. 그에게는 반드시 살아남아서 해야 할 일이 있었다.

섭제국으로 가야겠다. 가서 그 왕이라는 자를 만나야겠다. 그리하여 기필코 연에게 웃음을 돌려줘야겠다.

이듬해 봄, 진회는 기어이 소원을 이루었다. 달선벌의 읍장은 섭제국으로 보낼 장정들 가운데 진회를 끼워 넣고야 말았다. 세 집에 두 명 꼴로 장정을 차출하여 보내는 마당에, 아들을 셋씩이나 둔 사람이 한 명도 안 보내고 버틸 재간은 없었다. 명색이 읍장씩이나 되는 사람이 어디서 떠돌이 거지 한 명을 데려와 아들 대신이라고 우길 수도 없는 노릇이었다.

그날 진회와 단은 새벽부터 일찌감치 집을 나섰다.

달선벌을 벗어나 원양성으로 가는 길에, 진회는 내도록 투덜거리고 성질을 부렸다. 어느 틈엔가 따라와 찰거머리처럼 찰싹 들러붙은 누이 탓이었다.

생긴 건 딱 밤톨만 하여 이마랑 눈알만 톡톡 튀어나온 주제에, 자기도 병사가 되겠답시고 바지저고리에 두건을 쓴 꼴이 웃기지도 않았다. 심지어 허리춤에는 맏형이 애지중지 아끼는 단검까지 훔쳐 매달고 왔다. 돌아갔을 때 운 나쁘게 아버지가 집에 안 계신다면, 맏형한테 뼈도 못 추리게 얻어맞을 터였다.

「너 빨리 집에 안 가? 진짜 혼나고 싶냐?」

「그렇게 집에 가고 싶으면 오라버니나 가셔. 단이 오라버니는 가만히 있는데 웬 심술이람?」

「난 모른다. 알아서 해라. 나중에 혼자 집까지 돌아가다가 뭔 일 생겨도 내 책임 아니니까!」

「오라버니 걱정이나 하시지. 아무래도 오라버니는 병사로 안 받아줄 것 같다. 밥만 밝히는 돼지를 누가 좋다고 받아준대?」

「어휴, 이게 진짜……!」

씩씩거리던 진회가 단을 툭 쳤다.

「야, 네가 뭐라고 좀 해봐.」

「같이 가겠다잖아. 같이 가게 놔둬.」

단은 진회 쪽을 보지도 않고 무심하게 대꾸했다. 율이 헤실헤실 웃는 얼굴로 촐싹거리며 단의 팔에 달라붙었다.

「역시 단이 오라버니도 제가 같이 가니까 좋으신 거죠?」

「아니.」

「칫.」

율이 토라진 듯 멈추자 단이 따라 멈추었다. 그러더니 팔을 잡은 율의 손가락을 하나하나 떼어내었다.

「따라오든 말든 상관없다만, 방해는 하지 마라.」

단은 다시금 빠른 걸음으로 원양성을 향해 갔다. 진회와 율은 잠깐 눈을 맞추곤 한숨을 쉬며 부지런히 따라갔다. 그리하여 그들은 달선벌에서는 제일 처음으로 원양성에 당도하였다.

원양성의 앞벌은 장막 천지였다. 섭제국으로 갈 장정들이 하룻밤 묵을 장막이 줄을 지어 늘어서 있었다. 그들은 달선벌 출신임을 표하는 목패와 흰 수건 한 장씩을 받고 동쪽 중앙의 장막으로 배치되었다.

어딘가에 용케 숨어 있었던 율이 이내 폴짝폴짝 뛰어와 장막

안을 부산스레 돌아다녔다. 장막이라고 해봤자 허리 밑이 휑하니 뚫린 포장이었다. 안에는 짚단 서너 더미만 높이 쌓여 있었다.

「에게! 이게 전부야?」

율이 실망스러운 기색으로 투덜거렸다. 한구석에 짚단을 흩어 깔던 진회가 눈길도 안 주고 받아쳤다.

「그럼 뭐 별것이라도 있을 줄 알았냐? 구경 다했으면 그만 가라.」

율은 못 들은 척 허리춤의 단검을 뽑아 짚단을 푹푹 찔러댔다. 조그맣게 기합 소리까지 내는 품만 봐서는 벌써 병사가 다 된 모양새였다. 그러다가 그만 새끼줄을 잘못 끊어 짚단을 허물어뜨리고 말았다.

허둥지둥하던 율은 진회가 튼튼한 팔뚝으로 툭 치자 단번에 두어 걸음 밀려났다.

「내가 못산다, 못살아. 빨리 가!」

「에이, 괜찮아. 어차피 다 풀어서 깔고 잘 건데, 뭐 어때. 그렇죠? 단이 오라버니.」

진회를 도와 허물어진 짚단을 수습하러 온 단이 잠자코 율을 내려다보았다. 율의 톡 튀어나온 눈망울이 점차 불만스러운 빛을 띠었다. 들고 있던 단검을 눈 깜짝할 새에 뺏긴 율은 기어이 울상을 지었다.

「조심해라. 사람이 다칠 수도 있으니까.」

단은 율의 허리춤에 달린 칼집에 단검을 고이 넣어주었다. 그 바람에 율이 금세 의기양양해지자, 그 꼴을 보다 못한 진회가 타박을 늘어놓았다.

「아주 집안 망신을 시켜라. 좀 있으면 다른 사람들 다 올 텐데, 네가 무슨 수로 안 들키고 섭제국까지 따라가?」

「남 걱정은 그만하시게나. 다들 오라버니보다는 나랑 같이 가고 싶어 할걸.」

「이제 보니 네가 정신머리를 집에다가 놔두고 왔구나. 그거라도 가지러 가지그래?」

흥 하고 코웃음 쳤던 율이 잽싸게 짚더미 뒤로 꼼지락꼼지락 숨어들었다. 장막 안으로 낯익은 얼굴의 장정들이 하나둘씩 들어오기 시작했다.

인원이 모두 모인 장막 앞에 하나씩 깃발이 서고, 저녁 즈음에는 모든 장막 앞에 깃발이 꽂혔다. 간단한 식사를 하고 불편한 잠자리에 든 이들은 두런두런 나지막이 불평을 늘어놓으며 잠을 청하였다.

이튿날 새벽, 북과 나팔 소리가 우렁차게 울렸다.

간밤에 뒤척였던 장정들이 눈곱을 떼어 내면서 어슬렁어슬렁 장막들 한복판의 공터로 모여들었다. 율은 이미 달선벌 사람들에게 들킨 터라 이제는 아예 내놓고 함께 줄을 섰다.

긴 나팔 소리가 그친 후, 조촐한 단상 위로 올라선 사람은 원양국의 책사 조방이었다. 그의 옆으로 병사 한 명이 따라 올라왔다. 병사는 온 장막들이 쩌렁쩌렁 울릴 만큼 커다란 소리로 조방의 명령을 하달하였다.

「지금부터 싸운다! 모두를 제치고 마지막까지 남는 열 명은, 남들과는 전혀 다른 대우를 보장받게 될 것이다! 흰 수건을 머리에 매고 앉으면 싸움을 포기한 걸로 치겠다! 최후의 열 명이 남을 때까지다! 개시!」

북이 둥둥 울리기 시작했으나, 북만 울릴 뿐 사람들은 어정쩡하게 서 있었다.

「곧 먼 길을 가야 하는구먼, 저게 뭔 소리인가? 왜 싸우남?」

「여태 잠이 덜 깼나 보이. 얼른 밥이나 줄 것이지.」

「오호라! 밥만 있고, 고기는 열 사람 분밖에 없는 모양일세.」

누군가가 던진 농담에 사람들이 웃음을 터뜨리면서 별의별 반찬 이름을 다 대었다.

그 와중에 머리를 긁적이던 진회가 중얼거렸다.

「마지막까지 남으면 좀 좋은 자리로 보내주려나 보다. 열 명이라는 걸 보니 아무래도 시위병 같은데.」

「시위병?」

「왕 옆에 붙어 다니는 병사들 있잖아. 그야말로 대우가 다르겠지. 누군지 좋겠네, 쩝.」

진회의 말을 들은 단이 눈을 가늘게 떴다. 그 옆으로 율이 걱정스러운 얼굴을 들이밀었다.

「오라버니, 난 그 흰 수건 못 받았는데 어떻게 하지?」

단이 대뜸 자신의 품속에서 수건을 꺼내어 건넸다. 율은 감격에 겨운 눈빛으로 수건을 힘껏 부둥켜안았다.

「어머, 전 우리 오라버니 수건 받으면 돼요. 단이 오라버니도 쓰셔야 하잖아요.」

말은 그렇게 하면서도 수건을 돌려줄 생각은 전혀 없어 보였다. 단은 눈길조차 안 주고 겉옷을 벗어 던졌다.

「필요 없어. 난 끝까지 남는다.」

말을 맺기도 전에 그는 진회의 어깨를 짚고 날아올랐다. 옆 사람의 머리를 정통으로 맞추고 공중에서 돌아 그 앞 사람까지 찼다. 두 사람은 거의 동시에 쓰러졌다.

주위 사람들이 단을 미친놈 보듯 노려본 것도 찰나였다. 그들의 뒤에서, 그들의 옆에서 별안간 마구잡이로 공격이 들어오기 시작했다. 본디 무슨 일이든 시작만 어려운 법이다.

장정들은 뒤죽박죽으로 엉켜서 한동안 싸웠다. 누구랑 싸우는지, 왜 싸우는지 몰라도 아무 상관없었다. 저놈이 먼저 쳤으니 되받아칠 따름이다. 설령 저놈이 친 게 아니더라도 역시나 별 상관없었다. 저놈이 치기 전에 먼저 칠 따름이니까.

그사이 단의 주변에 있던 이들은 하나같이 입과 코로 피를 쏟으며 쓰러졌다. 나자빠진 이들은 다급한 손길로 머리에 흰 수건을 동여매었다.

사방에 싸울 사람이 지천으로 널린 와중에, 강한 줄 뻔히 아는 상대에게 굳이 덤비지는 않게 마련이다. 어느덧 단의 주위로는 둥그렇게 빈 공간이 생겼다.

그리하여 본격적인 싸움은 한참이 지나서야 비로소 시작되었다. 곳곳에 띄엄띄엄 비어 있던 공간으로부터, 강자들이 이윽고 서로의 머릿수를 헤아리면서 밖으로 나섰다.

단은 줄곧 제자리를 지켰다. 진회는 공격도 방어도 한 적 없이 제자리를 지켰다. 율은 단검 한 자루를 고이 붙든 채로 제자리를 지켰다.

어쨌거나 남들의 눈에 그 세 사람은 막강한 한패로 보였다. 삼 대 일로 싸우느니 일 대 일이 수월한 법이라 아무도 그들에게는 덤벼들지 않았다. 그 결과, 그들은 매우 손쉽게 최후의 열 명 가운데 세 명이 되었다.

뛰는 놈 위에 나는 놈 있고, 나는 놈 위에는 억세게 운 좋은 놈이 있다. 세상은 원래 좀 불공평하다.

드디어 나팔 소리가 길게 울렸다.

무려 이천구백구십 명의 패자들을 남긴 채, 최후의 승자들은 보무당당하게 원양성 안으로 안내를 받아 들어갔다. 개중에 오직 운으로 살아남은 두 명만이 심히 쭈뼛거렸다. 그러나 스스로의 승리에 도취한 사람들은 그 운만 좋은 오누이에게까지 신경 쓸 겨를이 없었다.

조방 역시 스스로의 승리에 도취한 사람들 중 한 명이었다. 오오! 최후의 승자들이란 얼마나 근사한가. 그들은 언제나 모든 것을 차지한다. 약간의 고난과 기다림은 그 영광을 더더욱 빛내기 위하여 존재하는 것이다. 그러니 충분히 즐길 만한 가치가 있다.

조방의 발걸음은 늘 그러하듯 사뿐사뿐 가벼웠다. 등허리를 뒤덮도록 길게 기른 머리는 발걸음에 맞추어 나풀나풀 경쾌하게 흔들렸다. 그의 가느다란 눈매는 내내 부드러운 호선을 그리고 있었다.

제2화. 그 노병(弩兵)

가라앉지 않는다. 떠오르지도 않는다.

하녹은 탕조 속의 티끌 한 점을 가만히 바라보고 있었다.

그 티끌은 수면으로부터 한 치쯤 아래에 어중간하게 떠 있었다. 탕조 바닥으로 가라앉지도 않고, 수면 위로 떠오르지도 않았다. 아까부터 줄곧 그 어중간한 자리에서 간간이 맴을 돌 뿐이었다. 그 티끌은 언제까지고 그 자리에 머물러 있을 것만 같았다. 그가 움직이지 않는 이상, 틀림없이 그러할 것이다.

그러나 그는, 언젠가는 탕조 밖으로 나가야만 한다. 그러면 그 티끌은 가라앉거나 떠오르거나, 혹은 여전히 그 어중간한 자리를 지킬 것이다.

그는 궁금했다. 하지만 한편으로는 끝없이 탕조 속에 웅크린 채 움직이지 않았으면 했다. 그 티끌과 함께, 그 티끌처럼.

진홍빛 명주 저고리에 팔을 끼운다. 그처럼 진홍빛이 잘 어울리는 사람은 다시없을 거라고, 예전에 누군가가 말했다. 그녀가 그 말을 한 뒤로, 그의 침의는 전부 진홍빛이 되었다. 그는 진홍빛이 싫지는 않았으나 질렸다. 만일 그가 다른 빛깔의 침의를 입는다면 그녀는 뭐라고 할까? 다른 빛깔도 잘 어울린다고 마음에도 없는 칭찬을 하거나, 다시 진홍빛을 입으라고 강요하거나, 혹은 그가 무슨 빛깔의 침의를 입었는지 관심조차 없이 딴 소리만 늘어놓거나.

하녹은 불현듯 탕조 속의 티끌을 떠올렸다. 그러고 보니 그 티끌이 어찌 되었는지 보지 못했다. 그는 꽤 한참 동안 그 티끌을 주시하며 모종의 일체감을 느끼고 있었다. 그런데도 그는 어느 틈엔가 그 티끌의 존재를 까맣게 잊은 채, 그냥 일어서서 탕조 밖으로 나와 버렸다.

내전의 침소 문 앞에 서서, 잠시간 그는 풀지 못할 궁금증에 사로잡혔다. 정녕 잠시뿐이었다. 곧 침소 문이 열렸다.

공요가 활짝 웃는 얼굴로 그를 반겼다. 그녀의 침의는 그의 것과 똑같은 진홍빛이다. 그녀의 뒤로 펼쳐진 침소의 풍경도 온통 진홍빛 일색이었다. 방장을 비롯하여 탁자 보와 와상의 휘장, 침구에 이르기까지 온 방이 진홍빛 천지였다. 어쩐지 이 방에 떠도는 티끌마저도 어김없이 진홍빛일 것만 같았다.

공요의 손에 이끌려 침소 안으로 들어가면서, 하녹은 홀연히 깨달았다. 그녀는 진홍빛을 좋아한다. 그래서 그녀는 탁자 위에 진홍빛 보를 덮고, 와상에 진홍빛 휘장을 치고, 그에게 진홍빛 침의를 입혔다. 그녀가 그에게 진홍빛 침의를 권한 까닭은 단지 그 때문이리라.

어쩌면 그에게는 진홍빛이 안 어울릴지도 모른다. 그녀는 그에게 진홍빛이 잘 어울린다고 말했던 사실조차 까맣게 잊었을지도 모른다. 그녀에게 있어서 그의 존재는, 그저 이 방 안을 떠도는 진홍빛 티끌 한 점이나 다름없는지도 모른다.

공요는 언제나 그러하듯 그를 와상 안으로 이끌었다.

와상이 흔들릴 때마다 두 겹의 성긴 휘장이 서로 스치며 아롱다롱 기이한 그림을 그려댔다. 습하고 농밀한 공기가 삽시간에 와상 안을 꽉 채웠다.

이윽고 공요가 와상 머리에 기대어 앉아, 우선(羽扇)을 나긋나긋 흔들며 땀을 식혔다. 하녹은 한 팔을 들어 얼굴을 가린 채 숨을 헐떡이고 있었다. 섬세하면서도 크고 단단한 손과 거칠게 움직이는 그의 목을 바라보다가, 공요는 넌지시 미소를 지었다.

이 아이가 그새 자라 사내가 다 되었다.

공요는 그와의 초야를 어제 일처럼 생생하게 기억하고 있었다. 당시 그는 팔다리만 길쭉한 소년이었다. 초야를 맞이하여 긴장한 기색이 역력했다. 가만히 놔두면 밤새 옷도 안 벗고 와상에 얌전하게 앉아만 있을 태세였다.

온몸이 불덩이처럼 뜨겁게 달아올라 놓고도 그는 손가락 하나 까딱할 줄 몰랐다. 그녀의 손길에 한숨 같은 신음이나 흘리는 게 고작이었다. 그러다 마침내 덜덜 떨리는 손을 간신히 들어 올려 쥔다는 게, 대담하게도 그녀의 젖무덤이었다. 막상 쥐고는 어찌할 바를 몰라서 뻣뻣이 굳어버렸다. 아니, 그녀의 나신을 본 순간부터 그는 이미 어찌할 바를 모르고 있었다.

당시 그는 아무것도 모르는 어린애였다. 여인은커녕 스스로의 쾌락조차 구할 줄 모르는, 순진한 소년이었다. 만일 그렇지 않았다면 공요는 결코 그를 사랑할 수 없었을 것이다.

공요는 어머니가 된 심정으로 그에게 모든 것을 하나하나 공들여 가르쳤다. 단 한 순간도 보채거나 안달 내지 않았다. 그저 그가 사내가 되기를, 좋은 사내가 되기를 기다려 주었다. 그리하여 바야흐로 오늘날에 이르렀다.

생각해 보면 요즘에는 그가 원체 알아서 잘하여, 더 잘하라고 격려할 일이 없었다. 그 바람에 이 말 잘 듣는 아이가 그녀의 관심과 칭찬을 구하고자 설핏 엇나가 본 모양이었다. 공요는 너그러이 그를 이해하면서, 그녀가 생각해 낼 수 있는 최상의 찬사를 베풀어주었다.

"머지않아 고군(故君)을 능가하시겠사옵니다."

하녹의 보기 좋은 입술이 일순 일그러졌다. 그는 여전히 한 팔로 얼굴을 가린 채, 입술만 움직여 그녀에게 물었다.

"비(妃)께 저는 무엇입니까?"

뜬금없는 질문에 공요는 소리 내어 웃음을 터뜨렸다.

문득 하녹이 자리에서 벌떡 일어섰다. 그가 옷을 걸치기 시작하자, 그녀는 뒤늦게 웃음을 거두었다.

"갑자기 어인 하문인지 영문을 몰라 웃었을 따름이옵니다. 사슴만큼이나 황망한 농이 아니옵니까?"

하녹은 끝끝내 아무런 대꾸도 없이 의대를 정제하곤 내전을 나섰다. 공요의 아름다운 미간에 살며시 주름이 잡혔다.

❖

섭제국의 여름은 장마로부터 시작되었다. 온종일 억수로 퍼부었으면 다음 날은 쉴 줄도 알아야 하건만, 이놈의 장대비는 휴식이라는 것을 몰랐다. 기운차게 주르르 쏟아지고는 다음 날도 양심 없이 또 좍좍 퍼붓기 일쑤였다.

그러다가 겨우 장마가 그치나 싶더니만 이번에는 무더위가 사람을 괴롭혔다. 이제까지 게으름 피운 게 못내 미안하다는 양 태양이 십분 열기를 발휘하고 있었다.

이 무더운 날씨에도 을음은 갑주를 껴입고 땀내 풀풀 풍기는 군영에 앉아 있었다. 원양국에서 징발되어 온 병사들은 뜨거운 흙바닥을 뛰고 구르면서 먼지를 먹느라 고생이었다.

이 와중에 유일하게 신바람이 난 사람은 첨운이었다. 그는 요사이 어깨에 힘이 잔뜩 들어가 있었다. 원양국 출신 병사들과 말이 통하는 사람은 첨운뿐이고, 그들에게 명령을 하달할 사람도 첨운뿐이었다. 그래서인지 병사들은 첨운을 무슨 대단한 장군쯤으로 여기는 눈치였다. 첨운도 그 오해를 은근히 즐기는 듯, 병사들 앞에서 마치 장군인 양 으스대고 거드름을 피웠다.

을음은 그 꼴사나운 광경을 의무감으로 지켜보았다. 가만히 앉아 있어도 괜스레 심통이 날 법한 날씨에 그 꼬락서니를 보고 있자니 머릿속까지 푹푹 찌는 기분이었다. 때문에 을음은 국대부인의 갑작스러운 부름을 받고도 반색하며 그 자리를 벗어났다.

"부르심을 받자와 들었사옵니다. 어인 연유로 찾으셨사옵니까?"

"네 덕에 귀찮은 물건을 맡게 되어 요즘 무척 심기가 불편하니라."

을음은 순간 움찔거렸다. 양씨 부인이 이처럼 그를 우보가 아닌 인척 아우로 대하는 경우는 지극히 드물었다. 그건 그가 무슨 잘못을, 그것도 매우 심각한 잘못을 하여 양씨 부인이 그를 나무라기로 작심했을 때뿐이었다. 하지만 그는 그 '귀찮은 물건'이 무엇인지 당최 감이 잡히지 않았다.

양씨 부인은 이내 신경질적인 어조로 말을 돌렸다.

"참, 우보 휘하의 그 한진인은 근간에도 수고가 많다 들었습니다."

"그러하옵니다. 지금도 군영에서 원양국 출신 병사들의 훈련에 열과 성을 다하고 있사옵니다."

을음은 조만간 첨운에게 공식적으로 관직을 내려주십사 청할까 말까 망설였다.

첨운은 비록 한진 출신이긴 했지만, 섭제국에는 꼭 필요한 인물이었다. 이곳 한진 땅에서 튼튼히 뿌리를 내리자면 첨운 같은 사람을 중용해 마땅했다.

그러나 얼마 안 되는 북열 출신들조차 다 오르지 못하는 관직이었다. 미개한 한진인 따위를 등용한다고 하면, 북열 사람들은 입에 거품을 물고 반발할 게 빤했다. 게다가 만일 정식으로 관직에 오르게 될 경우, 첨운이 지금보다 더 시건방지게 굴 꼴을 생각하니 을음은 쉽사리 입이 떨어지지 않았다.

양씨 부인은 을음이 언제까지고 망설이도록 기다려 주지 않았다.

"그 한진인에게 포상은 제대로 하셨습니까?"

"포상이랄 게 무에 있겠사옵니까. 그저 가능하다면……."

"그래서야 쓰겠습니까. 훌륭한 장수는 상벌에 능하다 들었습니다. 마침 좋은 것이 있으니, 갖다 주도록 하시지요."

을음이 의아한 눈초리로 양씨 부인을 바라보았다. 적어도 그녀의 입술만은 빙긋 웃고 있었다.

"미천한 한진의 계집아이가 어찌하여 승은을 입을 수 있었는지에 대해, 이제 와 새삼스럽게 네 책임을 추궁하지는 않겠느니라. 그러니 오늘 밤 데려가거라."

아, 그 흰 사슴!

반년도 더 지난 옛일이었으나 을음은 단박에 그녀를 기억해 냈다. 그러고는 머리를 푹 조아렸다.

"그날 전하께오서는 단지 그 처자를 긍휼히 여기시어……."

"안다. 그 허약한 성정이 문제임은 어미인 내가 더 잘 아느니라. 그나마 전하께서 일야로 만족하고 더는 찾지 않으시니, 이렇듯 조용히 넘어가는 줄이나 알아라. 하면 우보, 해시에 다시 드십시오. 아마도 가마가 필요할 성싶군요."

을음은 거듭 굽실거리면서 장락전을 나섰다. 그러나 도로 군영을 향하는 그의 발걸음은 무겁기만 하였다.

군영에 당도하여 첨운을 보자 그저 한숨만 나왔다. 훈련에 열 올리는 첨운의 뒷모습을 맥없이 지켜보다가, 을음은 은연중에 탄식조로 중얼거렸다.

"저런 놈한테 상으로 줘버리라니, 그 무슨……. 자기 아들을 그렇게 모르나. 하긴 변하면 어찌 되는지 한 번도 본 적이 없으니 그럴 테지.”

적어도 그는 보았다. 언제고 천하태평에 온화한 그 젊은 군왕이 어느 순간 어떻게 변해 버리는지를.

조정에서 한 자리씩 차지하고 거들먹거리는 늙다리 대신들은 하녹을 위려 태자와 비교하며 은근히 우습게볼지 몰라도, 지난 맥열과의 전쟁에 참전했던 병사들은 누구 하나 하녹의 앞에서 감히 머리를 들지 못한다.

을음 역시 마찬가지였다. 그들이 말하는 충성은 뭇 대신들이 입만 갖고 떠드는 충성과는 비교할 수가 없는 것이었다. 그것은 군왕이라는 지위 때문도 아니요, 북열 왕실의 맥을 잇는다는 그 고귀한 혈통 때문도 아니었다.

본디 충성이란 맹목적인 공포로부터 비롯되는 것이다.

“허약한 성정? 허허! 두 번만 허약했다가는 남아나는 게 없겠네.”

을음은 첨운에게 그 사슴 처자를 상으로 내릴 생각 따위는 눈곱만치도 없었다.

그는 늘 전장에서 용맹하게 전사하는 최후를 꿈꾸는 장수였다. 설령 그 꿈을 이루지 못한다 할지라도, 최소한 쓰잘머리 없는 이유로 허망하게 죽고 싶지는 않았다. 고작 미천한 한진인 두 명 때문이라니. 그처럼 시답잖은 죽음도 없을 터였다.

해시가 되어 을음은 다시금 장락전을 찾았다.

양씨 부인은 주위를 모두 물리더니 을음에게 등불을 맡겼다. 가마만 뒤따르도록 하고 장락전의 깊숙한 내부로 향하면서 그녀는 사뭇 한탄하였다.

"미꾸라지 한 마리가 물을 온통 흐려놓았습니다. 기실 주상과 약조한 바가 있기에, 내 부득불 그 아이를 궐 밖으로 내보내는 것입니다. 전하께서는 그 아이를 다만 살려두고자 하실 따름이에요. 하니 명심하십시오. 무슨 일이 있어도 그 아이의 목숨만은 단단히 붙들고 계셔야 합니다."

이윽고 구석진 외딴 광 앞에 이르자, 양씨 부인이 잘그락거리면서 열쇠 꾸러미를 뒤적이기 시작했다. 을음은 슬며시 양미간을 좁혔다.

"이런 곳에 가두어두셨사옵니까?"

양씨 부인은 노안 탓에 잔뜩 찡그리고 있던 눈을 그대로 들어서 을음을 노려보았다.

"내가 지금 손수 열쇠를 찾아야 하는 지경입니다. 삼십 년이나 수족처럼 부려온 분우모마저도 이제는 아주 보란 듯이 내 명을 거역하고 있어요. 이게 다 뉘 탓이랍니까?"

을음은 입을 꾹 다물었다. 어쩐지 그의 탓인 것만 같았으나, 언제부터 분우모와 그가 그토록 각별한 관계였는지는 모를 일이었다. 을음은 어쨌거나 아직 멀쩡한 총각이었다. 그 성질 고약하고 드세 빠진 할망구랑은 어떤 식으로든 엮이고 싶지 않았다.

드디어 양씨 부인이 맞는 열쇠를 찾아내었다.

광문이 열린 순간, 을음의 심장이 마치 전고를 치듯 쿵쿵 울리기 시작했다. 어려서부터 몸에 밴 버릇이었다. 창문도 없는 좁은 광에서 확 풍겨져 나온 냄새는 그가 익히 아는 것이었다.

을음은 등불을 꺼뜨리기 직전으로 황급히 뛰어 들어갔다. 피와 땀으로 끈적거리는 가녀린 목덜미가 불덩이처럼 뜨거웠다. 맥을 짚어보지 않아도 아직 살아 있는 것만은 확실했다. 그러나 치마를 흥건하게 적신 피의 양으로 보아, 언제 시체가 될지 모를 형편이었다.

그는 서둘러 사슴 처자를 가마 속에 구겨 넣다시피 실었다. 을음으로부터 등불을 건네받은 양씨 부인은 그제야 피를 발견한 듯 놀라서 성화였다.

"아니, 이런……! 하혈을 하고 있잖느냐!"

을음은 대답할 정신도 없이 허둥지둥 달리기 시작했다. 등 뒤로 기필코 살려내라는 양씨 부인의 당부가 들려왔다. 굳이 당부하지 않더라도 그리할 참이었다.

그길로 곧장 의원에게 달려간 을음은 한밤중에 고래고래 소리를 지르면서 문을 쾅쾅 두들겼다. 의원뿐만 아니라 성안 사람들을 전부 깨울 기세였다. 이에 의원이 늑장 부리며 어기적어기적 나왔다가 을음을 보고는 눈을 비비면서 굽실거렸다.

"하이고, 뉘신고 하였더니 장군님 아니십니까."

"죽을지 살지 그것만 말하게!"

아닌 밤중에 홍두깨가 따로 없었다. 비몽사몽간에 멱살 잡혀 끄들리던 의원은 가마 속에서 나온 피투성이 처자를 보고는 뒤늦게 눈을 번쩍 떴다. 의원은 방금 멱살 잡힌 것에 앙심이라도 품었던 양, 불을 피우라는 둥 물을 끓이라는 둥 마구 지시를 해댔다. 그러더니만 엉뚱하게도 건넛집으로 달려갔다.

의원은 좀 전에 을음이 문밖에서 피운 소란을 건넛집에서 그대로 따라하였다. 이윽고 노파 하나가 오만상을 쓴 채로 문밖을 비죽 내다보았다. 의원은 노파를 냅다 끌고 와서는 우격다짐으로 처자가 있는 방에 밀어 넣었다. 그러더니 정작 자신은 문밖 쪽마루에 앉아서 느긋하게 졸 태세였다.

을음은 진이 다 빠져 그 옆에 털썩 걸터앉았다.

“어떠한가? 살 수 있겠는가?”

“글쎄요. 저 할멈이 나와봐야 알지요.”

“누군데 그러는가?”

“하긴 장군님은 아직 본 일이 없으시겠구먼요. 입은 좀 걸어도 대단히 능력 있는 산파올시다. 죽은 아이도 살려내는 솜씨니 한번 믿어보십시오.”

팔짱을 끼고 다시 졸려던 의원은 아무래도 잠이 달아난 모양인지 이리저리 뒤척거렸다. 그러다가 짜증 섞인 한숨을 푹 뱉고는, 괜스레 약 달이는 가마꾼을 닦달하였다.

“어이, 거기! 부채질을 그따위로 하면 되겠는가! 더 세게 하게. 더!”

그 가마꾼은 가마를 들고 궁궐로부터 의원의 집까지 쉴 새 없이 달려온 사람이었다. 부들부들 떨리는 손을 보다 못한 을음이 가마꾼을 밀쳐내고 몸소 부채질을 하기 시작했다.

조바심치는 심정으로 부치다 보니 불길이 확 일었다. 그 사슴 처자를 다만 ‘살려두고자’ 한다는 하녹의 말을 떠올리자 불길이 더욱 거세게 일었다. 만일 사슴 처자가 여기서 죽는다면 그 책임이 누구한테 돌아갈지 생각하며 부쳤더니, 불길이 숫제 풍로를 뚫고 나올 기세로 활활 타올랐다.

이윽고 방문이 열리고 노파가 구부정하게 걸어 나왔다. 노파는 신을 신으려고 쭈그려 앉으면서 대뜸 의원의 등짝을 철썩 휘갈겼다.

"이놈의 영감탱이! 게을러터져 가지고 사람을 부려 먹으려고 밤중에 오라 가라 야단이야. 유산은 무슨, 떨어질 애가 있어야 떨어지지. 하도 두들겨 맞아서 속이 터진 걸 가지고. 에그, 쯧쯧."

기우뚱 신을 꿰지른 노파는 마당을 빙 돌아 을음 쪽으로 다가오면서 빈정거렸다.

"거참 때릴 데도 없어 보이더구먼, 뭔 잘못을 했다고 계집애를 죽일 것처럼 무작스럽게 두들겨 패냐. 언놈인지 원, 뒈질 때 똑같이 뒈져보라지. 카악, 퉤!"

노파는 을음의 발치에 가래침을 탁 뱉고는 뒤뚱뒤뚱 사라졌다. 공연히 욕먹은 을음은 억울함을 달래기 위해 하릴없이 부채질만 하였다.

잠시 후 의원이 다가와 약재 몇 가지를 더 넣었다. 그러면서 을음을 향해 혀를 끌끌 차더니만, 뭐라 해명할 틈도 안 주고 잽싸게 방으로 들어가 버렸다.

을음은 졸지에 '계집애를 죽일 것처럼 무작스럽게 두들겨 패는 사람'이 되었다. 아울러 그러한 연유로 서른 살 넘도록 혼인하지 못한 총각이 되고 말았다.

이러나저러나 풍로의 불길은 활활 잘도 일었다.

마침내 한진인 처자가 깨어났다는 얘기를 듣고 을음은 방으로 들어갔다. 그러나 말과는 달리 그 처자는 여전히 시체처럼 누워 있을 뿐이었다.

머리맡에 앉은 을음은 한동안 기웃거리면서 기억을 더듬었다. 아무리 보아도 그때의 사슴 처자가 아닌 것 같았다.

그 사슴 처자는 전체적으로 희었다. 젖살이 덜 빠져 포동포동한 얼굴에 유달리 발그스레한 입술이 인상적이었다. 새까맣게 윤나는 머리는 길고 풍성하였으며, 손을 보고는 '그야말로 섬섬옥수로구나!' 하고 내심 감탄한 기억이 있었다. 하여간 당시 '흰 사슴'이라던 하녹의 비유에 절로 고개가 끄덕여질 만큼 곱디고운 처자였던 것만은 확실했다.

하지만 지금 을음의 눈앞에 누워 있는 처자는 얼토당토않은 생김새였다. 얼굴은 누런색부터 주홍색, 자색, 푸른색 등등 색색의 멍 자국으로 얼룩덜룩했다. 피골이 상접하여 젖살은커녕 젖살이 붙어 있어야 할 볼조차 존재하지 않았다. 짧게 자른 머리는 듬성듬성 고르지 못하여 흡사 비루먹은 말의 갈기털 같았다. 뼈와 혈관이 선명하게 드러난 손도 섬섬옥수와는 거리가 멀었다.

을음이 옛날의 그 사슴과 이 처자의 닮은 점을 찾아보려고 기웃거리고 있을 때, 빈 약그릇을 내갔던 의원이 방으로 들어왔다. 의원은 앉자마자 한숨부터 쉬었다.

"그래도 정신이 들었으니 한 고비는 넘겼습니다."

"휴우, 천만다행일세."

"하지만 향후에 큰 병이 생길 수도 있습니다."

"향후라면 대략 언제쯤인가?"

의원은 별것을 다 묻는다는 양 눈살을 찌푸렸다.

"글쎄요. 곧바로 생길 수도 있고, 몇 년 지나야 생길 수도 있고, 또 혹 운이 좋으면 안 생길 수도 있지요. 하긴 이번에도 운이 좋았던 편입니다. 계속해서 이런 식으로 다루시면, 다음번에는 실로 송장을 치게 될지도 모릅니다."

"내가 그런 게 아닐세."

의원은 떨떠름한 눈빛으로 을음을 흘끔거리곤 슬쩍 눈길을 돌렸다.

"아무튼요. 맥도 약하고 심신이 완전히 쇠진하였습니다. 에, 또……. 큼큼, 아무래도 아이를 낳기는 힘들어 보입니다."

그야 물론 그럴 것이다. 아무리 여인이 궁할지라도 저런 여인과 더불어 아이를 만들고 싶지는 않으리라.

무심결에 고개를 끄덕이던 을음은 이내 의원의 말뜻을 깨닫고 놀라서 물었다.

"아이를 못 낳는다니, 확실한가?"

"이런 경우는 소생도 처음인지라 확답은 어렵습니다만, 속이 터져서 하혈을 하는 거라면 아마도 뱃속의 아기집이 터진 게 아닌가 싶습니다. 만약에 그렇다면 아이는 영영 못 낳겠지요. 그리고 장군님, 몸통이나 머리는 매우 위험합니다. 앞으로는 아무리 역정이 나시더라도, 가능하면 팔다리 쪽을 골라 때리시도록……."

"내가 때린 게 아니라니까!"

을음이 버럭 외쳤으나 의원은 여전히 떨떠름한 표정이었다.

"뭐, 그냥 사람 몸이 대개 그렇다는 말씀입니다. 좌우간 큰 고비는 넘겼으니 그만 댁으로 옮기셔도 되겠습니다."

"그럼 잠시만 더 수고해 주게. 급한 용무만 마치고 금방 옴세."

을음은 긴장이 확 풀린 통에 갑작스레 찾아든 졸음과 시장기를 억누르며 방을 나섰다.

나오는 길에 다시 한 번 그 처자를 돌아보았으나, 보고 또 봐도 그때 그 처자가 아니었다. 그렇다고 양씨 부인이 다른 사람을 내줬을 리도 없었다.

"여덟 달인가."

손가락을 꼽아 보던 을음이 머리를 설설 가로저었다.

고작 여덟 달 만에 사람이 저렇게까지 변할 수도 있나 보다. 그러고 보면 '살면서 열두 번도 더 변하는 게 여인네 인물이다. 그러니 인물 좀 작작 따지고 하루빨리 며느리를 보여다오!'라던 모친의 말씀이 영 틀리지는 않은 모양이었다.

"며느리 보여준다고 하면 예까지 오실 건가?"

북열을 떠난다고 했더니만 대번에 대역죄인 취급하던 양친과 형제들을 불현듯 떠올리며 을음은 씁쓰레 실소하였다. 그러고는 이내 머리를 털며 장락전으로 향하였다.

그 무늬는 중심으로부터 시작한다. 가느다란 선을 구불구불 잇고 또 이어, 최종적으로는 한 치 크기의 원으로 완성된다. 그 선은 한 쌍의 점으로 연결된 무수한 점들이다. 한 쌍의 간격이 일정치 않으면 한 가닥의 선이 되지 않는다. 선을 매끄럽게 잇고자 하면 전후의 간격도 반드시 일정해야만 한다.

한마디로 점 하나 잘못 찍으면 실패였다. 정말이지 진절머리 나게 골치 아프고 피를 말리는 작업이었다.

연은 매일매일 하루 온종일 문신을 했으나 단 한 번도 완벽한 문신을 해본 적이 없었다. 새기는 본인만이 알 수 있는 미미한 실수들, 딱 바늘 끝만 한 실수들이 언제고 조금씩 있었다. 평생 해도 완벽하게 해내지는 못할 성싶었다.

그럼에도 불구하고 어느 날부턴가, 그녀는 완벽을 추구하기 시작했다. 정확히 그때부터 문신이 좋아졌다. 더는 지겹지 않았다. 그것은 늘 똑같은 문양이었으나 항시 새로운 도전이었다. 그랬기에 한 치 정도의 조그마한 원 안에, 그녀는 기꺼이 자신의 혼을 쏟아부었다.

참 사소한 삶이었다.

「살아 있니?」

별안간 문이 찌걱 열렸다. 연은 들고 있던 사금파리를 황급히 감추면서 문가를 돌아보았다.

까팡이처럼 탁하고 낮은 목소리의 임자는 보나마나 삼고였다. 섭제국 왕성 안에 삼고라는 한진 사람이 있다더니만, 과연 실제로 있었다. 허리가 납죽 꼬부라진 노파였다.

맨 처음 삼고를 봤을 때, 연은 마냥 기겁했더랬다. 한진 사람이고 뭐고, 곁에 가까이 다가오는 것도 싫었다. 무섭고 끔찍했다.

그 노파의 첫인상은 눈밖에 없었다. 눈만 빼고는 머리끝부터 발끝까지 전신을 누런 삼베로 친친 감았는데, 그 삼베 곳곳에 크고 작은 얼룩들이 수두룩했다. 온몸에서 진물이 줄줄 흐르는 모양이었다.

사람들은 행여나 그 병이 옮을세라 두려워서 삼고만 보면 다들 저만치 멀찍이 피해 다녔다. 하지만 그 병이 남들한테 옮지는 않았다. 엄밀히 말하자면 병도 아니었다.

「나도 옛날에는 멀쩡한 아낙이었단다. 하루는 산에 나물을 캐러 갔는데, 다리가 아파서 잠깐 앉아 쉬었거든. 보아하니 근처에 이 지팡이가 있더라고. 마침 잘됐다 싶어서 냉큼 짚고 내려왔지. 한데 그날 밤 꿈에 산신령이 나타나더니만, 자기 지팡이를 훔쳐갔다고 노발대발하지 뭐냐. 그 바람에 내가 천벌을 받아서는 이렇게 온몸이 문드러지고, 목소리도 꼭 사내처럼 탁하게 변해 버렸단다. 그래도 이게 산신령의 지팡이라서 그런지, 꽃은 잘 커.」

연은 그 이야기를 들은 다음에야 삼고를 두려워하지 않게 되었다.

그 산신령의 지팡이는 구불구불 기묘한 모양새로 얼핏 보기에도 범상치 않았다. 그 지팡이 덕분인지 삼고는 실로 꽃이며 과실 키우는 재주가 기막히게 뛰어나, 한진 사람으로서는 드물게 섭제국 왕성에 거처하는 시녀가 된 사람이었다.

후궁의 모든 정원을 손질하자면 바쁠 텐데도, 삼고는 틈틈이 연을 찾아와 매번 똑같은 질문을 던지곤 했다.

「살아 있니?」

연은 그 질문에 대답한 적이 없었다. 이날도 마찬가지였다. 그녀는 다만 자리에서 일어나던 중, 등 뒤에 감췄던 사금파리를 슬쩍 품속에 집어넣었다.

이날 오전에 한 시녀가 그녀의 식사를 가져오면서, 기어이 그 음식을 주기 싫었던지 일부러 대접을 팍삭 깨뜨렸더랬다. 음식이라고 해봤자 건더기도 별로 없이, 숱한 음식의 양념 찌꺼기만 한데 뒤섞어놓은 국물이었다. 처음에는 보기만 해도 구역질이 났으나, 먹을 게 그것밖에 없었다. 그마저도 못 먹게 되니 암담한 지경이었다. 그래도 시녀는 아랑곳없이 음식과 깨진 대접을 치워갔다.

그때 사금파리 한 조각이 방구석에 남겨졌다. 꽤 뾰족하고 날카로웠다. 어쩌면 죽을 수도 있을 것 같았다. 만일 삼고가 찾아오지 않았다면, 연은 그 사금파리를 목에 찔러 넣었을지도 모른다.

죽는다니, 생각만 해도 무서운 일이다. 하지만 사는 것도 만만찮게 무서운 일이었다.

성도에서의 삶은 비록 사소했을지언정 항상 고즈넉하고 평화로웠다. 그곳에는 아버지가 있고 단이 있었다. 그곳에는 그녀가 할 일이 있고 그녀의 자리가 있었다.

이곳에는 아무것도 없다. 그리고 그녀는 쓸모가 없다. 그렇다고 해서 이곳을 나갈 수도 없다. 그녀에게는 돌아갈 곳도 없다.

「어제는 심했나 보구먼, 쯧쯧.」

다리를 절룩거리며 다가오는 연을 보고 삼고가 혀를 끌끌 찼다.

「그저께였어요.」

「으이그, 못된 년들. 지치지도 않나. 어찌 틈만 나면 사람을 괴롭히누.」

첫날부터 그랬다. 이곳 장락전의 시녀들은 하나같이 연을 못 잡아먹어서 안달이었다.

북열 사람들만 득시글거리는 섭제국의 왕성에서, 연은 귀머거리에 벙어리나 다름없었다. 때문에 시녀들이 무어라 지껄이며 그녀를 때려도, 그녀는 자신이 왜 맞고 있는지 영문조차 알 수 없었다.

「네가 예쁘장하니까 다들 심술이 나서 못살게 구는 거지. 미인 팔자가 원래 박복하니라. 그건 내가 잘 알아.」

삼고는 위로라도 하는 양 연에게 농담을 던졌다. 바로 그때 장락전의 시녀 하나가 눈을 부라리며 연을 찾아왔다가, 댓돌에 떡하니 걸터앉아 있는 삼고를 보더니만 꽁지 빠지게 달아나 버렸다.

연이 다가와 곁에 앉자, 삼고는 자신의 지팡이를 문틀에 걸쳐 놓으면서 말했다.

「여기 사람들은 미련해서 내가 진짜 산신령의 지팡이라도 훔친 줄 알지만, 사실 꽃 키우는 비법은 따로 없단다. 피자마자 싹 다 자르면 더 많은 꽃을 피우고, 자꾸만 괴롭히면 더 달콤한 열매를 맺게 되어 있지.」

연도 미련해서 그 말을 철석같이 믿고 있었다. 그녀는 멍하니 삼고의 지팡이를 돌아보았다. 저게 산신령의 지팡이가 아니었다니? 산신령의 지팡이를 훔쳐서 천벌을 받은 게 아니라면, 삼고는 대체 무슨 병을 앓고 있단 말인가?

그때 삼고가 품속을 뒤적여 작은 꾸러미를 꺼내더니 연의 다리

쪽으로 손을 뻗었다. 손등에 감긴 삼베 위에 짙은 얼룩 두어 점이 큼지막하게 묻어 있었다. 연은 자기도 모르게 잠시 주춤거렸다. 그러나 이내 선선히 다리를 내보였다. 병이 옮은들 죽기밖에 더하랴.

피멍이 들어 퉁퉁 부은 연의 정강이에 약초를 붙여 싸매면서, 삼고는 자분자분 말을 이었다.

「보리 싹은 매매 밟아줘야 튼튼해져서 겨울을 나느니라. 하지만 고기는 치면 칠수록 연해지는 법이지. 그게 바로 살아 있는 것과 죽은 것의 차이란다.」

삼고가 누런 삼베 사이로 눈을 빛내며 물었다.

「너는 지금 살아 있니?」

삼고가 돌아간 후, 연은 잠시 더 그대로 앉아 있다가 이윽고 품속에 손을 넣었다. 그녀는 사금파리를 꺼내어 후원 저편으로 멀리 던져 버렸다.

그 이튿날 장락전은 온통 삼고에 관한 이야기로 떠들썩했다. 삼고가 무슨 큰 잘못을 저지른 모양이었다. 연은 귀 기울여 들었으나, 삼고가 어찌 되었는지까지는 알아들을 수가 없었다.

그녀는 마냥 걱정스러운 마음으로 사나흘을 보냈다. 그러나 자신이 남 걱정할 처지가 아님을 금세 깨달았다. 한밤중에 다짜고짜 들이닥친 장락전의 시녀들은 언제나 그러하듯 연의 입에 재갈부터 물렸다.

아롱거리는 등불은 넷이다. 저 불빛이 한꺼번에 싹 사라지면 이번만큼은 정녕 죽을지도 모른다. 차라리 그게 낫다. 여기서 벗어날 길은 그것뿐이다.

연은 저항하지 않게 된 지 오래였다. 때리면 맞아야지 별수 있나. 용을 쓰다가 맞으나, 가만히 있다가 맞으나, 어차피 다 똑같이 아프다.

익히 알면서도 그녀는 이날 새삼스레 반항하였다. 시녀들을 끌고 와 늘 '시작하여라' 명령만 하는 늙은 시녀가 이날은 다른 명령을 내린 탓이었다. 연은 그 시녀가 무슨 명을 내렸는지 알아듣지 못하였다. 그러나 그 명이 떨어지기 무섭게 우르르 달려든 이들을 보고 금방 깨달았다.

그들은 평소처럼 가리지 않고 무자비하게 손발을 휘둘렀다. 그 와중에 연의 옷을 찢듯이 벗겨냈다. 한 겹 옷이 덜어주었을 고통은 수치심이 더하여 배가되었다. 그녀는 몸을 바싹 웅그리고 버텼으나 결국 알몸으로 방바닥에 널브러져 버렸다. 눈앞이 가물가물했다. 손가락 하나 까딱할 힘이 없었다. 그녀가 무방비하게 늘어진 다음에야 그들은 재갈을 풀어주었다. 연은 흐느낄 여력조차 없이 깔딱깔딱 겨우 숨을 잇고 있었다.

불현듯 그 숨결에 머리카락 한 줌이 길게 날아갔다. 또 한 줌, 그리고 또 한 줌이 재잘재잘 웃음 섞인 속삭임과 함께 떨어졌다.

연은 멍한 정신으로 '아, 그래서 옷을 벗겼구나' 따위의 생각을 했다. '머리카락을 치우기는 쉽겠구나' 따위의 생각도 했다. 그런데도 참을 수 없이 목덜미가 서늘했다. 알몸이 되는 것만큼이나 허전하고 낯설었다. 그녀는 방바닥에 흐트러진 자신의 머리카락을 하릴없이 움켜쥐었다.

어느 순간인가 연은 정신을 잃었다. 까마득한 암흑으로 떨어지기 직전, 그녀는 마지막 의지로 스르르 손을 놓았다.

괜찮다. 곧 더 좋은 머리카락이 자랄 것이다. 그래, 괜찮다. 상처는 아물 것이다. 멍은 가실 것이다. 아무 일도 없었던 듯, 별일 아니었던 듯, 고통의 흔적은 또 그렇게 사라질 것이다.

다만 그녀는 이제 잊지 않고 또렷이 기억하리라. 그리하여 그만큼, 꼭 그만큼 더 강해지리라.

연은 비로소 살아 있었다. 이후로도 그녀의 일상에는 변함이 없었으나, 그녀는 끝끝내 살아서 장락전을 나갔다.

"하면 기어이 살아서 장락전을 나갔단 말이오?"

"원래 잡초가 질기다지 않사옵니까. 쇤네도 두 손 두 발 다 들었사옵니다."

며칠 만에 내전에 들른 분우모는 왕비 공요에게 실망스러운 소식을 전해주었다. 장락전에 도대체 시녀가 몇인데, 그깟 어린 계집아이 하나를 죽이지 못했는지 알 수가 없었다.

처음에는 천하고 어린 계집아이가 몇 달 지나면 희첩이 되고, 희첩들은 으레 정비가 되기를 꿈꾼다. 공요는 이미 똑같은 경험을 여섯 차례나 겪었다. 고로 희첩이 되기 전에 처리하는 게 가장 손쉽다는 사실을 익히 알고 있었다.

공요는 본디 위려 태자의 정비였다. 위려는 한마디로 사내였다. 그처럼 사내다운 사내는 다시없을 터였다. 그는 부와 권력이 약속된 태자의 지위에 있었으며, 여인이라면 누구나 혹할 만큼 늠름한 장부였고, 더불어 그 자신도 여색을 즐기는 편이었다.

여인네들은 끊임없이 그의 주변을 맴돌면서 호시탐탐 유혹할 기회만 노렸다. 그는 그 유혹을 마다하는 법이 없었다. 공요는 속이 썩어 문드러질 지경이었다. 문제는 그가 지나치게 매력적인 사내인지라, 그녀도 그를 미워할 수가 없었다는 점이었다.

그가 비명횡사한 후, 공요는 북열의 관습대로 그 아우인 하녹과 혼인하였다. 워려 태자와는 비교도 안 될 만큼 어리고 순진한 소년이었다. 그래서인지 그는 한눈을 팔 줄 몰랐다. 공요는 아낌없는 애정과 인내심을 베풀어 그 소년을 지금의 사내로 키워냈다.

그런 그녀에게 하녹이 이럴 수는 없었다. 그가 어디서 웬 비천한 한진의 계집을 주워왔어도 공요는 아무 일도 없다는 듯이 다 눈감아주었다. 오히려 더 잘해주었다. 그에게 기꺼이 칭찬도 해주지 않았던가.

"머지않아 고군을 능가하시겠사옵니다."

그가 양심이 있으면 공요에게 미안하다고 사과라도 한마디 할 법했다. 하룻밤 실수였다는 변명이라도 괜찮았다. 너무 미안해서 할 말도 없다면, 차라리 그냥 가만히 있으란 말이다. 적어도 '비께 저는 무엇입니까?'라는 밑도 끝도 없는 질문으로 엉뚱한 시비를 걸지는 말았어야 했다.

공요는 그가 무슨 의도로 묻는지 알 수가 없어서 그저 웃어넘겼다. 그랬더니만 하녹은 그 핑계로 토라졌다는 양 내전을 찾지 않게 되었다. 적반하장도 유분수였다.

이후로 벌써 여덟 달이 지났건만 그 계집은 아직도 멀쩡히 살아 있고, 하녹은 여전히 내전에 오지 않았다. 공요는 신경질적으로 부채질을 해댔다.

“아예 궐 밖으로 나갔다면 이제는 손쓸 방도도 없겠구려. 그러게 초장에 잡아야 한다지 않았소. 어리바리할 때 목을 확 조였어야 했거늘, 그 중요한 시기에 의지가지를 떡하니 곁에 놔두면 어찌하오? 이것 보시오. 결국엔 이렇듯 일이 틀어졌지.”

“그 부분에 대해서는 쇤네가 입이 열 개라도 할 말이 없사옵니다. 삼고가 늘 후원에 들락거리긴 하였사옵니다만, 설마하니 그 년이 삼고와 어울릴 줄은 몰랐지요. 그 병이 옮으면 어쩌려고, 어휴!”

분우모는 생각만 해도 끔찍한지 진저리를 쳤다. 공요가 들고 있던 우선으로 애꿎은 베개를 탁탁 쳤다.

“한진인이오, 한진인! 근본부터가 우리와는 다른 것들이란 말이오. 아! 내가 정말 늙습니다, 늙어.”

“하이고! 애당초 저희가 그년을 우물에 빠뜨릴 수도 없고, 목도 못 매고, 손칼도 못 쓸 형편이었다니까요. 그 와중에 저희가 일부러 대접을 깨어 그년 손에 날카로운 것을 쥐어주었사온데, 그 주변머리 없는 년은 그것을 쓸 줄도 모르더군요. 더구나 그때 국대부인께서 대접 하나가 깨졌다는 사실을 용케 아시고는 대번에 그년의 그릇과 수저까지 전부 나무로 바꾸셨잖아요.”

“그 한심한 얘기는 왜 또 꺼내오? 그날 저녁에 대접을 깨고 그날 밤에 처리했다면 무슨 문제가 되었겠소? 애초에 빈틈이 많았던 겁니다. 잘만 조여주면 달포도 못 되어 혀 깨물게 되어 있거늘, 쯧쯧."

"에그, 그년은 멍청해서 혀 깨물 줄도 모르옵니다. 게다가 국대부인께서 첫날부터 그년을 얼마나 싸고도셨사옵니까. 그 덕분에 다른 아이들이 시샘하여 분풀이를 했다는 변명이 통하긴 했사옵니다만, 엊그제는 그 변명도 안 먹히더라고요. 국대부인께서 그년을 아예 광에 넣고 쇤네한테서 열쇠를 뺏어가시지 뭐예요. 그길로 그년을 궐 밖에……. 참! 어제 우보의 말씀을 듣자 하니, 그년은 애를 영영 못 낳게 되었다 하옵니다. 아기집이 터졌다고 하던걸요."

놀란 듯 우선을 들어 가린 공요의 입술에서 웃음 섞인 감탄사가 흘러나왔다.

"오호! 그런 경우도 다 있소?"

"예. 하옵고 국대부인께서 달리 그년을 장군님께 보내신 게 아니옵니다. 장군님 밑에 한진인이 한 명 있잖아요. 그이에게 상으로 내리라고 명하셨사옵니다."

"그 계집을 상으로……?"

"그렇다니까요. 같은 한진인이니 잘 어울리는 짝이 아니겠사옵니까."

"하면 그 계집이 궐로 돌아올 일은 없겠구려."

"그렇고말고요. 저희도 하기는 열심히 하였사옵니다."

비스듬히 와상에 기대어 있던 공요가 자세를 바로잡았다. 그녀는 줄곧 와상 밑에 잠들어 있었던 작은 궤를 밀어 분우모에게 건넸다. 공요의 입술은 오랜만에 부드러운 미소를 머금고 있었다.

"그간 애 많이 쓰셨소."

분우모는 묵직한 궤를 받곤 입이 함지박만 하게 벌어졌다.

"아유, 무슨 이런 걸 다……! 대부인께서 명하지 않으셨더라도 다들 그리했을 텐데요."

"그대의 분은 따로 넣어두었으니, 미리 챙기도록 하시오."

"황감할 따름이옵니다."

분우모가 궤를 챙기며 연거푸 굽실거렸다.

그때 밖에서 '전하께서 납시었사옵니다' 하며 고하는 소리가 들려왔다. 그 말이 끝나기도 전에 하녹이 문을 벌컥 열고 들어왔다. 빠른 걸음으로 다가온 그는 다짜고짜 공요를 와상에 쓰러뜨렸다.

"어, 어찌 이러시옵니까?"

그는 치마 속을 더듬느라 바빠서 공요의 질문에 답할 여유도 없어 보였다. 분우모가 민망한 얼굴로 황급히 물러났다.

문이 도로 닫혔을 즈음, 그는 이미 공요를 와상 머리로 밀어붙이고 있었다. 공요는 아직도 옷을 그대로 입은 채였다. 하녹 역시 의관을 모두 갖춘 상태였다. 그는 심지어 신조차 벗지 않고 침소에 들어와 있었다.

"전하! 아, 아무리 급하셔도……."

"몹시 급합니다."

하녹은 신음과도 같은 한마디로 그녀의 만류를 일축하였다.

사락사락 옷깃이 스쳤다. 간간이 요대의 고리가 서로 부딪치면서 선명한 쇳소리를 내었다. 그예 머리에서 떨어진 그의 관(冠)은 흔들리는 공요의 팔꿈치를 장단 맞춰 희롱하고 있었다.

공요는 점점 격심해지는 현기증으로 눈을 감았다. 귀걸이를 잘랑잘랑 울리는 그의 숨결이 더할 나위 없이 뜨거웠다. 얼마 만인지 기억조차 가물가물했다. 어쨌거나 명확히 알 수 있는 것은, 이제 그 한진의 계집이 궁궐에서 사라졌다는 사실이었다. 그 즉시 하녹은 얌전히 공요의 품으로 되돌아왔다. 다시금 말 잘 듣는 아이가 되어. 아니, 어쩌면 전보다 더 좋은 사내가 되었을지도 모르겠다.

하염없이 쓸리던 살결이 쓰라릴 무렵에야 하녹은 깊은 신음을 토하며 공요의 위로 쓰러졌다. 그는 흡사 짐승처럼 숨을 몰아쉬면서 그녀의 귓가에 속삭였다.

"제 아들을 낳으십시오."

그녀는 말없이 나직하게 웃었다.

"반드시 아들이어야만 합니다."

그녀는 또다시 나직하게 웃었다.

하녹은 갑작스레 왔듯이 갑작스레 벌떡 일어났다. 그는 걸음을 옮기면서 의관을 정제하였다.

공요의 입가에서 미소가 사라졌을 때, 그는 이미 단정한 매무새로 문 앞에 서 있었다.

"하면 편히 침수 드십시오."

그는 벌건 대낮에 어울리지 않는 인사를 깍듯이도 하곤 방을 나갔다.

공요는 그대로 누운 채 한동안 가만히 천장을 응시했다. 아무렇게나 헤쳐진 아랫도리를 추스를 여력도 없었다. 별안간 휩쓸고 간 폭풍의 충격에서 여태 벗어나지 못한 몸은 그녀 자신의 것이 아닌 듯 몽롱했다.

일전에 하녹이 던졌던 질문이 불현듯 생생하게 귓가를 때렸다.

"비께 저는 무엇입니까?"

공요는 갈라진 목소리로 중얼거렸다.

"너에게 나는 무엇이니."

뱃속이 사르르 아파왔다. 무심결에 뻗은 손이 이불을 더듬어 끌어당겼다. 이불 속에 숨어서 몸을 한없이 웅크려도 그 아픔은 좀처럼 가시지 않았다. 그가 허락 없이 욱여넣은 배설물이 마치 독이 되어 그녀의 속을 야금야금 좀먹고 있는 것 같았다.

이튿날 새벽, 국대부인 양소선은 기침하자마자 분우모로부터 꽤 낯 뜨거운 이야기를 전해 들었다. 분우모의 말을 선뜻 인정하고 싶지는 않았으나, 그 한진인 계집아이를 내보낸 이후로는 과연 좋은 일만 생기는 것 같았다.

무엇보다도 우선 잠자리가 편했다. 양씨 부인은 이제 밤중에 먹먹한 흐느낌이나 신음 소리, 혹은 여럿이서 조잘조잘 윽박지르는 소리 때문에 깨어나야 할 일이 없었다. 그새 버릇이 든 탓인지 간밤에도 두어 번 공연히 깨기는 했지만, 사방은 고요할 따름이었다. 그간 이 평화로운 정적이 얼마나 그리웠는지 모른다.

또 전날 오후에는 속로국과의 협상이 잘 진행된다는 보고가 들어와 양씨 부인의 편한 심기를 더욱 편하게 해주었다. 속로국에서도 병사를 받아내면, 갓 세운 이 나라의 위태로운 형세도 한결 안정될 터였다. 좌장(左將)인 오간이 몇 차례나 속로국을 넘나들더니, 기어이 큰 성과를 올릴 참이었다.

역시나 유능한 대신이었다. 한때 오간이 잠시 자리를 비웠기에 임시로 젊디젊은 을음을 우보로 삼았을 뿐, 기실 그 직위에 적합한 이는 오간이었다. 사람이 나이를 공으로 먹지는 않는 법이다.

양씨 부인은 세월과 함께 쌓이는 경험과 연륜을 높이 사는 편이었다. 이는 그녀 자신에게도 적용되었다. 때문에 그녀는 나날이 늘어나는 백발이나 주름살 등으로 유난스러운 걱정을 하지 않았다. 다만 날이 갈수록 침침해지는 눈만은 고역이었다. 하여 문사에게 일러 목간의 폭을 넓히도록 했더니만, 문사는 모처럼 마련한 폭 넓은 목간에다가 글을 두 줄로 써서 그녀의 눈을 되레 더 혹사시키고 있었다.

전날 오후, 양씨 부인은 눈살을 잔뜩 찌푸린 채 목간을 들여다보고 있었다. 역시나 젊은 것들과는 말이 안 통한다고 생각하며 혀를 끌끌 차고 있는데, 때마침 하녹이 찾아왔다.

이 젊디젊은 아들과도 말이 안 통하기는 마찬가지였다. 하지만 양씨 부인은 때가 때인지라 반색하며 그를 맞이하였다.

"마침 잘 오셨습니다. 오신 김에 이것 좀 읽어주시지요."

하녹은 선선히 그녀의 말에 따랐다.

그는 언제나 말 잘 듣는 아들이었다. 폭 넓은 목간에 글을 두 줄로 쓴 문사처럼, 그저 말이 안 통할 뿐이었다. 그래도 말 안 듣고 유능한 아들보다는 약간 뒤처지더라도 말 잘 듣는 아들이 낫다. 적어도 하녹은 살아 있다.

"……이상입니다. 국대부인."

"원, 다들 별로 대수롭지도 않은 일을 시시콜콜 고하여 쓸데없이 이 늙은이의 눈만 괴롭히는군요."

양씨 부인이 목간을 돌려받으면서 양미간을 좁혔다. 그녀는 하녹을 보곤 조금 더 인상을 굳혔다.

하녹은 어느새 창가로 다가가 조용히 밖을 내다보고 있었다. 늘 그러하듯 나른한 표정이었다. 총기는커녕 그 나이에 마땅히 지녔을 법한 혈기도 없었다. 꼭 맹물처럼 밍밍하여 그 어떠한 기운도 보이질 않았다. 용솟음치는 기운을 감당치 못하던 그 형과는 달라도 한참 달랐다. 이즈음 들어서는 저 아이가 과연 자신의 속에서 나온 아들이 맞는지 의구심이 들 지경이었다.

"어머님."

그래도 그녀가 낳은 아들임에는 틀림없었다.

양씨 부인은 대답 없이 그를 응시하였다. 하녹의 시선은 여전히 창밖을 향하고 있었다.

"소자는 어머님을 믿고 있습니다."

"그런데……?"

"장락전에 반드시 있어야 할 것이 보이지 않는군요. 혹여 그 행방을 아십니까?"

하녹이 서서히 몸을 돌렸다. 그에 맞춰 양씨 부인은 목간 쪽으로 슬쩍 눈길을 피했다.

"몸이 좋지 않은 듯하여 쉬도록 하였느니라."

"백 일입니다, 어머님. 금일로 백 일째입니다."

양씨 부인은 밀려 나오는 한숨을 삼켰다. 시녀들이 그 한진 처녀에게 분풀이를 한답시고 머리털을 박박 깎아놓은 바람에 한동안 하녹의 눈에 띄지 않게 하였으니, 그 기간까지 합치면 아마도 백 일쯤 되었을 터였다.

"그걸 일일이 세고 있었더냐?"

"기다리고 있었습니다."

양씨 부인은 다시금 눈살을 찌푸리며 목간을 들여다보았다. 글씨가 평소보다 더 작은 듯했다. 목간 폭이 좀 넓다고 두 줄로 쓸 생각을 하다니, 픽 코웃음만 나왔다.

"이미 잊은 줄 알았거늘, 그따위 것을 기다리고 있었단 말이냐?"

"어머님께서 먼저 말씀해 주시기를 기다렸습니다."

양씨 부인은 묵묵히 탁자 한구석에 놓인 은합을 열었다. 손칼을 꺼내 든 그녀는 목간 위의 글씨를 힘주어 긁어내기 시작했다.

잠자코 그 모습을 지켜보던 하녹이 이윽고 다가와 손을 내밀었다.

"이리 주십시오."

"손 치워라. 위험하다."

손을 치우나 싶던 하녹은 곧 양씨 부인의 어깨 뒤로 긴 팔을 둘러 그녀의 손을 잡았다. 그러고는 다른 손으로 그녀의 눈앞에서 손칼을 빼앗으며 속삭이듯 물었다.

"죽이셨습니까?"

그는 여전히 한 손으로 양씨 부인의 손을, 또 다른 한 손으로는 손칼을 쥐고 있었다.

양씨 부인은 길게 심호흡을 하며 그를 쳐다보았다. 미끈한 턱

밖에 보이지 않았다. 그녀는 이내 시선을 돌렸다.

"진정 이 어미를 믿느냐?"

하녹이 비로소 그녀의 손으로부터 손을 거두었다.

"믿고 싶습니다."

은합을 연 그는 손칼을 도로 제자리에 넣고 한 걸음 물러섰다.

"사람이 과욕을 부리면 스스로를 해하는 법이니라. 그 아이는 미천한 한진인으로서 넘지 말아야 할 선을 넘었다."

"그래서 죽이셨습니까?"

하녹은 평상시와 같이 낮고 부드러운 음성으로 집요하게 물었다. 양씨 부인은 일순 치미는 노기를 삭이며 답하였다.

"나는 너와의 약조를 지켰다. 그 아이가 이곳에 있으면 죽음을 면치 못할 성싶어, 다른 곳으로 옮겼느니라."

"어디로……."

"어디로 보냈는지는 네 알 바 아니잖으냐. 죽지 않을 곳으로 보냈으니 염려 놓으려무나. 그나저나 전하, 기쁜 소식은 언제쯤 들려주실 요량입니까? 전하께서 후사를 보셔야만 이 나라가 비로소 반석에 오를 것입니다."

"그리 되면, 어머님께서도 편안해지시겠습니까?"

양씨 부인이 천천히 눈을 들었다. 짙은 속눈썹 밑으로 그늘진 하녹의 검은 눈동자는 무수한 질문을 던지고 있었다.

수만 마리의 말이 갈기를 휘날리며 달리던 비옥한 들판은 황무지가 되었고, 황무지는 차츰 사막이 되었다. 저 먼 서녘의 끝없는 사막은 간간이 모래 바람만 거칠게 일 뿐 영원무궁토록 변함이 없었다. 기쁨이 없는 그곳에는 슬픔도 없고, 생명이 없으므로 죽음도 없다. 그녀의 마음속에는 언제부턴가 비가 내리지 않는다.

"그래, 어쩌면 그럴 수도 있겠구나."

양씨 부인은 쓴웃음과 함께 답하였다. 하녹은 그녀에게 시선을 고정한 채로 조용히 허리 숙여 인사를 올리고 물러났다.

그 말 잘 듣는 아들은 역시나 그녀를 실망시키지 않았다.

이른 시각부터 면구찍은 상상으로 빌갛게 달아오른 분우모의 주름진 얼굴을 보면서 양씨 부인은 말없이 실소할 따름이었다.

싸늘한 바람이 부는 솔숲이었다.

연은 홀로 나무 밑에 앉아 있었다. 그때 사락거리는 소리가 들리더니, 나무 사이로 검은 옷자락이 휙 스치고 지나갔다. 그녀는 엉겁결에 벌떡 일어섰다.

「단아! 어디 가? 나 여기에 있어. 가지 마, 단아!」

그녀는 불현듯 깨달았다. 검은 옷을 입은 사람은 한둘이 아니었다. 그림자들이 어지러이 그녀의 주위를 맴돌고 있었다.

겁이 덜컥 났다. 연은 공연히 조바심을 내며 앞섶을 더듬었다. 목걸이가 손에 잡혔다. 두 줄로 된 새파란 목걸이.

「아, 아버지.」

아버지라면 그녀를 안전하게 지켜줄 터였다. 연은 뒤늦게 아버지를 찾으면서 사방을 두리번거렸다.

「아버지, 어디에 계세요? 아버지.」

그새 온 천지가 어두컴컴해졌다. 누군가가 그녀를 쫓아오는 것만 같은 기분이 들었다.

연은 허겁지겁 달아나기 시작했다. 이상하게도 몸이 무거웠다. 좀처럼 달릴 수가 없었다. 발소리는 자꾸만 가까워지는데, 그녀는 그물에 걸린 듯 제자리에서 허우적거릴 뿐이었다.

「아…….」

목이 잠겨 목소리조차 나오지 않았다. 연은 입만 뻐끔거리면서 소리 없이 누군가에게 구원을 청했다.

별안간 그녀의 앞에 한 사람이 나타났다. 그 사람의 옷은 은빛으로 눈부시게 반짝거리고 있었다. 연은 이제껏 그토록 신기하게 생긴 옷을 본 적이 없었다. 그의 얼굴은 보얗고 귀티가 흘러, 어찌 보아도 평범한 사람 같지 않았다.

그는 연을 잠자코 내려다보더니, 문득 그녀의 이마를 향해 손을 뻗었다.

하늘의 현신이다. 하늘이 그녀의 이마에 주인의 표식을 새기려 한다.

「아……. 아아…….」

안 돼. 안 돼.

연은 나오지 않는 목소리를 필사적으로 짜내며 세차게 도리질쳤다.

그때 누군가가 그녀를 흔들어 깨웠다.

"일어나 봐라. 눈을 떠보란 말이다. 이거 또 가위눌렸구먼."

연은 간신히 꿈에서 깨어났다. 곰처럼 생긴 사내가 그녀를 걱정스러운 눈길로 들여다보고 있었다. 그녀는 잠시간 그를 멍하니 쳐다보았다.

모든 것이 의문투성이였다. 그녀가 왜 말도 안 통하는 이상한 나라로 끌려왔는지, 왜 장락전 같은 곳에 갇혀 사흘이 멀다 하고 괴롭힘을 당해야만 했는지, 왜 갑자기 이 사내의 집으로 보내졌는지, 이 사내는 그녀에게 무엇을 원하기에 밤새 곁에서 떠나질 않는지, 그녀는 언제 다시 장락전으로 끌려가게 될지…….

돌연 문소리가 들리더니, 한 아낙이 빙으로 걸어 들어왔다.

"하이고! 장군님 여기에 계셨습니까? 간밤에 안 들어오신 줄 알고, 방금 구천네가 옷 싸들고 군영으로 갔는뎁쇼."

"어제 일이 있어서 좀 늦었소. 그나저나 마침 잘 왔구려. 오늘은 아무것도 하지 말고 여기에 가만히 앉아서 이 처자나 잘 지켜보시오. 자꾸 가위눌리는 바람에 밤새도록 한숨도 제대로 못 자더구려."

"그래요? 어쩐지 이제도 영 기운을 못 차리더라. 하혈이 멎었으니 금세 일어날 거라고 했는데도 애가 계속 비실비실하기에, 저희는 그 의원님이 맥을 잘못 짚으신 줄 알았네요. 저희가 간간이 돌아가면서 지켜볼 테니 걱정 마세요."

"아니 되오!"

을음이 버럭 호통을 쳤다. 아낙이 눈을 휘둥그레 떴다. 그는 제풀에 놀라서 이내 목소리를 죽이면서도, 심각하기 이를 데 없는 표정으로 말했다.

"이 처자는 보통 처자가 아니란 말이오. 절대로, 절대로 몸이 축나면 아니 되오. 누구든 한 사람은 반드시 붙어 앉아서 성의껏 간병하도록 하시오."

그는 연을 한 번 들여다보곤 자리에서 일어나면서 진지하게 한마디 덧붙였다.

"이 처자가 죽으면, 나도 죽소."

그가 방을 나간 후에도 아낙은 줄곧 눈을 휘둥그레 뜬 채 방문을 바라보고 있었다.

"아니, 저 곰이 웬일이래."

이윽고 아낙이 연을 돌아보았다. 아낙은 그녀를 보곤 히죽 웃었다.

"이제 보니 머지않아 이 댁 안주인이 되시겠구먼. 얘야, 물 주련? 목 안 마르니? 죽 좀 먹을래? 세수할까?"

"여전하시군요!"

삼 년 만에 을음과 재회한 구파해는 바로 옆집 사는 사람처럼 스스럼없이 대문을 넘었다. 예나 지금이나 넉살 하나는 기똥차게 좋은 사람이었다.

을음은 서둘러 술상을 보라 이르면서 그를 방으로 들였다.

"그간 별고 없으셨소?"

"별고가 없으면 심심해서 살겠습니까? 하하하!"

없는 별고도 찾아다닐 사람이 구파해였다. 을음은 따라 웃으며 고개를 끄덕였다.

을음이 처음으로 그를 본 곳은 동열(東烈)이었다. 그때 구파해는 대장간에서 창 팔러 나온 사람 같아 보였다. 두 번째로 본 곳은 책열(柵烈)이었는데, 그때 그는 소금 장수처럼 보였다. 세 번째로 굴열에서 만난 후에야 을음은 그의 진면목을 알게 되었다. 구파해는 고작 맥궁(貊弓) 하나를 팔면서, 온갖 활의 특징과 장단점을 장장 한 시진 동안 일러주었다. 어디서도 듣기 힘든 알짜배기 정보였다.

구파해는 타고난 방랑자로 특히나 병기에 대해서는 모르는 게 없는 사람이었다. 그가 간혹 소금 따위를 사고파는 이유는 오로지 이름난 병기를 손에 넣을 자금을 마련하기 위함이었다. 그는 그렇게 해서 입수한 병기를 금세 다른 사람에게 팔아버렸다. 한 번 자신의 손을 거쳤다는 사실만으로도 십분 만족하는 모양이었다.

방에 마주 앉으면서, 을음이 구파해에게 물었다.

"그래, 이번에는 어디서 오셨소?"

"낭열에서 전 재산을 털털 털었시요. 거긴 탐나는 게 꽤 많아요. 맛있는 것도 많고. 그놈의 난리만 없었어도 좀 더 눌러앉아 있었을 겁니다."

"낭열에 전쟁이 있었다는 소리는 못 들었소만."

"어휴, 말씀도 마십시오. 내전이지요. 반란 수준이 아니에요. 조만간 낭열은 아예 두 나라로 갈라질지도 모릅니다. 두 세력이 비등비등해서 좀처럼 한쪽으로 기울 기미가 안 보이고……."

그때 문이 열리는 바람에 구파해는 입을 다물었다.

여인 서넛이 술병과 음식을 들고 차례로 들어왔다. 구파해의 시선은 맨 끝에 들어온 연에게 팍 꽂혔다. 거리낌 없이 연을 뚫어져라 쳐다보던 그는 연이 접시를 내려놓으려는 순간, 양손을 내밀어 건네받았다.

"어이구, 이거 그릇이 아주 좋구나. 어디로 가면 구할 수 있겠느냐?"

잠시 그릇을 내려다보며 눈을 깜빡이던 연이 을음을 돌아보았다.

"너한테 물었다. 설마 장군님께서 아시려고."

"성 동쪽에 장인이 있다오. 수고했다. 그만 나가보아라."

을음이 연 대신 대답하면서 얼른 그녀에게 눈짓을 건넸다. 연은 다소곳이 양손을 모으고 고개를 숙였다. 그러자 구파해가 그녀의 손목을 덥석 붙들었다.

"아니, 이왕 들어온 김에 여기 잠깐만 앉아서……."

구파해의 입이 악 벌어진 채로 굳어졌다. 을음은 우격다짐으로 그의 손을 연의 손목으로부터 떼어내고는, 다시금 연을 돌아보며 점잖게 일렀다.

"일찍 들어가 쉬어라."

연이 공손히 고개를 숙이곤 방을 나갔다.

문이 닫히자마자, 구파해는 앉은 자리에서 펄쩍 뛰며 시뻘게진 손목을 탈탈 흔들었다.

"으으, 대체 뭡니까? 평범한 종년이 아니었습니까?"

"아니라오. 사정이 있어서 잠시 내 집에 몸을 의탁하고 있을 뿐이오."

을음은 아무 일도 없었다는 양 짐짓 태연하게 술병을 들어 구파해의 잔을 채웠다. 문 쪽을 흘긋 돌아보던 구파해가 돌연 기묘한 미소를 지으며 무릎을 탁 쳤다.

"오호라! 그렇군요. 이거 몰라 뵙고 실례가 많았습니다. 곧 이 댁의 안주인이 되실 분을 갖다가……."

"그럴 일은 결단코 없을 터이니 그만 술이나 자시구려."

구파해가 고개를 갸우뚱거리면서 술잔을 들어 올렸다. 빤히 살피는 그의 시선을 느끼면서도 을음은 잠자코 술만 홀짝거렸다.

잠시 후 구파해가 '아차!' 하며 옆에 둔 등짐을 탁자 한구석에 올렸다.

"낭열에서 전 재산을 털었다고 하지 않았습니까. 한데 이 보물을 팔 데가 없더란 말씀입니다. 곰곰이 생각해 보니, 그래도 장군님 정도면 이것의 가치를 아시겠더군요."

"무엇이기에 그러오?"

을음은 호기심 어린 눈초리로 등짐을 살펴보았다. 구파해가 서둘러 등짐을 풀었다.

"명사수라면 백 장 거리에서 족히 반 이상 맞힙니다."

"오호! 그런 명궁이 다 있소?"

구파해가 고개를 가로젓곤 등짐 속의 물건을 꺼내 보였다.

끝에 활이 달리긴 하였으나 평범한 활이 아니었다. 잠시 기억을 더듬은 을음이 잽싸게 그것을 건네받았다.

"혹 쇠뇌가 아니오?"

"아시는군요."

"실제로 보는 건 처음이라오. 이렇게 생겼군."

시위를 당겨보고 이리저리 살펴보느라 넋이 쑥 빠진 을음을 향해 구파해는 싱글벙글 웃었다.

"이게 채나에서 들여온 물건이라는데, 보는 순간 미치게 갖고 싶더란 말입니다. 근데 막상 사고 보니 내 주제에 어디 쓸 데가 있어야지요. 어째, 사주시겠습니까?"

묻으나마나 당장이라도 살 기세였다.

을음은 잠시간 더 쇠뇌를 살펴보곤 방 한구석으로 가서 문갑을 열었다. 그는 궤짝 하나를 꺼내어 내용물을 확인도 하지 않고 곧장 구파해의 앞에 내려놓았다. 궤짝을 열어본 구파해가 만족스러운 얼굴로 고개를 끄덕였다.

"좋습니다. 이 정도면 삼 년은 거뜬하겠군요."

"하하하! 그럼 앞으로 또 삼 년간은 공을 못 보겠구려."

"적당한 보물이 생기면 또 뵈러 오지 않겠습니까. 내일 아침에 쏘는 방도를 일러 드릴 터이니 오늘밤은 신세 좀 지겠습니다."

을음은 웃으면서 술잔을 들어 올렸다.

"하룻밤으로 되겠소?"

"어렵지 않아요. 계집아이도 쏠 수 있을 정도입니다. 아, 말 나온 김에 아까 그 낭자한테 한번 쏴보라고 합시다."

을음은 사레가 들려 기침을 하더니 곧 목청을 가다듬었다.

"뭐, 그럴 필요까지야. 아니, 그리고 이리 빡빡한 시위를 아녀자가 어찌 당기겠소?"

"시위 당기는 놈을 따로 두면 되지요. 그보다도 에이, 떠나기 전에 꽃다운 처녀 얼굴이나 한 번 더 보자는데 야박하게 구실 것 없잖습니까."

구파해가 능청스레 한쪽 눈을 찡긋하며 술잔을 들었다. 을음은 가타부타 대답 없이 그의 잔에 잔을 부딪쳤다.

가능하면 연에 대한 이야기를 삼가려는 을음에 반해, 구파해는 틈만 나면 고운 처녀라는 둥 아름다운 처녀라는 둥 거듭 연을 입에 올렸다. 그러고는 번번이 소리 내어 웃었다.

"오늘은 술이 잘 안 받으시나 봅니다. 벌써 얼굴이 벌게지셨네요."

"당치 않은 소리. 취하려면 아직 한참 멀었소."

"옳거니! 그럼 역시나 연정 때문에 홍조가……."

"아니래도 그러오."

구파해가 자꾸만 연을 불러서 술시중을 들게 하자고 조르는 통에, 을음은 서둘러 술을 다 마셔 버렸다. 그러고는 남은 술이 없다는 핑계로 얼른 구파해를 재웠다. 생각 같아서는 낭열에 대해 좀 더 자세히 캐묻고 싶었으나 그럴 여유가 없었다.

"나보다 두 살이나 어린 놈이 능글맞기는, 쯧."

을음은 나직하게 투덜거리면서 잠을 청하였다. 그러나 빨리 마신 술에 뒤늦게 취기가 오른 탓일까. 그는 좀처럼 잠을 이룰 수가 없었다.

이틀날 아침, 을음과 구파해는 섭제성의 서쪽 사적장으로 향하였다. 구파해는 끝까지 박박 우겨서 연을 끌고 나왔다. 술이 덜 깨서 그런지 을음은 심히 머리가 아팠다.

"처음이니 일단은 그냥 오십 장으로……."

"무조건 백 장입니다. 맞히든 못 맞히든, 일단은 백 장 거리에서 쏘아봐야 이것의 진가를 아시지요."

자꾸 앞으로 가려는 을음을 막으면서 구파해가 쇠뇌를 들어

올렸다.

"자, 딱 한 번만 보여드릴 테니까 잘 보십시오. 시위를 여기에 걸고, 이 밑에 현도(絃刀)를 당기시면 화살이 나가는 겁니다. 화살은 여기다가 재시고……."

구파해는 중얼중얼 설명을 하더니 곧바로 과녁을 겨냥하여 쏘았다.

무겁에서 흰 깃발이 올라왔다. 그 뒤쪽으로 띄엄띄엄 서 있던 병사들이 차례로 붉은 기를 들어 올렸다. 백이십 장 거리에 서 있던 마지막 병사는 흰 깃발과 붉은 깃발을 동시에 흔들었다.

그 모습을 지켜보던 을음은 어느덧 두통을 잊고 빙그레 웃었다. 과연 전 재산을 몽땅 털 만한 가치가 있었다. 화살은 백이십 장 밖으로 훌쩍 벗어났다.

구파해가 을음에게 쇠뇌를 건넸다. 을음은 그가 시키는 대로 시위를 걸고 화살을 재었다. 그리고 곧 과녁을 겨냥하면서 눈을 찡그렸다.

그가 평소에 활쏘기를 연습하는 거리는 오십 장이었다. 그 두 배의 거리라면 과녁이 절반 크기로 보일 성싶은데, 어찌 된 영문인지 과녁은 반의반 크기밖에 안 되어 보였다. 그의 첫 화살은 보기 좋게 빗나갔다.

"큼큼, 조금만 연습하면 금방이겠군."

멋쩍은 듯 중얼거리는 을음에게 구파해가 싱글벙글 웃으며 물었다.

"어떻습니까? 정말 가볍지요?"

을음은 고개를 끄덕이면서 도로 시위를 걸었다. 화살을 재는 그의 팔을 구파해가 붙들었다.

"에이, 연습 같은 건 나중에 하십시오. 그보다도 기껏 따라왔는데, 한 번은 시켜보셔야지요."

말끝에 구파해가 눈짓으로 연을 가리켰다.

"이런 걸 꼭 시킬 이유가……."

"아녀자도 쏠 수 있을 만큼 가볍다니까요. 제가 지금 그 말을 증명해 보이려고 일부러 여기까지 낭자를 데려오지 않았습니까."

그 말과는 전혀 어울리지 않게, 구파해는 을음을 놀리는 게 그저 재미나 죽겠다는 양 능글능글 웃고 있었다.

을음은 속는 셈치고 구파해에게 쇠뇌를 내밀었다. 그러나 구파해는 냉큼 뒤로 한 발짝 물러섰다.

그럴 줄 알았다. 을음은 머리가 아파져서 양미간을 좁히며 연을 돌아보았다. 연은 그들의 대화를 제대로 알아듣지 못한 모양으로 멀뚱히 주위만 흘끔거리고 있었다. 을음이 다가서자 그녀는 그제야 흠칫 놀라 긴장했다.

"한번 쏴보아라. 저 과녁을 맞히면 된다."

시위를 걸어 화살까지 잰 쇠뇌다. 던지듯이 툭 줄 수는 없는 노릇이었다. 을음은 쇠뇌를 눕힌 채로 조심스레 연의 손 위에 올려놓았다. 별로 춥지도 않건만, 이 가녀린 손끝은 왜 이리 차가운지 모르겠다.

그렇게 느낀 순간, 을음은 슬그머니 연에게서 두어 걸음 떨어졌다. 그는 양 주먹을 꽉 쥐고 과녁만 뚫어지게 바라보았다.

아무 생각 없이 과녁만 보다가, 은근슬쩍 기다리기 시작했다. 아무리 기다려도 화살이 날아가지 않았다.

을음은 힐긋 연을 곁눈질했다. 그러고는 자기도 모르게 고개를 기울여 그녀를 빤히 들여다보았다.

을음이 보기에 대체로 처녀들은 별세계의 사람들이었다. 그들은 백 년에 한 마리 나올까 말까 한 명마를 보여줘도 '눈이 귀엽네요' 따위의 감상이나 늘어놓고는 금세 흥미를 잃는다. 대장장이가 평생 가야 한 자루 만들까 말까 한 명검을 보여줘도 '반짝거리는 게 제법 예쁘네요' 하고는 따분해한다. 그래놓고 별 오만 잡다한 것들에만 열을 올린다. 그러면서 그 하찮은 것들에 같이 열광하지 않는다는 이유로 화를 내거나 토라진다.

을음은 도대체 그들이 무슨 생각을 하면서 사는지 짐작조차 할 수가 없었다. 그의 모친은 그의 눈이 너무 높아서 혼인을 안 하는 줄 알았지만, 사실 번번이 차인 쪽은 을음이었다.

연은 그가 보아온 처녀들과는 사뭇 달라 보였으나, 그렇기에 더더욱 알 수 없는 존재였다. 그녀는 말도 잘 안 통해서 북열의 처녀들처럼 재잘재잘 수다를 떨지도 않았다. 처녀들이라면 누구나 탐낼 만한 비단을 눈앞에 두고도 소 닭 보듯 할 따름이었다. 머리가 약간 길어졌기에 빗이 필요할 성싶어 큰마음 먹고 하나 사다줬더니만, 그녀는 빗 중에 으뜸이라는 대모 빗을 보면서도 말로만 고맙다고 할 뿐 안색은 오히려 더 어두워졌다.

그녀가 유일하게 눈빛을 반짝이며 탐낸 것은, 낡아빠져 더는 못 쓰게 된 가죽 주머니뿐이었다. 그 고물을 대체 어디다 쓰려는지 궁금하여 지켜보니, 그녀는 한가할 때마다 쪽마루에 나와 앉아 그 가죽 주머니를 바늘로 살금살금 찔러대고 있었다. 장락전에서 허구한 날 시녀들한테 괴롭힘을 당했다더니만, 그 원한이 여태 남아 있는 모양이었다. 그래도 한풀이를 하는 방법치고는 무척 조용하고 얌전한지라 어이없이 귀여워 보일 정도였다.

고작 그런 걸로 그녀의 한이 조금이라도 풀리는지는 모를 노릇이었다. 도무지 속을 알 수 없는 그녀는, 한동안 한풀이를 하고 나면 반드시 이마 위에 손을 얹었다. 그러고는 고요히 하늘을 우러러보는 것이다. 마치 세상만사에 초연한 사람 같은 눈빛으로.

그녀는 바로 그러한 눈빛으로 과녁을 응시하고 있었다.

하녹은 높은 단상 위 옥좌에 다소곳이 앉아 있었다. 옥좌 끄트머리에 겨우 궁둥이만 걸치고 앉아서는, 단정하게 양 무릎을 모으고 그 위에 양손을 포개어 얹었다. 더불어 고개까지 깊이 숙인 모습이 흡사 첫날밤 수줍어서 안절부절못하는 새색시를 방불케 했다. 다만 이 새색시는 수줍음을 견디다 못해 졸도했든지, 혹은 낭군을 기다리다 지쳐 잠들어 버린 듯한 눈치였다. 회의를 시작할 때부터 그의 눈은 내도록 굳게 감겨 있었고, 그의 고개는 간혹 의미 없이 까딱이곤 했다.

조정 대신들은 이미 그 모습에 익숙한지라 새삼스럽게 관심도 기울이지 않았다. 옥좌 뒤편에 드리운 발 너머에는 수렴청정을 하는 국대부인 양소선이 여전히 건재하였다. 그녀는 강단 있고 현명하면서도, 여인이었다. 무너질 가능성이 눈곱만큼이라도 있는 돌다리는 애당초 두들겨 보지도 않는다. 갓난아기처럼 연약한 이 신생의 섭제국에는 그녀와 같이 안전에 만전을 기하는 어머니가 필요했다.

이날 회의는 속로국과의 협상을 맡고 있는 좌장 오간이 주도하고 있었다. 그는 바로 전날 속로국으로부터 돌아와 분통을 터뜨리는 중이었다.

"속로국은 당최 믿을 수가 없는 나라입니다. 맨 처음에는 국경을 지키는 일에 한마음 한 뜻으로 나서겠다며 병사 삼천을 내주기로 하였지요. 뒤늦게 삼천이 너무 많다며 오백으로 줄이자고 하였지요. 최소한 일천은 필요하다 하였더니만, 조금만 더 상량할 여유를 달라 하였지요. 그래놓고 이번에는 왜 병사를 내줘야 하는지 잘 모르겠다면서, 이야기를 아예 원점으로 되돌리지 뭡니까!"

그러자 대신들이 '원래부터 한진인은 믿을 수 없는 족속'이라며 입을 모았다. 그때 듣고 있던 을음이 한심하다는 투로 말했다.

"애당초 그쪽에 상량할 여유를 준 것이 좌장의 실수였습니다. 현재 낭열은 내전 중입니다. 속로국을 침략할 여유가 없는 상황이에요. 외적이 수시로 침입할 때에도 우리와 병권을 합칠까 말까 했는데, 적이 쳐들어오지도 않는 마당에 그들이 무에 두려워 우리에게 병사를 내주겠습니까. 적어도 낭열의 내전이 끝날 때까지는, 속로국은 글렀습니다."

자기보다 한참 어리지만 지위는 더 높은 을음의 말에 오간은 대뜸 오만상을 찌푸렸다.

"우보는 어찌하여 그 소식을 이제야 전하는 겁니까? 내가 속로국에 가기 전에 미리 그런 사실을 알려줬어야 하는 게 아닙니까?"

"그야 제가 그 사실을 얼마 전에야 알았기 때문이지요. 그때 좌장께서는 이미 속로국으로 출행하신 다음이었습니다."

그때 오간과는 막역한 사이인 좌보(左輔) 마려가 은근슬쩍 끼어들어 을음에게 시비를 걸었다.

"한데 우보는 그 소식을 대체 누구로부터 들은 거요? 믿을 만한 첩보이긴 하오?"

"매우 믿을 만한 사람에게서 들었으니 진위 여부는 의심할 여지가 없습니다."

"그러니까 그게 대체 누구냔 말이오."

"제가 북열에 있을 때부터 알고 지낸 자입니다. 그 이상은 별달리 말씀 드릴 것도 없습니다."

"거참 우보는 비밀도 많구려. 예전에 원양국과 병권을 합친 일만 해도 그랬잖소. 요 근래에도 또 무슨 일을 몰래 꾸미는 눈치던데, 궁수들 몇몇만 은밀히 사적장으로 부르는 연유가 무엇이오? 자꾸 그렇게 혼자서만 공로를 독차지하려 하지 말고 우리도 좀 압시다."

마려가 아예 대놓고 물었다. 그동안 을음의 뒤를 캐고 있었다는 사실을 한 점 거리낌 없이 밝히고 있었다.

을음은 난처한 표정으로 하녹을 쳐다보았다. 하녹은 방금 마려가 했던 말을 들었는지 못 들었는지, 여전히 졸고 있는 모양새였다.

을음이 여싯여싯 입을 열었다.

"저는 혼자서만 공로를 독차지할 생각은 없습니다. 아니, 그리고 거긴 사적장입니다. 궁수들이 살다시피 해야 하는 곳에 궁수를 부르는 게 무슨 문제가 됩니까?"

오간이 냉큼 끼어들었다.

"궁수 몇몇만 따로 부르고는 다른 병사들을 죄다 내쫓는다면서요? 그러니 수상쩍게 여길 만도 하잖습니까."

"수상쩍다고요? 누가요? 제가요? 아니, 지금 저를 뭐로 보시는 겁니까?"

"현재 이 왕실에서 우보가 어떤 위치에 있는지 몰라서 묻는 거요? 뒤가 구린 일을 꾸미는 게 아니라면, 어찌하여 그 일을 전하와 국대부인의 안전에서 공언하지 못한단 말이오?"

을음은 현재 이 왕실에서 옥좌에 가장 가까이 있는 사람이었다. 만일 하녹이 후사 없이 변고를 당한다면 그 뒤를 이어 왕위를 계승할 사람은 을음이었다. 즉 마려가 말하는 '뒤가 구린 일'이란 역모를 뜻함이었다.

언쟁이 그쯤에 이르자, 옥좌 뒤에 잠자코 앉아 있던 국대부인이 입을 열었다.

"그 말씀은 과합니다, 좌보. 나는 우보의 충정을 믿고 있어요. 사적장에서 무슨 일이 벌어지고 있는지 궁금하긴 합니다만, 혹여 주상께서 이미 아시는 일이라면 굳이 공언할 필요는 없을 것입니다."

그때 하녹이 고개를 들면서 말했다.

"소자는 모르는 일입니다. 궁수 몇몇을 불렀다면, 어디서 명궁이라도 입수하셨던 게 아닙니까."

비록 눈은 감고 있었을지언정, 졸지는 않았던 모양이다.

하녹이 하문하자 을음은 곧바로 답을 올렸다.

"그러하옵니다만, 엄밀히 말씀 드리자면 명궁은 아니옵니다. 낭열에서 대단히 귀한 병기를 입수하였사옵니다."

그 말에 하녹이 모처럼 눈빛을 반짝였다.

"어떤 물건입니까?"

"쇠뇌라 하옵니다. 사거리가 족히 백이십 장이 넘사옵니다. 명사수라면 백 장 거리에서 절반 이상 맞힌다고 하옵니다. 하여 가장 솜씨가 좋은 자를 노병으로 삼고자 궁수들 몇몇에게 연습의 기회를 주기는 하였사온데……."

을음은 차마 말을 잇지 못하고 망설였다. 기다리던 하녹이 갑갑한 양 물었다.

"우리 군에 명사수라 불릴 자는 아무도 없던가요?"

"아니옵니다. 절반 이상 맞히는 자는 여럿이옵니다. 다만 백발백중의 실력을 지닌 자가 한 명 있기에 고민이옵니다."

"고민할 게 무에 있습니까? 그자를 노병으로 삼으십시오."

"그자는 우리 병사가 아니옵니다."

을음은 옥좌 뒤쪽의 발을 흘깃 보곤, 머리를 푹 조아리며 말을 이었다.

"실은 그게……, 제 지인이 쇠뇌를 가져올 적에 그 사람을 데려왔사옵니다. 실력만큼은 남들과 비교조차 되지 않을 정도로 월등하오나, 우리나라 사람이 아니다 보니 선불리 병사로 삼기가 저어되옵니다."

발 뒤에서 국대부인의 목소리가 들려왔다.

"그렇지요. 낭열 사람이라면 제아무리 실력이 월등해도 병사로 삼기는 꺼림칙합니다."

그 말이 떨어지기 무섭게 마려가 냉큼 맞장구를 쳤다.

"신들의 생각도 그러하옵니다. 비록 지금은 낭열과 화친을 맺고 있다 하오나, 언제 도로 창을 겨누게 될지 모르옵니다. 그자는 낭열의 첩자일 가능성이 농후하오니, 당장 하옥하여 그자가 우리나라로 온 목적부터 철저히 밝힘이 마땅하다 사료되옵니다."

"무슨, 첩자라니요? 당치 않습니다. 그자는 낭열 사람이 아니라……."

대뜸 반박하려던 을음이 멈칫 입을 다물었다. 뭐라고 말할 텐가? 그자가 장락전에 있던 한진 처녀라고 말할 수는 없는 노릇이었다. 원양국에서 온 흰 사슴이라고 둘러댈 수도 없다.

연에게 쇠뇌를 맡긴다는 게 얼마나 어처구니없는 일인지 을음도 잘 알고 있었다. 아니, 사내들이 여간 무능하지 않고서야 어찌 여인의 손에 병기를 들리겠느냔 말이다. 더욱이 쇠뇌는 희귀하고도 막강한 병기였다. 을음도 엔간하면 궁수들 중에서 가장 뛰어난 자를 뽑아 맡기고 싶었다. 그렇지만 실력의 차이가 너무나도 현격했다. 궁수들이 쏘는 걸 보고 있노라면 '역시 연을 따라올 자가 없구나' 하는 확신만 들 뿐이었다.

을음이 우물쭈물하는 사이, 좌중의 시선이 그에게 쏠렸다. 마려가 눈을 가늘게 뜨며 물었다.

"낭열에서 들여온 병기라 하지 않았소? 그 병기와 같이 온 사람이 낭열 사람이 아니면, 대관절 어느 나라 사람이란 말이오?"

을음은 바삐 머리를 굴리면서 거짓말을 짜냈다.

"그자가 비록 낭열에서 오긴 하였으나, 원래부터 낭열 사람은 아니고……. 그러니까 노략질이죠. 그자는 포로가 돼서 낭열로 끌려갔던 겁니다. 한진 사람이에요. 특출한 재주를 지니고도 낭열에서는 종살이나 하지 않았겠습니까. 그러니 도망쳐서 여기까지 올 만도 하죠."

"그자의 말을 어찌 믿소? 그자는 낭열의 첩자일 수도 있잖소."

"제 지인이 데려왔다고 말씀 드렸잖습니까. 맹세컨대 그자는 낭열의 첩자가 아닙니다. 말하는 것부터가 한진 사람인데 의심할 게 무에 있습니까. 우리말은 제대로 하지도 못해요. 간단한 말이나 겨우 알아들을 뿐이지."

"하여튼 그자를 심문하여 신상을 명확히 밝히고……."

끝까지 토를 다는 마려에게 을음이 버럭 언성을 높였다.

"어림없다니까요! 절대로 아니 됩니다!"

을음은 쩌렁쩌렁 우렁차게 울리는 목소리에 스스로도 놀랐다. 그는 이내 꼬리를 내리곤 변명을 궁리했다.

"제가 말씀 드렸다시피, 지금 쇠뇌를 백발백중으로 쏠 수 있는 사람은 오직 그자뿐입니다. 혹여 이 일이 밖으로 새어나가면 그자의 신변에 위험이 닥칠 수도 있잖습니까. 그러니 그자가 어찌 생긴 자인지는 비밀에 부쳤으면 합니다. 아니, 비밀에 부치겠습니다! 군사기밀이에요, 군사기밀! 삼군을 책임진 장군으로서 그자에 대해 이 이상은 알려 드릴 수가 없습니다."

그 말에 마려를 비롯한 대신들이 눈을 부릅뜨고 불만을 터뜨렸다.

"아니, 지금 뭐라는 거요? 하면 우리 중에 일부러 그자를 해칠 사람이라도 있단 말이오?"

"그러게 말입니다. 신변에 위험이 닥친다니, 우보께서 지금 우리를 대놓고 의심하는 게 아닙니까!"

좌중이 소란해지자 국대부인이 헛기침을 하며 입을 열었다.

"불필요한 언쟁은 삼가십시오. 내가 듣기에는 우보의 말에도 일리가 있습니다. 무릇 비밀이란 열 사람이 아는 것보다는 한 사람만 알고 있는 편이 지키기 쉬운 법이지요. 유별나게 재주가 뛰어난 자를 공연히 내돌렸다가 잃게 되면 우리 모두의 손실이 아니겠습니까."

을음이 조심스레 물었다.

"하오면 그자를 우리 군의 노병으로 삼아도 되겠사옵니까?"

"만일 그자가 한진 사람이라면 별달리 문제가 되지는 않겠지요."

그자가 한진 사람임에는 틀림없었다. 을음은 냉큼 머리를 조아리곤, 이어지는 대신들의 원성에는 귀를 닫았다.

회의가 끝나자, 하녹이 군영으로 향하면서 을음에게 쇠뇌를 보여 달라 청하였다. 쇠뇌를 가지러 집까지 다녀오는 길에, 을음은 연에 대한 일을 하녹에게 어찌 고해야 할지 머릿속이 복잡했다.

"정교하게 만들어진 병기로군요. 다루기가 쉽지는 않겠습니다."

"쏘는 것 자체는 어렵지 않사옵니다. 그저 화살을 재고 이 현도를 당기기만 하면 되옵니다."

"그나저나 낭열에서는 대체 무슨 일이 벌어지고 있는 겁니까?"

을음의 걱정은 기우였다. 하녹은 쇠뇌를 잘 쏘는 한진 사람에 대해서는 일언반구 언급이 없었다. 별달리 관심도 없는 눈치였다. 그는 그저 낭열의 정세만 궁금히 여길 따름이었다.

을음은 무거운 발길로 터덜터덜 집에 돌아왔다.

하녹에게 솔직하게 말하면 국대부인이 노발대발할 게 빤했다. 그렇다고 입 꾹 다문 채로 계속해서 하녹을 속일 수도 없었다. 하녹은 군영을 자주 찾을 뿐더러, 장수가 부족하다 보니 몸소 출정하는 경우도 많았다.

"내가 미쳤지. 내가 내 손으로 구덩이를 팠구나. 이제 흙 덮고 누울 일밖에 안 남았네."

집으로 돌아온 그는 한탄조로 구시렁거렸다. 그러면서도 한편으로는 연을 노병으로 삼게 되었다는 사실에 흡족하여, 이내 쇠뇌를 보며 어깨를 으쓱했다.

"될 대로 되라지. 실력 차가 엄연한데 나더러 어쩌라고. 훈련할 필요도 없이 첫 발부터 백발백중이었으니 내일부터는 첨운을 불러다가 말이나 가르쳐야겠군."

그날도 첨운은 군영에서 원양국 출신 병사들의 훈련으로 바쁜 하루를 보냈다. 일을 마치고 집에 가려는데, 을음이 저녁 한 끼 들고 가라면서 그를 불렀다. 안 그래도 밥해 먹기 귀찮아서 빈속으로 자려던 참이라, 첨운은 반색하며 냉큼 따라나섰다.

식사를 하는 도중에 을음이 그에게 반가우면서도 안타깝고 희한한 소식을 전해주었다.

폐허가 된 원양국 성도에서 간신히 목숨을 부지했던 계집아이가 여태껏 안 죽고 살아 있었다니, 그야말로 듣던 중 반가운 소리였다. 다만 궁궐에서 무슨 고초를 겪었는지 뱃속의 아기집이 터져 버렸다고 하니 그보다 더 안타까울 수가 없었다. 지금은 을음이 그 아이를 맡고 있는데, 곧 그 아이를 병사로 삼을 예정……?

"그러니 군명 하달에 어려움이 없도록 그 아이에게 열예 말을 좀 가르쳐 주게."

"허허! 머리털 나고 이런 희한한 경우는 또 처음이네요. 아니, 병사라니요? 널린 게 장정인데 왜 그런 어린 계집아이를 병사로 삼습니까요?"

"난들 그러고 싶었겠나? 그 아이 말고는 달리 적임자를 찾을 수가 없었네. 얼마 전에 얘기했던 쇠뇌 말일세. 그 아이가 아주 타고났더라고. 일찍이 활을 쏴본 적도 없을 텐데 첫 발부터 명중이더라니까."

"첫 발만 명중은 아니고요?"

"첫 발부터 지금까지 백발백중이라네. 신들린 듯이 잘 쏴. 실로 귀신에라도 씐 게 아닌가 하여 보고 있으면 등골이 오싹해질 지경이지. 처음에 백 장 거리에서 쏘아 맞히고는 오십 장으로 줄였는데, 그걸 또 맞히더란 말이야. 활도 안 잡아본 사람이 어찌 그럴 수가 있느냐고."

첨운이 심드렁하게 대꾸했다.

"백 장에서 맞혔으면 당연히 오십 장에서도 맞히겠지요. 훨씬 더 가깝잖습니까."

"아니, 백 장과 오십 장은 화살이 처지는 각이 다르거늘……. 어이구, 하긴 내가 입 아프게 떠들어봤자 자네가 알겠나. 원양국 출신 병사들은 나날이 발전하는데, 자네도 입만 갖고 살지 말고 하다못해 사적장에라도 가끔 가란 말이야. 집에 처자식도 없고 한가한 사람이 어찌 일 끝나면 곧장 집으로 달려가기 바쁜가? 집에 꿀단지라도 숨겨놨나?"

"꿀단지는커녕 장 단지도 비었습니다요. 콩깍지 까고 다듬는 게 얼마나 손이 많이 가는데요. 마침 잘됐구먼요. 이왕 이렇게 들른 김에 댁에서 장이나 좀 얻어갑지요."

"으이그, 차라리 끼니때마다 이리로 오지 그러나?"

을음이 한심하다는 투로 말하자, 첨운은 정색했다.

"소인이 사양할 줄 아십니까? 저 참말로 옵니다요."

그러자 을음도 정색하고 대꾸했다.

"빈말 아닐세. 대신에 매일 와서 그 아이에게 말을 확실하게 가르쳐 줘야 하네. 언감생심 딴 마음 품지 말고."

"에이, 그런 어린애를 무슨……. 일없습니다요. 아니, 그리고 딴마음이고 뭐고 할 게 무에 있습니까? 솔직히 까놓고 말해서, 전하께서는 그 아이를 하룻밤 갖고 놀다가 버리신 지 오래잖아요."

"그건 자네가 전하를 몰라서 하는 소리고."

"왜요? 전하께서 달리 생각해 두신 바라도 있는 겁니까?"

"난들 그 속을 어찌 아나? 그저 딱 한 가지만 알 뿐이지. 거긴 벌집이라는 거. 잘못 들쑤시면 고이 죽기 힘들어. 내가 늘 하는 말이지만, 알아서 기자고. 응? 알아서."

식사를 마친 후, 을음이 첨운을 연의 방으로 안내해 주었다.

첨운은 실로 오랜만에 연을 다시 본 참이었다. 그는 연을 보자마자 일순 군침을 꿀꺽 삼키곤 눈을 희번덕거렸다.

그러고 보니 그때가 언제였던가. 예전에 그 어리기만 하던 계집아이는 온데간데없었다. 그때는 그저 예쁘장한 아이로만 보였는데 그새 여인 티가 좔좔 흘렀다. 생긴 것 자체는 그때와 별반 다름없이 여전히 얌전하고 은은한 편이었으나, 희한하게도 그 자태가 이제는 못 말리게 야해 보였다. 부뚜막에 제일 먼저 올라갈 것 같은 인상이었다.

첨운이 연과 마주하여 앉자 을음은 이내 자리를 비웠다.

어리둥절한 표정으로 바라보는 연에게 첨운이 한진 말로 물었다.

「혹시 나를 기억하느냐?」

그제야 연은 눈을 동그랗게 뜨면서 반색했다.

「아! 예전에 원양국에서…….」

「옳지! 기억하는구먼. 그동안 어찌 지냈어? 내가 네 걱정을 얼마나 많이 했는지 아냐?」

「덕분에 그럭저럭 지냈습니다. 그때 말씀하셨던 삼고 할머니도 만났고요. 한데 그분은 어찌 되셨나요? 궐 밖으로 나오셨던 겁니까?」

「삼고 할머니? 아하! 그랬지, 참. 그 노파는 아직도 왕궁 안에 있을 텐데, 보지 못했더냐?」

「한 네댓 달쯤 계시다가 갑자기 없어지셨어요. 그때만 해도 제가 여기 말을 거의 못 알아들었던 터라 정확히 무슨 일이 있었는지 모르겠습니다. 아저씨도 그동안 삼고 할머니를 뵙지 못하셨던가요?」

연이 걱정스러운 얼굴로 묻자, 첨운이 고개를 갸웃했다.

「글쎄다. 나를 찾아오진 않았다. 삼고가 그 안에서 죽었을 리는 없는데, 어찌 된 영문인지 모르겠구먼.」

「그렇죠? 설마하니 돌아가시진 않았겠죠?」

「안 죽었어. 그건 내가 장담한다.」

자신만만하게 대꾸한 첨운은 이내 연에게 잘 보이려고 마구 우쭐대며 거드름을 피웠다.

「발품만 좀 팔면 삼고의 소식쯤이야 금방 알 수 있을 텐데, 내가 요새 원체 바빠서 말이다. 내 비록 한진 사람이라는 이유로 여태 관직은 없지만, 알고 보면 장군이나 마찬가지거든. 내 밑에 병사가 삼천 명이야.」

「아, 예.」

연이 건성으로 고개를 끄덕이며 대답했다. 병사 삼천 명을 거느린 사람이 얼마나 대단한지, 그녀는 아무래도 잘 모르는 눈치였다. 첨운은 더욱 열을 올려 자화자찬했다.

「그 관직이라는 게 말이지, 십장이라고 하면 병사 열 명을 거느린 장수거든. 십장만 되어도 어디 가서 나 장수입네 하고 다니는데, 삼천 명이면 아주 엄청나지. 무엇보다도 중요한 건, 여기서 나를 대신할 사람이 없다는 거야. 독보적인 존재랄까. 병사들이 전부 원양국 출신이거든.」

듣고 있던 연이 돌연 눈빛을 초롱초롱 반짝이면서 다급히 첨운에게 물었다.

「원양국 사람들이 삼천 명이나 여기에 온 거예요?」

「그렇지.」

「병사면 다들 젊은 장정들이겠네요?」

「그야 당연하지.」

「혹시 그 병사들 중에 단이라는 사람이 있습니까?」

「엥?」

「키가 저보다 이만큼 더 크고요, 손은 저보다 이만큼 더 크고요, 팔은 이 정도쯤 되나? 어깨는…….」

연이 자기 몸을 여기저기 재는 꼴을 보다가, 첨운이 심드렁한 투로 그녀의 말을 끊었다.

「아서라. 다들 너보다 그만큼은 크다. 그보다도 단이 누군데? 성도에서 좋아 지내던 정인이라도 되냐?」

「어머머, 정인은 무슨……. 단이는 제 동기예요.」

「그러니까 그 동기가 어떤 동기냐고. 동무보다는 가깝고 정인보다는 멀고, 대충 그렇고 그런 사이?」

「그런 게 아니라, 말 그대로 동기입니다. 제가 쌍둥이로 태어났거든요.」

그 말에 첨운이 콧방귀를 팩 뀌었다.

「네가 쌍둥이를 한 번도 못 본 모양인데, 쌍둥이는 둘이 똑같이 생긴 게 쌍둥이야. 부모도 헛갈리는 게 쌍둥이라고. 쌍둥이 하나가 딸애면 다른 하나도 딸애란 말이지. 그러니까 그 단인지 뭔지 하는 총각은 너랑 쌍둥이일 수가 없단 말이다. 왜냐? 쌍둥이라는 게 원래부터 그런 거니까.」

「그렇지만 저와 단이는 한 배에서 태어났는걸요. 쌍둥이라고 안 하면 뭐라고 해야 돼요?」

끝까지 우기는 연에게 첨운이 머리를 설설 흔들며 말했다.

「알았다. 정인이라는 말이 영 내키지 않으면, 그냥 동기라고 해.」

「아니, 진짜로 동기인데…….」

「어허! 알았다니까.」

첨운은 닭 쫓던 개 지붕 쳐다보는 심정으로 짜증을 부리고는, 곧 콧수염을 긁적이면서 기억을 더듬었다.

「내가 알기로 병사들 중에 단이라는 이름을 가진 사람은 없다. 그보다도 그 단이 총각은 성도 사람이 아니더냐? 그때 다른 성도 사람들하고 함께 있었지?」

「아뇨. 우리는 사정이 좀 있어서 그곳을 나왔어요. 그런데 하필 그날 성도가…….」

연이 잠시 말을 끊고 심호흡을 한 후, 첨운을 직시하며 물었다.

「아저씨는 그때 성도에서 무슨 일이 있었는지 아시죠? 도대체 어쩌다가 그렇게 된 겁니까?」

첨운은 슬그머니 시선을 피해 그녀로부터 고개를 돌리면서 얼버무렸다.

「글쎄다. 나도 자세한 건 모르지. 어쨌거나 너도 그때 봤으니 짐작은 하겠다만, 그 당시 성도에서 살아남은 사람이 거의 없다. 너까지 합쳐도 스무 명이 안 돼. 사람들이 죄다 한데 어울려 있다가 떼죽음을 당했지. 달리 말하자면, 거기서 혼자 돌아다니다가 죽은 사람은 없었다는 얘기야. 만약에 단이 총각이 그 사람들과 같이 있지 않았다면, 틀림없이 안 죽고 어딘가에 멀쩡히 살아 있을 테니 걱정 마라.」

「혹시 천군께서는 어찌 되셨는지 아세요?」

「천군이야 원양성으로 보냈지. 그 왕이…….」

그 왕이 천군의 피를 제 손에 바르겠다며 별렀기에 원양성으로 보냈다고, 곧이곧대로 다 털어놓을 수는 없는 노릇이었다. 첨운은 이내 말을 돌렸다.

「뭐, 그런 얘기는 나랏일이고, 아무튼 그때 살아남은 사람들은 전부 원양성으로 보냈다. 섭제국 왕이 너만 여기로 끌고 왔던 거야. 망할 놈. 데리고 살 것도 아니면서 왜 괜히 끌고 와서는…….
아니, 너는 대체 무슨 고초를 겪었기에 뱃속의 아기집이 다 터진 거냐?」

아버지와 단이 무사하리라는 얘기에 뒤늦게 안도의 한숨을 쉬고 있던 연이 흠칫 놀라 되물었다.

「아기집이 터졌다고요?」

「아까 우보 놈이 그리 말하던걸. 네가 그때 피를 엄청 흘려서 의원한테 데려갔는데, 알고 보니 그게 아기집이 터져서 그랬던 거라고.」

「아하, 그런 거였구나.」

연은 멍하니 고개를 끄덕였다.

장락전에서 나왔을 당시에 피를 많이 흘리긴 했다. 그래도 하혈은 멎었고, 이후 달거리도 꼬박꼬박 돌아왔기에 몸이 다 나은 줄로만 알았다. 설마하니 뱃속의 아기집을 잃어버렸으리라고는 상상도 못 했다.

그녀는 무심결에 허전한 앞섶을 더듬었다. 목걸이도 없어지고 아기집도 없어지고, 한때 꿈꾸었던 소박하고 행복한 미래도 영영 없어졌다. 정말이지 남아난 것이 하나도 없었다. 성도와 같이 폐허가 되고 말았다.

첨운이 혀를 끌끌 차면서 그녀를 바삐 위로했다.

「내가 괜한 말을 했나 보다. 잊어버려. 솔직히 애 낳고 살림 차리는 건 아무나 하는 거지. 세상천지에 그거 못 할 사람이 어디 있냐? 너나 나처럼 특별한 사람들은, 그런 걸 못 하는 게 아니라 안 하는 거야. 나 봐라. 이 나이 먹도록 혈혈단신이지. 바빠서 혼인할 여가가 없다고. 내가 들여다보지 않으면 일이 안 돌아가니 어쩌겠느냐? 내가 딱 보니 너도 내 짝 나게 생겼다. 잘난 사람은 잘난 대로 살아야 해. 아, 네가 얼마나 쇠뇌를 잘 쏘기에 우보 놈이 너를 병사로 삼겠다고 이 야단이냐. 그러니 얼른 여기 말이나 좀 익혀보자꾸나.」

첨운은 열예 말을 가르친다는 핑계로 얼렁뚱땅 그녀의 주의를 돌렸다. 그러나 연의 얼굴에 느리운 그늘은 좀처럼 걷히지 않았다.

사람의 형상을 갖추었다 하여 모두가 다 사람은 아니다. 성도에 하늘의 노비가 있었다면, 이곳 섭제국에는 한진인들이 있었다. 연은 일찍이 그 사실을 체득하고 있었다. 때문에 그녀는 틈만 나면 되풀이되는 첨운의 푸념에도 별다른 대꾸를 하지 않았다.

「별것 아닌 놈들도 북열 출신이라는 이유로 다들 한자리씩 하는 판에, 어찌 나를 이토록 소홀히 박대하느냔 말이야. 여기는 엄연히 한진 땅이라고. 한진 땅에서 한진 사람이 차별을 받는다는 게 말이 되냐? 굴러온 돌이 박힌 돌 뺀다더니 딱 그 짝이다. 그나마 나는 말이라도 통하니 다행이지. 여기서 한진 사람들은 특출한 재주가 없으면 사람 취급도 제대로 못 받는다니까.」

연은 새삼스레 분하거나 억울하지 않았다. 그녀의 삶은 원래부터 그러했다. 단지 성도에 있었을 때에는 특출한 쓸모를 갖췄기에 사람이었고, 장락전에 있었을 때에는 그렇지 못했을 따름이었다.

「그러니 너랑 나랑은 운이 좋은 편이란 말이지. 하긴 나야 원래부터 열에 말을 잘했으니까 특별히 운이 좋다고 할 수는 없지만, 너는 우연찮게 이런 재주를 발견하여…….」

첨운의 뒷말은 연의 귀에 들리지 않았다. 그녀는 이미 장락전으로 가 있었다. 그들의 얼굴은 일 년 반이 지난 지금까지도 바로 눈앞에 있는 듯 선명했다.

연의 눈은 오랜 버릇으로 그들의 살가죽에 뚫린 모공과 모공, 그 사이의 가느다란 주름을 세심히 보아왔다. 차근차근 공들여 문신을 새기면서 최대한 오래도록 그들을 괴롭히는 상상을 하는 것만이 당시 연의 유일한 낙이었다. 그러나 그녀는 언제나 상상 따위는 할 수도 없을 만큼 금세 곤죽이 되어, 오로지 한 가지 생각에만 골몰하곤 했다.

'죽이고 싶다.'

일순 연의 눈동자가 텅 비었다. 바늘 끝만 한 공간에 바늘 끝을 밀어 넣는 작업에는 잡념이 허용되지 않는다.

「하여간 백발백중일세.」

이윽고 첨운이 휘파람을 불며 중얼거렸다. 연은 백이십 장 앞의 과녁에 시선을 고정한 채로 쇠뇌를 내렸다.

「그러게요. 아저씨 말씀대로 저는 운이 좋은가 봅니다.」

연이 무미건조한 어조로 대꾸했다.

첨운이 힐끔 그녀의 눈치를 살폈다. 그러더니만 슬그머니 곁으로 다가가 연의 어깨를 주물럭거렸다.

「에이, 알면서 그래. 그런 뜻이 아니었지.」

연은 첨운을 돌아보는 척 몸을 돌려 잽싸게 그의 손아귀로부터 벗어났다.

「압니다. 그래도 제가 지금 여기에 있다는 것 자체가 운이 좋은 거잖아요.」

첨운이 다시 손을 뻗었다. 연은 쇠뇌를 들어 올려 막으면서 천연덕스럽게 말을 이었다.

「이렇게 귀한 병기도 제 손에 있고요. 따지고 보면 모두 아저씨 덕분이지요. 마음속 깊이, 진심으로 존경하고 있답니다.」

말끝에 연은 티가 확 날 정도로 가식적인 미소를 지었다. 첨운은 입맛을 쩝쩝 다시며 팔짱을 끼었다. 하지만 이내 씩 웃어버렸다.

「하긴 그렇지? 요즘 네가 말하는 걸 들으면 꼭 진짜 열예 사람 같다니까. 그래도 네가 하는 열예 말은 다 내가 가르쳤지, 암. 너 나한테 크게 빚진 거다.」

「그럼요. 그러니까 이다음에 혹시나 잘되거든, 절대로 아저씨를 잊지 말라는 말씀이지요?」

「흐흐흐, 이젠 아예 외웠구먼. 그래, 바로 그거지.」

서 있던 자리로부터 더 뒤로 물러나면서, 첨운은 어느덧 웃음을 거두고 제법 무게 있는 목소리로 주의를 주었다.

「그렇다고 행여나 그 우보 놈하고 어찌해 볼 생각은 마라. 너한텐 단이 총각이 있잖아. 잠깐 떨어져 있다고 금세 정인을 잊으면 못쓴다.」

연은 가벼운 한숨만 지었다. 이제는 그 정인 타령에 반박할 기분조차 들지 않았다. 어쨌거나 첨운은 낙천적으로 말을 이었다.

「언젠가는 네가 단이 총각이랑 다시 만날 날이 있지 않겠냐. 그러니까 우보 놈을 조심하란 말이야. 만날 느물느물 훔쳐보기는, 음흉한 놈. 여태 혼인도 못 한 놈이 꼴에 보는 눈은 있어가지고.」

「혼인 못 하기는 아저씨도 마찬가지잖아요.」

「나야 소싯적에 워낙 놀아서 이젠 아주 질린 거고.」

그럼 그만 좀 더듬으시지.

연은 자꾸만 다가오는 첨운의 마수를 피하느라 요리조리 갈지자로 도망 다녔다. 그러다가 저만치서 홀로 오는 을음을 발견하고는 반색하며 냅다 달려갔다.

"나오셨습니까, 장군님."

"멀쩡하구나."

"예?"

"멀리서 보니 심히 비틀거리기에, 혹여나 또 아픈가 하여 걱정하였다."

"아……."

을음을 올려다보던 연은 눈을 맞춘 채로 말문이 막혀 버렸다.

얼핏 사나워 보이는 인상이었지만, 실제로도 종종 사납기는 했지만, 알고 보면 누구보다도 따뜻한 눈빛을 지닌 사람이 바로 그였다. 끙끙 앓다가 눈을 뜰 때면 저 눈빛이 그녀를 지켜주고 있었다. 말이 제대로 통하지 않았을 때에도, 연은 그가 좋은 사람임을 알고 있었다.

첨운은 내도록 그를 험담했으나, 연은 첨운의 말을 귓등으로 흘려 버렸다. 을음은 열에 사람이지만 분명 좋은 사람이었다. 죽어가던 그녀를 살려주고, 그녀가 섭제국에서 그나마 사람답게 살 수 있도록 해준 사람이었다.

아주 좋은 사람이다. 그러나 좋아할 수는 없는 사람이다.

을음이 시선을 돌리고 걷기 시작하자, 연은 다급히 그의 뒤를 따랐다.

"덕분에 선상합니다. 늘 심려를 끼쳐 송구스러울 따름입니다."

"심려를 끼치는 사람은 따로 있지."

연이 고개를 갸웃했으나 그는 돌아보지 않았다.

"거리는 늘려보았느냐?"

"지금 막 백이십 장에 도전하고 있던 참이었습니다요. 첫 발부터 또 명중이네요."

어느새 다가온 첨운이 연을 대신하여 냉큼 답하였다. 을음이 첨운을 보며 눈썹을 찡그렸다.

"자네는 오늘 쉬는 날이 아니던가?"

"연이랑 호흡을 좀 맞춰볼까 하고요."

"자네가 맞추긴 뭘 맞춰? 쇠뇌를 이리 다오."

"아니다. 나랑 마저 맞춰보자꾸나."

을음과 첨운이 동시에 손을 내밀었다. 잠시간 두 사람을 갈마보던 연은 이윽고 을음에게 쇠뇌를 건네었다. 을음이 의기양양하게 웃으면서 시위를 걸었다.

"것 보게. 자네는 있어봐야 별로 도움도 안 되겠군."

"그럼 여기서 구경이나 합지요. 집에 간들 어차피 할 일도 없고."

"쯧쯧, 마흔 살이 넘도록 혼인도 아니 하고, 대체 그간 무엇을 하였던가?"

연은 을음이 쇠뇌를 돌려주기만을 기다리면서 잠자코 서 있었다. 이 두 사람은 따로따로 있을 때에는 서로가 서로를 욕하면서도, 같이 붙어 있으면 더할 나위 없이 죽이 잘 맞았다. 둘이서 일단 입을 섞기 시작하면, 이렇듯 옆에서 누가 기다리거나 말거나 괘념치 않았다.

"그러시는 장군님도 몇 년 안 남았습니다요."

"당치 않은 소리! 나는 그 전에 혼인할 걸세."

"글쎄요. 혼인이라는 것이 혼자서 하는 게 아닙니다만……."

"흥!"

할 말이 없어졌는지 눈알만 굴리던 을음이 그제야 연에게 쇠뇌를 돌려주었다. 그 뒤로 금세 또 둘이서 수다를 떨었으나 연은 듣지 못하였다. 그녀는 다만 과녁을 겨냥하고 현도를 당겼다.

"쓸데없는 변명일랑 되었고, 저길 보게나. 우리 연이는 연습도 필요 없는 모양일세."

을음이 너스레를 떨며 말했다.

무겁 저편에서 붉은 기가 흔들리고 있었다. 그 모습을 본 첨운이 냉큼 장단을 맞추었다.

"타고난 솜씨입죠. 연이한테는 신통력이 있는 게 틀림없다니까요. 가만히 서 있는 과녁 따위는 문제도 안 되나 봅니다."

"그런가 보이. 다음부터는 움직이는 것으로 준비하라 이르게."

"이르긴 누구한테 이른답니까? 여기엔 아무도 없구먼요."

"그럼 저 깃발은 귀신이 들고 있단 말인가?"

"하이고! 지금 소인더러 저 과녁까지 가라는 말씀입니까? 너무 멉니다요. 왕복하면 도합 이백……. 아무튼 이백 장이 넘잖습니까."

"이백사십 장일세. 금방이지."

"에이, 그래도 소인은 오늘 쉬는 날인뎁쇼."

"나도 오늘 쉬는 날이라네."

두 사람은 죽이 착착 맞아서 다시금 농담하듯 히죽거렸다. 하지만 곧 첨운만이 오만상을 찡그리곤 과녁 쪽으로 뛰어갔다. 혼자서 투덜거리는 소리가 구시렁구시렁 멀어졌다.

피식 웃으며 돌아선 을음이 이내 걱정스러운 얼굴로 손을 들어 연의 이마를 짚었다.

"열이 있나?"

"아, 아닙니다. 아무렇지도 않습니다."

연은 허둥지둥 전동에서 화살을 꺼냈다.

"이리 내어라."

을음이 막무가내로 화살을 빼앗았다. 화살이 좀 작다 보니 그는 연의 손 전체를 빼앗다시피 하였다. 연은 뻿뻿이 굳어진 채로 한순간에 쇠뇌와 화살을 몽땅 넘겨주었다.

"무리할 것 없다. 오늘은 그만 들어가 쉬는 게 좋겠구나."

"아니……. 하면 머, 먼저 들어가겠습니다."

"연아!"

뒤에서 을음이 부르는 소리가 들렸으나 연은 도망치듯 사적장을 빠져나왔다.

그길로 그녀는 곧장 서쪽 성문을 향해 내달렸다. 섣달의 싸늘한 바람에도 화끈거리는 얼굴은 좀처럼 식을 줄을 몰랐다.

이윽고 성문에 이르자 면식도 없는 병사가 입초를 서다가 목례를 건넸다. 연은 새삼 자신의 검은 군복을 내려다보았다. 그녀는 내키지 않는 듯 나태한 자세로 마주 목례를 건네며 성안으로 들어갔다.

「농담 한마디에 바보같이…….」

불현듯 아랫배가 욱신거렸다. 그녀의 몸은 가끔 주인의 허락도 없이 옛 기억을 생생하게 떠올리곤 했다.

연은 멈칫 서서 부르르 몸서리를 쳤다. 그 바람에 종내 귓가에 맴돌던 '우리 연이' 소리가 은근슬쩍 떨어져 나갔다.

섣달 그믐날 집을 나간 을음은 정초 내내 집으로 돌아오지 않았다.

그동안 연은 일없이 대문간과 방 사이를 부산스레 오갔다. 그러다 정월 초사흗날 아침에는 그예 부엌에 모인 아낙들의 놀림감이 되고 말았다.

"재는 밥도 안 먹고 왜 저리 똥 마려운 강아지처럼 들락거린다니."

"아이고, 둘이 눈 맞아서 좋아 죽겠다는데 그냥 놔둬. 내가 접때도 얘기했잖아. 장군님은 처음부터 재한테 단단히 꽂혔다니까."

"그때가 도대체 언제야? 뜸들이다가 밥 쉬겠네. 에그, 누가 홀아비 총각 아니랄까 봐 어지간히도 꾸물거린다."

"홀아비면 홀아비고 총각이면 총각이지, 홀아비 총각은 또 뭐래?"

"총각은 총각이지만 홀아비나 똑같다 이거야. 그 얼굴이, 그게 어디 총각 얼굴인감. 팍삭 삭아가지고 홀아비 저리 가라지."

"암만 홀아비같이 생겼어도 멀쩡한 총각일세. 자네가 장군님 벗은 몸을 못 봐서 그러지."

"얼레, 그럼 구천네는 봤단 말인가?"

연은 똥 마려운 강아지라는 둥 둘이 눈 맞았다는 둥 놀리는 소리를 들으면서도, 좀처럼 발길이 떨어지지 않아 계속해서 대문간을 기웃거렸다. 을음의 벗은 몸 같은 건 상상조차 해본 적이 없었다. 그래서인지 귓구멍이 부엌 쪽으로 훤히 열려 있었다.

"만장이를 봐."

구천네의 말이 떨어지기 무섭게 아낙들의 시선이 일제히 대문 옆 마구간으로 쏠렸다. 연의 시선도 부지불식간에 마구간을 향했다.

을음이 애지중지 아끼는 늠름한 종마 만장이가 귀를 탈탈 털고 있었다.

"딱 저렇게 생겼으니까."

일순 낄낄 터진 웃음은 잠시 후 이어진 누군가의 한마디에 그칠 줄 모르고 계속되었다.

"어머나! 재 만장이 보고 침 흘리는 것 좀 보게!"

연은 쏜살같이 방으로 달아났다. 방문을 닫자마자 미끄러지듯 그 앞에 웅크리고 앉아서는, 손등으로 입술을 박박 문질렀다.

「내가 언제 침을 흘렸다고…….」

볼멘소리로 중얼거리던 그녀는 곧 양손에 얼굴을 묻어버렸다. 그러고는 스스로가 한심해서 무르팍에 머리를 쿡쿡 박았다.

그녀가 태어나 열여섯 해 동안 자랐던 고향은 섭제국 병사들에 의해 폐허가 되었다. 성도 사람들은 거의 다 죽었다. 아무리 팔은 안으로 굽는다지만, 아버지와 단이 살아 있다는 사실에만 기뻐하며 희희낙락 넘어갈 일은 아니었다. 게다가 그녀는 성도와 더불어 얼마나 많은 것들을 잃어버렸던가.

당시 그 병사들을 지휘한 사람이 섭제국 왕과 장수였다. 그 왕이 그때 그녀를 살려줬다고 해서 감지덕지할 것도 없고, 그 장수가 지금 그녀를 보살펴 주고 있다고 해서 좋아할 것도 없다. 아니, 좋아해서는 아니 되는 것이다. 그녀가 제정신이라면 그 장수를 좋아할 수가 없는 것이다. 하도 맞아서 뱃속의 아기집이 터졌다더니만, 그녀의 머릿속에 있던 '제정신집' 같은 것도 함께 터져버렸던가 보다.

그때 별안간 문이 벌컥 열렸다.

「새해 복 많이 받아라.」

문 앞에 앉아 있던 연이 깜짝 놀라 돌아보았다. 그녀는 심드렁하게 대꾸하면서 주춤주춤 비켜났다.

「아저씨도요.」

첨운은 꾀죄죄한 몰골로 술 냄새를 풀풀 풍기며 방으로 들어왔다. 연은 코를 막고 방문을 활짝 열었다.

「술 많이 드셨나 봐요.」

「내가 술을 마시는 건지, 술이 나를 마시는 건지……. 아니, 이 놈들은 집에 멀쩡히 처자식이 있는데도 몇 날 며칠씩 술을 퍼마셔. 미친놈들.」

첨운은 대뜸 연의 베개를 내려 방바닥에 깔고는 꼭 제집 안방인 양 벌러덩 드러누웠다. 시커먼 눈두덩을 보니 실로 무리한 듯싶었다.

「장군님하고 같이 드셨어요?」

「에이, 니 같은 게 어떻게 장군씩이나 되는 놈이랑 같이 술을 마시냐. 우보 놈은 저기 누구냐, 그 전하 놈하고 같이 마시는 중이지. 너도 기억하지? 크크. 너더러 사슴이라던 그놈 말이다.」

「사슴이요?」

「있잖아. 왜 그……. 하이고, 머리가 뱅뱅 도는구먼. 무슨 얘기를 하다 말았지? 아! 전하 그놈. 그놈이 너, 순 나쁜 놈이다. 보기에는 곱상하니 착한 것처럼 생겼어도, 너는 말이지! 절대로 말이지!」

첨운은 허공에 삿대질을 하면서 외치더니 그대로 곯아떨어졌다. 연은 잠깐 눈만 깜빡였다.

요인즉슨 을음은 전하와 함께 술을 마시고 있다. 전하는 그녀에게 사슴이라고 했다. 그는 겉보기와는 달리 나쁜 놈이므로 그녀는 절대로……. 어쩌라는 건가?

연은 첨운에게 이불을 덮어주고는 한숨을 쉬며 방을 나왔다. 그러고는 또 하릴없이 대문을 들락날락거리고 있을 때, 드디어 을음이 골목 끝에서 모습을 드러냈다.

그는 온몸에서 반들반들 윤이 나는 흑마 한 필을 끌고, 골목 떠나가게 꽥꽥 노래를 부르며 걸어오고 있었다. 그 짧은 거리를 어찌나 더디게 오던지, 연은 저도 모르게 튀어나가려는 발길을 붙잡느라 안간힘을 썼다.

"아, 연아!"

마침내 대문 앞에 서 있던 연을 발견한 을음이 손을 흔들었다. 그는 그제야 질질 장화 뒤축 끄는 소리를 내며 달려왔다. 그래봤자 걷는 속도나 별반 차이가 없었다.

연은 대문 앞에서 딱 세 걸음 나아가 그를 맞이하였다.

"다녀오셨습니까, 장군님."

"말 타러 가자!"

"예?"

첨운이나 마찬가지로 을음 역시 술 냄새를 폴폴 풍기고 있었다. 그렇지만 을음이 풍기는 냄새는 묘하게도 향기로웠다. 전하와 함께 마셨다더니만 굉장히 좋은 술을 마셨나 보다.

"이 녀석의 이름은 오자다. 만장이와 비산의 혈통이니 천 리는 거뜬할 녀석이지. 내 말보다 좋은 말이야. 질투 나니까 빨리 받아라."

연이 잠자코 오자의 고삐를 건네받았다. 을음은 휘적휘적 걸음을 옮기면서 말을 이었다.

"전하께서 우리 비밀 병기한테 주라고 특별히 석마하시더라. 여태 네가 낭열에서 온 줄 아시더군. 내가 조정에서 그리 고하긴 하였다만, 하하. 거짓말도 하다 보니 늘더구나."

"전하께서 저를 보시면, 혹시 알아보시지 않겠습니까?"

을음이 우뚝 멈춰 섰다. 고개를 홱 돌린 그는 눈을 찡그린 채 연을 한참 바라보았다. 연은 목을 한껏 움츠리고 마른침만 삼켰다.

이윽고 그가 도로 발을 떼면서 큰 소리로 웃었다. 몇 걸음 따라가던 연이 퉁명스럽게 물었다.

"어찌 웃기만 하십니까?"

"그야 네가 우스운 소리를 하니 웃는 게 아니냐."

"소녀가 그렇게 많이 변하였습니까?"

"소녀라는 말은 될 수 있으면 쓰지 마라. 그 옷에도 안 어울리고, 게다가 나는 그 말만 들으면 어쩐지 닭살이 돋거든."

"주의하겠습니다."

연은 그 말을 끝으로 입을 다물었다.

그녀는 섭제국의 노병이다. 이곳에서 그녀가 그나마 사람으로 대우 받을 길은 오직 그뿐이다.

"네가 변하고 말고는 하나도 중요치 않아."

성 밖 남쪽 벌에 이르러 비로소 을음이 혼잣말하듯 중얼거렸다. 그녀는 바람소리를 걸러내며 그의 갈라진 음성에 귀를 기울였다.

"지금 전하의 머릿속에 든 것은 전쟁밖에 없다. 가장 재미있는 놀이지. 그리고 너와 나는 유용한 말, 그 이상도 그 이하도 아니다."

연은 물끄러미 그의 옆얼굴을 바라보았다. 문득 차가운 것이 뺨에 닿았다. 싸라기 같은 눈이 훌훌 나부끼기 시작했다.

눈 내리는 벌판에는 이름 모를 들풀들이 하나같이 누런빛으로 뒤엉켜 있었다. 그녀의 뺨에 닿았던 눈도, 흙바닥에 떨어진 눈도 모두 한 점의 물방울이 되어 어디론가 스며들었다. 벌판 가득 이는 바람은 그녀의 머리카락을 스치고 지나가 을음의 옷깃을 일렁일렁 매만지고 있었다.

마치 전하와도 같은 바람. 그 속에서만큼은 서로 다른 그들도 똑같은 존재로 숨을 쉰다. 그 숨이 벅찼다.

"장군님, 저 실은……."

"젠장, 너무 취했군."

조심스레 입을 열었던 연이 이내 아랫입술을 깨물었다. 을음은 한숨을 하얗게 내쉬더니, 그녀를 향해 찡긋 눈웃음을 지었다.

"말 타러 가자면서 마구도 안 갖추고 왔구나. 눈도 오겠다, 오늘은 날이 아닌 모양이다. 이만 집에 가자. 이다음에 날 풀리면, 내가 아주 제대로 가르쳐 주마."

"예."

기운차게 답한 연은 도로 그의 뒤를 따르면서 괜히 홀로 싱겁게 웃었다.

❖

공식적인 설 연회는 정월 초하루에 이미 끝났다. 그 뒤풀이가 초사흗날까지 이어지고 있었다.

을음은 예년과 마찬가지로 대전에서 하녹과 단둘이 술잔을 나누는 중이었다. 그 자리에는 풍악도 없고 무희도 없었다. 비워질 때마다 이내 새로 들여지는 술독과, 술에 절어 술독이 되어가는 두 사람이 있을 뿐이었다.

하녹이 거나하게 취한 모양으로 코를 킁킁거리면서, 아까 했던 얘기를 또 했다.

"어디서 고약한 냄새가 납니다."

을음도 거나하게 취한 모양으로 머리를 꾸벅거리면서, 아까 했던 대답을 또 했다.

"황공하옵니다. 소신이 깨끗이 발을 씻고 다시 들겠사옵니다."

그래 놓고 그들은 키득키득 싱겁게 웃어댔다. 술에는 장사 없고 왕후장상도 따로 없다.

그래도 을음은 잊지 않고 하녹에게 틈틈이 경고했다.

"전하, 마홀에 성을 쌓는 것만 해도 낭열의 심기를 건드릴 수 있사옵니다. 것도 모자라 병산에 책(柵)까지 세운다면, 낭열에서 필시 경계하고 나설 것이옵니다."

"낭열은 내전이 끝난 지 얼마 안 됐고, 우리가 맺은 화친은 여전히 유효합니다. 아울러 만일 낭열이 우호를 깨고 침략할 경우를 대비코자 한다면, 더더욱 그 성책을 세워 마땅합니다. 대신들이 다들 그리 말하지 않던가요?"

하녹은 태평스럽게 대꾸하더니만 금방 화제를 돌렸다.

"그나저나 우리 군의 비밀 병기는 잘 적응하고 있습니까? 백발백중이라지요?"

"아, 예. 감히 장담컨대, 그보다 더 쇠뇌를 잘 쏘는 자는 없사옵니다. 다만……."

을음이 술기운을 빌어 이실직고하려 할 때, 하녹이 그의 말허리를 끊었다.

"가시는 길에 오자를 전해주십시오. 길을 잘 들여놓았으니 쓸만할 것입니다."

을음은 잠시 입술을 달싹이다가 곧 체념하곤 머리를 조아렸다.

"신이 대신하여 감읍하옵니다."

"우보는 좋은 인재를 발굴하는 안목이 있어요. 요즘 국대부인의 구습(口習)입니다. 나 역시 기대가 큽니다."

"아하하."

을음은 뜨끔하여 그저 어설프게 웃기만 했다. 다행히도 하녹은 곧 화제를 바꿔주었다.

"우보는 뭔가 원하는 게 있습니까?"

"원하는 것이라. 글쎄요. 하하, 총각이 달리 원할 게 무에 있겠사옵니까? 그저 부인이나 있으면……."

"아아, 부인 같은 건 없는 편이 낫습니다."

하녹이 을음의 말허리를 딱 끊었다. 그는 잔을 단숨에 비우고 새로이 잔을 채우면서 도로 하문하였다.

"부인만 있으면 됩니까? 그 외에는 정녕 원하는 바가 없습니까?"

을음은 어인 영문인지 요즘 들어 부쩍 혼인하고 싶다는 생각만 간절하여, 다른 소원을 찾는 데에 애를 먹었다. 그러다 보니 기억났다. 부인 따위를 바라지 않았던 시절에는 그에게도 다른 꿈이 있었다.

"장수의 소원이야 대개 비슷하지요. 전장에서 용맹스러운 최후를 맞이하는 것이옵니다."

"흐음, 멋진 소원이로군요."

"전하께서는……?"

"하하, 나는 원하는 게 없습니다. 우보께서 보시기에는 내게 뭔가 부족한 게 있어 보입니까?"

멍하니 하녹을 바라보던 을음이 마지못해 대꾸했다.

"그럴 리가 있겠사옵니까."

"예. 그럴 리가 없습니다. 나는 이 나라를 반석에 올리고……."

하녹이 다시 잔을 단숨에 비웠다. 그러더니 빈 잔을 든 채 몸을 뒤로 기대어 천장을 올려다보았다.

"……그냥 그렇게 죽고, 내 아들도 나처럼 그냥저냥 살다가 그냥저냥 죽고, 그 아들의 아들도 또 그냥저냥……."

돌연 하녹이 자세를 바로잡으면서 잔을 탁자 위에 탁 내려놓았다.

"그것 보십시오. 내가 뭐라 하였습니까. 부인 같은 건 당최 쓸모가 없습니다. 우보께서는 다행이라 여기고 홀로 즐기며 사십시오."

"아니……. 숙고하겠사옵니다."

을음은 기어드는 목소리로 답하며 하녹의 잔을 채웠다. 그러고는 잠시간 늙다리 대신들을 치켜세우는 척하면서 은근히 흉을 보았다. 개중에 오간은 하녹의 비부(妃父)였지만, 그래도 술김에 '지도를 못 보는 게 흠일 뿐 문장은 일품'이라며 칭찬 아닌 칭찬을 하였다. 하녹은 유쾌하게 웃으면서 맞장구쳤다.

"하하하! 하긴 지난번에도 보니 병산을 한참 찾으시더군요."

"낭열이 어디에 붙어 있는지 모르는 게 아닌가 싶사옵니다."

말끝에 을음은 아무래도 마음에 걸려 다시금 운을 떼었다.

"하온데 전하, 병산책에 대해서는 아무래도 재차 상량하오심이 옳을 줄로 아옵니다."

"응? 아하, 또 그 건입니까?"

하녹이 자리에서 일어나 흔들흔들 걷기 시작했다. 어쨌거나 기분이 좋아 보이는 듯하여, 을음은 좀 더 자신감을 갖고 입을 열었다.

"현재 맥열은 도로 군을 정비하여 능히 침략이 가능한 수준에 이르렀사옵니다. 이러한 때에 자칫 낭열과의 관계마저 틀어져 버리면……."

별안간 하녹이 뒤에서 어깨를 턱 누르는 바람에, 을음은 말을 멈추고 돌아보았다. 하녹이 그의 옆으로 비죽 얼굴을 기울였다.

하녹은 늘 그러하듯 온화하기 그지없는 음성으로 속삭이듯 말했다.

"무에 그리 걱정입니까? 전장에서 용맹하게 전사하는 게 소원이라면서요. 우보의 소원, 이루어 드리겠습니다."

"전하……."

말문이 막힌 을음을 향해 하녹은 싱긋 웃었다.

"전쟁합시다, 우리."

얼빠져 있던 을음이 겨우 정신을 차렸을 때, 하녹은 양팔을 쭉 들어 기지개를 켜면서 대전을 나가고 있었다.

전쟁은 예상보다 빨리 일어났다. 낭열과의 관계를 논하기에 앞서서, 맥열이 먼저 침공해 왔다. 맥열은 지난 오 년간 이를 갈며 이 전쟁을 준비했을 터였다.

오 년 전 맥열과의 전쟁에서, 하녹은 흡사 악귀에 씐 듯 전장을 누볐다. 정녕 악귀에 씌었던 게 틀림없었다. 그렇지 않고는 사람이 한순간에 그토록 돌변할 수 없으리라. 전장에서 잔뼈가 굵은 을음이 일생을 통틀어 적군을 동정해 보기는 그때가 처음이었다. 맥열은 군대라는 것 자체가 완전히 박살 난 지경이었다.

이후 새로이 군에 들어간 이들은 보나마나 전사한 장병들의 아들이나 형제. 병서에서는 이들을 사분(死憤)의 군사라 부른다. 대단히 위험하다. 맥열군은 무시무시한 기세로 돌격하여 창졸간에 섭제성을 포위하였다.

다행히도 일단은 거기까지였다. 성문이 굳게 닫혀 있는 이상, 그들이 상대해야 할 적은 섭제군이 아닌 성벽이었다.

맥열군은 기세 좋게 진을 치고는 군량을 한데 모았다. 그러더니 군량 수레마저 총동원하여 공성전을 준비하기 시작했다. 성을 함락시키거나 혹은 죽을 각오였다. 후퇴할 생각이라곤 아예 없어 보였다.

을음은 서편 망대 위에 올라 적진을 살피면서 긴장을 늦추지 않았다. 적어도 지난 이틀간은 그러했다.

"혹시 저것도 작전인가?"

망대 난간에 팔을 괴고 상반신을 쭉 내민 채로 을음은 거듭 고개를 갸우뚱거렸다.

지난 이틀간 적들은 공성전의 준비에 여념이 없었다. 성을 부수고야 말겠다는 굳건한 의지가 멀리서도 절절히 느껴졌다. 하지만 저토록 굵은 나무를 얹었다가는 수레가 견디지 못할 터였다.

"일부러 보라고 저러는 건가, 아니면 그냥 바보들인가?"

복수의 집념만큼은 높이 살 만하였으나 어쩐지 영 어설펐다. 급기야 수레가 부서지자 적들이 허둥거리는 꼴이 훤히 보였다.

그 와중에도 일부 적군들은 성 안쪽을 향해 무지막지한 야유를 퍼붓고 있었다. 처음에는 듣다가 깜빡 졸도할 뻔했으나, 이제는 그 야유조차 우습게 들렸다.

"공성전에 자신이 없으니 필사적으로 유인하는 것입니다. 즉 바보는 아니지요."

별안간 뒤에서 들리는 하녹의 목소리에 을음이 놀라서 돌아섰다. 하녹은 가볍게 목례를 나누며 하문하였다.

"비밀 병기는 언제 씁니까?"

"글쎄요. 지금으로서는……."

"아니 씁니까?"

"적장의 장막은 저 중앙이옵니다만, 그보다도 우선 적의 군량을 보시옵소서."

을음이 적진의 후방을 가리켰다. 한데 모아 놓은 군량 더미 위에 흰 포장이 덮여 있었다. 어마어마한 부피였다.

"저 정도면 한 달은 거뜬하옵니다. 군량의 양은 대체로 전의와 비례하는 바, 지금 당장 적장을 잡는다 한들 적병들이 쉬 물러가지는 않을 터이옵니다. 군량이 바닥을 보일 때까지 시일을 두고 기다림이 상책이라 보옵니다."

"그러니 응당 군량을 공격해야지요. 사거리가 백이십 장이라면 충분하잖습니까."

군량을 불살라 버린다면, 제아무리 기세등등한 적이라도 며칠 못 버티고 물러갈 터였다. 을음도 수십 차례나 그 생각을 하며 아쉬워했더랬다.

"외람된 말씀이오나, 저 거리는 화전(火箭)이 불가능하옵니다."

"자시와 인시에 동초 둘이 불을 들고 옵니다. 유시부터는 저 근방이 비지요."

하녹은 망대 난간에 그림까지 그려 가면서 작전을 설명하기 시작했다. 을음은 간간이 응수하며 경청하였다.

하지만 그 작전이란 실상 얼토당토않은 것이었다. 예컨대 지형이나 군세 따위는 무시한 채로 '아군은 오백이고 적군은 삼백이니 우리가 무조건 이긴다' 하는 식이나 다를 바 없었다.

연이 물론 쇠뇌를 잘 쏘기는 했다. 그녀의 화살은 한 번도 과녁을 벗어난 적이 없었다. 단 그건 일반적인 과녁에 한한 경우였다. 그 십분의 일 크기도 안 되는 과녁을, 하물며 캄캄한 야밤에 겨냥하여 맞힌다는 게 과연 가능한 일인가?

설명을 끝낸 하녹이 씩 웃으며 을음의 어깨를 툭 쳤다.

"표정 볼 만하군요. 실패한들 밑질 것도 없는 바, 시도라도 해 봅시다."

하녹이 손을 흔들며 망대를 내려가는데도 을음은 멍하니 서 있었다. 그는 잠시 후에야 정신을 차리고 허둥지둥 유시의 작전에 대비하기 시작했다.

'백발백중'이라는 말처럼 과장된 찬사도 없을 것이다. 제아무리 활을 잘 쏘는 사람이라 해도 '열에 아홉'을 맞힐 뿐이다. 엄밀히 따지자면 백발백중이란, 활을 손에 든 시점부터 지금까지 단 한 대도 빗맞히지 않았어야 할 수 있는 말이다.

그래도 '열에 아홉' 실력이나마 되는지 궁금하여, 하녹은 유시에 호젓하게 동편 망대로 올라가 적진을 내려다보았다. 서편 망대의 읕음이 이미 작전을 개시한 후였다.

군량을 덮어 놓은 흰 포장의 왼쪽 귀퉁이가 점처럼 푹 파여 있었다. 이어서 그 오른편에 점이 찍혔다. 그와 똑같은 간격을 두고 다시금 점이 찍혔다. 얼마 안 가 우지(牛脂)를 꽂은 화살 서른네 대가 포장 위에 완벽한 전(田) 자를 그렸다.

하녹은 휘파람을 불며 손을 털었다. 마지막 예닐곱 대를 기다리는 동안, 그는 자기도 모르게 긴장하여 양 주먹을 꽉 쥐고 있었다.

설령 손으로 점을 찍어도, 그토록 일정한 간격으로 균등하게 찍기는 힘들 터였다. 그 노병은 단순히 쇠뇌만 잘 쏘는 게 아니라, 균제를 아는 사람이었다.

몹시도 신기해서 궁금해졌다. 그 노병은 대체 어찌 생긴 사람일까?

그때부터 묘하게 시간이 더디 흘렀다. 한 번 생긴 호기심은 걷잡을 수 없이 커져만 갔다. 한시라도 빨리 그 노병을 보고 싶어서 안달이 났다. 왜 여태껏 그 노병을 한 번도 만나보지 않았던가, 뒤늦게 후회막급이었다.

낭열에 포로로 끌려갔던 한진 사람이라기에, 보나마나 말도 안 통하고 퍽 우울한 사람일 것만 같아서 별로 관심도 두지 않았더랬다. 그런 사람 하나 만나자고 통역까지 부르는 게 솔직히 귀찮았다. 백발백중이라는 말이 그저 흔히 쓰는 공치사(空致辭)일 거라고만 생각했기 때문이다. 설마 그 말이 사실일 줄 누가 알았겠는가.

하녹은 공연히 서편 망대 부근을 서성이다가, 병사들이 수군거리는 소리를 듣고 부득불 대전 쪽으로 발길을 돌렸다.

"전하께서 저리 초조해하시는 것을 보면, 아무래도 전세가 불리한 모양인걸."

"그러게 말일세. 눈치가 영 불안하이. 성문을 닫고 지키기만 하면 되는 줄 알았는네……."

성이 포위된 상황인지라 하녹의 사소한 행동마저도 병사들을 동요시킬 만했다.

하녹은 뒤늦게 여유를 부리면서 최대한 느긋하게 보이려고 애썼다. 그는 그 노병에 대한 호기심을 잠시 눌러둔 채, 평상시처럼 식사도 하고 목욕도 하고 대전 대들보 위에 올라가 잠까지 한숨 잤다. 그러다가 하마터면 때를 놓칠 뻔했다.

하녹은 자시가 다 되어서야 깨어났다. 그는 다급히 의관을 정비하곤 서둘러 망대로 향했다. 대전에서 망대까지 결코 짧지 않은 거리를 한달음에 달려갔다. 미친 듯이 달리던 와중에 이상하게도 즐거워졌다. 그렇게까지 필사적으로 달려보기는 난생처음인 것 같았다. 뭔가를 원하고 갈구한다는 것은, 아마도 이렇듯 즐거운 일인가 보다. 그에게 허락되지는 않은 일이지만.

망대 아래에 서 있던 병사들이 눈을 휘둥그레 뜨고 하녹을 보다가 일제히 절을 올렸다. 다만 누구도 입을 열지는 않았고, 하녹 역시 침묵을 지킨 채로 망대 위에 올라갔다.

망대는 어두운 정적에 휩싸여 있었다.

하녹은 아쉽게도 한발 늦었다. 읃음은 난간에 딱 붙어 서 있었으며, 그 옆에서는 노병이 이미 쇠뇌를 들고 적진 쪽을 겨누는 중이었다. 몸집이 무척 가늘고 작은 사람이었다.

하녹은 조용히 그 뒷모습을 훑어보며 읃음의 곁으로 다가가 가벼운 목례를 주고받았다. 그리고 곧 적진 쪽을 돌아보았다.

지난 이틀간 그러했듯, 동초 둘이 횃불을 든 채 군량 더미 앞을 지나가고 있었다.

핑 소리와 함께 날아간 화살이 횃불의 한 점 불씨를 꿰고 포장에 꽂혔다. 군량 더미에서 미미한 불빛이 일렁이자, 두 동초가 놀라서 군량 쪽으로 다가갔다.

그사이 읃음이 재빨리 쇠뇌의 시위를 걸었다. 노병은 하녹을 향해 정면으로 얼굴을 보인 채 기다리고 있었다. 그러나 사방이 어두운 탓에, 노병의 얼굴은 검은 윤곽으로만 비칠 뿐이었다. 하녹은 그 얼굴이 궁금하여 좀이 쑤셨다. 이렇게까지 궁금해질 줄 알았더라면, 진즉에 얼굴 한 번 봐둘걸.

그때 노병이 도로 몸을 돌렸다. 그와 동시에 하녹의 시선도 다시금 적진을 향하였다.

동초 둘이 군량 더미 바로 앞에 이르렀다. 또 화살이 핑 소리를 내며 날았다. 동초 한 사람이 목을 꿰인 듯 앞으로 푹 고꾸라졌다. 그의 손에 들려 있던 횃불이 더 큰 불을 내었다.

남은 동초가 허둥지둥 횃불을 치우면서 군량에 붙은 불을 끄려고 애썼다. 하지만 그 역시도 잠시 후, 들고 있던 횃불과 함께 쓰러졌다.

유시 무렵에 일찌감치 우지를 꽂아둔 군량 더미는 삽시간에 불길에 휩싸였다. 그 불속으로 새로이 우지를 꽂은 화살들이 날아들었다. 그때마다 불길 가운데서 불꽃이 팍팍 튀었다. 한두 명씩 근처에 왔던 적병들은 상황을 알리러 돌아선 순간 쓰러졌다. 그러다가 마침내 하나의 쇠뇌로는 감당할 수 없을 만큼 수많은 적병들이 모여들어 불을 끄기 시작했다.

물은 멀고 불길은 거세었다. 겨우 불길이 잡혔을 즈음에는 이미 늦었다. 군량은 얼마 남지 않았을 것이다. 더구나 그토록 물을 부어댔으니, 남은 군량도 곧 곰팡이가 슬어 금세 못쓰게 될 터였다.

"휴우."

휘파람 불듯 한숨을 내쉰 하녹은 곧 키득키득 웃기 시작했다. 실없이 흘러나오는 웃음을 멈출 수가 없었다.

"낭열에서 대단히 귀한 병기를 입수하였사옵니다."

을음의 말마따나 대단히 귀한 병기였다. 쇠뇌뿐만 아니라 노병까지 합쳐서 말이다.

원하지도 않았던 것을 손에 넣는 건, 웃음을 참지 못할 정도로 기분 좋은 일이었다. 그러니 혹여 원하는 것을 손에 넣는다면 더할 나위 없이 기분이 좋으리라.

생각이 그쯤에 미치자 웃음이 스르르 잦아들었다.

그는 아무것도 원하지 않는다. 아니, 그가 원할 수 있는 것은 언제나 한정되어 있다.

슬며시 눈썹을 찡그렸던 하녹은 이내 도로 픽 웃고 말았다.

무슨 상관이랴. 이 기막힌 비밀 병기는 분명 '그가 원할 수 있는 것'에 포함되어 있다. 손에 쥐는 방법도 간단하다. 어차피 이 노병은 낭열에서 자신의 재능을 인정받지 못했기에 여기까지 온 참이었다. 그러니 하녹은 그저 그에게 아낌없는 찬사와 더불어 무한한 성은을 베풀어주면 그만이었다.

쇠뇌를 놓은 순간부터 줄곧 땅만 보며 서 있는 노병에게로 다가가, 하녹은 그 손을 굳게 잡았다.

"기대 이상이었소. 이 손이야말로……."

최상의 병기이며 국가의 보배다.

그러나 하녹은 매끄럽게 말을 잇지 못한 채 가만가만 기억을 더듬었다. 엄지와 검지와 중지 끝의 굳은살. 쇠뇌를 쏘던 모습을 떠올려 보면 이런 식으로 굳은살이 생길 리 없었다. 무엇보다도 이 자리에 박인 굳은살은 어디선가 본 적이 있다. 그게 누구의 손이었더라?

"……최상의 병기이며……."

아! 생각났다. 그 손은 좀 더 포동포동하고 보드라웠다. 아울러 그 손의 임자는 키가 더 작았다. 이렇게 야윈 사람이 아니었으며, 하물며 사내도 아니었다.

"……국가의……."

잠깐, 누가 이 노병이 사내라고 하였던가?

"……보배라오."

키는 자랄 수 있다. 살은 빠질 수 있다. 국대부인은 '죽지 않을 곳'으로 그녀를 보냈다고 했다.

"전하, 실은 긴히 여쭐 말씀이 있사옵니다."

하녹의 말이 끝나기를 기다렸다는 듯이 을음이 뒤에서 입을 열었다. 듣지 않고도 무슨 말인지 알 성싶었다. 한데 그 말을 듣고 나면, 어쩐지 불쾌해져서 잠이 올 것 같지 않았다.

"나중에. 지금은 그럴 기분이 아닙니다."

하녹은 을음을 돌아보지도 않고 손을 내저으면서 한 걸음 옮겼다. 그러고는 그 손을 그대로 노병의 어깨 위에 얹었다.

얇은 어깨가 움츠러들었다. 하녹의 상반신이 기울어졌다. 가느다란 목덜미가 움츠러들었다. 하녹은 아랑곳없이 그사이에 코를 묻고 숨을 깊이 들이쉬었다.

"여전하군."

망대를 떠나기 전, 그는 그녀의 귓가에 한숨처럼 속삭였다.

군량이 불타 버린 후로 맥열군의 사기는 급속히 떨어졌다. 더구나 공성전도 그들의 뜻대로 이루어지지 않았다.

기실 재작년 가을에 일식이 있었기에 섭제국은 줄곧 전쟁에 대비하여 왔다. 성내의 물자는 풍족했으며 기름은 산더미처럼 쌓여 있었다. 준비하는 과정에서부터 경험의 부족을 여실히 보여줬던 맥열군은, 멋모르고 성벽 근처까지 수레를 밀고 왔다가 끓는 기름에 튀겨지기 일쑤였다.

대저 전투에는 전략과 전술이 필요한 법이나, 그들이 지닌 것은 오로지 일족의 죽음에 대한 분노뿐이었다. 사기가 꺾이면 끝장일 마당에 남은 군량마저 바닥을 보이기 시작했다.

그 와중에 맥열군은 어느 군에서나 저지를 법한 치명적인 실수를 저질렀다. 그들은 후퇴하거나 죽음을 각오하고 싸우는 대신, 얼마 안 남은 군량으로 장수들의 배만 채웠다. 병사들의 사기를 떨어뜨리는 데에 그보다 더 좋은 방법은 없다.

탈영하는 병사들이 속출하는 가운데 맥열군의 진지에서 급기야 퇴각 나발이 힘없이 울렸다. 섭제성이 포위된 지 열흘째였다. 그에 맞추어 섭제군은 전열을 가다듬었다. 을음은 이참에 원양국 출신 보병들에게 실전을 경험케 하고자 하였으나 하녹이 만류하였다.

"이미 후퇴하는 적을 지나치게 궁지로 모는 것은 도리가 아닙니다."

하녹의 그 한마디에 을음은 뜻을 꺾었다.

을음은 개중에 오백 명만 선발하여 기존 정예군의 뒤를 따르게 하였다. 덕택에 첨운도 그 오백 명과 함께 드디어 참전이라는 것을 해보게 되었다.

작전은 간단했다. 기병이 앞장서서 적군을 밟고 나아가면, 뒤따르는 보병들이 아직 몸 성한 적군을 추려 포로로 삼는다. 금일 중으로 추격전을 끝내기 위해, 대부현(大斧峴) 너머로는 가지 않는다는 전제였다.

그러나 새로 참전한 보병들이 섭제군의 발목을 잡았다. 섭제군은 대부현에 이르러서야 적의 후미를 따라잡았다. 그래도 전고는 흡사 사냥터의 북소리처럼 흥겹게 둥둥거렸다. 그들은 쫓는 자였다.

섭제국의 기병들이 깃발을 높이 세우고 앞장서서 전진하였다. 갑주 사이로 비치는 푸른 군복, 개중에도 최선봉의 옷깃은 선명한 핏빛이었다. 그 홍의금(紅衣襟)의 병사들은 언제나 그러하듯 기꺼이 선두를 차지하고, 당찬 기세로 적의 눈에 띄는 표적이 되어주었다. 그러나 그들이 지나간 자리로 남은 적병의 시체는 하나같이 등을 보이고 있었다. 맥열군은 누구 하나 뒤돌아서서 응전하지 않았다.

그 시체 무더기 속에서 첨운은 부지런히 눈알을 굴리고 있었다. 포로를 사로잡기 위함이었다. 하지만 도통 산 사람이 눈에 띄질 않았다. 그는 하필 대열의 한가운데, 즉 하녹의 후미에 붙어 있었다.

전부터 익히 알고 있었지만, 역시나 하녹은 거짓말을 기막히게 잘하는 사람이었다. 이날도 하녹은 두 가지 거짓말을 하였다. 첫째는 도리 운운하면서 후퇴하는 적을 궁지로 몰지 말자던 것, 둘째는 '몸 성한' 적군을 포로로 잡으라던 것. 풀을 베어도 그토록 섬벅섬벅 야멸치게 베지는 못할 터였다.

오후가 되어 섭제군은 추격을 멈추고 회군하였다. 살아남은 포로의 숫자는 이백 명 남짓이었다. 그보다 더 많은 수의 적병들이 대부현에 허술하게 묻혔다.

하녹이 했던 말 중에 진실이었던 것은, 오로지 대부현 너머로 가지 않았다는 것뿐이었다. 결론인즉슨 그는 세 마디 말을 하면 개중에 두 마디가 거짓말인 사람이다.

왕성으로 돌아온 첨운은 잠시 집에 들르기 위해 군영을 빠져나왔다. 그는 을음의 집 앞을 지나가다가 대문 밖에 나와 있던 연을 발견하였다. 그녀는 아까 성문 앞에서 손 흔드는 백성들 사이에도 끼어 있었다.

첨운을 보자마자 연이 반색하며 다가와 물었다.

「어떠하였습니까? 장군님께서는 큰 공적을 세우셨나요?」

「공적을 세우기는. 네가 지금 무슨 말을 하는지, 알고는 있냐?」

인사도 없이 묻는 연에게 첨운은 역정을 내며 불퉁스레 되물었다. 연은 입을 꾹 다문 채 양미간을 좁혔다.

「전쟁에서 공적을 세웠다고 해봤자 사람 죽이는 것뿐이지. 우보 놈은 얼마 안 죽였다.」

가볍게 한숨을 쉰 연이 씁쓸한 눈빛으로 첨운을 바라보았다.

「아저씨도 죽이셨어요?」

「쓸데없이 죽이긴 왜 죽여. 성책도 쌓아야 한대고, 일손이 얼마나 달리는데. 그래도 내가 워낙 눈치가 빠르지 않냐. 그 시체들 뒹구는 속에서 포로를 열 명도 넘게 찾아냈다, 내가.」

고개를 크게 끄덕이며 경청하는 연 앞에서, 첨운은 어느새 평소처럼 어깨를 들썩이면서 우쭐대고 있었다.

「아군도 많이 죽었나요?」

「말도 마라. 적병들은 꽁지 빠지게 도망치느라 바빠서 싸움질

할 엄두도 못 내더구먼. 우리 편은 전부 멀쩡해. 아차! 이러고 있을 때가 아니지. 이따가 원양국 애들도 먹여야 하고 바쁘다, 바빠. 내가 직함이 없어서 그렇지, 알고 보면 부장급이시라 이거야. 오늘 보니까 부장이랍시고 있는 놈들도 뭐, 별것 아니더구먼.」

「헤헤, 그럼 살펴 가십시오. 첨운 부장님.」

첨운은 뒤늦게 웃는 낯으로 연을 향해 손을 흔들었다.

그는 도로 걸음을 옮기다가 흘깃 뒤를 돌아보았다. 연은 그에게 등을 보인 채, 여태 대문 밖에서 서성이고 있었다.

「애는 참 참하니 좋은데, 쯧쯧. 하여간 계집들은 심지가 없어.」

인상을 쓴 첨운은 성긴 콧수염을 씰룩거리면서 바삐 집으로 향하였다.

홀로 사는 그의 집은 한마디로 난장판이었다. 그는 뒤엉킨 빨래, 혹은 새 옷 더미 속에서 간신히 작은 함 하나를 찾아내었다. 함 속에는 오색의 가죽 고리들이 색색별로 가지런히 정렬되어 있었다. 첨운은 개중에 흰색 고리를 하나 꺼내어 마당으로 나갔다.

커다란 닭장이 비좁은 마당을 절반 가까이 차지하고 있었다. 닭장이라는 말이 무색하게 닭은 한 마리뿐이고, 홰에 앉아 구구거리는 것들은 전부 비둘기였다. 여남은 마리의 비둘기 중 서넛은 붉은 고리를, 나머지는 흰 고리를 각기 왼쪽 다리에 차고 있었다.

첨운은 개중에 흰 고리의 비둘기 한 마리를 골라 꺼내었다.

「오늘 운수 대통했구나. 좋겠다, 너는. 집에만 가면 일이 절로 끝날 터이니. 내 일은 도대체 언제 끝날꼬.」

그는 한탄조로 중얼거리면서 비둘기의 오른쪽 다리에 흰 고리를 끼웠다. 그러고는 비둘기가 알아듣지 못할 작별 인사와 함께 비둘기를 높이 날려 보냈다.

"여기에 화살을 재신 다음, 예. 이제 이 현도를 당기시면 되옵니다."

삼군이 승전의 기쁨을 나누며 쉬는 날, 을음은 사적장에 나와 있었다.

백 장 앞의 무겁에는 첨운이 깃발을 들고 서 있었다. 아마도 그곳에서 외로이 신경질을 부리고 있을 터였다. 첨운은 이번에도 포상 대상에서 말끔히 제외되었다.

"생각보다 쉽지 않군요."

하녹이 도로 시위를 걸면서 가볍게 한숨을 뱉었다. 무겁에서는 흰 깃발이 무척이나 신바람 나게 나풀거리고 있었다. 지켜보던 을음은 공연히 조바심이 나서 얼른 하녹을 위로하였다.

"평소보다 거리가 멀어서, 아직 익숙지 않으실 따름이옵니다."

"그 노병……. 참, 이름이 뭡니까?"

을음은 일순 숨을 멈췄다가 답하였다.

"연이라 하옵니다."

"그 정도로 숙달되려면 대강 얼마나 걸립니까?"

"소신도 알 길이 없사옵니다. 첫 발부터 모두 명중이었사온지라……."

“국대부인께서 우보께 어떠한 명을 내리셨을지는 능히 짐작이 갑니다. 다만 진정 궁금하여 묻는 것이니, 솔직히 말씀해 주시지요. 몇 달이나 걸렸습니까?”

살을 재어 과녁을 겨냥하던 하녹이 흘긋 을음을 곁눈질하며 되물었다.

을음은 순간 사레가 들려 고개를 돌린 채 기침만 했다. 그러다가 저편에서 또 흰 깃발이 올라오자, 어찌할 바를 몰라 하며 머리를 푹 조아렸다.

“정녕 첫 발부터 명중이었사옵니다. 누군가가 아녀자도 쏠 수 있을 정도라며 장난삼아 쏘아보라 하였사온데, 이후로 연이처럼 잘 쏘는 자를 찾지 못하였사옵니다.”

하녹이 다시금 시위를 걸었다.

“하여 낭열에서 노수도 함께 왔다고 보고하셨군요. 신변의 안전 운운하면서.”

“한진 출신인 데다 하물며 아녀자인지라……. 어렵게 입수한 병기의 성능을 최대로 살리고자 하는 욕심에 소신이 큰 우를 범하였사옵니다. 모쪼록 너그러이 선처하여 주시옵소서.”

하녹은 듣는 둥 마는 둥 과녁을 겨냥하고 있었다. 그렇지만 또다시 흰 깃발이었다.

마침내 하녹이 포기한 듯 쇠뇌를 내렸다.

“국대부인께서도 이 사실을 아십니까?”

“모르시옵니다.”

숙이고 있던 을음의 고개가 점점 더 밑으로 떨어졌다. 그의 정수리에다가 대고 하녹은 마치 약 올리는 양 혀를 끌끌 찼다.

"우보, 실로 큰 우를 범하셨습니다. 국대부인께서 아시는 날에는, 내 비부께서 우보의 자리에 오르시겠군요."

그저 한숨만 크게 쉴 뿐 을음은 할 말이 없었다. 하녹이 그의 어깨를 툭툭 쳤다.

"지도도 못 보는 분께 삼군을 맡기려니 심히 불안합니다. 그러니 향후로도 알리지 마십시오."

땅만 보던 을음이 잠시 후에야 고개를 번쩍 치켜들었다. 하녹은 늘 그러하듯 태평스러운 얼굴이었다. 그 태평스러움이 이토록 마음에 와 닿은 건 처음이었다.

을음이 넘치는 감동을 주체하지 못하여 입술만 달싹일 때, 하녹은 아무 일 없었다는 양 쇠뇌를 건네며 하문하였다.

"한데 그 노병에게 쇠뇌를 쏘아보라고 권했던 사람이 누굽니까?"

"구파해라고, 소신에게 쇠뇌를 넘긴 자이옵니다."

"그 사람이야말로 으뜸 공신이 아닙니까. 곧 포상토록 하겠습니다."

"외람된 말씀이오나 방랑벽이 있는 사람이온지라, 벌써 이곳을 떠났사옵니다."

"흐음, 아쉽게 되었군요."

잠시 하녹의 눈치를 살핀 을음은 이내 허리춤의 깃발을 뽑아 흔들었다. 이를 본 첨운이 깃발 뭉치를 들고 털레털레 뛰어왔다.

"기실 이번 전쟁에서 첨운도 큰 공을 세웠사옵니다만, 한진인이라는 이유로 포상 대상에서 제외되었사옵니다."

하녹은 별달리 관심을 보이지 않았다. 이에 을음이 넌지시 한

마디 덧붙였다.

"그간 원양국 병사들을 훈련시키는 틈틈이 연이에게 우리말도 가르쳤사옵니다."

"아하."

하녹이 그제야 첨운 쪽으로 시선을 돌렸다. 을음은 기회를 놓치지 않고 재빨리 말을 이었다.

"원양국 건으로도 공이 크오며 여러모로 수완이 좋은 자이옵니다. 한진인만 아니었다면 지금쯤은 능히 부장의 직에 올랐을 터이옵니다."

귀를 쫑긋 세운 채 다가온 첨운이 냉큼 바람직한 자세로 굽실거렸다.

"아직 직이 없습니까?"

"아시다시피 한진인인지라 신분이 미천하여……."

하녹은 고개를 끄덕이며 첨운을 향해 몸을 돌렸다.

"귀인임을 표하는 패라도 하나 만들어 내리십시오. 우보께서 부장 직을 거론하시니, 그대로 임명토록 합시다."

"명을 받드옵니다."

"서, 성은이 마, 마, 망극하옵니다."

첨운이 곧 엎어질 기세로 심히 굽실거렸다.

빙그레 웃으며 그 모습을 바라보던 을음은 잠시 후 멈칫 얼굴을 굳혔다. 하녹은 그 표정의 변화를 놓치지 않았다. 의아한 눈초리를 보내는 하녹에게 을음이 바싹 다가갔다.

"전하, 포상에는 물론 이의가 없사옵니다만……."

목소리를 낮추던 을음이 뒤로 손을 뻗어 첨운에게 손짓하였다. 첨운이 잽싸게 종종걸음을 치며 뒤로 물러났다.

"……가능하면 관직보다는 물품을 하사하심이 좋을 듯하옵니다. 실은 일전에 국대부인께서 첨운에게 따로 포상을 하라 명하신 적이 있사온데, 소신이 그 명을 받들기가 저어되어 포상을 미루고 있었던지라……."

하녹이 슬며시 한쪽 눈썹을 찡그렸다.

"국대부인께서요?"

"황공하옵니다. 비록 첨운이 단신이기는 하옵니다만, 승은을 입었던 처녀를 아무한테나 상으로 준다는 것이 아무래도 꺼림칙하여……."

하녹은 멀찍이 서 있는 첨운을 바라보다가, 이윽고 천천히 입을 열었다.

"국대부인께서 그리 명하셨다면, 장차 내막을 아신다 한들 별 문제가 되지 않습니다. 다만 나와 상의도 없이 따로 포상을 내리셨다니, 썩 유쾌한 일은 아니군요."

하녹이 손을 들었다. 눈치 빠른 첨운은 다시금 부지런히 굽실거리면서 후다닥 달려왔다.

"그대가 우보와 다름없다 들었소. 금일 중으로 방상을 내릴 터이니, 일평생 아끼도록 하시오."

"성은이 망극, 또 망극하옵니다!"

하녹은 싱긋 웃더니 느긋한 걸음걸이로 시위들 틈에 섞여 사적장을 떠났다.

하녹의 모습이 사라지자마자, 첨운이 냉큼 을음에게 물었다.

"한데 장군님, 방상이 도대체 뭡니까요?"

"난들 아나. 그리 궁금하면 직접 여쭤보지 그랬는가?"

을음은 짓궂게 웃으면서 집으로 향했다. 따라가던 첨운이 머리를 긁적거리다가 물었다.

"일평생 아끼라는 걸 보면 말은 아닐 테고, 혹시 명검 같은 겁니까? 아무튼 전하께서 하사하신 물건이니 팔면 안 되겠지요?"

"그 명검에 죽어보는 게 소원이라면 팔아도 되겠지."

"크흐, 역시 명검이었습니까! 어쩐지 눈치가 딱 그렇더구먼요. 한데 전하께서 제 실력을 어찌 아시고, 장군님과 다름없다고 하셨을까요?"

을음은 한동안 얼굴이 벌게지도록 웃었다. 그러다 첨운을 돌아보곤 머리를 설설 흔들었다.

"자네는 참 사람 웃기는 재주가 있어. 아마 방상이 아주 좋아할걸세."

"방상이 좋아한다고요?"

첨운이 콧수염을 씰룩거리며 물었다.

을음은 웃음 띤 눈으로 그를 보며, 짐짓 진지하게 일러두었다.

"명검에는 말일세, 혼이 깃들어 있는 법이라네. 그렇지 않고는 명검이라 할 수 없지. 그러니 전하의 하교를 명심하여 일평생 아끼고 또 아끼도록 하게나. 첨운 부장."

첨운의 입이 함지박만 하게 벌어졌다.

을음이 그에게 부장으로서 염두에 두어야 할 사항을 일러주는 사이에, 그들은 을음의 집 앞에 당도하였다.

을음과 헤어진 첨운은 흥에 겨워 휘적휘적 길 한복판을 다 차지한 채 걸어갔다. 그 뒷모습을 보며 을음은 피식 웃었다.

"부인 생긴 게 저리 좋은가."

그러나 대문을 열면서 그의 입아귀는 힘없이 축 처졌다.

본디 그는 부인 같은 걸 원하지 않았다. 어차피 그의 양친은 며느리를 보여준대도 오지 않을 것이다. 그저 그동안 잠시 마음이 허했을 따름이다. 아니, 비루먹은 망아지를 정성껏 보살펴 명마로 키워내면, 그 말에게는 더더욱 정이 가는 게 인지상정이다.

단지 그뿐이다. 애당초 말 주인은 따로 있었다.

"임자도 그렇겠지만 나 역시 바깥일을 하는 사람이라오. 우리 피차 같이 바쁜 처지에 밥해달라, 옷 빨아달라, 이런 건 하지 맙시다. 빨래는 각자 빨고, 내가 찬을 만들 터이니 밥은 임자가 지으시구려. 바느질은 이 나라에서 나보다 더 잘할 사람이 없으니 임자는 안 해도 좋소. 대신 이불 깔고 개는 건 임자가 하시고, 물도 임자가 길어와야 하오. 그래도 임자는 어쨌거나 내도록 총각이었다고 하니, 과부인 내가 특별히 선심 써서 설거지는 해주겠소."

저녁 무렵 다짜고짜 짐 싸들고 첨운의 집으로 들이닥친 방상은 앉지도 않고 줄줄이 뇌까렸다. 그녀는 첨운보다도 키가 커서 내도록 그를 내려다보고 있었다. 키도 크고, 코도 크고, 손발도 크고, 무엇보다도 가슴이 무지막지하게 컸다. 더불어 허리는 잘록하고 이목구비는 또렷하여, 옛날에는 사내들이 줄줄 따랐을 법한 인상이었다. 옛날에는 말이다.

"그리고 난 새털 날리는 건 딱 질색이라오. 지금처럼 새장 청소가 미흡할 시, 비둘기 고기로 포식을 하는 수가 있소. 집 안은 내가, 집 밖은 임자가 치우기로 합시다. 저녁은 드셨소?"

"아, 아직……."

"지어놓긴 하셨소?"

"오, 오늘 밤은 벌써 늦었고 해서 그냥 자려고……."

방상이 길고 가는 눈을 쭉 찢어 첨운을 노려보았다. 가뜩이나 주눅 들었던 첨운은 한층 더 간장이 쪼그라들었다.

"지금 이 순간부터 밥 굶는 행위는 절대로 용납지 않겠소. 또한 밥상을 앞에 두고 타박했다가는, 진짜로 타박을 당하는 수가 있으니 명심하시오."

방상이 말끝에 빈주먹을 불끈 쥐어 들어 올렸다. 흠칫 몸서리를 친 첨운은 황급히 고개를 주억거렸다.

"그럼 오늘은 임자가 집 안팎을 다 치우시구려. 어차피 임자가 어질렀으니 임자가 치우는 게 도리에 맞소. 원래는 임자가 밥을 해야 하지만, 임자는 첫날밤이 뭔지도 모르는 숙맥 같으니 내 갸륵히 여겨서 찬 짓는 김에 밥도 지어주리다. 내가 밥상을 들일 때까지 청소가 끝나지 않으면, 기다리는 동안에 비둘기나 한 마리 잡도록 하겠소. 자, 시작합시다!"

그녀는 우렁차게 외치곤 곧장 부엌으로 나갔다.

잠깐 멍하니 눈만 깜빡이던 첨운이 허둥지둥 빨랫감과 새 옷을 구별하기 시작했다. 그 와중에 옷 더미 속에서 작은 함이 툭 떨어졌다. 첨운은 깜짝 놀라서 함을 일단 품 안에 넣었다. 하지만 이내 도로 함을 꺼내 들고는, 하릴없이 방 안을 오락가락했다.

「아차! 이러고 있을 때가 아니지.」

문득 걸음을 멈춘 첨운이 다급히 함 속에서 노란 고리를 꺼냈다. 그는 곧바로 닭장을 향해 달려갔다. 흰 고리의 비둘기를 잡아 반대편 다리에 노란 고리를 끼우는데, 별안간 등 뒤로 한기가 느껴졌다.

첨운은 돌아서자마자 비둘기를 뒤로 감췄다. 방상이 양손을 허리에 턱 얹은 채 싸늘한 눈길로 그를 내려다보고 있었다.

“청소는 벌써 포기하셨소? 그냥 한 마리 먹고 말자는 거요?”

“그럴 리가요. 닭장부터 치우려고…….”

첨운은 말끝을 흐리면서 등 뒤의 비둘기를 날려 보냈다.

“……그랬는데, 아! 임자 때문에 놀라서 비둘기가 날아갔…….”

날아가는 비둘기를 돌아보며 되레 역정을 내던 첨운은, 도로 방상을 보자마자 남은 말을 목구멍으로 집어삼켰다.

방상이 그의 코앞까지 바싹 다가와 눈을 반들반들 빛내고 있었다.

“임자, 방금 나 때문이라 하셨소?”

방상이 ‘때문’을 강조하여 물으면서 한 걸음 더 다가섰다. 물컹물컹한 것에 밀린 첨운은 자기도 모르게 그녀의 거대한 가슴을 내려다보았다. 이어서 첨운의 양손이 주인 허락도 없이 저절로 배꼽 앞에 공손하게 모였다.

“아, 아닙니다. 제가 열예 사람이 아니다 보니, 가끔 열예 말을 틀리는 실수를 할 때가 있습지요.”

“흐음. 실수는 어쩌다가 한 번 하는 게 실수라오. 앞으로 눈여겨보도록 하겠소.”

첨운이 고개를 세차게 주억거렸다. 방상이 횡허케 부엌으로 들어가자마자, 그는 몸을 부르르 떨었다.

기실 그간 지나치게 편하게 지냈다. 아무도 그에게는 별다른 관심을 갖지 않았다. 을음은 그를 마냥 믿어주었다. 덕택에 첨운은 마음 푹 놓고 지내왔다. 노란 고리를 쓸 일은 영영 없을 줄로만 알았다. 하지만 이는 실로 '연락을 끊어야만 할 비상사태'였다.

「하이고, 내 신세야! 차라리 명검을 줄 것이지.」

울먹이며 한탄한 첨운은 다음 순간 화들짝 정신을 차리곤 부지런히 새똥을 쓸기 시작했다.

"하면 지금쯤 첨운 아저씨는……. 헤헤."

"뭘 안다고 웃느냐?"

을음이 돌아보며 핀잔을 주었다. 서너 걸음 뒤쪽에 서 있던 연은 새침하게 눈길을 돌리면서 딴청을 피웠다.

"부장님도 되셨고 혼인도 하셨다고 하니, 기쁜 일이라 같이 웃었을 따름입니다."

"내 말을 제대로 듣긴 하였느냐? 전하께서 너를 알아보셨단 말이다."

"그날 망대에서 말씀 드렸잖습니까. 전하께서 그러셨다고요. 여전하군."

연이 굵은 목소리로 하녹의 말을 흉내 내자, 을음은 못마땅한 표정으로 눈길을 돌렸다.

평소답지 않게 들떠서 헤죽거리던 연은 금세 잠잠해졌다. 그러고는 살며시 한 걸음 그에게 가까이 다가섰다.

을음은 여전히 그믐달만 올려다보고 있었다. 한 발 더 다가선 연은 그를 따라 조용히 밤하늘을 보기 시작했다.

비스듬히 누운 그믐달은 퍽 빈약했다. 반면 그녀의 마음은 보름달처럼 둥글게 부풀어 금방이라도 붕붕 날아다닐 것 같았다. 연은 얼마 못 가 달구경에 흥미를 잃고, 발랄하기 그지없이 물었다.

“참, 말 타는 건 언제쯤 가르쳐 주실 요량입니까?”

“글쎄다. 지난 전쟁 때문에 당분간 성벽 보수도 해야 하고 성 안팎의 경비도 강화될 예정이라, 아마도 올여름은 지나야 나다니기 수월할 성싶구나. 왜? 빨리 타고 싶으냐?”

“예? 아, 그냥요. 뭐든지 많이 할 줄 알면 좋을 것 같아서요.”

연은 배시시 웃곤 말을 돌렸다.

“그나저나 그 귀인의 패라는 것은 정확히 무엇입니까? 그것이 있어야 관직도 받고, 여기 사람과 혼인도 할 수 있는 건가요?”

“뭐, 비슷하지 않겠느냐. 그런다고 차별이 없어지진 않겠다만, 그래도 눈에 보이는 게 있으면 뭐가 달라도 다르겠지. 한데 그걸 대체 어찌 만들어야 하나.”

“근사하게요.”

을음이 피식 실소하며 돌아보았다.

“그러니까 어찌 근사하게 말이냐?”

잠시 고개를 흔들흔들 까딱이면서 생각에 잠겼던 연이 이내 활짝 웃었다.

“그처럼 특별한 패라면 은이나 금이 좋겠습니다. 반짝반짝하면 누구나 한눈에 탁 알아볼 수 있잖아요.”

"그렇다면 은이 좋겠군. 말 나온 김에 포상으로 받은 은을 좀 내어라."

"예?"

"방금 네 입으로 그러지 않았느냐. 금은으로 만들라고."

"아니, 첨운 아저씨한테 줄 패를 왜 제 은으로 만들어야 합니까? 얼마 되지도 않는걸요."

"네가 얼마나 많이 받았는지는 대신 받아온 내가 더 잘 안다. 게다가 나는 그놈의 쇠뇌를 사느라고 전 재산을 다 털었단 말이다. 사람이 은혜를 입었으면 갚을 줄을 알아야지."

"어머머, 꼭 첨운 아저씨 같은 말씀을……."

"그래서 내놓을 테냐, 말 테냐?"

벼룩의 간을 내먹는 형국이었다. 연은 불만스러운 눈빛으로 을음을 보았으나, 그는 연보다도 더 험악한 표정을 짓고 있었다. 결국 그녀는 한숨과 함께 수긍했다.

"차라리 그냥 다 가져가십시오. 나머지는 장군님께 은혜를 갚는 셈으로 치겠습니다."

"필요 없다. 그깟 얼마 되지도 않는 은으로 다 갚아질 은혜가 아니야."

"좀 전에는 많다고 하시더니……."

볼멘소리로 대꾸한 연은 이내 쓴웃음을 지었다.

"알고 있습니다. 그런 것으로는 갚을 수 없는 은혜지요."

을음의 시선은 어느새 다시금 달을 향하고 있었다. 그와 거의 나란히 설 정도로 한 발 더 다가간 연은 목을 쭉 뻗어 그를 훔쳐보았다. 그의 옆얼굴에는 여전히 불만이 가득했다. 무엇이 그토록 불만스러운지 연은 알 수가 없었다.

"그래도 다행입니다."

"뭐가?"

"다 잘되어서요."

"첨운이나 잘되었지. 넌 고작 은 얼마 받은 걸로 마냥 만족한 모양이로구나."

"그보다도 실은, 공연히 걱정을 하고 있었습니다. 전하께서 저를 알아보셨으니, 도로 장락전으로 보내시면 어쩌나 싶어서요. 계속 여기에 있을 수 있다는 것만으로도 저는 만족합니다. 이렇게 장군님과……."

연은 그 이상 말을 잇지 못하였다.

을음은 듣는 둥 마는 둥 물끄러미 달만 보고 있었다. 그러다가 뜬금없이 딴소리를 했다.

"오늘따라 달이 참 서글프구나."

곰같이 커다란 그의 체구와는 도통 어울리지 않는 감상이었다. 연의 입술에 은근한 미소가 어렸다.

"곧 새 달이 뜨겠지요."

을음은 흘긋 그녀에게 눈길을 주더니, 깊은 한숨을 지으며 도로 달을 바라보았다. 연도 그에 맞추어 눈길을 들었다.

아까부터 그가 열심히 보고 있던 그믐달은, 보고 또 봐도 역시나 별로 볼 게 없었다. 그렇지만 이제 보니 그 옆에 딸린 별 하나 덕분에 만월보다도 더한 정경을 이루고 있었다. 볼품없는 것 둘이 짝을 지으면, 가끔은 완벽한 하나보다 더 아름답기도 한 것이다.

연은 고개를 기울인 채 오래도록 그 모습을 바라보았다. 등 뒤로 길게 늘어진 그녀의 그림자만은 살포시 그의 어깨에 닿아 있었다.

"속로국에 성도가 있으니 거기라도 가서 빌어보련? 한진인들이 다들 성도를 하늘처럼 떠받드는 걸 보면 뭔가 신통력이 있기는 있을 테지."

공요는 고개를 돌린 채 말없이 우선만 흔들었다. 오간이 공요의 손을 잡아 내렸다.

"몸을 차게 하면 안 된다더라."

"애 못 낳는 여인은 부채질도 마음대로 못 한답니까?"

공요는 버럭 성질을 부리면서 부친의 손을 뿌리쳤다. 그러고는 펄럭펄럭 우선을 흔들다가, 기어이 분을 못 참고 우선을 탁탁 쳤다.

"저한테 무슨 문제가 있는 게 아닙니다. 비록 유산하긴 했지만, 멀쩡히 회임한 적도 있다고요. 아아, 그때 그이를 따라가지만 않았어도……."

사람이 살다 보면 두고두고 후회할 일을 한 번쯤은 하게 마련이다. 공요도 그러했다.

맨 처음 이 왕성에 당도했을 때, 그녀는 그냥 이곳에 남아 있었어야 했다. 섣불리 위려 태자를 따라나서는 게 아니었다. 회임한 사실을 조금만 더 일찍 알았더라면, 그녀는 마음 편히 이곳에 눌러앉았을 터였다. 죽을 때 죽더라도 위려 태자의 곁에서 죽겠다며 앙큼하게 구는 희첩 때문에 공요도 덩달아 위려를 따라나섰다가 전쟁 통에 뱃속의 아이만 잃고 말았다.

"다 지난 일, 이제 와서 곱씹은들 어찌하겠느냐. 그리고 그때는 달리 도리가 없었지. 정비인 네가 안 따라가면 누가 따라가누?"

오간은 위로조차 안 될 소리만 늘어놓았다. 그러다 은근슬쩍 목소리를 낮추며 말을 이었다.

"그러고 보니 생각나는구나. 창희 고것, 죽을 때 같이 죽겠다고 그토록 꼴값을 떨지 않았더냐. 그러다가 결국엔 따라 죽었으니, 불행인지 다행인지……."

오간이 미소를 머금은 채 의미심장한 눈짓을 보냈다. 공요는 그때 일을 떠올리며 픽 조소하였다.

"생전 별 볼 일 없던 계집이 죽을 때만큼은 장하게 죽어 뭇 사람들의 칭송을 받았으니, 그보다 더 다행한 일이 또 있겠습니까. 고마운 줄이나 알아야 할 텐데요."

아마도 모를 것이다. 창희는 원래도 고마움을 모르는 계집이었다. 일개 시녀인 창선이었던 시절, 공요가 그녀를 얼마나 아끼고 귀애해 주었던가. 그 은혜도 모르고 창선은 감히 공요의 뒤통수를 쳤다. 평소 공요를 존경하는 마음이 극진하였기에 공요와 같이 위려 태자를 모시고 싶었다니, 그것도 변명이라고. 그래도 공요는 끝까지 은정을 베풀어, 그녀를 죽은 낭군 따라간 지조 깊은 여인으로 만들어주었더랬다.

잠시 희첩들에 대한 생각에 잠겼던 공요가 불현듯 자신의 배를 살며시 쓰다듬었다.

그 미천한 한진의 계집아이가 성도 출신이라 하지 않았던가. 정녕 무슨 신통력이라도 지녔는지 모를 일이다.

"아버님, 성도에 가서 빌면 효험이 있기는 하답니까?"

넌지시 묻는 말에 오간은 급히 반색하였다.

"그 앞에 커다란 나무가 하나 서 있다더라. 그 나무가 꽤 영험해 보인다던걸."

"그보다는 가령 무슨 방술을 쓴다든지, 저주를 푼다든지 그런 것 말입니다."

"너 혹시 꿈자리가 뒤숭숭하냐?"

의아한 눈초리로 보는 오간을 향해 공요는 애처롭게 한숨을 쉬었다.

"하도 애가 안 들어서니 별생각이 다 드네요. 누군가가 저한테 몹쓸 저주라도 걸지는 않았나 싶고. 그냥 좀 더 확실한 방도가 없나 해서요."

"에그, 쯧쯧. 하긴 제일 속 타는 사람은 너지. 알았다. 내 우장에게 일러서, 그 천군이라는 작자를 협박이라도 하여 기필코 방도를 구해오라고……."

"어찌하여 이런 일에 우장까지 끌어들이십니까? 여러 사람들이 알아봐야 구설에만 오를 뿐입니다. 그러지 마시고 아버님께서 직접 손을 좀 써주셔요."

애처로운 표정은 어디 가고 발끈 신경질을 냈던 공요는, 다시금 한없이 딱한 딸이 되어 부친에게 졸랐다. 오간은 어리둥절한 눈길로 보다가 그예 혀를 끌끌 찼다.

"대부인 속이 이토록 시커멓게 타들어가는 걸 누가 알랴. 오냐. 내 가까운 시일 내에 다녀오마. 부디 몸을 따뜻하게 하고, 약도 꼭꼭 챙겨 먹어야 한다."

오간이 또 지어 내미는 약을 보면서 공요는 그저 쓴웃음만 지었다.

그 한진인 계집아이가 저주를 걸었다고 생각하다니, 정말 속이 타긴 어지간히도 탔나 보다. 그 계집은 공요가 시켰다는 사실도 모를 뿐더러 지금쯤은 을음 휘하의 한진인에게 넘겨져서 잘 살고 있을 터였다.

문제는 하녹이다. 후사를 보기로 작심했으면, 사흘이 멀다 하고 내전으로 와야 한다. 번번이 요강 같은 느낌이 들게 하는 그 형편없는 정사도 너그러이 참아주고 있지 않은가!

일식이 전쟁의 징조라면서 한동안 전쟁 준비에만 여념이 없더니, 이제는 가만히 있던 낭열의 심기를 건드려서는 또다시 전쟁 준비를 한답시고 설치는 중이다. 그러다가 가뭄에 콩 나기로 한 번씩 찾아와서는, 한 시진이 뭐람? 채 일각이나 있을는지 모르겠다. 속전속결은 그토록 좋아하는 전쟁터에서나 써먹을 일이지, 어찌하여 평화로운 내전의 와상에서 써먹는지 알 수가 없다.

분명 공요는 잘 가르쳤다. 하녹도 한때는 썩 괜찮았다. 위려와 같은 정열은 부족해도 그에게는 끈기와 은밀함이 있었다. 어엿한 내외지간임에도 불구하고 마치 남의 것을 탐하듯 조심스럽게, 그러나 그만큼 긴박하고 농밀하던 그 애무는…….

그랬던 사람이 지금은 도대체 왜 이 모양이란 말인가?

"어디서 몹쓸 것만 배워 와서는, 쯧."

공요는 신경질을 부리며 우선의 깃털 하나를 툭 뜯었다.

정열적이다 못해 거칠었던 위려도 지금의 하녹처럼 우격다짐은 아니었다. 말 잘 듣던 아이가 조금 컸다고 반항을 하더니만, 그새 나쁜 물이 들고 말았다. 그 한진인 계집을 취한 뒤로는 아주 못쓰게 망가져 버렸다.

그러고 보니 그 계집을 살려둔 게 새삼 분하였다. 남의 사내를 망쳐 놓고도 그 계집은 잘 살고 있지 않은가. 비록 아기집이 터져 애는 못 낳을지언정, 상대가 중늙은이라 하니 귀애 받으면서 지낼 게 틀림없었다.

다 지난 일을 곱씹은들 어찌하겠느냐마는, 공요는 종내 곱씹고 또 곱씹으면서 우선의 깃털을 툭툭 뜯어냈다. 그러다가 문득 분풀이를 할 만한, 아니, 진즉에 손을 봤어야 했건만 그간 미뤄두었던 상대가 떠올랐다.

"그 기분 나쁜 늙은이, 이름이 뭐였지?"

공요의 발치에서 깃털이 떨어지길 기다리며 하나씩 줍고 있던 어린 시녀 안지는, 갑작스러운 질문에 화들짝 놀라 머뭇거렸다.

"누, 누구를 말씀하시는지……."

"있잖느냐, 왜. 그 더러운 노파 말이다. 화단을 가꾸던……."

"아하! 삼고이옵니다."

"아직 살아 있다더냐?"

비록 나이는 어려도 안지는 공요의 소식통이었다. 안지의 어미는 대전의 시녀였으며, 세 명의 언니들도 모두 궁 곳곳에서 일하고 있었다. 아니나 다를까, 안지는 금세 답을 올렸다.

"죽었다는 소리는 듣지 못하였사옵니다."

"마편을 챙겨 따라오너라."

공요는 그길로 곧장 후궁 내의 옥사로 향하였다.

외딴 옥사는 썰렁했다. 기실 이 왕궁의 시녀들은 모두 고향을 버리고 충심으로 먼 길을 따라온 사람들이었다. 옥사에 가둘 만한 죄를 짓는 사람도 없었거니와, 설령 죄가 있더라도 유야무야 눈감아줄 터였다. 하여 삼고만이 널찍한 옥사를 독방 삼아 차지하고 있었다.

그 산신령의 지팡이가 어찌나 영험한지, 옥사 가장자리에는 누런 짚 대신 싱싱한 풀들이 무성했다. 꽃들도 알록달록 피어 있었는데, 그 높낮이와 빛깔의 배치가 잡초 덤불답지 않게 조화로웠다. 어찌 보아도 마구잡이로 돋은 모양새는 아니었다.

"여기서도 꽃밭을 차렸군."

어처구니가 없어서 공요는 나지막이 비아냥거렸다. 그럼에도 불구하고 그녀의 입속에는 은근히 침이 고였다.

기실 과실 맛은 삼고를 따라갈 자가 없었다. 맨 처음 삼고가 몸을 의탁하고자 한다며 찾아와 복숭아 몇 알을 올렸을 때, 공요는 그게 천도(天桃)라고 믿어버렸을 정도였다. 오죽했으면 그 혐오스러운 노파를 시녀로 삼아 후궁 내에 거처까지 마련해 주었을까.

똑같은 나무에서 난 과실이라 해도, 삼고가 돌봤을 때에는 그 맛이 달랐다. 그러고 보면 그 한진인 계집 때문에 공요가 손해 본 게 한둘이 아니었다. 차라리 이참에 몇 대 치는 것으로 죄를 면하고 삼고를 석방하는 편이 나을 듯도 했다. 작년처럼 밍밍한 복숭아와 떫은 감 따위는 이제 그만 사양하고 싶었다.

새삼 삼고의 과실 맛을 떠올린 공요는 이내 결심을 굳혔다. 그러고는 삼고를 찾아 어두운 옥사 안쪽을 두리번거렸다.

그때 별안간 한 조각의 어둠이 빠른 속도로 다가왔다. 공요는 자기도 모르게 흠칫 뒤로 물러섰다.

"나를 찾소?"

삼고가 삼베를 친친 감은 얼굴을 쑥 내밀었다. 삼베는 진물인지 땟물인지 모를 얼룩으로 시커멓게 물들어 있었다. 보는 것만으로도 역겨운데, 가까이서 냄새까지 맡았더니 곧바로 욕지기가 치밀었다. 공요는 서둘러 입과 코를 틀어막았다.

"가자."

"대부인, 마편은……."

"어서 가자."

마편을 들이미는 안지의 손을 세차게 뿌리치면서, 공요는 다급히 옥사를 빠져나왔다. 그녀는 신선한 공기를 양껏 들이마시곤 겨우 어깨를 떨어뜨렸다.

"하, 저런 더러운 늙은이와 잘도 어울렸구나!"

뒤따르던 안지는 영문을 몰라 고개만 갸우뚱거렸다. 공요가 옥사 쪽을 돌아보면서 물었다.

"만일 네가 저 노파와 단둘이 갇힌다면, 너는 저 노파와 가까이 어울려 지낼 수 있겠느냐?"

안지가 냅다 마편을 두 손으로 받쳐 들곤 달달 떨었다.

"무슨 죄를 지었는지는 모르겠사오나, 소녀를 벌하시려거든 차라리 이걸로 때려주시옵소서. 삼고는 무, 무섭사옵니다. 한시도 같이 있고 싶지 않사옵니다."

"그렇지! 응당 그래야 하는 것이 아니냐."

홱 돌아선 공요는 내전으로 돌아가는 내내 머리를 절레절레 흔들었다.

"아무리 곁에 사람이 없대도 그렇지, 어찌 저런 것과……!"

분노를 넘어 충격이었다. 전에도 삼고를 보면 더럽다거나 기분 나쁘다는 생각은 했었지만, 이 정도까지는 아니었다. 그때는 분명 지금처럼 병세가 심하지 않았더랬다. 진물은 흘렀어도 냄새까지 풍기진 않았던 것이다. 대체 삼베 속이 어찌 짓물러 있을지, 상상만 해도 끔찍했다.

한데 그 한진인 계집은 삼고와 나란히 앉아서는, 심지어 삼고가 약초까지 붙여주더라지 않던가. 틀림없이 신체적인 접촉도 있었을 터였다. 어쩌면 저 이상한 병이 옮았을지도 모른다.

"저런 병에 걸리느니, 나라면 차라리 죽고 말리라. 세상에나! 더럽기도 하지."

공요는 부르르 몸서리를 쳤다. 옆에서 부지런히 고개를 끄덕이던 안지가 은근슬쩍 동조를 표하며 수다를 떨었다.

"역시 한진 사람들은 하나같이 더러운 모양이옵니다. 대전의 시녀 중에 방상이라고 있지 않사옵니까. 요번에 한진 사람과 합치게 되었사온데, 그 집에 가 보니 그게 집인지 마구간인지 모를 꼴이었다 하옵니다."

"아니, 방상이 무에 아쉬워 한진 사람을 택하였단 말이냐?"

"왕명이니 어찌 거역할 수 있었겠사옵니까. 그 한진 사람이 우보 장군님 휘하에서 공을 세워 부장 직도 제수 받고, 무슨 귀인의 패라던가? 좌우간 그런 것도 받고, 더불어 아내까지 얻은 셈이지요."

공요가 흠칫 놀라 안지를 돌아보았다.

"우보 휘하에 있던 한진인이라니, 틀림없느냐?"

"틀림없사옵니다. 전하께서 특별히 포상하실 만한 한진 사람이 그 사람 외에 또 누가 있겠사옵니까?"

공요가 알기로 그 한진인은 이미 포상을 받았다. 장락전에 있던 계집이 그 한진인에게 상으로 내려졌던 게 아니라면, 그 계집은 대관절 지금 어디서 무엇을 하고 있단 말인가? 그리고 하녹은 왜 이토록 내전에 발길이 뜸한가?

"하! 어찌 이럴 수가……!"

공요는 화가 머리끝까지 나서 씩씩거리며 곧장 장락전으로 향했다.

맥열과의 전쟁이 끝난 후, 섭제국에서는 계획한 바대로 순조롭게 역사(役事)를 진행시키고 있었다. 병산책은 이미 완공되었으며, 마홀의 마수성 역시 연말을 넘기지 않으리라는 보고가 들어왔다.

그즈음에 이르러 낭열의 사신이 섭제성을 찾아왔다. 낭열의 사신은 마치 자신이 낭열의 왕이라도 되는 양 거들먹거리면서 따져 물었다.

"대왕께서는 어찌하여 폐국의 강역을 침범하여 성책을 세우고 계십니까?"

이날 역시 하녹은 다소곳이 옥좌에 앉아서 졸고 있었다. 그를 대신하여 국대부인이 답하였다.

“병산과 마홀은 엄연히 우리 섭제국의 강역입니다. 양국의 경계에 있다 보니, 오해를 하셨나 봅니다.”

낭열의 사신은 옥좌 뒤쪽의 발을 빤히 쳐다보면서, 일부러 보란 듯이 연거푸 수염을 쓰다듬었다. 그러고는 도로 하녹을 향해 입을 열었다.

“그런 사소한 것을 문제 삼고자 함이 아닙니다. 지난날 양국이 서로 빙문하여 우호를 돈독히 하였거늘, 어인 영문으로 이제 와 양국의 경계에 성책을 세운단 말입니까? 이는 귀국에서 차차 폐국을 잠식하려는 계책이 아니겠습니까?”

낭열의 사신이 무시하거나 말거나, 대답은 국대부인이 해야만 했다. 하녹은 딱 조는 꼴이었기 때문이다.

“계책이라 하심은 억측입니다. 변경에 성책을 세워 나라를 지키고자 함은 고금의 상도(常道)일진대, 이로써 어찌 양국의 우호에 변함이 있겠습니까. 모쪼록 의심을 거두시지요. 우리는 귀국에 대적할 의사가 없습니다.”

별안간 하녹이 푹 숙이고 있던 고개를 들어 사신을 내려다보았다. 하여 사신의 시선이 다시금 하녹을 향하였다.

“우리의 억측과 의심을 피하고자 한다면, 지금 즉시 그 성책을 허무십시오. 그리하신다면 관계를 예전과 같이 유지할 수 있을 것입니다. 그러나 만일 그리하지 않을 시, 일전(一戰)을 통하여 승부를 결정하기 바랍니다.”

“일전이라니 말씀이 과하군요. 폐국은…….”

국대부인이 먼저 입을 열었으나, 하녹이 손을 뻗어 그녀를 저지하였다. 그러고는 사신 쪽으로 상반신을 기울이면서 넌지시 말했다.

“귀국의 병력에 대해서는 대략 아는 바가 있다오.”

사신이 흠칫 숨을 들이쉬더니 눈을 가늘게 떴다. 하녹은 아랑곳없이 부드러운 음성으로 말을 이었다.

“집사께서는 꽤 자신이 있으신 모양이군. 그 군대가 정녕 강성하다 믿으시거든 출병하시오. 성의껏 대응해 드리겠소.”

하녹은 태연한 반면, 국대부인은 신음하듯 깊은 한숨을 쉬었다.

낭열의 사신은 그제야 국대부인을 향해 입을 열었다.

“하면 이로써 귀국을 적대국으로 간주하여도 좋습니까?”

“국경을 수비하는 일에 출병을 거론하니, 이미 우호국은 아닌 듯하오.”

하녹이 삐딱하게 고개를 기울이더니, 귓구멍을 긁적여 귓밥을 파냈다. 상대방 열불 지르기 꼭 알맞은 자세였다. 낯빛을 붉으락푸르락하던 사신은 곧 이어진 국대부인의 만류에 콧방귀를 뀌며 돌아가 버렸다.

양씨 부인은 득달같이 하녹을 장락전으로 끌고 갔다.

하녹은 뚱한 표정으로 묵묵히 좌정하였다. 잠시간 분을 삭인 양씨 부인은, 그러고도 미처 다 참지 못하여 냉랭하기 그지없는 음성으로 물었다.

“방금 무슨 일을 벌이셨는지 알고는 계십니까?”

“선전포고를 하기에 받아들였습니다.”

하녹은 마치 ‘떡을 주기에 먹었습니다’ 하는 것처럼 평탄한 어조로 대꾸했다. 그 바람에 삭였던 분노까지 도로 치민 양씨 부인이 버럭 대갈하였다.

"언제 선전포고를 했단 말입니까! 그저 병산책과 마수성을 허물어 달라고 청했을 뿐이지요!"

갑자기 웬 성화냐는 양 하녹이 슬며시 움츠러들었다. 하지만 그러고도 또박또박 말대꾸를 했다.

"청하는 사람치고는 태도가 불손하였습니다."

"그 정도도 참지 못하시어 일을 이 지경으로 만드셨습니까!"

"그야 물론 참을 만하였습니다만, 성책을 허물 수는 없는 노릇 아닙니까. 그러니 그들이 원하는 대로 일전을 치를 수밖에 없지요."

말이나 못 하면 밉지나 않겠다. 양씨 부인은 불끈 쥔 양 주먹을 탁자 위에 올린 채 두어 차례 심호흡을 하였다.

"전하께서 잊으셨나 봅니다만, 낭열은 맥열과도 친선을 맺고 있습니다. 그들이 연합하여 침공할 경우, 이 나라는 존망이 갈리게 될 것입니다."

애써서 진정한 보람이 없었다. 자분자분 얘기하자, 하녹은 듣는 둥 마는 둥 자신의 손톱 끝이나 흘끔거리고 있었다. 그예 울화통이 터진 양씨 부인이 벌떡 일어나 양 주먹으로 탁자를 쾅쾅 쳤다.

"한데 어쩌자고 그런 위험한 결정을 했단 말이냐! 것도 그런 자리에서 독단으로!"

하녹이 멀뚱히 양씨 부인을 쳐다보았다.

"소자는 이 나라의 군왕입니다. 타국의 사신이 있는 자리에서는, 어머님과 상의하는 것보다는 독단으로 결정하는 편이 여러모로 낫겠지요."

억울한 듯 주워섬기는 소리에 양씨 부인의 입이 쩍 벌어졌다. 입만 벌렸을 뿐, 하도 기가 차서 숨도 제대로 쉬어지질 않았다. 그런데도 하녹은 태평하게 말을 이었다.

"그리고 그깟 일로 이 나라의 존망이 갈리지는 않을 것입니다. 설마하니 낭열이 실로 침공하겠습니까? 그들이 그저 말로만 젠체할 뿐이니, 심려치 마십시오."

낙관적인 데에도 정도가 있다. 아니, 이건 낙관적인 것도 아니고 아무것도 아니다. 그저 한없이 모자란 아들의 돼먹지 못한 변명에 불과하다.

인정하고 싶지 않았으나 양씨 부인은 인정하고 말았다. 그녀의 아들에게는 군왕의 자질이 없다. 단언컨대 없다.

"하여도 좌우간 선전포고를 받긴 하였으니, 소자는 이만 군영으로 나가볼까 합니다."

자리에서 일어선 하녹이 대답을 요구하는 양 양씨 부인의 눈치를 살폈다. 그러더니만 나가라는 말이 떨어지기 무섭게 도망치듯 재빨리 나가 버렸다.

"아이고, 이를 어찌할꼬."

홀로 남은 양씨 부인은 눈을 지그시 감으며 한탄했다.

나라의 안녕은 위태롭고, 군주된 자는 한심하였다. 그자가 아들인지라 더더욱 한심하였다. 그나마 단지 한심할 뿐이라는 것이 양씨 부인의 유일한 위안이었다. 적어도 하녹은 그 부형의 경우처럼 그녀와의 절연을 택하진 않았다.

말 밑으로 빠진 것은 다 망아지라지만, 명마 밑으로 빠졌다 하여 다 명마가 된다는 보장은 없는 것이다. 아들이 불초함을 두고 어찌 아들을 탓하랴. 이는 좋은 것을 못다 물려준 양친의 잘못이며, 또한 부족한 아들을 그래도 아들이랍시고 군왕으로 세운 그녀의 과오다.

이제 와서 돌이킬 방도도 없었다. 양씨 부인은 몇 날 며칠 그저 한탄만 거듭하였다.

그러던 중에 공요가 장락전으로 찾아왔다.

공요는 불평인지 하소연인지 모를 소리를 길게도 늘어놓았다. 보아하니 궁궐 내의 모든 시녀들에 대한 권한이 자신에게 있다고 착각한 눈치였다. 그러나 그 착각과는 별도로, 양씨 부인은 듣는 내내 속이 버석거렸다.

공요가 돌아가자마자 양씨 부인은 곧장 을음을 불러들였다.

"부르심을 받자와 들었사옵……."

"대전의 시녀 방상이 새로운 반려를 맞이했다더구나."

을음이 움찔거리는 건 뭔가 잘못했다는 뜻이다.

"그 한진인 계집아이는 그예 죽었느냐?"

"아니옵니다."

"하면 어찌하여 내 명을 어겼느냐? 전하께서 주지 말라 하시더냐?"

"아니옵니다! 맹세코 그건 아니옵니다. 국대부인의 명을 받들어, 전하께는 미리 고하지도 않았사옵니다."

양씨 부인이 미심쩍은 눈길로 을음을 바라보았다.

"하면 대체 어찌 된 일이냐? 네가 무슨 연유로 그 아이를 여태 데리고 있단 말이냐? 혹시 그 아이에게 연정이라도 품었더냐?"

"여, 연정이라니요! 그 무슨……. 그, 그럴 리가 있겠사옵니까."

을음이 펄쩍 뛰며 부정했다. 그와 동시에 그의 시커먼 얼굴에 화르르 홍조가 번졌다. 이 순진한 노총각의 반응으로 봐서는, 의심할 여지가 없었다.

양씨 부인은 혀를 끌끌 차면서도 영문 모를 안도감에 젖었다.

"하여간 젊은 것들이란 혈기만 앞서서는, 쯧쯧."

"그런 게 아니오라 그저 몸이 계속 약한 듯하여, 조금만 더 건강해지면 보내고자 하였사옵니다. 하온데 전하께서 첨운의 전공을 높이 사시어 방상을……. 기실 그동안 첨운이 원양국 병사들을 훈련한 데에도 수훈을 세웠고……."

을음이 벌건 얼굴로 중언부언 주절거렸다. 그 처녀가 좋아 죽겠다고 아예 얼굴에 써 붙이고 있었다. 양씨 부인은 고개를 설설 흔들었다.

"그때가 언젠데 변명이냐. 됐다. 그냥 혼인하여라."

"아니, 절대로 혼인 같은 건……."

"우보의 연치도 있으니, 이왕 할 혼인이라면 서두르시는 게 좋겠습니다. 그만 나가 일 보세요."

을음은 또 무슨 변명을 하려는지 입술을 달싹거리더니만, 결국엔 머리를 푹 조아리고 물러났다. 그 모습에 절로 한숨이 나왔다.

"네 어머니가 아시면 무어라 하시겠니, 쯧쯧."

인척에게는 미안한 일이었으나, 그래도 양씨 부인은 을음을 말릴 의사가 없었다.

대저 사람은 남보다 자기 자신을 더 중히 여기는 법이다. 그리고 어머니는 자기 자신보다 자식을 더 중히 여기는 법이다. 평소 아들들을 끔찍이 위하던 사람이니, 아마도 이 어미된 심정을 헤아려 줄 것이다. 용서하지는 못할지라도 이해는 해주리라.

닫힌 문을 향해 나지막이 핀잔을 준 양씨 부인은, 이에 쓰디쓴 웃음을 머금었다.

어머니의 자리란 실로 몹쓸 것이었다. 자기 아들을 위해서는, 남의 아들이 어찌 되든 상관없는 게 어머니였다. 아들 둘을 살리기 위해 모든 것을 버리고, 아들 하나를 살리기 위해 다른 아들을 버리는 게 어머니였다.

아니, 그저 그녀가 몹쓸 어머니일 따름이다. 하여 하나 남은 아들마저 다그치고, 의심하고, 뜻대로 되지 않는다며 한심해하는 것이다. 그런 어미에 비하면 아들은 오히려 참하지 않은가. 단지 말이 잘 통하지 않을 뿐이며, 생각이 좀 모자랄 뿐이다.

그래도 그 아들은 살아 있다. 어미가 되어 자식에게, 그 이상 무엇을 더 바라겠는가.

제3화. 홍의금

오자는 좋은 암말이었다. 잘 다듬어진 흑색 갈기털에서는 윤기가 좌르르 흐르고, 풍만한 체구에서는 도도한 위엄이 풍겼다. 툴툴거리며 암상스럽게 발길질을 해대다가도, 가까이 다가가면 착 달라붙어서 간식거리를 뒤지곤 했다.

궁중에서 태어나 늘 최상의 상태로 관리를 받으면서 질 좋은 여물만 먹고 자란 그 말은, 사람으로 치자면 공요와 같았다. 그 우아한 말을 하녹은 별로 좋아하지 않았다.

"오자는 잘 지냅니까?"

그래도 안부 정도는 물어볼 수 있는 것이다.

을음은 오자의 안부와 더불어 일정까지 알려주었다. 하여 하녹은 이틀 후 섭제성의 남쪽 벌로 나갔다. 오랜만에 오자를 보기 위함이었다.

금풍 이는 벌판은 여태 짙은 초록빛이었다. 자잘한 들꽃이 띄엄띄엄 무더기로 피어 있었다. 새까만 말 한 필이 신나게 벌판을 질주하고 있었다. 제법 상쾌한 광경이었다. 말 위에 앉아 있어야 할 사람이 땅바닥에 나뒹굴고 있는 것만 빼고.

하녹은 말을 몰아 연에게 다가갔다. 낙마한 그녀는 눈물을 그렁그렁 매달고 있었다. 조금만 더 기다리면 눈물을 한 움큼 쏟아낼 것만 같았다.

"하이고, 전하! 기체 강녕하시옵니까?"

헐레벌떡 뛰어온 의원이 하녹을 보자마자 정신없이 굽실거렸다. 뒤이어 연도 자리에서 일어나 공손히 머리를 조아렸다. 그 바람에 하녹은 그녀의 눈물이 어디로 사라졌는지 보지 못하였다.

곧 을음이 오자를 끌고 다가왔다. 그는 하녹에게 인사를 건네곤, 걱정스러운 눈길로 연을 내려다보았다.

"어디 상한 곳은 없느냐?"

"괜찮습니다."

"아무리 봐도 네게는 무리인 듯……."

"아닙니다! 전 괜찮습니다, 장군님."

을음의 만류에도 불구하고 연은 도로 오자의 위로 올라갔다.

벌판 한곳에 자리를 잡은 하녹은 팔짱을 낀 채 가만히 오자를 구경했다. 오자는 을음이 잡고 있는 동안에만 고분고분하게 걸었다. 을음이 고삐를 놓고 물러서자, 오자는 몇 발자국 안 가 이내 또 기운차게 달리기 시작했다.

연은 이번에도 벌판 한복판에 내동댕이쳐진 채 오도카니 주저앉아 눈물을 글썽였다. 금방이라도 눈물이 흐를 것만 같았다.

한데 그때 의원이 또 하녹의 시야를 가로막았다.

"일어설 수 있겠는가?"

"예, 괜찮습니다."

이제 보니 연이 할 줄 아는 열예 말이라곤 '괜찮습니다' 밖에 없는 듯했다. 그녀가 그 말의 뜻을 제대로 알고나 있는지 의문이었다.

하녹은 양미간을 좁히곤 잠자코 그녀를 바라보았다. 자리에서 일어서는 잠깐 사이에, 그녀의 눈물은 또다시 온데간데없이 사라져 버렸다.

그때 을음이 오자를 붙잡아 끌고 왔다.

"아무래도 안 되겠다. 무리할 필요 없으니……."

"아니에요. 전 괜찮습니다."

연은 다시금 을음의 만류를 뿌리치고 오자의 등에 올라탔다. 얼마 안 가 오자는 또다시 신이 나서 연을 내팽개치곤 홀로 벌판을 내달렸다.

질주는 말의 본능이다. 마구간에 갇혀 있다가 너른 벌판에 나왔으니 실컷 누비고 싶을 터였다. 게다가 몸집 가벼운 연을 태우고 있으면 '내 등에 누가 타긴 탔나?' 싶을 것이다.

하녹은 오자의 마음을 십분 헤아릴 수 있었다. 반면에 연의 심정은 당최 이해가 되지 않았다.

이번에도 어김없이 내동댕이쳐진 연은 애처롭게 눈물을 글썽거리고 있었다. 하지만 그 눈물은 미처 흐르기도 전에 눈 속으로 흐지부지 사라지고 말았다.

하녹은 슬그머니 약이 올랐다. 그 와중에 을음은 끈질기게 연을 말리고 있었다.

"오늘은 이쯤에서 그만하자."

"제대로 타보지도 못하고 돌아갈 수는 없습니다."

"하루 이틀에 되는 일이 아니다. 무리하지 말래도."

"이 정도면 아직은 괜찮습니다. 심려치 마십시오, 장군님."

뭐가 괜찮다는 건지 알 수가 없었다. 꼭 타고야 말겠다는 저 심보는 도대체 뭔가? 그녀가 오기를 부릴수록, 지켜보는 하녹에게도 슬슬 오기가 생겼다.

그가 원양국의 솔숲에서 연을 처음으로 발견했을 때, 그녀는 이런 사람이 아니었다. 단언컨대 그때가 더 낫다. 그녀는 그저 사슴처럼 겁에 질려 보르르 떨기나 하면 된다. 안 되는 일을 바득바득 애쓰며 할 필요도 없고, 나오는 눈물을 독하게 삼킬 이유도 없다. 이불 뒤집어쓰고 소리 죽여 훌쩍거리는 편이 그녀에게는 훨씬 더 잘 어울린다. 그녀는 본래 그토록 연약한 여인이기 때문이다.

하늘은 스스로 돕는 자를 돕는다지만, 그는 하늘이 아니다. 만일 연이 그의 도움도 필요 없을 정도로 강한 여인이었다면 그가 그녀를 구한 일에 대관절 무슨 의미가 있단 말인가? 하물며 강한 여인이라면 벌써 둘씩이나 그의 곁에 버티고 있다. 그런 여인은 일생에 둘로 족하다. 둘만으로도 진절머리 나게 버겁다.

을음이 오자의 고삐를 끌면서 다시금 연에게 주의를 주었다.

"여차하면 차라리 그냥 놓아라. 떨어질 자리를 잘 봐서……."

"뛰어내리겠습니다. 고삐를 세게 당기지도 않겠습니다. 장군님, 저는 정말 괜찮습니다."

수차 똑같은 당부를 하는 을음에게 연은 웃으면서 답하고 있었다. 그녀의 웃음은 '괜찮습니다'라는 말만큼이나 미덥지 않았다.

을음도 그리 생각한 모양인지, 줄곧 오자의 고삐 앞쪽을 붙든 채 따라 걷고 있었다. 어느 틈엔가 그 곁으로 다가온 하녹이 은근슬쩍 을음을 재촉했다.

"제대로 타봐야만 돌아가겠다지 않습니까. 계속 잡아주면 제대로 타는 것이 아니지요."

그 말에 을음이 주저하며 연을 올려다보았다.

연은 결의에 찬 얼굴로 하녹의 말에 수긍했다. 이에 을음이 비로소 고삐를 놓고 멈춰 섰다.

하녹은 그 후로도 몇 걸음 더 오자를 따라 걷다가 은근히, 그러나 힘주어 연의 손을 잡았다.

"정 말을 타고 싶거든 놓지 마시오."

하녹은 퍽도 상냥하게 고삐를 연의 손목에 두 번 돌려 감아주었다. 멍하니 보던 연이 얼른 반대쪽 손목도 한 번 돌려 고삐를 감았다.

하녹은 그녀에게 싱긋 미소를 건네고 돌아섰다. 그러고는 을음에게 돌아와 낮은 목소리로 말했다.

"이번만큼은 기대해 봅시다."

을음이 의아한 눈초리로 하녹을 돌아보았다. 하녹은 말없이 턱 끝으로 오자를 가리켰다.

오자는 이내 내달리기 시작했다. 그러다가 고삐가 확 당겨진 바람에, 큰 소리로 울부짖으면서 앞발을 번쩍 치켜들었다.

연은 떨어졌다. 아니, 떨어지지 않았다. 한쪽 손목을 고삐에 매단 채, 허공에서 휘청 반원을 그렸다. 그러고는 그대로 몇 걸음 질질 끌려갔다.

거듭 고갯짓을 하던 오자가 불만스럽게 툴툴거리면서 멈춰 선 후에야, 그녀의 모습이 수풀 밑으로 사라졌다.

하녹은 을음을 제치고 달려갔다. 그러나 이내 느긋해져서는, 을음을 먼저 보내고 흔들흔들 걷기 시작했다. 연은 또 저만치서 오도카니 주저앉아 있었다.

"내 그토록 주의를 주지 않았더냐! 감당하지 못할 것 같으면 차라리 놓으란 말이다! 왜 이리 말귀를 못 알아들어!"

을음이 연의 앞에 바싹 붙어 앉아 성질을 부리고 있었다. 눈물을 철철 흘리는 여인에게 화를 내다니, 인성 곱지 못한 처사다.

"괜찮소?"

하녹이 연의 팔목을 살피며 물었다. 아! 그녀는 가련하게도 바들바들 떨고 있었다. 그녀의 오른쪽 손목은 아무래도 부러진 것 같다.

"아악!"

괜찮다는 말을 입에 달고 있던 연이 대답 대신 비명만 질렀다. 뛰기는 을음만큼 열심히 뛰었으나 하녹보다도 늦게 도착한 의원이 부랴부랴 부목을 대기 시작했다.

눈 질끈 감고 입술을 앙다문 연의 옆얼굴은 딱하기 그지없었다. 하녹의 예상을 훨씬 뛰어넘을 정도로 애처로웠다. 단지 훌쩍거리는 소리만 듣고도, 그는 밤새 심장이 저릿저릿 조여 잠을 이루지 못했더랬다. 그녀의 눈물을 직접 대하자 심장이 잘게 저며지는 양 고통스러웠다. 두 번 다시는 그녀의 눈물을 보고 싶지 않다.

하녹의 마음을 훤히 꿰뚫어보기라도 한 듯 을음이 자못 비장하게 명령했다.

"그만 타라."

연은 아무런 대꾸도 하지 않았다.

"어차피 말 위에서는 쇠뇌를 쏘지도 못한다. 네가 이렇게 다치면서까지 말을 타야 할 이유가 없다."

"그렇지만……."

울먹이는 소리로 입을 연 그녀는 뭔가를 찾는 양 두리번거리다가 하녹과 눈을 맞추었다.

"……전하께서 하사하신 말입니다. 저는 꼭 타야겠습니다."

을음이 하녹을 홱 돌아보았다. 이제껏 단 한 번도 하녹을 향한 적이 없었던 매서운 눈초리였다. 하녹은 어깨를 으쓱하면서 을음에게 변명하였다.

"낭열에서 온 사내인 줄로만 알았지요. 못 탄다면 오자는 언제든지 거둘 수 있습니다."

"그것 보아라."

을음이 냉큼 연을 다그쳤다. 그녀는 갈등하는 듯 양미간을 좁혔다.

곧 포기할 것이다. 손목까지 부러져서 눈물을 철철 흘리고 있으니, 연약한 그녀로서는 이제 그만 포기할 때가 되었다.

하녹은 진득하게 그녀의 대답을 기다렸다.

"팔이 다 나을 때까지는……."

울컥 화가 치밀었다. 이번에도 그를 대변하는 양 을음이 고래고래 고함을 쳤다.

"타지 마라! 다 낫더라도 타지 마! 기껏 성한 몸으로 만들어놓았더니, 또 이렇게 다쳐서는! 이런 꼴로도 말을 타겠다는 소리가 나오느냐! 대관절 사람을 얼마나 걱정시킬 참이냐!"

하녹이 하고 싶었던 말도 대략 비슷했다. 한데 을음의 말은 묘하게 신경을 긁었다. 을음은 아까부터 태도도 심히 불손했다. 하다못해 앉아 있는 자리마저 눈에 거슬렸다.

"그냥 놔두십시오!"

하녹이 을음을 팩 밀쳤다. 그는 을음이 앉아 있던 자리를 뺏어 앉고는, 그녀의 턱을 치켜들었다. 그러고는 기어이 하문하였다.

"원하는 게 무엇이오?"

연은 불만스러운 눈빛으로 하녹을 직시하였다.

"말을 타고 싶습니다."

"그래서 원하는 게 뭐요? 아녀자의 몸으로 기병이라도 되고 싶은가?"

하녹은 다그치듯 재빨리 되물었다.

생긴 그대로 있으라는 것뿐이다. 애써 강해질 필요가 없다는 말이다. 어째서 알지 못하는가?

잠시간 눈길을 내리깔았던 그녀가 도로 하녹을 똑바로 쳐다보았다.

"사람으로 인정받고 싶습니다."

"괴이한 대답이로군. 무슨 인정이 필요하지? 그대는 이미 사람이오. 사람으로 태어났으니, 사람인 게 당연하지 않소?"

"누군가에게는 당연한 일이, 다른 누군가에게는 당연하지 않을 수도 있습니다."

하녹은 뒤통수를 얻어맞은 듯한 충격으로 스르르 눈을 감았다.

당연한 일, 당연한 일……. 당연한 일이란 누구에게나 당연한 것이 아니었던가? 자꾸만 콧속으로 피비린내가 흘러든다. 그 냄새는 점점 더 역겨워진다. 시간이 흐를수록 썩어가고 있는 것이다.

정신이 아득하여 자기도 모르게 손에 힘을 더하였다. 손끝으로 녹아들 것처럼 보드라운 살결의 감촉에 그는 가까스로 눈을 떴다. 그녀의 턱에서 어깨로 미끄러지듯 손을 옮기면서, 그는 현기증에 못 이겨 그녀에게 기대었다.

"좋다. 끝까지 타라. 타는 김에 차라리 기병이 되어라. 그래, 그게 좋겠군. 홍의금을 달아라. 하면 내가 온 나라에 하교라도 내려 너를 사람으로 인정해 주마."

그는 그녀의 어깨에 이마를 기댄 채, 한마디 한마디에 힘을 실어 으르렁거렸다. 그리고 마지막으로는 그녀의 목덜미에 코를 묻고 숨을 깊이 들이쉬었다.

이윽고 평정을 되찾은 하녹이 일어섰다. 상쾌한 바람이 그의 머릿결을 흩날리며 지나갔다. 그는 지극히 맑아진 정신으로 자신이 한 약조를 떠올렸다. 이번에는 그녀도 알아들었으니, 그 약조는 지켜줘야 할 터였다.

한데 방금 전에 뭐라고 했더라?

곰곰이 기억을 더듬던 하녹이 마침내 나른한 눈길로 연을 내려다보았다. 그의 입술에는 옅은 미소가 어려 있었다.

"명쾌한 약조로군. 기대하겠소."

'그가 원할 수 있는 것'이 못 된다면, 최소한 '그가 원하지 않는 것'은 되지 말아야 한다.

이로써 그녀는 강한 여인이 될 수 없다. 연약한 여인이거나, 혹은 강한 사람이다.

그 어떠한 경우든, 마음에 든다.

"나보다 좋은 말로도 모자라 이젠 나보다 좋은 창까지 갖췄구나. 이러고도 홍의금을 달지 못하면 너는 정녕 사람이 아니다."

을음이 하녹으로부터 하사 받았다는 창을 건네면서 투덜거렸다.

그날 이후로 을음은 툭하면 이런 식으로 타박을 놓았다. 그때마다 연은 번번이 웃음만 나왔다. 을음은 체구와는 다르게 속이 무척 좁다.

"두고 보십시오. 반드시 홍의금을 달겠습니다."

"그래서? 그것 좀 단다고 뭔가가 대단스럽게 변할 줄 아느냐? 아니, 그리고 홍의금을 단 사람만 사람이라는 발상은 대체 어디서 나온 것이냐?"

"그건 전하의 말씀이었지요."

을음은 잠깐 입을 다물었다가 콧방귀를 팩 뀌었다.

"그게 어디 진짜로 홍의금을 달으라는 소리였냐. 네가 하도 고집을 부리니, 해볼 테면 해보라고 하셨던 거지. 그나마 기병대에 들어가라는 명만은 거두셨으니, 다행인 줄이나 알아라. 내가 그 늙다리들한테 온갖 욕을 먹어가면서도 너를 꽁꽁 숨겨놓았더니만, 이게 무슨……!"

"한데 장군님, 기병대에 못 들어가면 홍의금을 어찌 답니까?"

"어찌 달긴 뭘 어찌 달아!"

버럭 성을 낸 을음은 곧 한숨을 쉬었다.

"홍의금은 말이다, 얼마 안 되는 정예 기병들 중에서도 선발된 몇 명만이 다는 것이다. 말만 잘 탄다고 되는 게 아니란 말이다. 마술(馬術)보다도 창술이 우선이고, 더불어 검도 다루고 활도 쏠 줄 알아야지. 한마디로 네가 될 수 있는 게 아니야."

연은 짐짓 방실방실 웃었다.

"그런 건 장군님께서 잘 가르쳐 주시리라 믿고 있습니다."

"하! 너는 대체 왜 이리 말귀가 어둡냐!"

을음은 다시금 한숨을 내쉬며 고개를 절레절레 흔들었다.

"뭐, 최종적으로는 전하께서 판단하실 일이지. 나는 모른다. 일단 말이나 타고……. 헹! 하여간 이번에도 또 고삐 돌돌 감고 손목을 부러뜨려 봐라. 그때는 내가 오자의 다리몽둥이를 확 다 분질러 놓을 터이니!"

"고삐를 손목에 감는 것이 그리도 위험합니까?"

"몰라서 묻느냐? 그렇게 매달려서 끌려가다가 밟히기라도 했으면 어쩔 작정이었느냐? 하긴 네가 어쩌긴 뭘 어째. 밟히면 죽어야지. 잘하는 짓이구나. 걱정 말라는 소리 작작 하고, 걱정을 안 하게끔 하란 말이다."

연은 일순 눈앞이 캄캄해졌다. '하면 전하께서는 저를 죽이려고 하셨던 걸까요?'라는 말이 목구멍까지 치밀었다. 그러나 그녀는 그저 사죄만 되풀이하였다.

"늘 심려만 끼쳐 송구합니다. 그렇게까지 위험한 일인 줄 미처 몰랐습니다."

"감당하지 못하겠으면 놓으라고, 내가 몇 번이나 말하지 않았더냐. 고삐를 손모가지에다가 돌돌 감고 있으면 그걸 어찌 놓아! 사람이 생각을 할 줄 알아야지, 원. 정말로 사람이 아닌 모양이로군."

연은 을음의 핀잔을 잠자코 귓등으로 흘려들었다.

하녹이 그녀의 손목에 고삐를 감았다. 정 말을 타고 싶거든 놓지 말라 하였다. 하지만 그 얘기를 해봤자 을음은 대번에 '거 봐라! 역시 전하께서도 네가 말 타는 게 못마땅하셨던 거다!'라며 다 없던 일로 해버릴 것만 같았다.

그때 왜 미처 기억해 내지 못했던가? 첨운이 일찌감치 그녀에게 경고하지 않았던가. 하녹은 '순 나쁜 놈'이라고. 절대로 믿어서는 안 되는 것이었다. 그래, 그때 첨운이 못다 한 말은 필시 그것이리라.

죽이러 와놓고는 사람 좋은 얼굴로 살려주고, 살려줘 놓고는 차라리 죽는 게 나을 법한 장락전으로 밀어 넣었다. 말로는 그녀를 격려하면서, 녹녹한 미소로 그녀의 손목을 분질렀다. 하녹은 그런 사람이다.

그때 밖에서 기척이 들리나 싶더니 방문이 찌걱 열렸다. 얼굴을 들이민 사람은 첨운이었다.

"아니, 자네가 이 시각에 어인 일인가?"

"한 끼 얻어먹으러 왔습니다. 밥 좀 주십시오."

한때 연에게 열예 말을 가르치느라 을음의 집을 제집 드나들듯이 들락거렸던 첨운은, 특히나 끼니때만큼은 정확히 꿰고 있었다.

첨운이 자리하고 앉은 지 얼마 안 되어 저녁상이 들어왔다.

연이 의아한 눈빛으로 을음을 곁눈질했다. 을음도 고개를 갸우뚱했다. 두 사람은 첨운의 눈치를 보느라고, 밥이 코로 들어가는지 입으로 들어가는지 모를 지경이었다. 반면에 첨운은 게걸스럽게 밥 한 공기를 뚝딱 해치웠다. 그러더니 한 그릇 더 달라고 청하면서, 그제야 불퉁스럽게 입을 열었다.

"이젠 밥도 한 상에서 같이 드시는구먼요. 아예 합치시지 그럽니까?"

"제가 아직 손이 불편해서 그래요."

"엇! 그러고 보니 부목을 떼서 깜빡했다. 하긴 오른손을 다쳤더랬지. 난 또……."

그때 새 밥이 들어왔다. 첨운은 도로 말없이 밥 먹는 데에만 열중했다. 마침내 두 번째 밥공기를 다 비우고는, 거나하게 트림을 하더니 한숨을 푹 쉬었다.

을음이 자꾸만 눈치를 주는 바람에, 연은 하는 수 없이 넌지시 물었다.

"방상 아주머니는 잘 계세요?"

첨운은 또 땅 꺼지도록 한숨만 쉬었다. 급기야 을음이 대놓고 물었다.

"싸우기라도 하였는가?"

"싸우기는 소인이 무슨 배짱으로 싸웁니까. 앞으로 집에서는 밥을 먹지 말라기에, 그냥 쫓겨난 겁니다요."

연은 잘못 들었나 싶어서 눈을 휘둥그레 떴다. 을음도 놀란 눈치였다.

"언제는 밥을 굶으면 안 된다더니?"

"제 말이 그 말입니다. 그동안 그 여편네가 암만 떽떽거렸어도 말입니다, 제가 그 말 한마디에 넘어가서 다 봐줬습지요. 밥 굶지 말라는 말이 참, 생각할수록 예쁘지 않습니까. 그런 데다가 만날 상다리가 휘어지게 밥상을 차리니까 진짜로 정이 가나 싶었더랬지요."

첨운은 입맛을 쩝쩝 다시다가 물 사발을 흘끔거리곤 한탄을 계속했다.

"실은 제 잘못도 없지는 않습니다요. 소인이 물을 길어야 하거든요. 한데 물을 어지간히 써야 말이지요. 그릇 하나를 씻고 또 씻고, 방바닥도 파리가 미끄러지게 닦습니다요. 그리고 솔직히 목욕을 매일 하고 사는 사람이 어디 있습니까? 여기가 무슨 궁궐도 아니고, 물을 그렇게 함부로 써대면 그걸 저더러 어찌 다 길으라고요."

"요인즉슨, 자네가 물을 안 길어서 밥을 못 먹게 된 것이로군."

"에이, 제가 그 등쌀에 물을 안 길어놓고 배기겠습니까? 하는 수 없이 애들을 좀 썼습지요."

"하면 병사들을 자네 멋대로 부렸단 말인가, 그까짓 사사로운 일로?"

"하이고! 좀 봐주십시오. 소인이 오죽했으면 그랬겠습니까?"

눈치를 살피던 연이 은근슬쩍 첨운을 재촉했다.

"그럼 물도 길었는데 밥을 안 주시는 거예요?"

첨운은 어깨를 축 늘어뜨리더니 젓가락으로 상을 득득 긁었다.

"그 여편네가 암만 해도 바람이 난 것 같습니다. 젊은 놈들이 집에 오락가락하는 것을 보더니만 대번에 동한 모양입지요."

방금 전까지 눈살을 찌푸리고 있던 을음이 눈을 휘둥그레 뜨곤 입을 꾹 다물었다. 연도 살며시 입술을 말아 넣었다.

"거참 신기한 게, 밥상부터 변하더구먼요. 눈곱만큼이라도 꼬박꼬박 고기반찬을 올리더니만 그것부터 싹 사라지대요. 그러다가 나물도 없어지고 며칠째 짠지 몇 쪽만 내놓았습지요. 그러더니 오늘 아침에는 기어이 집에서 냄새 피우지 말라면서, 아! 밥을 짓고 있는데 내쫓지 뭡니까. 제가 지금 아침에 해놓은 밥도 못 먹고 여기로 온 겁니다요."

을음과 연은 할 말을 잃고 멍하니 첨운의 한숨 소리만 듣고 있었다.

그때 구천네가 들어와 밥상을 정리하기 시작했다. 연은 왼손으로 어영부영 그릇 치우는 걸 도우면서 첨운에게 슬쩍 물었다.

"그러면 아주머니는 아무것도 안 드세요?"

"안 먹기는 그 여편네가 왜 안 처먹어. 능금을 먹으면 젊어진다는 소리라도 들었는지, 지금 온 방이 능금 천지입니다요. 고기는 거들떠보지도 않고 능금만 사재더구먼요. 거 좀 치우기나 하고 사들일 것이지, 말씀도 마십시오. 들어오기만 하면 자빠져 자기 바빠서 요샌 집구석도 엉망이에요. 제가 어제도 능금을 밟고 대가리 깰 뻔했다는 거 아닙니까."

문득 구천네가 연의 왼손으로부터 행주를 빼앗다가 팔꿈치로 첨운을 쿡 밀었다.

가뜩이나 심기가 불편하던 첨운은 구천네를 잡아먹을 기세로 노려보았다. 구천네는 아랑곳없이 행주로 상을 훔치면서, 들으라는 양 큰 소리로 빈정거렸다.

"여편네는 입덧이 나서 제대로 먹지도 못하는 것 같구먼, 이러고 혼자 나와서 먹으면 맛있남. 어이구, 하여간 사내놈들은 이래서 안 된다니까."

"뭐, 뭔 덧?"

"입덧 말이오, 입덧. 고기는 거들떠도 안 보고, 자꾸 새큼한 것만 당기고, 방바닥 보면 누울 생각부터 들고. 그럼 빤한 것 아니오? 애 들어선 거지."

"애……!"

구천네가 구시렁구시렁 통박을 놓고 나가는데도 세 사람은 눈과 입을 쫙 벌린 채로 굳어져 있었다.

이윽고 먼저 정신을 차린 사람은 을음이었다.

"축하하네."

첨운은 그제야 펄쩍 튀어 오르듯 일어섰다.

"이러고 있을 때가 아니지. 능금! 혹시 댁에 능금 있습니까?"

"집에 능금 많다더니만, 하하하! 내 곧 한 짝 보내줌세."

"하이고! 임자!"

첨운은 일어선 김에 후다닥 달려 나갔다.

잠깐 내다보던 을음이 개운치 않은 표정으로 고개를 갸우뚱했다.

"첨운을 닮으면 안 될 터인데……."

을음의 고개가 이내 반대쪽으로 삐딱하게 기울어졌다.

"하긴 방상을 닮아도 곤란하겠군, 쯧쯧."

"그래도 얼굴은 방상 아주머니를 닮는 게 좋을 것 같습니다."

멍하니 대꾸한 연은 스르르 일어나 자신의 처소로 돌아왔다. 방에 들어와 앉아서도 그녀는 하염없이 입술을 달싹거렸다.

그녀도 첨운에게 축하한다는 말을 하고 싶었다. 그런데 그 말이 당최 나오질 않았다.

부지불식간에 주먹을 불끈 쥐었던 연은 이내 오만상을 찌푸렸다. 며칠 전 부목을 뗀 오른손이 여전히 아팠다.

그녀는 손목을 쥔 채로 자신의 오른손을 잠자코 들여다보았다. 그녀의 손끝에는 여태 단단한 굳은살이 박여 있었다. 그 쓸모없는 것을 익히느라 지나치게 많은 시간을 허비하였다. 같은 바늘로 차라리 바느질을 익혔더라면…….

피식 코웃음이 나왔다. 그래봤자 어차피 똑같았을 것이다. 장락전에 있던 시녀들은 그녀가 무엇을 잘하든 말든 관심이 없었다.

하녹이 그녀의 인생에 끼어들기 시작한 순간부터 이미 다 정해져 있었다. 그녀는 고향과 더불어 남겨두었던 모든 것을 송두리째 잃고, 아버지와 단과도 생이별하고, 영영 아이도 낳지 못하는 몸이 되었다.

「그래, 그나마 살아 있지.」

그리고 살아 있는 것은 강해진다.

연은 시큰거리는 눈을 감고 몇 차례 심호흡을 한 후, 이윽고 반짇고리를 열어 바늘을 꺼내들었다. 을음으로부터 빼앗다시피 얻어낸 가죽 주머니는 벌써 양면이 너덜너덜했다. 이리저리 뒤집어 살피던 연은 그나마 좀 깨끗한 면을 골라 촘촘히 문신을 새기기 시작했다.

아무런 문양도 남지 않는 문신. 하지만 적어도 새기는 동안만큼은 모든 괴로움을 잊을 수 있다. 손목의 아릿한 고통마저 희미해졌다.

그러고 보면 이 일도 얼마간은 쓸모가 있었다. 해야 할 이유가 없어진 대신 이제는 완벽하게 새겨야 한다는 압박감도 없었다. 그저 익숙한 손놀림, 그 자체를 즐기면 그만이었다. 그러므로 연은 다다 즐겼다. 어떠한 이득도 구하지 않는 순수한 즐거움이었다. 특히나 싫은 사람의 이마라고 상상하면서 새기면 그 즐거움은 부쩍 배가된다.

마침내 보이지 않는 하늘의 문양을 완성한 후, 연은 홀로 흡족해하며 생긋 웃었다.

조만간 새 가죽을 한 장 구해봐야겠다. 아주 널찍한 것으로.

오자는 고약한 말이었다. 예전 주인인 하녹을 닮았는가, 비할 데 없이 유순하고 선량하게 생겨서는 그 성격이 극과 극을 달렸다. 먹을 것을 줄 때에는 좋아서 착 달라붙더니만, 벌판에 나가자마자 오자는 횡허케 연을 내팽개쳐 버렸다. 반면에 을음의 말은 그녀를 잘만 태우고 돌아다녔다. 연은 '명마'의 기준이 무엇인지 도통 알 수가 없었다.

을음의 권유에 따라, 연은 일단 을음의 말을 빌려 타기로 했다. 그런데 하녹이 자신의 말을 빌려주겠다며 뜬금없이 친절을 베풀었다. 하녹에게 또 속으면, 그녀는 정말로 자신이 사람인지 심각하게 의심해 봐야 할 형편이었다.

연은 공손히 양손을 모으고 눈길을 내리깐 채로 딱 잘라 거절했다.

"일없습니다."

그러자 을음이 쭈뼛거리면서 그녀 대신 변명을 늘어놓았다.

"아직 열예 말이 서툴러서 그러하옵니다. 너그러이 해량하시옵소서."

하녹은 침묵을 지켰다. 하지만 표정이 심상치 않은 모양이었다. 을음이 자꾸만 연의 옆구리를 쿡쿡 찔러댔다. 연은 모른 척 잠자코 서 있었다.

그리하여 결국은 하녹이 졌다. 그는 먼저 돌아섰고, 연은 통쾌한 웃음을 참느라 거듭 코를 찡긋거렸다. 그러나 집으로 돌아와 을음의 꾸중을 듣고는 금세 반성하였다. 을음이 그토록 격노하는 모습은 처음 본 것 같았다.

"내가 그간 너를 잘못 본 것이냐? 오늘 보니 장락전으로 돌아갈까 봐 걱정했다던 말은 순 거짓말이더군. 감히 전하께 그 무슨 방자한 행태냐? 하물며 그분은 네 생명의 은인이 아니시더냐? 향후 또 그딴 식으로 전하의 심기를 건드리면, 나는 두 번 다시는 너를 보지 않을 것이다."

을음의 말에 전부 수긍할 수는 없었으나, 연은 일단 순순히 용서를 빌었다. 그의 마지막 말이 마음에 걸려서, 앞으로는 절대로 그러지 않겠노라 수차례 다짐도 하였다.

그렇지만 사람 좋고 싫은 건 자기 마음대로 되지 않는 일이었다. 연은 그저 인내심을 무한정 늘려볼 요량으로 틈만 나면 문신에 몰두했다.

싫은 사람은 안 보는 게 상책이건만, 하녹을 아예 안 볼 수는 없었다. 알고 보면 천하에 한가한 사람이 왕 같았다. 을음은 허구한 날 바쁜데, 하녹은 매일 일없이 남쪽 벌에 나와 빈둥거리는 눈치였다. 모처럼 을음이 쉬는 날을 맞이하여 연이 그와 단둘이 오붓하게 말을 타러 나가보면 그곳에는 어김없이 하녹이 있었다.

그래도 남쪽 벌은 넓디넓었다. 마음만 먹으면 하녹의 눈에 안 띄게 몰래 한구석에서 말을 타도 될 성싶었다. 하지만 충성심으로 똘똘 뭉친 을음은 하녹을 못 본 체하는 법이 없었다. 그는 숫제 하녹을 만나러 나온 양 번번이 반색하며 쫓아가 인사를 나눴다. 그러니 연도 덩달아 하녹에게 머리 조아려 절을 올려야만 했다. 하녹은 그녀를 볼 때마다 오자처럼 훌륭한 명마를 언제까지 방치할 작정이냐며 시비를 걸고는, 그녀가 말을 타는 동안 희희낙락 을음을 독차지했다.

근 두 달에 걸쳐 구보를 완전히 몸에 익힌 후, 연은 오자를 끌고 남쪽 벌로 나갔다. 드디어 오자의 등에 다시 오른 그녀는 윤택한 갈기털을 쓰다듬으면서 나긋나긋 속삭였다.

「오늘은 제발 떨어뜨리지 말아주렴. 너를 방울이처럼 만들고 싶지는 않단다. 진심이야.」

한때 연은 방울이라는 송아지를 예뻐하던 여리고 착한 소녀였다. 그녀는 방울이의 고통에 심히 동화한 나머지, 문신을 그만두려 한 적도 있었다. 그때 그 시절은 까마득히 머나먼 옛날이었다.

다행히도 연은 이날 낙마하지 않았다. 오자가 그녀의 협박을 알아들었기 때문인지, 아니면 그녀의 실력이 늘었기 때문인지는 알 수 없었다. 어쨌거나 오자는 연을 떨어뜨리지도 않았을 뿐더러, 그녀의 지시에도 재깍재깍 반응해 주었다. 살짝만 고삐를 움직여도 휙휙 방향을 틀었으며, 부드러운 신호에도 민감하게 속도를 조절했다.

오자를 타고 벌판을 질주하면서, 연은 비로소 오자가 느끼는 즐거움을 함께 만끽하였다. 자꾸만 내달리던 오자의 기분을 이제는 십분 이해할 만했다. 을음의 말을 타고 달릴 때에는 이러한 교감을 느낀 적이 없었건만, 참으로 신기한 일이었다. 어쩌면 오자를 용서하고, 또 어쩌면 오자를 좋아할 수도 있을 것 같았다.

연이 한창 화기애애한 분위기로 오자와 교감을 나누고 있을 때, 돌연 하녹이 곁으로 따라붙었다. 그는 이날도 일없이 남쪽 벌에서 노닥거리던 중이었다.

하녹은 그 드넓은 벌판에서 그리도 말을 달릴 곳이 없었던지, 하필이면 그녀의 곁으로 다가왔다가 보란 듯이 앞장서서 달리기 시작했다.

시비 거는 방법도 가지가지였다. 순간의 감정 같아서는 확 따라잡고 싶었다. 하지만 그랬다가는 또 손목이 부러질지도 모를 일이었다. 아울러 그의 도발에 응한다는 것 자체가 불쾌했다.

연은 을음 쪽으로 말머리를 돌리면서 오히려 속도를 늦추었다. 그러더니 그예 말에서 내렸다. 하녹의 심기를 건드릴 의도는 전혀 없었다. 그녀는 단지 갈증이 났을 뿐이다.

"더 탈 줄 알았더니만……."

을음이 저 멀리 하녹 쪽을 바라보며 난감한 기색으로 중얼거렸다.

"목이 말라서요."

연은 할딱이는 소리로 대꾸했다. 그러고는 짐짓 손수건을 꺼내어 땀을 닦았다. 탐탁지 않은 눈길로 돌아봤던 을음은 대번에 고개를 끄덕이며 자신의 수통을 끌러 건네었다.

그녀는 물을 마시면서 하녹이 다가오는 모습을 곁눈질로 확인했다. 그가 말을 세우자마자, 연은 냉큼 수통을 돌려주곤 오자의 등에 올라탔다.

"하면 다시 가보겠습니다."

물을 다 마셨으니 도로 말을 타러 갈 뿐이다. 그녀는 애당초 말을 타러 나왔다. 하녹이 뭘 하는지는 그녀가 알 바 아니다.

연은 하녹을 깔끔하게 무시한 채로 이내 속도를 높였다. 속도를 높일수록 바람도 세차게 마주 불었다. 그 바람에 실려 하녹의 존재 따위는 금세 그녀의 머릿속으로부터 훌훌 날아가 버렸다.

날씨는 청명하고 벌판은 눈부신 황금빛이었다. 말 달리는 기분이 그토록 상쾌할 수 없었다.

이 근사한 기분을 단은 알까?

장락전에 있었을 때, 그녀는 버릇처럼 단이 곧 자신을 구하러 올지도 모른다는 헛된 기대를 품곤 했다. 단이 이 못된 시녀들을 몽땅 다 혼내줄 거라는 어처구니없는 상상도 해보곤 했다.

「네가 어디 있는지는 눈 감고도 찾을 수 있다.」

아니, 불가능하다. 단은 오지 않는다. 오고 싶어도 올 수가 없다.

그 사실을 번연히 알기에 상상의 끝은 언제나 까마득한 절망이었다. 그 절망감에 더는 견딜 자신이 없어서, 그녀는 단을 애써 잊어버렸다. 차라리 잊는 게 나았다. 그래도 좋은 것, 나누고 싶은 것을 볼 때면 어김없이 단이 그리워졌다.

그러고 보면 단에게는 약간 미안한 일이었다. 그녀는 단의 걱정을 눈곱만큼도 하지 않았다. 그 믿음직스러운 동기가 지금 어디서 무엇을 하든, 적어도 그녀보다는 현명하게 잘 살고 있을 게 틀림없었다. 이제는 성도병도 아니니 단이 더는 다칠 일도 없을 터였다. 걱정을 해주고 싶건만 걱정할 거리가 없었다. 미안하고도 참 고마운 일이었다.

"무엇인지는 모르겠다만 전하께서 하사하셨다. 풀어보아라."

귀가하자마자 연의 방에 들른 을음이 진청색 비단 꾸러미를 내밀었다. 은사로 칭칭 감아 화려하게도 포장을 해놓은 바람에 연은 꾸러미를 푸느라 애를 먹었다. 막상 풀어본 다음에는 할 말을 잃었다.

그것은 둥근 모양으로 한가운데에 구멍이 뚫렸으며, 입구와 마개가 가죽 끈으로 연결된 물건이었다. 표면은 손때가 묻어 반질반질하고, 가죽 끈은 물때가 묻어 너덜거렸다. 입구는 한쪽으로만 확연히 닳은 상태였다.

한마디로 그것은 수통이었다. 누군가가 내도록 입을 대고 쪽쪽 빨아 먹던, 낡은 수통이었다.

연은 눈만 깜빡거리며 묵묵히 수통을 내려다보았다.

은사와 비단 꾸러미에 대비되어 수통은 한층 더 낡고 초라해 보였다. 보면 볼수록 황당해서 아무 말도 나오지 않았다. 을음도 그녀만큼이나 황당했던지, 물끄러미 수통을 들여다보다가 휙 나가 버렸다.

다시금 남쪽 벌에 나가기 전까지, 연은 종내 홀로 뒷마당에서 창 길이의 봉을 붙들고 씨름했다. 홍의금을 달려면 창술이 필수라고 하더니만, 을음은 처음에만 점잖게 가르쳐 주고는 그 뒤로 좀처럼 뒷마당을 내다보지 않았다. 그의 말로는 '자학하는 꼴을 도저히 봐줄 수가 없어서 못 보는 것일 뿐'이라 하였다.

연은 을음이 가르쳐 준 대로 힘껏 봉을 휘둘렀을 따름이다. 왜 자꾸만 그 봉 끝이 제멋대로 날뛰면서 그녀를 두들겨 패는지 알 수 없었다. 그녀는 이날도 자신의 종아리니 허벅지를 원 없이 퍽퍽 때리고는, 눈물을 머금고 방으로 돌아왔다.

자기가 자기를 때린 터라 원망할 데도 없었다. 연은 애꿎은 수통만 분풀이 삼아 노려보았다. 받은 지 근 보름이 다 되어가건만, 그녀는 여태 그 수통에 물을 채운 적이 없었다. 물론 입을 댄 적도 없었다. 어쩐지 독이 발려 있을 것만 같았다. 그렇지만 주변에 죽어도 될 만한 생물이 보이지 않았기에 확인할 길은 없었다.

대체 왜 이딴 수통을 줬는지 궁금해서 좀이 쑤셨으나, 연은 하녹을 보더라도 묻지 않을 결심이었다. 그의 대답은 안 들어도 빤했다.

'그대는 이 낡은 수통처럼 하찮은 존재라는 뜻이오.'

어쩌면 예의 그 천연덕스러운 얼굴로 약 올리듯 중얼거릴 수도 있다.

'아직 살아 있다니, 그 독은 효과가 없는 모양이군.'

역시나 물어보지 않는 편이 나을 성싶었다.

연은 심사숙고한 끝에 그냥 무시하기로 했다. 그리하여 이튿날, 그녀는 수통을 방구석에 처박아둔 채로 남쪽 벌에 나갔다.

하녹은 독의 효력이 무척이나 궁금했는지 이날도 나와 있었다. 그래도 그와 마주친 이상, 연은 정중히 절을 올려야만 했다.

연은 늘 그러하듯 머리를 깍듯이 조아렸다. 그러다가 언뜻 하녹의 허리춤을 보게 되었다.

그녀의 절이 길어졌다. 그녀는 눈을 부릅뜨고 하녹의 수통을 응시했다. 그 수통의 마개에는 지난 보름간 어디서 많이 본 문양이 찍혀 있었다. 더불어 그 수통은 어찌 보아도 새것이었다. 즉 그는 헌 수통을 포장만 화려하게 하여 그녀에게 버리고, 자신의 수통을 새것으로 바꾼 것이다.

명색이 왕씩이나 되는 사람이 이 무슨 궁색스러운 처사인가!

서서히 고개를 든 연은 그 즉시 몸을 돌려 오자의 등에 올랐다. '새 수통이라서 참 좋으시겠습니다'라는 말을 하지 않기 위해 그녀는 필사적으로 이를 앙다물고 있었다. 그랬기에 망정이지 하마터면 꽥 비명을 지를 뻔했다. 바로 전날 창술 수련을 하다가 시퍼렇게 멍든 허벅지를 안장에 부딪친 탓이었다.

"어디 불편하오?"

하녹이 대뜸 물었다. 주는 것도 없이 미우면서 눈치 하나는 귀신같이 빠르다.

연은 삐져나온 눈물을 다급히 집어넣고 고개를 가로저었다. 딴 사람이라면 몰라도 하녹에게만큼은 사실을 밝히고 싶지 않았다. 자기가 자기를 때리다니, 이 얼마나 바보 같은 짓인가. 가뜩이나 그녀를 헌 수통 취급하는 사람에게 이 이상 얕보이면 곤란하다.

하지만 그녀의 소박한 바람을 무시하고 을음이 냅다 끼어들었다.

"창술을 익히기 시작하였사옵니다."

"아하."

하녹이 고개를 끄덕였다. 알 만하다는 표정이었다. 그 표정만으로도 연은 충분히 울화통이 치밀었다. 그러나 을음은 눈치 없이 한마디 덧붙였다.

"근력이 부족하와 또 스스로를 친 모양이옵니다."

하녹은 말없이 그녀를 올려다보며 혀를 찼다.

쯧, 쯧, 쯧.

그가 한 차례씩 혀를 찰 때마다 그 소리가 연의 심장을 콱콱 찔렀다.

연은 사뭇 이는 살기를 가누며 그로부터 눈길을 거두었다. 이어서 고개를 까딱 숙여 보이고는 곧장 말을 몰기 시작했다.

참아야 한다. 하녹은 마음만 먹으면 언제든지 그녀를 도로 장락전에 보낼 수 있는 사람이다. 그는 사람을 죽였다가 살렸다가 변덕이 죽 끓듯 하고, 근본적으로 '순 나쁜 놈'이었다. 그런 사람의 심기를 건드려서 을음을 다시 보지 못하게 된다면 그녀는 두고두고 스스로를 원망할 것 같았다.

그러므로 연은 마냥 참았다. 그저 말이 좀 어눌한 척, 눈치가 많이 둔한 척하면서 무시하는 게 상책이었다.

하지만 하녹은 그리 호락호락한 상대가 아니었다. 그는 매우 집요하고도 끈질기게 나빴다. 그날 밤 모처럼 을음과 호젓하게 달구경을 하다가 연은 하마터면 까무러칠 뻔했다.

"보름에 한 번이라니, 그럼 한 달에 두 번씩이나 되지 않습니까!"

그녀가 홀로 창술을 익히는 중이라는 사실을 알게 된 하녹이 상냥하게도 몸소 가르쳐 주겠다며 선심을 썼다는 것이다. 것도 한 달에 두 번씩이나! 을음은 말리기는커녕 그 제안을 덥석 받아들인 모양이었다.

"겨우 두 번 갖고 웬 호들갑이냐? 매일 훈련을 받고도 홍의금 못 다는 기병이 천지다. 그나마도 전하께서 특별히 배려하신 것이니, 감읍하는 마음으로 일찍 나가거라. 전하께서 기다리시는 일은 결단코 없어야 한다."

"하, 하면 장군님께서는 아니 가십니까?"

"나야 내일은 군영에 가야지."

연은 휘영청 뜬 둥근 달이 눈앞에서 감쪽같이 사라지는 기이한 광경을 보게 되었다. 눈앞이 깜깜했다.

"한데 듣고 보니 거슬리는군. 내가 대관절 무슨 연유로 네 뒤를 졸졸 쫓아다녀야 한단 말이냐?"

정작 화낼 사람은 연이건만, 을음이 문득 신경질을 부렸다. 그 바람에 달이 도로 하얗게 떠올랐다.

"아니, 저는 그저……."

"너는 살아 있고, 전하께서는 그 사실을 아신다. 그것으로 내 임무는 끝났다. 그러니 앞으로 더는 성가시게 굴지 마라."

을음은 쌩하니 돌아서서 가버렸다.

연은 한동안 그가 사라진 쪽만 바라보며 오도카니 서 있었다.

임무라니? 임무가 끝났다고?

을음의 말을 입속으로 되뇌고 또 되뇐 끝에, 그녀는 온몸이 후들후들 떨려서 그 자리에 주저앉고 말았다.

모든 것이 그에게는 임무였나 보다. 그녀를 장락전으로부터 데리고 나와 밤새 정성껏 간병하며 보살펴 준 일도, 늘 보내던 따뜻한 눈빛도, 틈만 나면 그녀를 미안하게 만들던 걱정 어린 말들도, 그에게는 단지 임무일 뿐이었나 보다.

아니, 그래도 상관없었다. 어쨌거나 그가 좋은 사람이라는 사실은 변치 않는다. 그가 베푼 모든 은혜와 그로 인해 받았던 적잖은 위로도, 하루아침에 유야무야 사라질 리 없었다. 그러니 다 괜찮았다.

다만 더는 성가시게 굴지 말라는 그 한마디가 못 견디게 가슴을 쑤셨다. 하릴없이 눈물이 흘렀다. 애써 닦아보다가 연은 급기야 소리 내어 엉엉 울고 말았다.

첨운이 받은 것과 똑같은 은패를 받고 싶었다. 이곳에서 진정한 사람으로 인정받고 싶었다. 그리하여 첨운처럼 살고 싶었다.

한진 사람이면서도 이곳 사람과 혼인한 첨운처럼, 꼭 그렇게 살고 싶었다.

어찌하여 그런 꿈을 꾸었던가.

이제 와 생각해 보니 터무니없이 허무맹랑한 꿈이었다. 어느 누구나 다 이룰 수 있는 꿈일지라도 그녀에게만은 요원한 꿈이었다.

연은 울면서 무심코 허전한 앞섶을 움켜쥐었다.

사람의 형상을 갖추었다 하여 모두가 사람은 아니듯, 여인의 형상을 갖추었다 하여 모두가 여인은 아니다.

"포기하였습니다."

연은 평소처럼 재까닥 절부터 올린 후, 하녹을 똑바로 쳐다보며 선언하였다. 하녹은 싱긋 웃었다.

"불허하오."

그는 그녀가 맨손으로 나올 줄 알았다는 양 두 자루의 봉을 들고 있었다. 그는 이내 하나를 연에게 건네었다. 그녀는 받지 않았고, 봉은 그대로 땅바닥에 떨어졌다.

"포기하겠습니다."

"아니 된다 하였소."

하녹은 그녀에게 시선을 고정한 채 몇 걸음 뒤로 물러섰다.

"연유가 무엇입니까?"

"보면 알잖소."

하녹이 턱 끝으로 주변을 휘 가리켰다. 연은 황량한 남쪽 벌을 찬찬히 둘러보았으나, 아무것도 알아낼 수 없었다.

"모르겠습니다."

"나는 보름에 한 번씩 시위마저 제하고 홀로 있어야 할 매우 중차대한 기무를 만들었다오. 그러니 그대가 포기해 버리면, 나는 보름에 한 번씩 아주 심심해지지. 혹 그대가 나랑 같이 놀아준다면, 다시 한 번 상량해 보겠소."

같이 놀아준다…….

같이 놀아달라고 떼쓰던 사람은 언제나 연이었다. 단은 한 번도 그런 말을 한 적이 없었다. 아울러 같이 놀아주지도 않았다. 어쨌거나 그녀가 그 말을 마지막으로 했던 건, 정확히 열 살 때였다. 그녀는 이제 다 큰 어른이었다. 그러므로 보름에 한 번씩 벌판에 나와 놀고 싶지 않았으며, 더더군다나 하녹과 같이 놀 생각은 추호도 없었다.

애당초 그녀가 포기할 결심을 한 까닭이 무엇이던가? 귀인의 패를 받아봤자 별 의미도 없는 마당에, 하녹을 보름에 한 번씩이나 봐야 한다는 게 끔찍했기 때문이다. 그와 같이 놀 바에야 차라리 창술을 익히고 말겠다.

"좌우간 저는 이미 포기하였습니다."

"좌우간 나는 시작하겠소."

한 손으로 돌린 봉이 훽 바람을 가르며 반대쪽 손에 안착하였다. 그는 명백히 싸울 태세였다.

"뜻대로 하십시오. 저는 이만 돌아갈……."

연이 말을 맺기도 전에 봉 끝이 성큼 다가왔다. 봉은 아슬아

슬하게 그녀의 앞섶 근처를 지나 감쪽같이 제자리로 돌아갔다.

연은 얼떨결에 빽 소리쳤다.

"맞을 뻔했잖습니까!"

"앗! 실수."

실수로 사람을 때리려 든단 말인가!

"그러고 보니 여인이라……."

하녹이 이어서 뭐라고 혼잣말로 중얼거렸으나 연의 귀에는 들리지 않았다. 그녀는 다만 '여인'이라는 말만 받아 쏘아붙였다.

"예! 저는 여인이라 이런 건 못 합니다. 그러니 이만 포기하고 돌아가겠습니다."

"응?"

하녹이 무슨 뜬금없는 소리냐는 양 고개를 갸우뚱했다.

"방금 그리 말씀하지 않으셨습니까?"

"아니, 나는 그저……. 못 알아들었으면 되었소. 계속 맨손으로 있을 텐가?"

연은 발치에 놓인 봉을 내려다보곤 도로 하녹을 쳐다보았다.

"또 공격하시려고요?"

"물론이지. 실수의 원인을 알았으니, 이번에는 실수하지 않을 것이오."

즉 아까 그가 '실수'라고 했던 말은 그녀를 맞히지 못한 게 실수라는 뜻이었다. 연은 발끈하여 미처 참지 못하고 빈정빈정 물었다.

"실수면 실수지, 실수에도 무슨 원인이 있습니까?"

인상을 팍 썼던 하녹이 이내 난처한 표정을 지으며 어깨를 으쓱했다.

"여인이라 가슴을 염두에 두었소만, 그 부분에 가슴이 없더군."

"헉!"

"아니, 그렇다고 과히 상심할 건 없소. 그저 내가 예상했던 것보다 좀 작았을 뿐……. 역시 이런 말은 실례로군."

실례다. 대단히 큰 실례다.

연은 이를 앙다물고 봉을 들어 올렸다. 그러자 하녹이 고개를 끄덕이며 상큼한 미소를 지었다.

"공격이야말로 최선의 방어라오."

아무래도 그녀는 또 그에게 말려든 것 같았다. 그렇지만 멈출 수가 없었다.

연은 봉을 번쩍 추어올리고 달려들었다. 그는 뒷걸음질로 달아나면서도 연보다 빨랐다.

"베는 것보다는 찌르는 게 쉬울 텐데."

심지어 그 와중에 조언도 하였다. 하지만 베라는 둥 찌르라는 둥 조언해 봤자 별 도움이 안 되었다. 연은 '때릴' 작정이었다.

"굳이 접근하려 애쓸 필요가 없소. 그건 검이 아니라 창이거든."

아니, 그녀의 손에 들린 건 몽둥이다.

"허리가 비었소."

하녹의 말이 떨어지기 무섭게 봉 끝이 연의 옆구리를 스치고 지나갔다. 연은 아랑곳없이 그를 향해 봉을 내려쳤다. 그는 순식간에 훌쩍 멀어져 있었다.

"느려! 실감 나는걸. 실로 허리를 베인 사람 같소."

다시금 봉을 치켜들고 쫓는 연을 향해 하녹은 싱글벙글 웃으면서 잘도 약을 올렸다. 그러더니 해사하게 웃는 낯으로 별안간 그녀의 겨드랑이를 쿡 찔러 올렸다.

"왼팔 떨어졌소."

놀라서 멈춘 연이 황급히 양팔을 겨드랑이에 딱 붙였다. 그와 동시에 봉 끝이 그녀의 오른쪽 어깨를 쓱 내리 그었다.

"오른팔도 떨어졌군. 이제 어찌할 텐가?"

어찌하긴 뭘 어찌하겠는가. 그는 의기양양하게 웃으며 봉을 땅에 짚은 채로 서 있고, 이는 그녀에게 있어서 절호의 기회였다. 연은 재빨리 내리쳤다.

땅!

경쾌한 목성이 울렸다. 하녹은 그새 봉을 가로 들어 막고 있었다.

다음 순간 그 봉이 미끄러지듯 빠져나갔다. 꾹 내리누르던 연은 일순 중심을 잃고 비틀거렸다. 이어 서늘한 느낌이 뒷목을 내리눌렀다. 그녀는 앞으로 넘어지다가 무릎을 꿇었다.

"전사하시었소."

느릿느릿 말하면서 하녹이 그녀의 등에 한 발을 올렸다. 은근히 체중을 싣는 동시에, 가로지른 봉 끝에 힘을 더하였다. 점점 더 억눌리던 연의 뺨이 급기야 땅바닥에 닿았다.

그녀는 한껏 눈을 돌려 그를 노려보았다. 그러나 그녀의 시선이 허용되는 범위는 그의 허리까지가 전부였다. 더할 나위 없이 굴욕적이었다.

"이래도 포기하고 싶소?"

연은 부글부글 끓는 피가 머리로 확 몰린 상태였다. 그래서 하마터면 싫다고 대답할 뻔했다. 하지만 그래봤자 또 그에게 말려들 뿐이고, 그에게 말려들면 좋을 게 하나도 없다. 바로 지금처럼!

그러므로 그녀는 '예'라고 대답할 결심이었다. 이왕 마음먹은 바에야 즉각 대답하여, 한시라도 빨리 이 굴욕적인 자세에서 벗어남이 현명했다. 그런데 어인 영문인지 그 짧은 대답이 좀처럼 입 밖으로 나오지 않았다. 그 대답도 이 자세 못지않게 굴욕적이기 때문이다.

"어이! 어찌 대답이 없소? 정녕 죽었나?"

하녹이 나릿나릿 그녀의 등을 건드리면서 대답을 재촉했다. 건듯이 움직이는 두 개의 손가락이 자꾸 더 아래쪽으로 내려가고 있었다. 소름이 오싹 끼친 연은 마침내 눈을 질끈 감고 답하였다.

"포기하겠습니다."

이게 마지막이다. 이로써 다시는 그를 볼 일이 없다.

"이 정도쯤은 아무렇지도 않은가 보군. 혹 화가 나지는 않소?"

'지금 그걸 말이라고 합니까!'라고 쏘아붙이고 싶었으나 연은 뺨을 땅바닥에 눌린 채 참고 또 참았다.

"화납니다. 그러니 그만두려는 것입니다."

"아니, 별로 화난 사람 같지는……. 아하! 알았다. 그대는 이 자세가 꽤 마음에 드나 보군. 그대가 이처럼 즐거워하니, 나도 마땅히 조력함이……."

"전하께서 이러고 계셔 보십시오! 퍽도 즐거우시겠습니다!"

급기야 못 참고 소리치면서, 연은 이미 후회하고 있었다. 그녀는 또 어영부영 말려든 것만 같았다.

"오호! 참으로 좋은 생각이오."

하녹이 옆으로 물러서면서 봉을 거두었다. 연은 얼른 상반신을 일으켜 뺨에 묻은 흙부터 털었다. 하녹은 그녀에게 손을 내밀면서 말을 이었다.

"정 포기하려거든, 나를 쓰러뜨린 연후에 포기하시오."

연은 그의 손을 무시하고 일어서서 무릎을 털었다. 아울러 그의 말도 무시했다. 그를 쓰러뜨릴 정도라면 홍의금을 달고도 남겠다.

"저는 이만……."

하녹은 허리조차 굽히지 않고 그녀의 봉을 발로 차올려서 잡았다. 그러더니 곧장 그녀에게 그것을 건네었다.

아까와 똑같은 상황이었다. 다만 연이 그 짧은 사이에 패배의 모멸감을 뼈저리게 체득했을 뿐이었다.

"받든 말든 마음대로 하시오. 좌우간 나는 공격할 터이니."

연은 물끄러미 봉을 보며 망설였다. 그가 봉을 놓은 순간, 그녀는 얼떨결에 봉을 붙들었다. 하지만 또 그런 꼴을 당할 생각은 추호도 없었다. 어떻게든 이 상황에서 벗어날 궁리만 하다 보니 연의 입에서는 슬그머니 약한 소리가 흘러나왔다.

"왜 자꾸 공격만 하십니까? 저는 전하께서 가르쳐 주신다기에 나왔는데……."

"배울 뜻이 없는 줄 알았소만."

그가 씩 웃으며 대꾸했다.

그리하여 결과는 하녹이 원하는 대로 이루어졌다. 연은 포기하지 못한 채, 오로지 그를 쓰러뜨릴 결심으로 부지런히 창술 수련에 정진하였다. 하지만 창술에는 뚜렷한 발전이 없이 인내심만 부쩍부쩍 늘었다.

그가 좋은 사부인지 나쁜 사부인지는 알 수 없었으나, 나쁜 사람인 것만은 확실했다. 더불어 그는 첨운보다도 손버릇이 나빴다. 그래도 첨운은 방상과 혼인한 이후로는 그녀를 더듬는 일이 없어졌는데, 하녹은 버젓이 왕비도 있는 사람이 수련을 빌미로 여기저기 더듬기 일쑤였다. 그냥 더듬기만 해도 끔찍할 판국에 심지어 번번이 혹평을 덧붙였다. 팔다리에 근육이 없다는 둥, 근육을 키운들 길이를 늘이지는 못할 거라는 둥.

이윽고 오자에 올라 기창(騎槍)을 익히기 시작한 후에야, 연은 겨우 하녹의 마수로부터 벗어날 수 있었다.

그러나 그는 그녀를 더듬지 못하게 되어 상당히 심사가 뒤틀린 모양이었다. 전에는 슬쩍슬쩍 건드리기만 하던 그의 봉이 이제는 사정없이 그녀를 퍽퍽 때리고 찔러댔다. 그래놓고 그는 병 주고 약 주는 식으로 다친 곳을 보여 달라며 억지를 부렸다. 그녀는 달리는 말 위에서 공격당했다. 다친 곳을 보여 주려면 저고리를 벗어야만 한다. 어림없는 일이었다.

한 달에 두 번은 역시나 너무 잦았다. 그녀의 인내심은 이미 최대치로 늘어났든가, 아니면 벌써 바닥난 지 오래였다. 아무튼 한계였다. 이 이상은 도저히 참을 수가 없을 것 같았다.

◈

그날 저녁에도 연은 하녹을 떠올리며 가죽 쪼가리를 너덜너덜 구멍 내고 있었다.

그때 기척이 들리더니, 을음이 얼굴을 들이밀었다. 연은 황급히 가죽을 감추다가 눈이 휘둥그레졌다. 문밖에 웬 궤짝들이 수두룩하게 쌓여 있었다.

"전하께서 하사하셨다."

을음은 두 명의 노복으로 하여금 궤짝들을 차곡차곡 연의 방안에 들이도록 하였다.

연은 잠시간 문갑 위의 낡은 수통을 노려보았다. 하지만 이내 궤짝 안의 물건들에 정신이 팔렸다. 그동안 하녹으로부터 이것저것 하사 받았으나, 기실 연의 마음에 드는 선물은 이게 처음이었다. 온통 눈부시게 번쩍거리는 통에 궤짝을 열 때마다 감탄이 절로 나왔다.

"말도 좋고 창도 좋고, 이제는 하다못해 갑주까지 내 것보다 좋구나."

을음은 무에 그리 못마땅한지 볼멘소리로 투덜거렸다. 덩치는 곰인 사람이 속은 벼룩이었다.

그래도 연이 헤실헤실 웃음으로 대답하자, 그는 이내 그녀에게 입어보라고 권하였다. 그러더니 그녀를 방 한복판에 세우고는 가장 큰 쇳덩어리를 집어 들었다.

그것이 어깨에 척 걸쳐진 순간, 연의 다리가 휘청거렸다. 이어서 팔꿈치 위쪽과 아래쪽에 각기 쇳덩어리가 하나씩 척척 감겼다. 팔이 떨어질 것 같았다. 다리는 시종일관 후들거렸다. 그 다리에도 곧 쇳덩어리가 주렁주렁 매달렸다. 그리고 마지막으로는 근사한, 보기에는 대단히 근사한 투구가 머리에 얹혔다. 목뼈가 부러지는 줄 알았다.

연의 사정을 아는지 모르는지, 을음은 흡족한 표정으로 말했다.

"역시 전하께서는 눈썰미가 좋으시군. 맞춘 듯이 아주 잘 맞네."

눈썰미가 좋기 때문이 아니다. 그동안 얼마나 더듬더듬 만져댔으면 이토록 꼭 맞는 갑주를 보냈을까.

역시나 하녹의 선물은 무엇을 받아도 기쁘지 않았다. 더구나 이 갑주 일체는 겉보기에만 그럴싸할 뿐, 무게가 천근만근이었다. 봉에 맞아 멍 들 일은 없어지겠지만, 이제는 보름에 한 번꼴로 몸살이 나게 생겼다.

그때 을음이 문득 쓴웃음을 지었다.

"하긴 네가 진정으로 원하는 선물은 이것이겠지."

연은 고개를 갸웃하며 얄팍한 보따리를 건네받았다. 그 안에는 푸른 군복 저고리가 곱게 개켜져 있었다. 그 옷깃은 선명한 붉은빛이었다.

"어머, 이건……!"

"홍의금이다. 내일 새벽에 출전한다. 승전을 조건으로 거셨다만, 고작 도적떼 몇이라 하니 패할 리는 없을 것이다. 그래도 채비는 단단히 하여라. 쇠뇌도 챙기고."

연이 자신의 눈과 귀를 의심하며 서 있을 때, 을음이 피식 웃으면서 말을 이었다.

"아직은 아니야. 그러니 내일은 검은색으로 간다."

을음이 나간 후에도 연은 한동안 멍하니 서 있었다. 갑주나 투구의 무게조차 느끼지 못한 채 그녀는 넋이 반쯤 나가 있었다.

이튿날 승전하면 그녀는 이 홍의금 달린 군복의 주인이 된다. 드디어 이곳에서 진정한 사람으로 인정받는다. 그리 되면 한 번, 미친 척하고 단 한 번만이라도 을음에게 물어보자.

「아! 대체 뭐라고 말하지?」

화들짝 정신을 차린 연이 한진 말로 중얼거리면서 조심스레 군복을 내려놓았다.

그녀는 애써 아무 일 없는 것처럼 차분히 갑주를 벗었다. 그렇지만 그예 못 참고, 이번에는 열예 말로 흥분에 겨운 혼잣말을 내질렀다.

"아아! 대체 뭐라고 말하지?"

그녀는 어찌할 바를 몰라 하며 뻣뻣한 갑주를 부둥켜안고 상반신을 한들한들 흔들었다. 그러다 문득 문 쪽을 홱 돌아보았다. 을음이 황당하다는 표정으로 그녀를 바라보고 있었다.

"여태 문도 안 닫고 뭘 하느냐? 궤짝 거두러 왔더니만……. 원, 별꼴을 다 보겠군."

"아니, 그게……."

곧 노복들이 들어와 궤짝들을 밖으로 내갔다. 연은 화끈거리는 뺨을 감싼 채 마른침만 삼키고 있었다. 방 안을 들여다보는 을음의 시선이 느껴졌으나, 그녀는 차마 돌아볼 수가 없었다.

이윽고 노복들이 나간 후, 문을 닫던 을음이 잠깐 멈추었다.

"그냥 '성은이 망극하옵니다' 한마디만 하면 된다. 내일 출전해야 하니 수선 그만 피우고 일찍 자라."

을음은 연이 대꾸할 틈도 주지 않고 문을 콱 닫아버렸다. 그 바람에 한풀 꺾인 그녀는 슬그머니 일어나 그의 명에 따랐다.

갑주들을 정돈하고 쇠뇌도 점검한 후, 그녀는 이튿날을 위하여 일찌감치 잠자리에 들었다. 하지만 그날 밤은 하도 설레어 도저히 잠을 이룰 수가 없었다.

"곤미천 근방으로 맥열의 도적떼가 침구(侵寇)하였사옵니다."

국경에서 들어온 보고는 그러했다. 종종 있는 일이었다. 그때마다 섭제국은 속전속결로 대응하여 몰살시켜 버렸다.

을음은 이번에도 이백 기의 정예 기병을 거느리고, 곤미천에 이르렀다. 그새 도적떼는 군대로 변하여 그들을 기다리고 있었다. 탁 트인 벌에 새까맣게 모인 적군은 적어도 이천 명 이상이었다.

평지에서 열 배 넘는 적과 전면전을 치르는 것은 자살 행위다. 속히 말머리를 돌린 을음은 인근의 청목산에 피신한 채로 꼼짝없이 갇혀 버렸다. 퇴각로도 없었으며 군량도 없었다. 암담한 와중에 비까지 퍼붓기 시작하여 기온이 급속도로 떨어졌다. 말들은 온몸에서 허연 김을 펄펄 내뿜고 있었다.

"늦어도 이레 안으로 구원병이 올 것이다. 그때까지 선후대가 교대하여 일 조가 동초를, 이 조와 삼 조는 적의 현황을 파악하고……."

"에취! 죄송합니다."

연이 급히 사방으로 굽실거렸다. 그런데도 병사들의 입에서는 한숨이 허옇게 쏟아졌다.

"재수가 없으려니……."

빗방울이 떨어지기 시작했을 때부터 몇몇 병사들은 이미 들리도록 큰 소리로 투덜거렸더랬다. 푸른 군복의 이 정예 기병대는 여태껏 패한 적이 없었다. 그들의 불명예스러운 첫 패전에는 우연찮게도 웬 계집 하나가 끼어 있었다.

병사들의 사기나 체력 문제는 차치하고, 기실 가장 큰 골칫거리는 연이었다. 을음은 최대한 낙관적인 의견을 비치면서 말을 맺었다.

"……사 조는 군마 관리에 각별히 힘쓰도록 해라. 비가 오고 있으니, 최소한 내일 오후까지는 화공의 염려가 없을 것이다. 천행으로 여기고 각자 소임에 충실하여라. 이상이다."

비단 연 때문이 아니라, 실제로도 을음은 그렇게 생각하고 있었다.

낙엽이 산천을 덮은 이 계절에 화공은 매우 손쉽고도 치명적인 공격이었다. 불은 밑에서 위로 타오른다. 산 위에 갇힌 그들로서는 추워도 계속 비가 오기를 바라는 수밖에 없었다.

"죄송합니다, 장군님."

"그만 쉬어라."

을음은 빗속에서 오자의 등을 문지르며 서 있던 연을 억지로 나무 밑에 붙들어 앉혔다. 초겨울에도 소나무는 푸른 잎이 무성하였으나, 비를 막기에는 여의치 않았다.

연이 걱정스러운 눈길로 어두운 하늘을 흘끔거렸다.

"쉬 그칠 비가 아닌 듯합니다."

"당분간 타 죽지는 않을 테니 다행이구나."

그 말에 연이 눈을 동그랗게 뜨고 을음을 돌아보더니, 곧 고개를 숙였다.

"정말이었군요."

"무엇이 말이냐?"

"아닙니다. 하면 정녕 여기서 이레를 지내야만 합니까?"

"글쎄다. 이르면 내일 오전 중에 보고가 들어가겠지. 보병을 동원해야 할 터이니, 오는 데에 이틀. 군량을 챙겨 모레 새벽에 곧장 출병한다 치면, 한 사흘 만에 올 수도 있겠구나."

사흘 안에 오기는 무리라고 생각하면서도, 을음은 연과 더불어 스스로를 안심시켰다.

듣고 있던 연이 문득 보르르 떨었다. 그녀는 웅크린 무릎을 꽉 당겨 안았다. 젖은 머리카락이 달라붙은 그녀의 목덜미는 안쓰러울 정도로 가늘었다.

잠시 쥐락펴락하던 을음의 손이 주먹을 쥔 채로 멈추었다. 연이 흘긋 돌아본 동시에, 그는 그녀로부터 시선을 거두었다.

"공연히 주눅 들 것 없다. 네가 원해서 따라온 것도 아니고, 무엇보다도 이리 된 것은 네 탓이 아니다. 재수가 없다는 말 따위에는 신경 쓰지 마라."

연은 희미하게 웃었다.

"그런 건 괜찮습니다. 알고 보면 저는 운이 좋은 편이거든요."

을음은 할 말이 없어서 마냥 오자의 말발굽만 바라보았다.

저깟 말도 처음에는 연을 우습게 여겼다. 남이 타면 명마인 말이 그녀만 탔다 하면 야생마가 되었다. 연은 숱하게 낙마하다가 까딱하면 죽을 뻔했다. 하긴 맨 처음 그에게 왔을 때에는 송제 시체에 가까웠다. 아무래도 운이 좋은 편은 아닌 듯했다.

그의 생각이 얼굴에 훤히 드러났던지, 연이 우물쭈물 말했다.

"안 믿으셔도 할 수 없지만, 사실이 그렇습니다."

차마 거짓말은 못 하겠고, 그렇다고 솔직하게 말할 수도 없었다. 을음은 그저 입을 굳게 봉하였다.

"세상에 나오기도 전부터 두 번이나 죽을 뻔했던 목숨입니다. 지금까지 번번이 좋은 분들을 만나 연명하였습니다. 그러니 이번에도 분명 운이 따라줄 것입니다. 다만 은혜를 갚을 방도가 없어서……."

연의 시선을 느끼면서도 을음은 오자의 말발굽만 뚫어지게 들여다보았다. 겨울비가 추적추적 내리는 와중에 뜻밖에도 훈훈한 바람이 불고 있었다. 날씨가 곱게 미친 걸 보면 연은 진짜로 운이 좋은 편인지도 모른다.

"참, 곤우 귀엽지요?"

"귀엽지."

연이 화제를 돌리자마자 을음은 기다렸다는 듯 맞장구쳤다. 그러다가 생각해 보니, 그건 영 아니었다.

"솔직히 그냥 작을 뿐이지, 귀엽긴 뭐가 귀엽냐? 암만 제 자식이라지만 첨운도 눈이 삐었어. 꼭 쭈그러진 망태기같이 생긴 놈을 갖다가 무에 그리 예쁘다고 성화인지, 원."

곤우는 보면 볼수록 괘씸한 녀석이었다. 이다음에 크면 첨운과 방상 내외를 족히 능가할 것이다.

“그놈의 자식, 냄새만 풀풀 풍기고. 첫 대면부터 내 옷에다가 토악질을 하질 않나. 감히 뉘 이불에다가 똥을 흘려?”

연이 무르팍에 얼굴을 묻고 소리 죽여 웃었다. 힐긋 본 을음이 한술 더 떠서 투덜거렸다.

“내 그놈이 커서 군영에 올 날만 손꼽아 기다리는 중이다. 오기만 해봐라. 뒷간 청소부터 시켜줄 터이니.”

연이 다시금 고개를 숙이고 키득거렸다. 온몸을 돌돌 말고 있는 바람에 가뜩이나 작은 몸이 더 작아 보였다. 작은 게 새삼 신기해서 보고 있던 을음은 뒤늦게야 그녀가 아이를 낳지 못한다는 사실을 떠올렸다. 그러고는 은연중에 안도의 한숨을 내쉬었다.

사실 곤우도 가끔은 귀여울 때가 있었다. 너무나도 가끔이라서 말을 안 했을 뿐이지만, 구태여 말했더라면 상당히 미안할 뻔했다.

“첨운 부장을 보니 성가신 일도 많은 것 같더군. 우리한테는 그런 물건이 없어서 다행이지.”

화들짝 놀라 돌아보는 연과 눈을 맞췄다가, 을음도 흠칫 놀라서 아무 데나 시선을 돌렸다. 그의 시선이 향한 곳은 또다시 오자의 말발굽이었다. 그는 괜스레 마음이 조급하여 닥치는 대로 화제를 바꿨다.

“오자가 역시 명마야. 나보다 말도 좋고, 갑주도 좋고, 무기도 좋고. 이번에 적군의 계책에 당하지만 않았어도 홍의금을 달았을 텐데 아쉽구나.”

“아직 실력이 부족한걸요. 전하께선 그냥 제가 귀찮아져서 이번에 이기면 홍의금을 주마고 하신 거예요."

을음이 보기에도 연의 실력이 턱없이 부족한 것은 사실이었다. 그렇지만 하녹이 그녀를 귀찮아한다는 데에는 동의할 수 없었다.

하녹은 한 달에 두 번 그녀를 보는 것으로는 만족할 수 없게 되었을 따름이다. 그래서 그녀에게 홍의금을 달아주고는 매일이다시피 군영에서 들여다볼 속셈인 것이다.

그리 되면 삽시간에 소문이 퍼질 테니, 국대부인 양소선이 알게 되는 것도 시간문제였다. 늙다리 대신들은 신이 나서 트집을 잡을 것이며, 오간은 기어이 우보의 자리를 차지할 것이다. 을음은 목숨이나 부지하면 다행이었다. 그런 생각을 하자 그저 한숨만 나왔다.

그래도 이번에는 패전하여 연이 홍의금을 못 달게 되었으니, 당분간은 무사할 터였다.

"그러고 보니 너는 정녕 운이 좋은 모양이로구나."

패전을 천행이라고 여기다니. 을음은 자신에게 장수의 자질이 있는지 난생처음으로 의심하였다.

연이 그의 말에 고개를 갸웃하다가 쓴웃음을 지었다.

"예, 운이 좋습니다. 죄스러울 정도로 운이 좋아요."

"또 그놈의 은혜 타령할 요량이면 그만두어라. 너한테 별달리 은혜를 베푼 것도 없고, 애당초 네 목숨을 구하신 분은 전하시다. 은혜를 갚으려거든 그리로 가서 갚아라."

연이 천천히 을음으로부터 시선을 돌렸다.

입술을 꼭 다문 그녀의 옆얼굴. 쇠뇌를 쏠 적에도 그녀는 이처럼 얼어붙은 얼굴로 딴사람이 되곤 했다. 볼 때마다 을음은 공연히 주눅이 들었다. 익히 보아왔으나, 아무리 봐도 적응이 안 되는 얼굴이었다.

"전하께서 구하신 목숨은 장락전에서 이미 죽었습니다. 제가 목숨을 빚진 분은 장군님뿐입니다."

싸늘한 입김이 빗속으로 흩어졌다. 그녀는 이내 도로 입을 꾹 다물었다. 허공의 한 점을 두고두고 응시하는 그녀를 보며, 을음은 슬며시 아랫입술을 깨물었다.

만일 그날 그 골짜기로 가지 않았더라면, 그래서 그가 먼저 연을 발견했더라면, 하녹 대신 그가 그녀의 목숨을 구했더라면…….

부질없는 가정이었다. 그가 골짜기를 두고 산으로 갈 리 없었으며, 그녀를 보았던들 살려두었을 리 없었다.

"네가 어찌 여기든, 나는 명을 받아 그에 따랐을 따름이다. 만일 너를 죽이라는 명을 받았다면 그 즉시 죽였을 것이다. 나는 그런 사람이다. 그러니 쓸데없는 생각 마라."

매몰차게 내뱉은 을음은 벌떡 일어서서 그 자리를 떠났다. 도저히 그녀의 곁에 있을 수가 없었다.

일전에도 그는 이런 식으로 연을 끊어내었다. 그때만 해도 그는 단지 스스로를 추스를 요량이었다. 그녀의 마음이 어떤지는 전혀 모르고 있었다.

그날 흙바닥에 주저앉아 우는 그녀를 훔쳐보고서야 그는 겨우 알았다. 정말이지 겨우 알았는데…….

아무래도 그녀는 운이 좋지 않은 모양이다. 그리고 그 역시도, 지독하게 운이 나쁘다.

❖

산중에 고립된 채로 하룻밤이 지났다. 날이 밝자 척후병들이 속속 복귀하였다.

맥열군은 청목산 전체를 포위하다시피 한 상태였다. 다만 을음의 예상대로 맥열의 국경과 인접한 북쪽만은 비어 있었다. 적장의 장막이 있는 본영은 남쪽이었다.

"본영은 안전을 우선으로 하여 진을 짠 듯합니다. 숫자로는 이백도 안 되는 듯했습니다만, 경사가 가팔라서 사람도 내려가기 힘든 길이었습니다."

"거의 절벽입니다. 위쪽에서 보면 진영 전체가 한눈에 다 들어올 정도입니다."

"적장의 장막까지는 거리가 어느 정도나 되던가?"

척후병의 보고를 듣던 을음이 한쪽 눈을 치뜨며 물었다.

남쪽으로 갔던 척후병 셋은 잠시간 고개를 갸우뚱하며 서로의 눈치를 살폈다. 이윽고 개중 한 명이 입을 열었다.

"궁수의 활이라면 닿을 듯도 합니다만, 저희 활은 작아서 무리입니다."

을음의 옆에 서 있던 부장이 고개를 끄덕이며 끼어들었다.

"적들은 우리가 전부 기병임을 알고 있기에 안심하고 그런 곳에 진을 쳤을 겁니다."

"헹! 그놈들이 그렇게까지 머리가 핑핑 돌아갈 리 없지."

을음은 코웃음을 치면서 신경질적으로 대꾸했다. 그러나 속으로는 은근히 두려움이 일고 있었다.

비어 있는 길목은 죄다 말이 갈 수 없는 곳뿐이다. 텅 빈 북쪽으로는 맥열의 국경이 코앞이다. 그리고 남쪽에 있는 천연의 요새에는 본영이 들어서 있다.

기가 막힌 진영이었다. 하룻밤 사이에 이렇듯 치밀하게 진영을 짤 수는 없다. 맥열군은 처음부터 섭제국에서 기병만 보내리라는 사실을 알고 있었으며, 그들이 청목산으로 피신할 것까지 이미 다 예상하고 있었다. 애당초 도적떼로 가장하여 그들을 유인한 것부터가 맥열군의 함정이었다. 그들은 보기 좋게 걸려든 셈이었다.

하지만 적군의 진영보다도 더 큰 문제는 이 산이었다. 만일 맥열군이 이 모든 상황을 미리 읽고 작전을 세웠다면, 당연히 이 산의 지리쯤은 손바닥처럼 훤히 꿰고 있을 터였다. 즉 이 산 자체도 거대한 적군이었다. 당장이라도 맥열군이 공격을 개시하면, 섭제군은 십중팔구 살아남지 못할 것이다. 구원병이 오기만을 기다리고 있을 때가 아니었다.

뒤늦게야 적의 계책을 속속들이 파악한 을음은 재차 혀를 내둘렀다. 적이 하루아침에 이렇듯 똑똑해졌을 리는 없었다. 단지 공성전에만 약한 적을 두고 을음이 지나치게 방심했을 따름이었다.

그러고 보니 하녹은 혹시 이 상황을 미리 예견하고 있었던 게 아닐까?

"비밀 병기가 필요하게 될 수도 있잖습니까. 데려가 보십시오. 그리하여 승전하면 슬슬 선발 기병으로 삼도록 하지요."

아니다. 역시나 그건 아닌 듯싶었다. 하녹은 그저 연을 더 자주 보고 싶었을 따름이고, 다만 그들의 운이 억세게 좋아서 연을 데려온 것이다.

그녀 자신의 운이 좋은지 나쁜지는 모르겠지만, 아무튼 그녀는 죽을 고비만 넘길 뿐 좀처럼 죽지는 않는 사람이었다. 그러니 이번에도 틀림없이 살아남으리라. 살아줘야만 한다. 기필코 살아남아 그들 이백 명을 살려줘야만 한다.

"장군님, 제가 보기에 이 진은 지난밤에 짠 것이 아닙니다."

"내 생각에도 그러하네. 내려갈 길목을 모조리 틀어막았으니, 내일쯤 땅이 마르면 불부터 지를지도 모르지. 설령 그러지 않더라도, 시일을 끌수록 아군에게는 불리하게 되어 있네."

심각하던 부장의 얼굴이 한층 더 심각해졌다. 을음이 생각하기에도 자신이 너무 태평스럽게 답한 듯했다.

을음은 곧 턱 끝으로 소나무를 가리켰다.

"저기, 도대체 왜 이런 데에 있는지 모를 사람이 한 명 있지."

소나무 밑에 앉아 있는 연을 흘깃 돌아본 부장이 인상을 팍 구겼다.

"그 옆에 있는 등짐이 보이는가?"

부장은 보기만 할 뿐 아무런 답도 하지 않았다.

"저 안에 그게 들어 있다네."

"그거라니요?"

"그거 말일세, 그거."

부장은 도통 감을 잡지 못하는 눈치였다. 을음은 비식 웃었다.

"오늘밤 일단 본영을 노려 적장부터 처리하세. 그러면 본영 좌우의 적들 중에 적어도 한 부대는 진영을 비우고 본영을 향해 가겠지. 비는 쪽으로 돌파하여 단숨에 빠져나가야 할 것일세."

"적장을 처리할 수 있다면야 문제 될 것이 없겠지요. 하지만 사람도 내려갈 수 없는 길이라지 않습니까. 닿지도 않을 화살을 날려봐야 적에게 위치만 알려줄 뿐입니다."

"닿고도 남을 걸세. 그리고 저 사람이 보기엔 저래도 백발백중이라네. 내 누누이 일렀던 듯싶네만."

"백발백중은 무슨……. 아, 혹시……!"

부장이 입을 떡 벌리곤 연을 다시 보았다.

연은 나무에 기댄 채로 세상모르게 잠들어 있었다. 아니, 상태로 봐서는 실신에 가까웠다.

"적의 횃불로 적의 군량을 태워먹었다는 사람이 바로 저 사람일세. 척 보니 알 만하지 않은가. 내 그간 자네한테까지 말하지 못했던 연유를."

"허허! 아니, 어찌……. 호오!"

부장은 할 말을 잃은 채 감탄만 거듭하였다.

그는 무척이나 신기한 듯 가까이로 다가가 연을 이리저리 구경하였다. 그러다 옆에 병사 한 명이 다가가자 그 병사에게 뭐라고 속삭이고는 둘이서 동시에 감탄사를 터뜨렸다. 곧 그 주변으로 병사들이 모여들기 시작했다.

을음은 쓴웃음을 지으며 그 모습을 바라보았을 뿐, 구태여 부장을 말리지는 않았다.

기실 그는 이미 다 포기하여 될 대로 되라는 심정이었다. 어차피 국대부인은 곧 이 사실을 알게 될 터였다. 연이 노병이든 기병이든, 결과는 마찬가지다. 이왕 맞을 매라면 차라리 빨리 맞는 게 낫다.

연은 웅성거리는 소리에 깨어났다. 시커먼 병사들이 우르르 그녀를 에워싼 채 눈을 번뜩거리며 내려다보고 있었다. 방금 잠에서 깬 그녀는 멍한 상태로 굳어져 버렸다. 이 병사들이 어제 하루 좀 굶었다고 배가 고파서 그녀를 잡아먹으려는 심산인가 싶었다.

잠시 후 을음으로부터 자초지종을 들은 연은 그제야 한숨 돌렸다.

"화살은 열여섯 대뿐입니다. 전동에 그것밖에 안 들어가……. 에취!"

"으음, 그보다도 고뿔이 심한 모양이군. 정녕 괜찮겠느냐?"

을음은 걱정스러운 눈길로 그녀를 바라보고 있었다.

사람 헛갈리게 또 그런 눈빛을 보낸다. 밤새 그녀가 뜬눈으로 이를 악물며 세웠던 결심은 금세 흐지부지 허물어졌다.

"여기서 엿새를 더 기다리느니, 차라리 한번 해보겠습니다."

"그래, 실은 꼭 해야만 한다. 열여섯 대 중에 딱 한 대면 된다. 적장만 잡아다오. 지금 너에게 우리 이백 명의 목숨이 달려 있다."

을음은 안도감과 불안감을 한꺼번에 던져 주었다. 그러고는 해 지기 전까지 잠이나 자두라며 병사들을 멀찍이 물렸다.

연은 외따로 떨어진 소나무 아래에 오도카니 앉아 있었다. 덜

덜 떨리는 턱을 무르팍에 붙이고 눈을 감아보았으나 잠은 오지 않았다. 대신에 슬그머니 이상한 생각이 떠오르기 시작했다.

그녀는 무심코 고개를 흔들었다. 하지만 아무리 떨치려고 해도, 그 생각은 머릿속에 딱 달라붙은 채로 좀처럼 떨어지질 않았다. 하도 춥고 배가 고파서 머리가 어떻게 된 것 같았다. 그렇지 않고는 그녀가 하녹을 생각할 리 없었다.

「미쳤어.」

그녀는 다시금 고개를 세차게 가로저었다. 마음을 비우고 정신을 집중해도 모자랄 판국이다. 이백 명의 목숨이 그녀에게 달려 있다지 않는가.

한가롭게 하녹 따위나 생각하고 있을 때가 아니었다. 더군다나 이곳은 전장이다.

그는 아마도 지금쯤 따사로운 궁궐 안에서 태평스럽게 노닥거리고 있을 터였다. 목을 약간 왼쪽으로 기울인 채 반쯤은 꿈결을 노니는 듯 나른한 표정으로. 볼 때마다 항상 그러고 있지만, 어느 순간 갑자기 돌변해서 영민하게 눈동자를 반짝거리곤 한다.

「왜 이러니, 정말.」

그녀는 자기도 모르는 사이에 또 하녹을 생각하고 있었다. 머리를 뒤로 기대면서 그녀는 한숨을 푹 내쉬었다.

하얀 입김이 사르르 흩어졌다. 뒤이어 그녀의 시야에 들어온 것은 삐죽삐죽 뻗은 솔잎 사이로 웅그린 푸른빛.

어쩐지 그 하늘을 아주 오랜만에 보는 듯한 기분이 들었다. 그동안 잊고 있었던 묘한 죄책감이 슬며시 고개를 쳐들었다. 불현듯 이마 한복판이 따끔거렸다. 순간 모든 기억이 불붙듯 후르르 일어났다.

연은 잠자코 양미간을 좁혔다. 왜 자꾸 하녹의 생각에 사로잡혔는지, 이제야 그 원인을 알 성싶었다. 그나마 위안이 되었으나 한편으로는 화가 치밀었다. 어찌해 볼 수도 없을 만큼 멍청한 자기 자신을 돌이켜보는 것은 결코 유쾌한 일이 아니다.

옛날하고도 아주 먼 옛날, 꼭 지금처럼 추운 초겨울의 어느 날이었다. 그날도 연은 이러한 산중의 딱 이렇게 생긴 소나무 밑에서 자다가 누군가의 손길을 느껴 눈을 떴다.

보얀 얼굴은 흠잡을 데 없이 완벽한 균형을 이루고 있었다. 도무지 지상의 것으로 보이지 않는 신기하고도 교묘한 형상의 옷은 은빛으로 휘황찬란하게 번쩍거렸다. 그의 입에서 흘러나오는 알아들을 수 없는 말들은 마치 천상의 언어처럼 그윽하게 들렸더랬다.

의심할 여지가 없었다. 어찌 보아도 하늘님이었다. 그녀가 상상했던 하늘님은 아버지처럼 흰 수염의 노인이었으나, 그 잠깐 사이에 그녀는 하늘님이 나이를 먹을 리 없다고 스스로를 납득시키기까지 했다.

그런데 이 젊고 눈부시게 잘생기신 하늘님께서 어찌하여 외딴 산중에, 그것도 바로 그녀의 앞에 계신단 말인가. 당시 연이 생각해 낼 수 있는 이유는 오직 하나뿐이었다. 노비 주제에 감히 도망친 그녀를 벌하기 위해 몸소 강림하신 것이다.

그녀는 두려워서 벌벌 떨었다. 특히나 눈앞으로 희고 수려한 손이 다가왔을 때의 공포감이란! 무려 하늘님의 손이었다. 그 손끝이 이마에 닿기만 해도 한순간에 턱하니 하늘의 문양이 새겨질 것 같았다.

바보도 그런 바보가 또 있으랴.

연은 그가 사람이라는 사실을 깨달은 후에도 생명의 은인이라며 무척이나 고맙게 여겼더랬다. 목욕하다가 난데없이 피를 철철 흘리는 그를 보고는, 어쩐지 단과 닮았다는 생각이 들어 정이 담뿍 가기도 했다. 난생처음 말 위에 올라타고도 무섭지 않았다. 그의 품속에만 있으면 아무 일도 일어나지 않을 성싶었다. 그가 그녀를 지켜주리라 믿어 의심치 않았다.

그때 그녀는 분명 제정신이 아니었다. 그리고 어쩌면 지금까지도, 온전한 제정신은 아니지 싶었다. 무심결에 을음의 뒷모습을 눈으로 좇던 연은 그예 눈을 감아버렸다.

성도는 폐허로 변하고 그녀는 피붙이와 헤어져 이 낯선 땅으로 끌려오면서 모든 것을 잃었다. 그리 만든 원흉이 바로 하녹이었다. 당시 을음도 함께 있었지만, 어쨌거나 을음은 그녀에게 있어서만큼은 좋은 사람이었다. 그는 단지 명에 따랐을 뿐이다. 그가 나쁜 게 아니라, 그 명이 나쁜 것이었다.

"만일 너를 죽이라는 명을 받았다면 그 즉시 죽였을 것이다. 나는 그런 사람이다."

맞다. 그러니 이제 그만 정신을 차릴 때가 되었다. 그는 정녕 임무에 충실했을 따름이다.

산 중턱에서부터 고기 굽는 냄새가 솔솔 풍겼다. 허기진 병사들은 말없이 군침만 꼴깍꼴깍 삼켰다. 그렇지만 막상 적진을 내려다보니, 고기반찬은 온데간데없고 비계만 즐비했다. 적병 서넛이 그 앞에 서서 산 쪽으로 부채질을 하고 있었다. 굶고 있는 섭제군의 사기를 떨어뜨리려는 작전이었던 것이다.

작전임을 알고 보면서도 여전히 뱃속이 꼬르륵거렸다. 고기 따위는 없어도 좋다. 김이 모락모락 피어오르는 저 밥 한술만 입에 넣으면 소원이 없겠다.

"밥 먹을 때에는 개도 안 건드린다지만……."

을음이 나직하게 중얼거리면서 쇠뇌의 시위를 걸어 건네었다. 연은 절벽 아래쪽에 시선을 둔 채로 화살을 재었다.

"적장이 누굽니까?"

"저기 호피 깃발을 꽂은 장막이 보이지? 그 주변에 있는 놈으로 아무나 하나 쏘아라. 하면 곧 기어 나올 것이다."

그때 장막 옆으로 병사 둘이 다가갔다. 흙바닥에 아무렇게나 주저앉더니 앉자마자 밥을 한가득 입에 넣었다. 뜨거운 듯 입김을 후후 불면서 우물우물 씹어 삼키고는 또 한입 가득 물었다. 게걸스럽게 먹는 게 스스로도 멋쩍었던지 서로를 돌아보며 피식 웃었다.

그 웃음을 보던 연은 불현듯 목이 메었다. 이렇게 추운 날, 저들은 온종일 한데서 고생하다가 그나마 한술 밥으로 스스로를 위로하고 있을 터였다.

연은 겨냥하던 쇠뇌를 내리고 크게 심호흡을 했다. 지금 남 생각할 처지가 아니었다. 그래도 최소한 저들은 밥을 먹고 있다. 그녀는 춥고 배까지 고프다.

한데 그게 저들의 잘못이었던가?

"긴장할 것 없다. 지난번보다 훨씬 더 가깝지 않으냐."

을음이 넌지시 재촉하였다. 연은 묵묵히 도로 쇠뇌를 들었다.

차라리 지난번이 나았다. 적의 얼굴이 보이지 않았으면 했다. 멀리 어둠 속에서 그저 검은 인영으로만 보인다면 아무 생각 없이 쏠 수 있을 성싶었다.

그러고 보면 그때 적잖은 사람을 죽였다. 검지 하나만 까딱하여 열 명도 넘게 죽였다. 실감하지 못했을 뿐이다. 그림자만 쏘았다고 자신을 속여온 탓이었다. 그때 죽었던 사람들도 한때는 저들처럼 살아서 밥을 먹었을 텐데…….

연은 다시금 쇠뇌를 내리고 머리를 세차게 흔들었다. 그러다가 얼결에 뒤를 돌아보았다. 어스름 속에서 무수한 시선이 그녀를 향하고 있었다. 지금 아군 이백 명의 목숨이 오롯이 그녀의 손에 달려 있다.

그녀는 피하듯 눈길을 돌리면서 힘없이 속삭였다.

"지난번에는 대체 무슨 정신으로 그리 쏘았을까요?"

답을 바란 질문이 아니었건만 을음이 옆머리를 긁적이며 대꾸했다.

"글쎄다. 네가 그리 물으니 하는 말이지만, 사실 나도 매번 그게 궁금하더구나. 너는 대체 무슨 생각을 하며 쏘기에 백발백중인 것이냐?"

"그러게요."

연은 정녕 답을 알지 못하였다. 그러나 그녀의 손이, 그리고 그녀의 눈이 오랜 버릇으로 그 답을 찾아내었다.

정다울 정도로 익숙한 쇠의 감촉, 보지 않아도 선명히 그려지는 문양. 돌연 공중에 붕 떠오른 그 하늘의 문양이 장막 표면을 타고 내려와 어딘가 한 지점에 멈추었다.

그녀는 한 번도 쇠뇌를 쏜 적이 없다. 늘 그 문양을 완성시키기 위해, 바늘 끝만 한 공간에 바늘 끝을 밀어 넣었을 뿐이다.

밥이 흙바닥에 흩어졌다. 병사가 옆으로 픽 쓰러졌다. 그 옆에 있던 병사가 놀라서 소리를 질렀다.

좌중이 웅성거리기 시작했다. 몇몇은 절벽 위를 바라보았다. 행여나 그들과 눈이 마주칠세라 연은 무심코 시선을 피하였다. 그때 장막에서 걸어 나오는 사람이 눈에 띄었다.

무슨 일인가 하며 장막 옆으로 걸어온다. 좋은 갑주를 입었으나 투구가 없다. 정수리까지 뻗은 이마가 희미하게 번들거린다. 그 이마의 한복판으로 보이지 않는 과녁이 살포시 내려앉는다.

그는 곧 뒤로 나자빠졌다. 대번에 일대 소동이 일어났다.

요란스레 둥둥거리는 북소리에 연은 화들짝 정신이 들었다. 을음이 그녀의 팔을 잡아당기고 있었다.

"그만 되었다. 말에 올라 대기하여라."

연은 그래도 움직이지 않았다.

을음이 설명하기로는 적진의 좌측이나 우측으로부터 적들이 몰려올 것이라 하였다. 어느 쪽으로 오는지를 살펴 그리로 빠져나가면 된다 하였다.

그렇지만 지금 저 무리는 틀림없이 적진의 정면으로부터 들어오고 있었다. 그리고 그 선두에 있는 사람을 연은 한눈에 알아보았다.

등 뒤로 펄럭이는 깃발. 번쩍거리는 은빛 갑주. 거침없이 창을 휘두르며 뛰어든 그는, 하녹이었다.

"계집과 땅은 정복하라고 있는 것이다. 어머님을 부탁하마."

형은 씩 웃으며 떠나갔다. 그 뒷모습이 크기도 크려니와 들판에 이는 바람처럼 거칠 것 없는 담대함을 뿜고 있었다. 하녹은 그예 형을 붙들지 못하였다.

그리하여 형은 죽었다. 자신을 따르던 백성들에게 돌팔매질을 당하여 죽었다.

피범벅이 되어 애타게 어머니를 부를 적에, 어머니는 성문을 굳게 닫아건 채 마루한 제국의 사신 곁에서 침묵을 지키고 있었다. 날아드는 돌을 피하려다가 손가락 마디마디가 끊어지고 기어이 형체조차 알 수 없는 핏덩어리로 굳어진 후에야 어머니는 비로소 입을 열었다.

"이만 의심을 거두시지요. 우리는 마루한 제국에 대적할 의사가 없습니다. 우리가 이곳 사정을 잘 모르다 보니 다소 불미스러운 일을 벌인 것은 사실이나, 이제는 진제께 충성을 다할 것을 맹세하는 바입니다. 우리를 믿으십시오. 우리는 북방 맥열과 낭열에 대한 든든한 방책이 되어드릴 것입니다. 순망치한이라지 않습니까."

진제의 사신은 흡족한 얼굴로 돌아갔다. 그리고 어머니는 성문을 활짝 열어 백성들을 맞이하였다. 형을 죽인 살인자들을 도리어 위로하며 맞이하였다. 하녹은 이해할 수가 없었다.

"저들은 형님을 죽였습니다. 어찌하여 처단하지 않으십니까?"

"백성을 곤궁에 빠뜨린 군주를 백성이 죽이는 것은 당연한 일이니라. 절연까지 각오하며 그토록 말렸거늘 위려의 욕심이 커서 화를 부른 바, 달리 누구를 탓할 수 있겠느냐?"

그에게 있어서 형의 죽음은 당연한 일이 아니었다. 그러나 그는 반박하지 못하였다. 그는 그저 우두커니 선 채로, 시뻘건 웅덩이에 스스럼없이 손을 담그고 형의 살점 하나하나를 소중히 건져 내는 어머니를 하릴없이 지켜보았다.

이후로 그는 그가 해야만 하는 모든 당연한 일들을 묵묵히 행하였다. 그는 군왕이 되어 옥좌에 앉았으며 형수를 비로 맞이하였다. 아니, 그냥 형의 거죽을 뒤집어썼다.

아쉽게도 그게 그에게는 도통 맞지 않았다. 언제나 갑갑하고 미지근했으며 못 견디게 역한 비린내가 났다. 그는 형의 거죽이 썩어가고 있는 것인지, 아니면 자신이 그 속에서 썩어가고 있는 것인지를 못내 궁금히 여기곤 하였다.

그러다가도 간혹 눈앞에서 선혈이 낭자할 때면, 그는 점점 더 쪼그라들어 무기력한 소년으로 되돌아갔다. 그리고 형의 거죽은 언제 그랬냐는 듯 싱싱한 탄력으로 그를 옥죄었다. 그는 옴짝달싹 못 하고 갇힌 채로, 끊임없이 죽고 또 죽는 형을 줄곧 지켜보아야만 했다.

피는 정말 질색이다. 그런데 이것 봐라. 또 이렇게 피비린내가 진동을 한다. 견딜 수 없다. 벗어나고 싶건만 자꾸만 무언가가 앞을 가로막는다. 지긋지긋하다. 신물이 난다. 모조리 다 없애 버리기 전까지는 헤어날 수 없는 피의 독이다.

"전하!"

홀연히 시야가 맑아졌다. 순간 연과 눈이 마주쳤다. 그녀를 보거든 할 말이 있었다. 그래, 그는 그 말을 하기 위해 미친 듯이 달려왔다.

그러나 머리 위로 치켜든 그의 창은 미처 멈추지 못하고 훅 허공을 가르며 떨어졌다.

「일전에 요청하신 철의 양이 턱없이 많은 것은 사실입니다. 하지만 너그러우신 진제께서는 그토록 진기한 공물을 바치신 그 정성을 갸륵히 여기시어, 이번만은 특별히 철을 하사키로 하셨습니다. 이로써 모쪼록 북방 열예를 수비하는 일에 소홀함이 없길 바랍니다.」

마루한 제국의 진제가 보낸 사신을 마주하여, 하녹은 무릎 위에서 까딱거리는 자신의 손가락만 물끄러미 바라보고 있었다.

그깟 철 좀 주면서 생색내는 꼴하고는. 말끝마다 국경을 수비하라고 잔소리를 할 요량이면, 양심껏 철은 내놓고 잔소리를 하란 말이다. 변수(邊戍) 병사들에게 죽창 나부랭이나 쥐어줄 수는 없는 노릇 아닌가. 언제 한번 맥열한테 길을 확 터줄까 보다. 진제도 몸소 겪어보면 왜 국경을 수비하는 일에 철이 필요한지 깨닫게 될 테지.

그나저나 맥열은 참 부지런히도 쳐들어온다. 낭열은 또다시 집안싸움에 불붙은 모양이건만, 맥열은 그런 것도 안 한다. 무식해 보일 정도로 줄기차게 쳐들어오니 적대국으로서는 제법 괜찮은 나라다. 하기 싫은 일을 회피하기에 '전쟁 준비'만큼 좋은 구실도 없기 때문이다. 그 외에는 기껏해야 사냥 정도인데 그 핑계는 너무 자주 써먹었다.

얼마 전에도 하녹은 사냥을 나갔었다. 거기서 우연히 진짜 신록을 보았다. 온몸이 흰 털로 뒤덮인 그 사슴은 눈이 피처럼 새빨갰다. 딱 질색이었다. 갖고 싶은 마음이 전무했으므로 예전처럼 어머니께 드렸다. 어머니는 이번 역시 그 신록을 다른 사람에게 넘겼다. 어쨌거나 그 신록이 실로 신묘한 사슴이긴 했다. 그동안 철이 없다고 우기던 진제가 갑자기 없던 철을 찾아서 보낸 걸 보면.

그새 속로국과 병권을 통합하여 병사 일천을 징발했기에, 무기와 갑주를 만들 철이 심히 부족한 판국이었다. 그러니 고작 사슴 한 마리의 대가로 철을 받은 것은 매우 좋은 일이었다. 진제의 사신이 생색내는 꼴을 봐줘야 하는 것만 빼고.

"아직 철이 부족합니다. 자리하시거든 우선 저 사신의 노고부터 치하하시고, 반드시 잘 대우하여 보내십시오. 지난번 낭열 때와 같은 실수는 한 번으로 족합니다."

국대부인 양소선은 옥좌에서 일어서는 하녹의 손을 굳게 붙들곤 나지막이 일렀다.

아! 정전에서 만나준 것만으로도 모자라 연회에까지 참석해야 할 모양이다. 하녹은 맥없이 어깨를 늘어뜨리곤 마지못해 고개를 끄덕였다.

연좌 주변으로는 이미 풍악 소리가 요란뻑적지근하게 울려 퍼지고 있었다. 하녹은 미적미적 안으로 들어섰다. 단상 위를 올려다보고는 눈을 찡긋거렸다. 정남쪽의 단상 위로 햇살이 눈 따갑게 내리쬐고 있었다. 그리고 그 한편에 공요가 한껏 치장을 하고 나와 앉아 있었다.

어찌하여 이 자리에 일국의 왕비까지 나와 있는지 모를 일이었다. 군왕과 왕비, 왕모까지 셋밖에 안 되는 왕가의 전원이 참석하였으니 이만한 칙사 대접이 따로 없다. 하물며 진홍빛 도포를 곱게 차려입은 공요의 모습은 눈부시게 아름다웠다.

그렇다. 그녀는 여전히 아름답다. 철부지 어린 시절에는 그녀와 같은 부인을 원한 적도 있었다. 물론 그때만 해도 그녀가 정녕 부인이 될 줄은 몰랐기에, 하녹은 부지런히 공요에 버금가는 미인을 찾아보았더랬다. 비록 공요의 미색에 미치지는 못하였으나, 그래도 그의 첫사랑은 상당한 미인이었다.

그렇지만 태어난 순간부터 그가 원할 수 있는 것은 언제나 한정되어 있었다. 그는 둘째 왕자였다. 항상 좋은 것은 형이 먼저 차지하였다. 그 첫사랑 미인도 어느 틈엔가 형의 희첩이 되어 있었다. 그러더니 얼마 안 가 뱀한테 물려 죽고 말았다.

그 뱀이 일찍이 공요의 처소에서 봤던 뱀인지에 대해, 그는 여태 의문을 품고 있었다. 하지만 아직까지도 공요에게 그것을 물어보지는 못하였다. 아마도 평생 묻지 못할 것이다.

은밀하게 상 밑으로 더듬어오는 손길을 느끼면서도 하녹은 가만히 앉아 있었다. 그리고 입으로는 어머니가 당부한 대로 사신의 노고를 절절히 치하하였다. 거미줄을 씹는 기분이었다.

그때 연좌 구석 쪽으로 한 병사가 조용히 들어왔다. 곧 오간이 병사를 따라 나갔다.

잠시 후 오간은 사색이 되어 돌아왔다. 그가 단상으로 올라오자 공요의 손이 스르르 물러났다.

"전하, 맥열의 계책에 당하였사옵니다. 아군은 패하여 청목산으로 피신하였사오며, 약 이천 명 가량의 적군이 산 전체를 포위하고 있다 하옵니다."

일순 목구멍에 뭔가가 탁 걸렸다. 하녹은 아무 말도 할 수가 없었다. 다만 벌떡 일어서다가 극심한 현기증을 느꼈다.

무희들의 긴 소매가 너울너울 휘날린다. 풍악이 울린다. 사람들이 떠든다. 머리가 윙윙 돈다. 그녀는 곧 죽는다.

"무슨 일입니까?"

양씨 부인이 다가와 물었다. 평소와 다름없이 근엄한 음성이었다. 공요는 언제나처럼 우미한 손길로 옆머리를 쓸어 넘기고 있었다.

숨이 막혔다. 머리가 깨질 듯이 아팠다. 그는 하기 싫은 일을 지나치게 오래 하고 있었다. 아무런 보상도 없이, 어떠한 즐거움도 없이.

"북방으로 출전한 아군이 패전하여 현재 고립 중이라 하옵니다."

"아니, 이런 변고가……!"

"이 건은 소신을 믿고 맡겨주시옵소서. 기필코 구원하겠나이다."

"그래요. 어서 가보십시오. 내 좌장만 믿습니다."

양씨 부인이 걱정스러운 얼굴로 오간에게 당부하였다. 그러더니 획 돌아서는 하녹의 소매를 재빨리 붙들었다.

"전하께서는 지금 이 일에 충실하심이 옳습니다."

하녹이 고개를 반쯤 돌려 양씨 부인을 보았다. 그는 팔을 쓸어내리듯 양씨 부인의 손을 지그시 떨쳐내었다. 일순 바스라질 것처럼 구겨진 어머니의 건조한 얼굴을 그는 애써 외면하였다.

"좌장, 기병대를 지휘하여 먼저 출발할 터이니 속히 따라오십시오."

"아니 될 말씀이옵니다. 현재 출병 가능한 기병은 백여 기뿐이옵니다. 보병대가 아무리 서둘러도 한나절 가량 차이가……."

오간이 문득 말을 멈추었다. 그를 빤히 직시하던 젊은 군왕은 이윽고 온화하기 그지없는 음성으로 입을 열었다.

"좌장, 명을 받들라."

하녹은 모두를 뒤로한 채 바람을 일으키며 그 자리를 떠났다.

보병의 더딘 걸음을 맞추다가 늦어지느니 차라리 이천 대 백으로 싸우는 편이 낫다. 늦어서 그녀의 시체를 보느니 차라리 싸우다 죽는 편이 낫다.

그녀가 죽는 게 싫을 뿐이다. 그저 전처럼 살려두고 싶을 뿐이다. 아니, 단지 숨 쉴 공기를 원할 뿐이다. 그 맑은 체취를, 당연한 일을 당연하지 않다고 말하는 그 한 사람을, 그를 본연의 그 자신으로 보아주는 단 하나의 시선을 원할 뿐이다.

그는 원한다. 바야흐로 원한다.

챙!

구원병을 이끌고 온 사람이 아군을 향해 창을 휘두른다는 건, 누구도 예상키 힘든 일이었다. 하지만 그동안 뿌리 깊게 자리 잡은 불신감이 연을 살렸다. 하녹은 역시나 못 믿을 사람이었다.

"앗! 실수였소."

물론 그랬을 것이다. 실수가 아니었다면, 그녀는 그의 창을 막아볼 틈도 없이 죽었을 테니까.

"잠깐."

묵묵히 말을 몰아 그의 곁을 지나치려는 찰나, 하녹이 그녀를 가로막았다.

연은 흘깃 눈길을 돌려 그를 보았다. 하긴 그에게 해야 할 말이 있었다. 그러나 을음이 가르쳐 준 그대로 말하기에는 심정이 몹시 상한 상태였다.

"성은이 망극할 뻔했습니다."

연은 재빠르게 인사를 던지고 도망치듯 을음을 향해 말을 몰았다.

본영의 좌측 적진을 돌파하여 내려온 섭제군은 구원병과 합세하여 앞뒤로 적을 섬멸하였다. 적군의 북소리는 청목산 전체를 뒤흔들 기세로 우렁차게 울려 퍼졌다. 멈칫멈칫 끊어지는 독특한 박자는 필시 어떠한 신호였다. 아마도 적장의 부고와 더불어 구원병이 왔음을 전하고 있을 터였다.

사기가 하늘 끝까지 치뻗은 섭제군은 여세를 몰아 본영의 우측 적진까지 밀고 들어갔다. 적군은 이미 후퇴 중이었다. '후퇴하는 적을 지나치게 궁지로 모는 것은 도리가 아니다'라는 신념을 가진 하녹은, 그럼에도 불구하고 적군의 후미를 뎅겅 잘라 버렸다.

밤새 말을 몰아 섭제성에 당도했을 즈음에는 사람도 말도 모두 지쳐 있었다. 그래도 승리의 기쁨에 취해 있는 그들을 보병대가 맞이하였다. 오간은 날 밝는 즉시 출병하려고 군량을 챙기며 벼르다가, 벌써 귀환한 하녹을 보곤 어리둥절한 표정으로 마지못해 인사를 올렸다.

"무고하시어 천만다행이옵니다."

보병대를 격려하여 배웅코자 나왔던 양씨 부인이 말에서 내리는 하녹을 보곤 사뭇 감격스러운 미소를 보냈다.

"잠 못 이루고 기원한 보람이 있군요. 적군이 이천이라는 소리를 뒤늦게 들어, 전하를 말리지 못한 것을 후회하고 있었습니다."

"우보가 미리 적장을 처치해 두었기에 큰 어려움은 없었습니다."

하녹은 굳어진 얼굴로 양씨 부인을 내려다보았다. 읍음과 목례를 나눈 양씨 부인이 이내 하녹에게 의아한 눈빛을 보냈다.

하녹은 숨을 한 번 깊이 들이쉬곤 한쪽 무릎을 꿇었다. 양씨 부인의 인상이 일그러졌다.

"전하, 군왕은 나라를 내놓을 결심이 아니고서는 무릎을 꿇지 않는 법입니다."

"어머님께 긴한 청이 있습니다."

"무슨 청이 되었든 우선은 일어나십시오. 보는 눈이 많습니다."

"적장을 처치한 전공을 치하코자 하니, 이 일만큼은 부디 소자의 뜻을 가납하여 주십시오."

"그야 당연한 일이지요. 어찌하여 그것이 무릎을 꿇고 청할 일이란 말입니까? 자, 어서……."

양씨 부인이 하녹의 팔을 잡아 일으켰다. 그러나 다음 순간, 손을 놓고 한 발 뒤로 물러섰다.

"희첩으로 봉하여 제 곁에 두겠습니다."

양씨 부인은 잠시 입술만 달싹였다. 그녀는 손으로 입을 가리면서 하녹을 물끄러미 내려다보았다. 그녀의 주름 진 눈매는 충격과 황망함을 고스란히 드러내고 있었다.

하녹이 양씨 부인을 한 번 올려다보고는 고개를 직각으로 숙였다.

"승낙하여 주십시오."

입술을 가린 채 하녹을 빤히 보던 양씨 부인이 이윽고 손을 내리며 눈길을 돌렸다. 그 매서운 시선이 곧장 꽂힌 곳은 을음의 면상이었다.

"우보, 이게 어인 영문입니까?"

을음이 한숨을 푹 내쉬며 앞으로 나섰다. 그러더니 하녹의 곁에 똑같이 무릎을 꿇었다. 양씨 부인의 표정은 경악 그 자체였다.

"대체 무슨 짓을 한 것이냐!"

"황송하옵니다. 부득불……."

"황송해? 황송한 줄 알면서 그런 짓을 해! 어찌 네가……! 피붙이라 믿어 곁에 두었거늘, 어찌 네가 주상을……! 하여 여태 혼인도 아니 하고, 그 하고많은 나날을 주상과 어울려……!"

"농이 과하십니다. 설마하니 우보겠습니까."

하녹이 양씨 부인의 말을 끊으면서 자리에서 일어섰다. 양씨 부인은 목 부러질 기세로 홱 돌아보며 외쳤다.

"하면 누구더냐!"

곧 있으면 환갑인 노파의 목청이 아니었다. 쩌렁쩌렁 울리는 음성은 분노와 위세를 실어 병사들의 머리를 사정없이 내리눌렀다.

그런 목소리를 들으면서도 싱글벙글 웃을 수 있는 사람은 아마 하녹밖에 없을 터였다. 연은 자신을 향해 웃는 하녹에게 맥없는 한숨으로 답하였다.

막무가내에 변덕이 죽 끓듯 하는 이 사람을 도대체 어찌하면 좋을까. 희첩이라는 말을 자기 멋대로 잘도 한다. 누가 희첩으로 삼아달라 하였는가? 아니, 누가 전공을 치하해 달라 하였는가? 전공 따위는 아무래도 좋다. 정 치하하고 싶거든 그냥 전처럼 은이나 조금 주면 된다.

연은 일부러 눈알을 굴리면서 하녹의 눈짓을 무시하였다. 그러나 이내 하녹에게 손목을 붙들려 국대부인의 앞에 끌려 나가고 말았다. 장락전에서 지겹도록 신세를 진 터라, 그녀는 양씨 부인의 얼굴을 똑똑히 기억하고 있었다.

"그럼 적장을 처치했다는 게……."

"예. 이 사람입니다. 우리 군의 유일한 노병이지요."

"흐음, 어쩐지 신상을 철저히 감추기에 괴이하다 여겼더니만 아녀자였……."

양씨 부인도 연의 얼굴을 기억해 낸 눈치였다.

눈을 부릅뜨고 쳐다보는 양씨 부인의 날카로운 시선을 고스란히 받으면서도, 연은 눈 돌릴 생각 없이 가만히 서 있었다. 기실 그녀는 그 노부인의 주름진 살갗을 사뭇 진지하게 관찰하는 중이었다.

"하여 무릎까지 꿇고 청하셨습니까?"

하녹이 양씨 부인의 질문에 대답하기도 전에, 연이 냉큼 끼어들었다.

"저는 희첩이 되기 싫습니다. 또한 그런 게 될 수도 없는 몸입니다. 제가 전공을 세우고 싶어서 세운 것도 아니고, 살기 위해 어쩔 수 없이 쇠뇌를 쏘았을 뿐입니다. 그래도 굳이 포상을 하시겠다면, 저를 괜히 궁궐에 끌어들이지 말고 제발 이대로 가만히 좀 내버려 두십시오."

이 장락전의 주인을 다시 만나거든 해주고 싶은 말이 산더미처럼 많았다. 하지만 연은 가까스로 그 모든 말을 추렸다. 그래도 요지는 분명히 전달했다. '두 번 다시는 당신을 보고 싶지 않다'.

문득 아래쪽에서 굵은 목소리가 들려왔다.

"황공하옵니다. 아직 말이 서툴러서 예의를 차리지 못할 따름이오니, 국대부인께서는 이 점 너그러이 해량하시옵소서."

을음은 땅에 머리를 박다시피 하고도 연을 위해 변명하고 있었다.

그의 등을 보던 연은 그에 눈을 감으며 공손히 머리를 조아렸다. 고귀하신 국대부인의 앞이라서 머리를 조아리는 게 아니다. 어디까지나 을음을 위해서다.

곧 서릿발 같은 양씨 부인의 음성이 그녀의 머리 위로 떨어졌다.

"아, 그랬지. 하긴 너는 희첩 같은 게 될 수 없는 몸이었지."

양씨 부인이 하녹을 돌아보며 말을 이었다.

"그간 이 늙은이가 노망이 들어 공연히 전하의 심기를 상하게 하였나 봅니다. 전하께서 무릎까지 꿇고 청하신 바, 어찌 따르지 않을 수 있겠습니까. 무릇 군왕은 하늘인 법. 뜻대로 하시지요."

양씨 부인이 천천히 몸을 돌렸다. 반쯤 돌아섰을 때, 다시금 그녀의 말이 이어졌다.

"단, 이후로는 장락전을 찾지 마십시오. 더는 내 처소에 더러운 것을 들여놓고 싶지 않군요."

연이 이윽고 눈을 들었다. '더러운 것'이라는 말을 곱씹으면서 그녀는 멀어지는 양씨 부인의 뒷모습을 묵묵히 바라보았다. 그 걸음걸음마다 거역할 수 없는 위엄이 묻어나오고 있었다. 저 장락전의 주인을 또다시 봐야 한다는 사실만으로도 연은 숨이 막힐 것 같았다.

그때 문득 하녹의 손이 조여들었다.

그러고 보니 지금 국대부인이 문제가 아니었다. 만일 희첩이 되면 그녀는 하녹을 하루에 한 번씩 봐야만 한다. 연은 힘차게 하녹의 손을 뿌리쳤다.

"희첩이라니요! 죽어도 싫습니다!"

한 달에 두 번만으로도 끔찍하다. 하루에 한 번이라니! 어림 반 푼 어치도 없다.

"앞으로 연희라 부르겠소. 꽤 잘 어울리는군."

하녹은 아랑곳없이 선언하고는 그녀를 뒤로 하고 걸음을 옮겼다.

"아니, 잠깐만요! 저 희첩 안 한다니까요! 싫다고요!"

연이 다급히 그를 쫓아가며 외쳤다. 그러나 이내 시위병들이 그녀를 가로막았다.

"일정이 정해지면 모시겠사옵니다."

"그나저나 직접 뵙게 되어 영광이옵니다. 소문으로만 들어, 어떤 분이신지 늘 궁금하였사옵니다."

시위병들은 벌써부터 그녀를 왕의 희첩으로 깍듯이 대우하면서도, 백발백중의 노병이 그녀였다는 사실에 마냥 신기해하는 눈치였다.

연은 머리가 지끈거려서 한숨을 푹 쉬고 을음에게로 달려갔다. 을음은 그새 일어나 무릎을 툭툭 털고 있었다.

"장군님, 어떻게 좀 해보십시오!"

"뭘 어쩌라는 것이냐?"

"저는, 저는 계속 장군님을……."

"워, 워! 나는 줄곧 이날만 기다렸다. 드디어 발 뻗고 잠을 자겠구나."

연은 크게 활개를 치며 걷는 을음의 뒤를 부리나케 쫓아갔다. 하도 다급해서 그녀는 망설임도, 부끄러움도 내던지고 무작정 외쳤다.

"그렇지만 제가 마음에 둔 분은 장군님……! 읍!"

을음이 대뜸 손을 뻗어 그녀의 입을 가로막았다. 이글거리는 눈빛으로 그녀를 쏘아보던 그는 마침내 잇새로 떨리는 한숨을 뱉었다.

"정녕 그러하다면, 나를 위해 제발 조용히 가거라."

눈을 감고 고개를 돌리면서 그는 그녀를 놓았다.

"힘들어."

한숨을 섞어 속삭인 을음은 그길로 곧장 귀가하였다.

원래 그는 지친 병사들을 위로하고 부장들과 회의도 해야만 했다. 그는 늘 그러한 이유로 귀환한 날이면 밤늦게야 집에 돌아오곤 했다.

연은 내도록 그의 방문 앞에서 서성거렸으나, 그는 방에 틀어박혀 끝끝내 나오지 않았다. 정오에 궁에서 사람을 보내왔는데도 그는 내다보지 않았다. 때문에 연은 그에게 마지막 인사조차 할 수가 없었다.

그녀는 을음의 집에 처음 왔을 때처럼 가마에 갇혀 을음의 집을 떠났다.

제4화. 연희

"전에는 어땠을지 모르오나, 이제 부인께서 심려하실 일은 하나도 없사옵니다."

후궁 서쪽의 구석진 처소에서 연을 기다리던 사람은 다름 아닌 방상이었다. 눈물 나게 반가웠다. 실제로도 연의 얼굴은 눈물로 범벅이 되어 있었다. 방상은 마치 곤우를 세수시키듯 연의 손을 치워가면서 얼굴을 말끔히 닦아주었다.

"이 방상이 보필하는 이상, 누구도 부인을 해하지 못할 것이옵니다. 쇤네를 믿으시옵소서."

불행 중 다행이었다. 아마 장락전의 모든 시녀가 몰려와도 방상에게는 상대가 안 될 터였다. 연은 겨우 희미하게 웃었다.

"부인께서는 달리 세 명의 시녀를 더 두실 수 있사옵니다. 하오나 쇤네의 성질이, 부인께서도 익히 아실 터이나 그리 넉넉하지 못하옵니다. 하여 쇤네가 쓸 만한 아이들을 몸소 고르려 하옵니다만, 설마 딱히 원하시는 아이는 없겠지요?"

일순 한 노파가 연의 머릿속을 스치고 지나갔다.

"저, 혹시 삼고라는 분이 아직 여기에 계신가요?"

"삼고요?"

방상의 입이 떡 벌어졌다. 연은 괜스레 주눅이 들어 주춤주춤 변명하였다.

"예전에 제가 장락전에 있었을 때 신세를 많이 졌습니다. 그분이 안 계셨으면, 저는 살아서 장락전을 나오지 못했을 것입니다. 한데 그분이 어느 날 갑자기 사라지셨거든요."

"삼고는 후궁 내의 옥사에 갇혀 있사옵니다. 벌써 삼사 년쯤 되었지요."

"옥사에 갇히셨다고요? 왜요?"

연이 눈을 동그랗게 떴다. 방상이 기억을 더듬으며 말했다.

"쇤네가 듣기로는 원래 삼고가 궐을 나가고 싶어 했사온데, 대부인께서 그 청을 들어주지 않으시자, 삼고가 앙심을 품고 일부러 내전의 화단을 망쳐 놓았다고 하옵니다."

"그럴 리가요. 그분이 그러실 분이 아닌데……."

방상이 슬쩍 양미간을 좁히더니 넌지시 말했다.

"쇤네가 듣기로는 그러하였사옵니다만, 그것이 사실인지는 아무도 알 수 없는 노릇이옵지요. 이곳이 본디 그러한 곳이옵니다. 하옵고 삼고는 현재 옥사에 갇힌 죄인이옵니다. 진정 삼고를 시녀로 삼길 원하신다면, 전하께 몸소 청을 올리시옵소서. 국대부인이나 대부인께서는 필시 연희 부인의 청을 거절하실 것이옵니다."

이렇게 될 줄 알았다. 이놈의 궁궐은 처음부터 연의 편이 아니었다. 하지만 아무리 그래도 그렇지, 궐에 들어오자마자 하녹에게 머리 숙이고 청할 일이 생기다니.

그의 반응 따위는 새삼 상상해 볼 필요도 없었다. 보나마나 그걸 빌미로 그녀를 잔뜩 약 올리려 들 것이다. 그것도 싱글벙글 웃는 낯으로 말이다. 오! 끔찍해라.

"그 밖에 점찍어 두신 이가 더 있사옵니까?"

"아니에요. 삼고뿐입니다."

"하오면 나머지는 쇤네가 임의로 들이도록 하겠사옵니다."

"참, 될 수 있으면 장락전의 시녀들은 삼가……."

"그 점은 염려 놓으시옵소서. 쇤네도 지아비로부터 들을 만큼 들었사옵니다. 게다가 지금 장락전의 시녀를 원하여 국대부인의 심기를 건드리는 것은 심히 바람직하지 못한 처사이옵니다."

연은 씁쓸히 웃으며 고개를 끄덕였다.

"예, 그럼 아주머니만 믿겠습니다."

"아주머니라니요? 궁에서까지 아주머니 소리 듣는 것은 사양하겠사옵니다. 쇤네는 그 말을 별로 안 좋아해요. 모쪼록 편히 방상이라 불러주시옵소서."

"아, 예."

"하오면 괜찮은 아이들을 골라오겠사옵니다. 쇤네가 돌아올 때까지 문을 단단히 걸어 잠가두시옵소서. 누가 부르든지 간에, 결코 문을 열고 나가시면 아니 될 것이옵니다."

연이 고개를 갸웃했다. 방상은 상반신을 기울여 자못 은밀하게 속삭였다.

"희첩들은 유독 명이 짧지요. 혹여 국대부인이나 대부인께서 납시더라도 그냥 모른 척하세요. 나중에 자느라 몰랐다고 둘러대면 되옵니다. 지금 연희 부인께서 믿으실 분은 오로지 전하뿐이옵니다."

방상이 바삐 나간 후, 연은 얼떨결에 문을 걸어 잠갔다.

이 궁궐은 실로 해괴한 곳이다. 처음부터 마음에 들지 않았다. 아무래도 여기서 오래 살지는 못할 성싶었다. 연은 영문 모를 불길한 예감에 파르르 진저리를 쳤다. 하지만 이내 그 영문을 알아내고는 맥 빠진 얼굴로 한숨만 쉬었다.

믿을 사람이 오로지 하녹뿐이라니. 이 세상 사람을 다 믿어도 하녹만은 못 믿는다. 그는 끝까지 연의 뒤통수를 쳤다. 그녀는 또 보기 좋게 속아 넘어갔다.

"언제는 승전하면 홍의금을 준다더니만……."

연은 한탄조로 투덜거리면서, 방상이 그녀를 위해 준비해 놓은 옷가지를 들여다보았다. 그러고는 웃지도 울지도 못할 심정으로 한숨만 쉬었다.

곱디고운 비단 저고리의 옷깃은 어쨌거나 완연한 선홍색이었다.

너무나도 많은 일이 한꺼번에 일어난 나머지 기진맥진했던 연은 세상모르게 곯아떨어졌다. 하여 방상이 돌아와 문을 두들기는데도 한참 동안 '모른 척'을 하고 말았다.

방상은 자신이 마음대로 쥐락펴락할 수 있을 법한 어린 시녀들을 데려와 마구 닦달하며 부지런을 떨었다. 덕분에 연은 해 질 무렵 목욕을 마치고 한껏 단장한 후 주안상 앞에 앉을 수 있었다.

연은 삼고를 떠올리며 결심을 단단히 굳혔다. 삼고는 이제까지 옥사에 갇혀 있었다. 장장 사 년째였다. 그동안 연은 장락전을 나와서 노병이 되어 전쟁을 두 번이나 겪었으며, 손목을 부러뜨리고 온몸에 멍이 들어가면서 창술과 마술을 익혔다. 그녀 나름으로는 제법 고생이 많았다. 하지만 그 기나긴 세월 동안 줄곧 홀로 옥사에 갇혀 있었던 삼고의 고초에 비하면, 그까짓 고생은 고생 축에도 못 끼는 것 같았다.

기필코 삼고를 해방시켜 주고 싶었다. 그럴 수만 있다면, 하녹에게 방싯방싯 웃으면서 술 따르는 것 정도는 일도 아니었다.

"술에 독이라도 탔소?"

하녹이 불만스러운 표정으로 물었다. 연은 생긋 올린 입술 끄트머리의 각도를 애써 유지했다.

"그럴 리가요. 독 같은 건 보지도 못하였습니다."

"하면 희첩이 된 게 그리 좋은가?"

연이 바람직한 대답을 하기까지는 약간 시간이 걸렸다.

"물론입니다."

"거짓말을 전혀 못 하는군. 괜찮소. 원하는 게 있으면 말해보오. 기분 나쁘게 굴지 말고."

연은 미소 띤 입술에 잔뜩 힘을 주었다.

이 변덕을 누가 당하랴. 막무가내로 궁궐에 끌어다 놓을 때는 언제고, 기껏 잘해주니까 사람을 앞에다 두고 기분 나쁘다는 말을 아무렇지도 않게 한다.

하녹은 술병을 쥔 채 그녀를 빤히 바라보고 있었다. 연은 이윽고 바보처럼 웃는 짓을 그만두었다.

"삼고라는 시녀를 이곳에 두고 싶습니다."

"아무나 고르라 일렀거늘, 누가 방해라도 하였소?"

"실은 지금 후궁 내의 옥사에 갇혀 있습니다. 내전의 화단을 망친 죄로, 벌써 사 년째 옥살이 중이라고 합니다. 반드시 구해주고 싶습니다."

"반드시 구해준다……? 알던 사람이오?"

"예. 장락전에 있었을 때 신세를 많이 졌습니다."

'전하께서 떠밀어 넣으셨던 그 장락전 말입니다. 차라리 죽는 게 나은 그 장락전이요'라는 말이 목구멍까지 치밀었다가 도로 들어갔다. 연은 울컥거리는 울분을 참느라 슬그머니 그로부터 시선을 피했다.

하녹이 잠시 생각하더니 이내 답을 주었다.

"좋소. 그대가 내 술 한 잔만 받으면."

연이 그를 휙 돌아보았다. 그녀는 어느새 활짝 눈웃음까지 치고 있었다.

예상보다 훨씬 수월한 거래였다. 삼고만 풀어준다면야 그깟 술 한 잔이 무에 대수인가. 한 병이라도 마셔줄 수 있다.

"좋습니다."

하녹은 싱긋 웃었다. 그는 들고 있던 술병을 제자리에 내려놓았다. 그러고는 이미 술이 가득 차 있는 자신의 잔을 들어 올렸다.

괜찮다. 누구 잔인지는 상관없다. 어차피 아직 입도 안 댄 잔이다.

연은 냉큼 양손을 고이 모아 내밀었다. 그러나 하녹은 아랑곳않고 그 술을 자신의 입속으로 단숨에 털어 넣었다. 그러더니만 손가락 끝으로 자신의 입술을 톡톡 쳤다.

연은 잠시간 눈을 심히 깜빡거렸다. 그 환영은 좀처럼 사라질 줄 몰랐다. 그녀의 눈앞에서 벌어지고 있는 이 믿지 못할 광경은 틀림없는 현실이었다.

"그걸 마시라고요?"

하녹이 만족스러운 듯 눈웃음을 지은 채 고개를 끄덕였다. 하도 어처구니가 없어서 헛웃음이 다 나왔다.

"하하, 그러니까 지금 저더러 전하의 입속에 든 술을 마시라고요?"

하녹은 여전히 웃는 낯으로 고개를 끄덕였다.

'미쳤어요? 제가 왜 그런 더러운 걸 마셔야 합니까!'라며 대들려던 연은 이내 그 이유를 생각해 냈다. 삼고를 위해서다. 몹쓸 병까지 걸려서 가뜩이나 불쌍한 그 할머니가 무려 사 년씩이나 옥에 갇혀 있다지 않는가.

어쩐지 술 한 잔뿐이라는 게 이상하다 했다. 그녀를 약 올릴 이 절호의 기회를 그가 놓칠 리 없었다.

분노에 차서 숨을 씩씩 몰아쉬던 연은 마침내 결심을 굳혔다.

"꼭 삼고를 풀어주셔야 합니다."

하녹이 나긋나긋 고개를 끄덕였다.

연은 심호흡을 한 후, 그의 입 앞으로 자신의 잔을 쑥 내밀었다.

"자, 주십시오."

"푸헉! 흐흐, 하하하하!"

연은 오만상을 찌푸린 채 얼굴에 튄 술을 소매로 꾹꾹 눌러 닦았다. 그는 숨넘어가는 소리로 웃으면서 자신의 잔을 도로 채웠다.

"가지가지로군. 재미있긴 했소만, 이번에는 제대로 받으시오. 입술로 주거든 입술로 받는 게 예의라오."

그녀가 뭐라 반박할 틈도 주지 않고, 그는 술잔을 한입에 비웠다. 그리고 손을 뻗어 그녀의 목덜미를 부드럽게 쥐었다. 그의 얼굴이 코앞에까지 왔을 때, 연은 못 견디고 눈을 감아버렸다.

일자로 앙다문 그녀의 입술에 그의 입술이 닿았다. 그녀는 입술에 힘을 꽉 주고는 술 한 방울이 겨우 들어갈 정도로 우물쭈물 좀스럽게 입술을 벌렸다. 그 비좁은 틈으로도 그는 술을 용케 안 흘리고 집어넣었다.

그런데 보자, 보자 하니까 감질나게 천천히도 집어넣는다. 도대체 언제까지 입술을 붙이고 있을 작정이란 말인가! 그 와중에 심지어 한 손으로는 그녀의 옆구리를 슬그머니 쓰다듬기 시작했다.

일순 정수리 끝까지 소름이 쫙 올랐다. 그녀는 보르르 몸서리를 쳤다. 그러고는 이 끔찍한 상황에서 빨리 벗어나기 위해 필사적으로 술을 빨아들였다. 엄밀히 말하자면 그의 입술을 빨아들였다. 그러다가 술이 아닌 다른 것이 난데없이 불쑥 들어오는 바람에 놀라서 그를 팩 밀쳤다.

"으윽! 뭐 하시는 겁니까!"

"그대야말로 뭐 하자는 거요? 언제는 입술 부르트도록 열렬히 입을 맞추더니만."

하녹이 되레 화를 내면서 투덜거렸다.

아! 그러고 보니 방금 처음으로 입을 맞췄다. 그녀의 일생에 길이 기억될 최초의 입맞춤이었다. 어째서 이런 사람과 이런 식으로……! 울고 싶어졌다.

그의 희첩이 되었다는 사실을 새삼 마음에 새긴 연은 울상을 지은 채로 말을 잃었다. 풀이 죽은 그녀를 멀뚱멀뚱 보던 하녹이 곧 두 개의 잔에 술을 채웠다.

"하기 싫은 일 억지로 할 필요 없소."

연은 고개를 숙인 채 눈동자만 쓱 올려 그를 쳐다보았다.

"삼고는 풀어주실 거죠?"

"아니 되오."

"왜요!"

"이유는 그대가 더 잘 알 텐데."

그는 변덕이 죽 끓듯 하며 근본적으로 '순 나쁜 놈'이고 더불어 속이 빈대만 하다. 혓바닥까지 들어온 바람에 놀라서 좀 밀쳤더니만 겨우 그걸로 삐친 것이다. 좀생이가 따로 없다.

갈등에 빠진 연은 삼고를 구해야만 할 당위성에 대해 처음으로 진지하게 고심했다. 그러고는 곧 암담한 심정으로 그의 잔을 들어 건네었다.

"주십시오. 다시 받으면 될 것 아닙니까."

"흐음."

그는 느긋하게 턱을 괴더니 연을 빤히 바라보았다. 그녀는 거의 그의 입술에 닿도록 술잔을 들이밀었다.

"빨리 주십시오."

"빨리 끝내 버리고 싶소?"

"예."

하녹이 쓴웃음을 지으며 잔을 받았다. 단숨에 잔을 비운 그는, 그러나 그 술을 꿀꺽 삼켜 버렸다. 그러더니 다시금 자신의 잔을 채웠다.

"나는 그러기 싫소."

술병을 든 손이 연의 잔 앞에 와서 멈추었다. 그는 어서 잔을 비우라는 양 턱을 한 번 치켜들고는 내도록 기다릴 태세였다. 그녀는 마지못해 술잔을 비웠다.

아까는 맛 따위를 따질 겨를도 없이 마셨으나, 이제 보니 아주 고약한 맛이었다. 하지만 기껏 비운 보람도 없이 술잔이 도로 가득 찼다.

"참, 그러고 보니 전부터 궁금한 게 하나 있었는데……."

말하면서 그가 연의 오른손을 덥석 잡았다. 반사적으로 손을 빼려고 애쓰던 연은 삼고를 떠올린 즉시 체념하였다.

"이 굳은살 말이오. 대관절 무엇을 하여 생긴 것이오?"

"문신이요."

"문신?"

"성도에서, 저는 바늘로 사람의 이마에 문양을 새기는……."

"아하! 죄인의 표식을 새기는 일을 하였군."

하녹이 그녀의 손끝을 관찰하면서 고개를 끄덕였다. 그녀는 양미간을 좁혔다.

"죄인의 표식이 아니에요. 그것은 하늘의 문양입니다."

의아한 눈빛을 보내는 하녹을 향해 연은 조금 더 분명한 투로 말을 이었다.

"밖에서 무슨 죄를 지었든, 성도에 들어온 이상 그들은 하늘의 노비입니다. 죄인도 아니며 인간도 아닙니다. 하늘의 소유물이지요. 그러므로 누군가가 함부로 해치지 못하도록 그 주인의 표식을 새겨두는 것입니다."

"이런, 모르고 해쳤던 것 같은데."

"그러셨겠지요."

연은 차갑게 한마디 내뱉고는 입을 다물었다. 하녹이 변명하듯 말했다.

"그들은 그때 어차피 죽을 상황이었소."

"예. 누구나 언젠가는 죽으니까요."

하녹은 답답한 듯 크게 한숨을 쉬더니 잔을 비웠다.

다시금 그의 잔을 채운 술병이 또 그녀의 잔 앞에 와서 기다렸다. 연은 하는 수 없이 도로 잔을 비우고 내려놓았다.

"그대도 그런 노비였소?"

술병을 기울이며 던진 그의 가벼운 질문에 연은 한참의 틈을 두고 답하였다.

"아닙니다."

"그런데 왜 사람이 못 되어 안달이지?"

연은 다시 침묵에 잠겼다. 그녀가 그 답을 미처 다 궁리해 내기도 전에, 하녹은 혼자서 그 답을 찾아낸 눈치였다.

"알 만하군."

인상을 쓰며 중얼거린 그는 또 술을 한 잔 비우더니만, 이번에도 그녀의 잔 앞에 술병을 들이밀었다. 그녀는 이번 역시 무언의

압력에 못 이겨 술잔을 비웠다. 어쩐지 아까보다 고약한 맛이 좀 덜한 듯했다.

"그대는 혹여 나에 대해 궁금한 것이 없소?"

"없습니다."

"전혀?"

털끝만큼도 없었다. 한 달에 두 번씩이나 보아왔기에, 그녀는 이미 하녹에 대해서 알 만큼 알고 있었다. 그는 온갖 나쁜 점들로 똘똘 뭉친 사람이었다. 그 이상은 알 필요가 없다.

그러다 문득 이날 온종일 그녀의 머릿속을 맴돌던 의문이 떠올랐다.

"왜 저를 희첩으로 삼으셨습니까? 전하께는 대부인도 계시잖아요."

"그러니 희첩으로 삼았지. 대부인을 두고 대부인으로 삼을 수는 없잖소."

연은 말장난할 기분이 아니었다. 아랫입술을 깨물고 잠깐 그를 노려보던 연이 도로 물었다.

"좌우간 저를 이 궁궐에 다시 끌어다 놓으신 연유가 무엇입니까?"

"아! 그러고 보니 생각나는군. 청목산에서 그대를 만나면, 해주려던 말이 있었다오."

그는 운만 뗀 채로 잔을 비우더니, 또다시 은근히 그녀를 재촉했다. 연은 얕은 한숨과 함께 술잔을 비우곤 그의 뒷말을 기다렸다.

넘치도록 그녀의 잔을 도로 채운 하녹이 자못 심각한 얼굴로 술병을 내려놓았다.

그는 그녀의 손을 잡은 손에 지그시 힘을 주었다. 그러더니만 무슨 선언이라도 하듯이 장엄한 어조로 말했다.

"그대를 원하오. 더는 참을 수가 없소. 이제는 오기로라도 내 손에 쥐어야겠소."

지금 손에 쥐고 있지 않은가!

연은 허탈한 심정으로 눈길을 내리깔았다. 가슴이 갑갑하여 눈앞에 놓인 술이나마 발칵발칵 마셨다. 술이 주는 자극에 그제야 속이 좀 뚫리는 듯싶었다. 이래서 사람들이 술을 마시는구나 싶었다.

"저는 싫다고요. 저는 여기가, 이 궁궐 자체가 싫습니다. 두 번 다시는 오고 싶지 않았습니다. 저는 여기서……."

말을 멈춘 연은 그새 가득 찬 잔을 다시금 비웠다. 그러고는 술잔을 탁 내려놓으면서 언성을 높였다.

"제가 왜 전하를 싫어하는지 아십니까? 저를 장락전에 집어넣으셨기 때문입니다. 저는 거기서 딱 죽고 싶었습니다."

"아하, 그대는 나를 싫어하는군."

하녹이 그녀의 잔에 술을 따르면서 중얼거렸다.

"예! 싫어요. 손목을 부러뜨리질 않나, 여기저기 만지작거리질 않나. 이것 보세요. 지금도 손을 잡고 계시잖아요."

"이런, 실례가 많았소."

하녹이 얼른 그녀의 손을 놓았다. 이번에는 오른손으로 잔을 비운 연이 좀 더 힘차게 술잔을 내려놓았다.

"그리고……. 아, 맞다! 저 진짜 궁금했습니다. 도대체 그 수통은 뭡니까? 그거 전하께서 쓰시던 거죠? 저한테 버리고 새 수통으로 바꾸신 거잖아요."

"버린 건 아니었소. 우보의 수통보다는 내 수통을 쓰는 편이 더 좋을 것 같았거든."

"그럼 새 수통을 주셨어야지요!"

하녹이 불현듯 싱글벙글 웃으면서 고개를 양옆으로 갸웃갸웃했다.

"그런 식으로 웃지 마십시오. 그렇게 웃으시면 무섭단 말입니다. 또 사람을 어떻게 골탕 먹이려나 싶고."

"하하하! 그대는 술 좀 들어가니까 굉장히 재미있어지는군. 겨우 몇 잔으로 벌써 취하였소?"

"취하기는요. 저는 말짱합니다. 어디까지나 솔직하게 말씀 드리는 것일 뿐입니다."

"지나치게 솔직하오만?"

"전하께서도 좀 솔직해져 보십시오. 만날 거짓말만 하지 마시고. 홍의금을 주신다더니만 이게 무슨 홍의금입니까? 옷깃만 붉다고 다 홍의금인가요!"

"흐음, 이게 어째서 붉은색이오? 내가 보기엔 자황색 같은걸."

하녹이 손을 뻗어 그녀의 옷깃을 쥐었다. 그는 옷깃에 코라도 박을 기세로 바짝 몸을 기울여 들여다보았다.

연은 눈을 부릅뜨고 자신의 옷깃을 다시 살펴보았다.

"제가 빛깔 이름은 환히 꿰고 있습니다. 이건 절대로 자황색이 아닙니다. 선홍색이지요."

"아니, 자황색이오. 선홍색은 이렇게 누렇지 않소."

"어디 누런빛이 있다고 그러십니까? 이건 분명 자황색입니다. 아니, 선홍색입니다."

색 이름을 헛갈린 연이 무심코 머리를 흔들었다. 갑자기 속이 울렁거리면서 현기증이 일었다. 그녀는 부지불식간에 눈을 질끈 감고 심호흡을 두어 차례 했다.

도로 눈을 떴을 때, 그녀는 코앞에 바싹 붙어 있는 하녹의 얼굴을 보고 소스라치게 놀랐다.

그의 눈매와 입술은 더할 나위 없이 부드러운 호선을 그리고 있었다. 화가 나리만치 근사한 미소였다. 이내 고개를 숙인 그의 입술이 옷깃 사이를 파고들었다. 다시금 정수리 끝까지 오슬오슬 소름이 돋았다.

연은 그제야 자신의 상태가 정상이 아님을 깨달았다. 정상이라면 그 소름 끼치는 기분을 좋다고 느낄 수가 없었다.

"저, 저 취했습니다."

"하하."

입술을 들이댄 채로 웃는 그의 숨결에 머리끝부터 발끝까지 오싹거렸다.

"빨리 술 주십시오. 꼭 삼고를 구해야 합니다. 그분이 아니었으면 저는 장락전에서 벌써 죽었을 것입니다."

그녀가 말하는 사이, 하녹은 미소를 머금은 채 자신의 잔을 비웠다. 잔을 놓은 손이 아까처럼 그녀의 목덜미 뒤로 향하였다. 그의 한 손은 여전히 그녀의 옷깃을 쥐고 있었다.

천천히 입속으로 미지근한 액체가 흘러들었다. 스멀스멀 입안까지 소름이 돋는 기분이었다. 아까 전까지만 해도 고약하던 술이 신기할 정도로 달콤하게 느껴졌다.

그래, 전하와 함께 마시는 술이니 분명 좋은 술이리라. 그래서 을음이 풍기는 술 냄새는 항상 향기로웠다.

"연아!"

손 흔들며 부르던 그의 모습을 떠올린 찰나, 입속이 소태처럼 씁쓸해졌다.

돌연 하녹이 입술을 떼어냈다. 그는 그녀를 물끄러미 바라보면서, 입에 남은 술을 삼켰다.

"다시 한 번 일러두겠는데, 하기 싫은 일 억지로 하지 마시오. 삼고는 석방하라 이르겠소. 그리고 나……."

연은 자기도 모르게 흘러내린 눈물을 훔치며 그의 뒷말을 기다렸다.

그는 무슨 잘못이라도 한 어린아이 같은 표정으로 돌변하여 물었다.

"……오늘밤에 여기서 자도 되오?"

연은 할 말을 잃었다. 그녀의 눈치를 흘긋 살핀 하녹이 이내 시선을 내리곤 변명조로 말했다.

"대전에서 자기 싫소. 그곳은 내 거처가 아닌 것 같아서. 혼자 자는데도 꼭 누구랑 같이 자는 듯한 기분이거든."

"여기서 주무세요, 그럼."

연은 무심결에 순순히 승낙하였다.

그녀는 그다지 넓지 않은 와상 위에 그와 나란히 누워서, 자신이 왜 그렇게 대답했었는지에 대해 곰곰이 생각했다.

그는 이불 밑으로 은근슬쩍 그녀의 손을 잡았다. 곧 그녀 쪽으로 돌아누워 그녀의 팔 하나를 점령하였다. 그러더니 그녀를 와상 밑에 떨어뜨릴 기세로 뭉그적뭉그적 다가와 달라붙었다.

그녀는 줄곧 생각하고 또 생각했다. 그러다가 그녀의 어깨에 코를 묻은 채 몹시도 평온하게 잠든 그의 얼굴을 보고서야 겨우 깨달았다.

술 때문이다. 어쩐지 계속 술을 따라주는 게 수상쩍다 싶었다. 정신 못 차릴 정도로 취한 바람에, 이제껏 본 적이 없는 그의 어두운 얼굴을 보고는 자기도 모르게 연민을 품고 말았다. 지금 남 동정할 처지가 아님에도 불구하고 그놈의 술 때문에……!

그래서 또 이 지경으로 그에게 말려든 것이다. 호랑이에게 물려가도 정신만 차리면 산다 하였거늘, 그녀는 아무래도 살아남기 힘들 성싶었다.

「살아 있었구나.」

삼고는 그리운 한진의 말로 인사를 건넸다. 그 말을 듣자마자 눈물이 복받쳤다. 서러움과 기쁨과 감격을 비롯한 온갖 감정들이 한꺼번에 밀려와, 연은 답삭 삼고의 손을 붙들었다.

「예. 살아 있었습니다. 덕분에 살아 있었습니다.」

「그래야지. 나도 살아 있었단다. 그래서 이렇게 좋은 날을 보는구나.」

방상이 큼큼 헛기침을 하면서 끼어들었다.

"삼고, 어지간하면 우선 목욕부터 하시오. 아까 물을 데워놓았으니, 지금쯤 꼭 알맞을 것이오."

"고맙구먼. 이 미천한 할망구한테 목욕물까지 받아주고. 한데 내가 몸이 이러해서 목욕하기 전에 가릴 것부터 만들어야 한다네."

"벌써 마련해 두었소. 새 옷도 같이 두었으니, 당장 가서 제발 좀 씻으시구려."

삼고는 변함없이 낮고 탁한 목소리로 껄껄 웃으면서 목간으로 들어갔다.

삼고가 사라지자마자 방상은 펄펄 뛰면서 연의 손을 마구 문질러 닦았다.

"세상에나, 연희 부인! 어쩌자고 손을 잡고 그러시옵니까? 저 병이 옮기라도 하면 어찌하시려고요!"

연은 시침 뚝 떼고 웃는 낯으로 말했다.

"저건 병이 아닙니다. 산신령의 지팡이를 훔치신 바람에 천벌을 받으셨을 뿐이에요."

"그 얼토당토않은 말을 설마 진짜로 믿으시는 건 아니겠지요?"

"왜 안 믿어요? 당연히 믿지요. 방상도 한번 믿어보세요."

"같은 처소에 있는 것만으로도 쇤네는 많이 양보하였사옵니다. 부인께서 삼고 덕택에 목숨을 부지하였다고 하시기에, 부득불 봐드린 거라고요. 이 이상은 아니 되옵니다. 향후 또 삼고에게 손을 대시면, 저 할망구든 쇤네든 둘 중에 하나를 택하셔야 할 것이옵니다."

"주의하겠습니다."

연은 얼른 수긍하여 방상의 잔소리로부터 벗어났다. 그러자 방상은 앳된 시녀들 쪽으로 화살을 돌렸다. 별것을 다 트집 잡아 잔소리를 하는 바람에, 듣고 있던 연마저도 머리가 지끈지끈 아플 지경이었다. 방상의 성격이야 익히 들어 알고 있었지만, 이제 보니 첨운이 아내라고 그동안 많이 감싸준 모양이었다.

삼고는 한참이 지나서야 목간을 나왔다. 장장 사 년간의 때를 다 벗겼는지 어쨌는지는 알 수 없었다. 삼고는 여전히 눈만 빼고는 전신에 삼베를 친친 감고 있었다.

연은 삼고가 나오면 그간의 회포를 풀며 오랜 시간 담소를 나눌 계획이었다. 하지만 삼고는 목간을 나서자마자 곧장 연에게 청을 올렸다. 한데 그 청이라는 게 쉬 들어주기에는 무리가 있었다.

「내가 그간 옥살이를 하는 바람에, 아들놈을 못 본 지 너무 오래되었단다. 나도 몸이 이렇게 되기 전까지는 멀쩡하게 애 낳고 살림하던 아낙네였거든. 그래서 아들네에 한 번 다녀오려는데, 한 보름만 나를 밖으로 내보내 줄 수 있겠니?」

연은 좀처럼 답하지 못하였다. 흘긋 본 삼고가 한층 더 절절한 어투로 말을 이었다.

「마지막으로 봤을 때, 마침 며느리가 애를 배고 있었단다. 손자인지 손녀인지도 궁금해서 말이다. 보름이 어려우면 다만 열흘이라도 안 되겠니?」

「여기서 먼가요?」

「멀지. 아주 멀어. 게다가 내가 젊은 사람들처럼 쉭쉭 걸을 수 있나. 가는 데만 닷새란다.」

연은 누런 삼베 사이로 비치는 삼고의 눈빛을 잠시 보다가, 어쩔 수 없이 삼고를 내보내 주마고 약조해 버렸다.

삼고가 흐뭇한 눈빛으로 고개를 끄덕였다.

「고맙구나.」

「꼭 돌아오셔야 합니다.」

「걱정 말렴. 너를 곤란하게 만들지는 않으마.」

앞에 놓인 꿀물을 단숨에 비운 후, 삼고는 지팡이를 짚고 기우뚱 일어섰다. 그러더니 따라 일어선 연을 향해 목소리를 낮춰 일렀다.

「참, 내가 하나뿐인 아들놈 신세를 볶기 싫어서 이 궁궐에 얹혀사느라고 거짓말을 좀 했단다. 여기 사람들은 나한테 피붙이가 있는 줄 몰라. 오갈 데 없는 늙은이라 여겼기에 거처를 마련해 주었지. 그러니 혹 내가 어디 갔느냐고 묻거든, 산신령한테 정기를 받으러 갔다고 해주렴. 그리 말하면 다들 믿을 테지, 암.」

삼고는 그렇게 말했지만, 방상은 그 말을 믿지 않는 눈치였다. 방상은 삼고의 지팡이가 산신령의 지팡이라는 말도 믿지 않았다. 삼고가 도망간 게 틀림없다는 방상의 말에, 연은 잠자코 한숨만 지었다.

그날 밤 처소에 든 하녹을 보고는 한숨이 더 짙어졌다.

"어떤 사람이기에 그대가 한사코 구하려 했는지 보고 싶었거늘, 벌써 도망갔단 말이오?"

"도망간 게 아닙니다. 보름 안으로 돌아올 것입니다."

"산신령의 정기를 받아? 그 말을 정녕 믿소?"

연은 비우길 재촉하는 그의 술병을 보면서도 손 하나 까딱하지 않았다.

"못 믿을 것도 없지요."

"의심이 많은 줄 알았더니만 그렇지도 않군."

그녀는 하녹 한 사람만을 의심하기도 벅찼다. 솔직히 삼고까지 의심할 여력이 없었다. 지금만 해도 그는 술잔을 술병으로 툭툭 치면서, 구태여 그녀에게 술을 먹이려 하고 있지 않은가. 똑같은 수법에 두 번은 안 넘어간다.

"의심이 많은 편입니다만, 삼고는 믿을 만합니다."

'적어도 전하보다는' 하고 속으로 덧붙이면서 연이 가식적인 미소를 지었다. 하녹은 기가 막히게 잘 알아봤다.

"제발 억지로 웃는 것 좀 그만두시오. 누가 웃으라 하였소? 하기 싫은 일은 하지 말란 말이오."

"하면 술은 아니 마시겠습니다."

"왜? 그대는 술을 마시는 편이 훨씬 더 재미있소."

"재미있고 싶지 않습니다."

"아아, 따분하게."

"하기 싫은 일은 하지 말라면서요. 이것 보십시오. 전하께서는 꼭 이렇게……."

연은 차마 말을 잇지 못하고 입을 다물었다. 그러자 하녹이 눈빛을 반짝이며 얼굴을 쑥 들이댔다.

"이렇게 뭐?"

"아닙니다, 아무것도."

"왜 말을 하다가 마오? 취해서는 싫다는 소리도 잘만 하던 사람이.”

“지금 그런 소리를 듣고자 술을 권하시는 겁니까?”

하녹이 씩 웃으면서 고개를 크게 주억거렸다.

연은 가벼운 한숨을 뱉었다. 이제 그녀는 을음을 못 보게 될까봐 말조심을 할 필요가 없었다. 하물며 싫다는 소리를 해달라는데 못 해줄 이유도 없었다.

“정 그러하시다면 술 없이 말씀 드리지요. 전하께서는 변덕이 죽 끓듯 하십니다.”

“아, 그런가? 맞아, 맞아. 하긴 그런 면이 있지. 그리고 또?”

하녹의 눈이 초롱초롱 빛났다. 아무래도 즐기는 듯 보였다. 성격 참 이상한 사람이다.

“손버릇이 나쁘세요. 더듬는 걸 좋아하시지요.”

“그건 그대에게 문제가 있소. 만지고 싶게 생겼거든.”

“이렇게 말도 안 되는 핑계를 아무렇지도 않게 갖다 붙이시는 재주가 있습니다.”

“하하하! 인정하오. 제법 사람 보는 눈이 있군.”

연이 어깨를 으쓱했다. 시원스레 말하고 나니 약간은 기분이 풀리는 듯했다. 하지만 이어지는 하녹의 질문에 그녀는 금세 우울해졌다.

“하면 우보는 어떠하오?”

“장군님은…….”

입을 연 순간 목이 메었다.

연은 무심코 손가락 끝으로 술잔 가장자리를 빙그르 매만졌다. 투명한 술잔 속에 한 점 등불이 주홍빛으로 동동 떠 있었다.

꼭 을음의 눈빛처럼 따뜻한 빛깔이었다.

종종 그러한 눈빛으로 무척 소중한 것을 대하듯 그녀를 바라보곤 했다. 앓고 있을 때면 걱정스러운 얼굴로 그녀의 곁을 지키곤 했다. 국대부인 앞에서 납죽 엎드려 흙바닥에 머리를 댄 채로도 그녀를 위한 변명을 늘어놓았다.

그 넓은 등. 기어이 그녀를 뿌리치고 가던 그 뒷모습.

힘들다고 하였다. 그러면서 그녀를 피해 눈을 감았다. 그녀를 마주 보기가 힘들다는 듯이.

"……거짓말이 서툰데, 솔직하지도 못하세요."

"그런가?"

"예. 그래도 믿음이 갑니다. 같이 있으면 마음이 놓이거든요."

"그래서 좋아하는군."

멈칫한 연은 이내 다급히 변명하였다.

"제가 좋아하는 건 사실이지만, 장군님께서는 모르십니다."

"아오."

하녹은 짤막하게 대꾸하더니 술병에 입을 대고 몇 모금 들이켰다.

술병을 내려놓는 동시에, 그는 연의 어깨를 확 끌어당겼다. 연은 벗어나려고 기를 썼다. 그러나 곧 가만히 안긴 채로 하녹의 속삭임에 귀를 기울였다.

"우보도 아오. 그리고 우보도 그대를 좋아하지. 우보는 그대와 혼인하라는 명도 받았다오."

연이 눈을 동그랗게 뜨고 하녹을 돌아보았다. 그는 싱긋 미소를 머금고 있었다.

"그 사람은 말이오, 명에 살고 명에 죽는 사람이라오. 지엄하신 국대부인의 명을 함부로 거역할 위인이 못 되지. 그런데도 그대를 순순히 내게 보내더군. 내 말이 무슨 뜻인지 알겠소?"

하녹이 그녀를 마주보았다. 그녀는 머릿속이 텅 비어 아무런 생각도 할 수가 없었다.

그는 여전히 웃는 낯으로 천천히, 또박또박 말을 이었다.

"우보는 그대를 버리고 나를 택한 거라오. 한마디로 그대는 나한테 졌소. 그러니 이제 그만 깨끗이 승복하시오."

멍하니 있던 연의 손이 살그머니 움츠러들었다.

"나는 그대가 좋소. 우보도 좋고. 둘 다 갖게 되어 굉장히 기분이 좋다오. 그대만이 여태 상황을 파악하지 못하는 게 안쓰러울 따름이지."

녹녹한 웃음으로 말을 잇는 하녹을 보면서, 연은 뒤늦게 발끈하여 양 주먹을 움켜쥐었다.

"그런 게 아니지요. 장군님께서는 그저……."

"물론 내가 왕이니까 그랬겠지. 나도 안다오. 그런데 내가 원해서 왕이 된 건 아니거든. 하기 싫은 일을 십 년씩이나 했으니, 슬슬 보상을 받을 때도 되지 않았소?"

"보상이요? 하!"

연은 그를 뿌리치고 벌떡 일어섰다.

"그럼 저는요? 죽어도 싫다고 말씀 드렸습니다. 그런데도 억지로 끌어다가 희첩으로 삼으셨잖아요. 이런 저한테는 도대체 어떻게 보상하실 겁니까!"

그는 빙글빙글 웃으며 사람 약 올리는 얼굴로 그녀를 빤히 쳐다보았다.

"십 년 동안 기다려 보시오. 혹 아오? 그대에게도 적절한 보상이 내려질지. 그사이에 희첩이 된 걸 좋아하게 될 수도 있고."

"그럴 일은 절대로 없습니다."

"나랑 내기할까?"

"싫습니다! 전하와는 아무것도 안 합니다. 보기도 싫어요. 솔직히 그동안 한 달에 두 번 보는 것만으로도 치가 떨렸습니다. 한데 어제도 보고 오늘도 보고, 내일도 또 봐야만 하겠지요!"

"단지 보기만 할 뿐이잖소."

"같이 잠까지 잤잖아요!"

"그래, 같이 잤지. 잠만 잤지. 대관절 무엇이 불만이오! 그대가 싫다기에 건드리지도 않았거늘!"

하녹이 탁자를 쾅 치며 일어섰다. 방귀 뀐 놈이 성낸다더니만 딱 그 짝이었다.

위압적으로 키가 큰 그를 올려다보면서도 연은 주눅 들지 않고 냅다 맞받아쳤다.

"안 건드리긴요! 오늘 아침에 전하의 손이 어디에 있었는지 아십니까!"

인상을 있는 대로 찡그리고 있던 하녹이 돌연 멀뚱한 표정으로 변하여 관자놀이를 긁적였다.

"글쎄, 모르겠는걸. 어디에 있었소?"

일순 아침의 일이 생생하게 떠올랐다. 얼굴이 화끈거려서, 연은 도저히 그걸 입에 올려 말할 수가 없었다.

"하, 하여튼 건드리셨습니다."

"그야 한 이불을 덮고 자다 보면 약간의 접촉은 피할 수 없는 거지. 그러는 그대도 밤중에 나를 놀라게 하였잖소."

"아니, 제가 뭘요?"

"시치미 떼지 마시오. 그대는 분명 깨어 있었소. 그렇지 않고서야 어찌 그리 능수능란한 솜씨로 나를 유혹할 수가……."

"어머, 어머! 저는 자고 있었습니다. 맹세코 계속 잤습니다. 그리고 간밤에 제가 뭘 하였든, 그건 어디까지나 잠결에 그런 거겠지요. 유혹이라니요. 오해하지 마십시오!"

얼굴 붉히며 외치는 연을 향해 하녹이 별안간 해맑은 미소를 지었다.

"나도 잠결에 그랬다오."

아무 일도 없었다는 양 자리에 앉아 술 한 모금을 머금는 하녹을 보면서 연은 깨달았다.

말려들었다. 그의 거짓말에 또 속아 넘어갔다. 간밤에 그녀는 필시 얌전히 잤을 것이다. 그리고 그는…….

순간 연은 흠칫 몸을 떨었다.

스며들듯 앞섶 사이로 미끄러져 들어오던 손길이 여태 생생했다. 어쩌면 그토록 자연스럽게, 마치 자기 앞섶이라도 되는 양 아무런 거리낌 없이 손을 집어넣을 수 있단 말인가! 아무리 생각해봐도 그는 그때 깨어 있었던 게 틀림없었다.

연은 자리에 앉았다. 그가 깨어 있었는지 여부를 구태여 확인해 볼 기분은 아니었다. 대신에 그녀는 확고한 어조로 일렀다.

"오늘밤엔 다른 데서 주무십시오."

하녹은 전날처럼 한없이 불쌍한 표정으로 돌변하여 그녀를 돌아보았다.

“대전은 싫대도 그러오.”

“내전으로 가시면 되잖습니까.”

“거긴 더 싫소.”

“그럼 장락전으로 가세요. 좌우간 앞으로는 전하와 한 이불을 덮고 자기 싫습니다.”

“아아.”

누가 보면 세 살배기 어린애인 줄 알겠다. 상반신을 근들근들 흔들어가며 떼쓰는 품이라니. 하다못해 곤우도 저러지는 않는다.

겉으로는 멀쩡히 다 큰 어른이 떼쓰는 꼴을 보는 동안, 이미 한계에 다다랐던 연의 인내심이 급기야 선을 넘었다.

“아, 그냥 여기서 주무세요! 제가 건넌방에서 자면 되니까!”

“칫. 그러시오.”

연은 그 짧은 대답이 끝나기도 전에 발딱 일어났다.

“하면 편히 침수 드시지요.”

던지듯 인사를 건넨 그녀는 재빠르게 방을 나섰다. 그러나 건넌방을 한 번 들여다보고는 금방 되돌아왔다.

그 방은 숫제 창고였다. 궤짝들이 꽉꽉 쟁인 터라, 몸을 구겨야 겨우 한 사람 누울 만한 방바닥이 남아 있을 뿐이었다. 그렇다고 해서 연이 그와 함께 자려고 돌아온 것은 아니었다.

“이불을 가지러 왔을 따름입니다.”

연은 와상 쪽으로 졸래졸래 따라오는 그를 돌아보지도 않고 냅다 쏘아붙였다.

와상 앞에 멈춘 그녀는 이불을 거두고자 양팔을 한껏 벌리고 허리를 굽혔다.

"으악!"

다짜고짜 연을 뒤에서 끌어안은 그는 그대로 그녀를 덮어버렸다.

"놓으십시오!"

"쉿."

귓가로 훅 부는 숨결에 온몸이 그닐거렸다. 연은 하녹과 와상 사이에 낀 채로 부르르 떨었다. 이내 사지를 버둥거려 보았으나 벗어날 재간이 없었다.

"왜 이러십니까! 당장 놔요!"

"그냥 자자."

"싫습니다! 비키세요!"

그는 아랑곳없이 그녀를 번쩍 들어 와상 위에 올렸다. 그러더니 이제는 다리까지 꽉 졸라서 그녀를 옴짝달싹 못 하게 품속에 가두었다.

육축의 이름을 모조리 거론하는 그녀의 욕설이 들리지도 않는 양, 그는 그녀의 목덜미에 코를 묻고 속삭였다.

"향이 좋아. 알고 있소?"

그의 팔을 떼어내려고 안간힘을 쓰던 연은 그 상태로 멈칫 굳어졌다.

"온종일 이 순간만 기다렸다오. 숨을 쉬고 싶었어. 오늘은 유독 힘들었거든."

말끝에 연의 목덜미가 싸늘해졌다. 이내 축축하고 더운 바람이 불었다. 들숨과 날숨이 선명하게 반복되었다. 그는 정녕 숨만 쉬고 있었다.

연의 손에서 사르르 힘이 빠졌다. 그는 한동안 꼼짝도 않고 오로지 숨만 쉬었다. 혹 이 상태로 잠이라도 들었나 싶어 고개를 반쯤 돌렸을 때, 그는 가까워진 그녀의 귓가에 또렷이 속삭였다.

"미안하오. 뭐든지 다 미안하오. 그런데 나도 좀 살아야겠소."

거짓말, 거짓말. 속으로 되뇌면서도 연은 그대로 있었다. 그 정성스러운 숨결을 차마 뿌리치지 못하였다. 그녀는 한 번도 그처럼 절실하게, 온 힘을 다하여 숨을 쉬어본 기억이 없었다. 설령 그 숨마저 거짓이라 할지라도 피할 수가 없었다.

하여 연은 그저 잠자코 그에게 말려들어 주었다.

안 보여도 안부조차 궁금하지 않던 그가, 불현듯 몹시 궁금해졌다.

가끔 일진이 지독스레 나쁜 날이 있다. 그런 날은 모든 일이 뜻대로 안 풀리고 별 희한한 게 다 신경을 긁으며, 하다못해 그냥 길을 걷다가도 새똥을 맞거나 개똥을 밟는다.

연은 아침에 눈을 뜨기도 전부터 이날이 바로 그런 날임을 직감하였다.

지난밤 그토록 애절하게 그녀의 어깨를 붙들고 있던 하녹의 손은 밤새 밑으로 내려와 있었다. 그런데 내려오다가 그만 가슴에 걸린 모양이었다. '예상했던 것보다 좀 작았을 뿐'인 그 가슴에 말이다.

"이래도 잠결이라고 하실 테지요."

흠칫 놀랐던 연은 나지막이 빈정거리면서 그의 손을 치웠다. 과연 잠결이었던지 그의 손은 별다른 저항 없이 떨어져 나갔다.

곧 일어난 그는 기어이 조찬을 함께 들겠다며 떼를 썼다. 그러더니만 아침 밥상머리에서부터 그녀의 신경을 박박 긁었다. 밥 먹다가 물을 마시지 말라는 둥 아침부터 느글거리는 고기를 먹으라는 둥 잔소리까지는 그럭저럭 참을 수 있었다. 자기 침이 잔뜩 발린 젓가락을 왜 남의 입에다가 쑤셔 넣는단 말인가. 그것도 하필 고기를!

전쟁보다 더한 아침 식사가 끝나고 꾸물꾸물 늑장을 피우던 그가 이윽고 밖으로 나갔다. 연은 겨우 한숨 돌렸다. 그러나 이번에는 방상이 그녀를 들들 볶았다.

"인사는 빠르면 빠를수록 좋사옵니다. 피차 준비가 덜 된 상태가 바람직하옵니다. 빈손일지언정 서둘러 웃어른을 찾아뵙는 마음가짐을 표하면, 웃어른으로서는 그 다급한 발길만으로도 위신이 서는 법이옵니다. 엊그제는 참전의 피로로 인해 오수에 드시고, 어제는 삼고 때문에 또 하루가 지체되지 않았사옵니까. 지금도 이미 인사가 늦었다는 말씀이옵니다."

방상의 주장에 못 이겨, 연은 하는 수 없이 장락전으로 향하였다. 그러고는 대문 밖에서 쫓겨났다. 단순한 문전박대가 아니라 물벼락까지 맞았다. 하물며 구정물이었다. 게다가 그녀에게 구정물을 뿌린 이들은 옛날에 익히 보아왔던 얼굴들이었다.

"두 번 다시는 아니 갑니다!"

연은 이를 부득부득 갈면서 처소로 돌아왔다. 방상도 구정물

공세에는 대경한 눈치로 잠시간은 잠잠했다. 그렇지만 목욕이 끝난 후 새로이 몸치장을 해주면서 다시금 잔소리를 퍼붓기 시작했다.

"장락전에 인사를 여쭈러 가셨사오니 당연히 내전에도 가셔야 하옵니다. 아니 가시오면 이는 남들 눈에 대부인을 무시하는 처사로 비치게 되옵니다. 대부인께서 하옥하셨던 삼고를 시녀로 삼으신 마당에 인사마저 아니 가시오면, 구설을 피할 길이 없사옵니다. 어차피 한 번은 찾아뵈어야 할 터, 시일을 끌수록 연희 부인께 여러모로 불리할 따름이옵니다."

인사란 서로 친한 사람들끼리 더 친하게 지내자고 하는 것이 아니던가. 싫은 사람들끼리는 피차 얼굴을 안 보여주는 게 오히려 예의다.

대부인은 하녹의 부인이었다. 연이 엎드려서 절을 한들, 대부인이 그녀를 반길 리 없었다. 만일 연이 을음과 혼인했는데 을음이 다른 여인을 집에 데려온다면 그야말로 구정물을 뿌릴 일이었다. 인사한답시고 내전에 가봤자 또다시 대문 밖에서 물벼락이나 맞을 게 뻔했다.

그럼에도 불구하고 연은 은근히 이는 호기심 때문에 못 이긴 척 내전으로 향했다. 그녀는 대부인을 본 적이 없었다. 예전에 장락전에서 봤을 수도 있겠지만, 아마도 대부인인 줄 모르고 그냥 지나쳤을 터였다.

어떻게 생긴 사람인지 무척 궁금했다. 엄밀히 말하자면, 대체 어찌 생겨먹은 사람이기에 하녹 같은 사람과 혼인까지 하였는지 심히 궁금했다.

다행히도 물벼락은 없었다. 내전 안으로 들어선 연은 장락전과는 사뭇 다른 분위기에 자기도 모르게 긴장이 풀렸다. 넓지만 아기자기하게 꾸며진 정원을 지나 방 안에 들어서자, 입가에 절로 미소가 맺혔다.

온 방이 다 화사한 진홍빛이었다. 방장과 와상의 휘장, 이부자리와 탁자 보에 방석까지 사방팔방이 진홍빛 천지였다. 대부인 공요는 그 방에 딱 어울리는 진홍빛 도포를 입고 연을 맞이하였다.

연은 일단 머리 조아리고 절부터 올린 다음, 대부인이 권하는 대로 자리에 앉아 천천히 눈길을 들었다.

한숨이 나오리만치 아름다웠다. 진홍색은 마치 공요를 위해 존재하는 빛깔 같았다. 화려하고 관능적이면서도 우아한 그 품위에 압도되어, 연은 멍하니 굳어졌다. 이런 부인을 두고 한눈을 팔다니, 하녹은 정상이 아니다.

공요는 험한 일을 한 번도 안 해본 듯한 섬섬옥수로 청록색 깃털 부채를 나긋나긋 흔들었다. 그 손길이 어찌나 섬연하던지, 연은 정신 못 차리고 말끄러미 그 손만 바라보았다.

"여염에서도 그러하듯 왕실에서 역시 처첩의 본분은 후사를 생산하는 것이라오. 그간 모두의 기대를 한 몸에 받았으면서도 여태껏 본분을 다하지 못하여, 나는 실로 면목이 없소."

공요는 한량없이 고운 음성으로 한탄하였다. 어쩐지 그 말이 가슴에 확 와 닿았다. 연은 조용히 공요의 말에 귀를 기울였다.

"투기는 죽어서도 용서 받지 못할 대죄라지만, 솔직히 연희를 보는 이 내 마음이 그리 좋지만은 않구려. 그러나 어찌하겠소."

연도 이런 관계로 공요를 만나게 되어 진심으로 안타까웠다.

만약 우보의 부인으로서 공요를 만났다면, 그녀는 기꺼이 공요를 숭배하며 따랐을 터였다.

“아이를 낳지 못하는 여인이 감히 전하를 곁에 붙들어 둘 수는 없는 노릇. 비록 이 왕실에 한진인의 피가 섞이기를 바라는 이는 아무도 없을 터이나, 그래도 하나보다야 둘이 낫지 않겠소. 누구든 속히 대를 이어, 전하와 국대부인의 심기를 편안케 해드립시다. 오늘은 미처 올 줄 모르고 다과조차 제대로 준비하지 못했으니, 내 근일에 따로 날을 내어 부르리다. 그만 물러가 보시오.”

연은 입을 굳게 봉한 채 다시 절을 올리고 물러났다. 옆에서 방상이 자꾸만 이것저것 꼬치꼬치 캐물었으나, 연은 처소로 돌아오는 내내 침묵을 지켰다.

속이 부글부글 괴었다. 그렇다고 해서 공요가 딱히 틀린 말을 한 것도 아니었다. 한진인인 그녀를 앞에다 두고 한진인 운운한 것은 실례였으나, 그래도 결론은 잘 지내자는 것이었다. 그런데도 그녀는 묘하게 울화가 치밀어서 견딜 수가 없었다.

그날 밤 연은 석식도 마다하고 곧장 잠자리에 들었다. 어느 틈엔가 슬그머니 옆에 기어든 하녹은 전날처럼 그녀의 등에 찰싹 달라붙었다. 연은 전날처럼 몹시 궁금해졌다.

그토록 아름다운 부인을 놔두고, 이 사람은 대체 왜 여기서 이러고 있는 걸까.

‘대부인께로 가서 대나 이으십시오.’

그러나 입속에서 맴도는 말을 연은 끝끝내 뱉지 못하였다.

아들네에 간다고 보름의 기한을 약조하고 떠났던 삼고는 고맙게도 열이틀 만에 돌아와 주었다. 오는 길에 비둘기도 한 마리 데려왔다.

좁은 조롱에 갇힌 비둘기는 족쇄처럼 양쪽 다리에 검은 고리를 차고 있었다. 연은 그게 자신을 위한 선물인 줄 알았다.

「아들놈이 나 심심하지 말라고 힘들게 잡은 거란다. 미안하지만 네게 주지는 못하겠구나. 그나저나 그새 신수가 훤해졌네. 서방 생기니 그리 좋으니?」

「어머! 아니에요. 만날 싸우느라고 전쟁이 따로 없는걸요.」

삼고는 껄껄 웃었다.

「사랑싸움이로구먼.」

「그냥 싸움이에요. 저는 어지간하면 참는 편인데, 전하의 성격이 하도 이상하니까 싸울 수밖에 없는 거라고요.」

또다시 큰 소리로 웃는 삼고를 보며 연은 양미간을 좁혔다.

「정말이에요. 좋은 일이라곤 하나도 없었다니까요. 며칠 전에는 한사코 인사를 해야 한다기에, 장락전에 갔었거든요. 그랬더니 거기 시녀들이 저한테 구정물을 퍼붓지 뭐예요. 것도 옛날에 당했던 시녀들한테 또 당했다고요.」

「한마디로 그것들이 희첩보다 높구나.」

한마디로 정리해서 들었더니만, 그간 삭였던 분노가 도로 끓어올랐다. 숨을 씩씩 몰아쉬던 연은 물 만난 고기처럼 한탄을 늘어놓았다.

「그뿐만이 아니랍니다. 그다음엔 내전으로 갔는데 글쎄, 대부인이 저더러 뭐라는 줄 아세요?」

연은 공요의 말을 그대로 옮겨주었다. 다 들은 삼고는 잠시 후 웃음을 터뜨리며 고개를 절레절레 흔들었다.

「그래서 이 왕실에 기필코 한진인의 피를 섞어주리라 결심이라도 하였니?」

「그럴 리가요!」

펄쩍 뛴 연은 곧 풀이 죽은 목소리로 말을 이었다.

「실은 저, 아이를 낳지 못한답니다. 그때 장락전에서 하도 많이 맞아서 뱃속의 아기집이 터졌다나 봐요.」

삼고는 혀를 끌끌 차다가 돌연 눈빛을 번들거렸다.

「그럼 너는 그놈을 네 곁에 붙들어 두지 못할까 봐 성이 난 것이로구나.」

「죽었다 깨어나도 그건 아니에요. 그놈은 저를 장락전에 집어넣은 장본인이라고요.」

괘씸한 듯 아랫입술을 깨물던 연이 문득 피식 웃었다.

「돌아오셔서 정말 다행이에요. 할머니가 아니라면 제가 누구 앞에서 전하를 두고 이놈, 저놈 큰 소리로 욕할 수 있겠어요?」

「허허허! 하긴 나도 너랑 있을 때나 우리말로 이놈, 저놈 하지. 그래도 이 궁궐에 한진 사람이 있으니 좋기는 좋네. 더구나 네가 내 상전이 되었으니, 이젠 내가 옥에 갇힐 일도 없을 테지. 참, 그 대부인을 조심하려무나. 나는 아무래도 그녀이 일부러 나를 가둔 것 같구나.」

「어머, 왜요?」

「너한테 약초를 주다가 들킨 건 그날이 처음이었거든. 설마 그깟 일로 나를 핍박하랴 했더니만, 설마가 사람 잡은 셈이지. 하긴 그 시녀들이 낮에 멀쩡히 일을 하면서, 밤에도 잠을 안 자고 너를 닦달한다는 게 이상하긴 했다. 너 사람 한번 두들겨 패봐라. 그게 얼마나 힘든 일인가. 한두 번도 아니고 그렇게까지 꾸준히 괴롭힌다는 게 어지간한 의지로는 못 할 짓이라고. 그렇다고 네가 그 시녀들한테 원한을 산 일도 없잖니. 보나마나 뒤에서 누가 시켰을 테지.」

연은 급작스러운 혼란에 빠져 말을 잃었다. 삼고의 말이 그럴싸하게 들리긴 했지만, 그 아름답고 우아한 대부인을 떠올리자면 좀처럼 믿지 못할 얘기였다.

설마하니 공요가 그런 짓을 했을까?

삼고도 설마 하다가 사 년씩이나 옥살이를 했다지만 말이다. 하긴 화단을 망쳤다는 이유로 사람을 옥에 가두는 것부터가, 그 미모에 어울리지 않는 일이긴 했다.

삼고가 낮게 웃으면서 고개를 가로저었다.

「너는 전혀 몰랐나 보구나. 언제고 주위를 잘 살피려무나. 이빨 강한 것들이나 앞만 보고 사는 거야. 우리처럼 남한테 잡아먹힐 일밖에 없는 사람들은, 토끼처럼 눈을 옆에다 달고 살아야 하느니라.」

삼고의 새로운 거처는 대문 바로 곁의 작은 광이었다. 기실 침소 옆방에서 다른 시녀들과 함께 지냄이 마땅했다. 또는 건너편 창고 같은 방에서 지낼 수도 있었다.

그러나 삼고는 아무런 반발도 없이 방상의 말에 따라주었다.

"이는 어디까지나 연희 부인을 위한 결정이니 불평 말고 협조해 주시구려. 보초를 서는 병사들만으로는 안심할 수가 없소. 낮에는 내가 지킬 테지만 밤에는 내 부득불 자리를 비워야 하니, 대신에 삼고가 좀 지켜주시오. 내 생각엔 삼고가 떡하니 대문간에 버티고만 있어도 누가 감히 여기에 얼쩡거리지 못할 성싶소."

삼고에게는 무척 실례되는 얘기였지만, 방상의 말은 금방 현실로 드러났다. 대문 안에 서 있던 두 명의 보초마저도 삼고를 보자마자 냉큼 대문 밖으로 나가 버렸다. 그리하여 네 명의 병사가 일렬로 가로막은 대문으로는 정녕 아무도 드나들 수 없게 되었다. 장락전의 시녀든, 내전의 시녀든.

다만 하녹만은 당당하게 그 틈을 뚫고 들어왔다. 그는 삼고를 처음 본 사람이라면 누구나 그러하듯 일단은 놀랐다. 산신령의 지팡이를 훔친 바람에 천벌을 받았다는 설명을 듣고는, 또 누구나 그러하듯 그 지팡이를 살펴보고자 하였다. 그러나 지팡이를 만지면 천벌이 옮는다는 소리를 듣자마자 곧바로 지팡이에 대한 관심을 껐다.

그는 다만 삼고에게 물었다.

"혹시 뭔가 원하는 게 있소?"

그 질문을 들으면서 연은 무심코 쓴웃음을 지었다. 삼고가 무슨 답을 올리든지 간에, 그는 아마도 최선을 다하여 그 소원을 이루어줄 것이다. 어쩐지 그 부분에 대해서만큼은 확신이 들었다.

따지고 보면 그는 연의 소원도 이루어준 셈이었다. 희첩으로서 왕궁에 들어왔으니, 첨운의 은패 따위와는 비교도 안 될 만큼 확실한 사람 대우였다. 단지 하녹의 희첩이라는 게 못마땅할 따름이었다.

그러나 그건 애당초 그녀의 대답이 글렀던 탓이다. 뜬구름 잡는 소리 하지 말고 차라리 '장군님을 원합니다!'라고 명확하게 대답했으면 좋았으련만.

"천벌까지 받아서 몸은 근질거리고, 그냥 한날이라도 빨리 죽고 싶소이다."

삼고가 구부러진 등허리를 득득 긁으면서 대꾸했다. 그러다 고개를 갸우뚱하는 하녹을 향해 너털웃음을 지었다.

"허허허! 사내가 계집 마다한다는 소리랑 늙은이가 빨리 죽겠다는 소리는 죄다 새빨간 거짓말이지. 여기서 꽃이나 들여다보다가 갈 때 되면 갈 터이니, 나를 돕고 싶거들랑 그저 없는 사람처럼 가만히 놔두시구려."

삼고는 고목 지팡이를 짚고 기우뚱기우뚱 후원 쪽으로 사라졌다.

인사조차 없이 가버리는 삼고의 뒷모습을 보다가, 하녹은 슬며시 연의 어깨에 손을 얹었다. 연은 잠자코 그 손을 들어서 치웠다.

"쳇, 그럴 줄 알았소. 하여간 귀는 얇아가지고."

나지막이 투덜거린 하녹은 연의 등을 떠밀면서 침소로 향하였다. 그러고는 이날 역시 우격다짐으로 그녀에게 엉겨 붙어 잠을 청하였다.

사내는 열 계집 마다하지 않는다는데, 그는 왜 아름다운 부인을 마다하고 구태여 연에게 달라붙는지 모른다. 연은 궁금함이 도를 지나쳐 갑갑할 지경이었으나, 그와 입 섞어 말할 기분이 아니었기에 내도록 침묵만 지키고 있었다.

❖

방상이 입버릇처럼 자랑하던 말은 사실이었다. 이 섭제국에서 방상보다 더 바느질을 잘하는 사람은 없는 모양이었다.

두 달도 안 남은 설 연회를 대비하여 방상은 불가피하게 휴가를 청하였다. 말이 좋아 휴가지, 기실 막대한 바느질거리 때문에 입궐할 여유조차 없는 형편이었다. 예년처럼 전하와 국대부인, 대부인의 설빔에 더불어 이제는 연의 옷까지 방상의 손을 거쳐야만 했다.

연은 무리하지 말라고 당부했으나, 방상은 콧방귀도 뀌지 않았다.

"아무리 바빠도 연희 부인의 설빔만큼은 이 손으로 짓겠사옵니다."

방상이 처소를 비운 다음에도 연의 일상에는 큰 변화가 없었다. 몸치장을 돕는 사람이 안지라는 앳된 시녀로 바뀌었을 뿐이었다.

안지는 원래 내전의 말단 시녀였다가 쫓겨나 궐문으로 보내졌는데, 바로 그날 운 좋게 방상에게 발탁되어 연의 시녀가 되었다. 입이 방정이라 쫓겨났다더니만 과연 쉴 새 없이 종알종알 입을 놀렸다. 그동안은 방상의 눈치를 보느라고 그 수다를 마냥 참았었나 보다.

"소녀가 보기에도 대부인의 미색은 따를 이가 없지요. 지금은 연치가 있어서 덜하신 편이지만, 옛날에는 얼굴에서 광채가 났대요. 하온데 솔직히, 예쁘면 다인가요? 연희 부인 안전이니 소녀가 마음 놓고 말씀 드리옵니다만, 성격이 진짜 개판이옵니다. 그 깃털 부채 있지요? 그게 공작새 깃털이거든요. 얼마나 귀한 건데요. 그런데도 열 받는 일이 있으면 그걸 죄다 뜯어놓는다니까요."

'대부인은 참 미인이시더구나'라는 연의 한마디에 안지는 주절주절 길게도 답을 하였다.

그사이에 연은 묵묵히 동경만 응시하고 있었다. 보면 볼수록 그녀는 미궁에 빠졌다.

"하온데 어쩜 이 처소에는 장신구가 하나도 없사옵니까? 옷도 달랑 몇 벌뿐이고요. 소녀는 깜짝 놀랐사옵니다. 내전 같은 경우에는 방 한 칸이 전부 옷이고, 또 한 칸은 전부 장신구였거든요. 전하께서는 연희 부인을 총애하시는 것 같으면서도, 그런 데에는 영 무관심하신가 봐요. 하긴 사내들이 대체로 그렇겠죠, 뭐."

안지는 실컷 입방정을 떨더니만, 머리를 예쁘게 올리지 못한 것을 머리 장신구가 없는 탓으로 돌리곤 방을 나갔다.

연은 잠시 더 동경을 들여다보다가 답답한 마음에 밖으로 나갔다.

삼고는 언제나 그러하듯 지팡이를 휘두르면서 정원을 장악하고 있었다. 그러다가 간간이 비둘기의 시중을 들고, 밤에는 가끔 광 앞에서 정체불명의 갈색 약을 달이는 게 삼고의 일과였다. 온몸이 근질거려서 먹는 약이라고 했다. 그 말에 기겁한 시녀들은 더더욱 삼고로부터 거리를 두었다.

그래도 삼고는 여기저기 진물로 얼룩진 삼베를 두르고 의기양양하게 쏘다니면서, 세상만사 초연한 사람처럼 자기 볼일에만 매진하였다.

「새삼스레 왜 그리 사람을 빤히 보누?」

삼고가 별안간 돌아보면서 묻는 바람에 연은 일순 말문이 막혔다. 하지만 이내 웃음 섞인 한숨을 지었다.

「아니에요. 그냥 할머니가 좋아 보여서요.」

「허허허! 살다 보니 별소리를 다 듣겠구먼. 내가 부러울 정도라면, 네 속도 속이 아닌가 보구나. 뭐가 문제니?」

삼고가 일손을 멈추고 뒤뚱뒤뚱 곁에 와서 앉았다. 연은 쓴웃음을 지은 채 머뭇머뭇 입을 열었다.

「할머니가 보시기에도 제가 딱히 예쁜 편은 아니지요?」

「오호라! 그놈 때문에 대부인한테 질투가 나는 모양이로구나.」

「어머, 아니에요! 단지 사실을 알고 싶을 뿐이라고요.」

「네가 예쁘거나 말거나 상관없어. 사내놈들은 어차피 다 똑같단다. 지금이야 네가 좋아서 매일 밤 귀찮게 굴지 모르지만, 길어봤자 삼 년이지. 제 부인한테 안 돌아가도 딴 년한테 한눈팔게 되어 있느니라. 누가 더 좋고 싫고 하는 문제가 아니라, 사내라는 동물이 원래 그렇게 타고났기 때문이란다. 그나저나 너는 아이를 낳을 수 없으니 그게 걱정이로구나. 그놈은 그 사실을 알고 있니?」

삼고는 위로는커녕 불난 집에 부채질만 했다. 연은 욱하는 심정으로 퉁명스레 대꾸했다.

「그놈의 아이라면 낳고 싶지도 않아요.」

「쯧쯧, 아직까지 말을 못 한 모양일세. 그럼 당분간 이 왕궁에 아이가 나올 일은 없겠구먼.」

삼고는 고개를 설설 내저으면서 연의 곁을 떠났다.

연은 영문 모르게 부글부글 괴는 속을 가라앉히고자 내도록 애를 썼다. 그러다 오후 무렵에 공요의 전갈을 받았다. 왜 하필이면 이런 날 사람을 부르는지 모를 일이었다.

몇 벌 되지도 않는 옷을 죄다 꺼내 갈아입으면서 늑장을 부리던 연은 결국 입고 있던 옷 그대로 처소를 나섰다. 그녀가 무엇을 입은들 공요의 미모를 따라갈 수는 없을 성싶었다.

밖은 한겨울이거늘, 내전 안은 곳곳에 놓인 화로의 열기로 후끈거렸다. 그래서인지 공요는 이날도 우아하기 그지없는 손길로 무척이나 귀하다는 우선을 흔들고 있었다.

안지의 말을 듣고 보니 실로 장신구를 이것저것 많이도 달고 있었다. 머리끝부터 발끝까지 금은보화로 찬찬 휘감았다. 하여 미모뿐만 아니라 막강한 부와 권세로 은근히 연을 짓누르고 있었다.

"지난번에는 미처 올 줄 모르고 대접이 소홀하였소. 그간 계속 마음이 쓰여서 오늘 이리 불렀다오."

그래도 곱디고운 음성은 여전히 상냥했다. 안지의 말에 의하면 대부인의 성격이 '개판'이라는데, 겉으로 보기에는 한량없이 속 좋은 사람 같았다. 화단을 망쳤다는 이유만으로 삼고를 사 년씩이나 옥에 가둬놓은 장본인이긴 하지만 말이다.

"방해나 한 것은 아닌지 모르겠구려. 혹 바쁜 일이라도 있었소?"

"아닙니다."

"입맛에 맞을까 모르겠소. 드시구려."

연은 앞에 놓인 잔을 잠시간 물끄러미 들여다보았다.

희뿌연 액체는 아마도 소나 말의 젖일 성싶었다. 그녀가 갓난아기였을 당시, 주변에 젖 나오는 사람이 없었기에 그녀와 단은 그런 것을 먹고 자랐다. 그러나 단과는 달리 그녀는 죄다 토해 버리는 바람에, 미음을 쒀어 먹고 근근이 연명했다고 들었다.

"송구합니다만 저는 비위가 약하여 어릴 때부터 이런 건 먹지 못했다 들었습니다. 진심으로 송구합니다."

공요가 살며시 눈살을 찌푸렸다. 그러자 빚어놓은 듯이 아름다운 그 얼굴에서 이제껏 보지 못했던 인간미가 물씬 풍겼다.

찌푸린 얼굴이 더 아름답다니! 공요를 만들 적에 하늘은 유달리 공을 들였던 모양이다. 아마도 그다음으로 공들인 사람이 하녹일 터였다. 그토록 밉살스러운 짓만 골라서 해대는데도 밉상이 아닌 걸 보면 공을 꽤 많이 들였던 게 틀림없다. 그러다가 여유가 없어져서 연을 만들 적에는 대강 꾹꾹 눌러놨었나 보지.

연은 잠자코 한숨을 삭였다. 그때 문득 공요가 진홍빛 꾸러미를 내밀었다.

"성의가 부족하다 여기지 않았으면 좋겠소. 어차피 곧 설빔이 나올 터라, 내 부러 침의거리로 골랐다오."

"아……."

갑작스러운 선물에 연은 당황하여 말문이 막혔다. 공요가 다시금 눈살을 찌푸렸다.

"혹 이것도 받지 못할, 무슨 까닭이 있소?"

"아닙니다! 그저 저는 아무것도 준비하지 못하여……."

"그런 말씀 마시오. 연희는 아직 녹봉도 받지 못하잖소."

"녹봉이요?"

눈을 휘둥그레 뜨며 묻는 연에게 공요는 살포시 미소를 보냈다.

"이런, 몰랐나 보구려. 희첩은 응당 녹봉을 받게 되어 있다오. 하지만 한진인을 희첩으로 인정할 수 없다는 것이 대신들의 결론이라 들었소. 그래도 국대부인이나 전하께서 명하신다면 금세 해결될 문제이나, 두 분 모두 별로 관심이 없으신가 보오."

말끝에 나지막이 소리 내어 웃은 공요는 이내 연을 위로라도 하듯 한마디 덧붙였다.

"어차피 먹고사는 문제야 지금처럼 후궁 내에서 해결될 터이니, 너무 그리 걱정하실 것 없소."

연은 진홍빛 비단 꾸러미를 끌어안고 묵묵히 처소로 돌아왔다.

어쩐지 의아했더랬다. 공요는 금붙이로 온몸을 휘감았건만, 왜 자신에게는 장신구가 하나도 없는지.

녹봉이 있다는 말은 금시초문이었다. 희첩으로 인정받지 못하여 녹봉을 못 받는다는 말은 충격적이었다. 희첩이 되었으니 그나마 사람 대접은 받은 셈이라고 스스로를 위로해 왔건만, 알고 보니 그녀는 희첩으로 인정받지도 못한 상태였다. 그녀는 또 하녹한테 감쪽같이 속은 것이다.

분노로 활활 불타오르는 연의 심정을 아는지 모르는지, 대뜸 진홍빛 꾸러미를 풀어본 안지가 탄성을 질렀다.

"어쩜, 곱기도 하지!"

연은 흘긋 들여다보곤 심드렁하게 대꾸했다.

"대부인께서는 정말로 진홍빛을 좋아하시는구나."

껍데기도 진홍빛이요, 알맹이도 진홍빛이었다. 안지는 자기가 받은 비단이라도 되는 양 마냥 설레는 눈빛으로 연을 바라보았다.

"소녀가 만들어 드릴까요? 침의라면 그럭저럭 잘 만들 자신이 있사옵니다. 부디 소녀에게 기회를 주시옵소서."

그럭저럭 만든다면 잘 만들지는 못할 터였다. 썩 믿음이 가지 않았으나, 연은 말없이 안지에게 맡겨 버렸다. 그녀는 고작 침의 나부랭이에 신경을 쓸 여력이 없었다.

당장이라도 하녹에게 녹봉에 대해 따져 묻고 싶었으나, 그녀는 그날 밤 잠든 척하면서 그를 맞이하였다. 이튿날 아침에는 잠든 척하면서 그를 내보냈다. 그에게 따지는 것은 그를 마주볼 수 있을 정도로 마음이 가라앉은 후에나 가능한 일이었다.

그리하여 그녀는 사흘 만에야 겨우 그의 낯짝을 보기로 결심했다.

"하하."

하녹은 방문 앞에 선 채로 허탈하게 웃기만 했다. 모처럼 와상 밖에서 맞이해 줬더니만, 놀라서 말도 안 나오는 눈치였다.

연은 아랑곳없이 냉랭한 어조로 입을 열었다.

"긴히 여쭐 말씀이 있습니다."

"흐흐, 하하하하!"

하녹은 사람 말을 귓등으로도 안 듣고 비척비척 나가 버렸다. 실성한 사람처럼 웃는 소리가 대문 밖으로 멀어지다가 그예 사라졌다.

침의 차림이라 침소 문 앞까지만 쫓아갔던 연은 기가 차서 헛숨을 내쉬었다.

「도대체……. 하!」

별안간 옆에서 부스럭거리는 소리가 들렸다. 연이 휙 눈길을 돌렸을 때, 옆방 문틈으로 엿보던 안지가 황급히 문을 닫았다.

아마도 안지는 자신이 지은 침의가 과연 호평을 받을 것인지 궁금해서 엿봤을 터였다. 이 진홍빛 침의가 비록 방상이 지은 흰 침의보다는 못했지만, 그래도 이처럼 비웃음만 살 정도는 아니었다.

사흘 만에야 겨우 분이 좀 풀렸나 싶었더니만 다시금 울분이 치뻗었다. 연은 어찌할 바를 모르고 홀로 외로이 안달복달하였다. 그녀의 마음을 아는 것은 윙윙 창밖을 때리는 스산한 삭풍뿐이었다. 그날따라 화롯불도 영 신통치 않고 비단 솜이불도 싸늘하기만 하였다.

유달리 길고 추운 겨울밤이었다.

“전하께서는 어제 내전에서 침수 드셨다 하옵니다.”

소식 한번 빠르다. 묻지도 않았건만 안지는 아침부터 연의 화를 돋웠다. 그래도 눈치는 있는지, 그 말만 건네고는 냉큼 머리를 틀어 올리고 나가 버렸다.

그날 밤도 몹시 추웠다. 옆에서 자는 사람 갑갑할 정도로 몸이 뜨끈뜨끈한 하녹은 하필이면 추운 날 밤만 골라서 오지 않는 듯했다. 화롯불을 이불 속에 집어넣을 수는 없는 노릇이라, 연은 다만 그의 체온만을 아쉬워하였다.

“전하께서는 어제도 내전에서 침수 드셨다 하옵니다.”

그 이튿날 아침에도 안지는 사람 약 올리듯 고하고 도망갔다. 그리고 그날 밤 역시 하녹은 오지 않았다. 그 이튿날도, 또 그 이튿날도 마찬가지였다.

날씨는 점점 더 추워졌다. 연은 화롯불에 올려둔 초두처럼 펄펄 끓다가 냉랭한 와상처럼 쌀랑하게 식기를 반복하고 있었다.

그러던 어느 날인가는 진눈깨비까지 추적추적 내려 마음이 걷잡을 수 없이 황량해졌다. 연은 내도록 방에 틀어박혀 화로만 끼고 있다가 가슴이 답답해서 창을 열었다. 숨이 컥 막히도록 차가운 바람과 더불어 자잘한 눈과 비가 방울방울 새어들었다. 홧김에 창문을 활짝 열어젖혔던 그녀는 놀라서 도로 창을 닫았다가, 반 치 정도만 열어두었다.

이 악천후 속에서도 삼고는 도롱이로 무장한 채 후원 한구석에 웅크리고 앉아 땅을 쑤시고 있었다.

겨울 화단은 황량해서 볼 것도 없건만, 그래도 삼고는 언제나 열심이었다. 그러니 아마도 봄이 되면 그 화단에서는 더 많은 꽃이 피고, 가을이 되면 더 실한 열매가 맺힐 터였다.

연은 묵묵히 삼고의 뒷모습을 지켜보면서 한동안 반성했다. 그녀가 지난 며칠간 한 일이라곤, 분풀이 삼아 화로나 쑤시고 외로이 토라졌다가 공연히 울분에 차서 한숨만 푹푹 쉰 게 전부였다.

그렇다고 그녀에게 무슨 큰일이 생긴 것도 아니었다. 단지 하녹이 안 올 뿐이다. 그놈의 변덕이 또다시 도졌을 뿐이다. 그녀를 죽였다가 살렸다가 내버렸다가 달라붙었다가 하는 그 변덕쟁이가 또 한 차례 변덕을 부렸을 뿐이다. 그게 어디 하루 이틀 일이던가.

알면서도 화가 치미는 까닭은, 매일 그녀에게 우격다짐으로 엉겨 붙던 사람이 갑자기 발길을 끊었기 때문이다. 발길을 끊은 시점이, 하필이면 그녀가 그에게 녹봉에 관해 따지려 할 때였기 때문이다. 어쩜 그리도 얄밉게 자기한테 불리할 때만 골라서 변덕을 부릴까.

「애초에 왜 희첩으로 봉한다고 그 난리를 쳐서는…….」

연은 꽁한 얼굴로 나지막이 투덜거렸다.

예전에 첨운이 한진 사람이라는 이유로 관직에 못 오른다고 입버릇처럼 푸념을 늘어놓을 때, 그녀는 그저 그러려니 건성으로 흘려들었더랬다. 이제야 그 기분을 알 것 같았다.

응당 받아야 할 것을 못 받고 있자니 괜스레 뭔가를 뺏긴 것만 같아서 억울했다. 게다가 그게 희첩의 녹봉이라는 사실에 더더욱 심정이 상했다. 희첩이 되기도 싫다는 사람을 억지로 끌고 와 궁궐에 가뒀으면, 하다못해 희첩에게 줄 녹봉만큼은 안 떼어먹고 줘야 할 게 아닌가. 이제 와서 한진 사람이라는 핑계로 녹봉을 안 준다니!

그런 생각을 하던 연이 문득 양미간을 좁혔다.

「내가 희첩이긴 한가?」

아무래도 아닌 것 같았다. 대신들은 아무도 그녀를 희첩으로 인정하지 않았고, 그녀에게 줘야 할 녹봉도 안 준다. 국대부인은 그녀의 인사를 받기는커녕 구정물만 퍼부었다. 하녹은 그녀를 억지로 궁궐에 데려다놓고 잠시간 희첩 취급을 하더니만 이제는 코빼기도 비치지 않는다. 그나마 대부인은 그녀를 희첩으로 대우해 주는 듯했으나, 기실 대부인의 입장에서 생각해 보면 희첩 따위는 없는 편이 더 좋을 터였다.

눈을 가늘게 뜬 채 한동안 고심하던 연이 마침내 심호흡을 하곤 도포를 걸쳤다.

그녀는 곧장 밖으로 나갔다. 댓돌 아래로 내려서서 온통 진흙탕이 된 땅바닥을 밟자마자 슬며시 갈등이 일었지만, 그래도 그녀는 이를 악물고 성큼성큼 후원으로 향했다.

「어이쿠, 깜짝이야. 날도 궂은데 어찌 한데 나와 있누?」

그녀가 곁으로 다가가자, 삼고가 화들짝 놀라 몸을 일으키면서 물었다.

「저 여기서 나가려고요. 할머니도 같이 가실래요?」

「아서라. 서방이 며칠 안 온다고 냅다 집 뛰쳐나가 버릇하면 못쓴다. 하물며 너는 첩이잖니. 허구한 날 서방을 독차지할 수는 없는 노릇이지.」

「제가 알고 보니까 희첩이 아니더라고요. 희첩은 원래 녹봉을 받게 되어 있다는데, 저는 한진 사람이라고 그런 것도 못 받는다나 봐요.」

「나도 한진 사람이라서 시녀 녹봉 안 받는단다.」

「그러니까 저랑 같이 나가시면 좋잖아요.」

「그럼 네가 나 밥 먹여주련? 어디 묵을 거처는 있고? 여기처럼 꽃밭이 넓었으면 좋겠다만.」

연은 일순 말문이 막혔다. 삼고는 잠시간 연을 빤히 보더니 머리를 설설 흔들었다.

「네가 무슨 장정이라면 모를까, 여기를 나가면 당장에 네 입 하나 건사하기도 힘들어. 운 나쁘면 험한 꼴이나 당할 테고, 운이 좋아봤자 누군가한테 신세나 질 터. 한데 어떤 사내가 너같이 곱상한 애를 아무런 사심 없이 도와주리. 이놈이 싫다고 나간들, 결국에는 저놈하고 같이 살게 될 뿐이지.」

삼고가 한숨을 쉬면서 도로 자리에 웅크려 앉았다.

「저놈도 별수 없느니라. 이놈이나 저놈이나 다 그놈이 그놈이다. 그럴 바에야 차라리 여기에 있고 말지. 네가 여기에 있으면 적어도 남한테 신세질 일은 없잖니.」

연은 삼고의 곁에 웅크려 앉으면서 조그맣게 반박했다.

「그렇게 따지면 전하께 신세를 지고 있는 셈이죠. 제가 원해서 궁궐에 들어온 건 아니지만, 어쨌거나 이런 처소도 있고 밥도 먹잖아요.」

「여긴 한진의 땅이니라. 그 밥도 다 한진의 땅에서 나온 거다.」

삼고는 괭이로 땅을 푹푹 내리찍으며 단호한 어조로 말을 이었다.

「우리 한진 땅에 빌붙어 얹혀살면서 신세를 지고 있는 주제에, 애먼 한진 처자를 끌고 와 가둬놓고 계집질까지 할 요량이면, 세 끼 밥 먹이는 거야 당연지사지. 그게 어째서 네가 신세를 지는 게 되냐? 하긴 너로서는 여기에 있자면 분한 일도 많고 서러운 일도 많겠다만, 당분간은 참고 견뎌다오. 네가 단지 이곳에 있어주는 것만으로도, 우리 마루한 제국에는 큰 도움이 된다.」

삼고의 입에서 뜬금없이 튀어나온 '마루한 제국'이라는 소리에 연이 멍하니 고개를 갸웃했다.

그녀는 이제껏 단 한 번도 마루한 제국에 대해서 특별히 생각해 본 적이 없었다. 물론 그녀도 한진 사람이니 따지고 보면 마루한 제국의 백성이긴 했다. 하지만 만일 누군가가 그녀에게 어느 나라 백성이냐 묻는다면, 그녀는 원양국과 섭제국 사이에서 갈등할 뿐, 거창하게 마루한 제국을 들먹이진 않을 터였다.

삼고가 흘깃 연을 돌아보더니, 큰 소리로 헛기침을 하곤 평소처럼 자분자분한 투로 말을 돌렸다.

「그러니 괜한 생각 말고, 심심하거들랑 나처럼 꽃이라도 키우렴. 한두 포기만 키워도 석 달은 금방 가지. 씨앗이라도 받으려 하면 일 년이 눈 깜짝할 사이란다. 그랬으니 내가 옥에서 사 년을 버티지 않았겠니. 꽃 키우는 게 취미에 맞지 않거든 다른 소일거리를 찾아봐도 좋지. 좌우간 이만 들어가려무나. 고뿔 들라.」

연은 가벼운 한숨만 남기곤 일어서서 방으로 돌아왔다.

삼고의 조언은 한편으로는 그녀를 체념시켰으나, 또 한편으로는 은근히 자긍심을 일으키고 그녀에게 위안이 되어주었다.

기세 좋게 '나는 희첩이 아니니 궁궐을 나가겠노라!' 하고 떠들긴 했지만, 기실 실제로 궁궐을 나갈 자신은 없었더랬다. 나가서 어떻게 살지는 둘째 치고, 그녀는 현실적으로 이 처소를 벗어나기도 힘든 처지였다. 만일 그녀가 나가려 들면 대번에 보초들이 하녹에게 보고할 텐데, 하녹은 그녀를 약 올리기 위해서라도 일부러 안 내보내 줄 게 빤했다.

이에 연은 해결할 수도 없는 녹봉 문제나 하녹 따위의 '괜한 생각'을 접고, 삼고처럼 심취할 만한 취미거리에 몰두하여 궁궐 생활을 즐겨보기로 작심했다.

그녀의 취미라고 해봤자 별것 없었다. 그녀는 바늘을 들고 이불자락이나마 쿡쿡 쑤시거나, 대문 밖 보초병들을 하나씩 불러다가 창 겨루기를 하며 소일하였다.

연이 무슨 수로 그 병사들을 번번이 이겼는지는 알 수 없었다. 어쩌면 하녹이 좋은 사부였든지, 아니면 희첩이라는 지위가 의외로 꽤 높아서 병사들이 눈치껏 그녀에게 져 줬든지, 이도저도 아니라면 그녀가 그만큼 울분에 복받친 탓이었다. 연은 오래 생각할 것도 없이 후자로 결론지었다.

그 후로도 하녹은 내도록 오지 않았다. 연의 일상에는 별다른 변화가 없었다. 다만 안지가 병사들과의 창 겨루기를 보고 연에게 겁을 먹은 모양인지 '전하께서는 어제도 내전에서 침수 드셨다 하옵니다'라는 아침 보고를 생략하게 되었을 뿐이었다.

어영부영 선달도 거의 다 지날 무렵, 마침내 바느질을 마친 방상이 오후 느지막이 입궐하였다. 연은 방상보다도 함께 온 곤우를 더 반겼다.

"유모가 빙판길에서 미끄러진 바람에 허리를 삐었사옵니다. 하여 쇤네도 예상보다 일이 많이 늦어졌지요. 까딱하면 내일까지도 곤우를 데려와야 할지 모르옵니다. 모쪼록……."

"그런 걱정 마시고 언제든지 데려오세요. 아유, 우리 곤우! 그새 몰라보게 컸구나."

"비둘기, 비둘기!"

곤우는 연보다도 삼고의 비둘기에 더 관심이 있는 눈치였다.

"아이, 맛나! 비둘기. 곤우 몸보신!"

이제 보니 순수한 관심이 아니라 군침을 흘리는 중이었다. 그간 방상이 곤우 몸보신 시킨다고 비둘기 고기를 어지간히도 먹였나 보다.

그때 삼고가 지팡이를 내던질 기세로 부리나케 다가왔다.

"에끼, 이놈! 썩 저리 가거라!"

방상이 다급히 곤우를 감싸 안으며 투덜거렸다.

"거 애한테 뭘 그리 야박하게 구시오? 새장 문을 열지는 않을 터이니, 그냥 좀 보게 놔두시구려."

"어린애가 함부로 갖고 놀 물건이 아닐세. 네 이놈! 한 번만 더 내 비둘기한테 눈독을 들였다간 혼쭐이 날 줄 알아!"

삼고는 화를 펄펄 내면서 지팡이를 마구 휘둘렀다. 삼고가 그처럼 격분하는 모습은 처음 본 터라, 연은 멍하니 할 말을 잃었다.

방상은 앵앵 우는 곤우를 달래면서 오만상을 찌푸린 채 침소로 들어섰다. 그러더니만 곤우를 달래는 것도 잊고 애꿎은 연에게 언성을 높였다.

"아니, 어찌하여 이 방에 이런 물건이 있사옵니까!"

진홍빛 침의를 흘긋 본 연은 괜히 주눅이 들어서 기어드는 목소리로 변명했다.

"대부인께서 비단을 주시더라고요."

"그보다도 대체 누가 이따위로 침의를 만들었사옵니까!"

연이 보기에도 바느질이 형편없기는 했다. 그렇지만 방상이 이토록 열불 낼 정도는 아닌 듯했다.

"그만하시고 화 푸세요. 어차피 방상보다 더 바느질을 잘할 사람은 없잖아요."

"그런 것 때문이 아니옵니다. 진홍색 침의라니요! 전하께서 대관절 무어라 하시더이까?"

갑작스러운 질문에 연은 일순 말문이 막혔다.

하녹은 이 침의에 대해서 아무런 말도 하지 않았다. 미친 사람처럼 마냥 웃다가 나가서 내전으로 갔을 뿐이었다.

"그러고 보니 그날 이후로 아니 오시는군요."

방상은 방바닥이 꺼지도록 깊은 한숨을 쉬었다.

연이 주저하는 사이에, 방상이 먼저 입을 열었다.

"진홍색 침의는 대부인께서 입으시는 것이옵니다. 한때는 전하께서도 늘 진홍색 침의만 입으셨지요. 그러다가 진홍색에 질려서 아예 내전에는 아니 가겠노라 하셨사옵니다. 그 뒤로 정녕 내전에서 침수 드시는 일이 없었사옵니다."

연은 헛웃음을 지었다.

"요즘엔 매일 내전에서 주무신다던데요."

"하오니 여쭙는 것이옵니다. 대관절 누가 침의를 지었사옵니까? 전하께 진홍색이 금기라는 사실을 모르는 시녀가 궐내에 없을 텐데요. 아! 혹시 안지였사옵니까?"

꼭 집어 묻는 통에 연은 얼떨결에 고개를 끄덕였다.

"이년이 이제 보니 끄나풀이었구먼. 하필 그날 내전에서 쫓겨났다는 게 어쩐지 꺼림칙하더라니. 내 이년을 당장……! 잠시 곤우를 부탁드리옵니다."

방상은 양 주먹을 불끈 쥐고 눈알을 부라리며 방을 나갔다.

이내 온 처소가 다 들썩이도록 한바탕 소란이 일었다. 안지가 과연 살아서 이 처소를 나갈 수 있을지 의문이었다.

연은 시끌벅적한 소리에 놀라서 우는 곤우를 부지런히 달래면서도, 한편으로는 정신이 사나웠다.

솔직히 안지가 무슨 잘못을 했단 말인가? 안지가 일부러 진홍색 비단을 골라서 침의를 지은 게 아니다. 그 비단은 공요가 준 것이었다. 그렇다고 공요가 나쁘다고 할 수도 없었다. 온 방을 죄다 진홍색으로 도배하고 사는 사람이니, 남한테 비단을 선물할 때에도 제 딴에는 진홍색이 으뜸이라 여겼을 법했다.

아무리 생각해 봐도 제일 나쁜 사람은 하녹이었다. 침의가 흰색이든 진홍색이든, 무에 그리 대수인가? 기껏해야 침의일 뿐이다. 아니, 침의 색깔일 뿐이다. 자려고 불 끄면 어차피 보이지도 않는다. 겨우 그깟 이유로 내전에 간다느니 안 간다느니, 하여튼 변덕도 가지가지다.

한참 후에야 안지를 내쫓은 방상이 침소로 돌아왔다. 방상은 여태 분이 덜 풀렸는지, 진홍빛 침의를 구깃구깃 움켜쥐었다. 그러고는 한심하다는 투로 연에게 잔소리를 해댔다.

"조심 또 조심하셔야 하옵니다. 대부인께서 무엇을 하사하시든지 간에, 그저 그 안전에서만 기쁜 기색으로 받으시면 될 일이옵니다. 굳이 그 물건을 쓰실 이유가 없사옵니다. 꼭 이렇게 침의를 만드실 필요가 없다고요. 어이구! 내가 답답해서, 원!"

"그래봤자 침의일 뿐이잖아요."

듣다 못한 연이 조그맣게 투덜거렸다. 그러자 방상이 가슴을 쿵쿵 치면서 냅다 쏘아붙였다.

"예! 그래봤자 침의일 뿐이지요. 대부인께서 그나마 침의거리를 하사하시어 전하의 발길이 끊어졌을 뿐이니 얼마나 다행이옵니까? 만에 하나 다과라도 하사하셨다면, 연희 부인의 목숨이 끊어지지 않았겠사옵니까?"

"설마 그럴 리가요."

말은 그렇게 하면서도, 연은 공요가 권하던 희뿌연 액체를 떠올리곤 흠칫 몸을 떨었다.

방상은 갑갑한 양 머리를 설설 흔들었다.

"피차 준비가 덜 된 상태에서 인사를 올림이 바람직하다 말씀드리지 않았사옵니까. 희첩들은 유독 명이 짧다 말씀 드리지 않았사옵니까."

방상이 곤우를 흘깃 보더니 목소리를 낮춰 속삭였다.

"북열에 있을 때부터 벌써 몇 명이나 죽었는지 모르옵니다. 꽃구경을 하다가 물에 빠져 죽기도 하고, 난데없이 뱀한테 물려서 죽기도 하고, 갓난애도 아닌데 엎어져 자다가 베개에 코를 박고 죽기도 하지요. 마지막에 계셨던 창희 부인께서는 스스로 독을 드시고 자결하셨다는데, 죽은 사람은 말이 없으니 그분이 실로 자결을 하셨는지 누가 알겠사옵니까?"

경악한 표정으로 듣고 있던 연이 잠시 후, 인상을 험하게 쓰며 물었다.

"전하께서는 도대체 희첩을 몇 명이나 두셨던 겁니까?"

"그야 당연히 연희 부인이 처음……. 아니, 혹시 그 일을 전혀 모르고 계시옵니까?"

"무슨 일이요?"

연이 고개를 갸웃했다. 그러자 방상은 그동안 연이 궁금해 마지않았던 것들에 대해 시원스럽게 답해주었다.

공요가 왜 하녹 같은 사람과 혼인하였는지, 하녹이 왜 대전에서 자기 싫어하는지, 본디 그 대전의 주인이었어야 할 위려가 어찌 죽었는지. 그건 누구나 다 아는 일이었다. 그렇기에 누구도 입에 올리지 않는 일이었다.

"그때는 다들 경황이 없었지요. 하여 전하께서 확연히 달라지셨는데도, 저희는 그 변화를 당연하게만 받아들였사옵니다. 아니, 오히려 대견하게 여겼사옵니다. 어리게만 보이던 왕자 아기씨께서 보위에 오르시자마자 한순간에 의젓해지셨다고요. 전하께서 더는 내전에 가지 않겠노라 단언하셨을 때에 이르러서야 저희는 뒤늦게 깨달았사옵니다. 고작 진홍색 때문에 질려서 내전에 아니 납신다는 말씀도 괴이하기 짝이 없었사온데, 대전에서 침수를 드신다면서 대들보 위로 올라가시지 뭐예요. 그 천장 꼭대기가 잠이 잘 온다고 말씀하실 정도면, 그 성심이 오죽하겠사옵니까."

방상은 긴 한숨을 끝으로 이야기를 마쳤다. 그러고는 안지를 대신할 시녀를 골라봐야겠다며 처소를 나섰다.

연은 형용할 수 없이 복잡한 기분으로 곤우를 떠맡아 후원으로 데리고 나갔다.

대전에서 자기 싫다던 하녹의 어두운 얼굴이 떠올랐다. 혼자 자는데도 누구랑 같이 자는 듯한 기분이라고 했던가. 아마도 그 형의 망령일 터였다.

만일 단이 피투성이로 죽는 모습을 보게 된다면…….

연의 생각은 그 언저리에서 막히고 말았다. 형의 죽음을 지켜보고, 그 형의 부인과 밤을 보내야만 하는 그의 현실에는 절반도 미치지 못하였다.

그는 언제나 그녀에게 있어서 이해할 수 없는 사람이었다. 지금도 마찬가지였다. 다만 그가 '이해할 수 없는 사람'이 된 까닭을 그녀는 이제야 비로소 이해할 수 있을 것 같았다.

"지지, 지지!"

그때 발치에서 새된 목소리가 들려왔다. 연은 곤우의 곁에 웅크려 앉았다.

곤우는 섣달 추위에 별로 볼 것도 없는 화단에서 용케도 개미를 발견하곤, 눌러 죽이려고 고사리만 한 손으로 흙바닥을 꾹꾹 찍어대고 있었다. 연이 냉큼 그 손을 붙들었다.

"이건 개미야. 지지가 아니야. 그러니까 죽이면 안 돼."

"개미. 안 돼."

"그래, 죽이면 안 돼. 함부로 죽이면 안 되는 거야."

왜들 서로 죽고 죽이는지 모른다. 살아 있는 것을 함부로 죽이면 안 된다는 사실을 그들은 모르나 보다. 아무도 그들에게 가르쳐 주지 않았나 보다. 딱한 사람들.

"안 돼. 죽이면 안 돼."

"옳지. 우리 곤우는 착하기도 하지."

"곤우 착하지. 아이, 착해라!"

곤우는 한 손을 연에게 붙잡힌 채, 다른 한 손을 들어 연의 머리를 토닥토닥 쓰다듬었다. 첨운과 방상 내외가 곤우를 칭찬할 때 그리하는 모양이었다.

아직 시름도 모르고 아무런 걱정도 없을 어린아이의 순진무구한 칭찬에, 연은 무심코 웃음을 터뜨렸다.

"왜……!"

문득 들리는 환청과도 같은 목소리에 연은 놀라서 눈을 들었다. 하녹이었다. 그는 인상을 형편없이 일그러뜨린 채 다시 한 번 소리쳤다.

"왜……!"

연은 잡고 있던 곤우의 손을 놓고 천천히 일어섰다. 그러나 고개를 갸웃하곤 다시금 눈을 깜빡였다.

아무래도 그녀는 하녹의 생각을 지나치게 많이 한 나머지, 그의 환영을 보고 있는 듯했다. 그게 아니라면 그의 눈에서 눈물이 떨어지고 있을 리 없었다.

줄어들지도, 옅어지지도 않는 슬픔 위에 또다시 슬픔을 얹고 말았다.

하녹은 장락전 대문 안까지 들어갔다가 그대로 돌아섰다. 연을 손에 넣은 것까지였다. 이 이상은 어머니의 뜻을 거스르고 싶지 않았다. 언젠가는, 이 나라를 반석에 올리거든, 그때나 다시 들어가 어머니께 문후를 여쭐 수 있을 듯했다.

한진인을 희첩으로 인정할 수 없다는 데에 모든 대신들이 찬동하였으나, 하녹은 평소처럼 자신의 손끝이나 들여다보고 있었다. 을음은 가만히 있었지만 반대하지는 않았다. 그러니 찬성이나 매한가지였다. 하지만 그건 당사자인 연마저도 동의하는 바였기에, 하녹은 딱히 왈가왈부할 입장이 아니었다.

희첩 같은 게 될 수 없는 몸이라니? 대관절 한진인이라서 뭐가 어떻다는 것인가? 한진의 땅에 얹혀사는 주제에 한진인을 마냥 포로 취급하는 것도 웃기는 일이었다.

어쨌거나 연이 낳을 아이에게는 하녹의 피도 절반은 섞여 있을 터였다. 아들이라면 덮어놓고 태자로 책봉하리라. 이왕이면 줄줄이 낳아서 반석을 아주 튼튼하게 다질 작정이다.

다만 계속해서 신경 쓰이는 바는 도통 해석이 불가능한 어머니의 말씀이었다.

"하긴 너는 희첩 같은 게 될 수 없는 몸이었지. 그간 이 늙은 이가 노망이 들어 공연히 전하의 심기를 상하게 하였나 봅니다."

묘하게 앞뒤가 맞지 않는다. 어머니는 한 번 아니라면 끝까지 아닌 사람이었다. 진짜로 노망이 들지 않은 이상, 연을 인정하지도 않으면서 희첩으로 들이라 할 리 없었다. 그냥 장락전에 오지 말라는 명령만으로 끝낼 수도 있는 상황이었다. 영 꺼림칙했다.

이처럼 개운치 않은 문제들이 덤으로 따라붙긴 하였으나, 그래도 하녹은 드디어 원하는 것을 손에 넣어 매일매일 대단히 즐거웠다. 웃음을 못 참는 정도가 아니라 온몸이 붕붕 떠다니는 기분이었다. 이리 좋은 것을 왜 여태껏 참았는지 의문일 따름이었다. 그는 근 십 년 만에 악몽 없이 숙면을 취하였고, 설핏 잠에서 깰 때면 늘 청량한 향기가 그의 주변을 감돌고 있었다.

일견 투명하고도 가련해 보이던 연의 실체는 의외로 귀여웠다. 창술 수련을 빌미로 만날 때에도 언뜻언뜻 느꼈으나, 이제 보니 그녀는 오직 귀여움으로만 똘똘 뭉쳐 있었다.

귀엽게 웃는 그녀는 인상도 귀엽게 썼다. 잠도 귀엽게 자고 밥도 귀엽게 먹었다. 간혹 그를 개나 돼지, 소나 닭으로 오인하는 모습도 무진장 귀여웠다. 그걸 굳이 욕이라고 한다면 그래, 그녀는 심지어 욕조차도 귀엽게 한다.

적수를 찾을 수 없을 정도로 귀여운 그녀 때문에 그는 날이 갈수록 몸이 달았다. 하루빨리 그녀와 함께 이 나라를 반석에 올리고 싶어서 좀이 쑤실 지경이었다. 앉으면 눕고 싶고 누우면 자고 싶은 게 사람 욕심 아니던가. 그런데도 그는 그녀를 손아귀에 쥔 채로 마냥 참고 있었다. 그녀의 눈물을 보는 것은 결코 달갑지 않았다.

그래서 그는 매일 혹시나 하는 심정으로 문을 열었다. 혹시나 이날만큼은 그녀의 기분이 좋을지도 모른다. 또 혹시나 이날만큼은 그녀가 앙탈 부리기를 포기했을지도 모른다. 그리고 또 혹시나 이날만큼은 그녀가 읏음을 까마득히 잊었을지도 모른다.

그렇게 혹시나 하는 심정으로 문을 열었을 때, 그는 숨이 턱 막혔다. 그간 잠잠하여 잠시 잊고 있던 악몽이 슬금슬금 떠오르기 시작했다. 그러다 급기야 봇물 터지듯 콸콸 쏟아져서, 그는 부초처럼 어디론가 휩쓸려가 버렸다.

그는 언제 어떻게 왔는지도 모르게 내전의 침소 문 앞에 서 있었다.

진홍빛 침의는 공요의 것이고, 공요는 형의 것이다.

공요는 진홍빛 침의를 입은 채, 와상의 진홍빛 휘장 속에서 우선을 흔들고 있었다.

하녹은 그녀에게 단도직입적으로 물었다.

"무슨 연유로 부르셨습니까?"

"후훗, 영민하신 분. 용케도 아셨군요."

"용건이 무엇입니까?"

"전하께 신첩은 후사를 보기 위한 존재, 단지 그뿐이지요."

공요가 기대고 있던 상반신을 일으키면서 저고리를 벗기 시작했다. 하녹은 슬며시 눈길을 돌리며 대꾸했다.

"이제는 그렇지도 않습니다."

"하오면 다른 희첩이라도 들이실 요량이옵니까?"

하녹이 도로 공요를 보았을 때, 그녀는 느긋하게 저고리를 벗어 개키고 있었다.

"신첩은 이제 전과 같은 정사에는 응하지 않겠사옵니다. 신첩을 품으시려거든 성의를 보이시옵소서."

하녹의 손가락이 영문 모를 초조함으로 떨리기 시작했다. 공요가 휘장을 걷고 일어서면서 말을 이었다.

"혹시 연희가 말을 아니 하던가요? 연희는 아이를 낳을 수 없는 몸이옵니다."

"그런……."

희첩 같은 게 될 수 없는 몸. 그래서 어머니가 그토록 선선히 승낙하셨나 보다. 공요의 말은 확인해 볼 필요도 없이 사실이다.

"어찌하시겠나이까?"

공요가 속살을 훤히 드러낸 채 느릿느릿 다가왔다. 공요의 벗은 몸만 보면 늘 그러하듯, 그는 형편없이 쪼그라들어 무기력한 소년으로 되돌아갔다.

이래서 싫었다. 겨우 벗어난 줄 알았다. 결국은 변한 게 없다. 다 똑같다.

"국대부인께서는 요즘 심기가 매우 불편하시옵니다. 언제까지 국대부인께 은우를 더하려 하시옵니까?"

관영이 스륵 풀렸다.

"국대부인께서 천년만년 사시는 게 아니옵니다. 효도란 살아 계실 때 하는 것이지요."

요대 고리가 찰카닥 풀렸다.

"전하께서 굳이 그러지 않으시어도 이미 상처가 많으신 분이옵니다. 익히 아실 텐데요."

도포와 저고리가 한꺼번에 벗겨져 나갔다.

"문후라도 여쭈시옵소서. 그러려면 신첩에게서 아들이라도 보시어야 하지 않겠사옵니까."

하나하나 헤쳐지고 있건만 그의 몸은 점점 더 옥죄어들었다.

속이 뉘엿뉘엿 메슥거렸다. 콧속으로 피비린내가 고여들었다. 처절하게 울부짖으며 죽어가던 형의 모습이 떠올랐다. 죽은 형을 소중히 끌어 담던 어머니의 건조한 얼굴이 떠올랐다.

그 송연한 핏빛 기억 속에서, 하녹은 얌전히 입 닥치고 형의 거죽을 뒤집어썼다.

"금일부터는 오직 내전으로만 드시옵소서. 만일 그 처소로 납신다면, 신첩에게서 후사를 보실 의향은 없는 것으로 알겠나이다. 투기는 아니옵고, 신첩은 그저 한진인으로부터 이상한 병이라도 옮을세라 저어될 따름이옵니다."

공요는 새벽녘이 되어서야 그를 놓아주었다.

하녹은 대전으로 돌아갔다가 대문간에서만 한참 서성인 끝에 발길을 돌렸다. 그새 날이 밝아 아침 문후를 여쭈러 장락전에 갔다가, 또 대문간에서만 한참 서성인 끝에 발길을 돌렸다. 그길로 정전에 갔다가 생각해 보니 회의가 없는 날인지라 다시금 발길을 돌렸다.

궐 안에 마땅히 갈 곳이 없었다. 그런데도 어쩐지 갈 곳이 남아 있는 것만 같아, 그는 군영으로 나가지도 못한 채 미련스럽게 궐 안을 헤매었다.

빈 전각들을 일없이 둘러보았다. 마구간의 말들을 일없이 살펴보았다. 왕궁의 너른 후원을 일없이 산책했다.

한동안 정처 없이 걷다 보니 연의 처소 앞이었다.

하녹은 또다시 대문간에서만 한참 서성였다. 보초들은 의아한 기색으로 그의 눈치를 살피면서, 길을 텄다가 다시금 일렬로 늘어섰다가 했다.

보초들을 공연히 훈련시키던 하녹이 이윽고 그들에게 물었다.

"별고 없느냐?"

"예, 특이한 사안은 없었사옵니다."

바짝 긴장하여 대답한 보초가 이내 힐끔 그의 눈치를 보며 조심스레 물었다.

"안에 고하오리까?"

"일없다."

하녹이 그대로 돌아서서 멀어지자, 보초들은 다시금 일렬로 다닥다닥 대문 앞에 늘어섰다.

한 보초가 정면을 바라본 채 조그맣게 중얼거렸다.

"별고는 방금 그게 별고인 것 같은데……."

다른 보초들은 역시나 정면을 바라본 채 일제히 고개를 끄덕였다.

그 '별고'가 며칠간 반복되어 일상으로 자리 잡으려 할 무렵, 하녹은 청목산 일대를 탐색하러 간다는 이유로 궐을 비웠다.

청목산은 지난 맥열과의 전투에서 섭제군이 고립되었던 장소였다. 똑같은 실수를 되풀이하지 않기 위해 미리 그 일대의 지리를 파악해 두자는 하녹의 말은 상당히 그럴싸하게 들렸더랬다. 그래서 을음은 육십여 기의 기병들과 함께 하녹을 보필하여 섭제성을 나섰다.

아침부터 날씨가 흐리더니만 채 절반도 못 가서 진눈깨비가 흩날리기 시작했다. 지금 당장 전쟁이 난 것도 아닐진대, 굳이 이런 악천후 속에서 산을 오르내릴 까닭이 없었다. 을음은 바삐 하녹의 곁으로 말을 붙였다.

"전하, 이대로라면 청목산에 가더라도 일정을 수행하기에는 무리가 따르옵니다. 아무래도 탐색은 연기하심이 좋을 듯하옵니다."

"그럽시다."

하녹이 이내 말을 세웠다. 뒤따르던 병사들이 차차 멈추었다. 그 모습을 돌아보면서 하녹은 을음에게 일렀다.

"병사들을 철수시키십시오. 나는 우보만 있으면 됩니다."

"예? 아니……. 예."

을음은 당황한 기색으로 우물쭈물하면서도, 명을 받들어 병사들을 돌려보냈다.

그러자 하녹이 다시금 청목산을 향해 말을 달리기 시작했다. 을음은 바삐 그의 뒤를 따랐다.

이윽고 청목산에 다다랐을 즈음에는 말도 사람도 흠뻑 젖어 온몸에서 김이 피어오르고 있었다. 굳이 생고생을 자초하며 온 하녹이 나무 밑에 말을 매자마자 딴소리를 했다.

"괜히 예까지 왔나 봅니다."

차마 그렇다고 대답할 수는 없는 노릇이라 을음은 멀뚱히 침묵을 지켰다.

을음이 말을 매는 모습을 지켜보다가 하녹이 불쑥 물었다.

"오자는 잘 있습니까?"

을음은 가볍게 한숨부터 쉬었다.

진눈깨비 추적추적 내리는 날, 구태여 먼 길을 끌고 다니기에 드디어 올 게 왔다고 짐작하긴 했다. 미취한 몸으로 사 년씩이나 연과 한 집에서 살았으니, 하녹으로서는 다분히 신경이 쓰일 터였다. 더구나 국대부인이 그에게 연과 혼인하라고 한 사실을 하녹은 알고 있었다. 그가 자신의 입으로 직접 고했다. 그가 국대부인의 부름을 받았을 때 하필이면 하녹과 같이 군영에 있었던 터라, 그는 '국대부인께서 어인 영문으로 찾으셨습니까?'라는 하녹의 하문에 순순히 이실직고하고 말았다.

그때 이후로 하녹은 그에게 연에 대해서 별다른 언급을 하지 않았다. 을음의 앞에서는 연을 어디까지나 노병으로만 취급했을 뿐이었다.

연이 말을 탈 때마다 남쪽 벌에 나와 들여다보고, 을음이 그녀에게 수통을 빌려주면 냅다 자기 수통을 하사하고, 터무니없이 홍의금 운운하며 그녀에게 창술을 가르친답시고 보름에 한 번씩 시위도 없이 위험천만하게 홀로 성 밖으로 나다녔으면서 말이다.

그 정도로 그녀에게 관심을 쏟는다면 을음에게도 종종 그녀에 대해 언급할 만한데, 하녹은 한마디도 안 했다. 그래서 을음은 더더욱 큰 압박감을 느껴야만 했다.

을음은 말을 매고 서서 이윽고 답을 올렸다.

"간간이 한 바퀴씩 돌리긴 하옵니다만, 도로 궐에 가는 편이 여러모로 나을 듯하옵니다. 하옵고 예전에 전하께서 연희 부인께 하사하신 창과 갑주도 여태 소신의 집에 있사옵니다. 오자를 보내는 길에 그것들도 같이 궐로 옮기겠사옵니다."

하녹은 가타부타 말이 없이 앞쪽에 있는 소나무만 바라보며 침묵을 지켰다. 사람 목 조르는 방법도 가지가지였다. 을음은 괜스레 긴장한 채, 짐짓 태연한 얼굴로 엉킨 말의 갈기털이나 풀었다.

한동안 침묵 속에 서 있던 하녹이 마침내 입을 열었다.

"우보는 왜 연희를 궐로 보냈습니까?"

을음은 슬그머니 양미간을 좁혔다.

"연희 부인께서 궐과 제 집을 오가신 일에 소신의 자의로 이루어진 바는 없는 줄로 아옵니다."

"왜 진즉에 혼인하지 않았습니까? 혹시 우보도 알고 있었던 겁니까?"

"알고 있었다니, 무엇을 말씀이옵니까?"

하녹은 무슨 말인가 하려고 입술을 수차 달싹이더니 끝내는 대충 얼버무렸다.

"아닙니다. 모르면 되었습니다."

"아니……."

을음의 입에서 희디흰 한숨이 뿜어져 나왔다. 그는 결국 못 참고 하녹에게 항변했다.

"소신이 아는 바가 있다면, 연희 부인이 일찍이 원양성에서 전하의 승은을 입었다는 사실뿐이옵니다. 하여 첨운에게 상으로 내리라는 국대부인의 명을 받들지 못했사오며, 같은 이유로 혼인하라는 명도 거역하였사옵니다."

"단지 그 이유뿐입니까?"

"그보다 더 중한 이유가 달리 무에 있겠사옵니까?"

하녹은 여전히 앞쪽의 소나무에만 시선을 준 채 느릿느릿 운을 떼었다.

"연희가 스스로 희첩이 될 수 없는 몸이라 일렀을 때, 나는 그게 한진인이기 때문이라고만 생각했습니다. 하여 국대부인께서 그 말에 수긍하시면서도 연희를 궐에 들이라 허하신 일이 내도록 의아했습니다. 이 왕실에 한진인의 핏줄이 섞이면 안 된다고, 대신들이 여태 반발하고 있잖습니까."

하녹은 긴 한숨 끝에 말을 이었다.

"국대부인께서 그토록 선선히 승낙하셨던 까닭을, 나는 며칠 전에야 알았습니다. 우보는 그 까닭에 대해 혹시 짐작 가는 바가 있습니까?"

을음은 이 춥고 축축한 날 청목산까지 끌려나온 이유를 그제야 깨달았다. 그는 난감한 얼굴로 하녹에게 답을 올렸다.

연이 장락전에서 시녀들의 등쌀에 시달린 탓에 그곳을 나올 적에는 송장에 가까웠다고. 그대로 두면 죽을 상황이었기에, 국대부인이 부득불 그녀를 장락전에서 내보낸 거라고. 당시 의원이 말하기를 뱃속의 아기집이 터진 듯하니, 앞으로 아이를 낳기는 어려우리라 하더라고. 그래서 연은 그동안 언제 도로 장락전에 끌려갈지 모른다며 전전긍긍했노라고.

"……그때 희첩이 되기 싫다느니 했던 것도, 아마 궁궐에 들어가는 것 자체가 저어되어 그랬을 것이옵니다. 하오니 그런 말씀에는 괘념치 마시옵소서. 전하와는 관련이 없는 바이옵니다."

그간의 이야기를 듣고 있는 하녹의 표정이 울기 직전으로 하도 딱해 보여서, 을음은 넌지시 그를 위로하며 말을 맺었다.

하녹은 한동안 잠자코 서 있더니 그예 말을 풀었다.

"이만 환궁합시다."

눈비로 젖은 살갗을 얼려 버릴 듯 냉혹한 바람 속에서 하녹은 묵묵히 섭제성을 향해 말을 달렸다.

그녀가 아이를 낳지 못하게 된 일이 어찌 그와 아무런 관련이 없다 하겠는가.

"제가 왜 전하를 싫어하는지 아십니까? 저를 장락전에 집어넣으셨기 때문입니다."

애초에 그녀를 데려오지 말았어야 했다. 그 솔숲에 그대로 놔뒀어야 했다. 하다못해 그날 밤의 약조를 지켜 그녀를 어디든 적당한 곳에 풀어줬더라면 좋았을 뻔했다.

아니, 그보다도 더 전에, 아예 원양국에 가지 않았더라면, 그녀의 고향을 폐허로 만들지 않았더라면, 그곳에 있었을 그녀의 가족이나 친지들을 모조리 도륙하지 않았더라면…….

아니다. 그건 그가 반드시 해야만 할 당연한 일 중에 하나였다. 그가 하는 일들은 대체로 그가 반드시 해야만 할 당연한 일들이다. 그렇지 않은 일은 오직 연에 관한 것뿐이다.

그 목숨 하나가 유별나서, 그게 자꾸 아깝고 탐이 나서, 그걸 안 갖고는 도무지 배길 재간이 없어서, 그래서 어림없는 일인 줄 알면서도 기어이 오기를 부려 손에 넣었다. 그러니 이제 와 심장을 들쑤시는 자책에 시달려도 어쩔 수 없다. 그녀를 놓을 수 있었다면 진즉에 놓았을 것이다. 애당초 죽거나 말거나 신경도 쓰지 않았을 것이다.

날도 궂은데 괜히 원행을 나왔다. 환궁하거든 줄기차게 내전에 가서 반드시 해야만 할 당연한 일을 서둘러 마무리 지어야겠다. 하루라도 빨리 후사를 보고 연의 곁으로 돌아가, 매일 그녀의 원망을 듣거나 또는 원망조차 듣지 못한 채 고요히 미움만 받으면서…….

뭐, 그런 건 괜찮다. 그녀로부터 평생 미움만 받아도 좋다. 그냥 그녀의 곁에서 잠도 좀 자고 숨도 좀 쉬고, 단지 좀 사는 것처럼 살고 싶을 따름이다.

섭제국의 겨울은 북열에 비해 온후한 편이었다. 다만 눈이 더 자주 내려 체감하는 추위는 엇비슷했다.

그 겨울 내내 하녹은 서너 차례 변경 지대 곳곳을 탐색하여 병사들을 일없이 추위에 내굴렸다. 그 외에는 주로 내전과 군영,

간혹 정전을 오가는 나날이었다. 물론 장락전과 연의 처소에도 가긴 했다. 대문턱을 넘지 않았을 뿐이다.

공요는 도대체 언제까지 그의 발길을 묶어둘 요량인지 좀처럼 회임할 생각을 안 했다.

전전날에도 공요는 넌지시 그에게 일렀다. 앞으로 이레 동안은 내전에 안 와도 된다고. 아울러 그 이레 동안 연의 처소에 간다면 앞으로는 영영 내전에 안 와도 된다는, 협박인지 당부인지 모를 소리도 덧붙였다.

간밤에 대전에서 뜬눈으로 밤을 지새운 하녹은 군영에 나와 깜빡깜빡 졸고 있었다. 밤잠을 제대로 못 자도 사나흘은 버틸 만했으나, 닷새를 넘긴 뒤로는 매순간 피가 식는 느낌이었다.

그는 지난 십 년 동안 매일 그런 상태로도 그럭저럭 견뎌왔다. 그가 연의 곁에서 숙면을 취해본 것은 채 한 달도 안 되는 짧은 기간이었다. 그러나 좋은 것은 빨리 버릇이 드는 모양인지, 이제는 잠 못 자는 게 아주 고역이었다.

이놈의 궁궐에는 마음 편히 잠들 곳이 당최 없다. 조만간 또 한 차례 탐색이라도 나가서 잠을 좀 자야 할 성싶었다.

하녹이 비몽사몽간에 그런 생각을 하며 나른하게 졸고 앉아 있을 때, 한 병사가 헐레벌떡 그에게 달려왔다. 연의 처소에서 번을 서고 있어야 할 병사였다.

하녹은 그 병사를 보자마자 반사적으로 자리에서 일어섰다.

"무슨 일이냐?"

"시녀 방상이 입궁하여 누군가를 닦달하고 있사온데, 첩자라느니 끄나풀이라느니 하는 걸로 보아 분위기가 영 심상치 않사옵니다."

"첩자?"

"예, 분명 그리 들었사옵니다."

하녹은 즉시 연의 처소로 향했다.

만일 그 처소에 첩자가 있다면, 보나마나 삼고라는 한진인 노파일 터였다. 전신을 삼베로 친친 감아 한눈에 확 띄는 그 괴상한 차림새나, 산신령을 들먹이며 해괴한 소리를 해대는 꼴만 봐서는 그다지 첩자 같은 느낌은 아니었다.

섭제국에서도 타국에 종종 첩자를 파견하긴 하지만, 첩자를 보낼 때는 누가 봐도 평범하고 별다른 특징이 없는 사람을 골라 절대로 남들 눈에 띄지 말라고 신신당부하며 보낸다. 어떻게든 남들의 이목을 끌고 싶어서 안달인 것처럼 보이는 그 노파가 첩자라니, 좀처럼 수긍이 되지 않았다.

좌우간 대신들이 가뜩이나 한진인이라는 이유로 연을 못마땅하게 여기는 판국에, 그녀의 처소에서 첩자까지 나타나면 심히 곤란하다.

하녹은 연의 처소로 가는 길에 잊지 않고 보초에게 주의를 주었다.

"이 일에 관해서는 당분간 함구하여라."

"여부가 있겠사옵니까."

하녹이 연의 처소 근처에 이르렀을 때, 마침 방상이 앳된 시녀 하나를 빗자루로 쓸다시피 하며 대문 밖으로 내치던 중이었다.

"네가 나를 얼마나 우습게봤으면 여기서 감히 이간질을 하고 발쇠를 서려 들어? 당장이라도 웃전에 고하여 네년을 궁궐에서 쫓아내도 시원찮다만, 그래도 네 어미 체면을 생각하여 이대로 내보내는 걸 다행으로 알아! 두 번 다시는 이 근처에 얼씬도 하지 마라! 그때는 네 어미고 뭐고 없다!"

그 시녀는 방상에게 얼마나 쥐어뜯겼던지 머리가 까치집이 된 채 엉엉 울면서 비칠비칠 어디론가 걸음을 옮겼다. 곧 방상이 침을 퉤 뱉고는 씩씩거리며 대문 안으로 들어갔다.

멀찍이 서서 지켜보던 하녹이 나지막이 말했다.

"저건 아무래도 궐내의 첩자 같군. 별일 아닌 듯하니, 그만 돌아가 번을 서도록 하라."

"소, 송구하옵니다. 저희가 그저 마음만 급하여 제대로 확인도 안 해보고……."

"아니다. 잘하였다."

쩔쩔매는 보초를 다독여 돌려보낸 후, 하녹은 곧장 그 앳된 시녀의 뒤를 밟았다.

국대부인이 연을 감시하기로 작심했다면, 그 성격에 고작 시녀 하나 몰래 들여보내 놓고 만족할 리 없었다. 아마도 시녀 전원을 연의 처소에 붙여 대놓고 밤낮으로 철저히 감시했을 것이다.

저 앳된 시녀를 보낸 사람은 십중팔구 공요일 듯했다. 아니나 다를까, 그 시녀가 큰 소리로 서글피 울면서 들어간 곳은 내전이었다.

하녹은 이를 악물고 내전으로 들어갔다.

며칠간 내전에 올 예정이 없던 그가 난데없이 나타나 안으로 들어서자, 내전의 시녀들은 허둥지둥 당황한 기색이 역력했다.

그는 눈살을 찌푸린 채 잠자코 손짓하여 시녀들을 전각으로부터 멀찍이 물렸다. 공요의 얼굴을 보면, 서로간의 체면이나 위신도 아랑곳없이 대뜸 언성을 높이며 험한 소리를 해댈 것만 같은 기분이었기 때문이다.

속이 벌집을 쑤셔 놓은 듯 들끓었다. 그래도 그는 인내심을 발휘하려 애쓰면서, 태연한 척 조용히 신을 벗고 마루 위로 올라섰다.

공요에게 대체 무슨 말로 운을 떼어 이 사태에 대한 해명을 요구할지 갈등하며 방문 앞에 서 있는 사이, 안에서는 앳된 시녀의 목소리가 새어 나오고 있었다.

"……그 침의 때문에 시침 뗄 여지도 없었사옵니다. 방상이 아주 도깨비처럼 달려드는데, 여기 이 멍든 것 좀 보시옵소서. 소녀 평생에 이런 매질은 처음이옵니다."

이내 공요의 목소리가 들려왔다.

"원래 방상의 성질이 여간 아니니라. 하여도 네가 맡은 바 소임을 다해주어, 고맙기 이를 데 없구나."

무거운 물체가 바닥에 드르륵 끌리는 소리가 났다. 뒤이어 앳된 시녀의 탄성이 들려왔다.

"어머나, 이 많은 것을……! 정녕 다 받아도 되옵니까?"

"고생이 많았다. 그나저나 연희가 나를 의심하거나 경계하지는 않더냐? 마유를 입에 대지도 않았던 것이 아무래도 마음에 걸리는구나."

"그 처소에는 마유가 아예 들어가지도 않사옵니다. 연희가 대부인을 의심하는 것 같지도 않고요. 한진 사람이니 촌스러워서 마유도 마실 줄 모르는 것이겠지요."

"하긴 그럴 만도 하지. 그래, 무엇을 주로 마시더냐?"

불끈 쥔 하녹의 주먹이 부들부들 떨렸다. 소맷자락의 싸늘한 감촉이 기묘하게 팔에 엉겨 붙었다.

"글쎄요. 꼭 마실 것이어야만 하옵니까? 음식에 바르면 효험이 없을까요?"

"그 허연 가루를 음식에 바르면 금세 눈에 띄지 않겠느냐. 마유가 적격이었거늘, 쯧쯧."

뱀 한 마리가 그닐그닐 몸속을 기어 다니는 것 같았다.

"하오면 그 가루를 일단 물에 갠 다음에……."

하녹은 그 앳된 시녀의 말이 다 끝나기도 전에 내전을 나섰다.

"전하, 기쁜 소식은 언제쯤 들려주실 요량입니까? 전하께서 후사를 보셔야만, 이 나라가 비로소 반석에 오를 것입니다."

"국대부인께서 천년만년 사시는 게 아니옵니다. 효도란 살아 계실 때 하는 것이지요. 문후라도 여쭈시옵소서. 그러려면 신첩에게서 아들이라도 보시어야 하지 않겠사옵니까."

인정한다. 그건 그가 반드시 해야만 할 당연한 일들 중에 하나다. 그래서 후딱 끝내려 했다. 후사만 보면 만사형통일 줄 알았다.

그런데 뭐? 연이 무엇을 주로 마시더냐고?

공요는 단지 기회를 엿보고 있었을 뿐이다. 뱀에게 물려 죽은 여인의 새까만 입술을 하녹은 여전히 기억하고 있었다. 그는 미적미적 그 여인을 가슴에만 품은 채로 형에게 빼앗기지 말았어야

했다. 그는 형처럼 선뜻 그 여인을…….

"계집과 땅은 정복하라고 있는 것이다."

그래, 정복했어야 했다. 쳐들어가고 점령하여 자신의 깃발을 꽂았어야 했다. 자신의 것이라고 못 박아 어느 누구도 침범하지 못하도록 성책을 쌓고 방비했어야만 했다. 땅을 갖고 지키는 것과 무엇이 다른가? 그동안 이해할 수 없었던 형의 말은 진리였다.

그녀마저 죽도록 놔두지 않겠다. 처음부터 줄곧 그 한 목숨 살리고자 하는 일념이었다. 세상에 숱하게 널린 목숨 중에서 단 하나를 구할 뿐이다. 대관절 무슨 방해가 이다지도 많은가!

이제는 오기로라도 구한다. 그녀를 살리기 위해서라면 향후의 일이 어찌 되든 알 바 아니다. 설령 이 나라가 무너진다 할지라도, 또 설령 어머니가 영원한 슬픔의 구렁텅이에 묻힌다 할지라도.

미안하지만 우선순위는 그녀의 목숨이다.

하녹은 벼락같이 연의 처소로 쳐들어갔다. 그가 신을 벗기도 전에 시녀가 어리둥절한 얼굴로 후원 쪽을 가리켰다. 그는 괜한 조바심으로 헐레벌떡 달려갔다.

마침내 그녀를 보자마자, 그는 온몸의 기능이 정지된 듯 우뚝 멈춰 섰다.

그녀는 어린 사내아이를 보며 다정다감하게 웃어주고 있었다. 그 아이의 손을 꼭 잡은 채로.

"왜……!"

그 풍경이 왜 그다지도 사랑스러워 보였는지 모르겠다. 아마도 그 풍경 속에서 그녀가 웃고 있었기 때문이리라. 아이를 바라보며 해사하게 웃는 낯이 더없이 고왔다. 비록 그 아이가 그녀의 아이는 아닐지언정.

"왜……!"

왜 일찍이 그녀를 지키지 않았는지 모르겠다. 왜 그녀의 아이를 빼앗아 버렸는지 모르겠다. 왜 그녀가 남의 아이마저 제 아이처럼 좋아하는지 모르겠다. 방금 후사를 볼 생각 따위는 집어치웠건만.

"그대를 갖겠소."

한 오백 년 만에 온 것 같은 하녹은 오자마자 당당하게도 선언하였다.

희첩 되기 싫다는 연을 억지로 끌고 와 궁궐에 처박아놓고 나 몰라라 한 것에 대한 사죄는 없었다. 내전에만 줄기차게 들락거린 것에 대한 일말의 변명도 없었다. 아니, 그런 건 바라지도 않는다. 그래도 최소한 와상을 데워놓지 않은 것에 대해서는 명확한 사과를 받아야 속이 풀릴 성싶었다.

연은 눈썹을 찡그린 채 아무런 대꾸도 하지 않았다.

"좋든 싫든 받아들이시오. 대신에 그대가 원하는 바를 무엇이든 한 가지 들어주겠소."

연이 입을 열기도 전에 하녹이 재빨리 한마디 덧붙였다.

"나를 떠나는 것만 제외하고."

듣고 보니 참 훌륭한 소원이었다. 미처 생각지도 못했건만 선수를 뺏긴 바람에, 연은 잠시 고민하고서야 입을 열었다.

"소원은 며칠 말미를 두고 천천히 생각해 보면 안 될까요?"

그녀는 이 절호의 기회를 전처럼 유야무야 날리고 싶지 않았다. 그녀의 질문에 그는 만족스러운 얼굴로 대답했다.

"좋소."

어라? 그러고 보니 방금 소원에만 정신이 팔려서 아무런 반발도 없이 그의 거래에 응하고 말았다.

하지만 그 사실을 깨달았을 때에는 이미 늦었다. 그의 얼굴은 벌써 코앞으로 부쩍 다가와 있었다.

맙소사! 갖는다는 건 정확히 무슨 의미란 말인가. 초창기에 배워서 골백번도 넘게 쓴 말이건만, 그 말의 뜻이 이토록 난해했을 줄이야!

그가 입술을 부드럽게 맞대어 온 찰나, 그녀는 불길한 예감을 느꼈다. 허리를 감싸는 척하던 그의 손이 슬며시 그녀의 허리띠를 잡아 끌렀다. 그 순간 연은 확신했다. 그녀의 예감은 이제 곧 현실이 되리라.

"잠깐, 잠깐만요!"

그녀가 황급히 고개를 흔들며 그를 밀쳤다. 그는 여유롭게 미소까지 지으면서 그녀를 품에서 놓아주었다. 오직 그녀만이 홀로 전전긍긍하는 눈치였다.

그가 자리에서 일어나 방을 거니는 잠깐 사이에, 그녀는 서둘러 앞섶을 여미면서 이 난관을 모면할 방도를 궁리했다. 아니, 궁리하려고 했다. 한데 문득 방 안이 캄캄해졌다. 이제 보니 그는 스리슬쩍 불을 끄고 있었다.

"우워어! 갑자기 불을 끄시면 아니 되지요!"

그녀는 스스로도 처음 들어보는 것 같은 기괴한 목소리로 외쳤다. 어둠 속에서 하녹의 웃음소리가 들려왔다.

연은 무턱대고 일어나 문을 찾아 몸을 돌렸다. 하지만 몇 발자국 내딛기도 전에 공중으로 두둥실 떠올라 허리가 납신 접혔다.

"놓으십시오! 소원 따위 필요 없다고요!"

발버둥 치며 그의 등을 힘껏 때려 봤으나 소용없었다. 그녀는 곧 와상 위에 나자빠지듯 눕고 말았다. 그는 피할 틈도 주지 않고 곧장 그 위에 체중을 실었다. 그러면서 잽싸게 그녀의 양 손목을 차례로 잡아 한데 그러쥐었다.

"그대도 변덕이 심하군. 나 못지않아."

나른한 속삭임이 귓바퀴에 눅진눅진 들러붙었다. 삽시간에 머릿속까지 소름이 쫙 돋았다.

일순 뺏뺏이 굳어졌던 연은 이내 세차게 도리질 쳤다.

하녹은 아랑곳없이 나직하게 웃었다. 목덜미를 타고 내려가는 입술 사이로 띄엄띄엄 말이 비어져 나왔다.

"괜찮소. 나는 그대의 변덕도 좋소. 앙탈도 좋고, 이 향취도 좋아. 또 그대의……."

"아니, 지금 어, 어딜 만지시는……!"

"아, 가슴도 좋소."

"헉!"

그의 웃음이 와 닿았다. 이내 덮인 그의 입술은 그 치열마저 지극히 선명하였다.

연달아 이어지는 자극에 그녀는 하릴없이 움칫거렸다. 이상하게도 숨이 가빴다. 머릿속이 산란했다. 그의 앞에서 발가벗겨지고 있다는 수치심과 그가 무슨 짓을 할지 모른다는 불안감, 그에게 도저히 이길 재간이 없겠다는 체념이 빠르게 그녀의 뇌리를 스쳤다.

그 막막함에 공포가 일었다. 그러면서도 거부할 수 없는 호기심이 그녀를 사로잡았다. 그녀는 궁금했다. 알고 싶었다. 그를, 그의 모든 것을 속속들이.

그는 여전히 한 손으로 그녀의 손목을 붙든 채, 혀를 굴려 그녀를 희롱하면서 은근슬쩍 그녀의 치마를 걷어냈다. 그녀는 흐느낌에 가까운 신음을 토하며 스스러운 듯 그의 팔목에 얼굴을 묻었다.

그는 그제야 그녀의 손목을 놓아주곤, 흐트러뜨린 머릿결 사이로 손을 넣어 감쌌다. 그와 동시에 다가온 그의 입술이 뺨을 더듬어 그녀의 입술을 찾았다.

그의 입술이 점점 더 깊숙이 파고들수록, 그의 손길이 점점 더 그 의지를 명확히 드러낼수록, 그녀의 혼돈과 주저는 차츰 열띤 숨으로 사위었다. 발가락까지 오싹거리는 낯선 희열에 홀려 막연한 두려움마저 감감 흩어졌다. 몸이 제멋대로 들썩였다. 정신이 아뜩했다. 귀가 윙윙거렸다. 눈앞에는 점, 그리고 점. 아스라이 퍼지는 점들.

소용돌이치는 황홀경 속에서 연은 몽롱한 눈빛으로 그를 응시했다. 어둠 속에서도 그 얼굴은 선명한 윤곽으로 그녀를 향해 다가왔다. 자늑자늑 입을 맞추며 속삭인다. 그녀를 원한다고, 그의 소원은 오직 그것뿐이었다고, 그러니 그 대가로 무엇이든 다 줄 수 있노라고.

만일 그 황홀경을 끝으로 그날 밤이 조용히 지나갔다면, 연은 며칠간 무슨 소원이 좋을지 머리를 싸매고 궁리했을 터였다. 그러나 그다음부터 벌어진 일은 상상을 초월할 정도로 끔찍했다. 어찌나 아프던지 온몸이 갈기갈기 찢기는 줄 알았다.

연은 그 고통 속에서 용케도 소원을 생각해 냈다. '반드시 이 소원을 이루고야 말리라!' 이를 바득바득 갈며 다짐하지 않았다면, 그녀는 아마 그 고통을 견디지도 못했을 터였다.

그리하여 그녀는 바야흐로 하녹을 눈앞에 고이 눕혀두고 있었다.

그는 반라의 차림으로 흡사 도마 위에 얹힌 고기처럼 얌전히 처분을 기다리는 중이었다. 제발 얼굴만은 피해 달라는 그의 간절한 애원을 들어주기로 했으니, 그만했으면 그녀가 많이 봐준 셈이었다.

"여기를 중심으로 잡을까요?"

배꼽을 콕콕 누르자, 하녹이 간지러운 듯 움찔거리면서 웃음을 터뜨렸다. 하지만 그는 이내 볼멘소리로 쏘아붙였다.

"나를 죽일 작정이오?"

그는 연의 손을 잡아 느릿느릿 자신의 가슴팍을 더듬었다.

"어딘가에……."

보얀 그의 살갗은 비단결처럼 매끄러웠다. 연의 입가에 만족스러운 미소가 걸렸다. 질 좋은 가죽이라 꽤 기대가 되었다.

"……아마도 이쯤에. 두근거리는 곳을 잘 찾아보시오."

오호라! 그의 심장 위라니, 그것도 나쁘지 않은 생각이다.

잠깐 더듬어 본 연은 곧 왼쪽 가슴 언저리의 한 점을 짚었다. 그러고는 피 종지에 바늘 끝을 적시면서 가만가만 흥분을 가라앉혔다.

그동안 얼마나 이 순간을 꿈꿔왔던가. 비단 그날 밤뿐만이 아니다. 그를 상상하면서 즐긴 문신이 족히 수천 장은 될 터였다. 눈에 보이는 형태로 남지 않았을 따름이다.

이제야 비로소 선명하게, 그것도 그의 살갗에 직접 새기려는 순간이다. 최대한 질질 끌면서 아주 깊숙이 새겨주리라.

"으악!"

별안간 까무러칠 듯 비명을 지르는 그에게 연은 냉소로 답하였다.

"아직 시작도 하지 않았습니다."

"방금 분명 아팠소!"

"저도 분명 아팠지만 참았답니다. 전하께서도 참으십시오."

"아니, 소원이 정녕 이딴 것밖에 없소?"

"대문 밖에 있는 보초들을 물리고 아무 때나 제 마음대로 궐을 드나들……."

"아, 되었소! 빨리 하시오."

투덜거리는 하녹을 향해 연은 진심에서 우러나오는 미소를 지었다.

"빨리 끝내고 싶으십니까?"

하녹도 자신이 했던 말을 기억하는 눈치인지, 대답 없이 체념의 한숨만 뱉었다.

연은 다시금 들끓는 흥분과 설렘으로 바늘을 다잡았다. 그렇지만 그 즐거움은 잠시뿐이었다.

눈에 보이는 시점을 찍은 순간, 오랜 습관이 되살아났다. 그것은 늘 혼을 온전히 쏟아붓는 작업이었다. 잡념은 일순에 떨어져나갔다.

새로운 시작. 이 점은 원의 중심이다. 이 점을 가운데 두고 두 개의 점을 찍는다. 두 점은 선의 시작이며 전후좌우가 똑같은 간격으로 연결된다. 그러다가 급히 꺾이는 지점이 첫 번째 난관이다.

연은 언제고 그 부분에서 뜸을 들이곤 했다. 그러나 그녀는 선뜻 손을 움직였다. 그 지점을 지나는 점의 간격과 완만한 곡선을 이루는 간격. 그동안 어디선가 완벽한 견본이라도 엿본 적이 있었던 듯, 신기하리만치 또렷한 확신이 들었다.

하녹은 어금니를 꽉 깨문 채 눈을 질끈 감고 있었다. 도대체 언제까지 바늘로 찔러댈 작정인지 모른다. 한두 차례라면 그저 따끔한 정도로 금세 아픔이 가실 텐데, 이건 한도 끝도 없었다. 기세 좋게 그녀를 취했으니 이제 와서 물릴 수도 없었다.

그는 원하던 대로 연을 희첩으로 들였고, 드디어 초야도 치렀다. 쾌락에 절어 그의 손 안에서 녹아내리던 그녀는 얼마나 귀엽고도 야했던가. 그래 놓고 그녀는 뒤늦게 아프다며 울고불고 성화였다.

살펴보니 실제로 피가 나긴 한 터라, 그도 무어라 항변할 여지가 없었다. 기실 그는 좋아서 반쯤 넋이 나가 있었기에, 자신이

대체 무슨 실수를 하여 그녀를 다치게 했는지 기억도 잘 나지 않았다.

새벽에 다급히 침소를 뛰쳐나가 의원을 부르라고 명하자, 앳된 시녀들이 놀라 무슨 일인가 묻더니만 대번에 새빨개진 얼굴로 미적미적 게으름을 피우며 의원을 부르러 갔다.

의원보다도 먼저 처소에 들어선 방상이 사연을 듣고는, 웃어야 할지 울어야 할지 모르겠다는 양 기묘한 표정으로 고하였다.

"심려치 마시옵소서. 본디 초야에는 그러하옵니다."

"내 기억으로는, 예전엔 그러지 않았던 듯한데……."

"그야 물론……. 좌우간 연희 부인은 초야이온지라 그러한 것이옵니다."

처음 알았다. 공요와 형의 초야가 어떠했는지, 그가 알 게 뭔가.

그나저나 연은 아주 직성이 풀릴 때까지 그를 바늘로 찌를 참인가 보다.

하녹은 눈살을 잔뜩 찌푸린 채 실눈을 뜨고 그녀를 쳐다보았다. 그러고는 잠시 아픔도 잊고 묵묵히 그녀를 응시하였다.

그녀는 신들린 듯이 문신에 열중하고 있었다. 말 그대로 신들린 듯이.

어쩐지 그녀가 아닌 것만 같았다. 아마도 그가 미처 보지 못했던 그녀 본연의 모습일 터였다. 일찍이 그가 그녀를 만나기 전, 아니, 그가 그녀의 친지나 지인들을 모조리 죽이고 그 삶의 터전을 송두리째 폐허로 만들기 전, 그녀가 여린 손끝에 굳은살이 박이도록 평생의 업에 매진하던 모습이리라.

껍데기만 그의 곁에 앉아 있을 뿐, 그녀의 혼은 오롯이 손끝에 실려 있었다. 하여 그의 심장을 자꾸 따갑게 들쑤시면서도, 그녀는 기꺼이 그에게 자신의 혼을 새겨넣는 중이었다. 그녀는 원망조차도 어찜 이리 귀엽게 하는지.

마침내 연이 마지막 점을 찍었다.

그녀는 그제야 길게 숨을 내쉬었다. 그러다 돌연 흠칫 놀라 바늘을 톡 떨어뜨렸다.

"헉!"

"왜 그러오?"

하녹이 불안하여 묻자, 그녀는 뜬금없는 자화자찬으로 대답했다.

"어쩐지 완벽한 것 같아요."

연은 눈을 부릅뜨고 완성된 문양을 찬찬히 살펴보았다.

의심할 여지가 없었다. 실패했다면, 점을 잘못 찍는 순간에 이미 알았을 터였다.

일순 가슴이 뭉클했다. 물밀듯 벅차오르는 감동에 못 이겨, 그녀는 양손에 얼굴을 묻고 울음을 터뜨렸다.

"아니, 이제껏 사람을 실컷 찔러놓고 울기는 왜……."

아닌 밤중에 홍두깨가 따로 없었다. 황당해서 투덜거리며 일어나던 하녹은 이내 끙 하고 신음을 흘렸다. 그녀는 아랑곳없이 흐느끼며 말했다.

"이런 적 처음이거든요."

"나도 이런 적은 처음이라오."

그는 심드렁하게 대꾸하곤 그녀를 달래는 척 슬그머니 끌어안았다. 그녀는 울먹이면서 중언부언했다.

"정말 처음입니다. 한 번도 완벽하게 해낸 적이 없었어요."

"그게 하필 나란 말이지."

"예. 전 평생 못 할 줄 알았어요."

"하면 더할 나위 없이 좋은 일이군."

연은 감격에 겨워 울면서 고개를 크게 끄덕였다. 그러나 이어지는 하녹의 말을 듣고는 울음을 뚝 그쳤다.

"평생 그대를 가질 수 있을 터이니."

연은 지그시 그의 가슴을 떠밀면서 코를 훌쩍 삼켰다.

"어째서 얘기가 그렇게 됩니까?"

대답 없이 콧잔등을 찌푸린 하녹이 벌겋게 부풀어가는 상처 쪽으로 눈길을 돌렸다.

연은 무심코 그의 시선을 따라 자신의 완벽한 문신을 다시 보았다. 보기만 해도 저절로 입가에 미소가 맺혔다.

"이러니까 얘기가 그렇게 되는 거라오."

하녹은 어느새 싱글벙글 웃으며 그녀를 보고 있었다. 그가 그런 식으로 웃는 것은 그다지 좋은 징조가 아니다. 연은 냉큼 반박했다.

"이 문신이 완벽한 까닭은, 어디까지나 제가 그만큼 노력을 했기 때문입니다. 전하께서는 어쩌다가 우연히 걸리셨을 뿐이지요. 전하께서 저를 갖는 건, 그날 한 번으로 끝났습니다."

하녹이 양미간을 좁혔다.

"하나만 묻지. 방금 그대가 나를 몇 번이나 찔렀는지 아오? 그렇게만 따져도 나는 평생 그대를 가질 권리가 있소."

연은 기가 차서 입을 떡 벌린 채 그를 쏘아보았다. 그러나 그는 농이라도 했던 양 이내 도로 웃었다.

"그렇지만 내 말은 그런 뜻이 아니라……."

누구도 거부하지 못할 듯 해사하게 웃는 낯으로 그는 그녀의 손을 답삭 잡아끌었다.

"……평생 같이 지낼 수 있겠다고. 그대가 이것을 버리고 떠날 리 없으니."

생애 최초의, 그리고 어쩌면 마지막이 될지도 모르는 완벽한 문신. 마치 살아 있는 것처럼 두근두근 고동이 울린다. 아니, 그것은 그의 심장이다. 아니다. 단지 문신에 불과하다. 아니…….

연은 알쏭달쏭한 심정으로 가만히 문신 위에 손을 올려놓고 있었다. 그러다 문득 입을 열었다.

"좌우간 그건 한 번으로 끝났습니다."

까딱했으면 또 어영부영 말려들 뻔했다.

용케 떠올린 게 아쉽다는 양 그는 쓴웃음을 지으며 고개를 끄덕였다.

"그대가 정 싫다면 하지 않겠소."

"그 약조, 반드시 지키십시오."

"물론이지. 단, 그것만 제외하곤 다 하는 것이오."

정색으로 대꾸하는 그녀에게 그도 진지하게 화답하였다.

연은 이윽고 손을 거두면서 의기양양한 얼굴로 어깨를 으쓱했다.

"글쎄요."

❖

방상이 반지르르 고운 설빔을 애써 지어주었으나, 연은 설 연회에 참석하지 못하였다. 하녹 역시 참석하지 않았다. 두 사람은 병환 중이므로 자리보전해야 한다는 게 하녹의 주장이었다.

기실 연은 없던 병이 생길 지경이었다.

"아아."

툭하면 생떼만 부리는 이 어른을 도대체 어디에 갖다 쓰면 좋을지 모르겠다.

"이렇게 게으름만 피우다가는 소가 되고 말 것입니다."

"춥소. 추워서 이불 밖으로 나갈 수가 없소."

"그럼 혼자 계시란 말입니다. 저까지 소 만들지 마시고요."

"그대가 없으면 춥단 말이오."

"전 답답해 죽겠어요! 대체 언제까지 이부자리에서 빈둥거려야 합니까!"

빽 소리를 지른 연은 이내 움찔 목을 움츠렸다.

하녹은 예의 그 녹녹한 미소를 짓고 있었다. 저 미소 끝에는 반드시 이상한 요구가 따라붙는다.

"그렇다면 우리 물구나무서기를 해서……."

"전 그런 거 못 합니다. 물구나무서기도 못 하고 공중제비도 못 돌아요. 씨름도 못 이기고 팔씨름도 안 됩니다! 차라리 그냥 옷을 벗으라고 명령하시지 그래요?"

"오호! 하면 벗으시오."

"싫습니다!"

"첫, 어차피 안 벗을 거면서."

입술을 비죽거리던 그는 연이 잠시 방심한 틈을 타서 잽싸게 입을 쪽 맞추고는, 시침 뚝 떼고 천장을 바라보았다. 그러더니 혼자서 히죽히죽 웃어댔다. 아무리 봐도 정상이 아니다.

"처음에는 이런 사람인 줄 몰랐는데……. 쯧쯧."

연은 무심코 중얼거리면서 머리를 설설 흔들었다.

뜻밖에도 하녹은 그 말에 장단을 맞췄다.

"응. 나도 그대가 이런 사람인 줄 몰랐소."

"예?"

뜬금없는 소리에 연이 홱 그를 돌아보았다.

그는 그녀의 머리에 코끝을 들이대고 있던 중이었다. 때마침 잘 돌아봤다는 양 그는 냉큼 그녀의 이마에 입을 맞추었다.

"처음 보았을 때, 난 그대가 사슴인 줄 알았다오."

"아……."

그러고 보니 첨운으로부터 그런 말을 들은 기억이 있었다. 연이 묻기도 전에 하녹은 부드러운 음성으로 말을 이었다.

"소나무 밑에서 새하얀 것이 자고 있기에, 뭔가 싶어서 건드려 보았지. 눈빛이 꼭 사슴 같아서 신록이라도 발견하였나 했소. 게다가 향취가……. 지금도 궁금하다오. 왜 이 향을 맡으면 내가 마치 살아 있는 사람처럼 느껴지는지."

물끄러미 보는 연을 향해 그는 멋쩍은 웃음을 지었다.

"내가 말해놓고도 이상하군. 멀쩡히 산 사람이 또 살아 있는 것 같다니."

"이상할 것도 없지요. 숨만 쉰다고 다 살아 있는 건 아니잖아요."

그는 그녀의 위로에 안도한 듯 옅은 한숨을 쉬며 그녀의 어깨에 코끝을 묻었다.

"혹시 진짜 산신령 같은 것 아니오? 그때 왜 계속 산을 보고 있었지?"

"제가 산을 보고 있었다고요?"

"떠날 때, 그곳을 떠날 때, 줄곧 그 솔숲만 바라보고 있었잖소."

단이 그 솔숲으로 돌아와 그녀를 찾을 게 빤했기 때문이다. 단을 떠올리는 것만으로도 가슴 한구석이 허전해졌다.

연은 씁쓸한 미소로 답을 대신하곤 말을 돌렸다.

"그래서 제가 무슨 산신령이라도 되는 줄 아셨습니까?"

하녹은 주저 없이 고개를 끄덕였다. 지나치게 선선히 수긍하는 통에 멈칫한 연은 이내 큰 소리로 웃어버렸다.

"여태 저만 바보인 줄 알았더니, 전하도 만만치 않으시네요."

"왜? 혹시 나도 그런 쪽으로 보였소?"

"비슷합니다. 무려 하늘님으로 봐드렸다고요."

"으하하하!"

"그렇게까지 좋아하실 것 없습니다. 이제 곧 소로 보일 것 같거든요."

금세 웃음을 그친 그는 끙 신음을 흘리면서 미적미적 일어났다.

"말이라도 타러 갈까?"

연은 눈을 초롱초롱 빛내며 얼른 와상을 벗어났다.

오자가 왕궁에 들어와 있었다는 사실을 그녀는 그날에야 알았다. 그녀의 창과 갑주는 대전에 보관되어 있으며, 쇠뇌는 다른 노병이 생겨서 군영으로 자리를 옮겼다고 한다. 이제 을음의 집에 그녀의 흔적 같은 건 남아 있지 않을 터였다.

공연히 우울해졌다. 연은 쌩쌩 부는 정월 찬바람을 정면으로 맞으면서, 내도록 오자를 재촉했다. 침소에서는 마치 어린애처럼 생떼만 부리던 하녹이 벌판에 나와서는 묵묵히, 그녀의 기분이 풀릴 때까지 몇 십 바퀴고 함께 말을 달려주었다.

아무래도 하녹은 궁궐 안에서보다 바깥에서 볼 때 더 괜찮은 사람 같았다. 한때 같이 놀자던 그의 제안을 뿌리쳤던 연은 뒤늦게야 후회했다. 그는 노는 데에 있어서는 일가견이 있는 사람이었다. 게다가 명색이 전하인지라, 아무리 짓궂은 장난을 해도 뒷감당이 두렵지 않았다.

봄버들 나부끼는 한수 근처에 말을 몰고 나갔을 때만 해도 그러했다. 연인들이 이 그늘 저 그늘 밑에서 밤바람에 살랑거리는 버들가지 몇 가닥을 휘장 삼아 입을 맞추고 있었다. 그런데 그는 하필이면 사람이 있는 나무 밑으로만 골라 들어갔다. 그러고는 느물느물 '어이쿠! 실례하였소. 계속하시오. 우리는 딴 데를 찾아볼 터이니' 하면서 훽 나와 버렸다. 그 봄 내내 그런 식으로 훼방 놓은 게 한두 쌍이 아니었다.

그렇다고 해서 그가 못된 장난만 즐기지는 않았다. 무더위가 기승을 부리던 어느 달 밝은 밤에는 도저히 거절하지 못할 매력적인 제안을 던지기도 했다. 그녀는 군소리 없이 냉큼 따라나섰다. 그리하여 그해 여름이 다 지날 무렵에는 물고기처럼 헤엄을 잘 치게 되었다.

하지만 이러니저러니 해도 그가 가장 좋아하는 것은 역시나 와상임에 틀림없었다. 가을에 주로 낙엽이나 갈대를 모아 와상을 만들던 그는, 눈이 내리자 눈으로도 와상을 만들었다. 그래 놓고는 자신의 솜씨에 무척이나 흡족해 하면서 그 차가운 와상 위에서 한도 끝도 없이 빈둥거렸다.

연은 눈으로 이불을 만들어 덮어줄 뿐 딱히 불평은 하지 않았다. 그즈음에 이르러서는 그녀도 이미 느끼고 있었다. 그녀만이 그 궁궐을 싫어하는 게 아니었다.

다 큰 어른이건만, 그와는 같이 놀지 않을 결심이었건만, 연은 자신이 언제 그랬냐는 양 사흘이 멀다 하고 하녹과 함께 신바람 나게 놀러 다녔다. 오직 그와 함께여야만 그 궁궐을 벗어날 수 있었다. 다만 잠시라도 숨을 돌릴 수 있었다.

처음에는 그게 못내 억울하였으나, 그해가 저물 즈음에는 그런 기분도 들지 않았다.

그 역시 그녀와 다를 바 없는 신세였다. 자신이 태어나고 자란 고향을 떠나 낯선 땅에서, 낯선 사람들을 원망하면서도 미처 다 증오하지 못하고 미련스럽게 그들과 어울려 미운 정을 들이고 만다.

그는 그 와중에도 장하게 놀 줄 아는 즐거운 벗이었다. 같이 있으면 '이 사람이 또 무슨 신나는 일을 벌이려나' 하는 기대감에 언제고 그녀를 설레게 만드는 좋은 동무였다.

❖

을음이 한 번 나가면 돌아올 줄을 모르던 왕궁의 설 연회는, 몸소 참석해 보니 과연 그럴 만하였다.

연은 내도록 눈을 휘둥그레 뜨고 두리번거리느라 바빴다. 국대부인과 공요가 연좌에 함께 앉아 있다는 사실조차 까맣게 잊을 지경이었다.

노래가 끝나나 싶으면 춤이 시작되고, 춤이 끝나나 싶으면 묘기가 시작되었다. 보기 좋은 떡이 맛도 좋다더니, 음식도 때깔부터가 달랐다. 혼자 먹기 아까울 따름이었다. 단에게 갖다 줄 수만 있다면 손수건에라도 싸두고 싶은 심정이었다.

도대체 단은 지금 어디서 무엇을 하고 있을까? 혹시 좋은 처자를 만나 벌써 애라도 하나 낳았는지 모른다. 보나마나 단처럼 무진장 똑똑한 아이일 것이다. 단보다 더 똑똑하면 그건 좀 곤란하다. 조카보다도 모자란다는 열등감에 허우적거리고 싶지는 않았다. 그것도 다 만나야 가능한 일이었지만, 그저 상상하는 것만으로도 연의 얼굴에는 화색이 돌았다.

그러다 문득 낯익은 얼굴을 발견한 연은 얼떨결에 고개를 돌렸다. 그녀의 시선은 아까부터 한곳으로만 향하고 있었다. 애써 피해보았으나 그녀는 연회 내내 몇 번인가 을음과 눈이 마주쳤다. 만약 그가 가벼운 목례라도 건넸다면 그녀 역시 응했을 터였다. 하지만 그는 여전히 힘든 사람처럼 휙 고개를 돌릴 뿐이었다.

한편으로는 즐거우나 또 한편으로는 우울한 연회가 슬슬 막바지에 접어들었다. 국대부인이 먼저 자리를 떴으며 공요도 곧 뒤를 따랐다. 그들이 사라진 지 얼마 되지 않아 하녹이 연의 곁으로 다가왔다.

연은 버릇처럼 한 번 더 을음 쪽을 돌아보았다. 그러나 그의 자리는 어느새 비어 있었다. 급작스레 기운이 쭉 빠졌다. 하긴 피곤할 때도 되었다.

복잡한 머릿속을 싹 다 비우고 그저 와상에 누워 편히 쉬리라 다짐하던 연은 별안간 주위를 휘휘 둘러보았다. 이제 보니 하녹은 생전 처음 보는 곳으로 그녀를 끌고 가고 있었다.

"어디로 가십니까?"

"진짜 연회는 지금부터라오."

장락전보다도 더 으리으리한 건물은 처음 보는 것 같았다. 장락전과 달리 지키는 사람이 몇 되지 않았으나, 그 바람에 건물이 더 거대해 보였다.

연은 건물의 위용에 주눅이 들어 물었다.

"여기가 어딘데요?"

"아, 그러고 보니 그대는 처음이겠군. 대전이라오."

연은 할 말을 잃은 채 그저 고개만 끄덕였다.

대전에서 자기 싫다던 그의 말이 이제는 십분 이해가 되었다. 탁 트인 방에는 그 넓이만큼의 황량함이 감돌고 있었다.

연은 무심코 대들보를 쳐다보고 방을 둘러보다가 곧 입을 굳게 봉하였다. 덩그러니 놓인 탁자에 을음이 앉아 있었다.

하녹은 을음과 자신의 사이에 연을 앉혔다. 아니, 어떻게 앉든지 간에 그녀는 하녹과 을음 사이에 끼어 앉게 되어 있었다.

말소리가 저렁저렁 울릴 정도로 광활한 방에는 오로지 그들 셋뿐이었다.

"오랜만, 이옵니다."

을음은 퍽도 서먹하게 인사를 건넸다. 연은 '예'라는 짧은 대답을 간신히 했다.

하녹과 마주보고 앉은 을음은 이내 고개를 뻣뻣하게 앞으로 고정시켰다. 연은 둘 중 누구도 볼 용기가 없었기에 역시나 고개를 앞으로 고정시켰다. 고개가 자유로운 사람은 하녹뿐이었다.

두 사내는 말없이 서로의 잔에 술을 채웠다. 곧이어 하녹이 연의 잔에 술을 따랐다. 그 모습을 본 을음이 놀란 듯 헉 하고 숨을 들이켰다. 하녹과 연의 시선이 동시에 그를 향하였다. 을음은 탐탁지 않은 얼굴로 입술을 달싹이다가, 그예 아무 말도 못 하고 슬그머니 눈길을 돌렸다.

세 사람은 어색한 침묵 속에서 잠자코 술잔을 비웠다. 또 한 차례 술잔을 채운 다음, 하녹이 입을 열었다.

"참, 우보. 상외국에 대한 조사는 진척이 있습니까?"

"지난번 보고 드렸던 이후로 별달리 뚜렷한 움직임은 없사옵니다."

섭제국에서는 낭열과 맥열의 노략질을 막는다는 빌미로, 주변 여러 나라들과 병권을 통합하면서 서서히 병력을 키우고 있었다. 원양국이 최초로 그들에게 협조하였다. 뒤이어 속로국과 고리국이 미적미적 병사를 내주었다. 다음 목표는 상외국이었다. 속로국과 고리국이 그러했듯, 상외국의 왕도 그 자리에서 즉각 결정을 내리지 못하고 조금 더 상량할 여유를 달라며 차일피일 협상을 미루고 있었다.

을음은 그간 여러 곳으로부터 들어온 첩정을 통틀어 보고했다.

"상외국은 근래에도 마루한 제국의 진제와는 왕래가 없었사옵니다. 다만 모수국에 사신을 보내어 빙문했다 하온데, 모수국은 시초에 우리가 침공했던 곳이기에 현재로서는 그쪽이 우려되는 바이옵니다. 조만간 첨운 부장을 파견하여 소상히 알아볼 계획이옵니다."

연은 그들의 대화를 잠자코 경청하면서, 그간 하녹이 투덜거렸던 불평을 떠올렸다.

그에게 있어서 국정은 귀찮은 일이나 쓸데없는 일, 혹은 신경 거슬리게 하는 일이었다. 대체로 조세나 부역 문제는 귀찮은 부류였고, 대신들의 공방은 쓸데없는 부류였으며, 다른 나라와의 관계는 몽땅 다 신경 거슬리게 하는 부류였다.

낭열이나 맥열은 서로 창을 겨누는 대상이고, 마루한 제국은 그의 형을 죽였다. 하여 그는 타국의 사신들을 하나같이 불쾌히 여기곤 했다.

하녹은 잠시 술잔을 기울이더니 고개를 가로저었다.

"모수국은 맥락이 닿지 않는군요. 혹시 원양국과는 교류가 없었습니까?"

갑작스레 튀어나온 정감 어린 이름에 연은 무심코 귀를 쫑긋 세웠다. 을음이 미간을 좁히며 대답했다.

"상외국 왕이 친교를 다진다며 고리국 왕과 사냥을 하였사온데, 그 자리에 원양국 왕도 참석하긴 하였사옵니다."

"속로국이나 고리국과의 협상 시에도 지금과 똑같은 고충을 겪었습니다. 그 왕들이 상량할 여유를 달라 하고는, 공통적으로 만난 자가 원양국 왕입니다."

"하오나 원양국의 왕 해루는……."

을음이 연을 흘깃 곁눈질하곤 말을 이었다.

"……전하께서도 아시다시피 우리를 훼방할 위인이 아니옵니다."

하녹도 연을 흘깃 보았다. 그는 한숨을 쉬곤 다시금 침묵 속에서 술잔만 비웠다.

도로 이어지는 침묵 속에서, 연은 한동안 망설인 끝에 이윽고 입을 열었다.

"아버지께서 원양성에 계신다고 들었는데……."

하녹과 을음이 일제히 그녀를 돌아보았다. 그녀는 순간적으로 기가 죽어서 술잔만 내려다보며 얼렁뚱땅 말을 맺었다.

"……그냥 갑자기 생각이 나서요. 잘 계시는지 궁금해서……."

하녹이 잠시 그녀를 바라보다가 가까스로 물었다.

"혹시 천군이셨소?"

"예."

그는 무거운 한숨을 쉬었다. 을음이 그에게 넌지시 눈짓을 건네며 말했다.

"소신이 조만간 원양성에 사람을 보내어, 그 천군의 안부를 살펴보도록 하겠사옵니다."

하녹은 말없이 고개를 한 차례 끄덕였다.

그들이 왜 굳이 천군을 생포하여 원양성으로 보냈는지 알 리 없는 연은 활짝 웃으며 을음을 돌아보았다.

"그래주시겠습니까? 고맙습니다, 장군님."

그 미소를 본 순간, 하녹의 가슴 언저리를 콕콕 찌르던 양심의 가책이 한순간에 달아났다. 대신에 명치끝으로부터 무언가 뜨끈한 것이 울컥거리며 치솟았다.

하녹은 돌연 앞섶을 열어젖혔다.

"참, 우보에게 보여줄 것이 있습니다."

그는 자랑스럽게 자신의 가슴팍을 내보였다. 놀라서 눈을 휘둥그레 떴던 을음이 이내 눈썹을 찡그리며 하녹의 가슴을 들여다보았다.

"아니, 어찌 그런 것을 옥체에 그리고 계시옵니까?"

"이것이 하늘의 문양이라고 합니다."

"하늘의 문양이요?"

"연희가 손수 새겨주었습니다."

"아, 예."

을음은 당황해서 고개를 크게 주억거렸다. 알고 보면 그 문신이 초야의 대가였던 터라, 연은 수치심에 낯빛을 붉히며 황급히 술잔만 기웃거렸다.

하녹은 아랑곳없이 의기양양한 투로 자랑을 늘어놓았다.

봄밤에 한수 근처에 가면 좋은 구경거리가 많다느니, 그 물줄기에 작은 섬 하나가 있는데 여름밤에 물놀이하기에는 안성맞춤이라느니, 한수 남쪽에 너른 갈대밭이 있어 가을 달 밝은 밤에는 정취가 그저 그만이라느니. 한마디로 허구한 날 연과 같이 놀러 다녔다는 자랑이었다. 팔불출이 따로 없다.

을음은 쓴웃음을 지은 채 별말 없이 그저 '예, 예' 하며 고개만 끄덕였다. 연은 가시방석에 앉은 기분으로 안절부절못하면서 일없이 술잔만 들었다 놨다 했다.

길게도 이어지던 하녹의 일 년 치 자랑이 마침내 끝났다. 대전은 아까보다 더한 정적에 휩싸였다.

한동안 세 사람은 말없이 술잔하고만 벗하였다. 누구라도 먼저 입을 열면 패자가 될 것만 같은 그 삭막한 분위기 속에서, 이윽고 을음이 자진하여 백기를 들었다.

"아차, 오전에 일자가 고하기를 형혹성(熒惑星)의 움직임이 심상치 않다 하더이다. 심수(心宿)에 들면 나라에 큰 화가 미칠 징조라 하기에, 소신은 병산책이 가장 먼저 마음에 걸렸사옵니다. 애초에 그 책으로 인하여 낭열과의 관계가 악화되어, 지난번에 그에 습격을 당하지 않았사옵니까. 수선하기보다는 차라리 버리는 편이 낫다 보옵니다만……."

"일찍이 예상했던 대로 낭열은 맥열을 이용했을 뿐, 스스로 군사를 일으키지는 못했습니다. 그 사실을 확인하고도 병산책을 이대로 버린다면 적에게 의지를 꺾이는 것입니다."

"하오나 국대부인께서 우려하시는 바와 같이, 만일 낭열이 맥열과 연합하여 침공한다면……."

"침공하면 방어할 따름이지요. 적이 침공할까 두려워 방비를 소홀히 할 수는 없는 노릇입니다."

을음은 깊은 한숨만 내쉬었다.

"지금 전하의 머릿속에 든 것은 전쟁밖에 없다. 가장 재미있는 놀이지.”

일전에 을음이 하던 말을 떠올리면서 연은 힐긋 을음을 곁눈질했다. 그의 얼굴에는 감출 수 없는 수심이 서려 있었다.

또 전쟁이 나면 을음은 필시 참전할 터였다. 어쩌면 지난번 청목산에서처럼 곤경에 빠질 수도 있다. 그러다가 그예 죽을지도 모른다.

천천히 시선을 내린 연은 상 위의 음식들을 물끄러미 바라보았다. 밥을 먹다가 영문 모르고 죽었을 한 적병의 얼굴이 희미하게 떠올랐다.

꼭 다문 그녀의 입술이 파르르 떨렸다.

어쩔 수 없는 일이다. 사람은 누구나 언젠가는 죽는다. 어머니도 죽었고 성도 사람들도 대개 죽었다. 그러니 을음도 언젠가는 죽는다. 설령 아직 죽을 때가 아님에도 불구하고 명을 따르다가 죽는다면, 그건 정녕 어쩔 수 없는 일이다.

문득 옆에서 따가운 시선이 느껴져 눈길을 돌렸을 때, 그녀를 빤히 바라보던 하녹이 싱긋 미소를 지었다. 연은 버릇처럼 피식 웃음으로 답하였다.

그는 또 뭔가 신나는 놀이를 궁리해 낸 게 틀림없었다. 전쟁이 아닌, 재미있는 놀이.

해가 변함과 동시에 하녹도 변하였다. 어디가 어떻게 변했다고

꼬집어 말할 수는 없었으나, 그는 분명 변하였다.

연은 한 팔로 턱을 괸 채 묵묵히 그의 옆얼굴을 들여다보았다. 그녀는 벌써 한 달포쯤 그를 진지하게 관찰하고 있었다. 하지만 그가 왜 달라 보이는 건지 도통 모를 노릇이었다.

그의 눈매는 처음 보았을 때나 다름없이 길고 깊었다. 그의 콧날도 여전히 반듯하게 쭉 뻗은 모양새였다. 아무래도 입술인 것 같았다. 도톰한 연홍빛 아랫입술이 어쩐지 전보다 더 광택이 나는 듯도 싶었다.

"혹시 나를 유혹하는 중이오?"

하녹이 찡긋 눈초리를 내리면서 돌아보았다. 연은 자기도 모르는 사이에 아랫입술을 핥고 있었다.

"어머, 제가 뭘요."

그녀는 다급히 고개를 돌리면서 딴청을 피웠다. 그러자 그가 낮게 웃으며 목간으로 시선을 돌렸다.

연은 이내 힐끔 목간을 엿보았다.

"그건 또 무슨 내용입니까?"

"으음, 귀찮은 일?"

"올해 들어서는 매일 그런 것만 보시네요."

"나는 이 나라의 군왕이니까."

그는 장난기 가득한 눈웃음을 띤 채 짐짓 엄숙한 어조로 대답했다. 연은 '아하!' 하고는 이제야 알았다는 양 고개를 두어 번 끄덕이며 쿡쿡거렸다.

하녹이 곧 목간 쪽으로 눈길을 돌리면서 정색하였다.

"어머님께서……."

불현듯 긴 한숨을 내쉰 그는 도로 입을 열었다.

"국대부인께서 눈이 꽤 어두워지신 모양이오. 실수가 없는 분이셨거늘."

털끝만 한 실수도 용납지 않을 듯한 국대부인의 꼿꼿한 자태를 떠올리다가 연은 부지불식간에 마른침을 삼켰다.

"이렇게까지 오래도록 아니 뵈셔도 됩니까?"

"정전에서 뵈니 굳이 장락전까지 갈 필요는 없소."

"그래도 괜히 저 때문에……. 흠."

"응?"

하녹이 슬쩍 고개를 기울이며 그녀를 돌아보았다. 새삼스럽게 하도 빤히 보는 통에, 연은 움칫 시선을 피하였다.

"왜, 왜요?"

그는 나지막이 웃을 뿐, 아무 대답도 하지 않았다.

목간을 내려놓은 그는 새로운 목간을 들어 다시금 잠자코 훑어보기 시작했다. 그러더니 지나가는 말처럼 가볍게 물었다.

"오늘도 불렀다고?"

"아, 예."

"여기서 한 발자국도 나가지 마시오."

"명심하고 있습니다."

연은 얼굴도 본 적 없는 어머니에게 감사하며 고개를 끄덕였다. 만일 그녀가 평범한 사람들처럼 어머니의 젖을 먹고 자랐다면, 그녀는 대부인이 권하는 대로 순순히 마유를 마셨을 터였다. 어쩌면 그토록 아름다운 용모와 곱디고운 음성으로 감쪽같이 사람을 속여 죽이려 든단 말인가.

그녀는 은연중에 진저리를 쳤다. 문득 하녹의 손이 다가와 그녀의 손을 슬쩍 쥐었다가 이내 되돌아갔다. 그래놓고 그는 시침 뚝 뗀 채 목간만 들여다보았다. 그러면서도 불만스러운 기색을 미처 다 감추지는 못하여 아랫입술을 반쯤 깨물고 있었다.

그는 그 모든 사실을 알면서도 대부인을 벌하거나 내치지 않았다. 그 사실을 사방팔방에 소문내어 대부인의 위신을 떨어뜨리지도 않았다. 연의 처소에서도 그 사실을 아는 사람은 연과 방상뿐이었다. 그렇다고 해서 그가 대부인을 너그러이 이해한다든지 용서한 것도 아니었다. 그에게 대부인은 이미 없는 사람이나 마찬가지였다. 그런데도 그가 대부인을 한사코 내전에 그대로 놔두는 까닭은 어디까지나 죽은 형에 대한 예우의 일환에 불과했다. 그에게 있어서 대전은 형의 처소이며, 내전은 대부인의 처소이므로.

그런 생각을 하면 연은 마음이 복잡해지곤 했다. 그를 이해하지 못하는 건 아니지만, 한편으로 공요를 떠올리면 장락전에서의 악몽 같은 기억까지 덩달아 떠올라 절로 울컥하기 일쑤였다. 일전에 삼고가 했던 말이 지금에 와서는 한 치의 의심도 없이 곧이곧대로 믿겼다. 장락전의 시녀들이 그녀를 죽도록 괴롭힌 이유는 분명 공요 때문이었으리라.

잠시간 불행했던 과거를 곱씹던 연은 곧 가볍게 한숨을 쉬었다. 그러고는 기분 전환 삼아 목간 한 쪽을 쥐고 들여다보았다.

글이라…….

가지런히 그려진 문양들은 그녀에게 있어서는 미지의 영역이었다. 스무 개 가까이 정렬된 문양 가운데 딱히 그녀의 마음에 드는 것은 없었다. 무엇보다도 그 문양들에서는 그린 사람의 정성이 느껴지지 않았다. 이걸 그린 사람은 그저 습관으로 대강대강 마구 그려댄 게 틀림없었다. 혼을 들이지 않으면 의미도 새길 수 없는 법이거늘.

몇 쪽 더 뒤적이던 연은 이내 흥미를 잃었다. 이처럼 조악한 문양을 저토록 열심히 들여다보다니, 그는 확실히 변하였다. 일순 바로 곁에 있는 그가 방 저 끝에 있는 것처럼 멀게 느껴졌다.

돌이켜 생각해 보면, 올해 들어서는 놀러 나간 적도 별로 없는 것 같았다. 놀기는커녕 제대로 얼굴조차 보기 힘들었다. 그는 날마다 처소로 들었지만 늘 이런 식으로 목간이나 서책 따위만 들여다보고 있었다. 텅텅 비어 있던 그녀의 문갑들은 어느새 그의 서책으로 넘쳐나고 있었다. 이제는 이게 과연 그녀의 침소인지 의문이 들 정도였다.

연은 눈을 가늘게 뜬 채 가만히 그의 옆얼굴을 응시하였다. 문득 삼고의 말이 떠올랐다.

「지금이야 네가 좋아서 매일 밤 귀찮게 굴지 모르지만, 길어봤자 삼 년이지.」

아니다. 그건 아니었다. 아직 일 년여밖에 안 되었고, 그는 그의 말마따나 군왕이라서 일을 하고 있을 따름이었다.

잠깐, 그러고 보니 그가 창술을 가르쳐 준다면서 더듬기 시작한 때부터 따지면 삼 년이 지났던가?

"아!"

그렇다. 거의 삼 년이다. 어쩌면 이럴 수가……!

쾅!

별안간 하녹이 들고 있던 목간을 부러뜨릴 기세로 탁자에 내리 찍었다. 그는 이글거리는 눈길로 연을 쏘아보았다.

"계속 나를 방해할 작정인가 본데, 그대는 이 방에 있는 것만으로도 이미 충분히 방해가 되고 있소. 대관절 언제까지 방해할 참이오!"

연은 기가 막혀서 할 말을 잃었다. 헛숨만 헉 내쉰 그녀는 가까스로 입을 다물었다. 그러고는 반쯤 빠졌던 넋을 간신히 수습했다.

다음 순간 그녀는 질세라 양 주먹으로 탁자를 쾅 쳤다.

"이게 누구 방입니까? 방해 받기 싫으시거든 대전으로 가십시오!"

"이 방이 누구의 방이든, 이 궁궐 자체가 내 것이오!"

그는 변하였다. 굉장히 많이 변하였다. 몇 달 전만 해도 그는 이 궁궐을 못 빠져나가 안달인 사람이었다.

"아, 예! 하면 제가 나가 드리겠습니다!"

연이 벌떡 일어나자마자 그도 따라 일어섰다. 대뜸 그녀의 양 어깨를 잡은 그는 위압적인 시선으로 내려다보았다.

"그대도 내 것이오!"

"아니, 도대체 저더러 어쩌라는 겁니까? 제가 여기 있는 것만으로도 방해가 된다면서요!"

"갑자기 사람 헛갈리게 굴지를 말든가, 아니면……!"

말을 끊은 그는 잠시 후 아랫입술을 비죽 내밀었다.

"실컷 사람 들쑤셔 놓고 또 싫다는 소리나 할 테지. 그런들 뭐 어쩌겠소? 늘 아쉬운 사람은 나인걸."

연은 눈만 깜빡이며 물끄러미 그를 바라보았다.

그의 표정은 상반신 근들근들 흔들며 생떼 쓰던 때나 똑같아 보였다. 이제 보니 그는 광폭한 생떼를 부리는 중이었다. 어쩌면 그의 본심은 변하지 않았을지도 모른다. 제발…….

불현듯 벌어진 틈 사이로 뭉글뭉글 비어져 나온 감정이 찰나에 연의 가슴을 꽉 메웠다.

기실 언젠가부터 어렴풋이 느끼고 있었다. 설 연회 때에는 애써 부정하였다. 그 감정은 기쁜 것도 아니고 서러운 것도 아니었으며 아픈 것도 아니었다. 감정이란 감정은 모조리 한데 다 뒤섞어 놓은 듯 혼란스러웠다. 다만 그 끝은 확연한 쓰라림이었다.

그의 생떼 부리는 얼굴이 비로소 딱해 보였다. 이제껏 저토록 딱한 표정으로 바라보았으련만, 그녀는 알아봐 주지 않았다. 바로 곁에 있던 그를 외면한 채 그녀는 자기 자신을 지키기에만 급급하였다.

차마 더는 볼 수가 없었다. 연은 머리를 숙이다가 그예 그의 가슴에 파묻어 버렸다.

"싫지 않습니다."

일순 그가 숨을 훅 들이켰다. 그의 심장은 그녀의 혼이 고스란히 깃들어 세차게 뛰고 있었다.

그녀의 어깨에 있던 양손이 미끄러지듯 내려와 등을 감쌌다.

그는 이윽고 나직한 웃음을 뿜어내었다.

"여전히 박하군."

❖

온 천지가 은빛으로 찬란하게 반짝거리는 것 같았다. 생각해 보면 하녹은 연을 구하러 올 때마다 은빛 갑주를 입고 있었다.

처음 본 솔숲에서도 그러했다. 비록 거기서 연을 장락전으로 내던진 게 실수였지만, 그래도 괜찮았다. 장락전에서의 악몽은 이미 마음속 한구석의 궤짝 안에다가 울음과 함께 집어넣고 단단히 잠가 버렸다.

청목산에서 또한 그는 은빛 갑주 차림이었다. 비록 거기서 그녀에게 창을 휘두른 게 실수였지만, 그것도 괜찮았다. 그 역시 연이나 마찬가지로 '제정신집'이 터진 사람이었다. 한때는 섭제국 사람을 좋아하지 않으려고 갈등이라도 했었건만, 이제 연은 일말의 망설임도 없이 하녹의 생각에 전념하고 있었다.

「단풍지려는데 너는 여태 봄이로구나.」

마루에 걸터앉아 멍하니 턱을 괴고 있을 때, 정원에 있던 삼고가 문득 말을 걸었다. 연은 만면에 화색을 드리운 채 고개를 끄덕였다. 삼고는 언제나처럼 너털웃음을 지었다.

「아이만 나와주면 좋으련만, 그게 아쉽구먼.」

옴씰 움츠러든 연을 향해 삼고가 손을 설레설레 흔들었다.

「내가 늙어서 주책일세. 잠깐 손자 생각이 나서 그랬단다. 고물거리던 게 아직도 눈에 선해. 허허허! 그러고 보면 내 신세가 그 뻣뻣한 국대부인 할망구보다 낫지? 그 할망구 잘난 척은 어지간히 해도 손자가 있나, 아들이 아들 노릇을 제대로 하나. 암, 내가 백배 낫고말고.」

삼고는 가만히 있던 연의 가슴을 두 번이나 연달아 들쑤시더니만, 뭐가 그리 좋은지 껄껄 웃었다.

연은 슬며시 부아가 치밀어 반박했다.

「전하께서는 안 가시는 게 아니라 못 가시는 거예요.」

「못 갈 이유가 뭐니? 가려고 마음만 먹으면 언제라도 가는 거지. 막말로 손자 하나만 떡하니 안겨줘 봐라. 그 할망구 좋다고 버선발로 뛰쳐나올걸. 복주머니가 다 고만고만하니 그 할망구라고 별수 있나. 사람이 모든 것을 다 가질 수는 없는 법이지.」

뒤뚱뒤뚱 지팡이를 짚고 작은 광으로 들어가는 삼고의 뒷모습을 보면서, 연은 꺼질 듯 한숨만 쉬었다.

삼고가 악의로 한 말은 아닐 터였다. 다만 정녕 힘든 삶인지라 그나마 아들과 손자 자랑으로 위안을 삼는 것일 뿐이다.

그렇게 생각하면서 잊으려 했으나, 연은 좀처럼 삼고의 말을 떨칠 수가 없었다. 줄곧 마음이 어수선했다.

그 와중에 방상이 그녀를 은밀히 부르더니 공연한 트집을 잡기 시작했다.

"연희 부인, 전하의 총애를 한 몸에 받는 희첩이 이토록 궐내에서 박대를 당하는 경우를 쇤네는 일찍이 본 적이 없나이다. 아뢰옵기 황공하오나, 기실 이는 부인께서 원양국 출신, 즉 한진 분이시기 때문이옵니다. 하온데 부인께서는 어찌하여 원양성에 있는 사람과 굳이 교분을 나누려 하시옵니까? 것도 하필 우보께 그런 부탁을 하시다니요? 경솔하셨사옵니다."

연은 잠시 기억을 더듬었다. 그러고는 이내 눈을 동그랗게 뜨고 물었다.

"장군님께서 무어라 하시던가요? 천군에 대한 말씀이지요?"

"우보께서는 아무래도 탐탁지 않은 기색이셨사옵니다. 대체 언제 만나시어 그런 청을 넣으셨사옵니까? 전하께서는 알고 계시옵니까?"

"물론이죠. 같이 계셨는걸요. 제가 아버지 안부가 궁금해서요."

그 말에 방상이 아차 싶은 표정으로 급히 머리를 조아렸다.

"송구하옵니다. 그런 줄도 모르고……."

"괜찮아요. 그보다도 천군께서는 잘 계신다던가요?"

"글쎄요. 그분은 원양성에 아니 계신다 하옵니다. 예전에 다른 나라의 성도로 가셨다더군요. 우보께서 보내신 전령이 그분을 찾아 한수 남쪽으로 바닷가까지 갔다 하온데, 그 성도라는 곳에 발을 들이지 못하여 안부를 확인할 수 없었다는 전언이옵니다."

"그렇게나 멀리까지 가셨대요? 어쩐지 오래 걸리더라."

연은 멍하니 중얼거리며 고개를 끄덕였다. 그러고는 이내 씁쓸한 미소를 띠곤 방상에게 말했다.

"장군님께 고맙다고 전해주세요. 덕분에 한시름 덜었어요. 어디든지 성도에 계신다면, 무사히 잘 지내시겠지요."

그녀는 어차피 성도로부터 도망쳐 나온 몸이고, 다시 그 안에 들어갈 수도 없는 몸이었다. 줄곧 성도에서 천군으로 살아왔던 아버지가 도로 성도에 갔다는 사실을 확인한 것만으로도 그녀는 그럭저럭 만족했다.

하지만 방상은 실컷 생트집을 잡고도 여태 직성이 덜 풀린 모양이었다.

"우보께서 그 말씀을 하실 때 안색이 영 어두워서 쇤네가 괜한 오해를 하였나 보옵니다. 하오나 부인, 아무래도 낌새가 심상치 않사옵니다. 쇤네의 소견으로는 하루라도 빨리 삼고를 내보내심이 부인께 이로울 듯하옵니다."

늘 삼고를 대놓고 흘겨보던 방상이 하는 말이었기에 새삼스럽게 놀랍지도 않았다.

"그간 딱히 문제도 없이 잘 지내시는 듯하더니, 왜 또 그러십니까?"

"만날 달이는 그 약이 며칠 전에 보니 그냥 수액(樹液)이더군요. 비둘기를 애지중지 아끼는 것도 그러하옵고, 여러모로 수상한 점이 한둘이 아니옵니다. 하물며 그간 삼고의 얼굴을 본 이도 없지 않사옵니까."

연은 한숨을 삼켰다. 가뜩이나 갑갑했던 속에 자갈을 들이붓는 기분이었다.

"병에 잘 듣는 수액인가 보지요. 가까이 하는 사람이 없으니 비둘기하고나 벗하실 테고요. 그리고 어찌 그분께 얼굴을 보여 달라 하겠습니까? 사람으로서 할 짓이 아닙니다."

"부인, 그리 천하태평인 말씀을 하실 때가 아니옵니다. 부인께서는 입궁하신 첫날 삼고를 풀어달라 청하셨사옵니다. 또한 현재 궐내에 한진 출신이라고는 연희 부인과 삼고뿐이지요. 만에 하나 삼고가 첩자라면 부인께서는 꼼짝없이 억울한 누명을 쓰실 터이옵니다."

연은 허탈해서 웃음이 다 나왔다. 한진인은 그저 사람 취급 못 받는 줄로만 알았거늘, 이제 보니 첩자라는 의심까지 사는 모양이었다.

"다른 이는 몰라도 방상은 그리 말씀하시면 아니 되지요. 한진인이라 하여 다 첩자라면, 첨운 부장님도 첩자이신가요?"

방상은 석연치 않은 표정을 짓더니, 이윽고 무거운 한숨만 뱉고 물러났다.

연은 복잡하게 엉킨 실타래를 풀어보려고 애쓰다가 되레 손가락이 꽁꽁 묶여 버린 아이처럼 막막해졌다.

'대부인께로 가서 대나 이으십시오.'

옛날에도 못 했으며 지금은 더 못 할 말이었다.

일단 대부인부터가 싫었다. 연이 이 넓지도 않은 처소에 콕 박혀 지내게 된 것이 다 그 대부인 때문이었다. 천연덕스럽게 마유를 권하여 그녀를 죽이려고 했다는 대부인은, 심지어 지금까지도 그녀에게 종종 내전에 들라는 전갈을 보내고 있었다.

단지 대부인만 싫은 것도 아니었다. 밤이면 밤마다 그녀를 마치 손바닥 위의 구슬 희롱하듯 자유자재로 다루는 하녹을 보면서 가끔 '대부인과도 이랬을까' 상상하는 것조차 심정이 상했다. '대부인과도 이러겠지'라는 상상은 더더욱 하기 싫었다.

고심에 고심을 거듭하였으나 뾰족한 수는 나오지 않았다.

한동안 묘한 죄책감에 몸부림치던 연은 급기야 실타래를 싹둑싹둑 잘라 버렸다.

하녹으로 인해 그녀는 유일한 혈육인 단과 헤어졌다. 그의 어머니는 이 궁궐 안에서 그와 같이 살고 있으며, 그의 말마따나 허구한 날 정전에서 만나고 있다. 아울러 이 나라의 대가 끊기든 말든 그녀와는 하등 관계없는 일이다. 그녀가 처음부터 아이를 낳을 수 없는 몸은 아니었다. 그러니 그녀가 하녹에게 죄책감 따위를 느낄 까닭이 무엇인가.

그녀는 그저 삼고가 대수롭지 않게 던진 말에 괜스레 동요했을 따름이었다. 혹은 하녹에 대한 생각을 지나치게 많이 하다 보니, 어쩌다가 별 희한한 생각도 한 번 해봤을 따름이다.

이듬해 설 연회에 하녹은 또다시 칭병하며 불참하였다. 이번만큼은 연도 기꺼이 그와 함께 와상에 붙어 있었다.

한데 정초부터 꾀병을 앓았던 게, 아무래도 기어이 화를 부른 모양이었다. 달포도 지나지 않아 실제로 병마가 연을 찾아들었다.

처음에는 꽃샘추위에 오한이 들었다고만 생각했다. 몸살 때문인지 속도 거북했다. 그래도 하루 이틀 푹 쉬면 금세 나을 법했다. 하루 이틀 더 쉬면 차도가 있을 줄 알았다. 한데 병이 낫기는커녕 날이 갈수록 더욱 심해졌다. 아무리 봐도 단순한 몸살이 아닌 듯했다.

연이 그예 병석에 앓아눕자, 하녹마저 그녀의 병이 심각하다는 사실을 눈치챘다.

"없기만 바랐거늘, 막상 계속 없으니 불안하군."

그저 며칠 늦는다고만 여겼던 달거리는 아예 한 달을 건너뛰었다. 일없이 꼬박꼬박 찾아오는 게 귀찮기만 하였으나, 하녹의 말마따나 막상 없어지니 불안하기 그지없었다.

그녀의 병세는 눈 깜짝할 사이에 급속히 악화되어, 그날 아침에는 급기야 먹은 것을 게워내는 지경에 이르렀다. 증상으로만 보자면 입덧이거나 큰 병일진대, 연의 경우에는 후자였다.

그날 정오에 한 노인이 연을 방문하였다. 전하의 부르심을 받고 들었다는 그 의원은 무례하게도 연의 얼굴을 빤히 살펴보았다. 그러더니만 마침내 무릎을 탁 치면서 반색하였다.

"아하! 어디서 봤나 하였네. 우보 댁에 계셨더랬지요?"

연은 그 의원이 기억에 없었다. 을음이 간혹 집으로 부르던 의원은 그보다 훨씬 더 젊은 사람이었다. 다만 그녀가 장락전에서 나오자마자 어떤 의원에게 신세를 졌던 것은 사실이라, 연은 그저 어림짐작으로 감사의 인사를 건넸다.

의원은 인자한 얼굴로 웃으면서 짐짓 겸사를 늘어놓았다.

"소생이야 할 일을 했을 뿐입지요. 부인과 같은 경우는 전에도 후에도 보지 못한 터라, 기실 내도록 안부가 궁금하였사옵니다. 혹시나 그간 큰 병을 앓거나 하지는 않으셨사옵니까?"

연의 목 언저리가 빳빳하게 경직되었다. 그녀는 아마도 바로 지금 그 '큰 병'을 앓고 있는 듯했다.

그녀가 증세를 설명하자 의원의 주름살이 부쩍 늘었다.

이윽고 맥을 짚자던 의원은 그녀의 손목을 한도 끝도 없이 붙잡고 있을 양으로 오래오래 맥을 짚었다. 그러고는 비로소 손을 놓으면서 머리를 설설 흔들었다.

"무슨……."

무슨 병인지 물어보려던 연은 차마 말을 잇지 못하였다. 도저히 마저 물어볼 용기가 나지 않았다.

의원은 한숨을 길게 쉬더니 다시금 고개를 가로저었다.

"아무래도 곧장 답을 올리기는 어렵고, 소생이 좀 확인해 본 연후에 다시 들겠사옵니다."

겁만 잔뜩 주고는 횡허케 나가 버린 의원 때문에 연은 그날 내내 불안에 떨었다. 처소에 들어오자마자 병명이 무엇이냐고 묻던 하녹도 굳어진 얼굴로 입을 다물었다.

이튿날 연은 아침부터 의원을 기다리며 공연히 자리에서 누웠다 일어났다 하고 있었다. 그러나 오라는 의원은 오지 않고 반갑지 않은 손님만 찾아들었다. 대부인의 전갈을 들고 온 시녀였다.

보나마나 또 내전에 들르라는 명이려니 싶어서, 연은 인상부터 썼다. 하지만 이번에는 웬일로 다른 용건이었다.

"혹시 이 처소에서 난 감이 남아 있거든, 말린 것이라도 좋으니 하나만 주셨으면 하옵니다."

"아니, 난데없이 웬 감을……."

"대부인께오서 삼고가 키운 감 맛이 그립다 하시며, 간곡히 청하신 바이옵니다."

하긴 그럴 만도 하였다. 삼고가 키운 감은 실로 보통 감이 아니었다. 생긴 건 비록 떨떠름할 것처럼 볼품없이 생겼으나, 막상 먹어보면 앉은 자리에서 한 알을 다 못 먹을 정도로 다디달았다. 한 번이라도 맛본 사람은 그 맛을 쉬 잊기 힘들 터였다.

이제껏 번번이 대부인의 명을 거절했던 터라, 연은 얼른 곶감을 세 개씩이나 내주었다. 만약 공요가 그녀에게 감을 갖다 주면서 먹으라고 했다면 그 명도 필시 거절했겠지만, 감을 달라는 청까지 야박하게 뿌리칠 필요는 없을 듯했다.

무릇 착한 일을 하면 복을 받게 마련이다. 그러나 이날 오후에 연이 받은 복은 고작 곶감 세 개짜리가 아니었다.

"그럴 리가요. 저는 아이를 낳을 수 없다 들었는데요."

이렇게 큰 복이 뚝 떨어질 리 없다고 생각하면서, 연은 북받치는 기쁨을 애써 눌렀다.

의원은 무안한 기색으로 하염없이 수염 끝을 배배 꼬았다.

"그게 실은……. 솔직히 소생이 그쪽으로는 통 아는 게 없어서요. 그냥 회임하면 회임인 줄이나 아는 정도입지요. 그쪽이야 산파가 보는 게 여러모로 옳지 않겠사옵니까. 하온데 그날 부인께서 하혈이 심하셨을 뿐더러, 산파가 부인을 보더니 속이 터졌다고 하기에, 소생은 아기집이 터졌다는 줄로만 알았지요. 어제 가서 물어보니, 그동안 월사가 제대로 있었다면 별문제 없다 하옵니다."

"그러면 지금 제가……."

"분명코 회임이옵니다. 그것만큼은 소생이 확답을 드릴 수 있사옵니다."

의원은 언제 자신이 틀린 적 있냐는 양 떨뜨리며 답하였다. 그러더니만 감축 드린다는 인사 한마디만 남기고는 전날과 매한가지로 횡허케 가버렸다.

"무어라 하더이까?"

방상이 어느 틈엔가 들어와 걱정스러운 투로 물었다.

연은 잠시간 멍하니 방상의 얼굴을 보기만 하였다. 터질 듯 부푼 가슴을 가눌 길이 없어서, 말도 퍼뜩 나오지 않았다.

"제가 아이를……."

이윽고 입을 연 그녀는 곧 도로 다물었다. 그 말을 제일 먼저 들어야 할 사람은 방상이 아니었다.

"전하께 오늘은 무슨 일이 있어도 꼭 오시라고 전해주세요."

"아니, 전하야 늘……."

의아한 눈초리로 보던 방상이 이내 머리를 깊이 조아렸다.

"명 받잡겠사옵니다."

말꼬리가 떨리나 싶더니, 낮은 웃음소리가 흘러나왔다.

"진심으로 감축 드리옵니다."

"아……."

"심려치 마시옵소서. 전하께는 감히 미리 고하지 않겠나이다."

방상은 어깨를 들썩이면서 보무당당하게 처소를 나갔다.

아마도 정전으로 가서 하녹에게 전언하였을 방상은, 연의 처소로 돌아올 적에는 사색이 되어 부리나케 뛰어 들어왔다.

"대부인께서 쓰러지셨다고……! 독 발린 감을 드셨다고, 지금 사달이 났사옵니다!"

"정황으로 보아 연희가 그 감에 독을 바른 것이 틀림없사옵니다!"

"그걸 본 사람이 있느냐 물었습니다."

대신들이 단체로 가는귀라도 먹은 것 같았다. 하녹의 질문에 제대로 답하는 사람은 아무도 없었다. 모르면 응음처럼 입이나 다물고 있을 일이지, 남까지 가는귀먹었나 싶어서 빽빽거리며 소리는 어지간히도 지른다.

"연희가 아니고서야 어느 누가 대부인을 해하려 들겠사옵니까? 이는 투기임에 분명하옵니다!"

"부녀자의 투기는 시신을 유기해 마땅한 중죄이옵니다. 국대부인이시여! 부디 국법의 지엄함을 보이시옵소서!"

공요의 부친인 오간이 절절하게 외쳤다. 공요가 쓰러졌다는 소리를 듣자마자 뒷목을 붙잡고 나자빠지더니만, 건강에는 아무 이상이 없는 모양인지 어느새 일어나서 버럭버럭 목청을 돋우고 있었다.

하녹은 다소곳이 옥좌에 앉은 채로 눈동자만 힐긋 돌려 옥좌 뒤의 발을 보았다. 국대부인 양소선은 좀처럼 말이 없었다.

그때 문이 빠끔 열리더니 방상이 들어왔다. 대신들이 뭐라고 지껄이든지 간에, 하녹은 즉시 손을 들었다. 그러자 좌중의 시선이 방상에게로 쏠렸다. 방상은 어울리지 않게 쭈뼛거리면서 단상 위로 올라왔다.

"연희 부인이 오늘은 무슨 일이 있어도 반드시 처소로 납시어 주십사 청하옵니다."

은밀하게 속삭인 방상이 단상을 총총 내려갔다.

그 전언을 듣고, 하녹은 슬그머니 양미간을 좁혔다.

어디서 독을 구했는지는 모르겠으나, 이제 보니 연이 독을 바르긴 바른 모양이었다. 기세 좋게 독을 발라놓고는 뒷감당이 안 되어 그에게 도움을 청하고자 방상을 보낸 것이 틀림없었다.

여태껏 흘려듣던 대신들의 노여운 음성을 그제야 귀담아 들으면서, 하녹은 그 와중에도 웃음을 참고 있었다.

그녀는 항상 그러하다. 무슨 일이든지 마냥 참아줄 것처럼 순하게 생겼지만 끝까지 참는 경우는 절대로 없다. 멋모르고 그녀를 잘못 건드렸다가는 큰코다치는 수가 있다. 인상을 귀엽게도 쓰면서 바락바락 앙탈만 부리는 게 아니라, 가끔은 정녕 무서워지기 때문이다.

"연희가 전하의 지나친 총애를 받아 방자해진 탓에 기어이 이런 짓까지 벌인 것이옵니다."

"국대부인이시여! 이와 같은 행태를 그냥 넘기시면 아니 되옵니다. 통촉하여 주시옵소서!"

"통촉하여 주시옵소서!"

귀가 쟁쟁 울렸다. 머리가 슬금슬금 아파왔다. 그때 문득 국대부인 양소선이 굳게 봉하고 있던 입을 열었다.

"좌장, 내전으로 가보지 않으셔도 됩니까?"

어머니의 눈은 비록 어두워졌을지언정, 그 눈길만큼은 여전히 예리했다. 기실 하녹도 아까부터 오간이 왜 아직까지 정전에 있는지 무척 궁금하게 여기고 있었다. 투기라면서 연을 죽이라고 극성을 떨 때가 아니라, 자기 딸의 안부부터 확인하는 게 순서 아닌가.

오간은 더듬거리면서 우물쭈물 대답했다.

"그, 그야 윤허하여 주신다면 지금 당장이라도 가보고자 하옵니다."

"같이 가십시다. 연희에 대한 일은 주상께서 처결하심이 마땅하니, 나는 관여치 않겠습니다."

국대부인이 발 뒤로부터 나와 비로소 하녹을 돌아보았다.

"전하, 금일 중으로 결론지어 주시지요. 더 중요한 문제들이 산적하여 있습니다. 물론 알고 계시리라 믿습니다만."

말을 맺는 찰나 스치고 지나간 어머니의 미소를 하녹은 분명히 보았다. 너무나도 오랜만에 보는 미소가 반가워서 무심코 미소로 답하였으나, 어머니는 쌩하니 몸을 돌려 버렸다.

그 후로도 해 질 무렵까지 하녹을 향한 대신들의 지청구는 계속되었다.

하녹은 늘 그러하듯 조는 시늉만 하고 있었다. 그래도 귓구멍은 멀쩡히 뚫린지라, 그 쓸데없는 소리들을 여과 없이 받아들이는 중이었다. 줄기차게 듣다 보니 점점 신경에 거슬렸다.

남의 나라 사신들과 이 나라 대신들의 공통점은 태도가 불손하다는 것이다. 고국의 부왕 앞에서는 감히 쪽을 못 쓰던 사람들도 여기서는 물 만난 고기처럼 펄떡거린다.

이 나라에는 군왕이 없기 때문이다. 아니, 군왕이 있기는 하되 거죽만 남아 있기 때문이다. 썩어 문드러져 가는 거죽만.

"애당초 미개한 한진인 따위를 희첩으로 책봉하신 것부터가 그릇된 일이옵니다. 이 기회에 바로잡지 아니 하시오면, 향후 더 큰 화를 부를 것이옵니다."

하녹이 불현듯 코를 킁킁거렸다. 대신들의 한탄으로 인해 탁해진 공기가 정전을 가득 메우고 있었다. 그뿐이었다.

그는 의아한 심정으로 소맷자락을 코끝에 들이대었다. 희미하게 밴 그녀의 체취.

그러고 보니 꽤 오랫동안 피비린내를 맡지 못하였다. 형의 거죽은 그새 다 썩어 사그라져 버렸던가?

"음사를 삼가시고 국법을 올바로 행하시어 무릇 어린 백성들의 모범이 되셔야 할 것이옵니다. 모쪼록 이 나라의 안녕을 굽어살피시옵소서!"

이 나라의 안녕까지는 모르겠으나, 적어도 안건들만큼은 어깨가 결리도록 굽어살펴 주고 있다. 오죽했으면 그동안 그를 쳐다보지도 않았던 어머니가 미소까지 내비쳤겠는가. 예전에는 어땠는지 몰라도, 지금은 분명 군왕 노릇을 제대로 해주고 있다.

하녹의 시선은 습관처럼 무릎 위에서 까딱거리는 자신의 손가락에 고정되어 있었다.

문득 그 시선이 시나브로 움직였다. 옥좌의 팔걸이에 이르러 그에 멈추었다. 멀뚱멀뚱 보던 하녹이 이윽고 고개를 들었다.

그는 옥좌에 앉아 있었다. 그 옥좌가 놓인 순간부터 지금까지, 그것은 줄곧 그의 자리였다. 형은 옥좌가 완성되기도 전에 이 성을 떠났다. 그래서 어머니는…….

하녹은 잠자코 뒤를 돌아보았다. 국대부인의 빈자리로 건조한 공기만이 표표히 떠돌고 있었다.

어머니는 형을 버렸다. 그토록 기대해 마지않던 맏아들을 눈물 한 방울 흘리지 않고 버렸다. 그리하여 이 옥좌가, 이 옥좌에 앉은 그가, 그에게 속한 이 나라가 근근이 온전하였다.

그를 지키기 위하여 어머니는 형을 버렸거늘, 그는 그것도 모른 채 내도록 형의 거죽만 뒤집어쓰고 있었다. 그가 형을 대신할 수 없음에도 불구하고. 또한 형이 그를 대신할 수 없음에도 불구하고.

자꾸만 심장이 뛰었다. 살아 있다고 따끔따끔 아프게 뛰었다. 안에서 무언가가 콕콕 쑤셔댔다. 비어져 나오려고 용틀임을 한다.

"그것은 하늘의 문양입니다."

"무릇 군왕은 하늘인 법입니다."

하녹은 왼쪽 가슴 언저리를 지그시 누르면서 대신들을 향해 시선을 돌렸다.

남의 나라 사신이야 남의 것일지나, 이 나라 대신들은 모두 그의 것이었다. 아울러 연은 그가 응분의 대가를 치르고 정복한, 그의 영토다. 그러나 그가 지나치게 오랫동안 대신들의 불손한 태도를 묵과한 탓에, 대신들이 이제 군왕 따위는 안중에도 없는 양으로 왕왕 떠들어대고 있었다.

그제야 비로소 현실을 바로 본 하녹은 새삼 여실히 실감하였다. 그는 부왕으로부터 알게 모르게 많은 것을 배웠다. 가끔은 붕붕 띄우고 가끔은 숨통을 콱 틀어 조인다. 그것이야말로 부왕이 대신들을 다룬 비결일진대, 지금은 단연 후자를 택할 때였다.

"경들은 도통 답이 없군. 증인을 대라 일렀느니."

평소처럼 온화하기 그지없는 음성이었으나, 아우성치던 대신들은 눈을 휘둥그레 뜨며 하녹을 올려다보았다.

하녹이 자리에서 일어나 근처에 있던 시위병에게로 다가갔다.

"여럿이 모이면 증좌도 없이 중상모략만으로 한 사람을 죽여도 되는 것인가?"

그는 시위병의 검을 뽑아 대신들 앞에 내던졌다. 철커덕 요란한 쇳소리가 대신들의 오랜 기억을 한순간에 후르르 일으켰다. 아니나 다를까, 하녹이 또 한 자루의 검을 뽑아 들었다.

"나는 그러한 불의를 용납지 않을지니, 경들은 나부터 벤 연후에 마저 논하라."

단상으로부터 내려온 하녹이 들고 있던 검으로 바닥에 내던져진 검을 건드렸다. 찰캉찰캉 쇳소리가 들릴 때마다 움찔거리는 대신들을 둘러보면서, 하녹이 느긋하게 물었다.

"아무도 없는가?"

아무도 없었다. 고작해야 희첩 나부랭이를 처형하는 일에 군왕을 시해할 각오로 나설 사람은 당연히 없다. 그리고 군왕이 죽을지 자신이 죽을지는 모를 일이다. 그래도 명분만 선다면야 설령 죽더라도 개죽음은 아닐지나, 결정적으로 그 군왕의 말이 틀리질 않았다. 실제로 아직 증좌나 증인을 찾지 못했으니, 중상모략이라고 해도 반박할 여지는 없었다.

"그렇다면 향후 이 일을 다시 거론치 마라."

"하오나 전하, 연희가 독을……."

마려의 입이 열리는 동시에 하녹이 그의 앞으로 검을 쓱 밀었다.

그때 여태껏 침묵만 지키고 있던 을음의 우렁찬 목소리가 온 조정에 쩌렁쩌렁 울려 퍼졌다.

"군명을 받드옵니다!"

"구, 군명을 받드옵니다."

대신들이 마지못해 웅얼웅얼 따라하는 사이, 하녹은 그 한복판을 유유히 가로질러 정전을 나섰다.

벌써 하늘 저편에 초승달이 걸린 시각이었다.

공요는 한동안 사경을 헤맨 끝에 가까스로 눈을 떴다. 진홍빛 휘장 너머로 아른아른 하녹의 얼굴이 비치고 있었다.

"신첩이 죽을까, 걱정은 되시더이까?"

공요는 오한이 들어 덜덜 떨리는 턱으로 겨우 그를 원망하였다.

그는 아무런 말없이 가만히 그녀를 들여다볼 뿐이었다.

"연희가 아니옵니다. 이 독은 전하께서 주신 것이옵니다."

하루 이틀쯤 속이 괴로울 터이나, 길어봤자 닷새 안에 깨끗이 낫는 약이라 하였다. 한데 그 닷새 동안 살아 견디지 못할 성싶었다.

뒤늦게 후회하면서도 공요는 내심 이를 악물었다.

"그리 좋으시더이까? 천륜도 저버리고 인륜도 저버릴 만큼, 그리 좋으셨사옵니까?"

그는 입이 열 개라도 할 말이 없는 양 침묵만 지켰다.

"무엇이 그리 좋으시더이까? 천둥벌거숭이처럼 야밤에 밖으로 나도는 아이가 무에 그리 좋으시던가요? 차마 신첩에게는 밤마을 가자는 소리를 못 하여 연희만 찾으셨나요?"

공요는 아린 가슴을 꽉 부여잡았다.

아니다. 이렇게 다그치기만 하면 아니 된다. 겨우 불러들인 그를 이대로 내보낼 수는 없다. 얼마나 고생하며 만든 기회인가. 반드시 결실을 보고야 말리라.

"신첩은 고군을 잃고 전하만 바라보며 살았사옵니다. 무서워서, 고군을 그릴 때마다 그저 사람들이 무서워져서, 신첩은 오로지 전하만을 의지하며 살았나이다."

한마디, 한마디 뱉을 때마다 목구멍이 찢어질 듯 쓰라렸다. 눈물이 줄줄 흘러서 앞도 잘 보이지 않았다. 그래도 공요는 스르르 눈을 감았을 뿐, 굳이 눈물을 닦지는 않았다.

"전하께서 지금은 비록 연희에게만 골몰하실지언정, 그래도 언젠가는 돌아오실 줄 알았사옵니다. 국대부인을 위해서라도, 다만 왕실의 보존을 위해서라도, 언젠가 한 번쯤은 찾아오시려니. 신첩은 이제나저제나 전하께서 오시기만을 기다렸사옵니다."

이게 다 그 한진의 계집이 마유를 마시지 않은 탓이다. 일찍이 그 계집이 마유를 마셨더라면 공요가 이런 고초까지 자청할 필요가 없었을 것이다. 그 계집이 마유를 마시지 않은 바람에 공요는 다른 방도를 궁리해야만 했고, 그러다가 하녹에게 발각되어 결국엔 이 지경에 이르고 말았다. 차라리 죽는 게 낫겠다는 생각이 절로 들 정도로 고통스러웠다.

그래도 그 고통의 대가로 하녹을 다시 보게 되었으니 지금이야말로 뜻을 이룰 때였다.

이참에 그 한진의 계집을 결딴내리라. 그 어떠한 호사보다도 더한 호사를 누린 계집이다. 분에 맞지 않은 호사라는 사실을 도통 깨닫지 못하는 계집이다. 어찌하여 그런 호사를 누릴 수 있는지조차 까마득히 모르는 계집이다. 누가 그를 그렇게 가르쳐 놓았는데!

이번 기회를 놓치면 다음은 없을지도 모른다.

"하온데 연희는 전하의 총애를 독차지하면서도, 냉대만 당하는 신첩을 투기하여 이처럼 몹쓸 것을 먹이더이다. 이럴 수는 없사옵니다. 투기는 그 시신조차 용서 받지 못할 대죄일진대……."

감 한 알 달라는 말에 앙큼스레 독을 발라 보냈으니, 이는 투기임에 분명하다. 응당 죽여 그 시신을 산에 내다버려야 한다. 식솔도 없는 계집이니 누가 그 시신을 거두고자 재물을 내놓지도 않을 것이다. 아마도 마냥 썩으면서 까마귀밥이나 되겠구나.

정신이 혼미할 정도로 고통스러운 와중에도 풋 웃음이 터져 나왔다.

공요는 제풀에 놀라 웃음을 삼키며 하녹을 돌아보았다. 그러다가 아연히 휘장을 들추었다.

텅 빈 진홍빛 침소에는 화롯불만 온온하게 타닥거리고 있었다. 그 자리에 서 있던 하녹은 단지 극심한 고통이 만들어낸 환영일 따름이었다. 그녀가 독을 먹고 이토록 고통스러워하는데도, 그는 여태 오지 않은 것이다.

흔들리던 공요의 눈동자가 이윽고 새삼스러운 노기로 물들었다. 그때 문득 싸늘한 공기가 일렁였다.

공요는 더디게 눈길을 돌렸다. 창에 드리운 진홍빛 방장이 펄럭 한 차례 나부꼈다. 그사이로 홀연히 검은 그림자가 어른거렸다.

또 환영이 보이는 모양이다. 실로 몹쓸 약이로다. 도저히 닷새씩이나 견딜 자신이 없다.

제5화. 해연

분주했던 정월 대보름의 볏가리 행사가 끝나고 약간 한가해졌을 때쯤, 상외국 왕이 몸소 원양국을 찾아왔다. 그는 해루를 붙들고 한동안 신세한탄을 늘어놓았다. 지난해 가을에도 어김없이 맥열의 노략질에 당했다는 얘기였다. 그러면서 그는 은근슬쩍 해루에게 물었다.

「한데 대왕께서는 섭제국의 무엇을 보고 대뜸 병사를 삼천씩이나 내주셨소? 병사를 그리 다 내주고도 유지가 되오?」

「내 일전에 고리국에서 함께 사냥할 때에도 말씀 드렸소만, 나로서도 딱히 원해서 내린 결정은 아니었다오.」

「그러니 말이오. 내가 계속 그 말씀이 마음에 걸려 오늘 이렇듯 찾아뵌 참이라오. 어쩌다가 병사를 내주시게 됐던 거요? 혹시 무슨 겁박이라도 당하셨던 게 아니오?」

목소리를 낮춰 묻는 상외국 왕을 보며 해루는 쓴웃음을 지었다.

「겁박이라니, 별말씀을 다 하시는구려. 대왕께서도 아시다시피 현재 섭제국의 영토가 따지고 보면 우리 원양국의 땅이잖소. 우리와는 각별한 관계라고 할 수 있지. 말로는 병권을 통합해서 그 나라에 병사를 보냈다고 하지만, 기실 나는 그 나라도 내 나라나 매한가지라고 생각한다오.」

그 말에 상외국 왕이 한숨을 지었다.

「그랬구려. 나는 그 나라 사신이 맥열과 똑같은 열예 놈이기에 통 믿음이 안 가더구먼. 혹시 대왕께서도 그 나라에 군량을 보내고 있소? 내가 고리국 왕에게 물어 보니, 그 군량이 거의 마루한 제국에 바치는 조공에 맞먹는 수준이라던데.」

「솔직히 말해서 군량과 조공은 다르지. 내가 보내는 군량은 딱 삼천 명이 먹을 분량이라오. 일전에 섭제국의 장수를 만나 보니 전쟁에는 아주 도가 튼 위인 같던데, 그래서인지 군량도 적절히 수급하더구먼.」

「그 나라 장수가 그리 용하오?」

「장수가 용하니 병사들을 강병으로 키우지 않겠소. 요즘엔 우리나라 병사들도 일부 와서 국경을 수비하고 있소만, 예전과는 눈빛부터가 다르다오. 아주 듬직해졌어.」

「일부 와서 국경을 수비한다니? 아니, 하면 그 전에는 국경을 비워두고 있었단 말이오?」

「그럴 리가 있겠소? 섭제국과 병권을 통합했으니 그쪽 병사들이 와서 수비하고 있었지.」

「오호라! 섭제국과 병권을 통합하면 당장에 맥열의 노략질로부터 해방된다더니만, 그 말이 과장이 아니었나 보구먼. 고맙소. 내 이제껏 괜히 고민했었나 보오.」

상외국 왕이 들뜬 표정으로 돌아간 후, 조방이 슬며시 해루를 곁눈질했다.

해루는 평소와 마찬가지로 세상 고민 다 짊어진 사람처럼 미간에 깊은 주름을 만들고 있었다. 조방은 그의 눈치를 살피면서 조심스레 운을 떼었다.

「섭제국의 병력을 이 이상 불려주는 일은 결코 바람직하지 않사옵니다.」

「무슨 상관인가? 어차피 곧 내 나라가 될 터인데.」

「계획을 실행에 옮기기 전까지는 주의하셔야 하옵니다. 섭제국의 병력이 늘어나면, 당연히 그 왕성의 시위병도 늘어나게 되옵니다.」

해루는 여전히 허공의 한 점에 시선을 고정한 채, 한쪽 입아귀를 비스듬히 말아 올렸다.

「그래봤자 올해 여름에나 징발하지 않겠는가. 그때까지 그놈이 살아 있다면 말일세.」

해루가 돌연 조방을 돌아보았다.

「대체 언제까지 나를 기다리게 할 참인가? 이게 벌써 몇 년째인가? 아직도 더 기다려야 하는가?」

「지난번에도 말씀 드렸다시피, 소신이 심어놓은 첩자가 일전에 들러 올해 정월까지로 기한을 정하고 갔사옵니다. 정월이라고 해도 이제 며칠 남지 않았사옵니다. 곧 기별이 올 것이옵니다.」

「그 첩자가 몇 년씩이나 감감무소식으로 그토록 애를 태웠거늘, 내가 그자를 어찌 믿겠는가? 그래도 그동안은 어차피 훈련 기간이었으니 허송세월은 아니었으나, 이번에도 또 갑자기 연락이 끊기면 그때는 어찌할 텐가?」

「이번만큼은 틀림없사옵니다. 며칠만 더 기다려 주시옵소서.」

「이달까지일세. 나는 이미 기다릴 만큼 기다려 주었네. 행방불명된 첩자도 기다려 주고, 그 왕이 전쟁을 치르는 것도 기다려 주었어. 죽지도 않고 매번 승전하여 살아 돌아오는 그놈을 참 오래도 기다려 주었지. 더는 사양일세.」

「실패가 용납되지 않는 일이기에 만전을 기하고자 할 따름이옵니다. 하여도 내달에는 기필코 뜻을 이루실 터이오니, 모쪼록 소신을 믿어주시옵소서. 하오면 다시 나가 기별이 왔는지 확인해 보겠사옵니다.」

해루가 손짓하자, 조방은 서둘러 그 자리를 벗어났다. 그는 초조한 발길로 후원에 들어섰다.

후원 한구석의 비둘기 어리에 이르렀을 때, 어리 바깥에서 서성대는 비둘기 한 마리가 눈에 띄었다. 조방이 다급히 비둘기를 감싸 들었다.

이내 조방의 입가에 사르르 미소가 번졌다. 두 개의 검은 고리를 달고 갔던 비둘기는 오직 하나의 고리만을 달고 되돌아왔다. 그의 오랜 숙원이 드디어 이루어질 모양이었다.

「그 비둘기, 아직 살아 있었군요.」

별안간 들리는 목소리에 조방은 대경하여 하마터면 비둘기를 눌러 죽일 뻔했다. 그래도 단을 향해 고개를 돌린 조방의 얼굴에서 놀란 기색이라곤 찾아볼 수 없었다.

조방은 태연하게 대꾸했다.

「그게 무슨 소리인가? 늘 보던 비둘기를 두고.」

단의 예리한 시선이 다시 한 번 비둘기 쪽으로 향하였다. 조방은 곧 몸을 돌려 비둘기를 어리 안에 집어넣었다.

「예전에 세 마리가 알을 깨고 나왔을 때, 맨 처음으로 나왔던 놈입니다. 책사님께서 어리 문을 잘못 닫아 목이 끼어 죽었다고 말씀하셨던 비둘기지요. 어쨌거나 살아났다니 다행입니다.」

조방이 홱 돌아봤을 때, 단은 이미 돌아서서 걸음을 옮기고 있었다.

바삐 좇아간 조방은 짐짓 친근하게 단의 어깨에 팔을 둘렀다.

「눈썰미가 좋군.」

「그런 편입니다.」

단은 무심한 어조로 대꾸했다.

그의 어깨와 팔은 꽤 가늘었다. 그러나 보통 사람에게는 없을 근육들이 일일이 다 살아서 붙어 있었다. 그는 항상 몸이 부서지도록 스스로를 단련하고, 행여나 움직임이 둔해질세라 많이 먹지도 않는다. 누구보다도 철저히 명령에 복종하지만, 허튼 명령 따위는 단지 몇 마디 말로 무마시켜 버릴 만큼 영리하다. 매사에 빈틈이라곤 찾아볼 수 없었기에, 조방으로서는 가장 다루기 까다로운 상대였다.

「자네는 실력도 월등하지.」

「내밀 시위가 되기에는 부족합니다. 그러니 그만 섭제국으로 보내주십시오.」

「또 그 소리로군. 주군을 배반하고 정녕 섭제국의 살받이가 될 작정인가?」

단은 앞만 응시하고 걸어가면서 조방에게 반문하였다.

「책사님이야말로 주군을 배반하려 하시는 게 아닙니까?」

「그럴 리가 있나.」

「하면 방금 그 비둘기는 무엇입니까?」

조방이 나지막이 웃음을 흘렸다.

「하긴 자네의 본심을 확인할 때도 되었군. 굳이 섭제국으로 가려는 까닭이 무엇인가?」

「처음부터 섭제국으로 가기 위해 지원했습니다.」

단은 늘 그러하듯 그 이상 말을 잇지 않았다.

몇 걸음 걷던 조방이 이윽고 운을 떼었다.

「방금 그 비둘기는 섭제성으로부터 왔다네. 내가 일찍이 심어둔 첩자가 있거든.」

단이 걸음을 멈추었다. 조방은 그의 어깨를 끌다시피 당기면서 도로 걸음을 옮겼다.

「이제 자네가 대답할 차례일세. 왜 섭제국에 못 가서 안달이지?」

잠시 생각에 잠겼던 단이 곧 답을 올렸다.

「섭제국의 왕을 죽이고자 합니다.」

단의 어깨 위에 얹혀 있던 조방의 손이 두어 차례 까닥였다. 이어 조방이 빙그레 미소를 지었다.

「좋은 기백이로군. 그동안 이상하지 않던가? 시위로서는 괴이한 훈련이 꽤 많았을 텐데.」

「면밀한 호위를 위해서는 먼저 뛰어난 자객이 되어야 한다고 하시어…….」

외운 듯이 또박또박 답하던 단이 흘깃 조방을 돌아보았다. 조방은 부드러운 눈웃음을 지으며 그를 마주보았다.

「그래서 자네들은 뛰어난 자객이 되었지.」

그동안 몇 년씩이나 감쪽같이 속아서 훈련을 받아놓고도, 단은 놀라거나 화난 기색조차 없이 무표정한 얼굴로 물었다.

「섭제성으로 갑니까?」

「그 왕가의 씨를 말릴 작정일세.」

「이유가 무엇입니까?」

「그러는 자네의 이유는 무엇인가?」

「제 누이가 그 손에 죽었습니다.」

조방이 우뚝 멈춰 섰다. 눈을 휘둥그레 뜬 조방의 입술에는 비웃음에 가까운 미소가 걸려 있었다.

「오호! 어디서 많이 듣던 소리로군. 자네, 성도 출신이었던가? 어떻게 살아남았지? 그자들이 전부 죽였을 텐데.」

항상 냉정한 빛을 유지하던 단의 눈동자가 일순 이글이글 번뜩였다.

「성도 사람들이 모두 죽었다는 사실을 알고 계셨습니까?」

「알다마다! 섭제국의 왕가를 몰살하려는 까닭이 무엇이겠는가? 우리가 섭제국과 전쟁을 벌여봤자 승산이 없기에, 그동안 자네들한테 공을 들여온 걸세. 한데 진심으로 궁금하군. 자네는 도대체 어떻게 살아남았지? 자네가 혹시 천군의 아들이던가?」

단이 양미간을 좁히며 되물었다.

「천군의 아들은 살아남았습니까?」

조방은 피식 웃더니 금세 눈길을 돌리고는 대답 없이 단의 곁을 떠났다.

「으이그! 내가 진짜 속이 타서 못 살겠어요. 어지간히 해야지, 어지간히!」

단은 한 손으로 귓구멍을 막으면서 다른 손을 내밀었다. 팔팔 성질을 부리던 율은 곧 잠잠해져서 단의 손을 들여다보았다. 그만했으면 단련이 되었다 여겼건만, 조금 무리했더니 손날이 또 터져 버렸다.

「아니, 오라버니는 머리도 좋은 사람이 왜 자기 몸 하나를 제대로 몰라요? 그러고 쳐대는데 살이 안 터지고 배겨요?」

또다시 시작된 불평을 감수하면서, 단은 그저 율이 빨리 끝내기만을 기다렸다. 거구인 제 오라비와는 딴판으로 생겼으면서도, 누가 오누이 아니랄까 봐 말 많은 것 하나만은 기막히게 꼭 닮았다.

잠깐 조용한가 싶더니만, 율은 이내 또 종알종알 타박을 늘어놓았다.

「내가요, 단이 오라버니한테 다른 건 아무것도 안 바란다니까요. 제발 다치지 좀 말라고요. 내 소원이다, 진짜. 내가 무슨 어려운 부탁을 하는 것도 아니고, 오라버니는 어쩜 그걸 하나 못 들어줘요?」

다음 순간, 가뜩이나 동그란 율의 눈이 금방이라도 튀어나올 기세로 쩍 벌어졌다.

「으어……!」

「고맙다.」

퍼뜩 정신이 돌아온 단은 부지불식간에 잡고 있었던 율의 손을 버리고 일어섰다.

그는 대뜸 방을 나와 무턱대고 걸었다. 그의 발길은 버릇처럼 원양성 뒤편의 외딴 건물로 향하고 있었다.

마침내 문 앞에 이르러 단은 떨리는 한숨을 내쉬었다.

「내가 너한테 무슨 어려운 부탁을 하던? 그냥 다치지 말라는 것뿐이잖아. 어찌 그걸 하나 못 들어줘?」

일순 연을 보는 줄 알았다. 전혀 닮지 않았건만.

「젠장.」

신음에 가까운 소리를 뱉으면서 단은 문을 열었다.

낯익은 정경 한복판에 뜻밖에도 해루가 서 있었다. 단은 습관처럼 흠칫 긴장했다.

해루를 처음 만났을 때, 단은 의붓아버지를 떠올렸더랬다. 성도의 천군이었던 의붓아버지는 삿갓을 쓴 정체불명의 사내로부터 협박을 받은 후, 스스로 목숨을 끊었다.

「허언이 아니오. 내 분명히 마지막이라 일렀소. 혹여 생각이 바뀌거든 금일 중으로 답을 주시구려. 내일이면 이곳은 폐허가 될 터이니.」

천군을 협박하던 사내의 목소리와 해루의 목소리가 거의 흡사했다. 그러나 왕이라는 사람이 자기 나라 성도를 없애기 위해 남의 나라 병사를 보낼 리는 없었다. 때문에 단은 그저 목소리가 비슷한 사람이려니 여기면서도, 해루의 음성을 들을 때마다 번번이 의붓아버지가 떠올라 마음이 불편했다.

하지만 그가 해루를 꺼리는 이유가 단순히 그 목소리 때문만은 아니었다.

창틈으로 새어 든 달빛 속에 서 있던 해루를 향해 단은 묵묵히 인사를 올렸다. 그러자 해루가 가까이 오라는 듯 손짓했다. 단이 곁으로 다가가자, 해루는 탐탁지 않은 눈초리로 그의 다친 손을 내려다보았다.

「통 말을 듣지 않아. 쯧쯧.」

단은 말없이 목만 약간 움츠렸다.

처음 원양성에 들어왔을 때부터 유독 단을 눈여겨보던 해루의 시선은 여전히 단에게만 고정되어 있었다. 가끔은 기대에, 또 가끔은 지금처럼 걱정에 찬 시선이었다. 그러나 대부분은 알 수 없는 기묘한 빛을 띠고 있었다. 좋다는 건지 싫다는 건지 도통 가늠이 안 되는 눈빛이었다. 이도 저도 아닌 것이 아니라, 극과 극을 달렸다. 일견 홀린 듯 바라보면서도 극한 증오를 감추지 못하는 눈빛.

단의 성한 손을 붙든 순간, 해루의 시선이 다시금 기묘한 빛으로 변하였다. 그 즉시 단은 눈길을 내렸다.

「사람을 이리 걱정시키는 게 아니다.」

해루는 양손으로 단의 손을 붙들고 자상하게도 도닥였다. 단은 가까스로 입을 열었다.

「주의하겠사옵니다.」

해루는 양 손바닥 사이에 단의 손을 둔 채로 긴 한숨을 쉬었다.

「나는 네게 기대가 크다. 반면에 걱정도 크지.」

그건 단도 이미 알고 있었다. 그보다도 기대와 걱정을 제외한 나머지, 그 기묘한 감정의 실체가 궁금할 따름이다.

「내 누이를 그대로 빼닮았어. 그래서 너만은 잃고 싶지 않구나.」

단이 슬며시 눈길을 들었다.

해루의 시선은 어느새 높은 창밖을 향하고 있었다.

「책사로부터 이야기 들었다. 성도 출신이라지?」

「예.」

「네가 천군의 아들이더냐?」

서늘한 달빛이 해루의 옆얼굴을 타고 흘렀다.

일순 선뜩 치민 직감은, 단에게는 지극히 익숙한 것이었다. 단의 뇌리는 명민하게 사고를 거듭하였으나, 머리로는 도무지 이해가 되지 않았다. 그러나 늘 그러하였듯 단은 본능에 따라 답하였다. 삶을 향한, 그 비루하고도 끈덕진 본능.

「아니옵니다.」

단을 돌아본 해루의 입술이 부드럽게 호선을 그렸다.

여러모로 기묘한 사람이다. 성도 사람들이 무참히 살해당한 것에 분노하여 섭제국의 왕가를 멸하고자 한다면서, 어찌하여 천군의 아들을 반기지 못하는가?

혼란에 잠긴 단에게 해루는 나직하고도 분명한 어조로 일렀다.

「가서 네 누이의 복수를 하여라.」

「예.」

「기필코 성공하여라.」

「예.」

「하여 반드시 살아 돌아오너라.」

단이 눈을 들어 해루를 보았다.

해루의 눈에는 언제나 그러하듯 기묘한 빛이 어려 있었다. 그 눈빛을 가만히 바라보다가, 단은 그제야 처음으로 그 속에 박힌 자기 자신을 발견하였다.

단과 닮았다는 그 누이는 필시 죽었으리라. 그리고 해루는 여태 그 복수를 이루지 못하였으리라. 하여 누이와 닮은 것을 보면 절로 시선을 빼앗겨 넋을 놓고 바라보면서도, 그 순간 더해져 버리는 절망과 증오에는 도저히 배길 나위가 없으리라.

「명심하겠사옵니다.」

해루는 일견 흐뭇한 듯 보이는 쓴웃음을 지으며 그 자리를 떠났다.

열 명의 내밀 시위 가운데 다섯 명이 선발되었다.

중대한 기무를 위한 심사는 그만큼 까다로웠다. 원래도 나이가 있어 체력이 달렸던 사람들 넷부터 줄줄이 탈락하였다. 마지막 낙오자는 율일 것이라는 모두의 예상을 깨고, 그녀는 소 뒷걸음질 치다 쥐 잡는 격으로 어영부영 뽑혔다.

「대체 그 기무가 뭐냐니까?」

진회는 소 힘줄을 질겅질겅 씹으며 끈질기게 물었다. 남들은 벌써 다 식사를 마치고 나갔건만, 진회의 앞에는 여전히 고기가 수북이 쌓여 있었다. 하필이면 누이동생에게 져서 탈락된 그를 위로하고자 너도나도 그에게 고기를 덜어준 덕분이었다.

그럼에도 불구하고 진회는 율의 것부터 먹어치웠다. 영 꺼림칙한 수법으로 이긴 율은 아무래도 마음에 걸리는 모양인지, 여태 밥 먹으러 올 엄두를 못 내는 눈치였다.

「기무는 기무지.」

단은 아까부터 줄곧 그 한마디로 답을 회피하고 있었다.

그때 막 들어선 율이 대뜸 눈빛을 초롱초롱 반짝거리면서 달려와, 진회의 앞에 놓인 고기 한 점을 날름 집어 먹었다. 그 와중에도 그녀는 낭창한 허리를 휘청 꺾어 진회의 발길질을 피했다.

「안 꺼져? 이 비겁한 것!」

「얼씨구, 누구더러 비겁하대? 나는 정정당당히 승부를 겨뤘다고. 오라버니의 그 뱃살이야말로 비겁하지. 아니, 어쩜 그걸로 하나뿐인 누이를 깔아뭉갤 수가 있으셔?」

쉴 새 없이 좔좔 주워섬기면서 큼직한 고깃덩어리를 훔쳐낸 율은 쏜살같이 도망쳐 단의 곁으로 숨어들었다.

「그런다고 거길 차냐! 사람 죽일 일 있어!」

「응? 어디, 어디?」

율이 동그란 눈을 깜빡거리면서 고개를 갸웃갸웃했다. 기막히다는 듯 보던 진회는 결국 기나긴 한숨으로써 패배를 인정했다.

「그나저나 그 기무라는 게 도대체 뭐냐?」

「섭제국으로 가서 왕하고 왕비하고 몽땅 다…….」

냅다 술술 불던 율이 황급히 자기 입을 틀어막았다. 그러다가 주위를 쓱 둘러보고는 이내 젠체하며 속삭였다.

「오라버니니까 특별히 알려줄게. 섭제국의 왕가 전원을 암살하는 거야.」

진회는 입속에 든 걸 꿀꺽 넘기고는 고개를 주억거렸다.

「흠, 역시 그런 거였군. 어쩐지 처음부터 이상한 훈련만 시키더라. 그럼 섭제국은 통째로 우리한테 먹히나?」

「어머, 그런 거예요?」

율이 단을 돌아보며 물었다. 어깨만 으쓱한 단을 대신하여 진회가 심드렁하게 대꾸했다.

「척 보면 모르냐. 왕가 전원을 암살하면 그 나라에 누가 남아서 왕이 될 거야? 서로 왕 되겠다고 자기들끼리 갈라져서 싸움이나 안 붙으면 다행이지. 그때 우리나라가 떡하니 나서서 수습해주면 모양새는 나쁘지 않겠네.」

「아니, 그 수습을 왜 우리가 해?」

「못 할 건 또 뭐냐? 그 땅이 원래 우리나라 땅인데.」

「헉! 거기가 우리 땅이었어?」

「어휴, 넌 어떻게 아는 게 없냐.」

말끝에 진회는 또 고기를 한입 가득 베어 물었다.

단은 팔짱을 낀 채 곰곰이 생각에 잠겼다.

왕을 합하여 전원이 넷밖에 안 되는 단출한 왕가다. 그 왕은 어미 치마폭에 싸인 허수아비라고 했다. 실권을 쥔 사람은 왕모이기에, 왕모의 처소에는 둘이 잠입한다. 그 처소의 경비가 더

삼엄하기 때문이다.

단은 이윽고 진회의 말에 수긍하며 고개를 끄덕였다. 부족한 왕을 갈아치우지 못하여 왕모에게 실권이 갈 정도라면, 그 왕가가 깡그리 사라지는 순간 그 나라도 흔들릴 것이다. 그 뒷일은 어찌 감당할 요량인지 모르겠으나, 어쨌거나 해루에게도 깜냥이 있을 터였다.

율은 진회에게 핀잔을 듣고도 방실방실 웃으면서 또다시 자랑하듯 말했다.

「에이, 그런 건 알아서 뭐해. 어쨌거나 단이 오라버니는 왕을 맡았고, 나는 그 첩이다. 어쩐지 잘 어울리지 않아?」

「흥! 넌 첩이 좋으냐?」

「이 오라버니가 뭘 모르시는군. 원래 부인은 이것저것 다 따져서 들이는 거고, 첩은 자기가 좋아서 들이는 거야. 첩이 백배 낫단 말이지.」

「그래서 첩이나 된다고 그래봐라. 내 손에 죽는다.」

진회가 기름 잔뜩 묻은 입술을 비죽거리면서 으름장을 놓았다. 입으로는 율에게 하는 말이건만, 이글거리는 눈빛은 어인 영문인지 단에게 꽂혔다.

단은 슬쩍 미간을 찌푸리곤 먼저 일어나 침소로 돌아왔다. 누워서 물끄러미 천장을 보는 그의 입술에는 일그러진 미소가 얹혀 있었다.

이 침소에 누워서 그는 얼마나 무수히 많은 밤을 갈등하였던가. 당장이라도 도주하여 섭제국으로 갈까. 그러나 지금 받는 훈련이 꽤 쓸 만하니 이것만 마치고 갈까. 그렇게 차일피일 미루기를 천만다행이었다.

달빛 미약한 내달 초사흗날 밤이면, 그는 섭제국의 왕성 안에 있을 터였다.

그 나라 사람들과 말이 통하지 않는다는 게 아쉬울 따름이었다. 그 왕을 만나면 연을 어떻게 죽였는지 묻고 싶은데 말이다. 그래서 똑같이 죽였으면 좋겠는데 말이다.

방상은 오후 내내 처소를 들락날락하면서 수선을 피웠다. 덕분에 연은 내전의 정황을 훤히 알게 되었다.

공요는 생사의 고비를 넘나드는 중이라고 했다. 내전에는 어떤 의원 한 명이 머물고 있었으며, 공요의 부친인 좌장이 국대부인과 함께 병문안을 다녀갔다.

"그런데 그 의원이 용하신 분인가요?"

다시 들어온 방상에게 연이 불쑥 물었다.

"쇤네는 처음 본 의원이었사옵니다."

회임이라는 말을 듣고도 당최 실감이 안 나서, 연은 미심쩍은 얼굴로 한숨을 지었다. 그때 방상이 말을 이었다.

"용하기야 아까 여기에 왔었던 그 의원이 제일로 용하지요. 내전에서도 아마 그 의원을 먼저 찾았을 터이오나, 그 의원이 여기로 온 바람에 길이 엇갈려서 다른 의원을 부른 모양이옵니다."

방상의 말을 듣고 겨우 안심하면서도 연은 도무지 믿기질 않았다. 회임이라니……. 회임이라니!

"연희 부인께서는 심려치 마시고 그저 편히 쉬시옵소서. 모쪼록 좋은 것, 올바른 것만 생각하시고……. 어휴, 왜 하필이면 이런 때에 사달이 벌어져서는. 잠시 내전에 다녀오겠사옵니다."

방상은 안절부절못하며 다시금 횡허케 처소를 나섰다.

연은 잠깐 와상에 누워 있다가, 괜스레 가슴이 콩닥콩닥 설레어 다시금 일어났다.

기실 그녀는 공요에 대한 걱정을 눈곱만큼도 하지 않았다. 생사의 고비는 아무나 넘나. 공요가 아프다고 해봤자 기껏해야 배탈일 터였다. 삼고가 키운 감이 달긴 엄청 달았나 보다. 그 우아한 대부인께서 얼마나 허겁지겁 먹었기에 배탈까지 났는지 모른다. 그래 놓고 감에 독이 발려 있었다고 생사람을 잡으면서 온 궁궐이 다 떠들썩하게 호들갑을 떨어봤자 뒷간 한 번 다녀오면 결국 본인만 창피해지지 않겠는가.

연은 방상의 조언대로 좋은 것, 올바른 것만 생각해 보고자 여유작작하게 산책을 나갔다.

후원으로 가려던 그녀의 발길이 이내 대문간으로 향했다. 삼고의 광 앞에 놓인 조롱에서 늘 구구거리던 비둘기가 그새 온데간데없이 자취를 감추었다.

「어머, 이를 어째!」

얼떨결에 외친 소리를 들은 삼고가 광문을 빠끔 열고 내다보았다.

「비둘기가 없어졌네요.」

「그간 계속 아프다더니 오늘에야 알았구나. 며칠 전에 내가 물을 주는데, 아차 하는 사이에 날아가 버리지 뭐니. 혹시나 아들네에 무슨 일이 생긴 건 아닌지 걱정도 되고……. 에그, 내가 입이 방정일세.」

삼고는 오래 말하기도 싫은 눈치로 이내 문을 닫아버렸다. 아들이 손수 잡아준 비둘기라며 그토록 애지중지 돌봤건만, 한순간에 잃어버렸으니 괜스레 불길한 생각이 들 만도 했다.

빈 조롱을 멍하니 보던 연은 곧 방으로 돌아왔다. 그 안타까운 광경을 보면서도, 그녀의 마음 한구석은 넘실넘실 일렁이는 기쁨으로 물들어 있었다. 이러다가 간신히 받은 복이 홀랑 떨어져 나가지는 않을지 막연히 두려움이 들 지경이었다.

하녹은 이날따라 좀처럼 오지 않았다. 아마도 대부인 문제 때문에 정전에서 회의가 길어지는 모양이었다.

쇠털같이 하고많은 날을 놔두고, 공요는 왜 하필 이런 날 감을 먹고 배탈이 났단 말인가. 그러게 사람이 생전 안 하던 짓을 하면 탈이 나게 마련이다. 그동안 줄곧 연에게 내전에 오라는 전갈만 보내더니만, 오늘은 무슨 바람이 불었기에 갑자기 감을 달라고 청하여…….

불현듯 떠오른 생각에 연은 흠칫 놀라 입을 가렸다. 그때 방상이 들어왔다.

"아니, 삼고는 어디를 저리 급히 가옵니까?"

연은 말도 안 되는 의심을 얼른 떨쳐 내었다. 자기가 자기 손으로 독을 먹을 리 없잖은가.

"나가셨어요?"

"어딜 가느냐고 물었사온데, 대답도 없이 바삐 가더이다. 역시 부인께서 내보내신 것이 아니었군요."

"그러고 보니 아까 걱정이 된다고……. 흠, 어쩌면 지난번처럼 산신령의 정기를 받으러 가셨을지도 모르겠네요. 그나저나 대부인은 어떠하시던가요?"

"아직도 용태가 좋지 않다 하옵니다."

혀를 끌끌 찬 방상은 마음이 안 놓인다면서 또다시 내전으로 가버렸다.

연은 석식을 뜨는 둥 마는 둥 하곤 초조하게 누웠다가 일어나기를 반복하였다. 한번 든 의심은 사라지기는커녕 점점 더 확고해져 갔다.

그러다 마침내 연의 입술에 은근한 냉소가 떠올랐다. 때마침 방상이 돌아왔다.

"여전하옵니다. 에그, 호사다마라 하더니만."

"이제 가실 것 없습니다. 정녕 독을 드신 것도 아닐 텐데, 무슨 큰일이야 나겠습니까. 그만 퇴궐하세요. 곤우가 기다리겠어요."

"조정 회의도 이리 늦어지니, 쇤네가 여러모로 불안하여 그러하옵니다."

"전 아무 관계도 없습니다. 방상도 아시잖아요."

"쇤네야 아옵니다만, 다른 이들이 그리 생각하지 않는 것이 문제지요. 대신들이 작당으로 간언을 하오면 어찌 될지 모르옵니다."

연은 말문이 막혀 잠시간 하녹의 서책과 목간들을 물끄러미 바라보았다.

이윽고 그녀는 부드럽게 고개를 가로저었다.

"괜찮습니다. 전하께서는 이 나라의 군왕이시니까요."

연이 그러하듯, 방상 역시 그 말이 도통 믿기지 않는다는 눈치였다.

방상은 그 뒤로도 한 차례 더 내전에 다녀왔다. 그러고는 또다시 내전으로 가겠다고 나가려던 차에, 드디어 하녹이 왔다.

아무 일도 없다는 양 태평스러운 얼굴로 들어서는 하녹을 본 다음에야, 방상은 안도의 한숨을 내쉬며 퇴궐하였다.

땅거미가 뉘엿뉘엿 깔릴 무렵이었다. 섭제성 남쪽 벌의 연한 들풀들이 점차 자색으로 물들어가고 있었다. 그사이로 몸을 숨기고 있던 길잡이가 천천히 일어섰다.

벌판 저만치로부터 다가오는 사람의 모습이 보였다. 머리며 얼굴에 온통 누런 삼베를 친친 감은 기괴한 차림새의 노파였다. 노파는 지팡이를 짚고 뒤뚱뒤뚱 벌판을 가로질러 왔다.

길잡이를 발견한 노파가 느릿느릿 상반신을 곧추세웠다. 그러더니 주위를 쓱 둘러보고는 지팡이를 버렸다. 손에 감은 삼베를 휘휘 풀더니만, 곧 목 밑으로 손을 올렸다. 얼굴에 감긴 삼베를 푸는 사이, 길잡이를 비롯한 단의 일행이 그를 향해 다가갔다.

길잡이가 그에게 인사를 건넸다.

「그간 수고 많으셨습니다.」

「나야 그저…….」

버릇처럼 노파 시늉을 하며 입을 연 중년의 사내는 이내 큼큼 목청을 가다듬었다.

「수고랄 게 무에 있겠소. 옷이나 주시오.」

길잡이가 등짐을 끌렀다. 중년 사내가 검은 옷으로 갈아입는 동안, 단을 비롯한 다섯 명의 내밀 시위들도 겉옷을 벗었다. 내밀 시위라는 미명 하에 줄곧 자객으로 길러진 그들의 낯은 이내 검은 복면으로 덮였다.

「책사님 말씀으로는 여기에 두 분이 계실지도 모른다던데, 한 분은 아니 오시는 겁니까?」

삼고라는 이름의 새로운 길잡이는 그 질문에 머리를 설설 흔들었다.

「그 사람은 지금으로서는 올 수 없는 형편이오. 여기 사람과 강제로 혼인을 당하였다오. 그래도 다행히 정체가 발각되지는 않은 모양이니, 이번 거사가 이루어지면 따로 기회를 보아 구하도록 합시다.」

말을 맺은 삼고는 길잡이를 서편 언덕 너머의 초막으로 돌려보냈다.

이날 오전에 당도한 단의 일행이 벌써 세 차례나 왕복하며 길을 익혀둔 초막이었다. 임무를 성공적으로 완수하면, 새벽녘에는 모두가 그 초막에서 재회할 수 있을 터였다.

어느덧 하늘가에 초승달이 희게 걸렸다. 삼고와 단 일행은 벌판을 빙 돌아 몸을 낮추고 성벽 쪽으로 다가갔다.

남쪽 성벽 일부만이 곧장 궁궐 내부로 통한다고 하였다. 삼고는 성벽이 약간 허물어져서 넘기 좋은 위치로 그들을 안내하였다. 그리고는 성벽을 넘기 전에 신신당부했다.

「지금부터 길을 잘 외워두시오. 일을 마치면 각자 스스로 빠져 나와야 하오. 만에 하나 실패할 시에는 즉각 목숨을 끊으시오. 붙잡혀서 며칠 더 살아봤자, 일찍 죽지 못한 것을 후회하게 될 따름이오. 그대들은 우리 마루한 제국과 진제의 안녕을 위하여 선택된 자들이오. 혹여 죽더라도 결코 헛되지 않으리다.」

단이 고개를 갸웃했다. 그러나 삼고는 이미 민첩한 몸놀림으로 성벽을 넘어가고 있었다.

단은 일순 들었던 의문을 접어두고 속히 그 뒤를 따랐다.

어둠에도 정도가 있다. 그들은 불빛과 달빛 사이로 띄엄띄엄 드리운 순흑의 어둠만을 골라 신중히 걸음을 옮겼다. 누구의 발소리도 들리지 않았다. 숨소리를 가누는 습관은 몸에 밴 지 오래였다.

이윽고 한 전각 근처에 이르러 삼고가 손가락 셋을 세웠다. 왕비의 처소를 맡은 이가 고개를 끄덕였다. 그를 그 자리에 남긴 채, 삼고는 다시금 앞장서서 걷기 시작했다.

경비가 제일 삼엄하다는 왕모의 처소는 역시나 안팎으로 불이 환히 켜져 있었다. 왕모를 맡은 두 사람은 조금 더 멀찍이 떨어진 곳에 남겨졌다.

도로 걷던 삼고는 곧 광활하게 펴진 암흑 속으로 단과 율을 이끌었다. 숲을 방불케 하는 드넓은 뜰이었다. 그 중간의 연못가에 이르러, 삼고가 우뚝 멈추더니 단과 율을 돌아보았다.

그 근방에는 항시 사람이 없는 모양이었다. 삼고는 비록 숨소리만 한 소리일지언정, 분명한 소리로 속삭여 물었다.

「누가 첩이오?」

「저요.」

율이 날름 손을 들며 대답했다. 그러자 삼고가 간곡한 어조로 말했다.

「그 첩은 우리와 같은 한진인이오. 섭제국의 왕에게 끌려와, 본의 아니게 이 궁궐에 갇히게 된 처지라오. 조방이 무슨 의도로 그 첩까지 죽여야 한다고 우기는지는 모르겠소만, 구해주지는 못할망정 죽이는 것은 옳지 않소.」

「아니…….」

무심코 큰 소리를 냈던 율이 제풀에 놀라서 움찔거렸다. 그러고는 이내 속닥속닥 반발했다.

「저는 그 첩을 죽이러 왔다고요. 책사님이 죽이라면 죽이는 거죠. 아저씨가 책사님보다 더 높아요?」

「이제는 동등한 입장이지. 그러나 지위를 떠나서, 그런 것은 조방의 독단에 따를 문제가 아니오. 그 첩도 틀림없는 우리 마루한 제국의 백성이오. 그러니 진제께 여쭤본 연후에 처리해도 늦지 않소.」

단은 다시금 고개를 갸웃했다.

조방은 분명 그에게 '내가 일찍이 심어둔 첩자'가 있다고 했다. 하지만 정작 그 첩자인 삼고는 아까부터 줄곧 마루한 제국과 진제만을 거론하고 있었다. 조방이나 해루 따위는 안중에도 없는 것 같았다.

「아무튼 저는 꼭 성공해 내고야 말 거예요. 제가 그동안 이날을 위해서 얼마나 고생을 많이 했는데요. 아, 이러다가 들키겠어요. 빨리 가기나 하자고요.」

율은 지리도 모르면서 무턱대고 걸음을 옮겼다. 삼고는 한숨을 길게 내쉬고는 다시금 숨소리를 죽이고 걷기 시작했다.

넓디넓은 뜰을 빠져나간 그들은 얼마 안 가 거대한 전각 근처에 이르렀다. 한눈에 봐도 왕의 처소임을 알 법했다. 아니나 다를까, 삼고가 엄지를 들어 보였다. 단은 고개를 끄덕였다.

그런데 어인 영문인지 삼고는 그 자리에 가만히 서서 움직이지 않았다. 율이 빨리 가자는 양 쿡쿡 찔렀으나, 삼고는 마치 벽에 스민 그림자처럼 잠자코 몸을 숨기고 뿐이었다.

전각 내부로 잠입하여 살피고 나오는 길에, 단은 그 이유를 깨달았다. 아마도 이 왕은 종종 처소를 비우고 첩에게로 가는 모양이었다. 때문에 삼고는 단을 기다리고 있었던 것이다.

그곳으로부터 첩의 처소까지는 대단히 먼 길이었다. 첩의 처소 자체가 궁궐 구석진 곳에 처박혀 있었다.

도중에 인적이 없는 곳을 지나면서, 삼고는 한 차례 더 그 첩을 죽이지 말라고 당부하였다. 그러나 율은 한사코 공을 세울 요량인지 삼고의 말을 들은 척도 하지 않았다.

마침내 그 근방에 이르자, 대문간에 정렬하여 대기 중인 한 무리의 병사들이 보였다. 왕은 그 처소 안에 있는 것이 틀림없었다. 삼고가 처소 뒤편의 담장으로 단과 율을 이끌었다.

담장 너머로 한 여인의 목소리가 새어 나오고 있었다.

단은 무심결에 담장 안을 엿보았다. 등만 보이며 서 있는 그 여인은 도통 알아들을 수 없는 언어로 무어라 이야기하고 있었다. 그 여인의 앞에 서서, 사랑스러워 견딜 수 없다는 눈빛으로 여인을 내려다보고 있는 사내가 아마도 왕일 터였다.

가증스러웠다. 후원에는 오로지 그 남녀뿐이었다. 당장이라도 담을 넘어가 죽이고 싶었다. 그럼에도 불구하고, 단은 온몸이 뻣뻣이 경직되어 손가락 하나 까딱할 수가 없었다.

그 여인의 목소리 때문이었다.

연과 닮은 정도가 아니었다. 숫제 똑같았다.

"……단이……. ……단이……. ……단이……."

필시 아무 관계도 없는 말을 하고 있으련만, 마치 그 여인이 자신의 이름을 부르고 있는 것만 같았다. 통하지 않는 말들로부터 사뭇 그리움마저 풍기는 듯한 착각이 들었다.

이윽고 율이 은근히 단을 재촉하기 시작했다. 때마침 그 여인의 기나긴 이야기가 끝났다. 왕은 슬며시 눈썹을 찡그리더니, 이내 싱글벙글 미소를 띠며 무어라 중얼거렸다. 그러자 여인이 까르르 웃었다.

지나치게 똑같다. 어찌 들어도 연의 웃음소리였다. 단은 형용할 수 없는 감정에 사로잡혀, 우두커니 그 자리에 못 박힌 듯이 서 있었다.

그때 그 여인이 왕의 손을 잡고는, 드디어 단을 향해 몸을 돌렸다. 왕의 어깨에 나릿나릿 고개를 기댄다. 도란도란 무슨 말인가 주고받다가 아옹다옹 말다툼도 한다. 그렇지만 이내 또 경쾌한 소리로 환히 웃는다.

단의 기억 속에 있던 연이 아니었다. 말라서 더 어른스러워 보였다. 보지 못한 세월만큼, 딱 그만큼 더 성숙하였다.

그러므로 그녀는 연이었다. 환영도 아니고 망령도 아니다. 엄연히 살아 있는 연이었다.

어째서……? 연은 이미 죽었는데…….

「그 첩은 우리와 같은 한진인이오. 섭제국의 왕에게 끌려와, 본의 아니게 이 궁궐에 갇히게 된 처지라오.」

연이다. 역시 연이다.

죽지 않았던 것이다. 여태 살아 있었던 것이다. 살아서 저토록 행복하게 웃고 있었던 것이다. 그래서 웃는 얼굴로 단을 데리러 오지 않았던 것이다.

흐려진 단의 시야로부터 돌연 연이 사라졌다.

벼락같이 뛰어 들어온 시위들이 빽빽이 연과 왕을 에워쌌다. 개중 한 시위가 숨넘어갈 듯한 소리로 무어라 급히 고하였다.

그와 동시에 삼고가 단과 율을 차례로 툭툭 치더니, 즉시 몸을 돌려 그 자리를 떠났다.

올 때와는 다르게 마구잡이로 도주하였다. 그들이 도로 허물어진 남쪽 성벽을 넘었을 즈음에는, 여기저기 소란스러운 소리로 궁궐 안이 온통 떠들썩했다.

삼고는 성벽을 넘은 후에야 입을 열었다.

「큰일이로군. 생포된 자가 없어야 할 터인데.」

「그 첩의 이름이 무엇입니까?」

단이 다급히 물었다.

삼고는 어찌 이 와중에 그런 것을 물어볼 수 있냐는 양 단을 매섭게 노려보았다. 그렇지만 잠시 후, 지나가는 바람처럼 가벼이 답하였다.

「연이라 하오.」

❖

"그동안 저를 그런 사람으로 보고 계셨단 말씀입니까? 저는 전하께서 절 믿어주실 줄 알았는데요."

하녹은 연을 보자마자 대뜸 독의 출처부터 캐물었다. 덕택에 회의가 길어져 엉덩이에서 쥐가 날 뻔했다면서 투덜투덜 불평도 했다. 그러다가 자초지종을 듣고는, 그제야 고개를 끄덕였다.

"처음에야 나도 물론 믿었지. 하지만 난데없이 꼭 오라는 전언을 받았으니, 어찌 괴이한 생각이 들지 않겠소?"

"제가 만일 독을 발랐다면 전하께 오늘은 절대 오지 마시라고 전언을 보냈겠지요. 하긴 전언을 보낼 정신이나 있었겠습니까? 아마도 야반도주하려고 짐 싸느라 바빴을 것입니다."

"야반도주라니, 만일이라도 그런 말은 마오. 그나저나 대관절 무슨 일이오? 혹 의원이 다녀갔소?"

"그보다도 조정에서는 어찌 되었습니까?"

그 기쁜 소식을 한시라도 빨리 알려주고 싶어서 몸이 달았었건만, 막상 하녹을 본 그녀는 내심 토라져서 일부러 질질 끌며 말을 돌렸다.

"해결하고 왔소. 더는 말이 나오지 않을 것이오."

"아니, 전하께서도 저를 믿지 않으셨다면서요."

"믿든 말든 상관없지. 하도 귀가 따갑기에 그만들 떠들라고 명하였더니 조용해지더군. 나는 이 나라의 군왕이니까."

늘 던지던 농이었으나, 이번만큼은 어쩐지 농으로 하는 소리가 아닌 것 같았다.

사뭇 진지한 그의 얼굴을 보던 연은 이윽고 옅은 미소를 머금었다. 그가 이내 물었다.

"그건 그렇고 어인 연유로 굳이 불렀소? 어차피 내가 여기로 올 것을 번연히 알면서."

그는 궁금해서 좀이 쑤시는 눈치였다.

이런 경우는 흔치 않았다. 문득 기막히게 좋은 생각이 떠올랐다. 연은 부러 심각한 표정으로 그의 애간장을 태웠다.

"차마 말씀 드리기 어렵습니다."

"역시 의원이로군."

연은 온갖 고뇌에 시달리는 사람처럼 홀연히 일어나 비틀비틀 방을 나섰다. 속으로는 웃음을 참느라 죽을 지경이었다.

그녀는 달밤에 일없이 정원을 산책했다. 그러고는 졸래졸래 따라오는 그의 발걸음을 느끼면서 후원으로 향하였다. 후원이 좀 더 넓었다면 그를 더더욱 애태울 수 있었으련만, 그녀의 처소는 전체적으로 아담하기 그지없었다.

금세 멈춰 선 그녀는 하녹을 향해 돌아서서 자못 엄숙하게 운을 떼었다.

"전하, 제가 죽기 전에 소원이 한 가지 있습니다."

"주, 죽을병이오?"

그의 표정을 보니, 무슨 소원이든지 다 들어줄 것 같았다. 연은 그예 못 참고 풋 웃음을 터뜨렸다.

"그런 건 아닙니다. 몇 달쯤 잘 지내면 좋아진대요."

"하! 놀랐잖소!"

"그래서 소원은 아니 들어주실 겁니까?"

그녀는 풀이 죽은 척 눈동자만 빠끔 올려 그를 쳐다보았다. 하녹은 피식 웃곤 그녀의 이마에 입을 맞췄다.

"글쎄. 일단 들어나 보고."

연은 몇 차례인가 크게 심호흡을 하고는 여싯여싯 입을 열었다.

"예전에 그러셨지요. 성도를 떠날 때, 왜 산을 보고 있었느냐고."

하녹이 고개를 끄덕였다.

그녀는 말을 꺼낸 순간 급작스레 용솟음치는 그리움에 휩싸여 가만가만 가슴을 눌렀다.

"실은 제가 쌍둥이로 태어났답니다."

"우와! 이 세상에 그대와 똑같은 사람이 한 명 더 있었단 말이오?"

그가 심히 기뻐하며 외치는 통에 연은 은근슬쩍 김이 빠졌다. 첨운의 정인 타령도 달갑지 않았지만, 단을 상대로 묘한 질투심을 느끼는 자신을 발견하는 것 역시 썩 유쾌한 일은 아니었다.

"아실지 모르겠습니다만, 쌍둥이라 하여 무조건 다 똑같지는 않습니다. 하물며 저희는 남매랍니다."

히죽히죽 웃던 하녹의 얼굴이 이내 심드렁하게 변했다.

하지만 다음 순간, 그는 숨을 헉 들이켰다. 그러고는 그녀의 눈치를 살피면서 조심스레 물었다.

"혹시 그때 죽었소?"

연이 씁쓰레 웃으며 고개를 가로저었다. 하녹은 겨우 안도의 한숨을 내쉬었다.

"저희 어머니는 사람이 아니셨습니다. 하여 저희는 사람도 아니고, 하늘의 노비도 아닌 어중간한 아이들이었습니다. 다행히도 아버지, 그러니까 의붓아버지께서 저희를 거둬주시어……."

나직하게 이어지는 그녀의 말을 그는 잠자코 경청하였다.

한편으로는 그가 어찌 생각할지 걱정이 되면서도, 연은 말하는 동안에 주체할 수 없이 커져 버린 그리움에 취하여 오래도록 단에 대한 이야기를 늘어놓았다.

"……그때 전하를 만나서 그곳을 떠나게 되었던 겁니다. 도저히 그 산에서 눈을 뗄 수가 없었습니다. 단이가 돌아와서 저를 찾을 게 빤하니까요. 제가 단이에 대해서는 걱정할 게 하나도 없는데, 다만 한 가지 걱정되는 바는, 단이가 저를 걱정하고 있을 거라는 점이에요. 그래서 말씀입니다만, 저 몸이 다 낫고 나면 단이를 찾고 싶습니다."

하녹은 슬며시 눈썹을 찡그린 채 생각에 잠겼다. 그러더니 곧 해사한 미소를 지었다.

"내가 찾아주겠소. 그 병 다 낫기도 전에 기필코 찾아내겠소. 대관절 얼마나 똑똑하고 대단한 사람이기에 그토록 자랑을 늘어지게 하는지, 내 필히 만나서 확인해 봐야겠군. 수단 방법 가리지 않고 찾아낼 터이니, 그대는 속히 낫기나 하오."

연은 낭랑한 웃음소리를 퍼뜨리며, 팔짱을 끼다시피 하녹의 손을 잡고 그의 어깨에 기대었다. 그의 손가락이 자늑자늑 파고들어 둘의 손을 엮었다.

청명한 밤하늘에는 초승달이 은빛으로 또렷이 반짝이고 있었다. 그믐달과 닮았어도 서글픈 기색은 없다. 저 달은 날이 갈수록 부풀기만 하여 그예 만월이 되리라.

"전하, 저 실은 아이를 낳지 못하는……."

"아오."

연의 말을 끊으면서 하녹은 넌지시 손에 힘을 더하였다.

"전부터 알고 있었소. 잘된 일이지. 언제고 함께 출전할 수 있을 터이니."

"출전이요?"

애는 어찌하고 나란히 출전이라니! 사람 말을 끝까지 듣지도 않고, 이 무슨 자다가 봉창 두들기는 소리인가.

"아니, 하면 전하께서는 이제껏 저를 전쟁터에다가 내놓을 궁리만 하고 계셨던 겁니까?"

발끈하여 노려보는 연의 눈초리에 그는 뚱한 시선으로 화답하였다.

"언제는 홍의금을 못 달아서 안달이었잖소."

"그거야 옛날 얘기지요. 전하야말로 언제는 저를 못 가져서 안달이시더니만, 어찌 저를 죽을 자리로 보내려 드십니까?"

"좋잖소, 같이 살다가 같이 죽으면. 우리 둘이서 같이 죽을 수 있는 곳이 전장밖에 더 있겠소?"

"저는 죽기 싫습니다!"

"아아, 나도 혼자서 쓸쓸하게 죽기는 싫단 말이오."

누가 죽으라고 하지도 않았건만, 그는 깍지 낀 손을 대롱대롱 흔들어가며 생떼를 부렸다.

문득 참을 수 없이 불길한 예감이 연의 뇌리를 스쳤다.

혹시 그와 꼭 닮은 아들을 낳아, 둘이서 한꺼번에 이러고 생떼를 써대면 그 노릇을 어찌한다?

"풋, 하하하하!"

그 광경을 상상하자마자 웃음이 터져 나왔다. 그와 똑같이 생긴 아이들의 얼굴이 늘어날수록 웃음이 더해졌다. 눈물까지 찔끔 흘리면서 깔깔 웃던 연은, 그러나 이내 웃음을 싹 삼켰다.

별안간 뛰어든 시위들이 철통같이 연과 하녹을 에워쌌다. 개중 한 시위가 숨넘어갈 듯 바삐 고하였다.

"전하, 장락전에 자객이 들었사옵니다! 국대부인께서는 천행으로 일명만은 구하였사오나, 현재 중태시라 하옵니다!"

사람이 있는 듯 없는 듯 늘 조용하던 원양성 뒤편의 외딴 건물이 웬일로 왁자지껄 들썩였다.

기무에 선발된 다섯 명의 내밀 시위들이 원양성으로부터 자취를 감춘 동안, 탈락된 다섯 명은 실로 오랜만에 휴식다운 휴식을 즐기고 있었다. 이튿날도, 그 이튿날도 훈련은 없을 터였다.

조방은 그들을 위로하는 차원에서 커다란 술동이 다섯과 돼지 두 마리를 내주었다. 낙오자들이 오히려 호강인 셈이었다. 그들은 코가 비뚤어지도록 술을 마시고, 턱이 빠지도록 고기를 씹어댔다.

「책사님도 한잔하시지요!」

행여나 부족할세라 술 한 동이를 더 주려고 들어온 조방에게 한 시위가 팔짱을 끼며 엉겨 붙었다. 평소 같았으면 감히 엄두도 못 낼 짓이었다.

「오호라! 그거 좋은 생각이구먼. 여기 좀 앉아보시오.」

늙수그레한 시위가 자신의 옆을 툭툭 치며 권하였다.

「그러고 빼지 말고 같이 드십시다.」

이제는 너도나도 조방에게 자신의 술 사발을 들이밀었다. 이 모두가 평상시에는 있을 수 없는 일이었다. 원인은 술이었다. 그들은 모두 술이 거나하게 취한 양으로 혀가 꼬불탕꼬불탕 꼬여 있었다.

조방은 짐짓 부드러운 미소를 띠면서 시위의 팔을 억지로 뜯어냈다. 하여간 조금만 틈을 주면 이처럼 기어오르지. 이래서 나이 먹은 것들은 아랫것으로 다루기가 어렵다.

그나저나 다섯 명이 있어야 할 자리에 한 명이 빈다.

「진회는 어디에 있는가?」

진회의 빈자리는 그의 체구만큼이나 널찍하였다.

조방의 질문에 다들 술동이 쪽을 가리키면서 폭소를 터뜨렸다.

「허허허! 저거 세 동이를 그놈이 혼자서 다 해치웠습지요.」

「그놈이 힘만 장사인 게 아니라 술도 장사더구먼.」

「돼지도 혼자서 한 마리를 다 먹지 않았는감. 나는 고놈이 먹는 것만 보면, 왜 내 아들놈이 먹는 것 모양 귀여운지 모르겠어.」

「그놈이 먹을 복이 있어서 그러지. 흐흐흐.」

시위들은 그새 조방이 그 자리에 있다는 사실을 까맣게 잊은 눈치였다.

사흘은 넉넉히 버틸 줄 알았더니만, 술과 음식은 그새 동이 나 있었다. 아마도 그 절반 이상을 먹어치웠을 진회는 지금쯤 어디선가 사경을 헤매고 있을 터였다.

조방은 안심하고 조용히 그 자리를 빠져나왔다. 도로 술과 돼지를 내주라고 명한 후, 그는 해루의 침소 쪽으로 향하였다.

이날 오후 느지막이 조방과 함께 조촐한 연회를 벌인 해루는 아까부터 세상모르게 곯아떨어진 상태였다. 가만히 놔두면 아마 내일 오후까지도 깨어나기 힘들 터였다. 어쩌면 앞으로 영영 깨어나지 않을 수도 있고.

조방은 해루의 평온한 숨소리만 들리는 침소로 몰래 잠입하였다.

술을 어찌나 마셨는지 온 방이 술 냄새로 꽉 절어 있었다. 등불 하나가 홀홀 타고 있건만, 기름 냄새 따위는 느끼지도 못할 정도였다.

숨 쉬기도 힘들 것 같은 그 방에서 해루는 곤하게도 잠들어 있었다.

그는 혼인도 아니 하고, 하물며 손만 뻗으면 언제든지 취할 수 있는 시녀조차 건드린 적이 없었다. 오로지 복수의 일념으로 평생을 다 보낸 사람이었다. 그런다고 누이가 살아 돌아오지도 않으련만.

참 딱하고도 가련한 사람이다. 이제 드디어 복수가 끝나 버리면, 그 공허한 여생은 또 어찌 보내려나. 그러니 이렇듯 도와줄 밖에.

조방은 해루의 곁에 단정히 무릎을 꿇었다.

뒤통수를 목침에 받친 채 잠든 모습이 퍽 불편해 보였다. 그는 조심스레 해루의 머리를 들고 목침을 옮겼다.

잔뜩 구부리고 있던 해루의 목이 겨우 반듯해졌다.

조방의 입술에 빙그레 미소가 맺혔다.

「편히 쉬시옵소서.」

다정스러운 음성으로 속삭이는 사이, 조방의 손이 자신의 품으로 향했다.

그는 이윽고 천천히 팔을 들었다. 공중에서 양손을 모아 쥐었다. 표적은 탄탄히 뻗은 목이다.

힘껏 내리찍으려는 찰나, 잘 벼린 단검이 허공에서 우뚝 멈추었다.

저항할 수 없는 힘이 조방의 손목을 옥죄었다. 그제야 조방의 귓가로 진회의 숨소리가 들려왔다.

「모르셨나 봅니다. 저 아까부터 계속 여기에 있었는데.」

기척을 지우는 것은 자객의 기본이다. 조방은 그동안 뛰어난 자객을 열 명이나 길러냈다.

「어쩐지 이상하더라고요. 우리 밤톨이는 사지로 가서 아직 돌아오지도 않았는데, 무에 좋다고 벌써들 잔치를 벌이는지. 이런 짓을 하시려거든 술을 두 말 반은 더 주셨어야지요.」

조방의 손에서 그예 단검이 떨어졌다.

조방의 기억은 누군가의 등 위에서 떨어진 것으로부터 시작되

었다. 어쩌면 그 등 위에 조심스레 올라갔던 기억이 먼저인지도 모른다. 그 순서야 어떠하든, 조방은 등을 밟는 시동이었다.

사람은 누구나 부모로부터 태어난다. 하늘에서 뚝 떨어진 사람은 없는 법이다. 그러나 조방은 마치 진제의 등 위에서 뚝 떨어져 태어난 것 같았다. 그의 기억 속에 부모 따위는 존재하지 않았다.

조방은 태어난 순간부터 등을 밟는 시동이었다. 몸이 자란 후에는 안마를 하는 시자가 되었다. 때문에 조방은 새로이 즉위한 진제를 처음 보았을 때, 과히 좋게 여기지 않았다. 뼈마디만 앙상한 노인을 주무르다가 어깨가 떡 벌어진 장정을 보니 도무지 안마할 엄두가 나지 않았다.

그런데 노인과 달리 그 장정은 안마를 필요로 하지 않았다. 조방뿐만이 아니라 그 어떠한 시자들도 그에게는 필요가 없었다.

그는 스스로 먹고 스스로 씻었으며 스스로 옷을 갈아입었다. 그러면서도 한사코 시자들을 그림자처럼 줄줄이 거느리고 다녔다. 그 그림자가 없으면 진제로서의 위신이 서지 않는다고 굳게 믿는 눈치였다.

조방은 그 그림자의 꼬리였다. 똑같이 비천한 시자들 사이에도 은근히 서열이 존재한다. 한데 당초에 그 서열이란, 그 시자가 어떠한 일을 하느냐에 따라 정해진 것이었다. 시자들에게 아무 일도 시키지 않는 진제에게 그런 서열은 무의미했다.

어느 날인가 자신의 그림자를 쓱 훑어본 진제는 조방을 그림자의 맨 앞에 세웠다. 그 결정에는 어떠한 심사숙고도, 또 어떠한 재고도 없었다. 전대부터 면면히 정해져 내려온 시자들의 서열은, 진제의 눈길이 두 번 지나간 것만으로 파탄 났다. 그렇지만 누구도 그 결정에 반발하지 못하였다.

조방은 금세 이 새로운 진제를 좋아하게 되었다. 그림자의 길이는 하루에도 몇 번씩 짧아졌다 길어지곤 하였으나, 아무리 짧아져도 조방만은 항시 남아 있었다. 진제는 심지어 그림자를 없애고 봐야 할 것 같은 기무에도 조방만큼은 반드시 대동하였다.

덕택에 조방은 진기한 사람들도 여럿 만나보았다. 이를테면 몇 나라 말을 유창하게 구사한다는 첨운이나, 세상사 통달한 듯 보이는 기인 삼고 등이었다. 진제는 그들을 불러다 놓고 주로 섭제국에 대한 근심을 토로하였다.

북녘으로부터 온 이방인들은 눈 깜짝할 사이에 나라 하나를 홀딱 집어삼킬 기세였다. 그 군대는 비록 머릿수는 적을지언정, 결코 허투루 볼 것이 아니었다. 숫자만 늘어나면 천하에 대적할 자가 없는 강군이 될 터였다.

그러나 즉위한 직후였기에 제대로 손을 쓰지 못했다고, 진제는 언제나 한탄하였다. 그리하여 첨운과 삼고가 얼마 지나지 않아 종적을 감추었다.

그들이 어디로 가서 무엇을 하고 있는지는 철저한 기밀이었다. 그 기밀을 모두 알고 있다는 것은 시자로서 대단한 영광이었다.

하지만 조방은 그 사실에 그다지 만족하지 못하였다. 이후로 귀한 사람들을 만나면 만날수록 조방의 의문은 점점 더 커질 따름이었다. 왜 자신은 비천한 시자인데, 저 멍청이들은 귀한 몸으로 대접을 받고 있는지.

그러던 어느 날 원양국의 왕 해루가 새로 즉위하여 진제에게 인사를 올리러 왔다. 그는 조방이 본 사람들 중에 제일가는 멍청이였다. 천군을 징벌할 권한을 달라니, 세상에 그런 멍청이가 또 있으랴.

한데 북녘으로부터 온 이방인들도 알고 보니 만만찮은 멍청이들이었다. 섭제국의 성도가 아예 없어져 버렸다는 소식을 들은 진제는, 그날 밤 탕조에 몸을 담그곤 투덜거렸다.

「만일 다른 나라 같았으면 왕이 성도에 병사를 보내는 순간 끝장이 났을 텐데, 섭제국 놈들은 다들 성도 알기를 뭣같이 아나. 어찌 반란조차 없누? 이거 원, 성도에 관한 문제에 내가 나서서 감 놔라 배 놔라 할 수도 없고.」

자신의 그림자에 말을 걸면서 대답을 기대하는 사람은 없으리라. 그건 그저 소리 내어 하는 생각에 불과했다. 조방은 늘 그러하듯 얌전히 침묵을 지켰다.

「그때 그러고 선불리 친 게 실수였어. 그걸 빌미로 뿌리를 뽑았어야 했거늘, 쯧쯧. 이제는 그럴싸한 명분이 없구나, 명분이.」

푸덕푸덕 큰 소리로 얼굴을 씻은 진제는 이내 딴생각에 빠져들었다.

「그나저나 그 시동을 어찌 죽여야 속이 시원할꼬. 하여간 계집년들은 어찌 이리 하나같이 똑같은지, 원. 하다못해 딸내미라고 하나 있는 년까지 음탕스레 속을 뒤집어 놓는군. 어디 사내가 없어서 제 시동하고 나뒹굴어.」

조방은 여전히 그 '명분'에 대한 생각에 골몰하고 있었다.

일전에 귀하고도 멍청한 책사가 그런 말을 하였다. 명분이 없으면 전쟁도 없다고.

병사들도 사람인지라 명분 없이는 뜻대로 움직여 주지 않는다. 더구나 마루한 제국은 수많은 나라로 이루어져 있고, 병사들도 필요할 때만 이 나라 저 나라에서 징발하는 식이었기에, 명분이 없으면 병사를 모으기조차 힘들었다. 때문에 진제는 그 명분을 구하고 있었다. 어쩐지 그것을 만들 수도 있을 성싶었다.

문득 조방이 그 자리에서 무릎을 꿇었다. 넙죽 엎드린 그의 입술에는 빙그레 미소가 맺혀 있었다.

틀림없이 만들 수 있다. 상대가 제일가는 멍청이들이라면.

「시생이 감히 고할 말씀이 있사옵니다.」

아마도 조방이 '예'라는 말밖에 할 줄 모른다고 믿었을 진제는 눈을 휘둥그레 뜨고 조방을 돌아보았다.

조방도 말을 할 줄 안다는 사실이 퍽 신기했던지, 진제는 그의 말을 제법 진지하게 경청하였다. 그리하여 조방은 원양국을 대가로 약조 받고 길을 떠났다.

그러나 조방의 계책은 처음부터 난관에 부딪쳤다.

섭제국에서 원양국에 요구한 것은 병권이었다. 병권을 내주면 병사가 없어진다. 성도를 쳤다는 빌미로 전쟁을 벌일 수가 없다. 진제에게 대군을 모아줄 명분이 생기지 않는 것이다.

그 와중에 멍청한 해루는 병권을 대뜸 섭제국에 던져주었다.

조방은 아차 싶어 간을 졸였다. 하지만 그에게는 천운이 따르고 있었다.

모든 것이 다 끝난 줄 알았건만, 막판에 난데없이 나타난 노인이 해루의 열불을 지르고 죽었다. 섭제국의 왕이 천군의 딸을 살려두었다는 말을 들은 해루는 극심한 분한에 사로잡혀 눈에 뵈는 게 없는 모양이었다. 설령 직접 쳐들어가서 암살하라고 했어도 해루는 그 조언에 따랐을지 모른다.

그날 급조한 계획은, 기실 진제가 미리 섭제국의 왕궁에 삼고를 잠입시켜 두었기에 가능한 것이었다. 이후 삼고의 비둘기가 한꺼번에 날아오고 삼고가 행방불명되었을 때, 조방은 또다시 간을 졸였다.

그러나 그에게는 여전히 천운이 따르고 있었다. 궐내의 길잡이는 꿋꿋이 되살아났다. 그리하여 마침내 조방에게 내달 거사를 시행하라는 답을 보내왔다.

여월 초사흘. 섭제국의 왕가가 몰살당하고, 조방이 바야흐로 원양국을 차지하는 날이었다.

조방은 흐릿한 눈으로 묵묵히 허공을 응시하였다.

최후의 승자는 언제나 모든 것을 차지한다. 패자에게 남는 것은 죽음뿐이다.

다섯 명의 내밀 시위가 원양국을 떠났다. 개중에 성공한 자는 한 명뿐이었다. 둘은 잡혔고, 둘은 실패했다.

거사는 수포로 돌아갔다. 그래도 그들은 기꺼이 목숨을 걸었던 사람들이었다. 하지만 그들을 맞이한 해루는 다짜고짜 검을 빼들었다. 그 끝은 곧바로 삼고의 목을 겨냥하였다.

「네가 조방의 첩자냐?」

삼고는 목에 칼날을 댄 채로도 느긋하게 팔짱을 끼었다.

「조방 따위가 무어라고 내가 그를 섬긴단 말이오?」

「하면 너는 누구의 첩자냐?」

「대왕과 내가 마루한 제국의 신하로서 누구를 섬김이 마땅하겠소? 검을 거두시오. 비록 사정이 여의치 않아 시일이 지체되긴 하였으나, 나는 틀림없이 섭제국의 왕을 코앞에 대령해 주었다오. 그런데도 이 젊은이가 좀처럼 단행하지 못하고 꾸물거려, 결국엔 일을 다 망쳐놓더군.」

말끝에 삼고가 손을 들어 관자놀이를 쓱 훔쳤다. 퍽도 태연하게 답하였으나 내심 식은땀이 흐른 모양이었다.

그 순간 해루는 자신의 질문이 무엇이었는지조차 잊은 듯이 보였다. 그는 삼고의 옆에 서 있던 단을 향해 그대로 홱 돌아섰다. 그와 동시에 움직였던 검 끝이 맥없이 밑으로 떨어졌다.

「네가 어찌……. 내 너를 아들처럼 여겼거늘 네가 어찌……!」

해루의 기묘한 눈빛은 그 어느 때보다도 극과 극으로 치닫고 있었다. 단은 고개를 푹 숙였다.

「아니다. 그래, 막상 보니 손이 쉬 나가지 않았겠지. 나도 안다. 너무 쉽게 죽여 버리면 그것도 곤란하니까. 괜찮아. 두 번의 실패만 없으면 되지. 이번에 가거든 기필코…….」

「송구하옵니다.」

단은 털썩 무릎을 꿇었다.

「이제는 그자를, 섭제국의 왕을 제 손으로는 죽일 수가 없사옵니다.」

「어허! 괜찮대도. 고작 한 번 실수로 약한 소리라니, 너답지 않구나. 네 누이를 생각해야지. 그 원한을 갚기 위하여 그토록 열심이지 않았더냐.」

「죽은 게 아니었사옵니다. 살아 있었사옵니다. 살아서…….」

담담하게 말하던 단의 입술이 멈추었다. 다음 순간 가슴속 깊은 곳으로부터 흑 흐느낌이 터져 나왔다. 한 번뿐이었다.

단은 이내 도로 침착하게, 그러나 목멘 소리로 말을 이었다.

「……웃고 있었사옵니다. 그 왕 앞에서…….」

또 한 차례 짧고도 치열한 흐느낌이 솟구쳤다.

하지만 단은 곧 평상시의 무심한 어투로 돌아와, 마치 보고라도 하듯 말을 맺었다.

「그 웃음을 다시 잃을 수 없어, 저는 이제 그자를 죽이지 못하게 되었사옵니다. 차라리 저를 죽이시옵소서.」

해루의 검 끝이 파르르 흔들렸다.

슬그머니 단의 눈앞에서 사라진 검이 곧 단의 어깨 위에 서늘하게 내려앉았다.

「천군의 아들이 아니라고 하지 않았느냐.」

「아니옵니다.」

「정녕 아니냐?」

해루가 허탈한 소리로 웃으며 물었다.

단이 묵묵히 고개를 들었다. 젖은 눈은 의아한 빛을 띠고 해루를 쳐다보았다.

「네 누이라는 그 첩이 천군의 여식이다. 한데 너는 아니라고? 네가 네 아비를 부정할 참이냐?」

해루는 목을 겨눈 칼날처럼 적의에 가득 찬 음성으로 되물었다.

거듭 고심하였으나 여태 풀지 못한 의문을 안은 채, 단은 입을 열었다.

「의붓아버지시옵니다. 저희 어머니는…….」

어머니는 아이까지 배고 대관절 무슨 죄를 저질렀던가? 얼마나 큰 죄를 저질렀기에 그 몸으로 성도까지 도망쳤던가?

단은 어머니를 경멸하였다. 어머니가 죄를 지은 탓에, 그 죗값을 떳떳이 치르지 않고 성도로 도망친 탓에, 그와 연은 사람이 아닌 몸으로 태어났다. 때문에 그는 어머니에 대한 이야기를 입에 담지도 않고 살아왔다. 죄인의 자식일 바에야 차라리 떠돌이 거지가 낫다.

「……성도로 도주한 죄인이었사옵니다. 저희를 낳다가 숨을 거두시어, 당시 천군께서…….」

그럼에도 불구하고 단의 입은 의외로 선선히 진실을 토하기 시작했다. 단은 마치 남이 말하는 것을 듣는 듯 자신의 목소리를 들었다.

그는 어차피 진즉에 죽었을 목숨이었다. 어떻게든 살아남으려고 발버둥치는 본능 때문에 여태껏 죽지 못했을 따름이다. 어머니로부터 물려받은 본능, 징그러울 정도로 끈덕진 그 본능이 진실과 함께 술술 빠져나가는 것 같았다.

말을 맺으면서 단은 잠시간 연을 생각했다. 웃고 있어서 다행이야.

「흐흐. 흐흐흐.」

묵묵히 서 있던 해루의 입에서 이윽고 기괴한 소리가 흘러나왔다. 웃는 건지 우는 건지 분간이 안 되는 소리였다. 해루의 표정

또한 그러하였다.

흡사 울부짖듯 기괴한 소리를 내던 해루의 손에서 불현듯 검이 철커덕 떨어졌다. 동시에 그의 무릎도 바닥으로 떨어졌다. 그는 단을 덥석 부둥켜안았다. 단의 등 위로 그에 그의 눈물이 떨어졌다.

「어쩐지 닮았다 하였다. 어쩐지 닮았다 하였어. 이 어리석은 놈! 하도 똑같아서 눈도 못 떼고 보았으면서, 어찌 그 아이를 못 알아보고 그냥 그리 보냈을꼬.」

단은 불편한 자세를 감수한 채 잠자코 생각에 잠겼다.

그의 어머니는 귀한 사람이라고 했다. 해루의 누이가 그와 닮았다고 했다. 해루의 누이는 죽었다. 해루는 그와 연이 천군의 자식이라는 이유로 죽이려 했다. 천군을 협박하던 사내의 음성과 해루의 음성이 퍽 흡사하고, 천군은 그 협박에 못 이겨 자결했다.

온통 어그러져 머릿속을 복잡하게 휘젓던 얼개가 차례차례 제자리로 찾아들었다.

마침내 다 짜 맞춰진 진실은, 죄인의 자식보다도 더 추악한 몰골이었다.

단은 조용히 손을 올려 위로라도 하는 양 가만가만 해루의 등을 쓰다듬었다. 그의 머릿속은 늘 그러하였듯 어느새 냉철하게 상황을 계산하며 살길을 궁리하고 있었다.

아무리 혐오스러워도, 그래서 아무리 부정하고 싶어도 진실은 언제나 진실이다. 그것은 고정불변이므로 근심의 대상이 되지 않는다. 간혹 외면하고 또 간혹 이용할 따름이다. 항시 전념으로 근심해야 할 바는, 아직 정해져 있지 않은 미래뿐이다.

❖

국대부인이 위중하다는 소리를 듣자마자 하녹은 득달같이 장락전으로 달려갔다. 그러나 그 앞에 이르러서는 대문간에서 한참 서성였다. 다들 어서 들어가시라고 재촉했는데도, 그는 결국 그 대문턱을 넘지 못하였다.

돌아선 그의 발길이 향한 곳은 내전이었다. 공요는 흰 천으로 얼굴을 덮은 채, 반듯하고도 우아한 자태로 누워 있었다. 그는 또 한참 망설였지만, 기어이 천을 들어 공요의 얼굴을 보지는 못하였다.

다만 그는 와상 머리맡에 숨어 있던 작은 꾸러미 하나를 발견했다. 공요가 먹었거나, 혹은 연이 먹을 뻔했던 물건이 들어 있었다.

그런 물건을 야금야금 먹은 바람에 공요는 허망하게도 비명 한 번 못 지르고 시살되었다. 내전에는 자객이 몇 명이나 왔었는지, 언제 들어왔다가 언제 나갔는지조차 알 수 없는 형편이었다. 생포된 자객은 장락전에 잠입했던 둘 중에 한 명뿐이었다.

하녹은 아마도 장락전의 대문 앞에서, 혹은 공요의 시신 앞에서, 지나치게 오래 망설였던 게 틀림없었다.

옥사에서는 이미 을음과 마려를 주축으로 하여 심문이 한창이었다. 그 자객은 동료처럼 자결하지 못했던 것을 필시 후회하고 있을 터였다. 차라리 죽이는 게 더 자비로울 법한 혹독한 고신을 잠시간 지켜보다가, 하녹은 슬그머니 그곳을 빠져나왔다.

습관처럼 연의 처소로 향하던 하녹이 문득 발길을 돌렸다. 갑자기 참을 수 없이 궁금해졌기 때문이다. 이제는 대전에서 밤을 보내더라도 예전과 같은 악몽에 시달리지 않을는지.

그는 대전에서 침수 들지 않은 지 무척 오래되었다. 그 증거로 대들보 위에 먼지가 겹겹이 쌓여 있었다. 그는 종종 무언가로부터 몸을 숨기듯 대전의 천장 꼭대기에 올라 잠을 청하곤 했다.

이날 하녹은 오랜만에 그 먼지답쌔기에 드러누웠다. 하지만 통 잠이 오지 않았다.

그래도 그는 한동안 꿋꿋이 잠을 청하였다. 그 와중에 시나브로 사방이 붉어지기 시작했다. 돌아보니 어느덧 창문 틈으로 새벽 동이 새어들고 있었다. 그 붉은빛이 희게 변하기까지는 그리 오랜 시간이 걸리지 않았다.

악몽이든 길몽이든, 하다못해 개꿈이라 할지라도 일단은 잠을 자야 꿈을 꿀 수 있는 법이다. 하녹은 끝끝내 간밤의 궁금증을 풀지 못한 채 대전 바닥으로 내려섰다.

그는 입안이 깔깔하여 아무것도 먹을 생각이 없었다. 아침 찬선을 그대로 물리자, 곧 시녀들이 다소곳이 흰 옷을 들이밀었다. 그는 새삼스럽게 공요가 죽었다는 사실을 떠올렸다. 공요를 진정으로 위한다면 어쩐지 진홍빛 상복을 입어야 할 것만 같았다.

그는 말없이 흰 상복을 꿰고 정전으로 나갔다. 궁궐 안은 온통 흰 물결이었다. 오간의 모습은 보이지 않았다.

전날 옥사에서 한창 삼고의 이름이 거론되더니만, 아니나 다를까 정전에서도 삼고가 화제였다. 그러나 그보다도 더 대신들의 입에 오르내리는 사람은 다름 아닌 연이었다.

"천인공노할 사태이옵니다! 지금 증인이나 증좌를 따질 때가 아니옵니다!"

"자객이야말로 증인이오며, 애당초 옥사에 있던 죄인 삼고를 구태여 석방시켜 처소에 둔 것부터가 빼도 박도 못할 증좌이옵니다! 연희가 한패라는 사실에는 의심의 여지가 없사옵니다!"

선불리 칼을 휘두르면 그 칼끝에 자신이 다치게 마련이다. 전날의 위세는 어디로 가고, 하녹은 대신들의 거센 원성을 묵묵히 받아들이고 있었다.

그렇다. 악몽 따위, 다 헛소리다. 연을 볼 자신이 없었을 따름이다. 아니, 자객들의 손에 의해 이 나라의 왕비가 시살되고 왕모는 위태로운 판국에, 왕이라는 작자가 홀로 무탈하매 내심 은근히 기뻐하고 있다는 사실이 스스로도 용납되지 않았기 때문이다.

"연희 부인이 오늘은 무슨 일이 있어도 반드시 처소로 납시어 주십사 청하옵니다."

그는 매일 그 처소로 갔다. 그곳이 아니면 마음 편히 머물 곳이 없었다. 연도 그 사실을 익히 알고 있었다. 그런데도 그녀는 굳이 방상을 통해 그에게 전언을 보냈다. 지극히 당연하여 오히려 의아한 청이었다. 오죽했으면 그는 연이 공요에게 독이라도 먹인 줄 알았다. 독과 무관함을 알고 나니 더더욱 의아해졌다.

그런데도 연은 그에게 딱히 그럴싸한 답을 해주지 않았다. 까마득한 옛날이야기까지 끄집어내어 말을 빙빙 돌리면서, 그를 어떻게든 자신의 처소에 붙잡아두었을 뿐이었다.

장락전과 내전에 자객이 들었다면, 필시 대전에도 들었을 것이다. 연은 그 사실을 알고 있었을 터였다.

아마도 그동안 홀로 몹시 괴로웠으리라. 그를 암살하는 일에 일조하면서도, 싫다고 그토록 발버둥 쳤으면서도, 결국엔 '싫지 않습니다' 하게 되어 스스로도 무척이나 혼란스러웠겠지.

그리하여 연이 갈등 끝에 내린 결론이 바로 그 전언이었다.

솔직히 기쁘다. 기쁠 일이 아니건만 자꾸만 기쁘다, 젠장. 온 사방팔방에 큰 소리로 떠벌리며 자랑이라도 하고 싶을 정도로 기쁘다. 어머니께서 위중하시거늘.

"대부인께서 승하하셨사옵니다! 국대부인께서는 중태이시옵니다! 상황이 이러한데도 연희를 처벌하지 아니 하시오면, 장차 이 나라 종묘사직이 온전치 못할 것이옵니다!"

"익효에 그 자객과 함께 효시하심이 마땅하옵니다! 아울러 원양국을 기필코 친정하셔야 할 것이옵니다! 통촉하여 주시옵소서!"

"통촉하여 주시옵소서!"

내도록 노한 음성으로 촉구하던 대신들은 잠시간 하녹의 명이 떨어지기를 기다렸다. 그러나 얼마 기다리지 못하고 이내 도로 쩌렁쩌렁 분기탱천하였다.

하녹은 줄곧 침묵을 지켰다.

그는 본래가 말 잘 듣는 아이였다. 속은 뒤틀릴 대로 뒤틀려서 배배 꼬여 있었지만, 속이야 어떠하든 남들이 알 바 아니다. 가끔 감당하기 힘든 오기가 뻗치거나 정신이 휘딱 뒤집어지는 경우만 제외하고는, 대부분 귀찮아서라도 온순하게 굴었다. 그래서 그는 온종일 벌 받는 아이처럼 얌전히 앉아 있었다.

해 질 무렵, 마침내 이 유례없이 시끄러운 회의를 매듭지은 사람은 마려였다. 사리에 통달한 듯 영리한 이 대신은 별로 크지도 않은 음성으로 모든 대신들을 흡족히 물러나게 하였다.

"대저 동죄를 지은 죄인들은 한날한시에 처형하는 법이옵니다. 감히 국대부인께 위해를 가하고 대부인을 시해한 죄, 즉살에 처함이 마땅하오나, 전하께오서 연희에 대한 결정을 내리지 아니하시오니 부득불 자객의 처형 또한 연기해야 할 것이옵니다. 청컨대 금일 중 장락전에 문후를 납시옵고, 명일에는 필히 처결하여 주시옵소서."

마려는 간단명료하게 정곡을 찌른 후 자리를 비워주었다. 그의 말마따나 어쩌면 하녹은 어머니의 용태가 얼마나 심각한지 직접 보지 않았기에, 이 마당에 애첩이나 싸고도는지도 모른다.

잠시 더 외로이 옥좌에 앉아 있던 하녹이 이윽고 일어나 장락전으로 향하였다.

그는 또 그 대문간에서 한참을 서성였다. 국대부인 양소선은 그새 의식이 들었으며, 근근이 식음을 이을 정도로 회복된 상태였다. 이 와중에 그가 얼굴을 들이밀었다가는, 더러운 것이라고 펄펄 뛰며 분노하다가 오히려 용태가 더 악화될지도 모를 일이었다.

장락전 대문간을 맴맴 돌며 방황하던 그의 발길은, 단지 오랜 습관으로 어느덧 연의 처소 앞에 이르렀다.

대문 바깥쪽에는 낯익은 병사들을 제외하고도 열댓 명의 병사들이 빽빽이 보초를 서고 있었다. 처소를 지키는 게 아니라 죄인이 도망칠세라 지키는 중이었다.

그 광경을 보자마자 터무니없는 오기가 일었다. 하녹은 아랫입술을 지그시 깨물며 대문을 넘어섰다. 대문 곁의 작은 광을 힐끗 노려본 후 침소로 다가갔다. 하지만 불빛 새어 나오는 침소 문 앞에 이르러서는 또 우뚝 멈춰 서고 말았다.

그는 차마 문고리를 향해 손을 뻗지도 못한 채, 한동안 가만히 서 있었다.

얼마나 그러고 있었을까. 문득 안쪽에서 문이 빠끔 열렸다. 한 치쯤 열리더니 금세 도로 닫혔다. 문틈으로 살짝 대문간을 엿봤던 연은 미처 그를 발견하지 못한 눈치였다.

하녹은 잠시 더 서 있다가 심호흡을 몇 차례 한 끝에 비로소 문을 열었다.

연이 홱 돌아보았다. 와 닿는 그녀의 시선을 느끼면서도 하녹은 오로지 탁자 위에 놓인 물건만을 뚫어지게 바라보았다.

그는 전날부터 내도록 고심하였다. 그녀를 보면 무슨 말을 어떻게 해야 할지 몰라, 대전에서 뜬눈으로 밤을 지새우면서 먼지를 한 대접은 마셨다. 수많은 말들이 그의 머릿속에서 떠돌다가 지워지고 또다시 떠올랐다. 하지만 정작 그의 입에서 나온 말은, 그가 밤새 한 번도 생각해 보지 않았던 말이었다.

"야반도주라도 할 참이오?"

연은 난처한 눈빛으로 그를 볼 뿐 대답이 없었다.

이날 흡사 전장을 방불케 한 조정에서 하녹을 지탱해 준 그 몹쓸 기쁨은 삽시간에 훨훨 날아가 버렸다. 그녀에 대한, 그야말로 오기에 가까운 한 줄기 믿음도 기쁨과 함께 자취를 감추었다.

"어디서 만나기로 하였소?"

연의 얼굴이 굳어졌다.

"설마, 설마 하였습니다. 정녕 저를 믿지 못하십니까?"

물론 믿고 있었다. 하고많은 나날을 매일매일 한 와상에서 같이 지낸 사람을 어느 누가 쉬 의심할 수 있으랴. 불효막심하게 어머니를 외면하면서도 '싫지 않습니다' 그 한마디를 마냥 믿었다. 심지어 그녀가 첩자라는 사실이 백일하에 드러난 후에도, 그는 여전히 그녀를 믿고 있었다.

"그대는 나를 믿소?"

연은 대답 없이 퍽도 얄팍한 짐 보따리를 들어 올렸다. 반사적으로 움직임을 따라간 하녹의 시선이 그 짐에 꽂혔다.

저 안에 대관절 뭐가 들었을까. 보나마나 옷이나 두어 벌 넣었으리라. 팔 만한 물건도 없으련만, 노자도 없이 원양국까지 어찌 갈 심산인가. 하긴 근방에 잔당이 남아 그녀를 기다리고 있을 터였다. 설마 아녀자들끼리 국경 넘어 원행할 리는 없으니 그녀를 기다리는 잔당은 사내임에 틀림없다. 걸어가면 하룻밤은 어디서 묵어야 할 터인데, 그럼 그 사내와 같이 한 방을 쓰려나?

착 가라앉은 가슴 속에 때 아닌 불길이 일었다. 하녹은 퉁명스레 되물었다.

"나를 믿어본 적이나 있소?"

연은 간소하기 이를 데 없는 보따리를 무슨 보물단지라도 되는 양 끌어안고 턱을 괴었다. 그 바람에 그녀의 얼굴이 보이지 않게 되었다. 그를 볼 면목이 없는 걸 보니, 최소한 미안하기는 한 모양이었다.

"믿고 싶습니다. 그러니 이 궁궐을 나갈 수 있도록 도와주십시오."

"하하. 그래, 도와주면 어디로 갈 작정이오?"

하녹은 공허한 웃음을 섞어 물었다.

그는 진심으로 궁금했다. 그녀가 어디로 가려는지. 대관절 어디로 갈 수 있는지. 그는 그녀를 버리면 아무 데도 갈 곳이 없을 것 같은데 말이다.

연이 이윽고 크게 숨을 들이쉬며 고개를 들었다. 하녹은 그의 예상을 완전히 뛰어넘은 그녀의 표정을 보고는, 한 방 먹은 것처럼 멍해졌다.

바야흐로 모든 게 다 끝장난 상황이었다. 정체도 탄로 났고 야반도주도 글렀다. 겁에 질렸거나 체념했거나, 아니면 하다못해 도주할 작정으로 그를 구슬리고자 미안한 표정이라도 짓고 있을 줄 알았다.

그런데 막상 보니 그녀는 인상을 귀엽게도 쓰고 있었다. 하물며 이 상황에서조차 그에게 바락바락 앙탈을 부리려나 보다.

아! 도저히 안 되겠다. 못 보낸다. 안 보낸다. 손발이라도 묶어서 가둬놓을 테다. 대신들이 입에 게거품을 물거나 말거나, 눈 뜨고 조는 척하면 그만이다. 첩자면 어떻고 자객이면 또 어떤가. 자꾸만 성가시게 시시콜콜 따지면 그녀와 함께 야반도주를 해버리는 수가 있다. 이제 보니 짐도 아주 소박하니 귀엽게도 싸놨네.

그때 연이 단호한 어조로 그의 질문에 답하였다.

"어딘들 못 가겠습니까. 저희 어머니는 저희를 지키기 위하여 성도로 가는 것도 마다치 않으셨습니다. 그러니 저도 이 아이를 지키기 위해서라면 어디로든 갈 것입니다. 전하께서 지키지 아니하실 요량이면, 가는 길이나마 도와주십시오."

"오기로라도 지킬……."

하녹의 입술이 반쯤 열린 채로 멈추었다.

그의 고개가 천천히 왼쪽으로 기울어졌다. 눈이 가만가만 깜빡거렸다. 그는 결코 웃을 기분이 아니었으나, 볼이 자꾸만 당겨져 입술 끄트머리가 슬금슬금 올라갔다.

아이를 가졌다. 아이를 못 낳는 줄 알았던 연이 아이를 가졌다. 그의 아이를 가졌다. 그녀는 몹시도 기뻤다. 하여 그 소식을 자신의 입으로 그에게 전하고자, 그에게 뜬금없는 전언을 보냈다.

단지 그뿐이다. 독과도 자객과도 무관하다. 그러므로 어머니와도 무관하다.

아니, 어머니와는 다른 의미로 관련이 있겠다. 어머니의 숙원대로 이 나라의 반석을 세우게 생겼으니.

하녹은 어머니의 용태를 살폈을 뿐 장락전에 가지는 않았다. 며칠 사이에 큰 차도가 있을 리 없었다.

어머니께서 강녕하셨다면, 그는 아마도 즉시 달려가 이 나라의 반석을 세우게 생겼다고 의기양양하게 떠벌렸을 터였다. 그러나 그 반석의 절반이 한진의 핏줄이었기에, 그는 어머니가 조금 더 회복되기까지 기다려야만 했다.

하녹은 또한 정전에도 가지 않았다. 처음에는 어머니께 먼저 고하고 싶은 마음에 대신들 쪽은 미뤄두었다.

한데 그날 오전, 하녹이 이 와중에도 연의 처소에 있다는 사실을 알게 된 대신들이 떼를 지어 후궁에 난입하는 전무후무한 사태가 발생하였다.

그 결과, 하녹은 아무 데도 가지 못하도록 발이 꽁꽁 묶인 상태였다.

"속히 처결하여 주시옵소서!"

"통촉하여 주시옵소서!"

대신들의 몸은 비록 대문 밖에서 저지당했을지언정, 그들의 목소리만은 침소 안에까지 우렁차게 파고들었다. 며칠간 들은 바로는, 조까지 나누어 교대로 소리를 지르고 있는 듯했다.

하녹은 양팔을 바닥에 대롱대롱 늘어뜨린 채 탁자에 머리를 기대고 있었다. 연이 혀를 끌끌 차면서 잠자코 그의 머리를 쓰다듬었다. 그녀로 인해 그가 그동안 조정에서 어떤 식으로 당해왔는지, 그녀는 이제야 여실히 알았을 터였다.

"아아. 빨리 생각을 해내란 말이오."

그는 연의 손에 머리를 뭉그적뭉그적 비비면서 있는 대로 어리광을 피웠다. 그런다고 해서 진정으로 그녀에게 무언가를 기대하는 것은 아니었다. 그저 어리광 자체로 마음의 안식을 찾을 따름이었다.

그녀는 의외로 어리광을 선선히 잘 받아주는 편이었다. 어릴 때 그가 어리광을 피우면 양친은 웃으면서도 그의 장래를 사뭇 진지하게 걱정했고, 형은 매우 즐거워하면서 그를 마구 괴롭히곤 했다. 형수에게는 어리광을 안 피워봐서 그 반응도 알 수가 없었다. 아마 별로 달가워하지는 않았을 것이다.

"한마디면 된다지 않소."

"한마디라서 어려운 것입니다. 그냥 찬찬히 설명을 하시고……."

"지금 저 소리 안 들리오? 저들이 과연 찬찬히 설명하도록 놔둘 것 같소? 아마 한 세 마디쯤 하다가 잡아먹히겠지. 으으."

이러한 난경에는 속전속결이 상책이었다. 그러나 그 만고의 전략은 오직 한 가지 문제를 해결하는 데에만 적합했다. 한진인 희첩이 첩자와 무관함을 증명하는 것과, 그 한진인 희첩이 이 나라의 반석을 세우리라는 것은 별개로 어려운 두 가지의 난제였다.

"언제는 이 나라의 군왕이시라더니."

심드렁하게 중얼거리는 소리를 들으면서 하녹은 상반신을 일으켜 머리를 감싸 쥐었다.

한진인인 그녀는 모른다, 북열 사람들의 고약한 성질머리를. 평소에는 하늘 떠받들듯 군왕을 떠받들어 주다가, 어느 날 갑자기 돌변하여 패대기치고 돌팔매질하는 게 그들에게는 당연한 일이다.

불현듯 하녹이 힐긋 연의 배를 곁눈질했다. 만일 아들이어서 그 아들이 왕위에 오른다면, 그 아들도 돌팔매질을 당하여 죽을 가능성이 있다. 그러고 보니 당연한 일이라고 미련스레 넘어갈 문제가 아니었다. 아무래도 놈들의 고약한 성질머리를 뜯어고쳐 놔야 마음 놓고 왕위를 물려줄 수 있을 성싶었다.

그때 문득 대신들이 잠잠해졌다. 곧 을음의 다급한 목소리가 들려왔다.

"전하! 원양국의 왕 해루가 제 발로 찾아왔사옵니다!"

하녹이 벌떡 일어섰다.

"하온데 그자가 연희 부인을 뵙고자 간곡히 청하고 있사옵니다!"

연은 의아한 기색으로 하녹과 눈을 맞춘 채 슬며시 일어섰다.

"역시 연희는 한패이옵니다! 이 이상 더 명백한 증좌는 없사옵니다! 속히 처결하시옵소서!"

"통촉하여 주시옵소서!"

다시금 대신들이 목청을 높였다. 그러나 다음 순간, 그 원성의 화살이 다른 데로 향하였다.

"아니, 우보! 지금 이게 무슨 횡포입니까?"

"모르는 사람이 보면 여기서 전쟁이라도 난 줄 알겠소이다. 어허, 이놈들이 감히 누굴 밀쳐!"

"네 이놈들! 너희가 우보의 사병도 아닐진대, 어찌 궐내에서 이토록 무엄하게 난동을 부리느냐!"

하녹이 문을 열고 밖으로 나섰을 때, 을음이 대문간에서 대기중이었다. 그 앞으로부터 정전까지 병사들이 두 열로 길게 줄을 지어 길을 터놓고 있었다. 대신들은 병사들에 의해 밀려나 열 밖에서 고개를 기웃거리며 실랑이를 벌이고 있었다.

하녹이 연과 함께 처소를 나서자, 대신들이 그 모습을 보고는 또다시 통촉하라며 고래고래 고함치기 시작했다. 그래도 하녹은 아랑곳없이 병사들 사이를 유유히 가로질러 정전으로 향하였다.

해루는 마치 삶을 포기한 사람처럼 단출하게 한 명의 시위병만을 거느리고 섭제성으로 찾아왔다. 섭제국의 병사들이 철통같이 두 사람을 에워싸고 추포하다시피 하여 정전으로 끌고 갔다.

어쨌거나 이웃나라 왕인지라 최소한의 예우는 해주마는 눈치였으나, 따라온 시위병은 보란 듯이 몸수색을 당하고 결박된 후 해루의 곁에 무릎을 꿇렸다.

해루는 이미 각오한 듯 그 어떠한 불평이나 저항도 없이 잠자코 시위병과 함께 무릎을 꿇고는, 사죄의 예물인 양 가져온 두 개의 궤를 공허한 눈길로 응시할 따름이었다. 그 모습을 본 병사들이 차마 더는 그를 위협하지 못하고 슬그머니 물러나 창만 다잡았다.

이윽고 하녹이 정전으로 들어섰다. 연이 그 뒤를 따랐다. 그녀는 들어서자마자 탐탁지 않은 눈초리로 해루를 훑어보았다. 그 시선은 이내 해루의 곁에 무릎 꿇려 앉혀진 시위병에게로 향하였다.

그녀의 걸음이 홀연히 멈추었다. 가늘어지던 그녀의 눈이 돌연 번뜩 뜨였다. 이어 목을 길게 뺀다가 마침내 한 걸음 떼었다. 또 한 걸음 겨우 떼곤, 이내 총총 달려가 쓰러지듯 그 앞에 다가앉았다.

「단아!」

단은 떨리는 입술로 미소를 지으며 그저 고개를 한 번 끄덕였다. 그러다가 슬슬 고인 눈물을 그예 떨어뜨렸다. 연은 그 가냘픈 손으로는 풀릴 리 없는 결박을 어떻게든 풀어보려 애쓰고 있었다.

「이게 어찌 된 일이니? 네가 왜 여기에 있어? 네가 왜, 네가 왜 이런 사람이랑 여기서 이러고 있어?」

그녀는 쉴 새 없이 결박을 뜯으며 울먹였다.

보다 못한 하녹이 그 부근에 서 있던 병사에게 눈짓을 건넸다. 곧 병사가 다가가 단을 풀어 주었다.

결박이 끊기자마자 단은 그녀를 와락 안았다.

「미안해. 그날 너와 같이 갔어야 했어. 아니, 그날 왼쪽 길로 갔어야 했어. 아니, 그날 새벽까지 기다리는 게 아니었어. 자정에 교대하자마자 빠져나올걸. 아니, 그 전날 오전에…….」

후회는 기억으로부터 비롯된다. 아무것도 잊지 못하는 단은 그 기억만큼 후회도 많았다.

연은 도리질 치며 그의 회한을 끊었다.

「그렇지 않아, 단아. 네 잘못이 아니야. 그리고 나는 잘 지냈는걸. 이렇듯 멀쩡히 잘만 살고 있었는걸. 그런데 왜 네가, 나보다 더 잘 살고 있어야 할 네가 왜…….」

「죽은 줄 알았어. 살아 있어줘서, 고맙다.」

연은 단을 꽉 끌어안은 채 울면서 그의 등을 때렸다.

「너무해. 난 네가 죽었을 거라는 생각은 한 번도 안 해봤단 말이야. 네가 살아 있을 걸 알기 때문에, 나도 안 죽고 버텼단 말이야. 그러니까 넌 아니라고 해. 넌 안 죽을 거라고 해. 이 사람하고는 알지도 못하는 사이라고 해. 제발…….」

가만히 그 모습을 지켜보던 하녹이 그녀에게 다가왔다. 그가 어깨에 손을 얹자, 연이 세차게 고개를 가로저었다.

"안 됩니다! 전 단이와 같이 있을 겁니다! 죽이려거든 같이 죽이십시오!"

하녹이 단을 흘깃 보곤 한숨을 쉬었다.

"아이가 듣고 놀라겠소."

"아……!"

눈물 젖은 얼굴로 돌아보는 그녀에게 하녹이 나지막이 일렀다.

"생사는 이자와 논할 테니, 잠시 조용한 곳으로 자리를 옮겨 회포를 풀든지 하오."

그제야 연은 주위를 둘러보았다. 좌중에 즐비하게 늘어선 병사들이 호기심 어린 눈초리로 흘끔거리고 있었다.

그녀는 무릎 꿇고 앉아 있는 해루 쪽을 곁눈질하면서, 주춤주춤 하녹에게 물었다.

"정녕 제가 단이를 데려가도 되나요?"

"마음 바뀌기 전에 어서 데려가시오. 내 목전에서 작작 좀 부둥켜안고. 아무리 동기간이라지만 이건, 원."

하녹이 짐짓 불평을 늘어놓으면서 방상을 향해 눈짓했다. 방상이 재깍 다가와 연을 일으켰다.

병사들이 정전 안팎을 물샐틈없이 경호하고 있었기에, 정전 밖으로 나가기는 어려웠다. 더구나 바깥에는 연을 처형하라고 눈이 시뻘게진 대신들이 이미 몰려와 진을 치고 있을 터였다. 바깥이 연에게는 더 위험했다.

하여 방상은 연과 단을 옥좌 뒤편에 있는 작은 방으로 인도했다. 평상시에는 국대부인이 늘 발만 드리워 놓고 앉아 있는 그 방의 문이 오랜만에 닫혔다.

그들이 자리를 비운 후, 하녹이 마침내 해루를 들여다보았다. 그는 해루의 앞에 놓인 두 개의 궤 위에 손을 얹고 까닥거리면서 물었다.

“이게 내 목숨 값입니까?”

그때까지 정전 한구석에서 눈치만 살피던 첨운이 잽싸게 달려와 그 말을 통역했다.

해루는 비통한 음성으로 대답했다.

「내가 입이 열 개라도 할 말이 없소. 그래도 대왕의 배려로 연이를 보았으니, 이제 죽을지언정 여한도 없구려. 그 아이를 잘 부탁하오. 단이도 잘 봐주시오. 이 일과는 무관한 아이라오. 모든 죄는 내가 다 안고 가리다.」

하녹이 양미간을 좁혔다.

“왜 연희를 보고자 하였습니까?”

「내가 어리석어서 내 누이가 나 때문에 죽은 줄도 모르고, 터무니없는 원한에 사로잡혀 이놈의 간사한 말에 그만 귀가 솔깃하였소.」

말끝에 해루가 두 개의 궤 중에 큰 궤를 손끝으로 밀었다.

곧 을음이 다가와 궤를 열었다. 궤를 들여다본 그는 인상을 험악하게 구겼다. 궤 안에 든 시커먼 털 뭉치를 잡아 올리자, 굳어진 피가 요란스레 쩍 소리를 내면서 떨어졌다.

“원양국의 책사였던 조방인 듯하옵니다.”

하녹은 오만상을 찌푸리며 얼른 집어넣으라는 양 손짓만 했다. 을음이 도로 그 머리를 궤 안에 넣을 때까지, 첨운은 부지불식간에 자신의 목덜미를 어루만지고 있었다.

해루가 허탈한 얼굴로 운을 떼었다.

「하도 까마득한 옛일이라, 어디부터 얘기해야 할지 모르겠구려. 내 누이와 나는 기실 피를 나눈 친남매가 아니었소. 일찍이 성고께서 총애하시던 장수가 하나 있었는데, 전란 중에 그 집안이 변을 당하여 갓난애 하나만 우물 두레박 속에서 겨우 목숨을 부지하였다 하오. 성고께서는 그 장수에게 못다 한 보상을 그 아이에게 쏟을 요량으로 부러 그 아이를 왕녀라 하시며 궐로 데려와 무엇 하나 부족함 없이 키우셨소. 성고께서 승하하실 즈음에 말씀하시기를, 그 아이가 장성하면 이 모든 사실을 밝히고 며느리로 삼으실 요량이었다는데, 내가…….」

잠시 고개를 숙이고 흐느낀 해루가 이윽고 눈물을 훔치며 말을 이었다.

「……아니, 이제 와 무슨 말을 한들 변명이 되겠소. 모든 게 내 탓이오. 그때만 해도 나는 아무것도 몰랐소. 그 아이가 회임했다는 사실조차 몰랐소. 그 아이가 사라지기 전에 몇 달씩이나 나를 피하며 입만 열면 오라비의 전정에 누가 될까 저어된다 하였거늘, 나는 그 말이 무슨 뜻인지도 몰랐소. 그 아이가 내 알량한 전정을 지켜주고자 홀로 전전긍긍하다가 그예 궁을 떠나 성도로 숨어든 줄도 몰랐소. 그때 성도에서 몸을 풀다 잘못되어 천군이 저 아이들을 거둬주었다 하거늘, 나는 그마저도 모르고 그동안 천군을 원망만 하였소.」

해루는 또 한 차례 회한의 눈물을 뿌린 끝에 말을 돌렸다.

「내가 일찍이 진제를 찾아가 그 천군에 대해 언급하였는데, 당시 조방이 진제의 시자로 있다가 그 이야기를 엿들었던 모양이오. 진제가 예전부터 섭제국을 칠 명분을 궁리하며 이곳에 두 명의 첩자를 심어두었다 하오. 개중에 한 명은 삼고라는 자로 원양성에 왔었소만, 그날로 도주하는 바람에 내가 미처 데려오지 못

하였소. 또 한 명은 첨운이라는 자로, 바로 자네지.」

해루가 말끝에 손을 뻗어 첨운을 가리켰다. 첨운은 마른침을 꼴깍 삼키곤 짐짓 태연한 표정으로 그 말을 옮겼다.

"……진제가 예전부터 섭제국을 칠 명분을 궁리하며, 이곳에 삼고라는 첩자를 심어두었다고 합니다. 삼고는 원양성에 오긴 왔었는데 그날로 도주하는 바람에 대왕이 잡아오지 못했답니다. 큼큼, 내 수염에 뭐가 묻었나."

첨운은 성긴 콧수염을 긁적이면서 궤를 흘깃 노려보았다.

이 망할 조방이 죽을 때 저 혼자서 곱게 죽지 못하고 죄다 나불나불 불어버렸나 보다. 애초에 진제가 저 비천한 시자 놈에게 일을 맡겼다고 할 때부터 영 꺼림칙했더랬다. 아니, 시킬 사람이 그리도 없나. 본데없이 자란 놈이 계책이랍시고 세워봤자 잔꾀에 불과하고, 죽어서 남길 것도 없는 놈이 일을 그르치면 이판사판으로 다 같이 저승길 동무로 끌어들이리라는 사실을 왜 진즉 몰랐단 말인가.

대저 계책 중에 상책이란, 만에 하나 실패하더라도 자신에게는 큰 해가 되지 않는 법이다. 한데 조방의 계책은 처음부터 위태롭기 짝이 없었다. 더구나 그 계책에는 근본이 없었다. 도리도 없고 명분도 없었다. 설령 성공하더라도 기분이 찜찜하고, 실패하여 발각되는 날에는 만천하에 오명을 날리게 될 것들뿐이었다.

이방인의 나라인 섭제국이 그 세력을 키우기 전에 서둘러 싹을 뽑자는 진제의 주장에 어느 누가 반박하랴. 하지만 그 목적을 이루기 위해서 성도를 없애면 안 되는 것이다. 그건 마루한 제국의 모든 나라 백성들이 결코 용납지 않을 일이다. 또한 그 목적을 이루기 위해서 왕가 전원을 암살해서도 안 되는 것이다. 그건 마루한 제국의 모든 나라 왕들이 결코 용납지 않을 일이다.

조방의 계책이 실패한 바람에 섭제국의 병력만 왕창 늘어났다. 이제 자객까지 보냈다는 사실이 널리 알려지면 온 나라 왕들이 벌떼처럼 들고 일어나 진제를 탓하고 섭제국을 동정할 터였다. 섭제국의 싹을 뽑기는커녕 오히려 진제가 살신성인하여 그 세력을 키워주는 셈이었다.

아무래도 마루한 제국의 국운이 기울었나 보다. 그와 더불어 첨운의 운명도 나락으로 곤두박질치기 직전이었다.

해루는 잠잠하기만 한 좌중의 분위기를 살핀 후, 이윽고 첨운에게 도로 눈길을 주었다.

「자네가 내 말을 제대로 전하지 않은 모양이군.」

「소인이 첩자라는 말씀은 오해십니다요. 조방은 그저 혼자 죽기 억울하여 자기가 아는 이름들을 무턱대고 읊었을 뿐입니다. 괜히 저까지 끌어들이지 마십시오. 아까 연이를 모신 저 시녀가 제 안사람인데, 매일 그 처소에서 수발을 들거든요. 저를 걸고넘어지면 연이도 같이 걸린다는 뜻입지요.」

첨운이 나지막이 으름장을 놓자, 그제야 해루는 체념하고 말을 돌렸다.

첨운은 겨우 한숨 돌리곤 재빨리 통역에 열중했다.

「조방이 처음에는 전쟁을 일으킬 구실을 만들기 위하여, 내게 섭제국의 병사를 빌려 성도를 없애자고 하였소.」

그러나 조방이 원하던 전쟁은 일어나지 않았다.

당시의 천군은 인정에 치우친 자신의 그릇된 결정으로 인해 성도가 사라지리라는 사실에 자책했던지 스스로 목숨을 끊었다. 섭제국의 병사들이 생포했던 천군은 다른 사람이었다. 그자는 성도를 무참히 짓밟은 해루에게 분노했고, 죽음을 코앞에 둔 상태로도 기어이 복수의 씨앗을 심어놓았다.

연이 천군의 여식이라는 말에 해루는 감쪽같이 속아 넘어갔다. 그런 해루를 조방이 또다시 부추겼다.

섭제국은 생긴 지 얼마 되지 않았을 뿐더러 그 왕가도 단출하니, 셋밖에 안 되는 왕가의 전원이 피살되면 하루아침에 온 나라가 혼란에 빠질 터였다. 그 틈을 타서 원양국이 본연의 영토를 되찾는다는 명분으로 섭제국을 흡수하자는 계획이었다.

「하여 내가 이곳으로 불청객을 보냈다오. 한데 그날 밤, 조방이 나를 죽이려 하였소. 듣자 하니 진제가 조방에게 이 일을 시킬 적에, 성공의 대가로 우리 원양국을 약조하였다 하오. 조방은 처음부터 나를 죽이고 내 나라를 취할 결심으로 그동안 나를 속여왔던 것이오.」

말하면서 해루가 이번에는 작은 궤를 하녹의 앞으로 밀었다.

「내 비록 간사한 자들의 농간에 넘어가 이 모든 일을 계획했다고는 하나, 이제 와 무슨 면목으로 대왕께 용서를 구하고 살기를 청하겠소. 다만 남기고 가야 할 내 혈육이 걱정일 따름이고, 못난 왕을 두어 풍전등화의 처지에 놓인 내 나라가 염려될 따름이오. 그러니 부디 대왕께서 거둬주시오. 모쪼록 내 허물은 나와 함께 묻으시고, 죄 없는 그들을 핍박하지는 마시구려.」

을음이 궤를 열었다. 해루가 비통한 표정으로 머리를 조아렸다.

「선조 대대로 물려받은 원양국의 옥새라오. 이제 대왕께 바치오리다.」

하녹이 흘깃 궤 안을 들여다보았다. 이어 옥새를 들고 이리저리 살피면서 몇 차례 한숨을 내쉬었다.

한동안 고민한 끝에, 하녹은 그 옥새를 도로 궤 안에 넣었다.

"글쎄요. 대왕께서는 내 정비를 시살하고, 내 모후께 위해를 가하였습니다. 하여도 내가 이 옥새를 이대로 가납하면 최소한 대왕의 목숨은 구명할 수 있겠지요. 그러나 이 같은 불상사를 빌미로 귀국을 병탄한다는 것이 기실 썩 내키지 않는 바입니다. 현재 국책으로 추진 중인 주변국들과의 병권 통합에 차질이 생길뿐더러, 진제를 애매하게 자극하는 결과만 초래할 뿐이거든요."

「내 어찌 살기를 바라겠소? 뜻대로 하시구려.」

"그렇다면 내가 그 뜻을 결정하기까지, 나와 같이 여기에 갇힙시다."

대신들은 정전 밖에서 진을 치고는, 자기들끼리 원양국 왕을 죽이느니 살리느니 하며 회의 중이었다. 한데 그 와중에 정전으로 찬선이 들어갔다. 그러더니만 벌건 대낮에 웬 침구가 운반되어 들어갔다.

"아니, 전하께서는 원양국 왕과 대관절 무슨 논의를 하시기에 철야까지 불사하려 하시는가?"

"당장 처형해 마땅한 죄인과 더불어 논의라니, 당치않네. 설마 원양국 왕을 이대로 살려두실 작정은 아니겠지."

"돌아가는 상황이 심상치 않으이. 원양국 왕이 대놓고 연희를 찾았으니 한패임이 분명할진대, 지금 전하께서 연희를 살리고자 원양국 왕까지 살릴 방도를 강구하려 하심이 아닌가?"

"어허! 이거 참 큰일이로세. 전하께서 여색에 빠져 이제는 도리조차 잊으신 모양이구먼."

대신들의 짐작은 대체로 맞았다. 다만 연과 해루는 한패라고 해도 될 만큼 좋은 사이가 아니었다.

연은 뒤늦게 출생의 비밀과 더불어 의붓아버지의 죽음, 그 배후와 경위를 낱낱이 알게 되어 적잖이 충격을 받고 새삼스럽게 분기탱천하였다.

찬선이 들어와 하녹이 방문을 열었을 때, 연은 핏발이 선 눈으로 하녹을 노려보곤 이내 고개를 돌렸다.

"들어오실 건가요? 하면 저는 나가겠습니다."

찬바람이 쌩쌩 불었다.

하녹은 영문을 몰라 원망스러운 눈길로 단을 보며 대꾸했다.

"동기를 찾았다고 이제 나는 안중에도 없소?"

"안중에 없으렵니다. 밖에 장군님이 계시거든 제 말씀이나 좀 전해주십시오. 이미 돌아가신 저희 아버지 안부를 확인하느라 애 많이 쓰셨다고요."

그제야 하녹은 아뿔싸 하는 표정으로 슬그머니 물러났다. 그러고는 낙담하여 한숨을 푹 쉬었다.

몇 번이고 얘기하려 했지만 차마 입이 떨어지질 않아 미루기만 했더니, 드디어 올 것이 왔다. 진즉에 이실직고했다면 좋았을 뻔했다.

만일 그랬다면 그는 당시 섭제국이 얼마나 잔약하고 위태로운 형세였는지부터 장황하게 설명한 후, 그가 병사 삼천 명을 대가로 내키지도 않는 용병 노릇을 했어야만 했던 당위성에 대하여 열변을 토하고, 해루의 누이를 감금한 천군과 그 원한으로 인하여 일을 꾸민 해루에게 은근슬쩍 허물을 돌렸을 것이다.

하긴 만일 그랬어도 연의 반응은 지금과 별반 다를 바 없었을 터였다. 보나마나 이렇듯 그녀에게 밉보일 게 빤하여 그동안 운을 뗄 엄두도 못 내고 벙어리 냉가슴 앓지 않았던가.

이 와중에도 하녹에게 그나마 위안이 되는 바는, 그가 혼자서만 연에게 밉보인 게 아니라는 사실이었다.

그는 곧 을음을 붙들고 팔불출처럼 연의 말을 냅다 전해주었다.

"아무래도 우보가 그 일로 연희에게 단단히 밉보인 것 같습니다."

"소신은 그저 연희 부인이 상심할까 저어되어……. 아니, 하옵고 그 천군은 우리 병사들이 성도에 당도하기도 전에 이미 자결했다는데……."

을음이 억울한 기색으로 우물거렸다.

그는 단지 맡은 바 소임에 충실했을 따름이었다. 그리고 연에게 그 나름의 친절을 베풀었을 따름이었다. 아버지의 생사 여부를 모르는 게 차라리 낫지, 구태여 죽었다는 소리를 들어야 속이 시원하겠는가.

어쨌거나 하녹은 피차일반으로 연에게 밉보인 게 불행 중 다행이라는 양 을음의 어깨를 툭툭 치며 위로했다.

"괜찮습니다. 나는 우보의 심정, 이해합니다."

맥없이 고개를 떨어뜨리고 있던 을음이 눈동자를 올려 하녹을 보았다. 그러고는 한숨을 쉬며 대꾸했다.

"예, 그때는 그럴 수밖에 없는 상황이었사옵니다. 하오니 전하께서도 크게 상심치 마시옵소서."

을음이 넌지시 위로하자, 하녹은 울상으로 투덜거렸다.

"내가 지금 상심 안 하게 생겼습니까? 으으, 이게 다 우보 때문입니다. 병력을 키워 진제에게 복수하자는 우보의 감언이설에 내가 그만 넘어가고 말았어요. 단언컨대 복수는 나쁜 겁니다, 우보."

"그렇다고 이제 와 그만두실 요량이옵니까? 모처럼 천우신조의 기회가 목전에……."

을음의 말이 채 끝나기도 전에 하녹이 대뜸 정색하고 대꾸했다.

"궐내에 불청객이 드나드는 판국에 어찌 그만둡니까? 나는 이 나라의 반석을 지켜야 합니다. 진제는 반드시 꺾습니다. 슬슬 그 방안을 의논해 봅시다."

식사를 마친 후, 그들은 퍽도 화기애애하게 해루와 마주 앉아 주변국들의 정세를 캐물었다.

그사이 방상은 침구를 가져다가 연이 있는 방에 들여놓았다. 그러고는 이 열악한 상황에서도 꿋꿋이 연에게 잔소리를 퍼부었다.

"태중에 아기씨가 십 년, 이십 년씩 있는 게 아니옵니다. 길어봤자 열 달이옵니다. 다 지난 과거지사는 평생 가도 변함이 없사오니, 굳이 들추시려거든 열 달이 지난 후에 하셔도 늦지 않사옵니다. 이 위태로운 시기에 어찌 이토록 무리하게 아기씨를 혹사시키려 하시나이까? 아기씨가 딱하옵니다. 속히 침와하시옵소서."

잘 지내는지 혹사를 당하는지 알 수도 없는 뱃속의 아이를 들먹이며 잔소리를 하는 데에는 연도 반박할 재간이 없었다.

안 그래도 피곤하고 계속 졸리긴 했기에, 연은 못 이긴 척 자리에 누웠다.

단이 의아한 눈초리로 보더니, 방상이 나가자마자 연에게 물었다.

「너 혹시 어디 아파?」

「아프진 않아. 아이가 생겨서 그래.」

연이 희미하게 웃으며 대답했다.

뜻밖의 소식에 단은 일순 반색하더니, 이내 걱정에 가득 찬 얼굴로 그녀를 내려다보았다.

「낳아도 되는 거야?」

「어머, 왜?」

「그냥. 불안해서.」

연은 피식 실소하곤 단의 손을 잡았다.

「괜찮아. 아이를 낳는다고 해서 다 잘못되지는 않아. 그러고 보면 어머니가 참 안됐어. 우리를 무척 보고 싶어 하셨을 텐데.」

「하긴 그랬을지도 모르지.」

단은 어린 날의 기억을 떠올리면서 느릿느릿 대꾸했다. 그가 어린 마음에도 차마 연에게 말하지 못한 일이 있었다.

단이 막 열 살이 되었을 때였다. 암소 한 마리가 그날 밤중에 새끼를 낳을 거라고 했다. 그는 호기심에 잠잘 생각도 없이 외양간을 훔쳐보고 있었다.

새끼가 좀처럼 나오질 않아, 어른들이 수시로 확인하다가 마침내 천군을 불러왔다. 기진맥진한 어미 소를 살펴본 천군이 머리를 설설 흔들었다.

「안 되겠네. 이러다가는 둘 다 잃겠구먼. 더 늦기 전에 송아지만이라도 살리세.」

천군이 익숙한 손길로 소의 배를 갈라 송아지를 꺼내었다.

다행히도 송아지는 살아 있었다. 그러나 제대로 서질 못하고 비틀거렸다. 어른들이 송아지를 이리저리 살피더니, 곧 사색이 되어 떠들어댔다.

「불구예요. 다친 게 아니라 태생이 불구입니다. 장차 큰 화가 닥치려 하나 봅니다.」

「천벌이 내릴 징조입니다. 어찌 봐도 그 아이들이 화근이에요. 일찍이 그 아이들이 태어날 적에도 지금과 똑같은 상황이었잖습니까. 그렇지만 송아지를 꺼내려고 어미 소를 잡는 것과 사람의 배를 갈라 죽이는 것은 경우가 다르지요. 어미가 잘못되어 뱃속의 아이들도 죽으면 그건 어쩔 수 없는 일입니다. 사람이 죽고 사는 바는 어디까지나 하늘이 결정할 문제가 아닙니까. 그때 천군께서 사람의 피를 손에 묻히셨기에 하늘이 이렇듯 명확하게 경계하여 보이시는 겁니다.」

「옳습니다. 지금 그 아이들이 귀한 사람의 소생이라고 싸고도실 때가 아닙니다. 그 어미는 엄연히 죄인이었고, 북과 방울을 울려 스스로 하늘에 몸을 바칠 것을 고한 노비였습니다. 천벌이 내려 모두가 화를 입기 전에, 서둘러 그 아이들을 금줄 너머로 돌려보내셔야 합니다. 이제라도 제발 하늘의 순리에 따르십시오.」

단은 그때 알았다. 천군은 그와 연을 살려내기 위하여, 어미소를 잡듯이 그들의 어머니를 죽였다.

단은 도저히 연에게 그 이야기를 해줄 수가 없었다. 때문에 어머니가 숨을 거둔 후에 그들이 태어났다고 대충 얼버무렸다. 송아지를 받아본 사람이라면 그게 있을 수 없는 일이라는 사실을 알 터이나, 연은 여태 몰랐다. 그러니 천군이 자결을 택한 이유에 대해서도 그저 해루의 협박 때문이라고만 생각할 터였다.

그래도 단은 끝까지 연에게 그 사실을 말하지 않을 결심이었다. 천군이 그녀의 기억 속에서나마 계속해서 좋은 아버지로 남아주길, 하여 그녀의 고운 추억들이 이 이상 망가지지 않기를 바라는 마음이었다.

그녀는 더없이 부드러운 미소를 지으면서, 단의 손을 잡은 손에 힘을 주었다.

「어머니는 분명히 그랬을 거야. 나만 해도 벌써부터 이 아이가 보고 싶은걸.」

「나도 보고 싶다.」

「나는 네 아이가 궁금해. 넌 마음에 둔 사람이 없니?」

「별로. 그럴 여유가 없었어.」

「아, 맞다. 그러고 보니 생각났다.」

「뭐가?」

「네가 얼마나 심심한 애였는지 말이야.」

말끝에 연은 낮게 소리 내어 웃었다. 그녀는 졸린 듯 눈을 감고는 웅얼웅얼 옛날이야기를 꺼냈다.

「돌이켜 생각해 보면, 어릴 때 옥 할머니한테 어지간히도 달달 볶였어. 아무것도 모르는 어린애였으니까 그냥 그러려니 하고 따랐던 거지, 지금에 와서 하라고 하면 못 할 것 같아. 그래도 내가 되게 기특했던 게, 매일 옥 할머니가 시키는 걸 꼬박꼬박 다 했다. 너 집에 돌아오기 전까지 후딱 끝내 버리고 너랑 같이 놀려고. 그런데 정작 너는 같이 놀아주지도 않고, 노상 내가 노는 걸 구경만 했잖니.」

「내 기억으로는 매일이다시피 너와 같이 놀았는걸.」

「논다고 말만 해놓고 너는 늘 가만히 누워만 있었잖아.」

「그야 네가 나한테 아기만 시켰기 때문이지.」

「나는 조금 더 큰 아이를 원했단 말이야. 그리고 네가 서방님은 하기 싫다며.」

「그런 걸 하면 네가 밥 차려왔다면서 흙을 먹으라고 하니까.」

「이것 봐. 이러니까 내가 심심했던 거야.」

그녀는 다시금 낮은 소리로 웃고는 단의 손을 잡은 손에 힘을 주었다.

「너와 이렇게 다시 만나서 시시한 이야기를 하며 웃을 수 있다는 게, 어쩐지 꿈만 같다. 너 진짜로 여기에 있는 거지?」

「응.」

「이거 꿈 아니지?」

「응.」

「그래, 그러면 됐어. 꿈이 아니면…….」

아직 해가 지려면 멀었건만, 연은 금세 단잠에 빠졌다.

단은 잠시 그녀를 들여다보다가 방에서 나왔다. 그는 발소리는 커녕 숨소리도 없이 고요히 해루의 곁에 다가가 앉았다.

그때 해루의 이야기를 듣고 있던 하녹이 흘깃 단에게 시선을 주었다. 눈을 마주친 단이 가볍게 고개를 숙여 보이자, 하녹은 무에 그리 못마땅한지 인상을 굳힌 채로 쌩하니 눈길을 거두었다.

해루는 한참 주변국들에 대해 이러쿵저러쿵하는 중이었다. 언제는 하녹을 죽이겠다고 이를 갈더니만, 이제 해루는 하녹에게 간도 쓸개도 다 빼줄 태세였다. 그는 연이 회임했다는 말을 듣고는 감격하고 자책하며 눈물까지 찔끔거렸더랬다.

「……한수 이남의 나라들은 나도 많이 알지 못하오. 우리 양국과 접한 분활국이 원체 넓고 교역과 문물이 성하여, 그 왕과의 관계만 돈독히 해도 딱히 아쉬울 건 없다오. 대왕께서 원하신다면 내가 다리를 놓아드리겠소. 다만 외적이 한수를 건너는 경우가 좀체 없으니, 아마도 병권 통합은 어려울 것이오.」

하녹이 문득 눈을 가늘게 뜨고 해루에게 물었다.

"작년에 뱃놀이를 하다가 우연찮게 도하하여 보니 분활국의 넓은 들이 그대로 방치되어 있던데, 혹시 한수가 자주 범람하여 부득불 비워둔 것입니까?"

해루가 고개를 갸우뚱했다.

「내가 알기로 분활국은 한수 인근이 가장 번화하오. 혹여 진경 나루 쪽으로 가셨던 게 아니오?」

“진경 나루를 거치진 않았습니다만, 그 부근이긴 합니다. 거긴 마루한 제국에 직속된 나루라 항시 사람이 많다고 하기에 일부러 피했지요. 실은 같이 놀러간 사람이 연희였거든요. 단둘이 있으려고 야밤에 배까지 타고 나갔는데……. 크흠, 좌우간 그 일대의 추월 정취가 장히 좋더군요.”

하녹의 팔불출 애첩 자랑은 때와 장소를 가리지 않았다.

을음은 한숨을 쉰 반면, 해루는 만면에 흐뭇한 미소를 머금고 말했다.

「그 일대도 전부 진경 나루라오. 진경 나루뿐만 아니라 한수 남쪽 물가로 쭉 이어진 마루한 제국의 나루들은 유사시에 대비하여 제각기 십만 대군이 주둔할 수 있는 영토를 포함하고 있소. 뭇 사람들은 그 나루들이 교역을 위한 것인 줄 알지만, 실제로는 한수 이남을 철저히 방호하는 것이 본연의 목적이오. 진제가 생각하는 국경은 한수까지라는 말이 암암리에 나도는 까닭이 그 때문이지.」

그러자 하녹이 마치 어린아이처럼 해맑게 웃었다.

“진경 나루가 그토록 넓다면 더 논할 것도 없겠습니다. 대왕께서 내게 진경 나루만 갖다 주시면, 만사가 순조로이 해결되겠군요.”

하녹의 표정만 보고 같이 웃었던 해루가 막상 그 말의 내용을 듣고는 당황하여 물었다.

「아니, 내가 무슨 재주로 그런 일을 할 수 있겠소?」

"대왕이 아니고서는 그 일을 해낼 사람이 없습니다. 진제에게 이것을 전해주십시오."

하녹이 조방의 목이 든 궤를 가리키며 말을 이었다.

진제는 섭제국의 왕가를 송두리째 제거하려 했다. 그 목적을 위해 원양국 왕을 속이고 이용한 후 토사구팽으로 죽이려 했다. 전자의 경우에는 그나마 섭제국이 이방인의 나라기에 없애려 했다는 변명이라도 둘러댈 수 있다. 하지만 후자의 경우는 어떠한가? 원양국은 마루한 제국 내의 다른 나라들과 똑같은 한진인의 나라다. 원양국 왕이 당한 일은, 다른 나라 왕들도 똑같이 당할 수 있는 일이었다. 어쩌면 진제는 유례없는 폐위를 감수하게 될지도 모른다.

"우리가 이 일을 발설하지 않는다는 조건으로 진경 나루를 요구하면 진제는 우리의 요구를 받아들일 수밖에 없을 것입니다. 대왕께서 원양국 왕의 신분을 유지하고 계신 동안에는 진제가 섣불리 입막음을 꾀하기도 어렵겠지요. 그러니 귀국의 옥새는 그 영토를 취한 연후에 받겠습니다."

「알았소. 내 한번 해보리다.」

해루는 곧 하녹의 제안에 응했다.

그때 을음이 개운치 않은 투로 입을 열었다.

"전하, 지금 가장 시급한 현안은 정전 밖에 있는 대신들이옵니다. 원양국을 병탄하게 된 이상 원양국 왕만은 구명해 마땅하오나, 그만큼 더 연희 부인을 비롯한 관련자들의 처형을 촉구하고 나설 것이옵니다."

“우보, 우리는 외양상 아무런 명분도 없이 원양국을 병탄하게 됩니다. 섭제국에 병사를 내주면 결과적으로는 나라 전체를 내줘야 한다는 선례를 만드는 셈이지요. 만일 내가 타국의 왕이라면, 이미 병권을 통합했어도 즉시 병사들을 철수시킬 겁니다.”

“그야 그렇겠지요. 하오니 병권을 통합한 나라들에는 각기 사신을 파견하여 미리 사실을 밝히고…….”

“사람이 약조를 지켜야지요. 진경 나루를 취하고도 이 일을 거론할 수는 없습니다. 더구나 진제가 이 정도로 우리를 경계한다는 사실을 주변국들에 널리 알려서 좋을 것도 없습니다. 팔은 안으로 굽는 거예요. 그러니 우리가 원양국을 병탄함에 있어서 모두가 납득할 만한 명분이 필요하지 않겠습니까?”

하녹이 슬며시 미소를 흘린 순간, 을음은 양미간을 좁혔다.

“하여 내가 고금 여러 왕조들의 예를 본 받아 정략적으로, 어디까지나 정략적으로, 원양국과 혼…….”

“전하! 상중이옵니다. 하물며 대부인의 국상이옵니다!”

“물론 지금 당장은 아니고…….”

“예! 지금 당장은 절대로 아니 되옵니다. 국상을 마치기 전까지는, 그 말씀을 행여나 꺼내지도 마시옵소서. 대신들의 극성을 어찌 감당하려 하시옵니까?”

을음이 펄쩍 뛰며 말리자, 하녹은 입술을 비죽 내밀곤 투덜거렸다.

“지금도 이미 극성이잖습니까. 유사시도 아니거늘, 언제까지 이 많은 병사들을 궐내에 배치해 둘 참입니까? 그 방안을 논하지 않으면 계속해서 대신들과 이렇듯 대치해야 한단 말입니다.”

을음이 한숨을 푹 쉬었다. 기실 대신들은 그 방안도 썩 달가워하지 않을 터였다.

원양국을 병탄할 명분을 만들기 위해 혼인의 연을 맺는 것까지는 괜찮았다. 그 나라에 여인이 한둘도 아닐진대, 아무나 하나 고르면 쉽게 해결될 일이었다.

연은 어쨌거나 용종을 잉태한 몸이니 일단은 처형을 연기한다고 해놓고, 그사이에 첩자나 자객 따위와는 무관한 원양국의 여인을 정략적인 희첩으로 들인다. 아울러 정비의 자리를 비워둘 수 없다는 이유로 대신들의 여식 가운데 쓸 만한 처자를 뽑아 국혼을 올린다. 그리하면 대신들은 대개들 만족하게 되어 있다. 그런 식으로 이래저래 시일을 보내어 대신들이 이 일을 잊었을 때쯤, 연이 용종을 생산했으니 처형을 면하리라 하면 지금처럼 거센 반발은 없을 터였다.

유야무야 구렁이 담 넘어가듯 넘기면 모두가 기뻐할 일이었다. 대신들도 기뻐하고 국대부인도 기뻐하고, 기실 하녹으로서도 처첩이 셋씩이나 되면 가히 기쁠 만하지 않은가. 그런데도 하녹은 사심에 치우쳐 굳이 어려운 길을 고집하고 있었다.

을음은 고개를 절레절레 흔들면서 하녹에게 넌지시 권했다.

“전하께서 숙고하신 방안이 정녕 그것뿐이라면 현재로서는 진퇴양난이옵니다. 이번 회의에서는 그냥 한 번 던지시옵소서.”

“아, 그 방법 너무 자주 쓰는 거 아닙니까?”

“북열의 조정에서는 일상다반사였사옵니다. 하옵고 그것 외에는 좌장을 막을 방도가 없사옵니다. 다른 대신들은 원양국 병탄과 진경 나루 건에 관심이 쏠려 연희 부인의 처형까지 신경 쓸 겨를이 없을 터이오나, 현재 영애를 잃은 좌장의 관심은 오직 처형뿐이옵니다. 좌장이 끝끝내 처형을 고집하면 결국 다른 대신들까지 부화뇌동하여 이 난국을 타개할 길이 없사옵니다."

을음의 말에 하녹이 눈을 가늘게 뜨며 중얼거렸다.

"하긴 좌장에게 던져줄 것이 하나 있긴 한데……."

"무엇이옵니까?"

"우보는 모르는 게 약입니다. 알면 평생 혼인 못 할걸요."

하녹은 대충 얼버무린 후, 해루가 가져왔던 두 개의 궤를 도로 해루의 앞으로 밀었다.

"하면 부탁합니다. 대왕만 믿겠습니다."

「자신은 없소만, 최선을 다하리다.」

"한데 귀국의 상황은 어떠합니까? 대왕의 신료들은 이 일을 알고 있습니까?"

해루가 쓴웃음을 지었다.

「대충들 알고 있소. 게다가 내가 단이를 찾던 와중에 실수로 천군에 관한 일을 언급하는 바람에, 신료들이 그것까지 웬만큼 눈치채고는 한바탕 나를 죽이느니 살리느니 하였다오. 전쟁을 막고자 내게 이렇듯 옥새를 들려 보내면서 하는 말이 '혹여 죽거든 천벌을 받아 죽는 것이니 우리를 원망치 마시라' 하더구려. 한데 내가 이대로 살아서 돌아가면 아마 다들 놀랄 테지.」

"당분간 병사를 따로 붙여 대왕의 신변을 철저히 보호하겠습니다. 그리고 귀국의 옥새를 가납할 시에는, 양국의 백성 모두가 납득하고 기뻐할 만한 경사를 명분으로 할 터이니, 그 부분에 대해서는 심려치 마십시오."

「내가 실로 대왕의 은혜에 감읍, 또 감읍하오.」

“그러실 것 없습니다. 이는 어디까지나 섭제국의 국익을 위한 결정일 뿐입니다. 아울러 내가 원하는 바이기도 하고. 그나저나 첨운 부장, 방상과는 잘 지내오?”

그때까지 실컷 남들 얘기만 통역하고 있던 첨운이 별안간 자신에게 던져진 하문에 깜짝 놀라 굽실거리며 대답했다.

“여부가 있겠사옵니까. 이 나이에 아들까지 보았으니, 날이면 날마다 전하의 성은에 망극할 따름이옵니다.”

“방상의 소생이라 기대가 크오. 실로 여장부가 아니오?”

“그, 그러하옵니다.”

“공연히 한눈팔지 말고 가내 두루 살피시오. 방상의 아들이라면 가히 중책을 맡길 만하니.”

첨운은 무심코 목덜미를 어루만지면서 마른침을 꼴깍 삼켰다.

곤우가 벌써부터 장래를 보장받았다. 방상이 걸핏하면 비둘기를 잡아 지극정성으로 곤우의 몸보신을 시키더니만, 과연 그만한 대우를 받아 마땅한 아들이었다. 덕택에 첨운의 집 닭장에는 이제 닭밖에 없었다. 첨운은 한눈을 팔고 싶어도 팔 수가 없는 처지였다.

태연함을 가장한 채 넌지시 회유하는 하녹에게, 첨운은 식은땀을 흘리면서도 짐짓 너스레를 떨었다.

“어이쿠, 한눈팔았다가는 뼈도 못 추리게요. 명심하겠사옵니다.”

하녹은 싱긋 웃으며 자리에서 일어섰다.

“자, 속전속결로 해치웁시다. 우보, 회의를 소집하고 대왕을 위해 시위를 편성해 주십시오."

을음이 명을 받고 자리를 뜬 후, 단과 해루도 궤를 챙겨 일어섰다.

단은 잠시 연이 잠들어 있는 방을 물끄러미 바라보았다. 이윽고 고개를 돌린 그는 하녹을 향해 공손히 머리를 조아렸다.

"연이를, 부탁합니다. 대왕만 믿겠습니다."

단의 입에서 뜻밖에도 열예 말이 튀어나오자, 하녹이 흠칫 놀라 그를 새삼 빤히 훑어보았다. 그러더니만 곧 단에게 가까이 다가가 귓가에 대고 무어라 속삭였다.

단은 묵묵히 고개만 숙여 보이곤 병사들에게 에워싸여 정전을 나섰다.

첨운이 함께 나가는 길에 단에게 물었다.

「자네는 열예 말을 어디서 배웠는가?」

「아까 저 왕이 하던 말을 외웠을 뿐입니다.」

「허허, 거참 재주도 좋구먼. 그걸 그새 외워서 그리 꼭 알맞게 써먹나.」

「한데 조방이 거론하던 첨운이라는 자가 혹시…….」

첨운이 펄쩍 뛰면서 얼렁뚱땅 단의 입을 막았다.

「크흠! 나일세. 불만 있나? 거 다 끝난 일 괜히 들먹이지 말고, 내가 연이와는 아주 잘 아는 사이야. 걔가 하는 열예 말도 전부 내가 가르쳐 준 거거든. 걔가 지금 내 덕분에 저러고 호강하는 거란 말이지. 그렇다고 내가 이제 와 생색내려는 건 아닐세. 그냥 뭐, 자네도 배울 생각이 있으면 말하라고. 내 짬짬이 알려줌세. 보아하니 금방 배우겠구먼.」

그러자 단이 첨운의 귀에 대고 열예 말로 속삭였다.

"연희 걱정 말고 그대나 조심하지 그러오? 평상시에도 그렇게 기척을 아니 내고 다니면, 다들 그대가 나를 찾아왔던 밤손님이라 오해하지 않겠소?"

첨운은 다시 한 번 황겁해서 식은땀을 흘리며 목덜미를 어루만졌다.

「전하께서 방금 자네에게 귓속말로 하신 말씀이 그것이던가?」

「예, 무슨 뜻입니까?」

「무슨 뜻이기는. 자네도 내 처지나 똑같다는 뜻이지. 어휴! 하여간 알면 안다고 할 것이지, 툭하면 엉뚱한 소리만 늘어놓아 사람을 헛갈리게 만드누.」

투덜거린 첨운은 귓속말로 단에게 하녹의 말을 통역해 주었다.

단이 그 말뜻을 전해 듣더니 정전 쪽을 힐긋 돌아보았다. 줄곧 무표정으로 일관하던 그의 얼굴에 이윽고 은은한 미소가 번졌다.

연은 사람들이 왁자지껄 떠드는 소리에 잠에서 깼다. 잠결에 하품을 하면서 둘러보니 낯선 방이었다. 흠칫 놀라 일어난 연은 잠시 후에야 그곳이 정전임을 생각해 냈다. 그녀는 살며시 문가로 다가가 문틈으로 바깥을 엿보았다.

옥좌에 앉아 있는 하녹의 뒷모습이 비스듬히 보였다. 그 앞쪽으로 늙수그레한 대신들이 즐비했다.

맨 앞쪽에 있는 두 대신이 서로 치열하게 다투는 중이었고, 뒤쪽에 있는 대신들도 자기들끼리 원양국 왕을 죽이느니 살리느니 하며 간간이 말싸움을 벌이고 있었다.

맨 앞에서 치열하게 다투는 두 대신은 좌보 마려와 좌장 오간이었다. 평상시 매사에 의기투합하는 막역한 두 사람이 이번만큼은 팽팽하게 맞서는 중이었다.

"좌장이 여식을 잃어 애통해하는 마음을 내 모르는 바는 아니나, 지금은 국익을 생각해야 할 때요. 원양국 왕이 스스로 나라를 바쳐 병합하는 마당에 우리가 그 왕을 처단하게 되면, 장차 주변의 어느 나라가 우리에게 병사를 내주겠소?"

"지금 그깟 게 대수입니까? 대부인을 시해한 죄인을 버젓이 살려두면 앞으로 이 나라의 기강이 어찌 되겠습니까? 목전의 이익에 연연할 때가 아닙니다. 원양국 왕과 연희를 비롯한 관련자 전원을 효수하여, 향후 두 번 다시는 이 같은 참사가 없도록 만천하에 본보기로 삼아야 합니다."

"그러자면 진제부터 잡아들여 효시해야지. 우두머리는 버젓이 살려두고 조무래기들만 처형해서야 무슨 본보기가 되겠소? 한데 우리가 무슨 수로 진제에게 죄를 묻는단 말이오?"

"원양국 왕의 말을 어찌 믿습니까? 이미 옥사에 갇힌 자객이 죄상을 낱낱이 실토했습니다. 원양국 왕과 책사가 시킨 짓으로 총 다섯 명의 자객이 침입했고, 삼고가 길잡이로서 그들을 도왔으며, 본디 옥사에 갇혀 있던 삼고를 석방하여 활개 치도록 만든 자가 연희입니다. 이게 이번 사태의 전말입니다. 진제는 하등 관련이 없지요."

"설령 진제가 관련이 없을지라도, 우리 입장에서는 원양국 왕의 주장을 사실로 받아들이는 편이 이득이오. 그 왕의 말대로라면 진제는 원양국 왕까지 죽이려 한 셈이잖소. 이 사실이 각 나라에 알려지면, 장차 진제가 그 나라들로부터 대군을 끌어 모아 우리를 위협하지는 못할 것이오. 진제를 이빨 빠진 호랑이로 만들어 버릴 절호의 기회란 말이오."

"그걸 지금 말씀이라고 하십니까? 죄를 지은 자에게 죗값을 치르도록 하자는데, 어찌 그 당연한 일에 국익을 따지고 기회를 엿봅니까?"

"이게 여염의 일이라면 모를까, 엄연히 한 나라의 옥새가 오가는 판국에 어찌 국익을 논하지 않을 수 있소? 막말로 좌장이, 만일 남의 딸이 죽었어도 지금 이 자리에서 앞뒤 분간 못 하고 원양국 왕을 죽이자 우기겠느냔 말이오."

"그러는 좌보야말로 만일 자기 딸이 죽었어도 지금 이 자리에서 국익이나 따지시겠습니까!"

그대로 내버려 두면 대신들은 곧 자기들끼리 치고받고 몸싸움도 불사할 기세였다.

그때 잠자코 대신들의 반응을 살피던 하녹이 마침내 입을 열었다.

"좌보의 의견도 옳고, 좌장의 의견도 옳습니다. 그리고 원양국 왕의 말도 사실입니다. 명백한 증좌가 있습니다. 그러므로 나는 이번 사태의 원흉인 진제에게 모든 책임을 물어 죗값을 치르게끔 할 작정입니다."

증좌라는 말에 눈이 번뜩 뜨였던 대신들은 그 뒷말을 듣자마자 황겁했다. 아무리 증좌가 있어도 그렇지, 상대는 마루한 제국의 진제다. 증좌는 차치하고 증좌 할아비가 있더라도 진제에게 죄를 물을 수는 없을 터였다.

하녹도 그 사실을 알긴 아는 모양이었다. 그는 평소처럼 온화하고 태평스러운 어조로 말했다.

"그렇다고 해서 진제를 효시하기는 불가능합니다. 그 부분에 대해서는 좌장께서 양보해 주셔야겠습니다."

"그야 물론 진제를 효시할 수는 없지요. 하오나 진제를 제외한 관련자 전원은 효시해 마땅하옵니다. 하다못해 자객과 연희만이라도 기필코 처단하셔야 하옵니다. 특히나 연희는 일전에 대부인을 독해하려 한 혐의도 있사옵니다. 사람의 목숨을 사사로이 해한 자는 응당 죽음으로써 그 죄를 갚아야 할진대, 절대로 살려두시면 아니 될 것이옵니다!"

"좌장, 잠시만."

하녹이 가까이 오라고 손짓하자, 좌장 오간은 어리둥절한 얼굴로 주춤주춤 옥좌를 향해 다가왔다.

하녹이 품속에서 작은 꾸러미 하나를 꺼냈다. 그걸 보자마자 사색이 된 오간에게, 하녹이 좌중에 들리지 않을 음성으로 나지막이 물었다.

"대부인의 유품입니다만, 원하십니까?"

"저, 전하. 이는 모함이옵니다. 누가 이런 것을 전하께 바쳤는지 모르오나……."

"내용물이 무엇인지 아시는군요, 좌장. 그렇다면 얘기가 빠르겠습니다."

하녹은 그 꾸러미를 도로 품속에 넣으면서 말했다.

"국상을 마친 연후에 조용히 드리고자 합니다. 비부께서 원하신다면 말입니다."

"전하……."

오간은 아뿔싸 하며 하녹의 품만 바라보다가 미적미적 물러났다.

공요를 잃고 경황이 없어서 미처 처리하질 못했다. 빈전을 차리고 내전을 비울 때에야 뒤늦게 생각이 나서 허둥지둥 찾아봤으나 행방이 묘연하던 물건이었다. 하필이면 저 손에 들어갔을 줄이야…….

오간이 입 꾹 다물고 내려가자 좌중이 잠시 술렁였다. 하녹이 아무 일 없었다는 양 태연한 얼굴로 손을 들어 주의를 환기시켰다.

"우리 국경 남쪽으로 한수를 건너면 진경 나루가 있습니다. 경들 중에 몸소 가보신 분이 있습니까?"

그 말에 좌보 마려가 대답했다.

"그 나루가 마루한 제국에 직속되어 누구에게나 출입이 허용된다 하므로, 일찍이 두어 차례 가서 살펴보았사옵니다."

"나루 근방이 텅 비어 있지요?"

"소신이 갔을 때는 그러하였사옵니다. 아마도 한수가 범람하면 그 일대 전체가 잠기는 모양이옵니다. 그렇지 않고서야 분활국에서 그 넓은 땅을 그대로 버려둘 리 있겠사옵니까?"

"나도 그런 줄 알았습니다. 한데 알고 보니 그 일대가 전부 진경 나루라더군요. 유사시에 대비하여 십만 대군이 주둔할 영토를 마련해 두었다고 합니다."

"십만 대군……!"

"하여 나는 이번 사태를 빌미로 진제에게 진경 나루를 요구하려 합니다. 우리가 지금 그 영토를 취하지 않으면, 장차 그곳에 십만 대군이 주둔하여 누구를 겨냥하겠습니까?"

십만 대군이라는 소리에 대경하여 웅성거리던 대신들이 대번에 반색하며 수긍했다.

좌보 마려가 앞장서서 탄복한 얼굴로 고하였다.

"십만 대군이 주둔할 정도라면 능히 도읍으로 삼아 천도할 만하오니, 이로써 이 나라의 왕실과 종묘사직이 세세토록 안녕을 누릴 것이옵니다. 증좌가 있다면야 진제도 우리의 요구를 받아들일 수밖에 없겠지요. 실로 명철하신 판단이옵니다."

하녹은 칭찬을 받아 마냥 기쁘다는 양 해맑은 미소를 지으면서 대신들을 둘러보았다.

"모두들 찬성한다니 다행입니다. 이제 진제에게 가서 그 증좌를 선물하고 진경 나루를 요구할 사신만 결정하면 되겠군요. 누가 가시겠습니까?"

일순 좌중이 찬물을 끼얹은 듯 조용해졌다.

말이 좋아 사신이지, 실제로는 진제를 위협하고 약 올리러 가는 길인지라 저승으로 직행하는 길이나 진배없었다. 물론 진제가 공식적으로는 그 요구를 받아들일 수밖에 없겠지만, 대저 만만한 게 속국의 사신이다.

다들 서로 눈치만 보고 있는 가운데, 손가락을 까닥이며 기다리던 하녹이 은근히 대신들을 채근하였다.

"아무도 없습니까?"

아무도 없다. 고양이 목에 방울 달 용자가 그다지 흔치는 않다.

하녹은 대신들을 실컷 쩔쩔매게 만든 후 뒤늦게 말했다.

"기실 나도 경들을 희생시키고 싶지는 않습니다. 하여 원양국 왕에게 이 일을 맡기려 합니다. 만일 원양국 왕이 스스로 구명에 성공하여 살아 돌아온다면, 향후 그와 관련된 죄는 불문에 부쳐야 할 것입니다. 혹시 이 의견에 반대하는 분이 있습니까?"

고양이 목에 방울 달 사람이 없었던 터라, 그 의견에 반대할 사람도 없었다. 알면서도 하녹은 굳이 또 '아무도 없습니까?'라고 하문하여 쐐기를 박았다.

회의를 파한 후, 대부분의 대신들은 한수 이남으로 천도하게 되리라는 기대감에 부풀어 정전을 나섰다.

그 와중에도 몇몇은 당혹감을 감추지 못하고 어리둥절한 기색이었다.

"결국엔 전부 전하의 뜻대로 된 것이 아닌가? 연희는 어찌 된 건가? 왜 아무도 처결하십사 주청을 드리지 않았지?"

"그러는 자네는 아까 좌장께서 말씀하실 때 왜 더불어 주청을 드리지 않았던가? 언제는 전하께서 여색에 빠져 도리를 잊었다고 무어라 하더니만."

"아니, 나도 그러려고 하긴 했는데 갑자기 좌장께서 조용해지시는 바람에……. 거 남들이 다들 천도를 하느니 병탄을 하느니 하며 굵직한 안건을 논하는데, 나 혼자서만 그깟 희첩 얘기를 들먹일 수도 없잖은가. 내가 좌장처럼 당사자도 아니고."

"그러니 나도 입 다물고 있었던 걸세. 그나저나 진제가 과연 진경 나루를 내놓을지 의문이구먼. 만일 원양국 왕이 거기서 죽어버리면, 파장이 어마어마하겠지?"

"평범한 사신이라면 모를까, 진제가 설마 원양국 왕을 죽이기야 하겠는가. 아니, 그러니까 내가 방금 말하지 않았던가. 결국엔 전부 전하의 뜻대로 이루어지게 생겼다고. 두고 보게. 분명히 연희도 이런 식으로 어물쩍 죄를 피하게 될 테니."

"그건 곤란하지. 좌장께서도 시국이 시국인지라, 보다 더 중차대한 일부터 마무리 짓기 위해 잠시 한발 물러나신 게 아니겠는가. 웬만큼 정리가 되면 좌장께서 다시 주청을 드릴 터이니, 그때 우리도 도우면 되네."

하지만 좌장 오간은 그럴 생각이 없었다. 그는 안절부절못하며 속으로만 끙끙 앓기 바빴다.

하녹은 얼렁뚱땅 회의를 끝내 놓고는 안도의 한숨을 쉬었다. 그를 포위하다시피 진을 치고 빨리 연을 처형하라며 떠들던 대신들이 다들 물러나 주었으니, 일단 한 고비는 넘긴 셈이었다.

그는 한동안 뒷일을 궁리하며 잠자코 앉아 있다가 흘깃 옥좌 뒤편을 돌아보았다. 그러고는 이내 일어나 슬며시 방문을 열었다.

연은 회의 중에 그녀의 목숨이 몇 번이나 오락가락했다는 사실을 아는지 모르는지, 그저 곤히 잠들어 있었다. 하녹은 살금살금 다가가 그녀의 곁으로 파고들었다.

그는 그녀의 어깨에 코를 묻더니 몇 번이고 정성껏 숨을 쉬었다. 연은 그를 방해하지 않았다. 다만 잠든 척 그에게 순순히 어깨를 내주곤, 왜 차마 그를 미워하지 못하는지 생각했다.

그를 미워하며 탓하기엔 그에 대해 너무 많은 것을 알고 있었다. 또 그를 미워하며 뿌리치기엔 그에 대해 아직 알지 못하는 것이 많은 듯했다. 하여 연은 또다시 그를 궁금하게 여기며 고요히 그에게 숨을 빌려주었다.

이튿날 아침, 하녹은 어김없이 장락전을 찾았다. 국대부인의 용태를 묻자, 시녀 분우모가 환한 얼굴로 대답했다.

"오늘은 예전처럼 이른 시각에 기침하셨사옵니다. 하옵고 전하께서 납시거든 그만 안으로 드십사 분부하셨사옵니다."

그제야 그는 용기를 내어 장락전의 대문턱을 넘었다.

국대부인 양소선은 와상에 비스듬히 기대어 겨우 몸을 가누고 앉아 있었다. 의원과 시녀들이 하나같이 말하기를 국대부인의 용태가 좋아졌다던데, 세상에 못 믿을 게 사람이었다. 하녹의 눈에는 심각하게 위중한 상태로만 보였다. 왜 진즉 들어와 뵙지 못했던가, 이제 와 후회막급이었다.

그래도 사경을 헤매던 당시에 비하자면 실로 용태가 좋아진 편이긴 했다. 양씨 부인은 담담한 얼굴로 하녹을 맞이하였다.

"어제 좌보가 들렀습니다. 원양국을 병탄하게 되었을 뿐더러 한수 이남으로 천도까지 하게 생겼다고요. 실로 현명하신 결정이었습니다."

"하여 원양국 왕을 처형하기는 어렵게 되었습니다. 송구합니다."

하녹이 석연치 않은 눈빛으로 양씨 부인의 안색을 살피며 말했다. 양씨 부인은 빙그레 미소를 지었다.

"한두 사람 처형한들 무슨 대단한 영화를 본다고요. 잘하셨습니다. 내 대부인을 생각하면 안타깝기는 하나, 그래도 이 나라가 만대로 안녕을 누리게 되었으매 허망한 마음은 한결 덜합니다. 한데 그 왕이 어인 연유로 연희를 찾았다던가요?"

"아, 그게 실은……. 예전에 원양국과 병권을 통합할 제, 그 왕이 죽은 누이의 원한을 갚겠다며 성도를 없애 달라 청하지 않았습니까. 알고 보니 그게 친누이가 아니라 원양국 왕과는 정혼할 사이였다는데, 연희가 그 소생이었습니다."

양씨 부인이 깜짝 놀라 물었다.

"하면 연희가 원양국의 왕녀란 말입니까?"

"예. 그러나 연희는 그 왕과는 무관하게 살아온 사람입니다. 첩자나 자객에 대해서도 아는 바가 없고, 하물며 그 왕의 핏줄이라는 사실도 이제야 겨우 안 참입니다."

하녹이 다급히 변명하자, 양씨 부인이 피식 실소했다.

"그래요. 나도 연희가 첩자라는 생각은 하지 않습니다. 만일 첩자였다면, 일찍이 희첩이 되어 입궁할 때 그토록 싫다고 내게 대서지는 않았겠지요. 내가 그때는 어찌나 어이가 없던지, 원. 주상이 무릎까지 꿇고 청하는 와중에 제까짓 게 감히 싫다니요? 그 많은 병사들 앞에서 그게 무슨 망신이랍니까. 내가 하도 기가 막혀서 홧김에 그 아이를 희첩으로 들이시라 해놓고는, 돌아서서 후회했잖아요."

"홧김에, 승낙하셨던 겁니까?"

"내 아들이 어디가 모자라서 그런 아이한테 싫다는 소리나 듣고 있는지, 분통이 터지지 않았겠어요. 게다가 입궁해서는 사흘이 멀다 하고 전하와 잠행을 다닌다고 하니, 그 아이 참 못쓰겠다 하였지요. 한데 지나고 보니 그 아이가 옳습디다. 그때의 주상이 그 아이의 눈에 무에 그리 좋아 보였겠습니까?"

"어머님……."

울상을 짓는 하녹을 보고 양씨 부인이 또 실소하였다.

"어제 좌보의 얘기를 들으면서 내 곰곰이 생각해 보니, 그 아이가 주상에게 준 것이 정이었나 봅니다. 이 땅에서 새 왕조를 일으키고도 마냥 낯선 타향인 양 뜬구름처럼 부유하던 주상이 이제야 비로소 이 나라 이 땅에 정붙이고 마음을 쏟으시니, 나는 그 아이에게 그저 고마울 뿐입니다. 그러게 어쩐지 근본도 모를 아이 같지는 않더라니……. 하긴 그러면 그렇지요. 왕가의 핏줄은 과연 뭐가 달라도 달라요."

하녹은 어머니의 오해와 편견을 굳이 바로잡으려 들지 않았다. 다만 그는 연에 대한 이야기를 하면서 흡족한 표정을 짓는 양씨 부인을 향해 조심스레 운을 떼었다.

"그래서 말씀입니다만, 이번에 원양국을 병탄함에 있어서 외양상 명분이 필요하여 정략적으로 국혼을……."

"연희는 아니 됩니다."

그가 말을 채 꺼내기도 전에 양씨 부인이 단호하게 대답했다. 그러고는 씁쓸한 눈길로 하녹을 돌아보며 말을 이었다.

"설령 명분이 필요하대도 희첩으로 두시면 될 일입니다. 정비는 다른 이를 간선하여 들이십시오."

양씨 부인의 건조한 손이 하녹의 손등을 덮었다. 양씨 부인은 타이르듯 나직하게 말했다.

“그게 연희를 위한 일이고, 이 나라 이 왕실을 위한 일입니다. 내 차마 그간 말을 못 했습니다만, 그 아이에게서는 후사를 보실 수가 없어요. 장락전에서 그리 되었으니 이 어미를 탓하셔도 좋습니다. 다만 그 아이를 위해서라도 국혼은 피하세요. 그 아이가 내전에 들어간들, 매일이 가시방석일 따름입니다.”

불현듯 하녹이 싱긋 미소를 지었다. 그의 손등을 느릿느릿 다독이던 양씨 부인의 손이 떨떠름히 멈추었다.

“연희는 이미 회임하였습니다. 반대하시는 이유가 그것뿐이라면, 국상을 마치는 대로 국혼을 올렸으면 합니다만…….”

그는 생각만 해도 웃음이 절로 나오는지, 말을 다 맺지도 못하고 고개를 돌리며 나직한 소리로 웃었다.

잠자코 그 모습을 지켜보던 양씨 부인이 이윽고 입을 열었다.

“후사는 정비에게서 보심이 좋습니다. 회임하였다면 쉬 피로할 터이니, 모쪼록 국혼은 간소하게 치르십시오.”

하녹이 양씨 부인을 휙 돌아보았다. 그야말로 큰 소리로 웃을 일이었으나, 그는 멍하니 어머니를 바라보기만 했다.

온화하게 눈웃음을 짓고 있는 어머니의 주름진 눈매가 투명한 눈물로 젖어 있었다.

원양국 왕 해루가 다시금 섭제국을 방문하였다. 단과 단둘이 왔던 지난 행차에 비하면, 수행원들의 행렬이 그새 꽤 길어졌다.

조방의 머리가 진제에게는 꽤 좋은 선물이었던지, 진제는 덜컥 진경 나루를 섭제국에 내주었다.

이 희소식을 오매불망 기다리던 섭제국의 대신들은 그예 해루에게 예를 갖추어, 마지막으로 그를 원양국의 왕으로서 후히 대접하였다. 여태 국상 중인지라 연회는 조촐하게 이루어진 편이었으나, 그래도 좌중에 만족스러운 웃음이 가득했다.

연회가 한창일 때, 단이 슬며시 자리에서 일어섰다. 주위를 살펴보곤 밖으로 나가려는데 첨운이 그에게 다가왔다.

「몰래 어딜 가려는가? 따라오게. 연이한테 데려다줌세.」

「괜찮습니다.」

「거참, 길 안다고 티 내지 말라니까.」

「아, 예.」

단이 흘깃 단상 위를 쳐다보았다. 그를 빤히 보고 있던 하녹이 고개를 한 차례 끄덕였다.

연의 처소로 향하는 길에 첨운은 단에게 기쁜 소식을 전해주었다.

「올해 칠월에 국상을 마치면, 팔월에는 연이와 국혼을 올린다더구먼.」

「아니, 어쩌다가 그리 되었습니까?」

단이 지난번에 왔을 때만 해도 병사들이 즐비하여 분위기가 영 심상치 않더니, 그새 상황이 급작스럽게 호전된 모양이었다.

첨운은 싱글벙글 웃으면서 말했다.

「그때 왕비가 죽었잖은가. 그 부친이 노발대발해서 연이를 죽이라고 생난리를 치더니만, 전하께 무슨 덜미를 잡혔는지 갑자기 잠잠해지더라고. 그러고는 결정적으로 국대부인이 나섰다지. 노인네가 곧 죽을 것 같은 몰골로 가마에 실려 정전으로 나왔는데, 그 모습을 보고 누가 그 뜻에 반대하며 그 명을 거역할 수 있겠는가? 여기 사람들은 눈물까지 철철 흘리면서 그저 '예, 예' 했다더군. 새 왕실의 첫 후사는 무조건 정비의 소생이어야 한다면서, 국상 끝내자마자 국혼을 치르라고 엄명을 내렸다는 거야. 하여간 세상천지에 자식 이기는 부모 없다니까.」

「다행입니다.」

단이 희미한 미소를 지으면서 대꾸하자, 첨운이 불만스러운 눈길로 그를 돌아보았다.

「그것뿐인가?」

「예?」

「아니, 지금 연이가 한 나라의 왕비가 되게 생겼다는데 겨우 한다는 말이 '다행입니다' 한마디뿐이냐고. 생판 모르는 남남이라도 서너 마디는 더하겠네. 거 젊은 사람이 어찌 이리 심심하누.」

「제가 심심한 편이긴 합니다.」

「어이구, 알긴 아는구먼.」

두 사람은 이윽고 후궁 구석진 곳에 자리한 연의 처소에 당도했다.

그러나 연은 처소에 없었다. 앳된 시녀 한 명이 처소를 지키고 있을 뿐이었다.

첨운이 품속에서 은패를 꺼내 보이며 시녀에게 거들먹거렸다.

"나 부장 첨운일세. 기억하는가?"

"물론이지요. 곤우는 잘 있습니까?"

"흐흐, 고놈이 요즘엔 하도 뛰어다녀서 정신이 없어. 한데 우리 안사람은 어찌 안 보이누?"

"국대부인께서 연희 부인을 찾으시어 장락전으로 모시고 간 길입니다. 들어와 기다리시지요."

"그럼세. 참, 이 사람이 연희 부인과는 동기간이라네. 내가 길도 안내할 겸, 겸사겸사 따라왔지."

"아하!"

눈을 동그랗게 뜨고 단을 쳐다본 시녀가 이내 낯빛을 붉히면서 처소 안으로 그들을 안내했다.

"다과라도 내오겠습니다. 편히 좌정하십시오."

시녀가 나간 후, 첨운이 히죽히죽 웃는 얼굴로 단을 돌아보았다.

「하이고, 얼굴 새빨개져서 가기는. 딱 보니 저 아이는 자네한테 한눈에 반한 눈치구먼. 내가 다리 좀 놔줄까? 내 안사람이 여긴 꽉 잡고 있거든.」

단은 곳곳에 서책이 가득한 방을 찬찬히 훑어보면서 무심한 투로 대답했다.

「일없습니다.」

「에이, 왜? 어차피 이제 한 나라로 합쳐지면 자네도 성내에 들어와 살 게 아닌가. 시녀가 아주 괜찮아. 아무리 말단이라도 엔간한 병사만큼은 벌거든. 비록 지금이야 이런 코딱지만 한 처소에 있지만, 곧 내전 시녀가 되면 시녀로서는 탄탄대로라고. 혼인이라는 게 실제로 해보면 별것 아닐세. 다 먹고살자고 하는 짓이지.」

「저는 혼인할 사람 있습니다.」

「엥? 자네가? 아니, 자네한테 혼인할 사람이 다 있단 말인가?」

첨운이 도무지 못 믿겠다는 양 눈을 휘둥그레 뜨고 보는데도, 단은 아랑곳없이 방만 둘러보면서 지나가는 말처럼 대꾸했다.

「예, 첩으로 삼으면 안 될 사람 있어요.」

「허허! 영락없는 돌멩이인 줄 알았더니만, 그래도 구르는 재주는 있었나 보네.」

이달 들어 연에게는 놀랄 일의 연속이었다. 그녀는 아이를 못 낳는다더니만 회임을 하고, 덤으로 대부인을 독살하려 했다는 누명을 썼다. 궁궐에 자객이 침입하더니만 자객과 한패라는 누명도 썼다.

그래도 덕분에 그녀는 단을 되찾았다. 단과 더불어 반갑지 않은 혈육도 만났다. 아울러 이제껏 몰랐던 과거지사를 낱낱이 알게 되고는, 하녹에게 화를 내려다가 난데없이 국혼을 목전에 두고 있었다.

그녀는 놀라고 또 놀라고 계속해서 놀랐다. 하도 많이 놀라서 이제 어지간한 일로는 놀라지도 않을 성싶었다. 그럼에도 불구하고 그녀는 또다시 놀랐다.

"대체 왜 갑자기 저를 부르시는 걸까요?"

장락전으로 가는 길에 그녀는 방상에게 재차삼차 물었다. 방상의 대답은 똑같았다.

"국대부인께서 정전까지 납시어 국혼을 명하셨다지 않사옵니까. 하오니 공연히 심려치 마시옵소서. 아기씨가 다 긴장하겠사옵니다."

장락전의 대문이 저만치 보이기 시작할 즈음, 연이 문득 걸음을 멈추었다.

"혹시나 또 물벼락을 맞으면 어쩝니까?"

"하이고, 그럴 리가 있겠사옵니까? 이제 곧 내전의 주인이 되실 분께 누가 감히요? 심지어 용종까지 잉태하시고는 두려워하실 게 무에 있사옵니까?"

방상은 우격다짐으로 연을 이끌고 장락전 안으로 들어섰다.

분우모를 비롯한 장락전의 시녀들이 연을 보자마자 쏜살같이 뛰어왔다. 그러더니만 곧 땅바닥에 엎어질 기세로 심히 굽실거리면서 인사를 올렸다.

바짝 긴장해 있던 연은 그 모습을 보자마자 단순하게도 금세 유쾌해졌다.

사람이 살다 보니 이런 날이 오긴 온다. 이제껏 연을 그토록 대놓고 핍박했으니, 저들이 지금쯤 얼마나 속 졸이며 조마조마 전전긍긍할 텐가.

이런 날을 머릿속으로 상상만 했을 적에는 곧장 저 시녀들부터 내쫓을 결심이었건만, 막상 그 광경을 보고 나니 한순간에 마음이 싹 바뀌었다. 앞으로 평생 굽실거리라지. 저 시녀들만큼은 절대 궐 밖으로 내쳐 주지 않으리라.

연은 짐짓 거만스러운 자태로 턱을 한껏 치켜들고는 시녀들을 마구 내려다보면서 장락전의 침소에 발을 들였다.

국대부인은 와상에 기대어 앉아 있었다. 연은 여전히 그 얼굴을 기억하고 있었다. 때문에 그녀는 못 알아볼 정도로 달라진 국대부인의 모습에 적잖은 충격을 받았다. 단지 눈빛만으로도 사람을 숨 막히게 하던 예전의 위엄은 어디로 가고, 창백하게 야윈 얼굴은 병색이 완연하여 사뭇 위태로워 보일 지경이었다.

국대부인은 잠시간 연을 가만히 바라보더니, 이윽고 나지막이 소리 내어 웃었다.

"인사치레로라도 쾌차하라는 소리는 나오지 않는 모양이구려. 일없소. 게 자리하오."

인사말조차 까먹고 멍하니 국대부인을 보던 연이 황급히 정신을 차렸다. 그녀는 늦게나마 인사를 할까 말까 망설이다가, 결국엔 말없이 와상 곁으로 다가가 앉았다.

"아직도 이 늙은이에게 원한을 품고 있소?"

"아, 아닙니다. 벌써 오래전 일이라 많이 잊었습니다."

빈말이 아니라 연은 실제로도 그러했다. 회임했다는 사실을 알게 된 이후로는 거의 생각도 안 하고 있었다. 게다가 그간 엄청난 일들이 연달아 폭풍처럼 휘몰아쳤던 탓에, 그때 그 시절의 불행한 기억을 곱씹을 만한 여유도 없었다.

"아마 곧 내전에 들어가면 알게 되겠지만, 사람을 여럿 부리다 보면 전부 내 의지대로 추스르기에는 무리가 있다오."

연은 잠자코 수긍하였다. 기실 그녀는 장락전에 있을 때부터도 이미 얼마간 짐작하고 있었다. 시녀들이 그녀를 괴롭힐 때마다 번번이 재갈부터 물린 데에는, 필시 그럴 만한 까닭이 있을 터였다.

"하여도 마음만 먹으면 안 되는 일은 없지. 한데 그럴 마음이 들지 않더구려. 왜냐하면……."

잠시 말을 멈춘 국대부인이 문득 곁에 끼고 있던 꾸러미를 들어 건네었다. 연은 영문도 모른 채 그것을 받았다.

"……어미라는 자리가 원래 몹쓸 것이라 그러하오. 자기 아들을 위해서라면 남이야 어찌 되든 아랑곳하지 않는 것이 그 자리지. 나를 원망하여도 좋소. 하여도 만일 비슷한 경우가 생긴다면, 장담컨대 연희도 나처럼 그리하게 될 것이오."

그 꾸러미 안에는 새파란 두 줄짜리 목걸이가 들어 있었다. 장락전에 왔던 첫날 잃어버리고는 영영 되찾을 길이 없을 줄로만 알았다. '이다음에 혼인할 때 쓸 만하겠지'라던 아버지의 말씀이 생생하게 귓가에 맴돌아, 연은 뭉클한 심정으로 목걸이를 들여다보았다.

그러고 보니 그새 혼인을 앞두고 있었다. 목걸이와 함께 잃어버린 꿈인 줄 알았건만, 어느덧 성큼 눈앞에 다가와 있었다.

그녀는 그동안 무엇에 연연하여 억울해하며 좌절하고 분한했던가. 삶은 언제고 급변하여 그녀로 하여금 많은 것들을 놓치게 하였으나, 대신에 늘 그만큼 많은 것들을 그녀의 손에 쥐어주곤 했다.

물끄러미 목걸이를 보며 눈물만 글썽이는 연의 손을 국대부인이 굳게 잡았다.

"아니, 그리해야만 하오. 아들을 위하여 기꺼이 몹쓸 어미가 되시구려. 내가 당부하고 싶은 말은 그것뿐이라오. 이만 좀 쉬어야겠소."

국대부인은 꺼질 듯 낮은 음성으로 말을 맺은 후, 느릿느릿 자리에 도로 눕고자 기를 썼다.

보다 못한 연이 일어나 국대부인을 도왔다. 자리에 누웠을 때, 국대부인의 눈은 이미 감겨 있었다. 국대부인은 그저 입술만 달싸여 연에게 고맙다는 인사를 건네고는 그대로 잠이 들었다.

얼마 후 국대부인 양소선은 향년 육십일 세를 일기로 생을 마감하였다. 그녀가 떠나던 날, 후드득후드득 대지를 적시는 빗방울 사이로 또다시 새로운 생명이 무수히 돋아났다.

국상이 겹쳐 흰 물결이 그칠 줄을 몰랐다.

하녹은 한동안 식음을 전폐하고 빈전에만 틀어박혀 있었다.

연은 사나흘가량 그를 잠자코 지켜보기만 했다. 그녀는 부모 중에 같이 지냈던 사람이 의붓아버지뿐이었던 터라, 내도록 함께 살던 친어머니를 잃은 슬픔의 깊이를 좀처럼 헤아릴 수가 없었다. 다만 의붓아버지의 죽음을 뒤늦게야 전해 들었던 그녀보다는, 친어머니를 눈앞에서 잃은 그가 더 슬프리라는 정도만 어렴풋이 짐작할 따름이었다.

그녀는 섣불리 그의 슬픔을 방해하려 들지 않았다. 하지만 사나흘이 지나자, 그 초췌한 몰골을 도저히 두고 볼 수 없는 지경에 이르렀다.

그날도 아침부터 빈전에 갔던 연은 물려 나오는 찬선을 보곤 양미간을 좁혔다.

"오늘도 아니 드셨습니까?"

시녀가 울상으로 고개를 끄덕이며 대답했다.

"눈길조차 아니 주시옵니다."

연은 빈전을 물끄러미 바라보다가 도로 처소를 향해 발길을 돌렸다. 방상이 주저하며 그녀에게 속삭였다.

"연희 부인께서 아기씨라도 언급하여 권하시오면, 전하께서도 필시 뿌리치기는 어려우실 터이옵니다. 납시어 권해보시지요."

"그러려고 합니다. 가서 미음이라도 쑤어봐야겠어요."

"손수 지으시게요?"

"저도 웬만큼은 할 줄 압니다. 예전에 장군님 댁에 있었을 때 이것저것 배웠거든요. 걱정 마십시오. 흙을 드십사 권하진 않을 겁니다."

흙은 안 먹이겠다는 말이 되레 방상의 걱정을 부추겼다. 고작 미음을 쑬 뿐인데도 방상은 처소 부엌까지 연을 따라 들어와 물이 어떠네, 불이 어떠네 하며 이러쿵저러쿵 잔소리를 늘어놓았다.

그래도 덕분에 훌륭한 미음이 완성되었다. 미음이 훌륭해 봤자 미음이지만, 연은 얼마간 자신감을 갖고 미음을 받쳐 들었다.

그녀가 빈전으로 들어섰을 때, 하녹은 고개를 푹 숙인 채 앉아 있었다.

연은 조용히 그의 앞에 미음을 내려놓았다. 그는 거들떠보지도 않았다. 미동도 없이 고요히 앉아 있을 뿐이었다.

연은 그에게 무어라 말해야 좋을지 몰라 심호흡만 거듭하다가, 살그머니 고개를 기울여 그의 옆얼굴을 훔쳐보았다. 입 꾹 다물고 눈을 굳게 감은 모양새가 어쩐지 졸고 있는 듯했다.

그제야 용기를 낸 연이 손가락을 뻗어 그를 콕콕 찔렀다. 그가 흠칫하며 고개를 들었다.

일순 눈이 딱 마주쳤다. 하녹은 멍하니 그녀를 바라보았다.

연이 스스러운 듯 시선을 피하면서 미음을 그의 앞쪽으로 조금 더 밀었다.

"제가 모처럼 솜씨를 발휘해 보았습니다."

하녹은 아무런 대꾸가 없었다. 그저 그녀를 잠자코 바라볼 뿐이었다.

또 한 차례 눈을 마주친 연이 도로 눈길을 내리곤 변명하듯 웅얼웅얼 말했다.

"빈속에는 이게 가장 부담이 적을 성싶어서요. 제가 이것밖에 할 줄 모른다고 오해하시면 곤란합니다."

그래도 그는 아무 반응이 없었다.

무거운 침묵 속에서 아랫입술만 잘근잘근 물고 있던 연이 급기야 눈을 질끈 감았다.

"죄송합니다. 그날 그런 변을 당하지만 않으셨더라도……. 그동안 저 때문에 많이 뵙지도 못했는데……."

"방금……."

다 갈라진 음성으로 입을 열었던 하녹이 인상을 찡그리며 건조한 목을 가다듬었다.

"……설핏 잠이 들어 꿈을 꾸었소. 어머님과 더불어 큰 물가에서 있었다오. 어머님께서는 종내 그 건너편만 바라보고 계시더니, 배가 오자 환히 반색하시며 나를 돌아보지도 않고 설렌 발길로 가셨소."

그는 빈전 안쪽을 돌아보면서 느릿느릿 말을 이었다.

"어머님께서 열수를 건너 고국으로 돌아가셨는지, 아니면 한수를 건너 새 도읍지로 먼저 가셨는지, 나는 못내 궁금하오. 대관절 어디로 가신 건가……."

버려진 아이처럼 어머니의 행방에 골몰하는 그가 애처로워 연은 말없이 눈물만 흘렸다.

그가 뒤늦게 그녀를 돌아보았다.

"어찌 그리 우오?"

"전하께서 너무……."

연이 성급히 눈물을 훔치면서 빈전 안쪽으로 고개를 돌렸다.

"너무 어려운 걸 물으시잖아요. 안 그래도 할 말이 없어서……. 하여도 미음이나마 열심히 끓이면 뭔가 도움이 될 줄 알고……. 한데 그렇게 답도 모를 하문을 하시니, 제가 대답도 못 하고, 위로도 못 하고, 전 아무런 도움도 안 되고……."

중언부언 울먹이며 손수건을 꺼내 드는 그녀의 옆모습을 물끄러미 보다가, 하녹이 이윽고 아래를 내려다보았다.

허여멀건 미음 한 그릇이 달랑 놓인 소반은, 마치 금붙이 은붙이를 다 떼고 소복만 입은 사람처럼 조촐하고 애잔한 모양새였다.

그는 수저를 들어 미음 한술을 입에 머금었다. 미지근하게 엉겨 기연미연 시나브로 젖어드는 감각에 되레 목이 메었다.

"그 아이가 주상에게 준 것이 정이었나 봅니다."

어머니의 말씀이 옳았을지도 모르겠다. 있는 듯 없는 듯 스미어 어느덧 뗄 수도 없이 하나로 어우러지고는, 네 탓 내 탓을 따지기도 피차 민망해져 그저 말없이 보듬고 마는 것이 정이라면

정일지라.

하여 그녀는 새삼 아버지를 잃고도 못 이긴 척 그에게 곁을 허락하였다. 그러니 그 또한 그리할 터였다.

그는 메마른 목을 적시듯 미음을 넘기고는 그녀에게 말했다.

"맛있소."

그녀는 칭찬을 듣고도 무에 그리 억울한지 또 울었다.

섭제국에서 연달아 이어진 국상과 팔월에 올릴 국혼에 대한 소식은 주변국들에 일파만파로 퍼져 나갔다. 앞장서서 소문을 내고 다닌 사람은 원양국의 왕 해루였다. 그는 자신이 아는 모든 나라 왕들을 다 만나고 돌아다녔다.

「내게 친딸이나 마찬가지인 질녀가 있는데, 올해 팔월에 섭제국 왕과 국혼을 올리게 되었다오. 하여 이참에 아예 섭제국과 병합키로 하였소.」

「쯧쯧. 대왕이 여태 미취하여 후사가 없다는 사실이야 모르는 사람이 없을 터이나, 아직은 그렇게까지 극단적인 결정을 내릴 때가 아니잖소. 서둘러 국혼을 올리든지, 아니면 하다못해 양자라도 들일 일이지, 어찌 나라를 송두리째 남에게 내줄 수가 있소? 것도 하필 섭제국이라니. 이 마루한 제국 내에서 그 나라를 좋게 보는 사람은 아무도 없을 텐데.」

「내 일찍이 잃어버렸던 조카 놈을 뒤늦게 찾아 후사에는 걱정이 없었다오. 다만 우리 원양국이 장차 나아가야 할 방향을 고려

한 끝에 내린 결론이지. 혹시 아직 그 일을 모르시오? 요 근래에 섭제국에 국상이 연이어져서 분위기가 영 뒤숭숭하더니만, 진제께서 위로의 뜻을 표하시며 진경 나루를 내주시더구려. 하여 섭제국은 곧 한수 이남으로 천도할 예정이라오. 어찌 봐도 그쪽이 더 안전하잖소.」

「헉! 그게 사실이오? 진제께서 진경 나루를 섭제국에 주셨다고? 아니, 어찌 그러실 수가 있소? 우리나라 국상에는 별달리 관심도 없으셨으면서!」

「섭제국에서 발 벗고 나서서 여러 나라들과 병권을 통합하여 국경을 방비해 준 덕분에, 벌써 한수 이북의 중부는 예전과는 사정이 많이 다르다오. 어차피 진제께서 생각하시는 국경은 한수까지라고들 하잖소. 내 일찍이 섭제국과 병권을 통합하기 전에는 노상 낭열과 맥열의 노략질에 시달렸는데, 그때 아무리 구원을 요청해도 진제께서는 모르쇠로 일관하시더구먼. 솔직히 지금에 와서는 마루한 제국에 보내는 조공이 아까울 지경이오. 섭제국에 보내는 군량은 하나도 안 아까운데 말이지.」

「나는 아예 진제께는 구원을 요청하지도 않는다오. 그쪽에는 기대를 버린 지 오래되었소. 어쨌거나 진제께서 진경 나루까지 내주셨다는 걸 보니, 섭제국도 의외로 믿을 만한가 보구먼. 이럴 줄 알았으면 지난번 섭제국 사신이 왔을 적에 병권을 통합해 버렸을 것을, 그동안 괜히 망설였네.」

해루는 누가 시키지도 않았건만 교묘하게 진제를 깎아내리면서 섭제국을 치켜세우고 돌아다녔다.

한수 이북의 나라들은 가뜩이나 외적의 침입에 시달려 진제에 대한 불만을 키우고 있던 참이었다. 한때 자신들과 같은 처지였던 원양국 왕의 말이 남 애기처럼 들리지 않았다. 그들은 대번에 섭제국으로 사신을 파견하여 조의를 표하고, 애걸하다시피 하며 병권 통합을 요청했다.

그 사신들에게 하녹은 더없이 온화하고 사람 좋아 보이는 인상으로 제안했다.

"우리가 스스로 병사와 군량을 모아 국경을 방비함에 있어서, 기실 마루한 제국에 매년 바치는 조공이 적잖은 부담이 되고 있소. 만일 우리가 명목상으로 하나의 국가를 이룩하여 십시일반으로 조공을 모아 바친다면, 그 부담이 한결 줄지 않겠소? 우리가 제각기 현재와 같은 체제를 유지하되, 조공을 바칠 시에만 한 나라가 대표로 나섬이 어떨까 하오. 국상을 마치는 대로 회합을 열 예정이오만, 혹여 귀국의 대왕께서도 참석하신다면 영광이겠소."

그것은 한진 땅에서 또 하나의 마루한 제국을 건설하자는 것과 별다를 바 없는 제안이었다. 그러면서도 지극히 실리적이고 타당하여 여러 나라들이 그에 혹하였다. 그들은 당장 그해의 조공부터 줄이고자 주저 없이 섭제국의 회합에 참석하였다.

섭제국에서 주도한 회합이다 보니, 회합을 시작하기도 전부터 이미 대세는 섭제국으로 기울어져 있었다. 그들은 섭제국을 흔쾌히 자신들의 대표로 결정했다.

행여나 그들의 마음이 바뀔세라, 섭제국 측에서는 곧바로 진제에게 사신을 보내어 이 사실을 통보하고 아울러 한수 이남으로 천도할 것도 고하였다.

북녘의 이방인들이 열수를 건너와 슬그머니 마루한 제국 한 귀퉁이에 둥지를 틀더니만, 그새 한수 이북의 여러 나라들을 통합하고 장차 한수 이남까지 잠식할 태세였다. 그 이방인들이 날개를 펼 수 있도록 도와 준 장본인이 바로 진제였다.

진제는 화가 머리끝까지 나서 답을 보냈다.

「무릇 국가의 강역은 그 백성이 스스로 일군 바를 토대로 하여 정함이 우리 한진의 오랜 풍습이었다. 그러나 북녘으로부터 온 이방인들이 우리의 전통을 세세히 알지 못하고, 이웃나라들은 그 힘을 두려워하여 차례로 그를 섬기는 형세다. 이에 부득불 섭제국의 국경을 명확히 하여 차후의 혼란을 막고자 하노라. 북으로는 열수에 이르러도 될 것이나, 남으로는 웅천이 한계다. 서로는 대해에 이르러도 될 것이나, 동으로는 주양이 한계다. 이로써 섭제국의 강역을 확정짓노니, 항시 본분을 잊지 말고 국경을 지키도록 할지어다.」

비 떨어지기 시작한 연후에야 조바심 내며 지붕 고치는 형국이었다. 그 전언을 들은 하녹은 진제의 사신에게 부드러운 미소를 지으면서 나긋나긋 고개를 끄덕여 주었다.

이제 겨우 두어 방울 떨어뜨려 봤을 뿐이다. 어차피 곧 태풍이 일어 집 자체가 날아갈 텐데, 왜 미련스럽게 지붕을 고치는지 모른다. 그가 친애하는 이들을 죽여놓고도 세세상전 백일청천을 누릴 줄 알았다면 큰 오산이다. 복수 따위야 어찌 되든 알 바 아니나, 남겨진 이들만은 오기로 지킨다.

❖

국대부인 양소선이 살아생전에 국혼은 간소하게 치르라고 당부하였으나, 아무리 규모를 줄이려고 해도 뜻대로 되지 않았다.

섭제국의 기치 아래에 모인 주변 여러 나라의 왕들이 행여나 이 경사를 놓칠세라 저마다 하례의 예물을 들고 찾아들었다. 섭제국 측에서는 국혼 열흘 전부터 병사들의 사열식을 필두로 하여 사냥과 선유로 그들을 후히 대접하고, 더불어 옛 진경 나루였던 새 도읍지를 그들에게 선보였다.

하녹이 모두의 부러움을 한 몸에 받으면서 어떻게든 겸손한 태도를 유지하려고 무진장 애를 쓰는 사이, 연은 내도록 처소에 틀어박혀서 방상에게 시달리고 있었다. '국혼도 며칠 남지 않았는데……' 하며 시작되었던 방상의 성화는 국혼 전날에 이르러 극에 달했다.

매일이다시피 때를 벗기더니만 이제는 숫제 살가죽을 벗겨 버릴 기세고, 매일이다시피 머리카락을 창포물에 절이더니만 이제는 아예 머리카락을 녹여 버릴 기세였다. 그러면서 말끝마다 복숭앗빛 뺨과 칠흑 같은 머리를 찾는데, 연이 경대로 보기엔 충분히 복숭아고 칠흑이었다.

견디다 못한 연이 급기야 말했다.

"아기가 힘들대요."

방상은 일말의 망설임도 없이 즉각 대꾸했다.

"이게 다 몸에 좋은 것이오라, 아기씨한테도 약이 되옵니다."

해 질 무렵 방상은 또 한 차례 연에게 혼례복을 입혀보곤, 역시나 배가 덜 나와 보인다며 자신의 바느질 솜씨에 탄복하고 퇴궐했다.

연은 진이 빠져 나른하게 와상에 걸터앉았다.

생각해 보면 딱히 그녀가 한 일은 없었다. 시녀들이 그녀의 머리를 절이고, 때를 벗기고, 손톱 발톱에 광을 내고, 살갗에 온갖 것들을 붙이거나 발랐다가 씻어내는 동안 그녀는 가만히 있었을 뿐이었다. 그런데도 피곤했다. 누우면 곧바로 잠들 성싶었다.

한데 그때 하녹이 들뜬 표정으로 들어오더니, 그녀에게 같이 놀러가자고 조르기 시작했다.

“전하, 내일이면 국혼입니다.”

“그러니 오늘 가야 하오. 내가 올봄에 꼭 연희와 같이 하겠노라 벼르던 것이 있었단 말이오. 한데 봄에는 그럴 정신이 아니었고, 내일이면 그대는 대부인이 되어버리잖소. 나는 연희와 해야겠소. 어서 일어나 보오.”

“대체 뭘 하시려고요?”

“가보면 아오.”

하긴 온종일 처소에 가만히 있느라 답답하긴 했다. 그가 혼인 전날 무엇을 하고 놀려는지 궁금하기도 했다.

연은 못 이긴 척 일어나 채비하였다. 그러다 문득 그에게 물었다.

“혹시 대부인이 되면 궐 밖에 못 나가게 됩니까?”

“그럴 리 있소?”

“한데 왜 꼭 오늘이어야만 하나요? 내일 새벽부터 바쁠 텐데.”

“오늘이…….”

그는 연이 단장을 마친 모습을 보고서야 말했다.

“……날이 좋단 말이오.”

오늘만 날이었다. 하녹은 우격다짐으로 그녀를 등 떠밀어 밖으로 나갔다.

처소 앞에는 벌써 가마가 마련되어 있었다. 예전에는 어디를 가든 오자와 함께였으나, 회임한 몸으로 말을 타기도 어쩐지 불안하여 연은 잠자코 가마에 올랐다.

한동안 느릿느릿 흔들리며 당도한 곳은 한수였다.

말을 타고 왔으면 금방이었으련만, 그새 완연한 밤이었다. 그래도 하녹의 손을 잡고 가마에서 내린 연은 설렌 얼굴로 주위를 둘러보았다. 팔월 기망(幾望) 부푼 달이 표표히 뜬 물가로 잇따라 선 능수버들이 밤바람을 삽연히 실어 나르고 있었다.

그는 그녀를 이끌고 물가로 다가가, 한수 건너 저만치에 불야성으로 횃불 밝힌 곳을 가리키며 말했다.

"오늘 저곳에 다녀왔소. 내달부터 본격적으로 성을 쌓을 예정이오. 내전을 어찌 꾸미고 싶소?"

연이 생긋 웃었다.

"글쎄요. 지금 제 처소보다 더 컸으면 좋겠습니다. 특히 후원이요. 지금의 내전처럼 후원에 정자가 있었으면 좋겠어요. 연못도 있고요. 아, 혹시나 아이가 빠질지도 모르니까 연못은 위험하겠네요. 맞아요. 아이가 뛰놀다가 넘어질 수도 있으니까 후원에는 전부 풀을 심어서……. 아니, 후원은 차라리 없는 편이 낫겠습니다. 음, 생각해 보니까 너무 넓어도 안 될 것 같아요. 방을 딱 한 칸만 만들어 버리면 아이를 항상 제 눈길 닿는 곳에 둘 수 있겠지요."

처음에는 싱글벙글 웃으면서 듣고 있던 하녹이 이윽고 김빠진 얼굴로 투덜거렸다.

"나는 어릴 때 연못 좋아했소. 잉어도 키우고 장구벌레도 키우고, 그러다가 모기한테 물려도 보고, 얼마나 좋소? 후원도 없애고 방도 딱 한 칸만 만들라니, 그게 무슨 내전이오? 옥사지. 아이를 옥에 가둬 기를 참이오?"

"그래도 위험한 것보다는 낫잖아요."

"어차피 시녀들이 노상 졸졸 쫓아다닐 텐데, 위험할 게 무에 있소? 갑갑해서 월담하면 그때부터나 약간 위험해지는 거지."

연이 눈빛을 초롱초롱 반짝이며 그를 돌아보았다.

"전하께서 그러셨던 건가요?"

"일곱 살이었던가. 한 번 월담하다가 걸리고는, 두 번째에는 어찌 몰래 궐 밖까지 나왔다오. 한데 그 밤에 웬 곰같이 생긴 도적 한 놈이 난데없이 튀어나오더니 나를 덥석 잡아가지 않겠소? 나를 어느 오두막에 가둬놓고는 이름이 뭐냐, 사는 곳이 어디냐 꼬치꼬치 캐묻는데, 어린 마음에도 신분을 밝히면 더 큰일이 날성싶어 입을 꾹 다물고 있었지. 그놈도 묻기를 포기했는지 나를 한참 꼬나보더니, 이번에는 내 의관이 좋아 보인다면서 갖다 팔겠다고 옷을 홀랑 벗기더군. 그러고는 나더러 자기처럼 도적이 되라며 밤낮으로 이리저리 굴리는데, 내가 왜 진즉에 부모님 말씀 안 듣고 월담을 했던가 하고 눈물로 반성하지 않았겠소. 내가 그때 철이 다 들어서 이후로는 양친의 뜻을 거스른 적이 없었다오. 그대에 관한 일만 빼고."

하녹이 농담하듯 장난스러운 미소를 짓자, 연은 낯빛을 붉히며 배시시 웃었다.

"그래도 무사하셨으니 다행입니다. 어쩌다가 하필이면 도적의 눈에 띄어서는……."

"그러게 말이오. 그놈이 내게 도적이 되려면 검을 잘 다뤄야 한다며, 검술 수련을 빌미로 걸핏하면 나를 두들겨 패고, 내가 그 어린 나이에 실로 고생이 많았소. 그런 식으로 한 열흘쯤 시달렸던가? 그놈이 드디어 내게 의관을 돌려주더니, 이제는 웬만큼 쓸 만한 도적이 되었다면서 궁궐을 털어 오라더군. 덕분에 내가 도로 월담하여 겨우 환궁하였다오."

듣고 있던 연이 고개를 갸웃했다.

"아니, 도적이 왜요? 그 옷은 갖다 팔아버린 게 아니었던가요?"

"갖다 팔 리 없지. 그 도적은 왕명을 받고 임무에 충실했을 뿐이니."

"에이, 뭡니까? 진짜 도적인 줄 알았잖아요."

허무한 표정을 짓고 있는 연에게 하녹이 넌지시 말했다.

"우보라오."

"예?"

"우보였소, 그 도적이."

"헉! 장군님이요?"

연이 눈을 동그랗게 뜨다가 이내 마른침을 꼴깍 삼켰다.

"그 도적이 전하를 굴리고 때렸다면서요. 장군님이 그러셨단 말씀입니까?"

지금의 을음을 생각하면 좀처럼 상상이 안 되는 일이었다. 하녹은 피식 웃었다.

"당시만 해도 내가 이리 될 줄 몰랐겠지. 그대는 어린 시절에 무엇을 하고 놀았소?"

"별것 없었습니다. 놀 만한 여유도 없었고, 같이 놀 또래 아이라곤 단이뿐이었어요. 한데 단이랑 같이 놀면, 단이는 가만히 누워서 제가 노는 걸 구경만 했거든요."

"그대는 혹 월담한 적 없소?"

"없어요, 전혀. 생각조차 못 해본걸요. 그래도 단이는 가끔 밤에 몰래 돌아다니곤 하더라고요."

하녹이 불만스러운 기색으로 한숨을 쉬었다.

"하여튼 그놈의 단이, 단이. 그대의 어린 시절을 묻는데, 왜 자꾸 단이 이야기만 하오?"

"그야 어릴 때 같이 논 사람이 단이밖에 없었으니……."

"아, 또 단이. 되었소. 내가 안 듣고 말지."

하녹은 짐짓 토라진 양 돌아섰다. 그는 근처에 있던 버드나무로 성큼성큼 다가가더니, 휘장처럼 늘어진 버들가지를 걷고는 그 속으로 숨어버렸다.

연이 돌아보곤 한숨을 쉬었다. 어쩜 저리도 속이 좁은지 모르겠다.

그녀는 잠시 그를 기다려 보다가 그예 머리를 설설 흔들면서 버드나무 아래로 들어갔다. 그는 소심하게 등 돌리고 서서는 손가락으로 애꿎은 나무줄기를 긁적이고 있었다.

연이 그의 등을 톡톡 쳤다.

"전하, 역정을 내실 일이 따로 있지……."

돌아선 그의 얼굴을 보고 그녀는 다시금 한숨을 쉬었다.

이제 보니 또 그에게 말려든 참이었다. 하녹은 녹녹한 미소로 그녀를 내려다보고 있었다. 그러다 은근슬쩍 그녀의 허리에 팔을 둘렀다.

연이 화들짝 놀라 그의 손을 떼어냈다.

"한데서 어찌 이러십니까? 시위들이 봅니다."

"아아. 꼭 한 번 해보고 싶었단 말이오."

그는 도로 그녀의 허리를 감싸 안으면서 생떼를 썼다.

이 근방에 죽 늘어선 버드나무 밑에 남녀의 발이 있으면, 그 남녀의 입술은 십중팔구 맞붙어 있다. 예전에 놀러 나왔을 때 번번이 그들을 훼방 놓으면서 짓궂게 장난을 치더니만, 내심 부러웠던가 보다. 오죽했으면 그녀와 꼭 같이 하겠다고 벼르고 별러서 국혼 전야에 한수까지 나왔을까.

연은 양미간을 좁히면서도 빠끔히 버들가지를 들추고 주위를 살폈다.

저만치 늘어선 시위들이 하나같이 등을 돌리고 있었다. 오뉴월에 개도 안 걸린다는 고뿔이 단체로 들었는지, 여기저기서 기침 소리가 끊이지 않았다.

연은 이윽고 버들가지를 내리고 하녹을 향해 돌아섰다.

"아휴, 알았습니다. 대신에 빨리……."

그녀가 말을 다 맺기도 전에 하녹의 입술이 와 닿았다. 버들잎처럼 부드럽게 스치고 가고는 이내 도로 팔랑거리며 들어와 기어이 한숨을 토하게 만들었다.

그래 놓고 그는 무척이나 뿌듯한지 히죽 웃으면서 홀로 버들가지 밖으로 나갔다. 연은 뒤늦게야 성급히 그를 뒤따랐다.

하녹은 방금 저 버드나무 그늘에서 무슨 일이 있었냐는 양 시침 뚝 떼고, 자못 근엄한 표정으로 한수 건너를 바라보았다. 연이 곁으로 다가가자 그는 팔을 벌려 그녀의 어깨를 감쌌다.

"내 곰곰이 생각하다가 오늘 저곳에 가보고서야 확신이 들었소. 어머님께서는 필시 저곳으로 가셨을 것이오. 이 나라의 반석이 궁금하여, 그리도 환히 반색하며 서둘러 가셨던 게 틀림없소."

연이 씁쓸한 미소를 지으며 자신의 배 위에 손을 올렸다.

"예, 제 생각에도……."

그녀가 문득 움찔하며 배를 내려다보았다. 하녹이 의아한 눈초리로 그녀를 돌아보았다.

"어찌 그러오?"

"잠깐……. 아!"

연이 다급히 그의 손을 붙들어 자신의 배 위에 얹었다.

그가 고개를 갸웃한 찰나, 무언가 자그마한 것이 그의 손바닥을 꾹 누르고 사라졌다.

"엇!"

태동이었다. 이제껏 연이 수차 아기가 논다고 말하긴 했지만, 하녹이 느낀 것은 처음이었다. 그는 신기하여 잠시간 가만히 연의 배 위에 손을 얹은 채 아기가 또 움직여 주기만을 기다렸다. 하지만 아기는 그새 도로 얌전해져서 좀처럼 움직일 생각을 안 했다.

마침내 연이 웃음 띤 목소리로 말했다.

"밤이 깊어 이제는 자나 봅니다."

"그런가 보오."

하녹이 나지막이 웃음소리를 흘리며 그대로 팔을 둘러 그녀를 끌어안았다. 움칫하며 시위들 쪽을 힐긋 돌아본 연이 이내 고요히 그에게 머리를 기댔다.

그는 그녀를 안은 채 한수 건너편을 바라보았다.

"아무도 침범하지 못할 성을 쌓겠소."

"예."

"누구도 그대를 위협하지 못하게 하겠소."

"예."

"이 한진 땅 전부를 평정하는 한이 있더라도, 그대와 이 아이만은 반드시 지켜내겠소."

연이 살며시 그의 품에서 떨어져 그를 쳐다보았다.

"전하."

"응?"

"그리 말씀하시니, 실로 군왕 같습니다."

"당연하지."

하녹이 연의 손을 잡아 자신의 가슴에 대었다. 그는 찡긋 눈웃음을 지으면서 농담하듯 말했다.

"무릇 군왕은 하늘인 법이라오."

그녀는 그의 왼쪽 가슴 언저리에 손을 댄 채, 다소곳이 그에게 도로 머리를 기대었다.

그는 그대로 오래도록 말없이 그녀를 안고 있었다. 여실히 숨을 쉬면서, 그녀의 혼이 깃든 심장을 두근두근 고동치면서.

발문

천도 후, 새 왕성에서 열린 첫 연회는 그 성격상 매우 간소하게 치러졌다. 손님도 별로 없었던 그 조촐한 연회 때문에, 하녹과 연은 장장 석 달 간의 기나긴 부부싸움을 벌였더랬다. 연은 연회를 마치고 내전으로 돌아와 와상에 누운 다음에도 여전히 성에 안 차는 눈치였다.

등 돌리고 누운 채 한참 말이 없던 그녀가 그예 돌아누워 투덜거렸다.

"우왕좌왕 정신이 없었습니다. 아니, 며칠 더 있다가 천도한다고 궁궐이 발 달려서 어디 도망이라도 간다던가요?"

하녹은 그새 선잠이 들었던 터라 눈살을 찌푸리면서 그녀를 바라보았다.

"아직도 미련을 못 버렸소? 새 궁궐 구경도 시켜주고 좋기만

하던걸."

"궁궐 구경이라고요? 애당초 준비도 덜 된 상태에서 무턱대고 천도를 하신 바람에 아랫사람들이 다들 처소 단장하랴 연회 준비하랴 정신없이 바쁜데, 이 와중에 무슨 구경이요? 그래도 저는 전하께서 하도 당당하게 나서시기에 적어도 길은 다 아시는 줄 알았습니다. 한데 정전을 보여 주신다더니만 마구간으로 끌고 가셨잖아요."

"그래서 내가 알고 보면 사람이 아니라 말이기에 정전이 이 모양이라고 '히히힝!' 했더니 다들 요절복통했잖소."

"그거야 처음이니까 그랬겠지요. 대전으로 가신다면서 또다시 마구간으로 가실 뻔했잖습니까. 단이가 여긴 마구간 가는 길이라고 미리 알려 드리지 않았다면, 보나마나 또 '히히힝!' 하셨겠지요."

그녀를 끌어안고 뭉그적거리던 하녹이 냅다 일어나 앉았다.

"으으! 아침부터 또 그놈의 단이, 단이! 잘난 오라비 둬서 퍽이나 좋겠소."

그가 버럭 언성을 높이는데도 연은 지지 않고 은근히 반박했다.

"오라비가 아니라 동기라니까요."

"무엇이 됐든! 제발 비교 좀 그만하시오!"

그는 자신이 얼마나 화가 났는지 보여주기라도 하려는 양 이불을 마구 들썩였다. 그러더니 도로 풀썩 누우면서 투덜투덜 빈정거렸다.

"자랑을 늘어지게 하기에 잔뜩 기대했건만, 아무리 봐도 그냥 흔하디흔한 범부더군. 얼굴에 눈만 달린 것 같은 그 처녀와 그대만 둘이서 좋다고 야단이지. 그런 자는 세상천지에 널리고 널렸소. 내가 그보다 못한 게 뭐란 말이오?"

연이 힐긋 그를 노려보았다.

"전하, 저와 몇 년이나 같이 지내셨습니까? 단이를 보십시오. 아직 일 년도 안 됐는데 벌써 전하와 말이 술술 통하잖아요. 열예 말을 저보다도 더 잘하는 것 같던걸요."

"그대가 더 잘하오!"

홧김에 쏘아붙인 하녹은 곧 그게 연을 칭찬하는 것밖에 되지 않음을 깨닫고 아뿔싸 했다. 그러다 별안간 주위를 두리번거렸다.

"엇! 이 나라의 반석께서 보채시는군. 오늘 많이 피곤하셨나."

방장 너머는 조용하건만, 하녹은 말도 안 되는 핑계를 대면서 침의 바람으로 후다닥 자리를 피했다.

연은 일어나 앉아 그의 뒷모습을 흘겨보다가 그예 쿡쿡 웃음을 터뜨렸다. 그러고는 이내 그를 따라 방장 너머로 건너갔다.

이 나라의 반석이자, 이날 연회의 주역이었던 원자 월은 새근새근 잘만 자고 있었다. 그 주변으로는 이날 받은 선물들이 한가득 펼쳐져 있었다. 갓 백일 된 아기가 갖고 놀기에는 적합지 않은 물건이 대다수였다.

머리맡에 길게 놓인 명검은 을음의 선물이었다. 어떤 대장장이가 도통 알아들을 수 없는 재료들을 어찌어찌 섞어서 만든 검인데, 한마디로 대단히 튼튼한 장검 같았다. 연이 인사치레로 '아, 반짝거리는 게 제법 예쁘네요'라고 말하자, 을음은 느닷없이 실망한 기색으로 영문 모를 한숨만 쉬었다.

명검 위쪽에 놓인 큼직한 목마는 단으로부터 받은 것이었다. 단과 단의 벗이 함께 만든 선물이라고 했다. 진회라는 그 청년은 기병이 되는 게 일생의 소원이라고 했다. 아직 열예 말은 좀 어눌해도 셈이 무척 빨라서, 을음은 종내 그를 곁에 붙들어 앉혀놓고 퍽 즐겁게 군량 계산에 몰두하고 있었다. 아무래도 진회는 곧 무리 없이 일생의 소원을 이룰 성싶었다.

목마 위에 얹힌 안장 비슷한 덮개는 진회의 누이인 율의 선물이었다. 바느질에는 영 취미가 없는 모양인지, 방상은 그걸 보곤 그저 혀만 끌끌 찼더랬다. 율은 누가 묻지도 않았건만 연에게 다가와 자신이 하마터면 연을 죽일 뻔했다고 순순히 자백했다. 그러더니만 퍽도 붙임성 있게 연의 곁에 찰싹 달라붙어 내도록 종알종알 단에 대한 수다에 열을 올렸다. 비록 바느질은 못할지언정, 보면 볼수록 정이 가는 처녀였다.

명검 옆에 놓인 조그마한 손칼은 구파해의 선물이었다. 그는 때마침 을음의 집에 찾아왔다가, 을음이 빈말로 하는 소리를 넙죽 받아들여 연회에 참석했다. 그래도 그의 넉살스러운 입담 덕택에 자칫 어색할 수도 있었던 이날의 연회가 화기애애하게 치러졌다. 그는 굉장히 아는 것이 많아서, 남들에게는 통 무관심하던 단의 마음을 완전히 휘어잡은 눈치였다.

어쩐지 율의 짐작대로 단이 그를 따라 떠날 것만 같은 예감이 들었다. 그러나 율은 대수롭지 않다는 투로 말했다.

「단이 오라버니가 어디로 가든 무슨 걱정이에요. 어차피 전 그 옆에 꼭 붙어 다닐 텐데요.」

율의 말을 들어서 그런지, 연도 그다지 별스러운 걱정은 되지 않았다. 다음번에 다시 만날 때쯤, 단은 구파해보다도 더 박식한 사람이 되어 있을지 모른다.

원자 월이 이것저것 묻힌 채로 입고 잠들어 버린 고까옷은 방상과 첨운의 선물이었다. 그리고 그 발치에 놓인 갖신은 해루의 선물이었다. 갖신 자체는 조그맣지만, 월에게는 너무 커서 아직 신길 수가 없었다. 그래도 그것을 신길 무렵에는, 어쩌면 해루와 허심탄회하게 담소를 나눌 수 있을 것도 같았다.

그때 하녹이 월에게 시선을 둔 채로 그녀를 향해 손을 내밀었다. 연은 선선히 그의 손을 잡았다.

"역시 나만 한 사람이 없지 않소?"

그녀는 풋 웃음을 터뜨렸다.

그는 '하늘님'이었다가 '순 나쁜 놈'이었다가 '이해할 수 없는 사람'이었다가 '싫지 않은 사람'이 되었으나, 그의 말마따나 연에게는 그만 한 사람이 없었다.

그는 일찍이 성도에 침입하여 그녀의 의붓아버지를 죽음으로 몰고 간 대신, 그의 어머니를 죽음에 이르게 한 사람들을 선뜻 용서하였다. 그때 그가 대신들과 전쟁을 치러가며 처형을 막지 않았다면, 이날의 연회가 그토록 다정다감한 분위기로 치러지지는 못했을 터였다.

연이 이윽고 그의 손을 굳게 다잡았다.

그녀가 입을 열려는 찰나, 그가 자못 의기양양한 미소를 지으며 그녀에게 말했다.

“한비는 천길이와 오자의 혈통이란 말이오. 당대 최고의 명마가 될 망아지지. 목마와 명마라니, 선물부터도 나와는 비교가 안 되는군.”

하녹이 엉뚱한 소리를 하며 웃는 바람에 연이 하려던 말은 그만 쏙 들어가고 말았다.

김빠진 얼굴로 그를 바라보던 연은 이내 그를 따라 나지막이 웃어버렸다. 그러고는 그의 어깨에 머리를 기댄 채 잠든 월의 얼굴을 물끄러미 들여다보았다.

아늑한 밤의 적막에 취하여 살살 졸음이 오기 시작했다. 아무래도 그 말은 내일 아침으로 미뤄야 할 성싶었다.

그래, 그게 좋겠다. 태양이 환히 빛나는 아침이 오거든, 그 어느 때보다도 정직하게 그의 눈에 눈을 맞추자. 고동치는 그의 심장에 손을 얹고, 마디마디 혼을 새기듯 온 정성을 다하여 말하자. 비로소 말하자.

고맙다고, 미안하다고, 그리고…….

〈完〉

외전

「야, 밤톨. 일어나. 밥 먹으래.」

객당에 있던 진회가 옆방 문을 두들기며 율을 깨웠다. 간밤에 연회 뒤풀이를 한다고 말술을 퍼마셔 놓고도 진회는 끄떡없었다. 반면에 율은 완전히 곯아떨어져 버린 눈치인지 통 기척이 없었다.

「안 일어난다 이거지? 오냐. 이 오라비가 네 밥까지 다 먹어주마. 나중에 삐치기 없기다.」

잠시 더 문을 두들겨 보던 진회는 어깨를 으쓱하며 돌아섰다. 뒤이어 단을 깨우러 가보니 단 역시 기척이 없었다. 그는 방문을 슬쩍 열어보곤 빈 방을 보며 혀를 내둘렀다.

「이야! 이 자식은 여기까지 와서도 방 정리 하나는 칼같이 하네. 이불 개어놓은 꼴 좀 봐라. 모서리에 손 베겠다.」

아침 찬선이 준비되어 있다는 큰 방으로 향하면서 진회는 구시렁구시렁 투덜거렸다.

「애가 어떻게 된 게 빈틈이 없냐. 미리미리 약점을 잡아놔야 나중에 딴소리를 못 할 텐데……. 아니, 그냥 원래대로 빈털터리 거지였으면 얼마나 좋아. 누가 집을 장만하랬어, 소를 내놓으랬어. 마음 내킬 때 편하게 혼인만 하면 된다는데, 왜 하라는 혼인은 안 하고 쓸데없이 아버지를 찾고 야단이냐고. 애가 만만한 애가 아니면 아버지라도 좀 만만해야 얘기가 되지. 으이그, 밤톨이 요거 진즉에 시집을 갔어야 되는데.」

큰 방에 들어가 보니, 시중드는 이들을 제외하곤 해루만이 홀로 덩그러니 앉아 있었다.

왕위에서 물러난 이후에도 해루는 예전과 별반 다름없이 지내고 있었다. 섭제국 측에서는 양국의 병합으로 인한 혼란과 반발을 막기 위해, 본디 원양국이었던 지역의 대부분을 해루에게 녹읍으로 제수하여 기존과 같이 다스리도록 하였다. 섭제국이 취한 영토는 죄다 변경 일대로 장차 이 나라의 국경을 철저히 수비해 주마는 의지가 극명하게 드러났기에, 지금에 와서는 원양국의 신료나 읍장들도 대개 흡족해하는 눈치로 굳이 지난날을 들추어 해루를 탓하지 않았다.

진회는 어리둥절한 얼굴로 자리하며 썰렁한 방을 둘러보았다. 그때 해루가 술을 뜨면서 입을 열었다.

「네 누이도 따라간 모양이구나.」

「예?」

「꼭두새벽에 단이가 들어 인사를 하더군. 그간 우물 안 개구리로만 살았다며 세상 구경을 하고 온다기에 다녀오라 하였다.」

눈을 휘둥그레 뜨고 있던 진회가 이내 자리를 박차고 일어섰다.

「하오면 단이가 지금 어딘지도 모를 곳으로 갔단 말씀이옵니까?」

「어제 같이 있던 그 구파해라던가? 그자와 함께 굴열로 간다 하더라만…….」

진회는 사색이 되어 다급히 물었다.

「굴열이라니요? 설마 열수를 건넌다는 뜻이옵니까? 병사는요? 호위하는 병사는 몇이나 되옵니까?」

「나도 처음에는 병사를 붙여줄까 하였다만, 생각해 보니 내 시위들 중에 단이보다 뛰어난 놈이 없더구나. 또 단이가 말하기로도 공연히 머릿수를 늘려봤자 위험을 자초할 뿐이라 하기에 그냥 보냈느니라.」

「아니, 아드님이라면서요! 하나뿐인 아들을 찾았다며 그토록 기뻐하셔 놓고는, 그 아들이 적진 한복판을 뚫고 가게 생긴 판국에 말리지는 못하실망정 어찌 병사도 한 명 없이 덜렁 보내실 수가 있사옵니까!」

진회가 입에 게거품을 물고 버럭버럭 언성을 돋우는데도, 해루는 천하에 태평한 사람처럼 말했다.

「우리 단이를 이렇게까지 걱정해 주다니, 너희 우정이 실로 갸륵하구나. 그렇지만 벗이란 말이다, 멀리 떨어져 있어도 마음만은 한결같은 법이니라. 그래야 진정한 벗이라 할 수 있지. 너도 알다시피 단이가 확실히 우물 안 개구리로 썩기엔 아까운 인재가 아니더냐. 마침 구파해라는 좋은 길잡이도 있고, 한시라도 젊을 때에 널리 세상 문물을 배워두는 것도 나쁘지 않을 듯하여…….」

「우와! 설마, 설마 하였더니, 정녕 처음부터 끝까지 단이 위주로만 생각하시는군요. 이러시는 게 아니옵니다, 전하. 이러실 수는 없는 것이옵니다. 전하께서 저희에게 이러시면 아니 되는 것이옵니다!」

「거참, 무에 그리 서운할 게 있다고…….」

「서운하지요! 단이야 원래부터 그런 녀석이니 어쩔 수 없다 쳐도, 어찌 전하마저……! 진짜 너무하시옵니다!」

진회는 태어나서 처음으로 먹을 것을 마다하고 그대로 뛰쳐나왔다. 바삐 도로 율의 방으로 달려가 방문을 벌컥 열었으나, 방은 텅 비어 있었다.

그 시각, 율도 단을 붙들고 너무하다며 불평을 늘어놓고 있었다.

「아, 진짜 생각할수록 너무하네. 어젯밤에 혹시나 해서 망을 보고 있었기에 망정이지, 하마터면 저 나룻배도 못 탈 뻔했잖아요. 하루 이틀 길도 아니라면서, 단이 오라버니는 어쩜 저를 떼놓고 갈 생각을 할 수가 있어요?」

율이 투덜거리는 소리를 듣다가, 구파해가 그녀를 돌아보며 말했다.

"아, 왜 자꾸만 내 험담을 하누?"

율이 고개를 갸웃하면서 어눌한 열예 말로 물었다.

"험담이 뭐냐?"

"욕하는 거다. 앞으로 알아듣지도 못할 말로 종알거리면, 무조건 다 내 험담으로 간주할 테니 그런 줄 알아라. 아니, 그리고 '험담이 뭐냐?'라니? 요 밤톨만 한 것이 어디서 나랑 맞먹으려 들어?"

"싫다. 아저씨랑 안 한다. 나는 단이 오라버니랑 한다. 나는 단이 오라버니가 좋다."

도무지 말이 안 통하는 율을 보면서 구파해는 킥킥거리며 웃어 댔다. 그러자 율이 발끈 화를 냈다.

"왜 웃냐!"

"웃는 거야 내 맘이지. 발길 가는 대로 떠도는 나그네가 무에 아쉬워 네 허락을 받고 웃으리?"

율과 구파해의 입씨름을 듣고 있던 단이 뒤늦게 입을 열었다.

"아직 열예 말이 서툴러서 그럽니다. 스승님께서 이해하십시오."

"나도 알아. 그냥 귀여워서 그러지. 그나저나 그 스승님 소리도 계속 들으니 나쁘지 않군, 흐흐."

어깨를 으쓱거리던 구파해가 이내 겸손 떨며 말했다.

"그렇다고 내게 큰 기대는 말게나. 출발하기 전에도 얘기했다시피, 자네는 내 술버릇에 속은 거라니까. 내가 원래 술만 좀 들어갔다 하면 오만 잡동사니를 다 안다며 떨뜨리거든. 실제로 아는 건 쥐뿔도 없다네. 그러니 내가 자네한테 뭘 가르쳐 준다고 해봤자…… 글쎄. 이리저리 돌아다니면서 잘 굴러먹는 방법? 돈 없을 때 체면 덜 구기고 빌어먹는 방법? 위기에 닥쳤을 때 누구한테 빌붙어야 살 수 있는지 한눈에 알아보는 방법? 뭐, 대충 그런 것들뿐일세.”

“요인즉슨 처세술입니까?”

단의 말에 구파해가 손뼉을 딱 치며 활짝 웃었다.

“옳거니, 처세술! 그리 말하니 꽤 대단한 것처럼 들리는군. 자네가 열에 말을 잘 몰라서 종내 입 꾹 다물고 있는 줄 알았더니만, 이제 보니 중요한 말은 아주 꼭꼭 집어 잘 알고 있구먼. 하하하!”

구파해가 껄껄 웃는데도 단은 별다른 반응 없이 조용히 걷기만 했다.

잠시 후 구파해는 무안해져서 웃음을 거두었다. 그러고는 김샜다는 양 단에게 투덜거렸다.

“자네한테 무슨 대답을 기대한 내가 바보지.”

“예? 아, 죄송합니다. 제가 미처 듣지 못하였나 봅니다. 무어라 하문하셨는지요?”

“자네는 왜 이리도 심심한가 물었네.”

구파해가 볼멘소리로 던진 농에 단은 진지하기 이를 데 없는 어조로 대꾸했다.

“그 까닭은 저도 잘 모릅니다.”

“모르면 지금부터라도 고민해 보게나.”

“기실 그런 소리를 곧잘 듣긴 하여 고민은 해봤습니다만, 여태 뾰족한 답을 얻지 못했습니다. 솔직히 저는 제 자신은 물론이거니와 남들에 대해서도 그런 생각을 해본 적이 없기에, 무엇이 사람을 심심해 보이게 만드는지 짐작이 가지 않습니다. 다만 역으로 생각해 볼 때, 제가 재미있어 보이고자 특별한 노력을 기울이지 않는 것은 사실입니다. 그게 과연 가치 있는 일인지 판단이 서지 않을 뿐더러, 스스로 내키지 않는 바를 노력하여 이루어낸들 단지 남들이 저를 달리 보게 될 따름이니, 이는 결국 나와 남을 속이는 우행에 불과한 게 아닌가 하는 의문이 들기 때문입니다. 또한 설령 제가 노력을 한다 해도, 근본적으로 재미가 있는지 없는지 가리는 기준 자체가 사람마다 다르고…….”

“미안하이! 내가 잘못했네!”

“예?”

별안간 구파해가 비명을 지르듯 외치는 통에 단이 의아한 눈초리로 그를 돌아보았다. 구파해는 단을 마주 보며 맥없이 헛웃음을 지었다.

“아하하, 내가 자네를 잘못 본 모양이구먼. 심심하다는 말 한마디에 그토록 재미난 생각을 하는 젊은이인 줄 미처 몰랐지 뭔가.”

“재미, 있습니까?”

단이 의구심 어린 표정으로 물었다. 구파해는 행여나 단이 또 따분한 사설을 줄줄이 읊어댈세라 얼른 말을 돌렸다.

“그거야 뭐, 듣는 사람 나름이지. 그건 그렇고 자네는 열예 말을 어찌 그리 잘하누? 어디 가서 열예 사람이라고 해도 믿겠네.”

바삐 주워섬기던 구파해가 문득 ‘아차!’ 하며 눈짓으로 율을 가리켰다.

“내 아까 얘기하려다 깜빡했는데, 국경을 넘기 전에 율이 낭자한테 단단히 주의를 주게. 낭열로 들어가면 그때부터는 아예 입을 다물고 있는 게 좋아. 일행 중에 처녀가 끼어 있는 것만으로도 남들 구미를 당길 법한데, 하물며 그 처녀가 눈에 띄는 미인인 데다 말까지 어눌한 한진 사람이면 위험을 부르기 십상일세. 낭열과 맥열은 한진 사람을 좀 깔보는 경향이 있거든. 거기만 빼면 다른 곳은 사정이 괜찮으니 며칠만 참으라 하게."

단이 수긍하곤 곧 율에게 그 말을 그대로 옮겨주었다. 내도록 구파해를 힐끔힐끔 흘겨보던 율이 그 말을 다 듣더니, 씩 웃으면서 어깨를 으쓱했다.

「이 아저씨가 말은 안 통해도 사람 보는 눈은 있으시네. 거 보세요, 단이 오라버니. 오라버니만 저를 소 닭 보듯 하지, 남들 눈에는 제가 미인이라니까요. 그냥 미인도 아니고 눈에 띄는 미인이라잖아요. 아, 난 왜 이렇게 쓸데없이 예쁘게 생겨 가지고 위험을 부르고 야단일까. 히히히.」

단은 율의 말을 듣는 둥 마는 둥 줄곧 무표정한 얼굴로 걸음을 옮겼다.

그들이 섭제국 북동쪽 변경에 이르렀을 무렵에는 이미 날이 저물어가고 있었다. 구파해는 넉살도 좋게 섭제국 군영에 떡하니 들어가 병사들에게 을음의 이름을 팔았다.

"며칠 새 잘들 지내셨습니까! 저 또 왔습니다. 기억하시지요? 우보 장군님을 만나 뵙고 돌아오는 길입니다. 제가 또 주제넘게 왕성 연회에까지 참석하느라 약간 늦었지 뭡니까."

그들을 보자마자 우르르 달려 나온 병사들은 구파해를 제쳐두고 대뜸 단에게 굽실거리면서 묵직한 금낭을 건넸다.

"안 그래도 아까 전령이 왔었습니다. 부디 무탈하게 다녀오시라는 대부인의 전갈입니다."

단은 말없이 빙그레 미소만 지었다. 그 와중에 멋쩍어진 구파해가 금낭을 가로채어 들여다보며 너스레를 떨었다.

"어이구, 대체 어디까지 다녀오라고 노자를 이리 두둑이 주셨나그려. 제자를 잘 두어 내가 모처럼 아주 호강하겠네."

그 말마따나 단 일행은 그날 무척 호강하며 군영에서 하룻밤 신세를 졌다. 그리고 이튿날 새벽, 다시금 여정에 올랐다.

구파해는 실로 좋은 길잡이였다. 그는 병기 중에서도 유명하거나 희귀한 것들만 골라 거래했기에, 각국의 내로라하는 장수들과 돈독한 친분을 맺고 있었다. 덕분에 낭열이든 어디든 국경을 넘나드는 데에는 별다른 어려움이 없었다. 뿐만 아니라 그는 깨끗하고 좋은 주막이나 흔쾌히 하룻밤 재워줄 만한 집들도 줄줄이 꿰고 있어, 굴열까지 그 먼 길을 가면서도 노숙을 한 적이 없었다.

또한 그는 천성이 낙천적이고 유쾌하여, 오랜 여정을 함께하기에는 더할 나위 없이 좋은 길벗이었다. 남 일에 참견하길 좋아하는 성미라 사람을 곤혹스럽게 만드는 경우도 간혹 있긴 했지만, 대부분의 경우 그 성미는 자상한 배려로 발휘되었다.

그의 단점을 굳이 꼽으라면, 말이 많다는 점이었다. 물론 그게 장사치로서는 으뜸으로 칠 만한 장점이었으나, 그 수다를 종내 듣고 있느라 단은 머리가 터질 지경이었다.

구파해는 길을 걷는 내내 쉴 새 없이 떠들어댔다. 기실 제아무리 말이 많은 사람이라 할지라도, 혼자서만 떠들다 보면 제풀에 지쳐 언젠가는 입을 다물게 마련이다. 하지만 불행히도 일행 중에 구파해 못지않은 수다쟁이가 한 명 더 있었다. 율이었다. 그녀는 구파해와 장단을 맞추어 내도록 같이 떠들어댔다. 한데 그렇게 쉬지 않고 진종일 수다를 떨기에는 그녀의 열예 말이 어설프기 짝이 없었다.

문제는 율이 틀리든 말든 일단은 말을 하고 보자는 식으로 아무렇게나 마구 내뱉는 열예 말을, 단은 토씨 하나 못 잊고 전부 외워 버린다는 점이었다. 그러한 까닭에 율의 열예 말은 순조로이 일취월장하였으나, 단의 머릿속은 나날이 분주해져서 결과적으로는 예전보다도 더 말수가 줄어들고 말았다.

굴열에 당도하여 구파해가 제일 먼저 들른 곳은 왕성 바로 밑에 위치한 대장간이었다. 굴열에서 가장 큰 대장간이라고 하더니만, 과연 어마어마했다. 제련하는 곳부터 시작해서 병기와 마구 및 농기구 등을 만드는 곳이 대강이나마 나뉘어 벌어져 있고, 한쪽에는 각종 자루나 쟁기 등에 쓰이는 목재를 다루는 곳과 숯가마까지 따로 있어 어지간한 마을에 맞먹는 규모였다.

구경하느라 정신없이 두리번거리며 따라가던 율이 문득 걸음을 멈추고 구파해의 소매를 잡아끌었다. 그곳에서는 여인들이 쓰는 물건을 주로 만드는 모양인지, 앞쪽에 내놓은 궤짝 안에 각종 장신구와 예쁘장한 손칼 등이 가득 들어 있었다.

율이 개중에 오밀조밀 섬세하게 세공된 은가락지를 가리키며 구파해에게 물었다.

"스승님, 이거 열예 말로 뭐라고 하냐?"

"가락지다. 왜? 마음에 드느냐?"

"응, 마음에 참 든다. 이거 참 예쁘구나. 나는 이렇게까지 가락지 예쁜데, 처음 본다."

"이렇게까지 예쁜 가락지는 처음 본다, 이 말이지? 옳거니, 모처럼 예까지 왔는데 하나 사주랴?"

"응!"

눈빛을 반짝이며 냉큼 고개를 끄덕인 율이 이내 머리를 살래살래 흔들었다.

"아, 아니다. 괜찮아. 필요 없다."

"에이, 어울리지 않게 사양하기는. 내가 너한테 이깟 가락지 하나를 못 사줄까."

"안 된다니까. 스승님이 나한테 이깟 가락지를 사주면, 단이 오라버니가 오해하지."

구파해가 뒤에 우두커니 서 있던 단을 흘깃 돌아보았다. 그러고는 코웃음을 치며 대꾸했다.

"그놈의 단이 오라버니는 네가 가락지를 끼거나 말거나 관심도 없을걸. 자네 혹시 율이한테 이 가락지 사줄 생각 있나?"

단이 잠시 가락지를 빤히 들여다보더니, 이윽고 말없이 고개를 가로저었다. 율이 김빠진 표정으로 한숨을 쉬었다. 그러자 구파해가 보란 듯이 의기양양하게 가락지를 집어 들었다.

"내가 사주마, 내가. 노상 단이 오라버니 좋다고 노래를 부르는데, 이깟 가락지 몇 푼이나 한다고 한사코 안 사주나그려. 불쌍해서 나라도 사줘야겠네."

"아니다. 가락지는 아무나 그렇게, 안 된다니까. 단이 오라버니 가락지랑 스승님 가락지, 안 똑같지. 나는 단이 오라버니를 좋아하니, 스승님 가락지를 안 가진다. 그게 사람으로서의 도리거든."

어설프긴 해도 단호한 율의 말에 구파해가 혀를 끌끌 차면서 가락지를 내려놓았다.

"하여튼 어디서 주워들은 말은 있어가지고, 쯧쯧."

구파해가 뒷짐 지고 그 자리를 떠났다. 단은 일말의 망설임도 없이 곧장 구파해의 뒤를 따랐다. 율만 홀로 미련이 남아 은가락지를 한 번 더 기웃거리곤, 어깨를 축 늘어뜨린 채 터덜터덜 단의 뒤를 따라갔다.

대장간 주인은 안쪽에서 산더미처럼 쌓인 화살촉을 하나하나 꼼꼼히 살피며 잔소리를 하고 있다가, 구파해를 보더니 반색하며 뛰어나왔다. 그 주인장은 무진장 바쁜 사람이라 엔간한 손님들과는 대면조차 하지 않았지만 구파해는 예외였다.

구파해는 주인장과 함께 평상에 걸터앉아 한진에 다녀온 이야기를 한 보따리 풀어놓았다.

"……하필이면 그렇게 천도를 하고 어수선할 때 가는 바람에, 내가 한수를 건너놓고도 제대로 구경을 못 했다니까. 그래도 예전에 주인장이 하던 얘기가 생각나서 이건 하나 집어왔다오. 거기 돈이오."

구파해가 조그마한 쇠붙이를 꺼내 내밀자 주인장은 덥석 받아 들고 이리저리 살펴보았다.

"설마 했더니 진짜 쇠구려. 아니, 거긴 쇠가 얼마나 넘쳐나기에 돈으로 굴릴 쇠가 다 있나."

"거 남쪽으로 내려가 보면, 파는 족족 쇠가 나오는 산이 한두 군데도 아니고 중중첩첩 산맥으로 있다고 하던걸. 원래는 마루한 제국의 진제가 거길 송두리째 쥐고 한진 땅 전체를 좌지우지 했다는데, 최근에 그 산맥을 끼고 있는 나라들이 자기들끼리 뭉쳐서, 조만간 마루한 제국이 분열될지도 모른다는 얘기를 들었소. 그리 되면 진제는 이빨 빠진 호랑이 신세를 못 면하겠지."

"아하, 그래서 사신들을 보낸 건가?"

"마루한 제국에서 사신을 보냈단 말이오? 이 먼 데까지?"

"아직 소식 못 들었나 보구려. 엊그제 저 앞을 지나 성내로 들어가더구먼. 어휴, 그놈의 사신들 때문에 내가 지금 골치가 아파. 내일 그치들이 저잣거리에 구경하러 나온다고, 시전 관리 놈이 벌써 예까지 와서 한바탕 휘젓고 갔잖소. 시전에다가 사신들 구경거리만 내놓으라는 거지. 요맘때가 원래 호미 철인데, 우리 시전에서는 뚱딴지같이 귀걸이니 목걸이 따위나 팔게 생겼다니까. 그런 게 제일로 보기가 좋다나? 호미를 제대로 볼 줄도 모르는 서생 나부랭이가 뭘 안다고, 젠장."

"그래도 이 한진 처자는 아까 여기 들어오는 길에 가락지 하나 보더니만, 이렇게 예쁜 가락지는 난생처음 본다고 침이 마르던걸."

"오호라, 이 처자가 한진 사람이라도 보는 눈은 있나 보네, 하하하!"

구파해는 그 뒤로도 한참 더 주인장을 붙들고 수다를 떨다가, 마침내 본론으로 들어갔다.

"그나저나 어린애가 쓸 건데, 날은 없이 기본기만 익히게 뭣 좀 하나 주문하고 싶소만, 어떤 게 편하겠소?"

"어이구, 또 어디 귀한 댁에 도련님 한 분 나셨나 보구먼. 마침 좋은 목재가 들어왔는데, 창이 어떻겠소? 수련할 때만 쓸 거라면 보름 안에 되오."

"하면 보름 뒤에 다시 오리다."

단 일행은 이윽고 대장간을 나와 성내 저잣거리에 있는 주막으로 향했다. 방 두 칸을 달라는 구파해의 말에 주모는 난감한 기색으로 대답했다.

"조금만 더 빨리 오시지. 방금 전에 손님 들어서 한 칸밖에 안 남았어요."

"이런, 쯧쯧. 내가 대장간에서 너무 오래 있었나? 봉놋방에는 남는 자리 없습니까?"

"말씀도 마세요. 봉놋방은 지금 재주꾼들로 꽉 차서 다들 서서 자게 생겼어요. 내일 여기로 사신들이 구경 나온다고, 한판 벌인다나 봐요. 그것 때문에 오늘 이렇게 붐비네요. 그냥 한 칸으로 하시지요? 같이 주무시기에는 영 껄끄러우신가?"

주모가 율 쪽을 곁눈질하면서 물었다. 구파해도 율을 돌아보며 대답했다.

"보시다시피 일행 중에 시집도 안 간 처녀가 있어서요."

"에그, 그럼 어렵겠네. 잠깐만 기다려 보세요. 손님이 한 분밖에 안 계신 방이 있는데, 혹시 방을 같이 써도 될는지 알아볼게요. 대신에 손님들은 방값 다 주셔야 됩니다."

야무지게 말한 주모가 주막 안으로 들어갔다. 그러고는 곧 나와 고개를 절레절레 흔들었다.

"아무래도 안 되겠네요. 자기가 여기 사람이 아니라서 말도 잘 안 통하고, 방을 같이 쓰면 피곤할 것 같대요."

구파해가 눈을 동그랗게 떴다.

"혹시 한진 사람입니까?"

"아마 그럴걸요. 엊그제 그쪽 사신들이 올 적에 같이 온 것 같더라고요."

"그 사람 좀 봅시다. 여기 제 일행도 한진 사람들이거든요."

"어머, 그래요?"

주모는 새삼스럽게 단과 율을 힐끔힐끔 쳐다보면서 그들을 방으로 안내했다.

홀로 방을 독차지하고 있는 손님은 날카로운 인상의 중년 사내였다. 그는 자꾸만 들락거리는 주모를 못마땅한 눈초리로 쳐다보았다. 그러다가 주모 뒤에 있던 단을 발견하고는, 눈을 가늘게 떴다.

단이 먼저 가볍게 머리를 숙이며 입을 열었다.

「오랜만에 뵙습니다.」

중년 사내가 곤혹스러운 기색으로 고개를 갸웃했다.

「그렇지. 나도 분명히 본 기억은 있는데……. 미안하지만 우리가 어디서……?」

「단이라 합니다. 작년 여월 초사흗날 섭제성에서…….」

단은 말끝을 흐리며 입을 다물었다. 그제야 단을 알아본 중년 사내가 무릎을 탁 쳤다.

「아하! 용케 살아 있었구먼.」

삼고였다. 그는 원양국에서 구사일생으로 몸을 피한 후, 진제에게 돌아가 예전과 다름없이 첩자 노릇을 계속하고 있었다. 이번에도 마루한 제국의 사신 행렬에 끼어 굴열까지 와서는 홀로 이곳 성내를 염탐하던 중이었다.

삼고는 뒤늦게 자리에서 일어나 단 일행을 방으로 맞이하였다.

「설마하니 여기까지 나를 잡으러 오진 않았을 테고, 이런 데서 다시 만나다니 인연은 인연일세. 연이는 살아 있던가?」

삼고의 말에 단은 희미한 미소를 지었다.

지난 원자의 백일 연회로 섭제성을 찾았을 때, 연은 아직 덜 가꿔진 내전의 후원을 보면서 단에게 그런 말을 했더랬다.

「여길 보면 자꾸만 삼고 할머니가 생각나. 여기 어디선가 열심히 꽃을 심고 계실 것만 같은데…….」

「삼고, 할머니?」

「응. 그분이 할머니가 아니었다는 얘기를 듣긴 했지만, 나는 그 말이 영 안 믿기네. 아마 내 마음속에서는 언제까지고 계속 할머니겠지. 첩자든 뭐든, 어디론가 잘 도망쳐서 부디 무탈하게 지내셨으면 좋겠어. 그래야 만에 하나라도 다시 만나면, 또 서로를 붙들고 묻지. 그간 살아 있었느냐고. 마치 지나가는 안부 인사처럼 가볍게 말이야. 그렇지만 우리는 그게 얼마나 고된 일인지 알지.」

단은 연의 말을 떠올리면서 삼고를 향해 고개를 끄덕였다.

「연이도 어르신의 안부를 궁금히 여기고 있었습니다.」

「보다시피 나는 멀쩡히 살아 있다네. 그보다도 자네가 여태 살아 있다는 사실이 놀랍군. 그동안 이런저런 경로를 통해서 듣긴 했네만, 자네들 소식까지는 알 길이 없었거든. 잡혔던 이들 외에는 다들 무사한 건가?」

그때까지 단의 곁에 붙어 앉아 끼어들 틈만 엿보고 있던 율이 이때다 하고 입을 열었다.

「예, 제가 그때 그 첩이잖아요. 기억 안 나세요? 전 그 급박한 와중에 아저씨랑 막 말다툼했던 거 기억나는데.」

「아하, 한사코 연이를 죽이겠다고 쇠고집을 피우던 그 계집아이로구먼. 하하하!」

「어머머, 그건 아저씨 잘못이죠. 그 첩이 누군지 확실하게 얘기도 안 해주고, 무작정 죽이지 말라고만 하면 어떡해요? 아저씨가 몰라서 그렇지, 제가 뽑혀서 거기에 가기까지 얼마나 오랜 세월을…….」

그동안 잘하지도 못하는 열예 말로 떠드느라 고생했던 율은 물 만난 고기처럼 종알종알 수다를 떨었다. 그녀는 모처럼 만난 한진 사람이 어찌나 반가웠던지, 중간에 단이 한 시진가량 자리를 비웠다가 돌아왔는데도 아주 잠깐 뒷간에 다녀온 줄 알았을 정도였다.

그들은 그날 밤을 새다시피 하며 회포를 풀었다. 그래놓고 이튿날, 마치 앞으로는 영영 안 볼 사람들처럼 헤어졌다.

「어디로 가서 무엇을 하든 몸 성히 잘들 사세나. 혹 연이를 보게 되면, 그 아이에게도 그리 전해주게.」

약조한 기일이 되어 구파해는 다시금 대장간으로 향했다. 보름

동안 굴열을 유람하면서 웬만한 볼거리는 다 구경했기에, 대장간에 들러 주문했던 물건만 찾으면 곧바로 굴열을 떠날 계획이었다.

굴열의 왕성을 나오는 길에 율은 아쉬운 눈초리로 몇 번이고 뒤를 돌아보며 말했다.

"벌써 떠나는구나. 보름이 참 짧다. 스승님, 우리는 이제 어디로 가냐? 집으로 가냐?"

"그래야지. 지난번 섭제국에 갔을 때, 내가 왕성 연회에까지 가게 될 줄 몰라서 선물이 영 변변찮았거든. 하여 이렇듯 득달같이 굴열로 달려오지 않았겠느냐. 여기 대장간에서 맞춘 창이 원자 아기씨 줄 선물이다."

"아, 월이! 원자 아기씨 보고 싶다. 아주, 참 귀엽지. 나도 아들 낳으면 좋다. 아니, 나는 딸도 좋다."

"그런 얘기는 혼인한 다음에 하자꾸나."

말끝에 혀를 끌끌 차면서 구파해가 단을 돌아보았다. 율도 냉큼 단을 돌아보았다. 단은 아랑곳없이 무표정한 얼굴로 걷다가, 두 사람이 자신을 하도 빤히 쳐다보는 통에 가볍게 눈썹을 찡그렸다. 이내 시선을 돌린 율은 말없이 한숨만 쉬었다.

이윽고 대장간에 이르자, 주인장이 긴 주머니에 넣어두었던 창을 꺼내 보이면서 구파해에게 뜬금없이 핀잔을 주었다.

"거래 한두 번 하는 것도 아니면서 어찌 주문을 그리 데데하게 하오? 그냥저냥 귀한 댁이 아니라, 무려 왕실로 들어갈 물건이라면서?"

"엥? 주인장이 그걸 어찌 아셨소?"

구파해가 놀라서 묻자, 주인장이 웃으며 단에게 작은 주머니 하나를 따로 건넸다.

"이 젊은이가 그날 밤에 와서 귀띔해 주더라고. 옜소. 이건 젊은이가 주문했던 물건."

구파해가 눈을 휘둥그레 뜨고 단을 돌아봤으나, 단은 아무 일도 없었다는 양 주머니를 챙길 뿐이었다.

이윽고 대장간을 나와 길을 떠나면서 구파해가 궁금해서 좀이 쑤신다는 눈치로 단에게 물었다.

"도대체 뭔가, 응? 뭘 주문했던 건가? 거 엔간하면 좀 보여주게. 내 창은 다 봐놓고선, 자네 것만 안 보여주는 법이 어디 있나? 사람이 그러는 게 아니야. 얼른 꺼내보게, 얼른!"

하도 옆에서 닦달을 하는 통에 단이 한숨을 쉬곤 주머니를 꺼냈다. 그 주머니에서 나온 물건을 보고, 구파해는 자기도 모르게 큰 소리로 웃음을 터뜨렸다.

"으하하하! 이 사람 좀 보게나. 평생 가락지 같은 건 안 사줄 것처럼 굴더니만, 결국엔 샀구먼!"

율이 뒤늦게 놀라서 단의 곁에 찰싹 달라붙었다. 과연 지난번에 대장간에서 봤던 것과 똑같은 은가락지가 단의 손바닥 위에 놓여 있었다. 그녀는 흥분해서 냅다 한진 말로 탄성을 질렀다.

「우와! 단이 오라버니, 이거 저 주시는 거예요?」

단은 여전히 무표정한 얼굴로 율에게 가락지를 건넸다.

「네 왼손 약지에 맞췄다.」

「어머, 어머, 어쩜 좋아! 정말로 딱 맞잖아요! 저는 단이 오라버니가 안 사주실 줄로만 알았는데…….」

어찌나 감동했던지 가락지를 끼면서 눈물까지 글썽이는 율에게, 단은 여느 때와 다름없이 무심한 어조로 대꾸했다.

「네 손 어디에도 안 맞는 크기의 가락지는 앞으로도 안 사. 나한테는 필요가 없으니까.」

「으아……. 이러니까 제가 단이 오라버니를 좋아할 수밖에 없는 거예요.」

그 말을 듣고 단은 갑작스레 무슨 고민에라도 빠진 듯 심각한 얼굴로 생각에 잠겼다. 그래도 율은 마냥 좋다는 양 오른손으로 단의 소맷자락을 붙들고, 가락지 낀 왼손을 하염없이 들여다보면서 촐랑촐랑 단의 곁을 따라 걸었다.

: 참고 사료 발췌 :

본 글은 어디까지나 픽션입니다만, 백제 건국 설화를 모티브로 하였습니다. 이에 인물과 배경 설정 및 에피소드 일부는 사료를 바탕으로 하여 구성하였음을 밝혀두는 바입니다. 이하 구성의 기초가 된 사료를 발췌하여 싣습니다.

1. 『해동역사』 28권 「풍속지」 - 방언 편

* 조선[고조선]과 열수(洌水) 사이에서는 〈중략〉 건너가는 것[過度]을 '섭제'라 한다.

(비고: 해동역사의 경우, 한국고전종합DB사이트에서 제공하는 번역문을 그대로 인용하였음을 밝힙니다.)

2. 『삼국지』 「위서」 동이전

(1) 부여(夫餘)

* 형벌을 적용함이 엄하고 급하다. 살인한 자는 죽이고 그 가솔은 노비로 삼는다.
* 남녀가 간음하거나 부인이 투기를 하면 모두 죽인다. 투기를 더더욱 싫어한다. 죽인 시체를 버려두어 나라 남쪽 산 위에서 썩어 문드러지기에 이르는데, 여자의 집에서 이를 얻고자 우마(牛馬)를 갖다 나르면 이에 시체를 준다.
* 형이 죽으면 형수를 아내로 삼는다. 흉노와 동일한 풍속이다.

* 위략에 이르기를 그 풍속에 장례는 5개월로 정해져 있으며, 오래하기에 영예로 삼는다 하였다.
* 한(漢) 말, 공손도가 해동으로 드세게 뻗어나가 외이(外夷)를 위복(威服)시켰다. 부여왕 위구태(尉仇台)는 다시금 요동에 속하였다. 구려[고구려]와 선비가 강성할 제, 공손도는 그 둘 사이에 끼어 있던 부여에 자신의 종친 여인을 시집보냈다. 위구태가 죽고 간위거가 즉위하였다.
* 오랜 부여의 풍속에 수한(水旱)이 조화롭지 못하고 오곡이 익지 않으면, 갑자기 그 허물이 왕에게 돌아간다. 혹자는 당연히 바꿔야 한다고 말하며, 혹자는 당연히 죽여야 한다고 말한다.

(2) 한(韓)

* 우마를 탈 줄 모르기에, 우마는 모두 장례를 치르는 데에 써버린다.
* 귀신을 믿어 도읍에 각기 천신에 제사를 주관하는 사람을 한 명씩 세우며, 이를 천군이라 칭한다. 또한 모든 나라에는 각기 별도의 읍이 있어 이를 소도(蘇塗)라 칭한다. 큰 나무를 세워 방울과 북을 매달고 귀신을 부린다. 도망하여 그 안에 이르면 모두 돌려보내지 않는다.

3.『삼국사기』「백제본기」- 시조 온조왕

백제 시조는 온조왕이다. 그 아버지는 추모 혹은 주몽으로, 북부여로부터 피신하여 졸본부여에 이르렀다. 부여왕은 아들이 없이 딸만 셋을 두었는데, 주몽을 보고 비상한 자임을 알아 둘째 딸을 시집보냈다. 부여왕은 죽을 때가 되어 주몽에게 왕위를 물려주었다. 두 아들을 낳았으니 맏이는 비류, 둘째는 온조다.

〈중략〉 일설에는 시조가 비류왕이라 한다. 그 아버지는 우태(優台)이며 북부여왕 해부루의 서손이다. 어머니는 소서노로 졸본 사람 연타발의 딸이다. 처음 우태에게 시집가서 두 아들을 낳았으니 맏이는 비류, 둘째는 온조다.

〈중략〉 북사와 위서에서는 모두 이르기를 '동명의 후손 중에 구태(仇台)라는 사람이 있어 인덕과 신망이 두터웠는데, 대방의 옛 땅에서 처음 나라를 세웠다. 한나라 요동 태수 공손도가 딸을 그에게 시집보냈으며, 마침내 동이의 강국이 되었다'고 했다. 어느 설이 옳은지는 알 수 없다.

2년 봄 3월, 왕은 족부(族父) 을음이 지식과 담력을 갖췄으므로 벼슬을 내려 우보로 삼고, 병마(兵馬)의 일을 맡겼다.

3년 가을 9월, 말갈이 북쪽 국경을 침략하였다. 왕이 굳센 병사를 거느리고 급격하였다. 대패한 적들은 살아서 돌아간 자가 열에 한둘이었다.

5년 겨울 10월, 북쪽 변방을 순무하다가 사냥하여 신록을 잡았다.

8년 봄 2월, 말갈 적병 3천명이 와서 위례성을 포위하였다. 왕은 성문을 닫고 나가지 않았다. 열흘이 지나자 적들은 군량이 떨어져서 돌아갔다. 왕이 정예병을 추려 이들을 뒤쫓아, 대부현에 이르러 일전 끝에 승리하였다. 죽이거나 사로잡은 자가 5백여 명이었다.

가을 7월, 마수성을 쌓고 병산책을 세웠다. 낙랑 태수의 사자가 고하였다. '근자에 빙문하여 우호를 맺고 한집안으로 여겼거늘, 지금 우리의 강역을 위협하며 성책을 만들어 세우고 있으니, 혹시 잠식할 음모가 있는 것인가? 만일 옛 우호에 변함이 없다면 성을 무너뜨리고 책을 부술진대, 그 즉시 시의(猜疑)는 없던 일이 될 것이다. 구차하지만 설혹 그리하지 않는다면, 청컨대 일전으로 승부를 결정하자.' 왕이 답하였다. '설험(設險)하여 나라를 지키는 것은 고금의 상도다. 어찌 감히 이로써 우호에 변함이 있겠는가? 집사의 경우라면 마땅히 의심치 않을지라. 만약 집사가 강함을 믿고 출사한다면, 곧 소국(小國) 또한 그에 대비할 것이다.' 듣기로는 이러한 까닭에 낙랑과 우호를 잃었다고 한다.

10년 가을 9월, 왕이 사냥을 나가 신록을 잡았기에 마한으로 보냈다.

겨울 10월, 말갈이 북쪽 국경을 침구하였다. 왕이 병사 2백을 파견하여 곤미천 위에서 막도록 하였다. 아군이 패하여 청목산에 의지한 채 스스로 보존하였다. 왕이 친히 정예 기병 1백을 거느리고 봉현으로 나가 그들을 구원하였다. 적들은 이를 본 즉시 퇴각하였다.

13년 봄 2월, 왕도의 노파가 남자로 변하고 다섯 마리의 호랑이가 성에 들어왔다. 왕모가 훙서하였다. 향년 61세였다.

여름 5월, 왕이 신하에게 일렀다. '국가의 동쪽에 낙랑이 있고 북쪽에 말갈이 있어 번갈아 경계를 침범하니, 편안한 날이 드물도다. 하물며 작금에는 요망한 상이 누차 보여 국모가 기세하였다. 형세가 스스로 편안치 못하니 장차 필히 천도할 것이다. 내가 앞서 순행을 나가 한수 남쪽을 살펴보니 토양이 기름지므로, 마땅히 그곳에 도읍하여 오래도록 안녕할 계획을 꾀할지라.'

8월, 마한에 사자를 보내어 천도함을 고하고, 마침내 강역을 그려 정하였다. 북으로는 패하에 이르고 남으로는 웅천에 한하며, 서로는 대해가 끝이고 동으로는 주양이 한계였다.

14년 봄 정월, 천도하였다.